Daw eto haul

Geraint Lewis

Argraffiad cyntaf: Tachwedd 2003

Cyhoeddir o dan gynllun comisiwn
Cyngor Llyfrau Cymru.

Rhif Llyfr Safonol Rhyngwladol:
0-86381-869-2

Clawr: Cyngor Llyfrau Cymru

Argraffwyd a chyhoeddwyd gan Wasg Carreg Gwalch,
12 Iard yr Orsaf, Llanrwst, Dyffryn Conwy, LL26 0EH.
☎ 01492 642031
🖷 01492 641502
✆ llyfrau@carreg-gwalch.co.uk
Lle ar y we: www.carreg-gwalch.co.uk

i
tim a wil

Pennod 1

Ar ail ddiwrnod y flwyddyn newydd wy mewn corffdy ar gyrion Caerdydd. Wy yno fel artist cynorthwyol (ecstra i'r anwybodus) mewn cyfres dditectif o'r enw *Angel*. Wy'n gadael i'r Arolygydd Dwyfol Rhys, angel y teitl, fy mhasio. Yna yn y cefndir wy'n agor drws metal, trwm, ac yn mynd trwyddo cyn ei dynnu ynghau yn dawel tu ôl i mi, gan obeithio nad oedd wedi cau dros un o linellau'r actorion. Rwyf eisoes wedi 'neud hyn chwe gwaith. Yn union yr un fath bob tro. Does na'm llawer o ffyrdd gwahanol i agor a chau drws. Cyn hir falle byddwn ni'n barod i fynd am gynnig.

Arhosaf yn amyneddgar yn yr ystafell gul, oer rwyf newydd fynd i mewn iddi. Syllaf ar fy adlewyrchiad ar y cypyrddau sgleiniog lle cedwir y cyrff go iawn. Rwyf wedi gwisgo smoc llawfeddygol a masg wyneb, a rhywbeth sy'n ymdebygu i nicars plastig babi ar fy mhen. Mae'r dilladach i gyd yn las llachar, tu hwnt o loyw. Teimlaf y dyliwn i fod ar *Sesame Street*. Mae gen i gosi mwya diawledig rhwng bysedd fy nhroed dde a wy'n despret am bisiad. Bod yn fwy positif oedd fy adduned blwyddyn newydd. Dyw hyn ddim yn ddechrau da.

Mae'r cynorthwy-ydd cyntaf, Lowri, yn gweiddi: 'Colur a gwisgoedd, popeth yn iawn, ni'n barod i fynd am gynnig.'

Wy'n mynd nôl trwy'r drws i ble mae prif ddigwyddiadau'r olygfa yn cymryd lle. Wy'n gwybod o'r gorau na fydd neb yn powdro fy nhrwyn i, hyd yn oed se nhw'n medru'i ffeindio fe dan fy masg. Fydd neb yn sicrhau bod y nicars plastig ar fy mhen yn edrych yn iawn chwaith. Nid wyf yn bwysig yn y darlun mawr. Rwyf yno i lenwi'r cefndir mewn siot.

Brunette drawiadol yw Lowri, a choesau at ei chlustiau. Sylweddolaf fy mod i'n syllu ar ei choesau. Mae hi'n sylweddoli hynny hefyd. 'Ti'n oreit, Glyn?' Mae ei harferiad hi o alw pobol wrth eu henwau ffuglennol yn dân ar fy nghroen braidd, ond amneidiaf yn frwd, gan 'neud nodyn yn fy mhen i geisio cofio cynnig bisgeden iddi yn y toriad coffi. Yna, bron fel sen i 'di ailfeddwl, pwysaf ymlaen gan ddweud 'Nid Glyn', ond oherwydd y masg mae'n dod mas fel 'nnglnnnn' annealladwy. Teimlaf fy hun yn gwrido'n waeth wrth i Lowri nodio'n gydymdeimladol, yn amlwg heb unrhyw syniad am be wy'n sôn. Rwyf am egluro fy hun yn well, ond wy'n gwybod ei bod hi'n rhy brysur.

Mae'n debyg y dyliwn i fod yn teimlo'n fwy cyffrous. Er bod fy nghefn at y camera, a does dim modd f'adnabod, wy mewn golygfa gyda phrif gymeriad y gyfres. Ond nid wyf yn teimlo unrhyw gynnwrf. Rhaid cyfaddef mai rhyw rwystredigaeth sy'n fy llethu ar y funud. Dyna o'n i'n ei olygu wrth ddweud 'Nid Glyn'. Ditectif Gwnstabl yn Heddlu Cambria rydym am ryw reswm niwlog wedi'i alw'n 'Glyn' yw fy rhan arferol fel artist cynorthwyol. Wrth reswm, sneb yn ei alw'n Glyn achos dyw e byth yn dweud yr un gair. Fel arfer mae e'n edrych ar ffotograffau o gyrff marw neu weithiau'n ateb y ffôn neu'n codi ffacs. Ond agor drysau mae e'n 'neud yn bennaf. Yn y cefndir. Mae'n aelod cefndirol o dîm yr Arolygydd Rhys. Aelod amhrisiadwy, yn ei ffordd ei hun. Ond 'na fe, sen i'n dweud hynny ta beth, yn bydden i.

Heddiw, oherwydd rhyw flerwch yn yr amserlen, mae'r cwmni cynhyrchu, 'Waw TV', wedi gofyn i mi fod yn aelod o staff yr ysbyty. Ro'n nhw wedi fy mwco i am y dydd p'un bynnag ac ro'n nhw am gael rhywun i agor drws yn y cefndir. Ond nid Glyn. Bydde Glyn yn 'nabod yr Arolygydd Rhys ac yn ei chydnabod, o bosib, â rhyw amnaid cwrtais. Wedi'r cwbwl, hi yw'r bòs. Ond nid yw'r cyfarwyddwr am weld unrhyw amnaid. Fydde gweithiwr di-enw mewn ysbyty ddim yn malio'r un iot amdani. Felly, rhaid i mi esgus nad wyf i'n ei 'nabod hi. Yn bersonol wy'n credu'u bod nhw'n 'neud cam â Glyn. Pan ffoniodd Paul Stewart o'r asiantaeth neithiwr i egluro'r sefyllfa, ro'n i'n benwan grac. Ond dim ond am ychydig eiliadau. Dywedodd ef os o'n i'n becso cymaint â hynny am y peth, yna fe roie fe'r hanner canpunt i rywun arall. Wedes i sen i'n treial gweithio rhywbeth mas.

Mae'r dyn sain yn gweiddi 'troi drosodd', ac mae un o'r cynorthwy-wyr camera, Dafydd, yn galw rhif y lechen mas mewn acen Gofiaidd gref – 'Cant pedwar deg tri, cynnig un'. Mae Lowri'n galw 'Action' ac rwyf innau'n pasio'r Arolygydd Rhys fel sen i rioed 'di'i gweld hi o'r blaen. Wy'n agor y drws metal, trwm ac yn ei gau'n dawel ofalus wrth fynd trwyddo. Rwyf yn sefyll yn stond yn yr oerfel, gan edrych i lawr ar y gorchuddiau ffelt llwyd rwyf wedi gorfod eu gwisgo dros f'esgidiau. Mae'r oerfel sydyn yn creu ysfa arall i grafu fy nhroed. Ond sdim amser i ddatod y ffelt llwyd a thynnu fy esgid bant. Felly rwy'n croesi fy nhroed dde dros f'un chwith a'i thynnu nôl ar hyd y llawr, fel rhyw eliffant yn moesymgrymu.

Ar ôl ychydig eiliadau clywaf Al y cyfarwyddwr yn gweiddi 'Cut' a chodaf lyfr oddi ar ford fetal gerllaw. Cofrestr y Corffdy ydyw, yn edrych yn gwmws yr un peth â Llyfr Ymwelwyr, gyda cholofnau pwrpasol ar gyfer enw, cyfeiriad a dyddiad cyrraedd. Teimlaf ias oer i lawr fy nghefn mwya sydyn wrth sylwi ar enw diweddar lled-gyfarwydd yn y llyfr. Menyw ifanc oedd yn dioddef o glefyd y siwgr a arferai yfed yn yr *Ivy Bush* weithie. Wedi boddi mewn pwdel o ddŵr wedi iddi basio mas. Rhoddaf y llyfr nôl ar y ford yn frysiog, gan deimlo rhyw awydd sydyn i olchi fy nwylo, fel sen i 'di gafael mewn rhywbeth aflednais fel cadno marw. Wrth i mi droi rownd, sylwaf ar gypyrddau'r cyrff meirw o fy mlaen. Rhes ar ôl rhes o ddrysau angau. Crynaf wrth i mi fyfyrio ar eu cynnwys. Mae rhai o'r drysau wedi eu marcio â'r geiriau 'HIV Only' ac mae rhai o'r cypyrddau'n weddol fach, ar gyfer cyrff plant a babanod. Yna mae'r drws y dois i trwyddo yn agor yn annisgwyl a bron i mi wlychu fy hun, yn hanner disgwyl i Gysgod Angau gipio'r hen 'Glyn'. Diolch i'r drefn, coesau Lowri sydd yno, gyda Lowri ei hun yn eu dilyn. 'Ti'n oreit, Glyn?' mae'n gofyn unwaith eto. Wy'n nodio fy mhen mewn ffordd lac, fel cyfarchiad gan byped blinedig. 'Ni'n gorfod stopio am 'chydig. Maen nhw'n dod â babi bach wedi marw i mewn.'

Wyth cynnig a thri choffi'n ddiweddarach ac mae hi'n amser cinio. Er bod rhaid i ni'r artistiaid cynorthwyol orfod aros i bawb arall gael eu syrfo'n gynta, hwn fel arfer yw uchafbwynt y dydd. Fel mae'n digwydd, does 'na'm llawer ohonon ni i mewn heddiw, dim ond John Tal sydd weithie'n gyrru car y bòs, a menyw ifanc o'r enw Alison, sef y corff ar y slab. Yn ôl yr arfer, Gareth Bennet – actor sy'n chwarae rhan Ditectif Sarjant James – yw'r cyntaf yn y ciw. Gareth yw clown y cast, sy'n meddwl taw ei rôl ef o fewn y cwmni yw codi ysbryd pawb trwy chwarae'r bili-ffŵl. Yn anffodus mae e'n wancar llwyr. Gwyliaf ef yn sefyll ar risiau alwminiwm y wagen arlwyo, yn balanso pren bara ar ei drwyn. O leia mae hwn yn dric newydd. Gan amlaf mae e'n taflu grawnwin i'r awyr a'u dala nhw yn ei geg fawr. Neu'n jyglo afalau. Os mai dyna beth mae Ysgol Ddrama yn 'neud i rhywun, yna rwy'n falch nad es i'n agos at un. Jest cyn iddo dderbyn ei fwyd mae Gareth yn altro'r fwydlen ar y bwrdd du ger yr hats syrfio. Hwn yw ei *pièce de resistance*. Mae 'teisen siocled' yn mynd yn mynd yn 'tei sioc'. Mae 'saws grawnwin a blodfresych' yn troi mewn i 'saws gwin sych', a 'macaroni mewn saws tomato' yn mynd yn 'roni mewn saws tom'. Mae Gareth yn pwyntio at Ronnie, y gŵr camera, a Tom Edwards, un o'r criw sain, wrth iddo newid yr un olaf. Mae e'n chwerthin gymaint nes bod rhaid iddo eistedd ar y grisiau a dal ochr ei fola sylweddol.

Sylwaf fod Alison, sydd o 'mlaen i yn y ciw, yn gwenu.

'Mae'n ddoniol, nagyw e, y Gareth Bennet 'na?'

'Ody,' meddaf innau rhwng fy nannedd. Wy wedi'i weld e'n newid y bwrdd du dros ddeugain o weithiau o'r blaen. Wy jest moyn ei ddyrnu fe.

Yn sydyn, sylwaf ar Paul Stewart yn mynd i mewn i'r bws bwyta. Dyw Paul byth yn gadael swyddfa'r asiantaeth oni bai bod yna argyfwng. Mae Keith Jenkins, rheolwr cynhyrchu *Angel*, yn ei ddilyn i'r bws gyda golwg bryderus iawn ar ei wep. Mae John Tal hefyd wedi sylwi bod Paul yn bresennol.

'Be ma' hwnna'n 'neud 'ma?' gofynna John i mi, gan grychu'i aeliau anferth lan a lawr, yn gwneud iddynt edrych fel pâr o lindys yn dawnsio. Codaf f'ysgwyddau, gan esgus nad oes gennyf fawr o ddiddordeb. Serch hynny, gafaelaf mewn oren, gan ddechrau ei fwyta fel afal.

Er bod presenoldeb Paul ar y bws yn peri ychydig o anesmwythyd, rwy'n mwynhau fy nghinio, yn eistedd gyferbyn ag Alison wyneblwyd. Wy wedi siarad â chyrff marw benywaidd o'r blaen, ac er bod y rhan fwyaf o bobol yn ffeindio'u golwg nhw'n reit ffiaidd, wy'n meddwl bod yna rywbeth digon deniadol yn eu cylch. Rhywiol, hyd yn oed.

'Chi 'di bod yn gorff marw o'r blaen?' mentraf ofyn, gan ddechrau ar fy wylys wedi'i stwffio.

'Dyma fy nhrydydd tro.' Mae hi'n dweud hyn â thinc anorfod yn ei llais, fel pe bai hi wedi derbyn ei thynged – bod cyfarwyddwyr ddim ond yn gweld hi fel corff marw. 'Ges i fy hyfforddi fel dawnswraig.'

'Do fe, wir?' meddaf yn frwd, fel sen i'n deall rhywbeth am ddawnsio.

'Sdim lot o gyfle i ddawnsio fel corff,' mae hi'n ychwanegu, yn hiraethus bron.

Mae hi'n siarad fel sen i ddim yna, fel pe bai hi'n siarad i gamera yn un o ymsonau teledu Alan Bennet. Teimlaf fel wafio fy fforc o flaen ei hwyneb, er mwyn ceisio edrych i'w llygaid. Mae ganddi lygaid gwyrdd hardd, a gwallt hir cwrliog, coch. Disgleiria golau'r bws ar golur llwyd ei hwyneb, gan wneud i'w chroen sgleinio fel cen pysgodyn. Yn wir, gallai hi'n hawdd fod yn fôr-forwyn. Ceisiaf ei dychmygu hi fel hanner-pysgodyn, a minnau'n dihuno wrth ei hymyl bore fory, yn gwynto'r heli ar ei chroen llithrig.

'Er, wy'n credu bod disgyblaeth dawnsio wedi fy helpu i i gadw'n llonydd ar y slab,' meddai drachefn, gyda chryn sicrwydd, fel se hi wedi rhoi lot o feddwl i'r pwnc.

Yn sydyn, mae hi'n edrych yn syth tuag ataf. 'Beth amdano ti? Beth wyt ti?'

Am gwestiwn! meddyliaf. 'Beth wyt ti?' Se hi ond yn gwybod pa mor aml wy wedi chwilota f'ymennydd truenus gyda'r fath gwestiwn arteithiol. Mae'n haeddu o leiaf traethawd estynedig ugain mil o eiriau, neu nofel hyd yn oed, i ymgodymu â chwestiwn fel yna. Nid rhyw ateb parod ffwrdd-â-hi wrth sugno croen wylys.

'Canwr,' meddaf o'r diwedd, yn gelwyddog.

'Pa fath o bethau wyt ti'n canu?'

'O, stwff canol-y-ffordd clasurol. Tony Bennet, Tom Jones. O'n i arfer 'neud y clybiau, lan yn y cymoedd yn bennaf.'

Pam na alla i jest dweud wrthi mod i'n arfer gweithio mewn siop ddillad dynion am bymtheg mlynedd, a mod i jest wedi drifftio i mewn i'r nonsens hyn trwy gysylltiad ffrind ddwy flynedd yn ôl? Na, rhaid cadw at fy stori. Rhaid i bob artist cynorthwyol gwerth ei halen gael act o ryw fath oddi ar y sgrin. Wy wedi llwyddo i ddweud mod i'n ganwr clybiau. Wedi rhoi enw llwyfan i'n hunan, hyd yn oed. Dim ond Paul Stewart sy'n gwybod y gwir – mod i'n canu fel babŵn. Wy bron marw moyn newid y pwnc. Trwy lwc, mae hi'n 'neud hynny ei hunan.

'Wyt ti'n llysieuwr?' mae'n gofyn.

'Wyt ti?' atebaf yn dactegol.

'Na.'

'Na finnau. O'n i jest yn ffansïo'r wylys. Fel arfer, y prydau llysieuol yw'r gorau o bell ffordd.'

'Wyt ti wedi gweithio ar hwn o'r blaen 'te?'

Dyma fy nghyfle i greu argraff.

'O, ydw. Wy'n un o'r plismyn arferol yn y cefndir.'

Edrycha Alison yn ffafriol arnaf. Gwelaf hi yn fy nychymyg yn nofio i lawr afon Taf, yn chwilio am fy *bedsit*, noddfa i gladdu ei wyau hollol despret i'w ffrwythlonni. Ysgrifennaf rif fy ffôn mobeil ar napcyn a'i wthio'n groes y ford.

'Dyma'n rhif ffôn i, os ti 'whant mynd am ddiod rhywbryd.'

Mae yna saib lletchwith. Ysywaeth, rwyf yn hen gyfarwydd â'r saib yma. Yr eiliadau uffernol hynny wrth i fenyw benderfynu p'un ai i drystio'r hen gythraul yr ochr draw iddi ai peidio. O'r diwedd, mae hi'n chwilota tu fewn i'w bag ac yn pasio cerdyn busnes i mi. 'Alison Rowlands – dawnsio, canu, actio. Fflat 2, 13 Melrose Avenue, Caerdydd CF2 3ED. Tel: (029) 2047 3298.'

Cymeraf y cerdyn gan wenu mor ddigynnwrf ag y medraf. Ond teimlaf fel dawnsio, canu, actio. Am ryw reswm ni allaf beidio meddwl amdani fel môr-forwyn. Dychmygaf hi'n ymlusgo'n arwrol trwy'r maes parcio yr ochr arall i'm fflat, yn cwato oddi wrth gathod rheibus, yn peryglu'i bywyd trwy ei llusgo'i hun yn herfeiddiol ar draws trac rheilffordd Ystum Taf, gan blymio i'r llwyni o'i chwmpas, yn glynu'n lew i'r arglawdd â'i hewinedd llawn baw. Daw hi i'r golwg tu fas i'm fflat, yn beryglus o sych ar y stryd, darnau o wair a mân-gerrig yn addurno'i bronnau. Cymeraf hi yn fy mreichiau a'i gollwng yn ofalus i mewn i fàth twym.

'Er, wy ddim yn siŵr am fynd am ddiod. Mae'n dibynnu a fydd Clive a minnau'n gallu cael rhywun i warchod.'

Clive? Gwarchod?!

'O's lle i un bach 'ma?'

Amneidiaf a symud yn nes at y ffenest. Tony Rees sydd yno, ymgynghorydd yr heddlu ar y gyfres, cyn-batholegydd sydd wedi ymddeol.

'O'n i'n meddwl bod yr anaf i'r frest yn arbennig,' meddai wrth Alison wrth iddo eistedd. Mae hi'n rhoi gwên fach o gydnabyddiaeth i Tony, a theimlaf yn ddig bod yr ynfytyn yma wedi cael yr hawl i fod i mewn ar set gaeedig. Cynigir set gaeedig i'r artistiaid fel arfer os oes yna noethni yn yr olygfa. Mae'n golygu y dylse pawb nad ydyn nhw'n gwbl angenrheidiol ei bachu hi o'na ar fyrder, gan adael i'r rhai lwcus sy'n weddill gael cip go dda ar gorff noeth yr artist. Gan nad ydw i byth yn hollol angenrheidiol, nid wyf erioed wedi bod i mewn ar set gaeedig.

'Wrth gwrs, â phob parch, Catrin a Kim yw'r gwir artistiaid ar sioe fel hyn. Mae'r colur yn arbennig. Arbennig!'

Mae e'n symud y sosej sbeislyd ar ei fforc i fyny ac i lawr fel morthwyl ocsiwnîer er mwyn pwysleisio'i bwynt. 'A nhw yw'r cynta i mewn a'r diwethaf mas. Wy'm yn gwybod shwt maen nhw'n 'neud e. Ma' fe 'di bod yn agoriad llygad i mi, ody wir. Edrychwch ar y lluniau hyn, Alison.'

Yn llawn balchder, mae Tony'n gosod dau ffotograff ar y ford, fel pe baent yn llaw fuddugol mewn gêm o bontŵn. Lluniau o glwyf cas i'r pen, yn dilyn ergyd o ddryll.

'Edrychwch ar y *grey matter* sy'n llifo o'r ymennydd. Mae'n wych, w. Odych chi'n gwybod beth yw e?'

'Na, dim syniad,' meddai Alison yn gwrtais.

'Pwdin reis. Y crofen brown ar y top, wedi'i adael am 'chydig o ddiwrnodau. Mae e'n gwmws yr un peth. Anhygoel. Nawr 'na beth yw bod yn greadigol.'

Cydiaf yn fy llwy wedi'i dala'n stond yn yr awyr, fel mewn ffotograff. Mae Tony'n sylwi ar y reis yn eistedd yn ddisgwylgar ar ymyl y llwy.

'O, ddrwg 'da fi am 'na,' meddai'n uchel, gan gnoi'r sosej oddi ar ei fforc a gwenu.

Daw John Tal i lawr yr eil yn cario plât gwag. Mae'n amlwg wedi cyffroi. Mae'n crymu ei gorff sylweddol ar draws y ford, gan ddod â'i ben yn agos at f'un i. Am eiliad llawn panig wy'n meddwl ei fod e'n mynd i'm cusanu. Yn hytrach na hynny mae e'n sibrwd, 'Dan Ayckroyd,' yn fy nghlust. Mae e'n wincio arnaf ac yn strytian oddi ar y bws fel se fe newydd ddweud ystyr bywyd ei hun wrthyf. Beth mae e newydd ei ddweud wrthyf yw bod Dan Ayckroyd yn dod o Ganada. Er mwyn pasio'r amser ar y set, rydym yn aml yn chwarae gêmau. Er enghraifft, meddwl am ddeg person enwog o Ganada. Hyd yma, rydym wedi cael Ben Jonson, Celine Dion, Donald Sutherland a Dan Ayckroyd, yn y drefn yna. Os y'n ni'n mynd yn sownd, yna fe fyddwn ni'n llacio'r rheolau rhywfaint. Fel ar wlad Belg ychydig wythnosau nôl – rhoddwyd hawl i mi gael 'Hercule Poirot', ond doedd 'Siocledi o wlad Belg' John Tal ddim yn cyfri.

Esgusodaf fy hun, gan fynd allan o'r bws a dilyn John Tal at yr wrn coffi tu allan. Mae Paul Stewart yn ymuno â ni, gan guro'i ddwylo i gadw'n dwym, yn gwmws fel se fe'n ein cymeradwyo ni.

'Bryn . . . Michael,' meddai, gan amneidio wrth dynnu cwpan polystyren o'r slot ar ochr y wagen. Mae Paul bob amser yn defnyddio enwau go iawn ei gleientiaid, sy'n dipyn o gamp ynddi'i hun, gan nad oes yr un ohonom yn eu defnyddio nhw'n aml. Adwaenir Michael Flynn fel John Tal, neu *Tall John* a bod yn fanwl, nid yn unig oherwydd ei daldra chwe troedfedd pum modfedd, ond am mai dyna'i enw yn y cylchoedd reslo proffesiynol.

Mi ydw i, Bryn James, yn Jim Beam, y canwr sy'n methu canu. Fy nghyfaill Iwan ddewisodd fy enw proffesiynol, ar ôl ei hoff ddiod. Dywedodd bod angen enw fyddai'n gwneud i mi sefyll mas o'r dorf. Mae'n debyg y dylen i fod yn ddiolchgar nad Smirnoff ydw i.

'Be sy'n dŵad â chdi allan i *mortuary* ar fore oer o Ionawr 'te, Paul?' gofynna John Tal.

Cymer Paul ei amser cyn ateb, gan arllwys coffi iddo'i hun o'r wrn. Mae hyn yn fy ngwneud yn fwy nerfus a llosgaf dop fy ngheg wrth sugno ar fy niod chwilboeth. Anadlaf i mewn a mas yn glou fel rhyw ddraig orffwyll, yn mwynhau blas y gaeaf oer ar daflod fy ngheg boeth.

'P'un y'ch chi'n moyn gynta, bois – y newyddion da neu'r newyddion drwg?'

'Newyddion da,' meddaf, gan gofio f'adduned blwyddyn

newydd.

'Ma' nhw'n moyn cyfres arall o *Angel*. Saith y tro nesaf, nage chwech.'

'Yr un giang o heddlu yn y cefndir?' gofynna John Tal.

Amneidia Paul, gan fflician pilsen siwgr calori isel yn ddeheuig i'w goffi.

'Beth yw'r newyddion drwg 'te?' gofynnaf innau.

'Ma' nhw'n mynd i gael *shoot-out* yn y swyddfa cyn bo hir. Bydd un o'r artistiaid cynorthwyol yn cael ei ladd.'

Mae yna dawelwch syfrdanol sy'n para am byth, bron â bod, wrth i'r tri ohonom sipian ein coffi, gan bendroni dros y farwolaeth ffuglennol sydd wedi cripian i fyny arnom mor ddisymwth.

'Odyn nhw wedi penderfynu pwy eto?' gofynna rhywun, mewn llais uchel, cartwnaidd. Er mawr fraw i mi, sylweddolaf taw fi yw e.

'Na.'

'Dwi bron byth yn y swyddfa,' meddai John Tal, gan agor paced o *Custard Creams* i ddathlu.

'Ma' nhw'n ffaelu cael gwared arna i,' meddaf mewn llais pigog nad wyf yn ei adnabod.

'Pam?' gofynna Paul.

Mae'n gwestiwn da. Teimlaf fel dyn sy'n boddi, yn dod i fyny am aer am y tro olaf.

'Achos bydd rhaid i'r actorion agor y drysau eu hunain. Neu bydd raid iddyn nhw hyfforddi rhywun arall i wneud.'

Wy'n methu credu'r hyn wy newydd ei ddweud. *Hyfforddi* rhywun i *agor drysau*?

Mae John Tal a Paul yn edrych ar ei gilydd, yna'n morio chwerthin. Wy'n ymuno â nhw, er nad wyf i'n siŵr pam yr ydw i'n chwerthin. Yn y man mae Paul yn stopio ac yn dweud wrthyf am ymlacio.

'Mae'n ddyddie cynnar 'to. Sdim syniad 'da nhw pwy i saethu. A wy 'di cael nhw lawr o ddou i un yn barod.'

'Beth?! O'n nhw 'di bwriadu lladd *dou* blisman?!' gwaeddaf

mewn anghrediniaeth lwyr.

'Mae'n stori dda. Mae Keith yn meddwl y bydd e'n helpu gwerthiant yn America.'

Ffycio gwerthiant yn America. Wy wedi dechrau becso am y plisman arall, yr un sy'n byw trwy'r saethu, am wn i.

'Faint sy'n cael eu saethu i gyd?'

'Fydd 'na gwpwl o fwledi ar wasgar, ambell fraich 'di'i sgathru. Un yn cael ei ladd. Un arall wedi'i anafu'n ddifrifol.'

'Pa mor ddifrifol?' Wy'n dechrau swnio fel cwisfeistr.

'Soniodd Keith am gadair olwyn.'

'Wel, dyna fi allan ohoni eto 'te,' meddai John Tal, yn gwenu fel giât. 'Sdim modd gyrru os dach chi 'di colli defnydd eich coesau, nac oes?'

Odych chi'n gallu agor drysau? Ceisiaf gofio sut oedd hi ar Raymond Burr yn *Ironside* ers talwm. Na. Roedd y drws yn cael ei agor iddo fe, gan artist cynorthwyol. Felly y dyle hi fod. Rhywun oedd yn gwybod beth i'w wneud. Rhywun oedd yn bendant yn gallu defnyddio'i goesau. Rhywun fel Glyn.

Yn y gwely y noson honno, dihunaf yn sgrechen. Rwyf wedi breuddwydio am Glyn yn y swyddfa. Mae môr-forwyn sy'n dawnsio wedi ei saethu trwy ei galon.

Pennod 2

Dihunaf amser cinio y diwrnod canlynol. Wy wedi cysgu'n wael iawn ac rwy'n deffro i sŵn injan dân ar y landin. Uwchlaw sŵn y seiren clywaf lais plentyn yn galw 'Bryn, Bryn!' gan daro'r cerbyd yn erbyn fy nrws. Gwisgaf fy ngŵn-wisgo yn frysiog a gadael crwt pump oed wrth ei fodd i mewn i'm fflat.

'Beth yw Amser?' gofynna Jamie.

Edrychaf ar y cloc. 'Deg munud i un.'

'Na. Nage "beth yw'r amser" – beth yw Amser?'

Mae Jamie'n alluog iawn am ei oedran. Wythnos ddiwethaf, mi ofynnodd a oes gan Dduw frawd. Gafaelaf mewn geiriadur, gan obeithio bod yna eglurhad syml ar Amser. Mae'n dweud, 'y berthynas gyffredinol o osod trefn ar bethau neu fodolaeth parhaol neu olynol'. Damo. Mae Jamie'n edrych lan arnaf yn ddisgwylgar.

'Ym . . . ma' 'na bach yn anodd. Ti'n sôn am y cyfnod o ddechrau'r Byd lan at nawr, ac ymlaen i'r dyfodol hefyd.'

Mae'n edrych arnaf yn ofalus, ei lygaid yn mynd i fyny ac i lawr, yn ceisio dirnad a wyf i'n ei gymryd o ddifri ai peidio. Ar ôl eiliad neu ddwy, diolch i'r drefn, mae e'n derbyn fy ateb, gan daro'r seiren ymlaen unwaith eto a rasio rownd fy ngwely ar ei injan dân.

'Mae gen i glust tost. O't ti'n gwybod bod gan bawb chwe chlust?'

Na. Doeddwn i ddim. Wy angen coffi cryf ac rwy'n rhoi'r

tegil ymlaen.

'Wedodd Doctor Murphy. Ma' 'da ni ddau glust ar y tu fas, y Clustiau Allanol.'

Mae Jamie'n dala llabedau ei glustiau â'i ddwylo, fel mae cantorion gwerin yn 'neud wrth geisio taro nodyn.

'A ma' 'na Glust Canol un bob ochor a Chlust Mewnol un bob ochor. Sy'n 'neud 'whech.'

Mae crybwyll enw meddyg teulu Jamie wedi f'atgoffa ei bod hi'n noson gwis yn yr *Ivy Bush* heno. Lloyd Murphy yw fy meddyg innau, ac yn anffodus ry'n ni'n aelodau o'r un tîm cwis. Wy ddim yn cynghori unrhyw un i wylio'n gyson faint mae ei feddyg teuluol yn yfed. Clywaf gnoc ar y drws. Jo, mam Jamie, sy'n galw o'r landin.

'Jamie? Gobeithio bo' ti ddim yn poeni Wncwl Bryn.'

Brodor o'r brifddinas yw Jo, ac mae hi wrthi'n dysgu Cymraeg yr un pryd â'i phlentyn, fel sawl rhiant yng Nghaerdydd. Yn wir, dyna oedd sefyllfa Lloyd hefyd, sydd erbyn hyn yn hollol rugl.

'Nagyw, ma' fe'n iawn,' atebaf o'r diwedd.

'Nagyw, ma' fe'n iawn,' ychwanega Jamie, yn fy nynwared fel parot.

'Dere miwn, os ti moyn,' galwaf, gan wthio 'chydig o ddillad brwnt i mewn i fag golchi ac agor ffenest.

Mae Jamie'n agor y drws i'w fam. Menyw yn ei thri degau cynnar yw Jo, ac mae wastad ganddi olwg ddwys iawn ar ei hwyneb, fel se hi newydd ddarllen rhyw gerdd ddwfwn. Mae hyn oherwydd ei bod hi gan amlaf newydd ddarllen rhyw gerdd ddwfwn. Mae ganddi groen gwelw, gwallt cwta gloywddu a llygaid mawr dyfriog gyda bagiau coch blinder oddi tanynt. Yn aml mae hi'n nodio'i phen heb unrhyw reswm amlwg, sy'n peri i mi anesmwytho braidd, rhaid cyfadde.

'Ti'n ffansïo coffi?'

Amneidia ei phen yn araf. Cymeraf hyn fel 'ie', er mae'n anodd dweud gyda Jo.

'Ni'n lwcus iawn,' meddai, ychydig yn brudd.

'Odyn,' meddaf, gan lenwi fy mwg 'Cestyll Cymru' â thair llwyaid o siwgr. Mae Jamie'n ei heglu hi'n frysiog mas i'r landin, wedi derbyn galwad frys arall.

'Mae cymaint o bobol yn y byd yn byw mewn tlodi ofnadwy, ti'm yn meddwl, Bryn?'

Wy'n meddwl bod y *bedsit* wy'n byw ynddi yn dwll, ond cymeraf dudalen o lyfr Jo fel petai a nodiaf fy mhen yn araf, ddifrifol.

'Cafodd Octavio Paz ei fagu mewn tŷ oedd yn cwympo lawr.'

Syllaf ar y tegil yn berwi, gan feddwl pwy ddiawl alle Octavio Paz fod.

'Dyw e'm yn dod o Ganada, ody e?' gofynnaf.

Amneida Jo ei phen yn araf, cyn dweud 'Chile'. Gwnaf nodyn yn fy mhen i awgrymu Deg Person Enwog o Chile yn y gwaith yr wythnos nesaf.

Ar ôl i mi wrando'n amyneddgar ar Jo yn darllen rhannau o gerdd Paz, '*A Draft of Shadows*' i gyfeiliant seiren Jamie yn y cefndir, llusgaf fy hun draw i lyfrgell yr Eglwys Newydd i weld fy nghyfaill Phil. Mae Phil yn dal a chyhyrog ac yn dod o Gwm Rhymni. Mae bob amser yn gwisgo crys-T sy'n rhy fach iddo fe, beth bynnag yw'r tywydd. Wy'n siŵr bod ei ddwylo mor fawr nes bod angen bàth arnyn nhw. Ond er ei fod yn edrych fel adeiladydd, a'i ben-ôl yn hongian o'i jîns yn berffaith, llyfrgellydd yw Phil ac aelod mwyaf galluog ein tîm cwis. Wrth i mi i fynd mewn i'r llyfrgell, mae yna linell o gerdd Paz, '*In my house there were more dead than living*' yn chwyrlïo o gwmpas fy mhen. Mae'r llinell wedi fy ypsetio'n lân, gan fy atgoffa i o farwolaeth bosibl Glyn.

Sylwaf ar hen fenyw, bownd o fod yn ei naw degau, yn gosod pump o nofelau Catherine Cookson ar gownter Phil: yr argraffiadau print bras ar gyfer pobol gwan eu golwg. Mae Phil yn stampo'r llyfrau iddi ac mae hi'n eu gosod nhw yn ei bag yn du hwnt o ofalus, fel se nhw'n wyau. Arhosaf iddi hi fynd, cyn mynd lan at Phil i dorri'r garw.

'Wy'n ofan mod i'n mynd gael 'yn saethu.'

'Yffach, mae Iwan yn iawn, ma' 'da ti obsesiwn am farwolaeth, ti'n gwybod.'

'Na na, nage fi. Glyn, ti'n gwybod, y plisman yn *Angel*.'

'Dyw e'm yn ffycin bodoli, Bryn.'

Wy'n gwybod, yn dechnegol, fod Phil yn gywir. Ond mewn ffordd *mae* Glyn yn bodoli i mi. Wrth gwrs ei fod e. Mae'n rhaid ei fod e. Mewn gair, os yw Glyn yn marw, wy ar y dôl.

'Mae 'na gyfres newydd yn mynd i fod. Saith ffilm ddwy awr yr un. Gwaith am flwyddyn gyfan, o leia.'

'Wel, paid edrych mor ddigalon 'te.'

'Ti ddim wedi deall, Phil. Ma' nhw'n mynd i ladd un ohono ni.'

'Paid becso 'mbytu fe. Ma' fe i gyd mas o dy reolaeth di, ta beth.'

Nid fel cwestiwn mae e'n dweud hyn, ond fel gosodiad, fel ffaith. Pan mae Phil yn gwneud gosodiad, fel arfer mae yna un o'i Ddamcaniaethau ar Fywyd yn dilyn. Ar hyn o bryd mae e â'i fryd ar Anhrefn.

'Beth sy mas o'n rheolaeth?' gofynnaf, yn gwahodd y Ddamcaniaeth.

'Popeth,' meddai Phil yn llon.

Mae Phil yn mynd yn ei flaen gan siarad yn frwd mewn sibrwd llwyfan, â golwg benderfynol yn ei lygaid gwaetgoch, fel se fe'n ceisio fy mherswadio i ladd rhyw unben o dywysog o'r Oesoedd Canol. Wrth gwrs, mae e yn ei elfen.

'Meddylia am y tri pheth pwysica yn dy fywyd. Ym mywyd y mwyafrif o bobol. Geni, ffeindio cymar, marw. Does yr un ohonyn nhw wedi'i selio ar Reswm. Fedri di ddim rheoli ble ti'n cael dy eni. Dyw e'n ddim byd i 'neud â ti. Lwc, a dim byd arall. Alle ti'n hawdd fod wedi dy eni yn Iwganda ac wedi marw erbyn nawr. Gall marwolaeth ein taro ni, unrhyw un ohono ni, unrhyw funud. Eto, anhrefn llwyr. Ddim unrhyw beth i 'neud â Rheswm. A 'na ti gymar, wedyn. Partner i genhedlu. Ti'n meddwl bod 'da ti ryw ddewis yn y mater, ond does dim méwn gwirionedd. Chi jest yn digwydd bod wedi meddwi yn yr un lle ar yr un pryd. Pan mae rhyw yn dod mewn trwy'r drws, mae Rheswm yn mynd mas trwy'r ffenest. Ma' fe i gyd yn wallgo, hollol wallgo!'

Mae gan Phil wên lydan ar draws ei wep writgoch. Teimlaf y dylse fe foesymgrymu a derbyn cymeradwyaeth gan bawb sydd yn y llyfrgell. Yn lle hynny, mae'n ymbalfalu ym mhoced ei drowsus â'i raw o law ac yn tynnu hanner paced o *Polo Mints* mas. O fewn eiliadau rydym yn eu sugno'n dawel a threfnus. Yr unig sŵn a glywir yw ci yn cyfarth yn y pellter, yn wallgo, anhrefnus. Ac i feddwl mod i wedi dod yma i godi 'nghalon!

Yn y man, mae Phil yn f'atgoffa mod i wedi addo i Iwan y bydden i'n helpu i goncrito ei batio y prynhawn hwnnw. Af draw at y ffenest gan gwpanu fy nwylo'n gylch, gan edrych drwy ryw fath o deliscop dychmygol. Rwyf wedi gweld Ronnie Hopkins, gŵr camera *Angel*, yn 'neud hyn droeon ac mae'n edrych yn dda.

'Beth wyt ti'n 'neud, Bryn?'

'Edrych ar y cymylau. Mae'n edrych fel glaw i mi.'

'Tro lan yn ei dŷ e, o leia. 'Mwyn Duw, ti'n gwybod fel mae'r bastard dwl. Wy ddim moyn iddo fe gonan mwy nag arfer trwy'r cwis heno.'

Mae Phil yn iawn. Rhaid i mi fynd. Gog sarrug chwe deg dau oed yw Iwan Roberts, y pedwerydd aelod o'n tîm. Mae ei galon yn y lle iawn, ond wy ddim mor siŵr am ei afu. Mae Iwan wedi bod yn yfed ei hun i farwolaeth ers blynyddoedd. Ac yntau'n ddramodydd llwyfan o fri ar ddechrau'r saith degau, roedd yn un o genhedlaeth gyfan o ysgrifenwyr a ysbrydolwyd gan waith John Osborne ac *angry young men* eraill o'r theatr. Ond erbyn hyn mae'r dyn ifanc crac yn hen ddyn sinigaidd. Yn gyn-gynhyrchydd gydag HTV, mae e'n dal i weithio'n achlysurol fel ymgynghorydd sgriptiau, yn cynghori darpar ysgrifenwyr ar faint yn gwmws o ddŵr i roi ar ei wisgi. Helpodd Iwan mi i gael lle gydag asiantaeth Paul Stewart. Roedd hynny'n garedig mewn un ystyr, ond ar y llaw arall fe oedd yn gyfrifol am i mi golli fy swydd yn Ellis & Jones yn y lle cyntaf. Arferai ddod i mewn i'r siop, ar bnawn Iau gan amlaf, yn cario bag chwaraeon mawr ond gwag. Yn feddw, symudai'n ôl a 'mlaen fel se fe ar long, cyn gofyn a gâi dreial siwt ddrud ymlaen. Yna bydde fe'n mynd i mewn i un o'r ystafelloedd newid, rhoi'r siwt yn ei fag gwag, a dod mas a wincio arnaf, cyn brasgamu mas o'r siop heb dalu! Ar y pumed neu'r chweched tro iddo wneud hyn daeth Mr Ellis i wybod am y peth a dyna'i diwedd hi i mi yn y siop. Oherwydd bod Iwan yn un o fân-enwogion y genedl, o leiaf yng nghylchoedd Cymry Cymraeg y ddinas, penderfynodd Mr Ellis beidio galw'r heddlu. Rhoddodd e'r sac i mi yn lle hynny. Fel mae'n digwydd, roedd gwenu wrth lapio papur o amgylch bocs crys *Viyella* rhyw uwchgapten swta wedi symud i ymddeol ym Mro Morgannwg wedi dechrau troi arna i p'un bynnag, ac ro'n i'n falch o adael.

Yn hwyr y prynhawn hwnnw, wy'n yfed coffi Gwyddelig yn ystafell haul Iwan (sydd hefyd, gyda llaw, yn digwydd bod yn landlord arnaf). Dyw dyn y cymysgydd concrit heb droi lan, felly does dim i'w wneud. Wedi iddo glirio baw y ci drws nesa oddi ar ei lawnt, gwyliaf Iwan yn ffocysu'i rwystredigaeth ar ychydig o falwod ar lwybr yn ei ardd. Mae'n eu chwalu'n nhw'n yfflon gyda morthwyl. Yn sylwi mod i'n ei wylio, mae e'n taflu un o'r malwod tuag ataf. Mae'r rhan fwyaf ohoni'n bownsio'n ôl oddi ar y ffenest, ond mae darn bach o gragen yn glynu wrth y gwydr. Syllaf ar y llysnafedd gwyrdd yn araf redeg i lawr y ffenest wrth i mi sipian fy nghoffi. Meddyliaf am y falwoden yn gadael ei marc. Mi fydd wedi'i olchi i ffwrdd gyda'r glaw cyn iddi nosi, fel se'r falwoden erioed wedi bodoli. Yn ddiweddar, rwyf wedi teimlo rhyw ysfa aruthrol i adael fy marc ar y byd, i brofi mod i wedi bodoli. Gwn ei fod yn flys afresymegol, anaeddfed, ond rwyf yn gorwedd ar ddihun yn fy ngwely gyda'r hwyr yn becso mod i'n pylu, yn diflannu o'r byd hwn yn hollol ddigofnod. Bywyd di-ystyr arall. Mewn un ffordd, rwy'n falch mod i'n meddwl am bethau dwfwn athronyddol yn hytrach na drifftio trwy fywyd ar *auto pilot.* Mewn ffordd arall, wy'n gwybod nad oes unrhyw beth o'i le arnaf. Wy jest yn hollol despret am ffwc.

Daw Iwan i mewn, a heb drafferthu sychu'i esgidiau mae e'n gadael patrwm bwrdd golchi ar y llawr teils gwyn. Mae e'n tynnu llyfr mas oddi dan y soffa fambŵ rwyf yn eistedd arni ac yn ei basio i mi. Enw'r llyfr yw *Write Your Own Will.*

'Pam wyt ti'n rhoi hwn i mi?' gofynnaf, ychydig yn swta.

'Ddyliech chdi ysgrifennu dy ewyllys. Wneith o godi dy galon di. Sdim isio ichdi deimlo'n euog am feddwl am farwolaeth trwy'r adag. Mae pawb yn gneud, yn enwedig ar gychwyn blwyddyn newydd.'

'Wy ddim yn meddwl am farwolaeth trwy'r adeg,' meddaf, ychydig yn rhy amddiffynnol.

Mae Iwan yn arllwys Jim Beam mawr i'w hun, ei lygaid wedi'u swyno gan y gogoniant melyn a deyrnasa'n hudolus ar waelod ei wydryn. Yna mae e'n cymryd llwnc mawr gan gau ei lygaid i sawru pob moleciwl o alcohol. Pan egyr ei lygaid unwaith eto, mae e fel se fe'n cael sioc o 'ngweld i. Yna, o weld y llyfr, mae e nôl ar y trywydd.

'Gei di'i fenthyg o, os wyt ti isio. Dylsa pawb 'neud ewyllys. Mae o'n hwyl 'sti.'

'Shwt allith 'neud ewyllys fod yn hwyl?' gofynnaf, heb gredu hyn am eiliad.

'Fedri di adael unrhyw beth ti isio, i bwy bynnag ti isio, yntê.'

Mae e'n codi'i aeliau wrth ddweud hyn, gan roi chwerthiniad bach iddo'i hun. Am eiliad wy'n dechrau meddwl falle'i fod e wedi gadael rhywbeth i mi yn ei ewyllys, ond mae Iwan yn mynd ymlaen i egluro.

'Meddylia am y ddeg ffwc ora i chdi gael erioed,' meddai'n daer. 'Ti'm yn meddwl bod nhw'n haeddu rhywbeth? Rhyw swfenîr gogleisiol? Rhywbeth fasa neb arall yn deall ei arwyddocâd, ella?'

Mae Iwan yn mynd i'r gegin, a chlywaf ef yn chwilota trwy

rhyw ddreiriau. Ai dyma'r ffordd i ysgrifennu ewyllys? meddyliaf. Gan sugno'n swnllyd ar weddill fy nghoffi Gwyddelig, ceisiaf gofio deg ffwc, heb sôn am fy neg ffwc orau. Ceisiaf gysuro fy hun wrth gofio bod Iwan bron chwarter canrif yn hŷn na mi. Bu'n briod dair gwaith a chanddo dri o blant, i gyd â mam wahanol. Ar ol ychydig mae'n dychwelyd i'r ystafell haul, gan gario eglwys gadeiriol fechan yn ei law.

'Dwi wedi gadael hon yn fy ewyllys i Mercedes, cynhyrchydd teledu o Sbaen. *Miniature* o eglwys gadeiriol Barcelona ydy hi. Gawson ni gyfathrach rhywiol reit nwydus yno tu ôl i bilar, adeg Gŵyl Ffilmiau Catalan diwedd yr wyth dega.'

Edrychaf yn syfrdan. Mae'n rhaid mod i'n edrych braidd yn aflednais hefyd, am wn i, oherwydd mae Iwan yn ymosod arnaf yn syth.

'Beth yn y byd sy'n fwy sanctaidd na ffwc?' mae'n gweiddi.

Mae'n amlwg yn grac nawr ac yn agor ei botel Jim Beam unwaith eto.

'Dim ond rhyw a marwolaeth sydd, 'y ngwas i. A dwi'n gwybod p'un o'r ddau sy'n well gen i gael obsesiwn yn 'i gylch o.'

Mae Iwan yn arllwys wisgi arall i'w hun ac yn falch o weld mod i'n gwenu. Rhuthra mas i'r gegin unwaith eto. Myfyriaf am ychydig am yr hyn mae e newydd ei ddweud am ryw a marwolaeth. Cofiaf am ystadegyn a welais mewn papur newydd yn ddiweddar. Mae'n debyg bod y gwryw cyffredin yn meddwl am ryw ar ryw lefel unwaith bob wyth eiliad. Wy wedi treial hyn ac mae e'n weddol agos ati. Wy hefyd wedi'i dreial e gyda marwolaeth. Nid wyf yn honni fy mod i'n wryw cyffredin, ond ffeindiais i dros gyfnod prawf o ddeng munud mod i'n meddwl am farwolaeth unwaith bob pum eiliad. Wrth gwrs, weithiau rwy'n meddwl am ryw a marwolaeth ar yr un pryd, fel yr adeg o'n i'n sgwrsio gydag Alison y corff. Yn gyffredinol, fodd bynnag, dan amodau arbrawf wy'n treial peidio meddwl am ryw a marwolaeth ar yr un pryd, gan fod hynny'n cawlo fy symiau cyfartaledd yn uffernol.

Daw Iwan nôl mewn. Y tro yma mae'n cario trên tegan, awyren fechan a hwyaden felen rwber. Mae fy nghalon yn suddo. Y gorau alla i feddwl amdano yw rhyw ddarn o borfa wrth ymyl yr A470 ger Aberhonddu. Wy'n amau'n fawr a oes yna *replica* i gael. Diolch byth am hynny. Wy'n siŵr na fyddai Helen Morgan moyn etifeddu darn bach o borfa blastig fel swfenîr wedi i mi farw.

Y noson honno, yn ystod y cwis yn yr *Ivy Bush*, teimlaf bod y cwestiynau i gyd yn ymwneud â marwolaeth. Wy'n dweud hyn wrth Phil. Mae'n ochneidio'n uchel, gan daflu cipolwg i gyfeiriad Lloyd, sef lled-awgrymu y dyliwn i weld fy meddyg am y peth. Mae bar y lolfa'n orlawn o grwpiau o bedwar neu bump wedi gwasgu at ei gilydd o amgylch darn o bapur a phensil. Sibrwd pendant gorffwyll ac edrychiadau o anghrediniaeth yw'r norm. Val, y dafarnwraig, sy'n edrych yr un ffunud â'r diweddar Frankie Howerd, sy'n gofyn y cwestiynau.

'*Question nine. In 1996, the Chinese New Year was represented by which animal?*' gofynna'n addfwyn i'r meicroffôn.

Mae Phil wedi ysgrifennu *Rat* i lawr cyn bod unrhyw un wedi cael cyfle i feddwl.

Mae Lloyd yn nodio, yn cytuno. Mae Iwan yn treial ei orau i gadw'i lygaid ar agor. Edrychaf ar y gair *Rat* a meddyliaf yn syth am farwolaeth, ond nid wyf yn dweud unrhyw beth.

Mae Val yn tynnu ar ei sigarét ac yna'n gofyn cwestiwn olaf y rownd. '*Question ten. What is the link between Donald Sutherland and Dan Ayckroyd?*'

Yn amlwg, hwn yw fy nghwestiwn i. Fodd bynnag, sylwaf, er cryn annifyrwch, bod Iwan yn sydyn wedi dihuno o'i hanner-cwsg, gan wafio'i freichiau o amgylch fel rhyw ddrymiwr gwallgo. 'Dwi'n gwybod hwn,' sibryda'n hyderus. 'Roedd y ddau ohonyn nhw yn y ffilm *M.A.S.H.*'

Ysgydwaf fy mhen yn egnïol negyddol. Mae Lloyd a Phil yn edrych ar ei gilydd, yn amlwg heb syniad beth yw'r ateb. Daliaf fy llaw mas, gan ddisgwyl i Phil basio'r pensil i mi.

'Beth wyt ti'n mynd i sgrifennu?' sibryda'n ddrwgdybus.

Edrychaf o gwmpas i sicrhau na allith neb fy nghlywed, cyn sibrwd yn gyffrous, 'Mae'r ddau'n dod o Ganada'. Mae Lloyd a Phil yn edrych ar ei gilydd unwaith eto. Mae'n amlwg nad y'n nhw'n fy nghredu. Yn y cyfamser mae Iwan yn treial tynnu'r pensil o law Phil, sydd tamaid bach fel treial tynnu carreg fach o graig enfawr.

'Rho'r ffycin pensil i mi'r cwdyn!' gwaedda Iwan yn rhwystredig.

Mae Val yn taflu cipolwg geryddgar tuag at ein ford ni.

'Wy'n gwybod bod Donald Sutherland yn dod o Ganada,' meddai Lloyd.

'Wy'm yn credu bod Dan Ayckroyd,' meddai Phil.

'Dere i ni fynd gyda M.A.S.H. 'te,' meddai Lloyd. Mae Phil yn ysgrifennu *Both in M.A.S.H. film* ar y papur jest mewn pryd. Ry'n ni'n swapo papurau gyda'r ford nesaf atom ac edrychaf am eu hateb nhw i gwestiwn deg yn syth. I 'neud pethau'n waeth, mae eu hateb hwy wedi'i ysgrifennu mewn priflythrennau breision – *BOTH ARE CANADIAN*. Damsgenaf ar droed Iwan dan y ford a phenderfynaf bwdu am weddill y noson.

Serch hynny, yn bennaf oherwydd gwybodaeth ryfeddol Phil o hanes, a sgorio cyson Lloyd ar y cwestiynau gwyddonol, rydym yn dal i lwyddo i ennill y gystadleuaeth. Fel bonws, byddwn ni'n mynd trwyddo i gystadleuaeth cwpan rhyngdafarnol lle y byddwn ni'n cynrychioli'r *Ivy Bush*. Mae Val i'w gweld wrth ei bodd ac mae hi'n dweud ei bod hi'n meddwl bod siawns dda gyda ni i fynd ymhell. Mae hi'n rhoi bob o botel o win pefriog rhad i ni ac mae'r pedwar ohonom yn eu hagor nhw'n rhodresgar, gan chwistrellu'n gilydd â'r gwin yn union fel se ni'n yrwyr ceir buddugol mewn Grand Prix.

Ychydig yn ddiweddarach (mae'n teimlo fel pum munud) mae Malcolm, gŵr Val, yn dweud ei bod hi'n amser i ni fynd adre. Gwenaf a gofynnaf i Lloyd, 'Beth yw Amser?' Mae e'n rhoi ei fraich rownd fy ysgwydd, gan ddweud yn ei acen gref Caerdydd fy mod i'n fastard trist.

Syrthiaf i gysgu'n dangnefeddus hamddenol, yn falch o wybod pe bawn i'n digwydd marw fory, yna o leia bydde Phil, Lloyd ac Iwan yn dod i'r angladd. A Jo falle, er fydden i ddim moyn i Jamie ddod. Bydde fe'n ypsét iawn.

Y noson honno caf freuddwyd hynod am gael fy newis i genhedlu'r genhedlaeth nesaf o blant ar gyfer ardal De Cymru gyfan. Mae'n debyg bod cyfrif sberm gwrywod yr ardal yn isel iawn. Mae pob menyw wy erioed wedi'i nabod yn gorwedd lawr mewn cae ar gyrion Aberhonddu. Wy'n rhuthro o amgylch y cae, yn eu ffrwythlonni fel hwrdd cocwyllt. Wedi eu gwisgo fel eunuchiaid, mae Phil, Iwan a Lloyd yn bloeddio'u hanogaeth wrth geisio osgoi'r traffig ar yr A470.

Yn y man, dihunaf yn siomedig. Rwyf wedi gadael fy marc. Yn anffodus, marc y gallaf 'neud hebddo ydyw. Mae miliynau o sberm wedi neidio i'w marwolaeth ar fy rhan. Maen nhw wedi bod yn nofio, yn chwilio am Wy, yn rhuthro i ryw hanner addewid ar y gorwel, rhyw si o ddechreuad, ond wedi cyrraedd tranc eu terfyn. Wedi taro i mewn i'w gilydd ar y ffordd, o bosib, maen nhw wedi cyrraedd gorffwysfan anhrefnus fy shiten felen neilon. Nid wyf yn esgus deall y peth.

Pennod 3

Wy lan mynydd yng Nghwm Rhymni. Bron yn anochel, mae corff arall wedi'i ganfod ac rydym mewn lleoliad trosedd. Mae car wedi cael ei losgi ac mae gweddillion ulw rhywun yn sedd y gyrrwr yn aros yn frawychus unionsyth. Wy'n ceisio bod yn bositif am y peth. Wedi'r cwbwl, dim ond esgus y'n ni. Does neb wedi'i ladd mewn gwirionedd. Ar ôl llwyddo o'r diwedd i'm hargyhoeddi fy hun nad yw pobol yn marw fel hyn yn y byd real, daw John Tal draw a dweud bod y llofruddiaeth yma'n seiliedig ar ddigwyddiad go iawn. Syllaf ar y corff, sydd wedi rhuddo'n wael. Mae'n hollol ddu heblaw am y dannedd melyn sy'n sefyll allan ac yn f'atgoffa o ddannedd ceffyl, yn or-fawr, fel se nhw'n pwysleisio sgrech gyntefig erchylltra'r poen. Wy'n gweld pwynt Tony Rees am fod yn greadigol. Meddyliaf am longyfarch Catrin a Kim, ond yn y diwedd dewisaf beidio. Gallai rhywbeth fel hyn yn dechnegol fod yn *props* yn hytrach na'r adran golur, a se hi'n cymryd misoedd i adfer fy sefyllfa yn dilyn y fath gamgymeriad sylfaenol.

Hynny yw, os ydw i'n dal yn y blydi sioe.

Wrth i mi sipian coffi arall eto fyth, teimlaf yn falch o fod nôl yn siaced siec lwyd, gyfarwydd, Glyn. Yn dibynnu pa ddiwrnod yw hi yn y ffilm gallai fy nhei neu fy nghrys neu fy nhrowsus newid, ond mae'r siaced yn rhywbeth parhaol, sefydlog. Pan awgrymodd Martin o'r Adran Wisgoedd falle dylen i gael siaced fach ledr ddu yn ei lle hi, taflais ddŵr oer ar

29

y syniad yn syth. Dywedais taw'r siaced lwyd siec *yw* Glyn. Wy'n credu ei fod wedi cael sioc braidd ynghylch fy sicrwydd i. Heb yn wybod i Martin, diffyg poced mewnol i gario llyfr o gwmpas y set oedd y gwir reswm dros wrthod y siaced ledr.

'Arspenol un, Twlltinham dwy,' meddai Gareth Bennet wrth i mi agor drws ei gar. Fydde ddim gymaint o ots 'da fi se fe'n 'whare 'mbytu mewn rihyrsal, ond ma fe'n 'neud e ar y cynigion hefyd. Os yw e yn y cefndir, heb unrhyw linellau sgript, dyw e jest ddim yn cymryd yr artistiaid cynorthwyol o ddifri. Mae lot o'n gwaith ni'n ymwneud â 'neud llinellau i fyny ar y pryd. Sneb yn clywed nhw, wrth gwrs, ond nid dyna'r pwynt. Ni'n *edrych* fel se ni'n trafod yr achos, oherwydd dyna beth y'n ni'n 'neud. Ni ddim yn edrych fel se ni'n parablu'n blentynnaidd am ryw ganlyniadau pêl-droed honedig ddoniol. Weithiau, am resymau technegol, yn hytrach na sibrwd y llinellau *ad lib* sneb yn eu clywed, ry'n ni'n gorfod hyd yn oed meimio'r rheiny. Ar y dechrau, cymerodd hyn gryn dipyn o ganolbwyntio. Wy dal i'w ffeindio hi'n anodd i edrych yn hollol naturiol. Mae gweithio'n agos gyda wancar fel Gareth yn 'neud e'n amhosib. Ac mae'r bastard yn galw ni'n 'ecstras', arwydd pendant bod e'n actor gwael p'un bynnag.

Yn sydyn, mae Lowri yn ymddangos o rywle, reit ar ein pwys ni.

'Reit, hon yw'r un. Ni jest â bod 'na nawr. Treia beidio gwenu wrth i ti agor y drws, Glyn. Ni'n gallu gweld ti, ac ma 'na lofruddiaeth 'di bod wedi'r cwbwl, nago's e, iawn?'

Nodiaf yn euog, gan ddala, yng nghornel fy llygad, Gareth yn sefyll ger un o'r trydanwyr yn pwyntio ata i ac yn ystumio 'wancar' trwy symud ei law lan a lawr. Wy'n esgus mod i heb ei weld, ond gwnaf nodyn yn fy mhen i gofio awgrymu i Paul Stewart y bydde hi'n fwy dramatig i ladd un o'r prif rannau yn y saethu yn y swyddfa yn hytrach nag un o'r artistiaid cynorthwyol. Rhywun fel Ditectif Sarjant James, alias Gareth Bennet.

Rydym yn mynd am gynnig arall ac agoraf drws y car yn

ddifrifol iawn i DS James.

Wrth iddo fynd mewn i'r car a'i gefn at y camera, mae'n edrych i fyw fy llygaid a dweud, 'Rhechsam dwy, Abertin tair', gan godi'i lais a'i aeliau wrth ddweud 'tair' i ddynodi elfen o sioc i'r fuddugoliaeth oddi cartref. Y tro hwn, llwyddaf i syllu nôl yn ddwys, heb arlliw o wên.

Yn sydyn mae Al, y cyfarwyddwr, yn gweiddi'n grac – '*Cut*'. Teimlaf fy mhengliniau'n troi'n jeli. Diolch byth, mae e'n sianelu ei lid tuag at yr Arolygydd Dwyfol Rhys.

''Co, Sharon, dyw e jyst ddim yn ffycin gweithio. Os nag wyt ti'n bwrw dy farc, ni ddim yn gweld y pwll glo yn y cefndir.'

'Yn gwmws!' meddai'r Angel, a thinc buddugol yn ei llais, wrth i Martin lapio sgarff rownd ei gwddwg.

Mae Al yn eistedd yn ei gadair, wedi hen 'laru. 'Keith!' mae'n gweiddi. Daw Keith mas o'r tu ôl i'r goeden lle roedd e'n cwato. Mae'n mynd lan at Sharon yn wên i gyd, ond mae un o'i lygaid yn twitsian yn wael. Ma' nhw'n siarad ar draws ei gilydd yn blith draphlith gyffrous nes bod neb yn deall gair ma' nhw'n ddweud wrth ei gilydd bron. Ceisiaf ddirnad beth yw asgwrn y gynnen, ond mae'n anodd. Mae fel gwrando ar ddrama radio sydd ddim cweit ar y donfedd iawn, gydag ambell air yn eich taro chi'n sydyn â'i eglurdeb annisgwyl. Hyd yma, mae Sharon wedi dweud 'ystrydeb' ddwywaith a 'ffycin' unwaith a 'ffycin ystrydeb' bedair gwaith. Wy'n credu 'i bod hi'n weddol glir nad yw hi moyn pwll glo yn y cefndir. Gan biffian chwerthin, mae John Tal yn sibrwd nad yw'r Angel moyn rhyw ddelwedd henffasiwn o Gymru. Nid ar gyfer hyn yr aeth hi i garchar. Dywedaf innau nad ydw i'n cofio'r bennod hynny a dywed John Tal, 'Nid yr Arolygydd Rhys, y lembo; Sharon Ellis, yr actores. Gafodd hi chwe mis o jêl, ddiwedd y saithdega, am ddinistrio *transmitter*.'

Erbyn hyn mae llygad Keith yn dawnsio lawr ochor ei wyneb. Mae ei ben moel wedi newid o felyn i goch. Tafla gipolwg i'n cyfeiriad ni, yn gobeithio cael ychydig o gefnogaeth. Edrychaf ar f'esgidiau tra bod Gareth yn edrych ar ei wats. Mae Keith yn edrych nôl ar Sharon, gan roi rhyw rybudd olaf annealladwy. Mae Sharon yn plygu'i breichiau gan ddweud 'Na' yn blwmp ac yn blaen. Yna mae Keith yn rhefru ac yn rhuo'n uffernol o glou yn ei dafodiaith ogleddol sy'n f'atgoffa o Iwan. Mae dagrau'n cronni yn llygaid John Tal, cymaint yw ei awydd eisiau chwerthin. Clywaf Keith yn dweud bod rhaid cael y siot i mewn heddiw, gan fod y pwll glo'n cael ei ddymchwel yfory. Sydd, er tegwch i Sharon, yn profi ei phwynt, mewn ffordd.

Torrwn am ginio chwerthinllyd o gynnar a cheisir dod o hyd i gyfaddawd dros gyrri llysieuol. Mae Al yn llwyddo i gael ei siots artistig o'r pwll glo, ond heb Sharon. Yn dilyn sawl galwad ffôn frysiog, rhaid iddo 'neud y tro â siots o bellter o rywun sy'n edrych yn debyg i Sharon, â'i chefn at y camera.

Pan ddychwelaf i'm fflat y noson honno, mae yna neges ar y peiriant ateb. Llais trwynol, undonog Paul Stewart sydd yno.

'Hia, Bryn. Jest gair clou am y gyfres gomedi Rufeinig ddydd Llun. Mae'r amser codi ti lan wedi newid o saith i hanner awr wedi chwech. O . . . a fyddi di'n cisau rhyw fenyw yn y cefndir trwy'r dydd.'

Chwaraeaf y peiriant chwe gwaith. A bob tro mae'r gair yn swnio fel 'cisau'. Falle mai nam ar y tâp sy'n gyfrifol, neu lais trwynol Paul, ond beth yw 'cisau'? Ai 'casáu' ddywedodd e? Neu 'cusanu' hyd yn oed? Mae yna fyd o wahaniaeth rhwng casáu a chusanu rhyw fenyw trwy'r dydd, hyd yn oed yn y cefndir. Mewn penbleth, edrychaf 'cisau' i fyny mewn hen eiriadur a chanfod er mawr syndod i mi fod y fath air yn bod. Golyga 'i daro ergyd ysgafn; trawiad tyner, cnithiad'. Does bosib mai dyna fydda i'n 'neud trwy dydd Llun? Taro rhyw fenyw ag ergyd ysgafn? Dro ar ôl tro? Wy'n dechrau becso. Mae'n swnio'n cinci i mi. Na, na, comedi sefyllfa Gymraeg ar yr oriau brig yw hi i fod, rhaglen mewn slot deuluol, nid rhyw rwts ar sianel wyrdroëdig o'r Cyfandir. Er, rhaid cydnabod mod i'n dal i bryderu. Wedi'r cwbwl, roedd y Rhufeiniad yn rhai rhyfedd ar y naw.

Penderfynaf alw Paul ar ei ffôn symudol, ond wy'n methu mynd trwodd. Chwaraeaf y tâp unwaith eto. Cymeraf gan o lager o'r oergell a cheisiaf ymlacio. P'un ai 'cusanu', 'casáu' neu 'cisau' ddywedodd Paul, does fawr o ots. Y peth pwysig yw ei fod e wedi ffeindio gwaith i mi ar gynhyrchiad arall. Yn sydyn wy'n teimlo'n well. Mae pethau'n edrych ar i fyny. Edrychaf allan drwy'r ffenest ar oleuadau cyfarwydd gorllewin y ddinas, gyda Stadiwm y Milflwydd yn goron ar y cyfan, a chymeraf ddracht pleserus o lager. Falle nad oes angen poeni am gael gwared o Glyn, wedi'r cwbwl.

Arhosaf tan saith y bore canlynol cyn ffonio Paul unwaith eto. Wy'n ei ddihuno o drymgwsg braf, ac mae e'n fy nghasáu. Mae'n dweud wrtha i am beidio â'i ffonio cyn deg o'r gloch byth eto. Ond mae e werth e. Ni fyddaf yn cisau na chasáu chwaith. Byddaf yn bendant yn cusanu. Cusanu cyd-aelod o'r werin Rufeinig o'r enw Efa.

Alla i'm credu fy lwc. Yn dibynnu ar faint o siots fydd ei angen a faint o amser fydd gyda ni, allen ni fod yn cusanu'n gilydd am unrhyw beth rhwng deg a hanner cant o weithiau! Yr agosaf wy 'di dod at unrhyw beth personol, lled-rywiol fel hyn o'r blaen oedd pan agorodd Glyn ddrws hwrdy i'r Arolygydd Rhys.

Efa. Ie. Efa. Wy'n hoffi'r enw. Mae'n awgrymu noethni. Rhyw elfen fregus. Dail. Gwnaf ychydig o dost i mi fy hun, gan chwilio'n wyllt am fy ngherdyn llyfrgell. Bydd gan Phil lyfrau ar hanes hynafol. Wy angen rhyw ffics Rhufeinig clou. Os o's rhaid i mi fod yn werinwr Rhufeinig, yna wy'n mynd i fod yn werinwr deallus.

Mae yna dri deg pedwar o lyfrau am y Rhufeiniaid yn llyfrgell yr Eglwys Newydd. Wy ddim moyn bod cweit mor ddeallus â hynny. Wy jest moyn bod yn ddigon deallus i droi cusan yn gnychiad. Mae Phil yn bles â fy niddordeb sydyn mewn hanes Rhufeinig. Fydd rownd nesaf y cwpan cwis yn y *Stag & Pheasant* yn Nhre-lai. Mae'n debyg bod gan y tafarnwr ddiddordeb mawr mewn hanes hynafol.

'Dyw'r Rhufeiniaid ddim yn un o'n cryfderau ni fel tîm. Da iawn, Bryn,' meddai Phil, ag ychydig o syndod yn ei lais.

'Wel, os y'n ni'n meddwl ennill y cwpan hyn, man a man i ni i gymryd e o ddifri, ontefe?' meddaf innau, heb arlliw o syndod o gwbwl.

Y peth yw, wy wedi gadael i Phil wybod am gymaint o'm hanes carwriaethol (aflwyddiannus yn bennaf) yn y gorffennol, wy ddim moyn rhoi cyfle arall eto iddo fe wneud hwyl am fy mhen. Felly cyn belled ag y mae ef yn y cwestiwn, diddordeb rhywiog sydd gen i yn y pwnc, nid un rhywiol.

Taflaf gipolwg bryderus ar y cyfrolau enfawr mae Phil yn eu tynnu i lawr o'r silff. *The Decline and Fall of the Roman Empire* mewn sawl llyfr trwchus gwahanol. Mae Phil yn eu balanso nhw'n hawdd ar ei ddwylo, fel se nhw'n frechdanau. Edrychaf heibio iddo ac estyn llyfr o'r enw *Roman Roads* oddi ar y silff. Mae yna sawl ffotograff ynddo. Mae'n berffaith ar gyfer beth sy gen i mewn golwg. Yn fy mhrofiad i, os y'ch chi moyn creu argraff ar rywun, yna mae'n llawer gwell gwybod yn fanwl am un agwedd o rywbeth yn hytrach na chael rhyw wybodaeth eang, gyffredinol am y pwnc.

A ta beth, hwn yw'r llyfr mwyaf tenau ar y silff.

Llwyddaf i daflu mwy o ddŵr oer ar chwilfrydedd cynyddol Phil, gan fwmian rhywbeth dan fy ngwynt ynglŷn â falle deith y llyfr ar yr hewlydd yn ddefnyddiol wrth helpu i osod patio Iwan. Wy bron iawn am ofyn iddo os oes gydag ef lyfr am gusanu, ond yn sylweddoli y bydde hynny'n gollwng y gath o'r cwd. Yn anesmwyth braidd, sylwaf ei fod e'n dal i'm gwylio trwy ffenest y llyfrgell wrth i mi droi i lawr Heol Felindre.

Treuliaf y rhan fwyaf o'r penwythnos ar bigau'r drain ynglŷn â'r sesiwn cusanu sy'n fy wynebu dydd Llun. Wy wedi penderfynu bod y werin Gymraeg adeg y Rhufeiniaid yn hoffi rhyw. Wy hefyd wedi penderfynu bod y gusan Ffrengig mewn gwirionedd yn hen ddefod Geltaidd. Dyna pam fod tafodau

Celtaidd mor siaradus, a pham fod y Gwyddelod yn medru cynnal llifeiriant geiriol mor huawdl, a'r Cymry'n gallu ymdopi mor hawdd â synau cras yr 'ch' a'r 'll' – yn eu mwynhau, yn wir. Oherwydd bod eu tafodau wedi esblygu o ganlyniad i gael eu stwffio i lawr gyddfau'i gilydd ar hyd y canrifoedd. Nid dim ond ffenomen ddiwylliannol yw'r *stiff upper lip* Saesnig. Llyffethair corfforol ydyw, yn dyddio o'r cyfnod cyn y Rhufeiniaid! Wrth i mi eistedd i fyny yn fy ngwely yn yfed fy nghoffi, mae hyn yn swnio'n reit gynhyrfus. Neu'n rhyw led-gredadwy, o leiaf. Yn bwysicach o lawer wy'n hollol hyderus y bydd y 'ffeithiau' hyn yn help i mi gael fy nhafod i fartsio mewn llinell syth i lawr gwddwg yr Efa hyn bore fory.

Mae bore Llun yn dechrau'n wael. Maen nhw wedi rhoi barf ddu, drwchus i mi. Gwthia Simon, un o'r cynorthwy-wyr colur, y farf i lawr ar fy nghroen gan ddefnyddio rhyw lud melyn, drewllyd sy'n llosgi fel asid cryf. Rhoddir yr un dilledyn i bob aelod o'r werin, sef sach anferth, brwnt sy'n pigo'ch croen ac yn drewi o olew. Sen i'n gwybod, sen i heb drafferthu defnyddio'r diaroglydd bore yma. Wy'n gwynto fel mecanic garej ac yn edrych fel Pavarotti. Dyw Efa heb gyrraedd eto hyd yn oed. Yn y man, wy'n cael gafael ar restr o alwadau'r dydd a sylwaf ei bod hi'n cael ei gwisgo a'i choluro ar y set. Rwyf hefyd yn sylwi'n bryderus ein bod ni'n mynd i ffilmio ar lan afon. Edrychaf mas trwy'r ffenest. Mae hi'n dechrau bwrw eira.

Pan gwrddaf â hi o'r diwedd dan adlen y wagen arlwyo, mae hi'n well nag yr o'n i wedi'i ddisgwyl hyd yn oed. Nid ei bod hi'n noeth, wrth gwrs. Ond mae ganddi ryw harddwch gwelw yr amddifad sy'n mynnu eich sylw. Mae ei gwallt brown hir yn ymestyn ar hyd ei hysgwyddau ac yn frith gan eira. Wedi'i gwisgo mewn sach, edrycha fel se hi'n dioddef o'r diciâu. Ond pan mae hi'n gofyn am fara, mae hi'n gwneud hynny mewn llais sy'n swnio'n ddeniadol gryg, gyda rhyw gyffyrddiad bach Ffrengig. Rhywiol. Wel, i mi o leiaf. Mae hi'n crynu ac yn ceisio cynhesu ei hun â chwpaned o gawl. Gwenaf arni, ond wy'n panicio'n syth wrth i mi sylweddoli bod fy ngwên wedi rhewi ac aros yn ei hunfan. Mae cyhyrau fy wyneb wedi troi'n gerrig mwya sydyn. Gan gofio am y glud, ceisiaf symud fy wyneb yn bwyllog, dan reolaeth. Nid yw'n symud. Ceisiaf beidio edrych yn bryderus, sy'n weddol hawdd gan mod i'n dal i wenu'n hollol wirion. Wrth i mi weddïo mod i wedi llwyddo i gwato 'ngolwg dwl tu ôl i'm barf, mae hi'n dod draw ataf.

'Chi'n oreit?' Naw gwaith mas o ddeg dyma'r peth cyntaf mae menywod yn 'i ddweud wrtha i. Mae'n digwydd mor aml nes bod gas gen i'r cwestiwn erbyn hyn. Fodd bynnag, pan glywaf y geiriau'n llifo o wefusau deniadol Efa, mae'n swnio fel angel yn gofyn i mi be licen i gael i'w fwyta yn fy mrecwast cyntaf yn y nefoedd. Amneidiaf a 'ngheg yn dal ar agor led y pen.

'Wy'n chwilio am rhywun o'r enw Jim Beam. Y'ch chi'n 'nabod e o gwbwl?'

Pwyntiaf ataf fy hunan. Mae Efa'n edrych yn bryderus, sy'n ymateb digon rhesymol. Falle'i bod hi'n meddwl mod i'n fud a byddar. Dario shwt beth. Yn y man, penderfynaf fynd amdani a cheisio adfer y sefyllfa. Dodaf fy llaw dde ar dop fy mhen a'm llaw chwith dan fy ngên er mwyn clampo fy ngheg ynghau. Gobeithiaf iapian yn dawel fel ci clwyfedig. Gwaetha'r modd, wy'n gweiddi'n groch fel Tarzan:

'A-aaaa-aaaa!'

Mae dwsin o adar duon yn gwasgaru mewn braw o goeden gyfagos. Daliaf lygaid Efa am ennyd, gan edrych am arwydd, am neges. Mae'r neges yn glir. Mae golwg marc cwestiwn yn ei llygaid. Ofnaf mod i'n gwybod y cwestiwn – 'Oes rhaid i mi gusanu dyn â barf ffug sy'n hala ofn ar adar?'

'Mae'n ddrwg gen i am 'na,' meddaf, gan ysgwyd ei llaw oer. 'Barf . . . rhewi . . . glud.'

Pwyntiaf at fy wyneb, gan gofio jest mewn pryd i beidio gwenu. Sylweddolaf y gallai'r munudau nesaf yma fod y rhai mwyaf arwyddocaol yn fy mywyd. Sylweddolaf hefyd nad yw'r cyfuniad annhebygol o'r geiriau 'barf', 'rhewi' a 'glud' yn

ddechreuad addawol. Gad iddi hi 'neud y siarad, dywedaf
wrth fy hunan. Cyfle i ddod i'w 'nabod hi. Mae hi wedi stopio
bwrw eira ac mae 'na saib hir o dawelwch wrth i ni gerdded
draw at y goeden ar lan yr afon gan wylio'r adar duon yn
dychwelyd uwch ein pennau i'r canghennau fesul un. Mae
Efa'n agor paced o *Extra Strong Mints* sy'n ein helpu ni i gadw'n
gynnes. Sylwaf ar ddafaden ar ochor ei gwddwg. Ar ôl tua
munud, wy'n craco, gan darfu ar y tawelwch.

'Ma' colur 'di 'neud job da o dy wddwg di,' meddaf, gan
bwyntio at y ddafaden.

Ond sylweddolaf taw fi yw'r ddafad wrth iddi ddweud,
'Marc geni yw hwnna,' yn dawel ac mor sensitif â phosib.

Mae fy marf ffug yn teimlo fel tân coedwig. Ceisiaf ddod o
hyd i eiriau i ymddiheuro, ond mae hi'n parhau'n dawel, bron
yn sibrwd.

'Ges i ddim colur. O'n nhw jest moyn i mi edrych yn welw,
a wy'n edrych yn welw ta beth. Mae gen i waed tenau, wy
'chydig yn *anaemic*, chwel.'

'O, reit,' meddaf.

'Fy enw i yw Efa Hughes a wy'n credu bod rhaid i mi eich
cusanu chi ar gamera,' meddai hi o'r diwedd mewn ffordd
digon ffwrdd-â-hi.

'O. Ie, 'na ni,' meddaf innau, mewn ffordd ddiffwdan, bron
fel sen i wedi anghofio.

'Bron i mi wrthod. Ond feddyliais i fydde fe'n brofiad
Cristnogol diddorol.'

Ai 'Cristnogol' ddywedodd hi? meddyliaf.

'Wy'n siŵr fod Cristnogion Cymreig wedi cael eu herlid gan
y Rhufeiniaid. Wy'n credu fydd bod yn aelod o'r werin
Gymreig yn ystod y ganrif gyntaf yn fy helpu i i amgyffred eu
dioddefaint.'

Mae fy nghusanu i trwy'r dydd yn sydyn reit yn cael ei
ddiffinio fel 'dioddefaint'. Mae Efa'n mynd yn ei blaen, yn
amlwg yn teimlo'n gryf am y cyfnod Rhufeinig.

'Roedd Pontiws Peilat yn ddyn drwg iawn. Bob tro wy'n

meddwl am y Rhufeiniaid wy wastad yn meddwl am yr hoelion miniog hir yn cael eu taro'n ddidrugaredd i mewn i gnawd ein Harglwydd.'

Credaf fod ganddi ddagrau yn ei llygaid, ond gobeithiaf taw effaith yr *Extra Strong Mints* yw hyn. Wedi fy nhaflu braidd gan hyn, wy'n dod â 'ngwybodaeth o hewlydd Rhufeinig i mewn i'r gêm yn gynt na'r disgwyl.

'Wy'n cytuno na wnaethon nhw drin y Cristnogion yn dda iawn, ond godon nhw ambell hewl arbennig o dda.'

'Ym mha ffordd o'n nhw'n dda?' gofynna hi'n dawel, ond yn bendant â diddordeb.

'O'n nhw'n syth,' atebaf, braidd yn gloff. 'Deng mil o filltiroedd o. hewlydd ym Mhrydain yn unig. Ar gyfartaledd, o'n nhw'n gosod milltir o hewl bob tri neu bedwar diwrnod.'

Wy'n siŵr bod y ffeithiau'n swnio'n gyffrous yn y llyfr. Pam, felly, eu bod nhw'n 'neud i mi swnio fel rhyw gasglwr stampiau diflas?

'Mae pethau'n digwydd i bobol ar hewlydd. Epiffanïau.'

Mae hi'n dweud hyn yn ei llais tawel-hyderus arferol. Fodd bynnag, am y tro cyntaf, gwelaf fod yna rhyw olwg fuddugoliaethus, ychydig yn wallgo, yn ei llygaid. Fel se 'epiffanïau' yn air drwg na ddyle hi fod wedi'i ddweud. Ceisiaf fy ngorau glas i gofio be gythraul mae 'epiffani' yn ei feddwl, ond heb unrhyw lwyddiant. Braidd yn ddespret, ceisiaf gofio beth sy'n digwydd i bobol ar hewlydd. Mae pobol yn cael ei lladd ar hewlydd, nagy'n nhw? Hewlydd. Hewlydd? Fflachia delwedd o Bing Crosby a Bob Hope mwya sydyn yn groes f'ymennydd. Mae'r ddau wedi gwisgo mewn siwtiau gwynion o liain main. *Road to Singapore* wy'n credu. Er allai fe fod yn *Road to Morocco* yr un mor hawdd.

'Yr hewl i Ddamasgws. O'dd honno'n hewl dda,' meddai Efa'n syml.

Yn sydyn daw cyfarwyddwyr cynorthwyol cyntaf pryderus yr olwg i ymuno â ni. Teimlaf fel sen i wedi cael fy achub gan y gloch, fel petai.

'Hia, Pedr ydw i, ac mae'n rhaid taw . . . ym . . .'

Edrycha ar y rhestr alwadau ac yna mae'n dweud ein henwau.

'Dod i 'nabod eich gilydd, ife? Grêt,' ychwanega, gan wincio arnom yn blentynnaidd.

'Reit. Wel, yn fras fydda i'n rhoi ciw gweledol i chi a fyddwch chi jyst yn cusanu'ch gilydd yn erbyn y goeden hyn, iawn?'

Nodiaf fel ceffyl gwyllt â chwain ar ei fwng. Mae Efa'n amneidio fel rhywun sydd ar ei ffordd i'r grocbren. Eglura Pedr ein bod ni'n rhyw fath o *running gag* yn y cefndir ac yn debygol o ymddangos yn y rhan fwyaf o'r siots. Llwyddaf i ffrwyno fy ysfa i neidio lan i'r awyr mewn llawenydd.

Er mawr ryddhad a boddhad i mi, darganfyddaf fod llais mwyn Efa a'i didwylledd Cristnogol yn dwyllodrus. Wedi iddi ganfod lleoliad fy ngwefusau trwy gors flewog fy wyneb, mae hi'n hwpo'i thafod i lawr fy ngwddwg fel llong yn gollwng angor. Ceisiaf weithio rownd ei thafod, gan luo to ei cheg blas mints fel lolipop. Mae hithau'n nwydus dynnu fy ngwallt, yn ei rwygo o'r gwreiddiau bob tro, hyd yn oed mewn rihyrsal. Wrth i'r diwrnod fynd yn ei flaen, dof i adnabod ceg Efa'n dda. Teimlaf bob dant a phob cyhyr o'i thafod. Mae pob diferyn a ddaw o'i gwefusau hudolus yn dawnsio'n wyllt ar lawr disco fy nhafod. Rydym yn dod ymlaen mor dda gyda'n gilydd nes fod y cochni sylweddol sydd wedi graddol ymddangos yn ein bochau yn ypseto'r ferch *Continuity*. Yn wyrthiol, mae'r arogl olew ar ein sachau yn gweithio fel affrodisiac. Rwyf wedi gorfod esgusodi fy hun ar wyth achlysur, gan geisio cadw 'nghodiad gwyllt i lawr drwy stwffo eira i lawr blaen fy sach.

Yn ystod yr awr ginio rydym yn sgwrsio fel se ni'n hen ffrindiau. Mae hi wrth ei bodd o ganfod taw Bryn yw fy enw iawn. Bryn Terfel yw ei harwr. Mae'n debyg ei bod wedi canu yng nghorws Cwmni Opera Cenedlaethol Cymru pan oedd Bryn yn chwarae rhan Don Giovanni. Dywed Efa bod y ffaith taw Bryn yw enw'r ddau ohonom yn arwydd. Gwaetha'r modd, nid yw hi'n dweud arwydd o beth. Yn bwysig iawn, fodd bynnag, rydym yn trefnu dêt. Byddwn yn cwrdd dan freichiau'r Arglwydd. Ar ôl i mi edrych ar goll braidd, eglura Efa taw'r cerflun Epstein yn eglwys gadeiriol Llandaf sydd gyda hi mewn golwg. Yn teimlo'n gyffrous, caf ryw bwt o weledigaeth o'r dyfodol, lle wy'n gadael *miniature* o'r eglwys gadeiriol iddi yn f'ewyllys. Yn anffodus, fodd bynnag, mae hi'n sôn taw cyngerdd sydd gyda hi mewn golwg, i godi arian i blant amddifaid yn Rwmania.

Chwe ymarfer a deuddeg cynnig yn ddiweddarach, ac rwy'n dringo i fyny'r grisiau sy'n arwain at fy fflat. Mae fy ngwefusau wedi fferru, yn gwmws fel sen i wedi cael chwystrelliad gan y deintydd. Teimla fy nghorff fel se'r eryr arnaf. Mae fy wyneb di-farf yn teimlo'n gignoeth amrwd. Ond sdim ots gen i. Wy'n hapus dros ben. Hedfanaf yn ddiymdrech i fyny'r stâr a chanfod Jo ar y landin tu fas i'w fflat. Mae hi'n eistedd ar y llawr a'i phengliniau'n bell ar wahân a'i sodlau wedi gwasgu i'w gilydd. Mae hi'n anadlu'n ddwfwn. Safaf o flaen ei chorff gwargam fel rhyw dduw. Pesychaf. Edrycha i fyny arnaf â'i hwyneb gwritgoch gan ddweud bod y ddôl yn llawn blodau'r gog. Mae hyn yn rhan o'i hymarfer ioga. Dychmygu'ch hun fel rhywbeth hardd. Mae'n help i ffocysu ar bwy ydach chi go iawn, gan agor mas eich nodweddion mwyaf positif. Teimlaf mod i wedi ffocysu. Teimlaf yn bositif. Prin mod i wedi meddwl am farwolaeth trwy'r dydd. Mae yna neges ar fy mheiriant ateb. Mae fy mam wedi cael trawiad ar y galon.

Pennod 4

Gyrraf i Dregors fore Sadwrn, i fyny drwy Fannau Brycheiniog ac ymlaen ar hyd hewlydd troellog cefn gwlad shir Gâr a Cheredigion. Mae'n ddiwrnod braf, gaeafol ac erbyn hyn wy wedi siarad ar y ffôn gyda chymdoges i Mam, Gwyneth Ellis. Teimlaf yn well o lawer o wybod y bydd hi mas o'r ysbyty erbyn i mi gyrraedd.

Wrth i mi gofleidio Mam yn y tŷ, gan deimlo'i hesgyrn brau yn pwyso yn fy erbyn, sylwaf ar Carol Lawson, y nyrs ardal, yn agor falf ar ganister anferth du yng nghornel yr ystafell ffrynt. Er ei fod yn edrych yr un ffunud â bom o'r Ail Ryfel Byd, eglura Carol taw canister ocsigen ydyw, ac y dylai Mam ei ddefnyddio se hi'n digwydd mynd yn fyr o anadl.

'*And Fiona thinks I should sleep downstairs too, Brynmor,*' meddai Mam mewn acen pen mynydd, gan godi'i hysgwyddau ac ychwanegu ei hoff ymadrodd, 'Falle taw fel'na oedd pethe i fod.'

'*Maybe you can help bring the put-you-up bed down,*' meddai Carol yn llon.

Amneidiaf gan feddwl bod Carol wedi cadw'i hoedran yn dda. Yn well na mi, ta beth. Neu falle taw'r wisg nyrs sy'n gyfrifol. Pan oedd y ddau ohonom yn bymtheg oed, hi oedd y ferch ddi-Gymraeg gynta i mi ei chusanu. A theimlo'i bronnau hefyd, draw yn ei chartre yn Llangeitho. Ond dim mwy na hynny. Er, roedd y wefr o deimlo bronnau di-Gymraeg yn hen

41

ddigon o bleser ar y pryd. Ceffylau a chylchgrawn yr ysgol oedd ei diléit hi. Mae gen i ryw frith gof iddi ddisgwyl i mi sgrifennu cerdd iddi, neu ryw rwtsh felly. Ta beth, dim ond cwpwl o brynhawniau barodd y 'berthynas'. Trueni, mewn ffordd. Roedd ganddi fronnau anghyffredin. Rhai conigol, fel *Cornettos*, tebyg i'r hyn wy'n ddychmygu mae bronnau Madonna'n edrych.

'*Are you alright, Bryn?*' gofynna Carol, yn sylweddoli mod i'n syllu ar ei bronnau.

Amneidiais eto, ac ar ôl ychydig gadawodd Carol, gan adael rhestr fer o bethau i'w gwneud a dweud y byddai'n galw eto fore Llun. Caeais ddrws y ffrynt yn gwrtais glep wrth iddi droi'i chefn, yn gwmws fel se ni'n ddau ddieithryn.

Yn y gegin dros ginio brechdan a thician di-baid y cloc tad-cu teuluol, clebranodd Mam am gystal nyrs oedd Carol. Roedd hi'n amlwg wedi bod yn gefn iddi yn ystod y blynyddoedd diwethaf 'ma, ers iddi gael ei phwl cyntaf o angina. Yn ôl Mam, er nad oedd hi'n medru'r Gymraeg, roedd Ifan Derlwyn wedi bod yn lwcus i gael cystal gwraig. Roedd e'n bleser gweld ei thri chrwt, bob amser yn edrych yn llawn graen mewn unrhyw gyngerdd ysgol.

Gwyddwn taw hwn oedd y ciw i grybwyll Rhian, merch ro'n i wedi dyweddïo â hi am gyfnod byr yn f'ugeiniau cynnar.

'A welais i Rhian yn yr ysgol Sul wythnos ddiwetha, gyda'i thair merch. Dyna ti *catch* oedd hi i'r llo 'na, Gareth Brynawel. Dim ond dyn tân rhan-amser yw e. Gollest di gyfle gwych gyda hi, Brynmor.'

'Towlodd hi'r fodrwy i'r afon, Mam.'

'Beth am hynny? Dyle ti fod 'di stico ati. Ma' hi wastod yn holi amdanot ti.'

'Falle taw fel'na oedd pethe i fod,' meddwn, gan daflu ei hoff eiriau nôl i'w hwyneb.

Er mwyn newid y pwnc, gafaelais yn rhestr Carol a sylwi bod angen nôl cwpwl o bresgripsiynau o'r fferyllfa. Grêt – unrhyw esgus i fynd mas o'r tŷ.

Wedi i mi gasglu ychydig dabledi oddi wrth Breian Bwtsiwr (peidiwch gofyn, lle fel'na yw e, mae'r cigydd yn fferyllydd hefyd), mentrais draw i London House, y siop bapurau, i weld Rhys Humphries, fy ffrind ers dyddie ysgol, er mwyn dala lan â chlecs diweddaraf y pentref.

Dros y blynyddoedd, mae storïau Rhys am yr hyn sy'n mynd ymlaen yn Nhregors wedi mynd yn fwy-fwy lliwgar. I ddechrau, o'n i'n meddwl taw ymgais digon naturiol oedd hyn ar ei ran i wneud i'w fywyd undonog swnio'n fwy cyffrous. Erbyn hyn, fodd bynnag, wy'n hollol argyhoeddiedig fod pob gair ddywed Rhys yn hollol wir. Alle neb 'neud y fath storïau lan. Heddiw, er enghraifft, roedd e'n sôn am rywun yn cadw arth fel anifail anwes ar anialdir Penmynydd.

'Julie yw 'i henw hi. Y fenyw, nage'r arth,' meddai gan wenu, ei lygad gwydr yn pefrio. 'Bruno yw enw'r arth. Un brown yw e. Wy 'di'i weld e â'n llygaid fy hunan, wel un ohonyn nhw, ha ha ha, wedi'i gadw ar tsiaen yn yr ardd gefn. 'Na fel ga'th hi ganiatâd 'da'r Cownsil i gadw e, mae'n debyg. Symudodd hi 'ma 'chydig fisoedd nôl. Arfer gweithio mewn sw yn Lloegr oedd 'di goffod cau. Mae'n mynd fel trên 'fyd, yn ôl Bleddyn Black.'

'Shwt ma' Bleddyn?' mentrais, gan wybod y byddai hyn yn esgor ar ryw stori hyd yn oed yn fwy absŵrd am dafarnwr y Llew Du.

'Ma' fe mewn i giwcymbars y dyddie 'ma.'

'Tyfu nhw?'

'Paid bod yn ddwl. Iwso nhw fel *dildos*. A wedyn syrfo nhw i'r twristiaid!'

'Wrth gwrs.'

'Os bydd rhywun yn dechrau amau rhywbeth,' aeth Rhys yn ei flaen, ei ysgwyddau'n ysgwyd mewn difyrrwch, 'ma' fe'n mynd i weud taw *mayonaisse* newydd yw e!'

Ffarweliais â Rhys, gan ryw hanner addo cwrdd ag ef heno yn y Llew Du. Wrth i mi groesi'r sgwâr, daeth sawl person lan ataf, yn cynnwys Vernon Siop, oedd yn diodde o'r polio, yn symud yn ddeheuig ar ei ffyn bagle metal.

'Neis gweld ti adre,' meddai Vernon yn ddiffuant.

'Ody,' ychwanegodd Martha Bara, 'ma' dy fam bownd o fod yn teimlo'n well yn barod, cael ti 'mbytu'r lle.'

Blacmêl emosiynol arferol oedd hyn o du gwraig y pobydd, mewn ymgais i'm perswadio i ddychwelyd i Dregors am byth. O gornel fy llygad gallwn weld ffigur tebyg i un o'r Indiaid Cochion, â gwallt hir plethog, yn eistedd ar y fainc tu fas i'r Neuadd Goffa. Sara Garth oedd hi. Wafiodd ataf. Wafiais nôl arni. Gan ei bod hi'n ddiwrnod mor ogoneddus o braf, penderfynais fynd am dro lan y Wenallt, gan gymryd y llwybr cyhoeddus i fyny at y copa, tu ôl i westy'r *Feathers*.

Roedd yr olygfa o ben y Wenallt bob amser yn wefreiddiol. I'r dwyrain tu ôl i chi ceir hewl Abergwesyn, yn ymestyn yn ddiddiwedd wrth iddi ddringo'r mynyddoedd geirwon, a chofleidio dechrau Cwm Elan. Ar yr echel ogledd-de, oddi tanoch, pentref Tregors ei hun, fel menyw ar wastad ei chefn yn gorwedd ar wely'r gors anferth sy'n rhoi ei henw i'r dref. Wrth i mi syllu mas dros ehangder bro fy mebyd ar y diwrnod braf hwn o Ionawr, cofiais am drafodaeth a gefais pan oeddwn yn grwt gyda Dafydd Howells, bachgen ychydig yn hŷn na mi. Yn ôl Dafydd, roedd y ddwy hewl a arweinai tua'r de, i gyfeiriad Llambed, yn goesau Tregors (coesau agored lled y pen), tra oedd y ddwy hewl gyfochrog a arweinai i'r gogledd, i gyfeiriad Aberystwyth, yn freichiau'r pentref. Pennwyd y rhyw yn dilyn trafodaeth fywiog ynglŷn ag a ddylai'r ymchwyddiad bychan rhwng y coesau (yr orsaf dân) gyfri fel cala neu beidio. Cofiais fod Dafydd wedi mynnu nad oedd yn cyfri, gan ennill y ddadl trwy ganfod bronnau benywaidd y pentref, sef y parc lleol (Cae Swings) a'r ysgol gynradd, ill dau yn yr union man iawn, ac yn rhyfeddach fyth, yr union siâp iawn hefyd. Gwenais wrth i mi gofio gofyn i Dafydd cyn mynd lan i'r ysgol fawr ym mha wlad yr oedd pobol yn siarad Lladin, ac yntau'n ateb ar ei union, 'Lladinia'.

Ro'n i'n argyhoeddiedig fy mod i wedi treulio pob eiliad o

'mhlentyndod i fyny'r Wenallt. Cowbois ac Indians bob haf, a sledjio i lawr llethrau eira ar fagiau glas gwrtaith bob gaeaf. Rwtsh, wrth gwrs. Hanes trwy lensys euraidd boi tri deg wyth oed. Hanes fel y dymunwn iddo fod, wedi'i olygu'n ofalus. Serch hynny, roedd hi'n drueni am y stad o dai newydd. Nid dim ond oherwydd iddi gael ei llenwi gan Saeson chwaith. Yn gwthio mas o gyrion y pentref fel rhyw chwarren gynddeiriog o wddf yr ysbyty bach, roedd y tai wedi llwyddo i ddifetha delwedd gyfarwydd. Fel hoff fodryb yn dioddef o chwydd y gwddwg.

Yn sydyn, fe glywais lais y tu ôl i mi.

'Licet ti sigarét?'

Sara Garth oedd yno. Wedi fy nhaflu braidd, amneidiais ac estyn am y mwgyn. Peth rhyfedd i'w wneud, mewn ffordd – heblaw am 'chydig o fwg drwg gan Phil o bryd i'w gilydd, wy ddim yn 'smygu. O edrych nôl, mae'n rhaid fy mod i wedi synhwyro rhywbeth yn osgo neu lais Sara a awgrymai ei bod hi ar fin cynnig llawer mwy i mi na sigarét.

'Ddilynais i ti lan 'ma,' meddai, gan gynnau'n sigaréts ni'n dau yn ddeheuig â'i thaniwr metal, sgleiniog, cyn ychwanegu: 'Ti'm yn mynd i ofyn pam 'te?'

Gyda'i chroen brown a'i llygaid duon a'i gwallt plethedig trawiadol, edrychai fel aelod o lwyth y Tsierocî. Er yn dynesu at yr hanner cant, roedd yna rhywbeth egsotig, rhywiol amdani. Wedi fy nrysu a'm synnu, chwythais dri chwmwl o fwg lan i'r aer cras – fel rhyw fath o arwydd mwg, am wn i, gan obeithio y byddai hi'n dirnad fy nerfusrwydd. Ond nid un o frodorion cynhenid America oedd Sara Garth. Gwraig fferm oedd hi. Gafaelodd yn fy ngheilliau, gan edrych i fyw fy llygaid.

Am ddau eiliad meddyliais am Efa a meddwl tybed a oedd hyn yn rhyw fath o frad. Ond dim ond am ddau eiliad. Taflodd Sara ei sigarét i'r llawr a gwthiodd ei thafod nicotinaidd i'm ceg. Teimlais ei bysedd hirion yn gwasgu gwaelod fy nghefn, yn fy nhynnu'n nes ati. Gollyngais fy sigarét a thynnu'i ffrog aeaf i fyny, gan deimlo'i phen-ôl noeth â'm dwylo.

Cadarnhaodd y prinder dillad isaf fy amheuon ynglŷn â pam y dilynodd fi. Cynhyrfodd hyn fy chwant yn syth a chusanais hi'n nwydwyllt, wedi fy nghyffroi drwyddaf. Cusanodd hithau fi'n ôl, ac wrth i mi barhau i deimlo'i phen-ôl teimlodd hithau yr ymchwydd yn fy nhrowsus a oedd yn mynnu sylw wrth i mi rwto yn ei herbyn hi. Gan riddfan, cnoiodd fy nghlust yn ysgafn gan ddweud wrtha i am siarad â hi yn Saesneg – Saesneg brwnt. Wrth i mi ystyried beth i'w ddweud, yn sydyn fe glywais sŵn byddarol. Allan o nunlle hyrddiodd jet ryfel ar ymaferiad hedfan isel, yn union uwch ein pennau. Yn y cyffro gollais fy nghydbwysedd, a throi fy mhigwrn wrth i mi ddisgyn i'r llawr, gan lusgo Sara i lawr gyda mi i wely o redyn di-hid. O nunlle rhuthrodd criw o blant o'r llwyni, gan chwerthin taniad herciog *machine-gun* i gyfeiriad y jet, a oedd eisoes yn prysur ddiflannu. Tynnodd Sara ei ffrog i lawr, gan wafio'n gwrtais ar y plant, a oedd erbyn hyn yn llawn chwilfrydedd amdanom. Ochneidiais mewn siom ac embaras. Po fwya roedd fy mhigwrn yn chwyddo, y mwya roedd fy nghala'n lleihau. Trosglwyddwyd y bwrlwm o waed rhwng fy nghoesau i'm troed. Gwenodd Sara. Griddfanais innau. Prin y medrwn symud.

Y noson honno, wrth i mi orffwyso fy mhigwrn ar gwdyn o bys wedi'u rhewi gan wylio rhyw gwis newydd ar y teledu, myfyriais am y cyfle a gollwyd y prynhawn hwnnw. Prin y medrwn gredu mod i wedi cawlo cystal cyfle am ffwc. Ac nid ryw ffwc cyffredin chwaith. Ffwc awyr agored, cyntefig, daear-aer-tân-dŵr-fi-Tarzan-ti-Jên math o ffwc. Lan y Wenallt o bob man.

Fodd bynnag, ar ôl ychydig, dechreuais deimlo'n well am y peth. O leia roedd y cyfle wedi codi. Roedd amser maith wedi pasio ers i fenyw ddod lan ataf yn y fath fodd. Ro'n i wedi cael f'atgoffa fy mod i'n ddyn. Hyd yn oed os oedd hwnnw'n ddyn wedi troi ei bigwrn.

Mewn ffordd ryfedd, ro'n i'n falch nad oeddwn i wedi bradychu Efa'n gyfan gwbwl. Neu a oeddwn i? A oedd teimlo pen-ôl noeth menyw arall yn cyfri fel rhyw fath o frad? Oedd, ynta. Ond ddim gymaint o frad â ffwcio menyw arall, does bosib? Roedd y cyfan braidd yn ddryslyd. Do'n i ddim yn hollol siŵr a o'n i'n mynd mas gydag Efa, ta beth. Am ryfedd, meddyliais. Roedd e bron fel cael affêr. Eitha cyffrous, sen i'n onest. Wedi'r cwbwl, yn ystod y misoedd diwethaf, y peth agosaf at affêr ges i oedd defnyddio fy llaw chwith yn lle fy llaw dde.

'Lima,' gwaeddais yn awtomatig, gan ateb y cwestiwn 'beth yw enw prifddinas Periw?' O weld bod fy ateb yn gywir dechreuodd fy mam ar bregeth gyfarwydd.

'Wy'm yn deall pam nad ei di ar un o'r *quizzes* hyn, Brynmor. Sen i'n gwybod hanner beth wyt ti'n gwybod, sen i ar y ffôn 'na fel siot. Beth yw'r pwynt gwybod yr holl bethau diwerth hyn, os nag wyt ti'n fodlon ei droi e'n arian?'

'Dreiais i fynd ar *Millionaire* unwaith,' mentrais, 'ond ddaeth fy enw i ddim lan.'

'Unwaith!' meddai hi'n sarrug. 'Rhaid dal ati. Ddarllenais i yn y papur bod rhyw fachan o Awstralia wedi ennill 125,00 doler yn fersiwn Awstralia a £64,000 yn ein fersiwn ni. Ti'm yn gweud wrtha i taw unwaith ffonodd e! Ond dyna ni, ti'm yn gwrando ar unrhyw beth weda i. Yr holl flynyddoedd ti 'di bod lawr yng Nghaerdydd a ti heb drafferthu ymuno ag unrhyw gôr, dylse fod cywilydd arno ti.'

'Wy ffaelu canu.'

'Be sda 'na i 'neud ag e? Allet ti feimo, se neb yn sylwi. Sdim rhyfedd bod ti heb setlo lawr. Ti'm yn mynd i'r llefydd iawn i gwrdd â merched neis.'

'Ie, ie.'

'Paid ti "ie ie" fi. Ti'n gwybod mod i'n gweud y gwir. 'Na lle gwrddodd Bethan a Bradley, mewn côr. Ac edrych pwy mor dda ma hi 'di dod 'mlaen yn y byd.'

Mae fy chwaer hŷn yn snob o'r radd flaenaf ac yn byw yng Nghaerffili gyda'i rheolwr banc o ŵr a'i merch, Elin.

'Ma Elin yn ei chanol hi, yn paratoi ar gyfer ei Lefel A, druan â hi,' ychwanegodd.

'O? Ma Bethan wedi trafferthu ffono, 'te.'

'Wrth gwrs 'nny. Poeni'i henaid amdana i.'

Ro'n i moyn dweud 'ond ddim yn poeni digon i ddod lan i'ch gweld chi', ond cnoiais fy nhafod am y tro. Fel se hi'n darllen fy meddwl, dywedodd Mam fod Bethan wedi methu dod lan oherwydd roedd rhaid iddi fynd gyda Bradley i ryw sbloet yn y clwb golff. Roedd hi wedi llefain ar y ffôn, mae'n debyg.

Yn raddol lleddfodd y chwyddi ar fy migwrn. Yn wir, erbyn amser swper ro'n i'n medru cerdded heb ormod o boen. Tra o'n i'n gwrando ar dician parhaus y cloc i gyfeiliant pregeth arall gan Mam, ar sut y ddyliwn i dreial cael job go iawn, penderfynais fynd mas am y nos.

Roedd y Llew Du yn llawn o'r un hen wynebau arferol, fel darnau o gelfi cyfarwydd. Tom Gorila, fel ryw gofgolofn yn sownd wrth y bar. Cyn-giaffar ar seitiau adeiladu oedd Tom – collodd ei unig fab bedair blynedd yn ôl mewn damwain moto-beic. Er er fod yn yfed fel ych, roedd wedi colli pedair stôn mewn pedair blynedd. Mae'n amlwg y dylid dilyn y Ddeiet Galar os am golli pwysau. Er bod Tom yn fwy o tsimpansî nag o gorila erbyn hyn, gafaelodd yn dynn yn fy llaw a'i hysgwyd yn nerthol cyn cynnig prynu peint i mi.

Roedd Ifor Francis yno hefyd, yn ei lifrai fel arfer, yn hymian fel aderyn ac yn amneidio tuag ataf. Ar ôl iddo gael ei niweidio pan oedd yn ŵr ifanc yn Rhyfel Corea, mae Ifor yn cerdded ei afr anwes ar draws y sgwâr bob nos i saliwtio enwau ei arwyr colledig ar y plac tu fas i'r Neuadd Goffa.

Sylwais ar Elfed Tynant yn ymlwybro'n ddireidus tuag ataf o gyfeiriad y peiriant hapchwarae. Adwaenir Elfed fel 'Ratso', ac mae'n edrych yn debyg iawn i'r actor sy'n chwarae'r rhan honno yn *Midnight Cowboy*, sef Dustin Hoffman. Roedd ei grys, fel arfer, yn hongian tu fas i'w drowsus, wrth iddo gyhoeddi'n groch, 'Ma' hi'n bownd fod yn wyntog tu fas, bois, i allu 'whythu shwt dwrdyn mowr mewn aton ni!'

O glywed chwerthiniad cras Vernon Siop wrth iddo nesáu at y bar ar ei ffyn baglau, cynigiais godi rownd gan alw draw ar Rhys i gwpla'i beint. Tu ôl i'r bar gwenodd Bleddyn arnaf, gan ddweud 'Shwt ma' *showbiz* 'te?'

'O. Iawn, ti'n gwybod.'

'Digon o fenywod, ynta.'

'O's, llwythi.'

'Golygfeydd yn y gwely?'

'Na.'

''Na lle mae'r arian, Bryn, bownd o fod. Mae agor drysau neu beth bynnag yn iawn yn ei le, ife. Ond tynnu dy ddillad bant, 'neud porno iawn, 'na lle mae'r arian 'achan.'

'Ie, glei,' porthodd Vernon Bleddyn.

'Se ti'n 'neud porno se ti ddim yn goffod dal i ddreifo'r rhacsyn 'na o VW Beetle sy 'da ti, wy'n gweud 'tho ti nawr.'

'Na, ti'n itha reit.'

'Edrych ar *The Shaft*,' meddai Elfed. 'O'n i'n watsio fe pwy nosweth. Mae'n gweud ar yr Internet bod e'n filiwnydd dair gwaith drosodd.'

'Ac yn hongian fel march 'fyd; dyw e'm yn deg,' ychwanegodd Rhys, gan ymuno â ni wrth y bar.

Amneidiais yn raslon a thaflu cipolwg o amgylch prif fan cyfarfod fy ieuenctid. Roedd y cerflun marmor o lew du yn dal yn ei safle anrhydeddus uwchben y tân agored. Se rhywun yn edrych yn ofalus, allech chi ddal i weld cwpwl o dyllau lle saethodd Alun Berthlwyd y llew ar ôl iddo monni yn ystod gêm hwyr o bocer. Tua adeg *The Deer Hunter* oedd hi. Chwarae cardiau am arian mawr a defnyddio *air-gun* go iawn wedi'i lwytho ar gyfer *Russian Roulette*. Sylwais ar ychydig o yfwyr dan oedran ar y sgiw bren wrth y ffenest, yn scrabin eu cardiau crafu'n ddigalon. Er nad oeddwn wedi eu gweld ers blynyddoedd, gwyddwn yn iawn pwy oedden nhw – pob un yr un ffunud â'u rhieni, fy nghyfoedion.

Fel arfer, sen i'n mynd mas am beint yn Nhregors, bydde'r noson yn cwpla gyda ni'n trafod rhyw antur neu'i gilydd o'r gorffennol. Rhyw ddrygau yn yr ysgol, gan amlaf. Fel yr adeg y tynnais i'r batri o gloc y gampfa, jest cyn cynnal arholiad Lefel O yno. Neu pan wnaeth Rhys dreial gwenwyno Michael Watkins yn y cantîn gyda phowdwr gwyrdd nitrad copor oedd wedi'i ddwgyd o'r lab cemeg. Rhyw gastiau digon cyffredin yn y bôn. Ond heno, chwarae teg iddo, roedd Rhys wedi cael hwyl arni, yn sôn wrthyf am rai o ddigwyddiadau diweddaraf Tregors.

Wrth reswm, gwyddwn yn iawn pwy oedd wedi marw yn y dref, gan taw dyna'n ddi-ffael oedd prif bwnc sgwrs ffôn wythnosol Mam. Gwyddwn fod Hywel Penffordd, ffarmwr parchus o flaenor yn ei bum degau cynnar, wedi marw o drawiad ar y galon. Ond doedd Mam heb sôn am hynodrwydd ei ymadawiad. Ac yntau'n llygad-dyst i'r ddigwyddiad, roedd Rhys yn medru sôn amdano gydag arddeliad. Yn wir, roedd yn dal i chwerthin o gofio amdano, nes fod ei asennau'n gwneud dolur. Mae'n debyg fod Hywel druan wedi cwympo'n farw tu fas i siop y fferyllydd, ar ei ffordd i moyn presgripsiwn ar gyfer rhyw anhwylder diweddar ar y galon. Doedd dim byd anarferol ynghylch hynny. Anlwcus, ie, ond dim mwy na hynny.

'Y peth yw,' meddai Rhys, gan dynnu dagrau i'w lygaid o gofio nôl, 'roedd ganddo wìg ar ei ben, twel, a syrthiodd honno bant wrth iddo gwympo. A chyn iddo gael cyfle i 'neud unrhyw beth am y peth, roedd Siani – labrador Breian Bwtsiwr – wedi cael gafael ar y wìg yn ei cheg a'i baglu hi o'na fel cath i gythrel. Rhedodd Dai Banjo ac Islwyn Mathias ar ôl y ci, a'i dala o'r diwedd yn yr afon. Yn y cyfamser, roedd Bronwen, gwraig Hywel, wedi dod i wybod beth oedd wedi digwydd ac yn naturiol mewn tipyn o stad. Doedd neb yn gallu symud y corff, gan ei fod e'n swyddogol wedi marw dan amgylchiadau amheus – yn ôl Ryan Roberts, ta beth, sy'n difyrru'i hunan ar ei foped y dyddie 'ma fel *special constable*. Ac felly y bu, pwr dab, a Hywel, yn gorwedd yn gelain am hydoedd ar y pafin, yn aros i Deborah Harris sychu ei wìg wlyb diferol yn ei *tumble-dryer*.'

Wrth i mi wenu mewn gwerthfawrogiad o stori Rhys, sylwais ar Owen Dolafon yn mynd lan at y bar. Ar wahân i ambell don o gerddoriaeth annisgwyl o'r peiriant hapchwarae, roedd yr ystafell wedi mynd yn dawel fel y bedd. Doedd dim byd rhyfedd am Owen, heblaw ei fod e'n gwisgo sbectol haul ym mis Ionawr. A doedd hynny ddim yn rhyfedd o gwbwl yn Nhregors. Fel y soniais eisoes, lle fel'na yw e.

Yn sydyn, tarfodd Ratso ar y tawelwch – 'Paid becso, Owen bach, 'neith dy lygaid di wella. Diolcha nad aeth e i nôl y pinsiwr sbaddu!'

Wrth i'r bar cyfan ffrwydro â chwerthin, cadwodd Owen ei olwg ddwys ac archebu peint yn dawel.

'Beth o'dd 'na 'mbytu 'te, Rhys?'

'Trwbwl dros rhyw fenyw.'

'Pa fenyw?'

'Sara Garth.'

Teimlais gwlwm o dyndra yn fy ngwddf wrth i mi geisio yfed yr hyn oedd yn weddill o 'mheint.

'Beth amdani?' llwyddais i ofyn, gan obeithio nad oeddwn yn swnio fel sen i'n dangos gormod o ddiddordeb.

'Ffindodd Islwyn Garth mas bod Owen 'di bod yn mela â'i wraig, a rhoiodd e grasfa iddo fe.'

'Shwt ffindodd e mas 'te?' gofynnais yn nerfus, gan ofni falle taw rhyw blant busneslyd lan y Wenallt oedd yn gyfrifol. Ond roedd pethau'n waeth na hynny.

'Sara wedodd wrth Islwyn ei hunan.'

'Beth?!'

'Ie, wir i ti. 'Na ti haden. Ma' hi'n licio 'neud Islwyn yn wyllt, mae'n debyg. Ma' nhw wastad yn closio eto yn y diwedd.'

'Be ti'n feddwl, "wastad"? Ody e 'di digwydd o'r blaen 'te?'

'O, ody. Ga'th Wil Argoed grasfa nes o'dd e'n tasgu. Ac Ifan Dolawel 'fyd. Torrodd Islwyn ei goese fe â rhaw. Ond, yffarn, ti byth yn gwybod, falle bod Sara werth e.'

Syllais i'm gwydryn gwag a thaflu cipolwg nerfus tua'r

drws. Mae'n amlwg nad oedd Islwyn Garth yn ddyn i'w groesi. Sylwodd Rhys mod i wedi mynd i edrych yn welw mwya sydyn. Rhois esgus iddo, mod i angen diod arall. Beth oedd wir ei angen arna i oedd *getaway car.*

Ar ôl noson anghyfforddus, ddi-gwsg, dihunais yn gynnar fore Sul a rhoi brecwast annisgwyl i Mam yn ei gwely newydd lawr stâr. Cafodd gymaint o sioc, roedd hi'n ddrwgdybus yn syth.

'Beth wyt ti moyn?' meddai, gan lygadu cynnwys yr hambwrdd yn ofalus.

'Dim. O'n i ffaelu cysgu, 'na i gyd. Y dillad gwely a'r blancedi, wy'm yn gyfarwydd.'

'Ti 'rioed 'di 'neud brecwast i mi o'r blaen. Ti bownd fod moyn rhwbeth.'

Roedd hi'n iawn, wrth gwrs. Torrais y garw'n ofalus.

'Wy ofan bod rhaid i mi fynd nôl bore 'ma.'

'Ond beth am ginio dydd Sul?'

'Sori. Sdim byd alla i 'neud. Ges i alwad ar y *mobile.*'

'Oddi wrth bwy, yn gwmws?'

'Fy asiant. Wy fod i ffilmio pnawn 'ma. Ar gyfer *Angel,*' meddais yn gelwyddog.

Yna canodd cloch y drws ffrynt. Rhuthrais at y ffenest i edrych mas ar y pafin, gan hanner disgwyl gweld dyn mawr gwritgoch â rhaw yn ei law. Yn hytrach, gwelais fenyw wyth deg wyth oed, gydag ysgwyddau llydan a barf.

'Anti Lisa,' llefais, â rhyddhad amlwg.

'Beth ar y ddaear ma' hi moyn mor fore?'

Roedd Anti Lisa yn gyfnither lawn i 'nhad (a oedd wedi marw). Hel achau a hanes lleol oedd ei bywyd. Pan oeddwn yn blentyn roedd hi'n arfer codi ofn arnaf yn ofnadwy, gan taw ei dull normal hi o siarad oedd gweiddi. Falle bod hyn oherwydd ei bod hi wedi gweithio ar fferm y teulu, Tanffordd. Roedd yn bendant yn rhy hwyr i'w newid hi nawr.

'Ody ffôn dy fam wedi torri?' gwaeddodd arnaf, wrth fartsio mewn i'r ystafell ffrynt.

'Na.'

'Pam felly ydw i'n cael gwybod am ei thrawiad hi gan foi y fan bapure Sul 'te? A ddim gan 'y nhylwyth 'yn hunan?'

'Mae'n flin 'da fi, Lisa fach,' meddai Mam yn euog, 'o'n i ddim moyn creu ffwdan. Dim ond pwl fach ges i.'

'Wel, mae'n dda 'da fi glywed 'nny, ta p'un i,' gwaeddodd eto, gan gofleidio Mam yn wresog.

'Beth yw hyn? *Room service*, ife?' ychwanegodd, gan edrych ar yr hambwrdd ac yna draw ataf i.

'Mae e'n gwrthod aros i ginio. A finne 'di tynnu porc tsiops mas o'r rhewgell.'

'Wel, se hi'n drueni gwastraffu nhw, lo's. Cadw di dy draed lan fan hyn. Wna i *apple sauce* i'r ddwy ohonon ni i fynd gydag e,' gwaeddodd Lisa, yn gwahodd ei hun i ginio.

'Ti'm yn gwybod dy eni,' parhaodd, gan edrych arna i. 'Y pethe oedd rhaid i'r bobol hyn ddiodde, bachan bachan!' sgrechiodd, gan bwyntio at hen ffotograff o'm tad-cu'n grwt bach gyda'i dad-cu a'i fam-gu yntau ar y gyffordd sy'n arwain i fyny at Danffordd.

'Se nhw'm yn troi pryd o fwyd lawr, weda i 'na 'tho ti nawr. Achos o'n nhw'm yn gwbod pryd fydde'r un nesa!'

'Ma' 'na'n ddigon gwir,' cytunodd Mam, yn ceisio 'neud i mi deimlo'n fwy euog fyth.

'Ti'n un o'r Jamesiaid! Ma' 'da ti waed gwydn yn rhedeg trwy dy wthiennau di!'

Gwenais ac amneidio ar Anti Lisa, gan edrych ar y ffoto enwog wedi'i fframo ar y dreser. Fy nhad-cu, Ifan, yn grwt, mewn gwisg a edrychai fel gwisg morwr. Fy hen hen dad-cu, Dafydd, yn sefyll yn wrol stond, yn syllu ar y camera fel pe bai'n rhyw orchfygwr estron, ei farf ZZ Top-aidd chwerthinllyd o anferth yn edrych yn hollol hurt. A hyd yn oed yn fwy chwerthinllyd, fy hen hen fam-gu, Hannah, yn eistedd ar gadair yn y lôn, nesaf at y plentyn, ei dwylo wedi'u plethu'n lletchwith ar ei phen-glin, yn syllu'n syth ymlaen yn ei chlogyn a'i ffrog hir dywyll a'i het, yn edrych yr un ffunud â'r Pab.

'Bu Dafydd a Hannah fyw trwy'r Dirwasgiad Amaethyddol, a cholli dou o'u plant,' gwaeddodd Lisa, wedi cynhyrfu nawr, 'yn gorffod bwyta gwair a 'neud cawl mas o ysgall!'

'Wy'n gwbod,' meddais.

'Wy'n gwbod bod ti'n gwbod,' gwaeddodd, 'ond wy'n ame'n fowr a wyt ti'n deall!'

Roedd yna dawelwch chwyrn am ychydig eiliadau, nes i Lisa wenu a dweud bod porc tsiops yn welliant mawr ar wair ac ysgall.

Gan deimlo'n falch nad o'n i'n gadael Mam ar ei phen ei hun, fe adewais ganol y bore, gan gymryd yr hewl hirach i Lambed er mwyn osgoi pasio fferm y Garth. Rhag ofn. Cyrhaeddais nôl yng Nghaerdydd jest wedi un, yn falch mod i nôl yn fy fflat gyda'm coesau'n dal yn sownd yn fy nghorff – hyd yn oed os oedd un ohonynt yn 'neud dolur o amgylch y pigwrn. Mae'n rhaid bod gwaed gwydn honedig y Jamesiaid wedi teneuo'n enbyd erbyn iddo gyrraedd fy nghenhedlaeth i.

Pennod 5

Gwrandewais ar Bethan fy chwaer ar y peiriant ateb yn dweud bod Mam wedi cael trawiad ac y dylen i fynd lan i'w gweld hi, gan fod Bethan yn gorfod mynd i ryw dwrnament golff pwysig. Yna neges arall yn dweud bod hi wedi ffonio Mam erbyn hyn ac yn sylweddoli fy mod i eisoes ar y ffordd ac y gallwn i anwybyddu'r neges flaenorol.

Gwaetha'r modd, nid oedd unrhyw neges oddi wrth Efa.

Yn dal i deimlo braidd yn euog am fy antur rhywiol i fyny'r Wenallt, penderfynais ei ffonio hi.

'Helô?'

'Helô.'

Yna saib, cyn i mi ychwanegu 'Fi sy 'ma'. A saib hirach cyn dweud 'Bryn', gan ychwanegu'n ddiangen, 'Bryn James, nid Terfel,' a chwerthin yn nerfus.

'Be ti moyn?'

Beth o'n i moyn oedd clywed ei llais unwaith eto. Roedd hyn yn wael. Roedd dim ond clywed ei llais yn ddigon i wneud i nghalon i guro'n gyflymach.

'O'n i moyn 'neud yn sicr bod y gyngerdd heno dal 'mla'n.'

'Os nad yw'r eglwys gadeiriol wedi llosgi lawr, ody.'

'Reit. Da iawn. A ddylen i wisgo rhwbeth arbennig? Wy heb fod mewn eglwys gadeiriol o'r blaen.'

Chwarddodd Efa, gan ddweud na, doedd dim angen gwisgo unrhyw beth arbennig.

'Os ti moyn, edrycha i mas amdano' ti, ger y mynediad. Jest cyn saith.'

'Ie, fydde 'na'n grêt,' dywedais cyn ychwanegu, bron heb feddwl, 'O, o'dd rhaid i fi fynd i weld Mam. Ga'th hi bwl fach ar y galon.'

'O, druan â ti, mae'n rhaid bod 'na'n ofnadwy.'

Yn hollol groengaled godrais y cydymdeimlad gan ddweud 'Oedd,' a chrac yn fy llais.

'Neith les i ti fynd i'r eglwys. Rhoi dy feddwl ar rywbeth arall.'

'Neith,' atebais, gan feddwl y bydde noson gyfan yn y gwely gydag Efa'n 'neud fwy o les fyth.

'Wela i ti heno 'te, Bryn.'

'Ie.'

'Ie.'

'Ta-ta.'

'Ta-ta.'

Am hanner awr wedi chwech brwsiais fy nannedd unwaith eto gan gofio'n sydyn ei bod hi'n arferol i ganu mewn eglwys. Oedd modd cwato'r ffaith mod i'n methu canu? Fydde rhaid i mi ddweud bod gen i wddwg tost. Na, se hi ddim moyn cusanu rhywun â gwddwg tost. Wy'n gwybod – allen i ddweud mod i wedi bod yn canu yn y dafarn neithiwr ac wedi colli'n llais. Neu falle se hynny'n swnio'n ansensitif, yn mynd mas ar y cwrw pan mae fy mam newydd gael trawiad? Dim ond un dewis oedd gen i. Fydde rhaid dweud fy mod i'n safio'n llais am resymau proffesiynol. Ei gadw fe ar gyfer un o sioeau Jim Beam lan y Cymoedd. Am bum munud ar hugain i saith brwsiais fy ngwallt, gan ddefnyddio brws gwlyb mewn ymgais i'w gael i aros yn wastad, heb stico lan yn y lle arferol. Yna tsiecais bod yna gondom yn fy waled. Wrth gwrs bod un yno. Yr un un ag oedd wedi bod yno ers chwe mis. Roedd papur lapio'r condom wedi mynd mor ddiraen nes fod print mân y gair *Durex* wedi hen ddiflannu. Alle rhywun weld y siap cylchog trwy'r papur, fel *Polo Mint* wedi'i lapio'n unigol.

Edrychais yn frysiog trwy fy nrâr sanau am y pecyn-tri wy'n ei gadw yno rhag ofn i mi daro'n lwcus, a rhois y bocs bach ym mhoced fy nhrowsus. Gyda 'bach o lwc, falle sen i'n bennu lan yn ei lle hi. Doedd fy fflat i'n fawr o atyniad, rhaid cyfaddef.

Roedd y gyngerdd ei hun yn lot mwy o hwyl nag y dychmygais. Roedd un o ysgolion uwchradd y cylch wedi anfon cerddorfa, ac yn ogystal ag ambell gân unigol mas o'r 'Meseia' clywyd ychydig o glasuron mwy poblogaidd, fel darnau cerddorol o'r ffilmiau *Raiders of the Lost Ark* a *Star Wars*. Yn rhyfedd iawn, yr unig ganu cynulleidfaol a gafwyd oedd yr anthem ar y diwedd, diolch i'r drefn. Ymdopais yn weddol â'r sefyllfa drwy beswch ac esgus bod y *lemon sherbet* yn fy ngheg wedi stico yn fy ngwddwg. Canodd Efa gydag arddeliad, fodd bynnag, mewn llais main, treiddgar a berai syndod ac ystyried ei fod yn dod o gorff mor fach.

Ar ein ffordd allan, siaradodd Efa gyda chryn dipyn o bobl, gan gynnwys rhyw deip Lladin Americanaidd tenau yr olwg yn ei dri degau cynnar mewn siwt flêr, dywyll. Amneidiodd arni'n ddwys iawn sawl tro, ac roedd yn amlwg yn ei hadnabod yn dda. Yn wir, cusanodd y ddau ei gilydd yn lletchwith ar y foch wrth iddynt ffarwelio â'i gilydd. Wedi iddi ddychwelyd ataf, holais pwy oedd y dyn dan sylw a dywedodd Efa, 'O, jest rhywun o'n i'n arfer 'nabod,' mewn ffordd ffwrdd-â-hi. Ond roedd hi'n gwrido, serch hynny. Penderfynais adael pethau fan'na yn hytrach na phwyso am fwy o wybodaeth. Felly ro'n i'n falch o weld ein sylw'n cael ei gyfeirio at rywun arall, sef menyw smart yn ei chwe degau, gyda choesau ofnadwy o denau fel fflamingo, a gên bigog. Daeth hi i fyny at Efa, gan ei tharo'n ysgafn ar ei hysgwydd.

'Ti'm yn mynd i 'nghyflwyno i 'te, Efa?' meddai'r fenyw, gan edrych yn chwareus arnaf.

'Dyma Bryn, ffrind i mi. Mae Diane yn un o hoelion wyth capel Bethania, y capel Cymraeg yng nghanol y dre.'

'Neis iawn cwrdd â chi,' meddai Diane, gan edrych yn syth i fyw fy llygaid.

'A chithau hefyd,' atebais, gan geisio peidio â swnio'n rhy siomedig o gael fy nghyflwyno fel 'ffrind'. Wedi'r cwbwl, roedd 'ffrind' yn wrthwyneb i 'gelyn'. Ond ddim cweit cystal â 'sboner' chwaith, na 'cariad' neu ei *red-hot lover*'.

'Braf gweld bod Marco wedi gwella cystal,' ychwanegodd Diane, gan daflu cipolwg nôl ar y dyn yn y siwt dywyll.

'Ydy,' meddai Efa, ag ychydig o embaras.

'Ody Bryn yn un ohonon ni? Alle ni 'neud y tro â mwy o ddynion.'

'Dy'n ni heb 'nabod ein gilydd ers yn hir iawn,' meddai Efa'n lletchwith.

'Wy'n siŵr y lice fe helpu pobol llai ffodus na ni. Fydde fe ddim 'ma heno, heblaw 'nny,' meddai Diane yn siriol, cyn ychwanegu ei bod hi'n credu iddynt eisoes godi dros pedwar can punt i blant amddifad Rwmania. Yna ffarweliodd â ni gan ddweud, 'Gobeithio wela i chi 'to cyn bo hir, Bryn; pob hwyl nawr.'

P'un ai bod Efa wedi cael ei thaflu ychydig oddi ar ei hechel, neu roedd hi wedi bwriadu fy ngwahodd p'un bynnag, does fawr o ots gen i, achos ei geiriau nesaf hi oedd, 'Licet ti ddod nôl i'n fflat i am goffi?'

Am 'goffi' dylid darllen 'ffwc' meddyliais, wrth amneidio'n gwrtais, gan geisio'n galed peidio â sgrechen mewn llawenydd.

Yn anffodus, fodd bynnag, roedd Efa'n golygu coffi. Ond do'n i ddim yn rhy ddigalon chwaith. Ar ôl cerdded am bron hanner awr i'w fflat oddi ar Heol y Gadeirlan, roedd fy mhigwrn yn dechrau 'neud dolur unwaith eto a gallen i 'neud y tro â rhywbeth i'w yfed. Creodd Efa awyrgylch braf yn ei fflat, gan roi CD 'Dido' ymlaen a phylu'r goleuadau'n chwaethus gyda swits pwrpasol, wedi iddi agor cwdyn o goffi ffres o Cenia, newydd ei falu.

Ar ôl dechrau becso am eiriau'r gytgan *so let me go* ar *Hunter* gan feddwl ei fod yn ryw neges mewn cod, dechreuais ymlacio. Mae'n rhaid fy mod i wedi yfed dau llond myged o goffi, gan siarad am ddim byd arbennig, y math o fân-siarad sy'n 'neud dêt cyntaf mor ddibwys o gyffrous.

Yna pylodd Efa y goleuadau ychydig yn fwy, a rhoi *White Ladder* David Gray ymlaen. Ro'n i wedi clywed y CD gyfan unwaith o'r blaen, rhyw nos Iau draw yn nhŷ Lloyd, pan oedd hi newydd ei ryddhau. Roedd Lloyd wedi dwlu arni. Cofiaf ei eiriau y noson honno. Yn ei farn ef roedd poblogaeth y byd wedi'i rhannu'n ddau fath o berson: y rhai oedd yn meddwl bod David Gray yn wych a'r rhai oedd jest ddim yn ei ddeall. Yn anffodus, ro'n i'n perthyn i'r ail garfan. Yn fy marn fach i, cerddoriaeth gefndirol i slasio'ch garddyrnau yn ei sain ydoedd. Yn hollol annisgwyl, gyda'r CD dim ond mewn i'r ail drac, sef 'Babylon', sylwais fod yna lif o ddagrau'n byrlymu i lawr gruddiau Efa. Codais o'm cadair gan afael ynddi'n dyner. Ymddiheurodd Efa, gan ddweud bod llais Gray mor ofnadwy o drist. Amneidiais, er mwyn dangos mod i'n cytuno, gan esgus teimlo rhyw gyd-felan. Yna, yn raddol, dechreuon ni gusanu'n gilydd. Yn rhyfedd iawn, roedd yn gusan hollol wahanol i'm profiad Rhufeinig – cusan hir, ystyrlon, wirioneddol rywiol. Arweiniodd hynny at i mi agor botymau ei chrys ac arweiniodd hynny at gusan hir, ystyrlon, wirioneddol rywiol arall. Ac arweiniodd hynny at dynnu bra Efa.

Ac arweiniodd hynny at Efa yn torri'n rhydd o'm cusan a'm gwthio i ffwrdd.

Wrth reswm, ro'n i'n beio David Gray, a oedd erbyn hyn yn canu 'We're Not Right'.

Ond yn y diwedd, fe wenodd Efa arnaf trwy'r hanner gwyll a dweud wrthaf i am beidio poeni.

'Wy yn licio ti, wir, ond wy moyn dod i 'nabod ti'n well gynta. Ody 'na'n iawn?'

'Ie, wrth gwrs 'nny,' atebais.

Wedi'r cwbwl, a oedd gen i ddewis yn y mater?

'A rhaid i mi godi'n gynnar fory, ta beth. Rhaid i mi fynd i Sheffield.'

Eglurodd Efa ei bod hi'n gweithio fel artist cynorthwyol yng nghynhyrchiad Cwmni Opera Cendelaethol Cymru o *Die*

Fliedermaus. Gan synhwyro fy siom, dywedodd y gallen ni'n dau gwrdd eto dydd Sul nesaf, yn y dre. Gobeithiwn y bydde hi'n sôn am y sinema neu bryd o fwyd, ond soniodd hi am y capel.

'Wy'n helpu'r digartref ym Methania bob pythefnos. Rhoi rhywbeth twym iddyn nhw i yfed, ac ychydig frechdanau. Alle ti helpu hefyd, se ti moyn.'

'Ie, fydde 'na'n wych,' meddais, â chymaint o arddeliad ag y medrwn.

'A wedyn falle alle ni fynd am wac, draw i Barc y Rhath, ger y llyn.'

Nawr fydde hynna *yn* wych, meddyliais.

Yn wir, methais feddwl am unrhyw beth arall am weddill yr wythnos. Cymaint oedd fy mhen yn y cymylau fel nad oeddwn i wir wedi sylwi bod yna gyfarwyddwr newydd ar y bennod ddiweddaraf o *Angel.* Daeth Wil llygaid soser, tenau fel sguthan, yn edrych tua deuddeg oed, i fyny ataf yn yr Ystafell Argyfwng Symudol ar y pnawn dydd Gwener, gyda gwên lydan ar draws ei wep. Y math o wên sydd ar fin gofyn am ffafr.

'Bryn, nagefe?' meddai, gan gydio'n gyfeillgar yn fy mraich.

'Ie.'

''Na ni. Wedodd rhywun eich bod chi'n siarad Cymraeg. Grêt. Blydi grêt. Mae'n 'neud cymaint o wahaniaeth pan mae'r ecstras yn deall beth sy'n mynd 'mla'n.'

'Artistiaid cynorthwyol,' meddais, yn methu anwybyddu'r ysfa i'w gywiro.

'Beth? Ie ie, beth bynnag. Reit, Bryn. Pan ddeith yr Arolygydd Dwyfol Rhys trwy'r drws, wy moyn i ti edrych lan o dy bapur newydd, sylwi arni'n mynd draw at yr oerwr dŵr ac arllwys diod iddi'i hun a'i yfed i gyd i lawr mewn un, ac yna dweud – beth oedd e 'to, Sali?'

Dywed Sali, yr ail-gynorthwy-ydd, 'Noson fawr neithiwr, ma'am'.

'Gofi di 'na, Bryn?' meddai Wil. ''Noson fawr neithiwr,

ma'am".'

Amneidiais, gan daflu cipolwg nerfus i gyfeiriad John Tal. Am ein bod ni'n bell ar ei hôl hi o ran amser ac mae pawb moyn bennu'n weddol er mwyn osgoi traffig y penwythnos, nid ydym yn trafferthu ymarfer. Cyn i mi gael amser i feddwl yn iawn, rydym yn mynd am gynnig ac rwyf wedi dweud y geiriau ar gamera. Mae Glyn wedi siarad ac, yn bwysicach fyth, mae Glyn *wedi cael ei glywed*! Mewn pum ffilm ddwy awr yr un o hyd, nid yw Glyn erioed wedi cyfrannu'n uniongyrchol i'r ddeialog. Yn rhyfeddach fyth, gwnaethpwyd y cyfan mewn un cynnig, gyda'r camera'n gorffen arnaf i mewn siot dynn *close-up*. Mae Wil yn dweud wrthyf yn y toriad coffi y dyliwn i ystyried cymryd rhannau go iawn. Roedd fy edrychiad tuag at yr Arolygydd yn 'danchwarae ar ei orau', mae'n debyg, ac roedd gen i ryw 'ddireidi cofiadwy' yn fy llygaid wrth i mi ddweud y llinell. Mae John Tal, sydd wedi bod yn gwrando ar hyn, yn edrych yn gynddeiriog. Gofynnaf iddo beth sy'n bod.

'Dim. Dim ond gobeithio nad wyt ti 'di cachu ar y gweddill ohono ni, Bryn, 'na i gyd.'

'Ym mha ffordd?'

'Wyt ti 'di trafod pres? Fydd angen ichdi gael mwy o dâl os wyt ti'n siarad. Heblaw 'nny, fyddan nhw'n ein cael ni i gyd i siarad, am yr un tâl.'

Wedi fy nallu am ennyd gan fy mhum eiliad annisgwyl o enwogrwydd, rhaid cyfaddef nad oedd hyn wedi croesi fy meddwl. Felly ro'n i'n falch o weld Paul Stewart yn cyrraedd â'n hamlenni cyflog wythnosol. Heb roi cyfle i mi egluro, roedd John Tal eisoes wedi mynd lan ato ac roedd y ddau yn fy llygadu'n ddirmygus, fel sen i'n fradwr. Yna mae Paul yn cael gair clou yng nghlust Keith, heb dynnu ei lygaid oddi arnaf o gwbwl. Teimlaf ddefnynnau o chwys yn casglu yng ngwaelod fy nghefn. Beth ydw i wedi'i 'neud? 'Na i gyd ddywedais i oedd, 'Noson fawr neithiwr, ma'am.' Wnaeth Dwyfol Rhys ddim hyd yn oed edrych arnaf.

Daw Paul draw gan chwythu mwg sigâr yn fy wyneb.

'Cael rhyw syniadau mawr, Bryn, wy'n clywed.'

'Sen i'm yn gweud 'nny. Dim ond un llinell oedd hi.'

'Dim ond un?' meddai, gan chwerthin ac ysgwyd ei ben. 'Mae llinellau fel diodydd alcohol, twel. Yr un gynta sy'n 'neud y drwg. Amser ti'n cael blas, ti'n despret am fwy. A chyn i ti sylweddoli, mae dy ben di'n troi, ti 'di colli pob rheolaeth.'

'Dylen i 'di tsieco 'da ti gynta?

'Mae'n oreit. Wy 'di sorto popeth 'da Keith.'

'Faint mwy o arian ga i 'te?'

'Dim. 'Neith e'n siŵr bod e 'di'i olygu mas. Bydd e ddim 'na.'

Wy'n edrych arno fel se fe newydd rechen yn fy wyneb. Synhwyraf o olwg bygythiol Paul bod hyn yn ymateb anaddas.

'Rhaid ti 'neud dy feddwl lan, Bryn. Wyt ti moyn bod yn artist cynorthwyol, yn toddi mewn i'r cefndir? Neu wyt ti moyn dy enw i fyny mewn goleuadau llachar ar hyd a lled y wlad?'

'Fydd o isio ei garafán ei hun nesa!' wfftiodd John Tal.

'Allu di'm cael y ddou, ti yn deall 'na?' meddai Paul.

Amneidiaf, yn dal i feddwl y gallen i 'neud y tro â'r pres ychwanegol. Allen i 'di'i ddefnyddio fe i brynu anrheg annisgwyl i Efa. Hwyaden blastig, falle. Fel jôc, i'w rhoi yn llyn Parc y Rhath.

'Jest rho wybod i mi erbyn dydd Llun beth yw dy benderfyniad, Bryn. Se hi whith iawn 'da fi goffod cael gwared ohono ti. Ond dy benderfyniad di fydd e yn y diwedd. P'un ai i fentro i fyd mawr cas cystadleuol *showbiz* go iawn, yn methu siopa neu fynd i'r dafarn heb gael dy blagio gan y cyhoedd. Neu aros 'da fi. Cyflog rheolaidd am fod yn neb.'

'Dwi'n credu medrith o dy ateb di rŵan, Paul,' meddai John Tal, gan rythu i'm wyneb â holl rym bygythiad reslwr proffesiynol.

Nid wyf yn ateb. Ond wneith hynny ddim o'r tro i John.

'Gofyn i ti dy hun, pam cael llinell rŵan?'

'Yffarn dân, wy'm yn gwybod.'

'Ella am eu bod nhw isio i'r gwyliwr dy gofio di? Pan gei di dy saethu?' Mae Paul yn gwenu ac yna'n tynnu ar ei sigâr. 'Wy'n credu bod Michael yn iawn. Dechrau'r diwedd i "Glyn" yw dweud llinellau. Dy fildo di lan, er mwyn dy dynnu di i lawr.'

Llyncaf boer, yna gofynnaf, 'Ti'n siŵr alli di cael gwared o'n llinell i?'

Mae Paul yn amneidio. Wy'n bennu lan yn dweud mod i'n fodlon aros ar gyflog rheolaidd. I ddathlu, mae John Tal yn fy nala mewn hanner Nelson.

Fore Sul edrychaf mas trwy'r ffenestr ac rwy'n falch o weld ei bod hi'n ddiwrnod sych, gaeafol. Dychmygaf fy hun yn y parc. A fydd y lle rhwyfo wedi agor? Dim ots. Awn ni i fwydo'r hwyaid yn lle hynny. Rhwyfo, bwydo hwyaid, dyma'r math o bethau sydd wastad yn arwain at ryw. Mewn ffilmiau, ta beth.

Yn sydyn, mae larwm fy radio yn dod ymlaen, gan lenwi'r ystafell â cherddoriaeth uchel Radio 2. David Gray eto, fel mae'n digwydd. Diffoddaf y radio, gan gofio pam wnes i osod y larwm. Roedd Phil, Lloyd a minnau wedi addo i Iwan y byddem yn ei helpu gyda'i batio os bydde'r tywydd yn ddigon sych heddiw. Yn frysiog, gwisgaf ryw ddillad blêr a chau drws y fflat ar fy ôl. Bron iawn i mi faglu dros Jamie, sy'n chwarae ar y landin. Mae e'n gosod tua dau ddwsin o bengwiniaid yn ofalus iawn ar fynydd gwyn sydd i fod i gynrychioli Antarctica. Mae dwyster ei ganolbwyntio'n drawiadol. Wrth iddo fregus osod un o'r pengwiniaid olaf ar esgair ger y copa, mae e'n sibrwd, 'Rhaid bod yn ofalus. Os yw'r balans yn rong fydda nhw i gyd yn syrthio.'

'O, well bod yn ofalus 'te,' atebaf.

'Pengwins y'n nhw,' meddai Jamie, yn uwch. 'Steve roiodd nhw i mi.' Steve yw tad absennol Jamie. Absennol oherwydd ei fod e'n treulio'r rhan fwyaf o'i amser yn dringo mynyddoedd uchaf y byd. 'Mae'r *Emperor Penguin* yn gallu dodwy ei wyau mewn tymheredd dan meinws chwe deg canradd.'

'Ma' jest meddwl am 'na yn 'neud i mi grynu,' meddaf.

Wedi clywed ein lleisiau mae Jo yn dod mas o'i fflat ac yn

ymuno â ni ar y landin. Mae hi yn ei gŵn-wisgo ac mae ganddi gysgodion du dan ei llygaid. Yn wir, edrychant yn wlyb, fel se hi newydd fod yn llefain.

'Shwmai,' meddai.

'Antarctica,' meddaf innau, gan bwyntio at gêm newydd Jamie.

'Beth yw enw'r llong hwyliodd o Gaerdydd i Antarctica?' gofynna Efa.

'Y *Terra Nova*,' meddaf, gan fynd yn awtomatig i gywair noson gwis. Yna sylweddolaf fod Efa'n gofyn i Jamie.

'Gadawodd Capten Scott arni ar y pymthegfed o Fehefin, mil naw un deg,' meddai Jamie, yn anfodlon i mi gael y gorau arno.

'Da iawn,' meddaf, gan wenu ar Efa.

'Roedd ganddi faner Cymru a channoedd o gennin wedi'u clymu i'r mast,' meddai Jamie.

Ciledrychaf ar Efa, yn ansicr am hyn. Yn anffodus, mae Jamie'n dal fy edrychiad llawn amheuon.

'Mae'n wir,' ychwanega, 'wedodd Steve.'

'Yna mae'n rhaid bod e'n wir,' meddaf innau.

Mae Efa'n sylwi mod i'n gwisgo hen grys-T brwnt a hen bâr o jîns a'u gwaelodion wedi'u dodi i mewn i'm welingtons.

'Mynd i rywle arbennig?' gofynnodd, gan fflician ei llygaid i gyfeiriad fy welingtons.

'Wy wedi addo helpu Iwan gyda'i batio newydd.'

Amneidia Jo yn ei modd arferol, heb ddatgelu am eiliad yr hyn sydd ar ei meddwl. Gwn fod Iwan, ein landlord, yn bwnc llosg.

'Ti'n gwybod bod e'n mynd i godi'r rhent eto, ddechrau'r mis nesa. Ugain punt y mis yn fwy!'

Fy nhro i yw hi i amneidio nawr. Roedd Iwan wedi torri'r garw i mi yn y noson gwis nos Iau.

'Os yw e'n ffrind i ti, pam na gei di air 'dag e? Ma' fe'n mynd i bygro'n *Tax Credits* i lan.'

Mae Jo wedi bod yn gweithio yn y caffi yng Nghanolfan

Celfyddydau Chapter yn Nhreganna ers i Jamie ddechrau yn yr ysgol. Dywedaf wrthi y bydda i'n gwneud fy ngorau ac yna cerddaf i lawr y stâr a mas trwy ddrws y ffrynt i aer gwyntog Chwefror.

Pan gyrhaeddaf gartref enfawr Iwan, sylwaf yn syth nad yw e mewn hwyl dda. Mae ei fab, Iestyn, newydd ffonio i ddweud na fydd e'n dod draw i helpu.

'Cwdyn diog,' meddai Iwan, wrth iddo rofio ychydig o dywod i mewn i'r cymysgydd sment.

'Wel, ma' hi'n fore Sul,' meddai Lloyd, yn rhwto'i ddwylo gyda'i gilydd.

'Beth am hynny?' meddai Iwan. 'Alle unrhyw un feddwl taw'r genhedlaeth yna wnaeth ddarganfod cyffuriau gyntaf neu rwbath. Fedrith rhywun ddal i wneud patio, hyd yn oed os ydan nhw allan o'u penna.'

'Falle bod yn well 'dag e 'neud rhywbeth i ryw fenyw yn lle 'nny,' cynigiaf, mewn ymgais i ysgafnhau'r awyrgylch.

''Sa fo ddim yn gwybod be i 'neud efo dynas 'sa un yn eistedd ar ei geg o!'

Penderfynaf nad heddiw yw'r diwrnod gorau i drafod y rhent.

Mae Lloyd wedi bod yma ers awr yn barod, ac yn wahanol i Iwan mae e'n edrych fel se fe'n gwybod beth mae e'n 'neud. Mae twll wedi cael ei balu ac mae tipyn go lew o'r sment eisoes wedi'i arllwys ac yn edrych yn barod ar gyfer y slabiau concrit. Does dim golwg o Phil eto, sy'n newyddion drwg. Mae'r slabiau'n edrych yn drwm.

Yn sydyn, daw Iwan mas o'r sièd yn cario cwdyn sbwriel du. Mae'n ciledrych dros wal drws nesaf ac yna'n llechwraidd yn gosod y cwdyn du yn y twll, gan daflu ychydig o sment gwlyb drosto â'i ddwylo.

'Dere i ni ofyn i Bryn beth ma' fe'n meddwl,' meddai Lloyd.

'Am beth?'

'Am ddim byd,' meddai Iwan, gan edrych i gyfeiriad drws nesaf unwaith eto.

'Ma' fe wedi lladd Jac, ci drws nesa,' meddai Lloyd yn dawel.

'Hen bryd hefyd,' meddai Iwan trwy ei ddannedd.

'Beth? Yn fwriadol?' gofynnaf yn syn.

'Oedd o allan yn y ffordd neithiwr. Methais stopio mewn pryd.'

'Dim ond achos dy fod wedi codi sbîd!' meddai Lloyd, gan ysgwyd ei ben.

'Dyna'r tro diwetha i'r mwngrel uffarn gachu ar fy lawnt i,' meddai Iwan, gan wenu'n fuddugoliaethus.

''Na ti rhywbeth arall,' meddai Lloyd, 'y drewdod. Pan bydrith e. Wneith e ypseto balans y slabiau wrth iddo fe bydru. Dyw e'm yn syniad da i gladdu fe fan hyn, Iwan.'

'Beth yw dy farn di, Bryn? Mae'n rhaid i mi gael gwared ohono fo, cyn i'r 'ffernols ddechrau rhoi posteri i fyny a'i lun o a ballu. Blydi Jac Rysel bach, oedd o'n haeddu popeth ga'th o!'

'Alli di ddim 'i roi e mas 'da'r sbwriel?' gofynnaf yn betrusgar.

'Na, ma' hynny'n ormod o risg, tydy. Mae cathod y stryd yn agor y bagia byth a hefyd. Os ffeindith pobol drws nesaf y ci yn gelain, wnan nhw fy siwio i. Dwi'n 'nabod y teip, blydi Saeson sentimental!'

Mae'r tri ohonom yn syllu ar y cwdyn du, yn frith gan smotiau bach caled o sment gwyrdd golau. Dychmygaf y ci yn y cwdyn, ddim wedi caledu trwy angau, ond yn feddal, bron fel tegan, yn stico'i dafod mas ar Iwan mewn un ystum olaf, gwrthryfelgar.

'Oes gynnoch chdi *incinerator?*' meddai Iwan, gan droi at Lloyd.

Mae Lloyd yn ysgwyd ei ben.

'Wel, ti'n feddyg, twyt. Mae'n rhaid bo chdi 'di dŵad ar draws rhwbath fel hyn o'r blaen,' meddai Iwan, yn fwy-fwy diamynedd.

'Gynigien i 'i roi fe yn fy min sbwriel i,' meddai Lloyd, 'ond fydde Megan byth yn maddau i mi, se hi'n ffeindio mas. Ac fe fydde hi'n bownd o 'neud. Fydd e'n dechrau drewi cyn bo hir, a dyw'n lorri sbwriel ni ddim yn dod rownd tan ddydd Iau.'

Merch un deg chwech oed Lloyd yw Megan. Mae hi wedi bod yn ceisio cael cymar newydd i'w thad byth ers iddi golli'i mam i ganser wyth mlynedd yn ôl. Yn sydyn, mae Iwan yn sefyll yn y twll ac yn tynnu'r cwdyn du mas, gan rwtio'r sment i ffwrdd gorau gallith e.

'Fydd rhaid i chdi ei roi o allan efo dy sbwriel di, Bryn,' meddai, gan roi'r cwdyn i mi ac ychwanegu, 'mae sbwriel Ystum Taf yn mynd allan peth cyntaf bore Llun, tydy?'

Penderfynaf fanteisio ar sefyllfa gwaredu'r ci celain, gan adael yn gynnar – yn wir, ar ôl helpu i osod dim ond pedair slab – gan dreulio'r rhan fwyaf o'r amser yn edrych ar y swigen ryfeddol yn *spirit-level* Lloyd, sy ddim yn peth ffôl i 'neud. Fel wnes i rag-weld, roedd y slabiau'n drwm iawn a theimlais rhyw wayw ar un adeg yng ngwaelod fy nghefn wrth i mi wthio un ohonynt i'w briod le.

Wedi i mi gwato'r cwdyn du dan y sinc, troes fy ngolygon tuag at fy nghyfarfod y prynhawn hwnnw gydag Efa. Beth ddylen i wisgo? Heblaw am y siwt wisgais i yn yr eglwys gadeiriol, dyw hi ond wedi fy ngweld i fel gwerinwr Rhufeinig o Gymru. Mae unrhyw beth yn welliant ar sach. Dere 'mlaen, dere 'mlaen, Bryn. Beth yw'r pwynt gweithio mewn siop dillad dynion am bymtheg mlynedd os nad wyt ti wedi dysgu rhywbeth am ddillad? Penderfynaf gadw pethau'n weddol anffurfiol. Jîns du, gyda chrys melyn trendi brynais i am hanner pris yn siop Robert Barker yn y dref. Ac fe wisga i fy nghot hir borffor gyda'r coler gwyrdd. Bargen o siop Oxfam – mae hi'n got 'Burberry', gyda leinin trwchus, yn ddelfrydol ar gyfer wac aeafol yn y parc. Wrth i mi ei ddala hi o'm blaen synnaf nad wyf yn ei gwisgo hi'n amlach.

Yna cofiaf: gan ei bod hi'n ail-law, rwyf weithiau'n pendroni am y perchennog gwreiddiol, p'un ai a yw e'n dal yn fyw neu beidio. Marwolaeth. Wy ddim moyn mynd lawr yr hewl arbennig honno. Mae'r got yn edrych yn grêt. Fe wisga i hi.

Yn bles â'n hunan am ddod i benderfyniad yn weddol glou, plymiaf i fàth twym i ddathlu. Mae'r stêm yn codi oddi ar fy nghorff a phwysaf draw i ysgrifennu enw Efa ar y drych sy'n rhedeg ar hyd y wal wrth y bàth. Baddondy cymunedol ydyw, yn cael ei rannu gan denantiaid y llawr isaf yn ogystal â Jo, Jamie a minnau. Rwyf weithiau'n dychmygu Jo yn y bàth, yn meddwl tybed a yw hi'n edmygu ei bronnau yn y drych. Ffeindiais flew unwaith yn y twll plwg a ro'n ni wedi cynhyrfu'n lân o feddwl taw rhai Jo oedden nhw. Nes i mi sylweddoli bod un neu ddau ohonynt yn llwyd ac yn wyn a'u bod yn fwy tebygol o fod yn perthyn i Mavis Rogers, o lawr stâr. Mae Mavis yn saith deg saith oed.

Roedd yna dros dri deg o bobol ddigartref wedi ymgynnull yn festri Bethania y prynhawn dydd Sul hwnnw. O bob oedran hefyd. Rhai yn eu harddegau, eraill yn eu saith degau. A dim ond tri o gynorthwy-wyr, sef Diane, Efa a minnau. Gwyrywod oedd yno'n bennaf, ond roedd rhyw hanner dwsin o fenywod hefyd. Daeth un ohonynt, Cymraes Gymraeg ei hiaith mewn cot hir glas tywyll, tua hanner cant oed, i fyny ataf.

'Ti'n newydd 'ma.'

'Ydw. Wy gyda Efa.'

'Ti'n cysgu 'da hi, ti'n meddwl?'

'Na . . . .wel . . . '

'Dim eto, ife? Mochyn brwnt wyt ti. Wy gallu'i weld e yn dy lygaid di.'

'Na . . .'

'Paid ti meiddio cyffwrdd ynddo i, y mochyn!' gwaeddodd, gan wingo a chilio oddi wrthaf.

'Be sy'n bod, Morfudd?' gofynnodd Diane, wrth iddi dacluso bord gyfagos.

'Hwn fan hyn, yn treial twtsio fi lan . . .'

'Wnes i'm cyffwrdd â hi,' llefais.

'Celwyddgi!' gwaeddodd Morfudd.

Roedd un neu ddau arall wedi dod draw erbyn hyn i weld beth oedd achos y fath gynnwrf. Cerddodd un ohonynt, dyn mawr â barf hir frown, draw ataf.

'*Is he bothering you, Morfudd?*' meddai mewn acen Wyddelig gref.

Sibrydodd Diane yn fy nghlust, 'Peidiwch becso, ma' hi wastad fel hyn 'ma. Sdim drwg ynddyn nhw go iawn. Os o's well 'da chi, ewch i olchi llestri 'da Efa.'

Wrth i mi ddechrau mynd i gyfeiriad y gegin, daeth rhyw ogleddwr yn ei bedwar degau lan ataf, yn dal ei frechdan i fyny yn rhodresgar, wedi ei hagor fel clwyf.

'Gas gen i ham,' meddai'n bigog. 'Oes 'na *chicken*, dwch? Ges i *chicken* tro dwetha. Ma' hyn yn *rubbish*, tydy?'

Dechreuais i fwmian bod y brechdanau i gyd mas ar y byrddau cyn ffoi'n frysiog i'r gegin, gan adael tomen o felltithion gogleddol y tu ôl i mi. Gafaelais mewn lliain sychu llestri a dechrau sychu'r cwpanau a'r platiau roedd Efa'n eu gosod ar y bwrdd diferu.

'Yffach, alla i'm credu pa mor anniolchgar y'n nhw. Mae'n anhygoel! Nagy'n nhw'n deall bo' ni'n 'neud hyn am ddim? Diawliaid hy!'

Gwenu wnaeth Efa, yn gweld fy nicter tuag atynt yn ddoniol.

'Dy'n ni'm yn gwybod am eu hamgylchiadau nhw,' meddai'n llawn cydymdeimlad.

'Wrth gwrs bo' ni. Ma' nhw'n cysgu mas ar y stryd. So wat? Dyw hynny ddim yn rhoi'r hawl iddyn nhw fod yn riwd, ody e? Wy'm yn credu mod i wedi clywed yr un ohonyn nhw'n gweud "diolch" hyd yn oed!'

''Na'r ffordd ma' nhw'n dala i fynd,' meddai Efa. 'Dy'n nhw'm yn ymddiried mewn unrhyw un ddigon i fod yn boléit gyda nhw. Ma' nhw 'di cael eu siomi yn y gorffennol.'

'Shwt wyt ti'n gwybod 'na?'

'Wy wedi siarad â lot fawr ohonyn nhw, dros y blynyddoedd.'

'Blynyddoedd? Ti 'di bod yn 'neud hyn am *flynyddoedd*?' gofynnais mewn rhyfeddod, yn ansicr a ddylen i swnio'n falch neu'n bryderus.

'Ydw, ers tua tair blynedd,' atebodd, gan ysgwyd ychydig o swigod oddi ar ei menig rwber pinc. 'Mae byw mewn dinas yn gallu bod yn unig iawn, Bryn. Yn enwedig os ydy rhywun ar ei ben ei hunan.'

Yna oedodd am ychydig cyn dweud mewn llais wylofus, 'Ydy, mae'n gallu bod yn boenus iawn iddyn nhw.'

Wrth i mi daflu cipolwg ar y Gwyddel mawr a oedd yn dal i'm llygadu ger yr agorfa weini, meddyliais nad oedd hi'n fawr o bicnic i'r cynorthwy-wyr chwaith.

Ychydig yn nes ymlaen, mentrais mas o'm lle cwato i helpu Diane i roi'r byrddau plygu heibio. Unwaith eto, ni chynigiodd yr un ohonynt unrhyw help i'w rhoi o'r neilltu. Ciledrychais ar rai ohonynt, yn dala'u bagiau archfarchnad budron fel se nhw newydd ddychwelyd o ryw bwl o wario trachwantus. Yr unig wahaniaeth oedd bod holl eiddo'r trueniaid hyn yn y bagiau, nid cynhwysion arwynebol eu siopa wythnosol. Teimlais fy hun yn syllu arnynt, wedi'm syfrdanu gan y diffyg bywyd yn eu llygaid. Yn enwedig y rhai ifainc. Roedd un ohonynt, Cymro Cymraeg arall gyda chrop o wallt coch cwrliog, bownd fod yn ei ugeiniau cynnar. Yr un oedran â mi pan ddes i i Gaerdydd am y tro cyntaf. Ceisiais gofio'r teimladau hynny pan oeddwn yn llawn gobaith a breuddwydion wrth i mi fentro mas ar antur cyffrous ym mhrifddinas fy ngwlad. Doedd bosib bod y dyn ifanc o'm blaen i wedi rhoi'r ffidil yn y to yn barod?

'Popeth yn iawn?' cynigiais.

'O ie, ffycin briliant. Twat.'

Wrth i mi aros ar y bont ym Mharc y Rhath gyferbyn â'r goleudy, sylweddolais fy mod i'n meddwl am antur cyffrous newydd ym mhrifddinas fy ngwlad. Y posibilrwydd o gysgu gyda Efa. Mentrais gydio yn ei llaw oer wrth i ni edrych mas dros ehangder helaeth y llyn gydag ambell hwyaden yn chwerthin yn watwarus ar fy hyfdra.

'Wyt ti'n meddwl bod Capten Scott yn gwybod na fydde fe ddim yn dychwelyd?' gofynnodd Efa, gan daflu cipolwg nôl ar y plac coffaol.

'Mae'n anodd gweud.'

'Ym mha ffordd?'

'Wel, mae'n rhaid bod e'n gwybod bydde hi'n anodd draw 'na. Wedi'r cwbwl, nage pengwin oedd e, ife.'

Chwarddodd Efa, gan ddweud, 'Diolch byth am hynny! Se fe'n bengwin bydde fe wedi crasio'r llong, siŵr o fod.'

'Beth o'n i'n meddwl o'dd bod e heb ei gynllunio i fynd i Antarctica, o'dd e? Nid fel yr *Emperor Penguin* er enghraifft. Ma' nhw'n gallu dodwy wyau ar dymheredd o dan meinws chwe deg canradd.'

Chwarddodd Efa eto a gofynnais beth oedd mor ddoniol.

'Ti,' meddai hi. 'Shwt wyt ti'n gwybod ffeithiau dwl fel'na?'

'O, jest rhyw bethe wy'n pigo lan o fan hyn a fan draw,' meddais, heb ddweud wrthi mod i wedi canfod yr wybodaeth benodol yma gan blentyn pump oed y bore hwnnw. Yn sydyn, dechreuodd yr hwyaden wrywaidd a oedd yn syth o'n blaenau ni fflapian ei blu a chwacian mewn rhyw araflais llafurus.

Gwenais gan ddweud, 'Ma' fe'n treial creu argraff arni.'

'Dyw hi'm yn edrych i mi fel se fe 'di llwyddo i'w swyno rhyw lawer,' meddai Efa, gan atal dylyfiad gên.

'Na,' meddais, ychydig yn bryderus, yn becso bod hyn yn rhyw fath o neges gudd oddi wrth Efa a oedd yn adlewyrchu ei hymateb i'm hymdrechion carwriaethol innau. Wedi'r cwbwl, ro'n i wedi gwisgo fy nghot hir borffor gyda'r coler gwyrdd, trawiadol. Yr un lliwiau â'r hwyaden wrywaidd, sylweddolais. Falle sen i'n cwacian, se mwy o obaith 'da fi gyda'r hwyaden fenywaidd!

Fodd bynnag, yn sydyn stopiodd Efa rhyw hen ŵr ar y bont, gan ofyn iddo dynnu'n llun ni â'i chamera. Dyna welliant, meddyliais. Dyma'r math o beth oedd yn digwydd mewn ffilmiau. Llwyddais i gydio yn ei braich a gwenu i'r camera. Ond roedd yr hen ŵr yn cael trafferth. Roedd yn ceisio dyfalu a oedd angen gwasgu rhywbeth i gael y fflach i weithio. Eglurodd Efa nad oedd angen fflach, bod yna ddigon o olau naturiol. Yna cliciodd y camera wrth i mi dynnu Efa yn nes tuag ataf. Fy ngobaith yw y bydd e'n edrych fel coflaid cariadon, y ddau ohonom yn methu peidio cyffwrdd â'n gilydd. Ond wy'n ofni bydd e jest yn edrych fel sen i'n treial cadw'n dwym.

Mae Efa'n diolch iddo ac rydym yn cerdded draw at ochr y llyn, gan ddala dwylo unwaith eto. Yn rhwystredig iawn, fe allwn ni weld y cychod a'r badau pedlo trwy ffenestri'r cwt llongau, wedi'u gwasgaru mewn tomennydd anniben fel se nhw wedi cael gorchymyn sydyn i gysgu trwy'r gaeaf. Estynnaf am y cwdyn plastig tu fewn i boced fawr fewnol fy nghot a nôl ychydig o weddillion crystiau bara a oedd ar ôl yn festri Bethania. Rhwygaf y bara'n ddarnau llai, gan deimlo tipyn bach fel offeiriad, a'u taflu nhw i'r llyn. Mae sawl hwyaden yn fflapian ei hadenydd yn llawn cyffro wrth iddynt lithro draw at y bwyd. Er mawr syndod, mae rhai ohonynt yn troi eu trwynau lan ar yr hyn sy'n cael ei gynnig iddynt, fel se'r crwstyn ddim yn ddigon da iddyn nhw. Mae un ohonynt, un fenywaidd, yn syllu'n drahaus ac yn cwacian yn wyllt ddirmygus arnom, fel se hi moyn siarad â rheolwr y bwyty. Wy'n teimlo fel dweud y do i â bara *wholemeal* brown iddi yr wythnos nesaf. Rhyw brynhawn fel'ny mae hi wedi bod, mae'n debyg. Mae Efa'n taflu darn mwy o seis dros eu pennau ac mae yna ras yn cychwyn sy'n cael ei hennill yn y pen draw gan hwyaden fawr wrywaidd sydd wedi ymddangos yn sydyn o ryw ynys gorsiog gyfagos.

'Mae hyn yn hwyl,' meddai Efa.

'Ody,' cytunaf, gan blygu lawr i nôl darn o fara rwyf wedi'i gwympo. Teimlaf wayw dolurus yng ngwaelod fy nghefn, ond ceisiaf yn galed i beidio dangos hyn. Yn fy mhen, melltithiaf Iwan a'i slabiau patio. Er fy mod mewn poen, llwyddaf i yrru'r ddau ohonom nôl i'm fflat. Mae Efa wedi lled-awgrymu sawl gwaith yr hoffai weld ble wy'n byw. Sy'n wych, mewn ffordd. A dim ond yn deg, gan fy mod i wedi bod yn ei fflat hi. Diolch i'r drefn, ro'n i wedi hanner paratoi fy hun ar gyfer hyn. Wy wedi benthyg cryno-ddisg *White Ladder* gan Lloyd, er enghraifft, a'i adael mewn man amlwg ar y ford. Gyda 'bach o lwc, hwn oedd y peth cyntaf iddi sylwi arno, yn hytrach na'r bin sbwriel gorlawn ro'n i wedi anghofio 'mbytu. Gan sefyll o flaen y bin, cynigiaf goginio 'chydig o basta, ac er mawr syndod a llawenydd ac ofn i mi, mae Efa'n cytuno i'm pryd *impromptu* gan ei helpu ei hun i gan o lager o'r oergell hyd yn oed.

Yn ystod y pryd, mae Efa'n dangos diddordeb anghyffredin yn fy oedran. Pan ddatgelaf o'r diwedd fy mod i'n dri deg wyth, mae hi fel se hi'n siomedig.

'Paid cymryd hyn ffor' rong, ond o'n i'n meddwl bo' ti'n hŷn na 'na,' meddai.

Ro'n i wedi agor potel o win coch i'w yfed gyda'r pasta, ac arllwysaf ei waelodion i wydryn Efa gan godi i nôl potel arall. Gan fy ngweld i'n dechrau rhoi'r agorwr i mewn i'r corcyn, mae Efa'n galw draw, 'Paid agor honna i mi, wir. Fydd rhaid i mi fynd nawr, mewn munud.'

Gan geisio cwato fy siom, agoraf y botel ta beth, gan arllwys llond gwydryn o Shiraz bywiog o Awstralia i mi fy hun. Pwysa Efa draw o ochr arall y ford a dal fy llaw, gan syllu i'm llygaid.

'Plis paid cael siom. Ma'n rhaid i mi godi'n gynnar fory. Wy'n mynd bant am bythefnos, ar gwrs canu yn Birmingham.'

'O, ma' 'na'n swnio'n ddiddorol.'

'Ydy. Mae un o'r tiwtoriaid, Hazel Howarth, yn dod o'r Coleg Cerdd a Drama. Hi ddysgodd fi sut i ddefnyddio fy neiaffram.'

Gan sylwi ar ryw olwg brwnt yn fy llygaid, mae Efa diolch i'r drefn yn chwerthin, gan ddweud 'Nage'r math 'na o ddeiaffram, y twpsyn. A paid edrych fel'na. Fel canwr dy hunan, ti'n bownd o fod yn gyfarwydd iawn â dy ddeiaffram.'

Yn despret i'w chadw hi yma, rwy'n ffeindio darn o gaws yn yr oergell ac yn ei roi ar y ford ynghyd ag ychydig o gracyrs, a'r bisgedi sgwâr yn eironig ddigon yn cwato crac yn y plât. Wrth i mi fynd draw i newid y cryno-ddisg am rywbeth mwy hwylus, fy hoff gasgliad o *soul* Americanaidd, fe deimlaf law fach Efa ar fy ysgwydd. Gwasgaf y botwm priodol cyn troi i'w chusanu. Mae e'n teimlo mor naturiol. Fel se'r diwrnod cyfan wedi bod yn arwain at hyn. Rydym yn cusanu am ddau funud a phum deg saith eiliad yn ddi-dor. Wy'n gwybod bod hyn yn wir oherwydd dyma union hyd trac cyntaf yr albwm, 'Stand By Me' gan Ben E. King. Gan fethu atal fy hun, wy'n llwyddo i ddatod ei bra yn ddeheuig, ond mae Efa'n tynnu nôl, gan ddweud 'A-ha' wrth siglo'i phen.

'Be sy?'

'Dim. Wy ffaelu aros, 'na i gyd.'

'Sdim rhaid i ti aros,' meddaf, gan ddyfalbarhau a chusanu ochr ei gwddwg.

Ond does dim pwynt parhau. Mae hi'n mynd nôl at y ford a thorri darn o gaws iddi'i hun.

'Paid â chamddeall. Wy wir yn dy licio di,' meddai, 'ond, wel, wy wedi cael fy mrifo yn y gorffennol.'

Wy ddim yn gwybod pa mor bell i wthio hyn, ond gofynnaf yr un fath.

'Dy frifo ym mha ffordd?'

'Dynion. Yn fy ngorffennol. Wy wedi cael ambell *weirdo*.'

Yn sydyn, teimlaf ryw nerfusrwydd unwaith eto ond daliaf i edrych arni gan estyn am fy wydryn – sy'n beth dwl i'w wneud, gan fy mod i'n taro fy ngwydryn llawn i'r llawr teiliog. Mae'n chwalu'n deilchion yn syth, gan dywallt fy ngwin coch ar hyd y teils. Plygaf i lawr i archwilio'r gwydr sydd wedi torri. Hyd yn oed yn y golau gwan, mae darn o'r gwydr yn pefrio. Yn diferu o win coch, edrychai fel modrwy ruddem ddrudfawr. Wrth i mi sythu fy nghefn unwaith eto, teimlaf boen arall yng ngwaelod fy nghefn. Roedd e wedi mynd eto. A'r tro hyn doedd dim modd i mi gwato'r dolur.

'Wyt ti'n iawn, Bryn?'

'Ydw. Jest 'di 'neud rhywbeth i 'nghefen, 'na i gyd.'

'O diar. Wel, aros di fan'na. Wna i glirio hyn lan. O's gyda ti frws a dystpan?'

'O's. Dan y sinc. Diolch.'

Mae Efa'n nôl y pethau o dan y sinc ac yn gafael mewn cwdyn sbwriel du. Yna mae'n sgrechen – mae hi wedi edrych mewn i'r cwdyn du a gweld Jac, y Jac Rysel marw!

'Mae'n oreit,' meddaf yn glou, 'ci ffeindiais i ar y stryd yw e. O'n i'n 'i gadw fe.'

'I beth?!'

'O'n i'n teimlo'n sori drosto fe.'

'O't ti'n teimlo'n sori dros gi wedi trigo?'

'O'n. O'dd e ar y pafin, twel. O'dd e ddim yn reit, rywsut. O'n i'n meddwl ddylen i ei gladdu e'n iawn.'

'Ble?'

'O'n i'm yn siŵr. Yn y parc, falle.'

Mae Efa'n ymdrechu i wenu. Mae'n gwneud ei gorau i'm credu. Ond teimlaf fy mod i'n prysur ymuno â'i rhestr o *weirdos*. Mae hi'n aros i helpu gyda'r gwydr sydd wedi torri ac rwyf innau'n mopio'r gwin i fyny. Cynigiaf ffonio am dacsi ond dywed Efa bod yn well ganddi gerdded. Wneith yr awyr iach les iddi. Fedra i mo'i beio hi.

Mae hi'n addo fy ffonio pan ddaw hi nôl, ac wrth i mi gau'r drws ffrynt diawlaf Iwan rhwng fy nannedd, Iwan a chi anwes ei gymydog. Teimlaf bigiad yng ngwaelod fy nghefn eto wrth i mi fynd lan y stâr i'm fflat.

Tu fas i'm drws, yn yr hanner-gwyll, wy'n damsgyn ar rywbeth. Plygaf i lawr yn ofalus gan godi pengwin plastig, pengwin wedi torri. Crynaf, gan achosi mwy o ddolur yn fy nghefn. Wy'n treial yn galed i fod yn bositif, ond diawlaf fy nghorff methedig wrth i mi fynd mewn i'm fflat i gyfeiliant Jimmy Ruffin yn canu'r geiriau *'What becomes of the broken-hearted?'* Rhaid i mi beidio teimlo'n isel. Wy wedi cael diwrnod da. Ceisiaf yn galed i beidio meddwl am farwolaeth. Ond mae'n anodd meddwl am unrhyw beth arall pan fo pengwin mewn tri darn yn eich llaw a Jac Rysel wedi trigo dan eich sinc.

Pennod 6

Mae fy nghefn yn 'neud dolur y diawl yn y gwaith. Mae'r ffaith hon, o'i chyfuno ag absenoldeb sydyn Efa, wedi fy rhoi mewn hwyl ddrwg. Dywedaf wrth Lowri coesau hirion yn y toriad coffi am ddweud wrth Wil y cyfarwyddwr i beidio edrych arnaf fel sen i'n ddarn o dom. Wy'n 'neud fy ngorau glas dan amgylchiadau anodd iawn. Mae'r drws trwm haearn wy'n ei agor i Dwyfol Rhys yn straen enfawr ac mae'n gwrthod cau'n iawn oherwydd cêbl trydan.

'Dyw e'n ddim byd i 'neud â'r drws. Ma' fe'n grac achos goffodd e dorri dy linell di wythnos diwetha. Ma' fe'n meddwl bod ti'n drwbwl.'

Am ryw reswm mae Lowri yn ceisio dala chwerthiniad nôl wrth iddi ddweud hyn. Ody'r peth mor hurt? Y posibilrwydd y medrwn i fod yn 'drwbwl'? Mae hi'n f'atgoffa i o'r dderbynwraig yn y motel yn y gyfres deledu *'I'm Alan Partridge'*. Mae hyn yn 'neud i mi deimlo'n anghyfforddus, gan fod hynny'n rhyw led-awgrymu felly taw fi yw'r ffigwr Alan Partridgeaidd.

'Wel, rhaid 'neud safiad weithiau,' meddaf. 'Os yw pawb yn eistedd ar y ffens, 'neith y ffens . . . wel, dorri yn y diwedd.'

O yffach. Wy *yn* swnio fel fe! Mae hi'n ychwanegu ychydig o laeth i'w phaned te Earl Grey ac yna'n ei bachu hi rownd ochr y wagen arlwyo. Clywaf hi'n chwerthin yn dawel iddi'i hun, *out of vision* fel y'n ni'n dweud yn y busnes.

Nid fi yw'r unig un mewn hwyl ddrwg chwaith. Mae John Tal yn conan am y fenyw newydd yn Gwisgoedd, stwcen o flonden nobl o Ddenmarc o'r enw Astrid.

'Tydy 'nillad i ddim yn ffitio, sti. Dwi fel ryw fersiwn anferthol o Norman Wisdom. A tydy'r ast ddim yn cymryd yr un iot o sylw. Mae'r toriada diweddara 'ma'n ofnadwy.'

'Pa doriade?'

'Iesgob, Bryn, mae'n rhaid bod ti 'di sylwi. Yr iwnifforms heddlu, ma' nhw mor ddiraen a henffasiwn. Ma' hi 'di'u hurio nhw am nesa peth i ddim o rywle, yn saff ichdi. Ma' hi fel bod mewn *am-drams*, rêl plisman blydi drama!'

A bod yn onest, do'n i heb sylwi. Ond nawr bod e wedi sôn am y peth, roedd ein cyd-weithwyr, y plismyn iwnifform, yn edrych yn amaturaidd, yn anniben hyd yn oed, gyda chrychau amlwg yn llewysau eu tiwnigau.

'Mae'r sioe ma'n gwaethygu, sti. Torri nôl ar y cyllid. Dyna be sy tu ôl i'r *shoot-out* bondigrybwyll 'ma, 'te. Ma' Keith 'di gweld y drafft cynta o'r sgript. Ddeudodd o bod yna fwledi yn hedfan ym mhob cyfeiriad yn y *mobile incident room*.'

'Do fe?'

'Do. A bod y sgript honno wedi'i hanfon nôl i'r awdur gyda chyfarwyddiada i ladd un o'r prif gymeriada.'

'Wedodd e pwy?'

'Na. Ond alli di weld synnwyr y peth, yn medri? Torri'r bil cyfloga trwy cael gwared o rywun fel Gareth Bennet, neu hyd yn oed yr "Angel" ei hun!'

'Na, alla nhw'm 'neud 'na, John. 'Mwyn dyn, 'na beth yw enw'r rhaglen – *Angel*.'

'So wat? Sbia be ddigwyddodd i "Taggart".'

Mae John yn ffan mawr o *genre* y gyfres dditectif, felly wy ddim yn dadlau gydag e. Nid wyf yn dweud, er enghraifft, fod yr actor a chwaraeodd ran Taggart, sef Mark McManus, wedi marw. Fydde John yn gweld hynny fel ymgais i'w danseilio. Ac mae John, rhaid cofio, yn reslwr proffesiynol. Ta beth, mae ei bwynt cyffredinol, sef bod *Angel* yn torri nôl, yn wir. Sylwais fod yr hambwrdd arferol o deisennau yn y toriad coffi prynhawn wedi diflannu.

Daw artist cynorthwyol arall, un di-Gymraeg o'r enw Bill Reynolds, i fyny ataf gan ddweud, *'Lived in Belgium for a few years as a child.'*

Sgen i'm syniad am beth mae'r lob yn sôn.

'Aubrey Hepburn. When you refused to count her as a Belgian the other week. I found a website on her. Born in Bruges.'

'Oh, right,' meddaf, heb fawr o ddiddordeb.

'What about ten famous Rumanians?' meddai Bill yn llon.

'What about them?' meddaf innau'n flin, gan symud i ffwrdd oddi wrth y wagen.

'What's up with him?' clywaf Bill yn gofyn i John Tal. Mae John Tal yn ei anwybyddu ac yn dweud wrtho bod ei goler lawer rhy fach iddo.

Y noson honno, gan wneud fy hwyl yn waeth fyth, mae fy chwaer annwyl yn galw i'm gweld. Y peth cyntaf mae'n 'neud yw rhedeg ei bys ar hyd fy silff lyfrau, gan ddangos y llwch ar ei bys tywyll.

'Wy'm yn deall shwt alli di fyw yn y twlc hyn.'

Ddim hyd yn oed 'shwmai'. Ond wy ddim yn meindio'n ofnadwy chwaith, yn enwedig gan ei bod hi wedi mynd yn syth at y bin sbwriel gyda'r bwriad o'i wagio. Sylweddolais flynyddoedd ynghynt bod glanhau'n ffurf o therapi hollol angenrheidiol i Bethan. Wy'n cael teimlad o banig mwya sydyn wrth iddi bwyso draw dan y sinc i nôl cwdyn sbwriel du. Ond wedyn fe gofiaf i mi waredu Jac trwy ei roi mewn bin cyhoeddus ar bafin chwarter milltir i ffwrdd yn yr Eglwys Newydd, gan edrych mas am gamerâu cylch-cyfyng y cyngor wrth i mi wneud hynny. Wrth iddi ddechrau pentyrru papurau newydd a chylchgronau i mewn i'r cwdyn du ar beilot awtomatig, mae hi'n dechrau sôn am ei merch.

'Mae Elin yn gweud bod hi moyn cymryd blwyddyn bant, cyn mynd i'r coleg. Ma' fe'n benderfyniad anferth. Ma' Bradley a minnau wedi trafod y peth gymaint o weithiau, ond dy'n ni dal fawr callach. Beth wyt ti'n meddwl? Wnes di fe, a 'co beth ddigwyddodd i ti.'

'Falle nele fe les iddi. Yn enwedig se hi'n teithio 'm bach.'

'O na. Se ni ddim moyn iddi deithio. Ma' gormod o *terrorists* yn y byd. Ma' hi'n digon gwael yng Nghaerffili. Ta beth, mae Bradley'n teithio cymaint gyda'i waith dyddie 'ma. Se'n neis cael hi adre, fel cwmni.'

''Na ni 'te,' meddaf, heb fod yn fawr o gymorth.

'Ni wedi gofyn yn yr ysgol a ma' nhw'n dweud bod e lan iddi hi.'

Mae Elin yn mynd i Ysgol Howells i Ferched. Ma' hi'n dweud bod hi'n 'nabod Charlotte Church.

''Na'th Charlotte Church gymryd lot o amser bant, ynta. Dyw e ddim fel se fe wedi 'neud niwed iddi hi.'

'O wir, Bryn. Os ti ddim yn mynd i drafferthu meddwl yn iawn am dy nith . . .'

Ac wedyn mae hi'n stopio ynghanol brawddeg. Wrth iddi gymoni clustogau'r soffa, mae hi wedi dod ar draws *Brazen*, rhifyn arbennig ar fenywod cefn gwlad, merched fferm porcyn mewn welingtons a lipstic yn bennaf, yn gafael mewn peiriannau amaethyddol. Tynnaf y cylchgrawn oddi arni, ond sylwaf wrth ei bochau gwritgoch ei bod hi'n rhy hwyr.

'Ma' rhaid i fi ddarllen rhai o'r storïau . . . ar gyfer y gwaith,' mwmialaf yn aneffeithiol.

Mae hi'n edrych arnaf yn llawn dirmyg.

'Ymchwil yw e, oreit!'

Pwysleisiaf hyn gyda'r un argyhoeddiad â Pinocio yn treial cwato'i drwyn â'i ddwylo, gan ychwanegu'n frysiog 'Wy'n siŵr bod ti heb ddod draw i lanhau fy fflat nac i roi darlith ar foesau i mi, felly siapa hi a dere at y pwynt; ma' rhaid i mi fynd i gwis cyn bo hir.'

Er mawr syndod i mi, mae hyn yn gweithio ac mae hi'n dweud ei bod hi wedi galw am ei bod hi eisiau trafod sefyllfa Mam.

'Beth y'n ni'n mynd i 'neud yn ei chylch hi, Bryn?'

'Be ti'n feddwl?'

'Wel, dyw hi'm yn mynd yn iou. A wy'n becso cymaint amdáni. O'n i'n meddwl, wel, falle dylen ni feddwl am ffeindio cartref iddi.'

'Ma' cartre gyda hi,' meddaf o ddifri, heb ddeall beth oedd ganddi mewn golwg.

'Cartre hen bobol, Bryn. Lle mae hi'n gallu cael y gofal gorau.'

'O, sa i'n gwbod am 'na.'

'Os taw'r gost sy'n dy boeni di, ma' Bradley wedi dweud wnewn ni ysgwyddo'r rhan fwyaf o'r baich ariannol. Ma' fe'n dweud fod gan bob dim ei bris.'

'Rheolwr banc yw e, Bethan.'

'Rhaid talu pris am dawelwch meddwl, 'na beth ma' Bradley'n ddweud.'

'Wy'n credu bod 'na lan i Mam. Sa i'n meddwl fydd hi'n licio'r syniad. Ma' gyda hi dipyn o help – Gwyneth lan yr hewl a Carol Lawson, y nyrs.'

'O o's, ma' pobol yn galw i'w gweld hi'n aml. O'dd Islwyn Garth wedi galw wythnos diwetha pan ffoniais i . . .'

'Islwyn Garth?' torraf ar ei thraws a goslef fy llais yn llawn consýrn.

'Ie. Gyda dwsin o wyau a photel o laeth enwyn. Ma' pobol yn garedig iawn.'

Yn sydyn mae yna ddelwedd yn llenwi fy mhen, o Mam yn dihuno i weld pen ceffyl gwaedlyd ar ei chlustog. Neu hyd yn oed yn waeth, yn brwydro am ei hanadl, gan alw'n ofer am help, sŵn angau'n corddi yn ei gwddwg, wedi'i gwenwyno gan gynhyrch llaeth dieflig. A'r cyfan oherwydd i'w mab gael ei gynhyrfu ar ben mynydd. Mae Bethan yn hen gyfarwydd â'r olwg bell sy'n dod drosof wrth i mi bendroni, ac mae'n gweiddi arnaf i snapo mas ohono fe.

'Bryn!'

Wy'n llwyddo i stopio pendroni am y fath erchylltra ac yn dweud wrthi nad wyf eisiau chwarae unrhyw ran yn ei chynllun newydd hi.

''Na ni! Wedodd Bradley se ti fel hyn. Iawn, wna i godi'r pwnc 'da Mam fy hunan 'te. Rhaid i rywun edrych i'r dyfodol. A dyw 'nyfodol i ddim yn mynd i fod ar yr A470!'

Am ryw reswm, daw darlun i 'mhen ohonaf fel hwrdd mewn cae ar gyrion Aberhonddu, ar ymylon yr A470. Gan weld yr olwg bell yn dechrau fy meddiannu unwaith eto, mae Bethan yn gwthio'r brws i'm llaw ac yn gadael, gan ochneidio'n rhwystredig, cyn slamio'r drws y tu ôl iddi.

Y noson honno rydym yn cystadlu am Gwpan Cwis Tafarndai Caerdydd, gan chwarae am le yn ffeinal rhanbarth Gorllewin Caerdydd. Mae'r cwis yn cael ei gynnal yn y *Stag and Pheasant* yn Nhre-lai. Mae ein hymchwil, a oedd yn dangos bod y tafarnwr yn hoff o hanes hynafol, yn anghywir. Mae e'n hoff o hanes lleol. Hanes lleol iawn, fel mae'n digwydd. Hanes Tre-lai. Mae yna ddwy rownd gyfan ar y dam peth. Mae hyn yn drychineb i Iwan, Lloyd a minnau, ond yn dipyn o fendith i Phil, a fu'n byw yn Nhre-lai am flynyddoedd a sydd, wrth gwrs, â diddordeb brwd mewn hanes. Mae'n gwybod fod Melin Bapur Tre-lai, a gaewyd yn 2000, wedi ei sefydlu ym 1865. Mae hynna'n ddigon teg, gan bod Phil yn arfer gweithio yn y felin am gyfnod. Ond mae e hefyd yn gwybod (ac yn disgwyl i mi, yr arbenigwr ar bethau Rhufeinig, wybod!) fod yna heol Rufeinig yn arfer arwain i mewn i orllewin y ddinas trwy Dre-lai a Threganna. A bod aber afon Elái a'r Taf yn cwrdd mewn ardal o'r enw Cogan Pill. Mae e hyd yn oed yn gwybod taw'r prif reswm am gau Cwrs Rasio Tre-lai yn y pen draw oedd bod yr eisteddle wedi mynd ar dân yn 1937. Rydym yn llwyddo i ennill y cwis gyda sawl pwynt i sbario, ond wy'n cytuno ag Iwan – mae'n amlwg bod gan Phil lot gormod o amser ar ei ddwylo mawr.

Gan fod Phil yn rhyw led-nabod y tafarnwr ac wedi creu argraff arno, rydym yn cael sesiwn loc-in hwyr yn y *snug bar*. Mae Phil yn ei elfen, yn dweud wrtho' ni bod yna arfer bod deugain mil o bobol yn gwylio'r rasys ceffylau yn Nhre-lai tua diwedd y bedwaredd ganrif ar bymtheg, a hanner can mil yn gwylio gleision Cardiff City yng Nghwpan Ewrop ym Mharc Ninian yn y chwe degau. Er bod yna ran ohonof sy'n edmygu Phil am ei frwdfrydedd, wy'n dal i feddwl am ymadawiad disymwth Efa a'r boen yn fy nghefn.

'Mae o'n trio beio fy mhatio i am y boen yn ei gefn,' meddai Iwan yn ddirmygus, gan ychwanegu, 'ond prin y cododd y pwdryn ei fys trwy'r dydd!'

Mae Lloyd yn ysgwyd ei ben, gan ddweud, 'Mae'r cefn yn dipyn o ddirgelwch. Alle fe fod yn gannoedd o bethe. Neu yr un mor hawdd alle fe fod yn ddim byd o gwbwl.'

Gwnaf nodyn yn fy mhen i newid fy meddyg teulu, ond wy'n gwybod na wna i ddim trafferthu.

'Ti yw 'noctor i,' protestiaf. 'Ti i fod i'n helpu i, nage 'neud fi'n *depressed*.'

'Nage Lloyd sy'n 'neud ti'n *depressed*,' meddai Phil, yn hirben fel arfer. 'Y fenyw 'na yw'r rheswm, nagefe?' gofynna.

Amneidiaf, gan ddweud ei bod hi wedi'i baglu hi o 'ma i Birmingham am gwpwl o wythnosau. Mae hyn yn esgor ar un arall o ddamcaniaethau enwog Phil. Mae hon yn fras seiliedig ar yr ymadrodd Saesneg '*Absence makes the heart grow fonder*'. Ym marn Phil, ffenomen fiolegol sydd wrth wraidd hyn. Ddarllenodd ef rywbeth am y pwnc yng nghylchgrawn y *New Scientist*, sef bod y corff yn creu cemegolion dros gyfnod o amser sydd yn wir yn creu poen yn ardal y frest lle mae'r galon. Mae Lloyd, yr unig wyddonydd yn ein plith, yn chwerthin i'w gwrw. Yn wir, mae'n chwerthin cymaint nes iddo fethu stopio ac mae'n peswch peth o'i gwrw i fyny, y dagrau'n llifo o'i lygaid.

Mae Iwan am wybod pryd gân nhw'r anrhydedd o gwrdd â'r fenyw newydd hon yn fy mywyd. Mae Lloyd yn gofyn beth yw ei henw hi. Wy'n dweud Efa. Mae Iwan yn gofyn os taw Braun yw ei chyfenw. Wy'n dweud nage, taw Hughes yw ef. Mae Lloyd yn difrifoli'n sydyn a gofynnaf iddo a oes rhywbeth o'i le.

'O na, dim. O'n i jest yn meddwl am dy gefn di. Pam na wnei di apwyntiad? O ddifri. Os nag yw e'n gwella, neith e waethygu.'

'Ond wedaist ti bod y cefn yn ddirgelwch . . .'

'Wnes i'm dweud sen i'm yn treial dy wella di. Allen i dreial aciwbigo. Ma' fe 'di bod yn effeithiol iawn gyda rhai o'm cleifion eraill i.'

'Stico nodwyddion mewn i bobol!' meddai Iwan mewn anghrediniaeth. 'Ai dyna ma' nhw'n eich dysgu chi am saith mlynedd? Man a man sa chdi'n rhoi asgwrn trwy dy drwyn a gwisgo sgert o wair!'

Wrth i mi gerdded lan y grisiau i'm fflat yn gobeithio na fydd angen cwrs o aciwbigo arnaf, fe sylwaf bod drws Jo yn gilagored. Mae hi wedi un o'r gloch y bore, felly rwyf yn mynd mewn yn glou, gan obeithio nad oes rhyw leidr gwallgo â bwyell yn ei law yn stelcian yn y cysgodion. Os oes rhywun felly yno, yna mae e'n leidr go ddiwylliedig gan fod Offeren Mozart yn chwarae'n ysgafn yn y cefndir. Mae Jo yn eistedd ar ei gwely ac yn amneidio wrth gymryd anadliad dwfn o dôp i'w hysgyfaint.

'Welais i bod y drws . . . ar agor,' egluraf.

Mae Jo'n amneidio'n ddiffwdan, fel se'r drws i fod ar agor trwy'r nos. Mae hi'n cymryd y *joint* o'i cheg ac yn ei gynnig i mi. Wy'm yn gwbod beth i wneud. Wy'm yn licio cymysgu cwrw a chanabis yn ormodol. Mae'n tueddu i wneud i mi deimlo'n chwydlyd. Ond mae Jo yn 'neud fy meddwl i fyny ar fy rhan, gan wthio'r *joint* i'm llaw yn gydymdeimladol a dweud wneith e les i'm cefn. Tynnaf fwgyn lled-felys i'm ffroenau, gan daflu cipolwg ar y sgrin sy'n gwahanu Jamie oddi wrth ei fam. Hyd yn oed gyda'r gerddoriaeth yn chwarae'n ysgafn, wy'n dal i'w glywed e'n chwyrnu'n braf.

Anadlaf yn ddwfn o'r cyffur, a theimlo'r mwg yn cynhesu fy esgyrn. A bod yn onest, dyw e heb 'neud rhyw lawer o les i 'nghefn. Rhoddaf y *joint* nôl i Jo.

'Se ti'n Mozart, se ti 'di marw erbyn hyn,' meddai Jo yn oeraidd.

'Sen i'n Mozart, se ddim ots 'da fi bo' fi 'di marw erbyn hyn,' atebaf.

Mae Jo'n gwenu, gan ddweud mod i'n foi od. Eglura ei bod hi'n gwrando ar Mozart er mwyn treial deall beth yw athrylith. Mae hi'n gwybod bod Steve, tad Jamie, yn athrylith o ryw fath, yn ei ffordd ei hun. Mae pobol athrylithgar gan amlaf yn obsesiynol, meddai. Cerddoriaeth oedd obsesiwn Mozart, mynyddoedd yw obsesiwn Steve. Nid wyf yn ceisio atal ei hymgais i 'neud synnwyr o'i pherthynas â Steve. Syllaf ar ei ffotograff, mewn ffrâm chwaethus ar ben y set deledu symudol. Ar gopa Everest mae'n edrych yn llythrennol ar ben ei ddigon, y teimlad o falchder a geir o gyflawni'r fath gamp yn tanio fel laserau o'i lygaid. Er, gyda'i farf wen hir a'i got coch, edrycha'n ddigon tebyg i Siôn Corn hefyd. Wy'n meddwl ei fod e'n ddiawl hunanol yn gadael ei gariad a'i fab mewn fflat fach oer am naw deg y cant o'r flwyddyn, tra mae e'n dringo rhyw blydi copa anghysbell 'oherwydd ei fod e yna'. Nid wyf yn rhannu'r farn hon am Steve gyda Jo, yn rhannol oherwydd efallai y gwnaiff hi gytuno â mi.

'Wnaethoch chi ennill, yn y cwis?'

'Do. Ni trwyddo i'r ffeinal Gorllewin Caerdydd nawr.'

'Da iawn,' meddai, cyn amneidio ac yna ailadrodd y 'da iawn' unwaith eto.

'Ydy e wedi helpu dy gefn di?' meddai, gan roi'r hyn sy'n weddill o'r *joint* i mi.

Ysgydwaf fy mhen ac mae Jo'n codi ac yn nôl cadair.

'Eistedda fan hyn ac fe wna i rwto dy sgwyddau di. Falle taw rhyw gwlwm o densiwn sydd yna, 'na i gyd. Ma' isie i ti ymlacio mwy.'

Eisteddaf a chymeraf ychydig mwy o'r *joint*. Y tro hwn mae'n mynd yn syth i 'mhen a theimlaf fy hun yn arnofio, yn mwynhau rhyw lonyddwch mewnol sydd, wy'n siŵr, yn 'neud lles i mi.

Neu falle taw bysedd hirion Jo sy'n gyfrifol, yn rhwtio fy sgwyddau'n rythmig ofalus. Ta beth, o fewn dim teimlaf godiad yn fy nhrowsus. Gyda Jo mae'n anaddas rywsut. Mae hi'n amlwg yn glaf o gariad gyda Steve. Y Steve sydd byth yno, wrth gwrs. A hi yw mam fy ffrind mynwesol pump oed, Jamie. Ceisiaf feddwl am gawodydd oer, ond mae'r cysyniad o noethni'n fy nghynhyrfu fwy fyth. Meddyliaf am rew, sy'n fy arwain at Steve a'i ffoto. Ond nid yw hyn yn gweithio chwaith. Meddyliaf mae'n rhaid bod yna rhyw wefr arbennig ynglŷn â chysgu gyda cariad dyn sydd wedi dringo Everest.

Ond be ddiawl ydw i'n meddwl 'mbytu? Nid dyma'r math o berthynas sydd rhyngof i a Jo. Mae'n rhaid mod i wedi drysu. Mae'n rhaid mod i'n dychmygu taw bysedd Efa sy'n pwno fy nghroen, yn rhwtio, rhwtio, yn lleddfu fy mhoen dolurus. Mae Jo yn sôn am sioe sy'n dod i Ganolfan Celfyddydau Chapter yr wythnos hon. Fersiwn dawns modern o ddrama Ibsen, *Tŷ Dol*, gan ryw gwmni theatr o Warsaw. Mae hi'n dweud ei bod hi'n hoffi Ibsen. Mi welodd hi gynhyrchiad o *Brand* gyda Steve rai blynyddoedd yn ôl, wedi iddi ei berswadio ei bod hi'n ddrama am ddringo. Roedd Steve wedi meddwl bod y ddrama'n rwts llwyr, ond roedd Jo yn hoffi'r cymariaethau a dynnwyd ynddi rhwng dringo craig a oedd yn gyfystyr â brwydr bywyd ei hun. Hyd yn oed a chodiad anferth rhwng fy nghoesau, roedd y cyfuniad o'r Mozart tawel a chwyrnu cyson Jamie ynghyd ag esboniadau dyrys am Ibsen yn fy hala i i gysgu.

'Hoffwn i ofyn ffafr i ti, Bryn.'

'Clatsia bant 'te,' meddaf, gan feddwl bod hi'n mynd i ofyn a wna i warchod Jamie iddi, sef rhywbeth wy wedi'i 'neud o'r blaen ac yn berffaith hapus i'w 'neud eto.

Ond nid dyna sydd ganddi mewn golwg.

'A fydde ti'n fodlon dod gyda fi i weld *Tŷ Dol* nos Wener?'

Sythaf, heb ddisgwyl hyn o gwbwl. Mae Jo'n cymryd hyn fel ymateb negyddol, ond yn dyfalbarhau â'i chais, serch hynny.

'Co, mae rhyw foi yn Chapter sydd wastad yn mynd 'mlaen a 'mlaen bod e moyn mynd mas 'da fi. Se fe'n grêt, ti'n gwybod

. . . wel, sen·i'n, wel, yn mynd mas 'da rhywun yn barod, fel petai.'

'Ie, fydde hynny'n grêt,' ychwanega'n ddiangen.

Wy'n gallu teimlo ei bod hi'n amneidio â'i phen, er na allaf ei gweld hi, gan ei bod y tu ôl i mi.

'Beth am Jamie?' meddaf, gan droi i'w hwynebu.

'Mae'n iawn. Gen i ffrind o'r gwaith wnaiff ofalu am Jamie.'

'Ti'n iawn 'te, fydde 'na'n grêt,' meddaf.

Edrycha Jo yn falch iawn, gan amneidio drosodd a throsodd drachefn.

Rydym yn cyrraedd yn weddol gynnar ar gyfer y sioe theatr, er mwyn cael diod yn y bar cyn mynd i mewn. Ro'n i wedi bod yno gwpwl o weithiau o'r blaen, i'r sinema. Er mod i'n digon hoff o'r lle, am ryw reswm ro'n i wastad yn teimlo'i bod hi'n orfodol i edrych yn llwm a gwisgo dillad diraen. Efallai bod e'n rhywbeth i'w wneud â'r anian 'artistig', ond roedd y rhan fwyaf o'r pyntars yno y noson honno yn eistedd o amgylch y caffi a'r bar yn gwneud i drueniaid digartref Bethania edrych fel *power dressers*.

Wedi dweud hynny, roedd Jo, sy'n gweithio yn y caffi, wedi gwisgo lan yn arbennig ar gyfer yr achlysur, mewn ffrog hir las. Yn wir, wy heb ei gweld hi'n gwisgo colur erioed o'r blaen, ac roedd yr effaith yn addas mewn ffordd, yn gwneud iddi edrych fel dol. *Little Bo Peep*, falle. Fodd bynnag, dyw hi'm yn hir nes i mi sylweddoli bod y paratoi annodweddiadol hyn o du Jo wedi'i wneud am reswm arbennig. Wrth i un o'r dynion sy'n gweithio tu ôl i'r bar ddynesu tuag atom i glirio'r ford, mae Jo yn fwriadol yn cwtsio lan ataf, gan afael yn fy mraich.

'Shwmai, Jo,' meddai'r gweithiwr bar. Mae e yn ei ugeiniau canol, gyda gwallt pigog blond wedi'i liwio, ac mae ganddo bedair modrwy ar ei ael dde.

'Shwmai, Carl,' meddai Jo. Yna, gan wenu a gafael yn fy mraich yn dynnach, mae hi'n dweud, 'Dyma Bryn'. Ddim hyd yn oed 'fy ffrind'. Yn sicr ddigon nid 'fy nghymydog'. Nid oes angen geiriau ar Jo. Mae hi'n dweud wrth Carl o'n hiaith corfforol ein bod ni'n gwpwl. Mae e'n deimlad rhyfedd iawn.

'Shwmai,' meddai Carl, gan wafio'i law mewn cylch mawr, fel se fe'n glanhau ffenestr. Rhag iddo weld trwy ein 'act', fe dynnaf Jo'n agosaf ataf â'm braich ac amneidiaf yn ddiffwdan ar Carl. Gwelaf o'r ffordd y mae'n ceisio cwato'i siom o weld Jo gyda bachan arall taw hwn mae'n rhaid yw'r un sydd wedi bod yn rhoi amser caled iddi yn y gwaith. Mae Jo'n synhwyro'i siom hefyd ac yn amneidio. Wy'n disgwyl iddi ddweud unrhyw funud nawr ein bod ni'n byw gyda'n gilydd – sydd, erbyn meddwl, yn dechnegol gywir o leiaf. Ond mae Carl yn dweud bod rhaid iddo ruthro nôl i'w waith tu ôl i'r bar.

'Diolch am 'na,' mae Jo'n sibrwd.

'Pleser,' meddaf. Sy'n wir. Wy'n eithaf licio bod yn rhan o gwpwl. Nes i mi weld y sioe. Wy'm yn credu ei bod hi'n sioe i gyplau. Roedd y nodyn yn y rhaglen yn dweud ei bod yn fersiwn dawns o ddrama enwog, dawns i ryddhau menywod ar draws y byd o'u gorthrwm. Mae yna ddyn tal mewn siwt *top hat and tails* yn cael macarŵns wedi'u gwthio i lawr ei gorn gwddwg gan ei wraig, sydd wedi'i gwisgo fel aderyn. Mae e bron iawn â thagu sawl gwaith. Mewn un rhan o'r sioe mae e wedi'i glymu i ryw goeden Nadolig ddiraen yr olwg, gyda thair menyw yn dawnsio o'i gwmpas – gan gynnwys ei wraig sydd, erbyn hyn, ddim wedi'i gwisgo fel aderyn, ond fel dol fecanyddol, gydag allwedd enfawr yn ei chefn. Mae'r menywod i gyd yn towlu *truffles* a wystrys at y dyn. Mae yna gryn dipyn o agor a chau drysau, sydd mewn rhyw ffordd esoterig yn apelio ataf. Yna, ar ddiwedd y perfformiad, mae'r wraig yn cael gwared o'r allwedd yn ei chefn ac yn llifio pen doli fach i ffwrdd. Mae hi'n dilyn hyn gyda chyfres o olwyndroadau trawiadol cyn cau un drws anferth yn glep, sy'n peri i'r drysau eraill i gyd gwympo i'r llawr. Mae'r gynulleidfa (o bymtheg, wnes i eu cyfri nhw yn yr egwyl) yn cymeradwyo'n egnïol wrth i'r cast ymgynnull i foesymgrymu o'n blaenau ar ddiwedd y sioe.

Yn anffodus, mae Jo'n awyddus i drafod y sioe yn y bar wedyn. Does gen i ddim syniad beth i'w ddweud.

'O'dd gyda nhw lot o fwyd ar y llwyfan,' meddaf o'r diwedd.

'Oedd. Roedd hynna'n fwriadol, wy'n credu,' meddai Jo, 'i gyfleu materoliaeth. Jest achos bod y gŵr wedi prynu siocledi i'w wraig, doedd hynny ddim yn golygu ei bod hi'n hapus.'

Ar ôl saib fer dywedaf, 'Alle fe 'di bod yn beryglus.'

'Beth?'

'Yr holl fwyd 'na ar y llawr. Alle un o'r dawnswyr yn hawdd fod wedi llithro.'

Mae Jo'n amneidio ac yn diolch i mi am ddod gyda hi. Mae hi'n edrych yn ddwys iawn. Yn anhygoel, mae'n amlwg ei bod hi'n dal i feddwl am y sioe.

'Roen nhw'n ffit iawn, nago'n nhw,' meddaf, gan ddweud yr amlwg.

'O'n.'

'Ond yn chwysu lot 'fyd. Ma' hi'n bownd o fod yn dwym dan y goleuadau. A ma' rhywun yn sylwi mwy.'

'Wnes di fwynhau, naddo fe Bryn?'

'Wrth gwrs. Sen i'n recomendo fe i unrhyw un.'

Mae Jo'n gwenu'n falch, ac yna'n dweud, 'Pan ddes i â Steve i weld *Brand*, wnaeth e ddim mwynhau o gwbwl.'

'O, na. Yffach, o'dd e'n wych, wir nawr,' meddaf yn gelwyddog.

'Da iawn.'

'Ma' un peth 'na'th fy nrysu i, serch 'nny. Y drysau ar y diwedd. O'n nhw i gyd fod i gwympo, neu camgymeriad oedd e?'

Mae Jo'n credu ei fod e'n hollol fwriadol. Chwalu drysau ar y cyd ar ran ei rhyw. Yna ffoniodd Alys, a oedd yn gwarchod, i sicrhau bod Jamie'n iawn. Roedd e fel y boi. Er ei fod wedi mynnu ei bod hi'n darllen y tair stori *Pingu* yn ei lyfr iddo, mae'n debyg.

'Ma' fe mewn i bengwins, nagyw e.'

'Ydy. Wy'n credu taw dyna fel ma' fe'n uniaethu â'i dad,' meddai Jo, gan amneidio.

Efallai oherwydd ei bod hi'n meddwl p'un ai i dalu Alys ai peidio, yn sydyn dyma hi'n sôn am y rhent. Ac, yn anffodus, mewn ffordd digon dryslyd.

'Wnes ti godi'r rhent?' gofynnodd.

'Wnes *i* godi'r rhent?' atebais, â golwg ddryslyd ar fy wyneb. Efallai ei bod hi'n meddwl mod i mewn rhyw fath o bartneriaeth fusnes gydag Iwan.

'Nid codi'r rhent. Wnes ti godi pwnc y rhent gyda dy ffrind di, Mr Roberts? O'n i ddim yn licio gofyn, ond mi wyt ti wedi'i weld e yr wythnos hon, nagwyt ti?'

A bod yn onest, ro'n i wedi anghofio am yr holl beth. Yn bennaf oherwydd mod i'n gwybod taw ofer fydde ceisio dwyn perswâd ar y diawl styfnig. Unwaith mae Iwan wedi penderfynu 'neud rhywbeth, boed hynny'n ddwgyd trowsus neu siwt reit o flaen eich llygaid, neu barhau i yfed mewn rhyw glwb nos nes y byddai'n llythrennol yn syrthio ar ei draed, doedd yna ddim modd newid ei feddwl.

'Do. Ges i air 'dag e ar ein rhan ni,' dywedais yn gelwyddog.

Amneidiodd Jo'n ddwys.

'Wy'n ofni wnes i'm llwyddo i newid ei feddwl. Ma' 'dag e lot o gostau newydd ychwanegol, mae'n debyg.'

'O,' meddai Jo, yn amlwg wedi cael ei siomi'n arw. Yn gweld fy ngolwg llawn consýrn, ychwanegodd, 'Paid becso. Wy'n siŵr dy fod wedi treial dy orau.'

Yna, o weld ei chyd-weithiwr, Carl, yn nesáu tuag atom, mae hi'n sydyn yn rhoi ei braich amdanaf, gan bwyso'i phen ar fy mhen i yn serchus, ac yn reit rhywiol, rhaid cyfaddef. Mae hi'n wafio ar Carl â'r un math o chwifiad cylchog ag a wnaeth ef yn gynharach. Mae Carl yn wafio nôl yn yr un modd. Roedd hi fel cael eich dal rhwng dau artist meim. Taflais gipolwg anghyfforddus i gyfeiriad y drws, ac er mawr fraw i mi sylwais ar Efa yn syllu'n syn arnaf, gyda braich Jo'n gafael arnaf yn fwyfwy tyn. Sythais yn reddfol yn fy nghadair, gan besychu'n rhodresgar. Yna, yn anhygoel, fe wafiais arni mewn cylch wedi'i or-wneud, yn union fel wafiadau dwl Jo a Carl. Wafiodd Efa nôl yn betrusgar, gan edrych arnaf yn ddryslyd. Yna daeth y dyn tywyll ei wedd, Lladinaidd yr olwg, a welais yn yr eglwys gadeiriol, i mewn trwy'r drws y tu ôl iddi. Ac yna Lloyd, o bawb. Wrth iddo sylwi arnaf, edrycha Lloyd yn lletchwith iawn. Serch hynny, mae e'n dod draw ataf gydag Efa a'r Latino golygus. Cofiaf enw hwnnw nawr hefyd, sef Marco.

'Beth y'ch chi'n 'neud 'ma?' gofynnaf i Lloyd ac Efa.

Mae Efa'n gofyn yr un cwestiwn i minnau.

'Wy wedi bod yn y theatr gyda Jo.' Gan sylwi ar Carl yn dal i hongian 'mbytu a chymryd diddordeb mawr yn hyn i gyd, ychwanegaf, rhag i mi siomi Jo, 'Ni'n byw 'da'n gilydd.' Edrycha Efa'n fwy dryslyd fyth, ac archebaf beint o lager gan Carl er mwyn cael gwared ohono. Er tegwch i Jo, mae hi erbyn hyn wedi dechrau sylweddoli taw Efa yw'r fenyw hon o'n blaenau ac mae hi'n dechrau edrych i ffwrdd, gan fwy neu lai droi ei chefn arnaf. Wrth iddo ddechrau dirnad lletchwithdod y sefyllfa, mae Lloyd yn 'neud ei orau glas i beidio chwerthin.

'O'n i'n meddwl bo' ti ddim yn dod nôl tan ddiwedd wythnos nesaf.'

'Mae'n amlwg,' meddai Efa, gan syllu ar Jo.

'Na, na . . . fy nghymdoges i yw Jo. Ma' hi'n byw yn y fflat drws nesaf.'

'Ie, wrth gwrs 'nny,' meddai Jo, yn fy mhorthi ac yn chwerthin yn nerfus.

Wy ddim yn gwybod a yw Efa wedi'i hargyhoeddi. Felly, o weld Marco'n edrych yn llechwraidd ar Lloyd, penderfynaf fod yn ymosodol.

'Beth ddaeth â ti nôl mor sydyn 'te?' gofynnaf i Efa.

'Fi, mae gen i ofn,' meddai Marco.

Mae Jo yn amneidio'n ddwys. Edrychaf ar Efa am eglurhad. Mae Efa'n edrych ar Marco. Mae Marco'n edrych ar Lloyd. Mae Lloyd yn edrych ar y llawr.

Pennod 7

Y diwrnod canlynol, caf beint argyfwng amser cinio gydag Iwan a Phil yn yr *Ivy Bush*. Dywedaf wrthynt nad wyf yn siŵr p'un ai i ffonio Efa ai peidio.

'Ydy hi wedi dy ffonio di?' gofynna Iwan yn ddwys.

'Na.'

'Yna paid ti ffonio hi chwaith, ar unrhyw gyfri. Rhaid ei thrin hi'n greulon i dynnu'r neilon, fel oeddan ni arfer ddeud ym Methesda erstalwm.'

Ond nid wyf yn siŵr am hyn. Gallai ei thrin hi'n greulon olygu na fyddwn byth yn ei gweld hi eto.

'Beth wyt ti'n feddwl, Phil?' gofynnaf, yn gobeithio y bydd e'n gynnig rhywbeth gwahanol.

Mae e'n tynnu ar ei rolyn sigarét ac yn pendroni am hydoedd, fel sen i wedi gofyn iddo beth yw ystyr y bydysawd. Mae e'n cadw ein sylw fel seren ffilm Hollywood. A dweud y gwir, yn ei grys-T gwyn nodweddiadol a'i jîns glas, mae rhyw naws James Dean-aidd o'i gwmpas. Corff trymach a rhofiau o ddwylo. James Dean ar gefn tractor yn hytrach na moto-beic.

O'r diwedd, mae e'n siarad. 'Paid mynd i'w gweld hi. Fydd 'na'n edrych yn wan. Ond os wneith hi gysylltu 'da ti, yna gwranda,' gan bwysleisio'r 'gwranda' gydag arddeliad, fel se fe'n fy nwrdio am beidio gwrando yn y gorffennol.

'Gwrando a dweud rhywbeth, neu jest gwrando?' gofynnaf, gan daro mat cwrw yn nerfus yn erbyn y ford.

'Gwranda a gwna iddi deimlo'n bwysig. 'Na i gyd sy angen. Jest gwna iddi deimlo mai hi ydy'r fenyw hardda a mwya rhywiol ar y blaned; gwna iddi deimlo fel se hi yw canol y bydysawd.'

Mae Iwan yn amneidio fel un o hynafiad y pentref yn cytuno â'r proffwyd ifanc newydd.

Mae yna elfen arall o'n cyfarfod siawns neithiwr yn Chapter nad wyf wedi sôn amdano eto.

'Doedd hi ddim jest gyda'r "ffrind" golygus hyn pan welodd hi fi gyda Jo. Roedd hi gyda Lloyd hefyd.'

'Lloyd?' meddai Iwan.

'Yn Chapter?' meddai Phil, gan ychwanegu, 'O'dd e ar goll, 'te, neu beth?'

'Beth oedd o'n 'neud yno efo dy gariad di, 'ta?' gofynna Iwan, gan ddangos diddordeb mawr yn y pwnc, mwya sydyn.

'Wy'm yn gwybod. Wnes i ddim gofyn.'

'Sut allat ti beidio gofyn, y lembo?' ateba, gydag edrychiad syn i gyfeiriad Phil.

'O'n i'n ofan be fydde fe'n gweud.'

'O'n i'n dechrau meddwl pam fod Lloyd ddim yma. Ody e'n gwybod bod ni'n siarad tu ôl i'w gefn e?' gofynna Phil, yn gwenu fel giât.

Ysgydwaf fy mhen. Dechreua Iwan sôn y gallai hyn 'neud drwg i ysbryd y tîm cwis, ond dywedaf innau'n glou y byddaf yn cwrdd â Lloyd ddydd Llun yn rhinwedd ei swydd, ta beth. Mae Lloyd i fod i dreial ychydig driniaeth aciwbigo ar fy nghefn. Mae Iwan yn yfed yr hyn sy'n weddill o'i wisgi, gan ysgwyd wrth iddo gynhesu ei tsiest. Dywed wrthyf mod i'n bownd o fod yn honco bost – "Sa rhywun 'di bod yn mocha efo fy nynes i, y peth dwetha 'swn i'n 'neud fasa gadael i'r cythraul sticio pinna yndda i!'

Doedd hi heb fy nharo i o gwbwl i gysylltu Efa'n uniongyrchol â Lloyd. Os oedd ein perthynas yn gwegian, yna ro'n i wastad wedi gweld y 'ffrind' honedig Marco fel y bygythiad mwya, nid Lloyd. Ond roedd Iwan yn iawn. Roedd presenoldeb Lloyd yn rhyfedd iawn ac wedi dechrau fy anesmwytho.

Llwyddais i gadw at eu cyngor o beidio cysylltu ag Efa, ond dim ond o drwch blewyn. Yn hwyr nos Sadwrn ro'n i wedi cracio a mynd draw i'r stryd tu allan i'w fflat, yn y gobaith annelwig y byddem yn 'digwydd' taro i mewn iddi. Gwnaeth hyn bethau'n waeth. Doedd dim arwydd o fywyd yn ei fflat. A oedd hynny'n golygu ei bod hi'n treulio'r noson gyda Marco? Neu hyd yn oed gyda Lloyd? Neu a oedd hi wedi dychwelyd i Birmingham i gwbhau ei chwrs canu?

Fel mae'n digwydd, roedd hi wedi mynd i Birmingham. Neu o leia dyna ddywedodd hi wrth Lloyd. Dywedodd ef hyn wrtha i wrth iddo sticio dwy nodwydd i mewn i'm garddwrn.

'Fy nghefn i sy'n 'neud dolur,' atgoffais ef yn swrth.

'Wy'n gwybod 'nny. Ond ma' rhaid i mi stico'r pinne hyn i mewn mewn rhannau penodol o dy gorff er mwyn denu'r *endorphins* mas i whare. Ma' nhw'n gweithredu fel atalwyr poen naturiol yn y corff. Fydda i jest yn pasio cerrynt trydanol bach trwy'r nodwyddion mewn rhyw eiliad neu ddau, iawn?'

Amneidiaf, ond mae fy nghefn yn llawn tyndra.

'Treia ymlacio, da ti,' meddai Lloyd.

'Ma' 'da ti'r hawl i 'neud hyn, nago's e? Ti'n gwybod, ti yn *qualified*?'

'Ydw. Wy wedi 'neud cwrs arno fe. Fel wy 'di gweud 'tho ti droeon yn y dafarn, os cofia i'n iawn.'

'Ie, wel, ma' pobol yn gweud pob math o bethe yn eu cwrw.'

'Mae'r dystysgrif briodol lan yn y dderbynfa. Wyt ti moyn mynd i edrych arni?' meddai Lloyd, ychydig yn flin.

Mae yna seibiant am eiliad cyn i mi deimlo rhyw wefr o egni, fel sioc fach drydanol yn llifo trwy fy nghorff. Er nad yw'n boenus, rwyf yn gwingo am ryw reswm.

'Beth sy'n bod?' gofynna Lloyd. 'Wnaeth e ddim dolur, do fe?'

'Na,' atebaf, gan fachu ar fy nghyfle ac ychwanegu, 'beth sy'n 'neud dolur yw na 'wedi di wrtha i shwt wyt ti'n 'nabod Efa.'

'Fedra i ddim torri cyfrinachedd y claf. Yn yr un modd, sen i'n ffaelu dweud rhywbeth personol amdano ti.'

'Wyt ti 'di'i gweld hi'n borcyn, 'te?'

Wy moyn i'r geiriau neidio nôl i mewn i'm ceg er mwyn i mi eu llyncu nhw.

'Fedra i ddim dweud wrtho ti, Bryn.'

'Ond ti fod yn ffrind i mi. Ti'n gallu gweud wrtha i os wyt ti 'di gweld fy nghariad i yn borcyn, yn dwyt ti?'

'Na!'

'Na, ti ffaelu gweud wrtha i. Neu na, ti heb?'

'Cau dy geg!'

O gornel fy llygad, sylwaf arno'n troi'r cerrynt yn uwch ar y bocs hirsgwar ar ei ddesg, a phenderfynaf ollwng y pwnc am y tro. Mewn gwirionedd, prin yr ynganaf air arall trwy gydol y sesiwn, ac eithrio 'ie' neu 'na' digon arwynebol i'w gwestiynau am y nodwyddion. Wrth iddo olchi'i ddwylo mewn sinc cyfagos, dywed Lloyd wrthyf y bydd ef yn fy mwcio i mewn ar gyfer mwy o sesiynau. Dylai fy nghefn wella gydag amser. Yn anhygoel, mae e'n teimlo'n well yn barod, ond penderfynaf beidio rhannu hyn gyda Lloyd. Gan synhwyro rhyw chwerwder yn fy nhawelwch, mae Lloyd yn troi ataf wrth i mi wisgo fy nghrys.

''Drycha, fi oedd meddyg teulu Efa a Marco pan o'dd practis 'da fi lawr y Dociau flynydde nôl. Does dim sail i dy bryderon di amdani. O'dd hi jest yn becso am hen ffrind a gofynnodd hi i mi gael gair 'dag e. 'Na i gyd.'

'Ond pam ti, os nad wyt ti'n feddyg iddyn nhw mwyach? A gair ynglŷn â beth?'

'Paid â phwsio pethe, Bryn. Wy wedi gweud gormod yn barod.'

Felly gadewais i bethau fod, gan ddiolch yn gwrtais iddo am ei driniaeth. Er, fe wnes i tsieco'i dystysgrif ar y ffordd mas, serch hynny, er mawr ddifyrrwch i'r dderbynwraig.

Mae Jo yn galw i'm gweld yn hwyrach y diwrnod hwnnw, a

phan ddywedaf wrthi beth wy newydd gael 'neud, ma' hi'n llawn chwilfrydedd. Ydw i'n teimlo'n well? A oedd e'n od cael ffrind i mi yn rhoi'r driniaeth aciwbigo i mi? Ydy'r driniaeth wedi fy nghyffroi a rhoi egni mi? Gallaf ateb yr holl gwestiynau hyn yn gadarnhaol. Wy'n amlwg wedi creu argraff ar Jo.

'Licen i gael 'chydig o aciwbigo fy hunan, ond ma' jest gweld nodwydd yn ddigon i wneud i mi lewygu,' meddai hi.

'O, o'dd e'n ddim byd, wir,' meddaf, gan geisio swnio'n wylaidd, ond yn methu.

'O, ych-a-fi, wy'n teimlo fel chwydu jest wrth feddwl am y peth. Sut allet ti fod mor ddewr, Bryn?'

'O'n i moyn helpu Lloyd, twel. Bod yn *guinea pig* iddo fe. Dyw e heb fod yn 'neud e yn hir iawn. Rhaid i ddoctoriaid ddysgu rhywffordd, nago's e.'

Mae cynnwrf Jo wedi pylu rhywfaint wrth iddi roi un o'i hamneidiadau amwys i mi – doedd hi ddim yn credu gair o'r rhan olaf hyn, siŵr o fod. Serch hynny, mae hi'n falch bod Lloyd a minnau nôl ar delerau da ar ôl nos Wener.

'Alle hi 'di bod mor lletwith,' meddai Jo.

Mi oedd hi'n lletwith, Jo, yn lletwith iawn.

'Wy'n falch bod dy gariad di'n ocê am yr holl beth. O'dd hi'n edrych yn eitha cŵl.'

Cŵl? Oeraidd sen i wedi dweud.

'Wnest ti gymwynas fawr â mi, Bryn. O'n i yn y gwaith heddiw a gadawodd Carl lonydd i mi. Sgen ti'm syniad gymaint mae 'na'n ei olygu i mi.'

Gwenais, gan ddweud mod i'n falch fy mod i wedi helpu. Yna aeth hi 'mlaen i ddweud pam yr oedd hi wedi galw. Roedd hi am fynd i'r sinema i weld *A Beautiful Mind*, ffilm am athrylith o fathemategydd o'r enw John Nash, gyda Russell Crowe yn y brif ran. Wrth iddi draethu am y meddwl hardd, edrychaf ar ei chorff hardd. Nid am y tro cyntaf sylwaf ar grygni rhywiol y geiriau sy'n dod o'i gwefusau pwdlyd, fel petaent yn nodau swil yn llifo o ryw offeryn cerdd egsotig. Ond rwyf hefyd yn teimlo ryw don o banig. Dyma fam Jamie. Cariad Steve. Wel, cariad o ryw fath. O leia pan mae e yma. Os yw hi'n fy ngwahodd i fynd gyda hi i'r sinema yna rhaid i mi wrthod, er bod Jo yn Birmingham. Roedd hi i fod yn Birmingham nos Wener hefyd. Fodd bynnag, nid yw'n fy ngwahodd i fynd gyda hi. Mae hi moyn i mi warchod Jamie.

'Wy'n gwybod bod e'n lot i ofyn, ond os nad wyt ti'n 'neud unrhyw beth arall . . . Wy'n gwybod bod 'da ti dy gwis ar nos Iau, ond o'n i'n meddwl nos fory falle, nos Fawrth?'

'Ie, iawn. Ti'n gwybod cymaint wy'n licio bod 'da Jamie.'

Mae'r geiriau hyn jyst yn slipo mas. Wir. Ond wy'n eu meddwl nhw. Er nad oeddwn wedi rhag-weld eu heffaith. Mae Jo yn gafael yn fy llaw yn gadarn ac yn edrych arnaf, â dagrau'n cronni yn ei llygaid. Yna mae hi'n amneidio ac yn dweud, 'Mae e'n galw ti yn Wncwl Bryn. Ti yw'r unig wncwl sy 'dag e.'

Y noson ganlynol, mae Jamie a minnau wedi stoco lan â dau diwb mawr o Pringles halen a finegr, a photel enfawr o Coca-Cola. Ry'n ni'n llwyddo i wylio pedwar fideo gwahanol o *Pingu*. Mae Jamie wedi eu gweld nhw mor aml nes ei fod e'n rhoi sylwebaeth fanwl ar y storïau, gan ddweud yr hyn sydd ar fin digwydd. Ond mae e wedi cyffroi gymaint nes bod dim ots gen i. Mae e braidd yn hen i wylio rhaglen sydd heb unrhyw iaith, ac ar ôl iddo ofyn a gaiff e wylio'r pedwar tâp unwaith eto, dywedaf hyn wrtho.

'Wrth gwrs bod yna iaith. Neu fydde ni'm yn deall beth mae Pingu'n ddweud.'

Gwelaf ei bwynt. Oherwydd mi ydach chi'n 'deall' beth mae'r pengwin yn dweud trwy gydol pob stori. Mae'n amlwg bod Jamie wedi rhoi tipyn o feddwl i hyn. Dywed bod Jo wedi darllen yn rhywle bod un o'r bobol wnaeth y rhaglen wedi dweud fod *Pingu* yn cynnwys pob iaith yn y byd. Dywedaf innau wrtho fod hynny'n amhosibl. Ond mae Jamie'n grwt pump oed penderfynol. Mae e'n gwasgu *fast forward* ar y peiriant pell-reolaeth nes ein bod ni'n cyrraedd y stori lle mae'r postmon pengwin yn gollwng rhywfaint o bost pengwin bant mewn ychydig o dai iâ. Wrth i'r postmon ollwng parsel ar yr eira, mae e'n cydnabod morlo â chyfarchiad. Nid yn unig mae e'n swnio fel 'shwmai', ond mae'r llais yn gwmws fel un yr actor Emyr Wyn. Gan sylwi ar fy ngolwg syn, mae Jamie'n gwenu'n fuddugoliaethus. Yna mae e'n mynd rhagddo i ganfod nifer o eiriau eraill o ieithoedd tramor sy ynghudd yn y trac sain er mwyn profi'i ddamcaniaeth. Mae'r rhain yn cynnwys 'nein' yn Almaeneg, 'maestro' yn Eidaleg, 'sociedad' yn Sbaeneg, 'pain' yn Ffrangeg ac yn rhyfedd iawn 'beetroot' yn Saesneg. Erbyn i Jo ddychwelyd, mae fy mhen i'n troelli a wy'n argyhoeddiedig mod i mewn cwmni ieithydd naturiol o fri. Wy'n falch clywed bod Jo wedi chwarae'r 'gêm iaith' droeon gyda'i mab.

Mae'n amlwg bod y ffilm am y mathemategydd wedi cael effaith ar Jo. Mae'r geiriau'n neidio o'i cheg yn rhy glou. Naill ai hynny neu mae hi wedi bod yn yfed. Ta beth, mae hi'n mynnu mod i'n aros i'w gweld hi'n rhoi cusan nos da i Jamie ac yna mae hi'n fy nghadw i lan tan ddau o'r gloch y bore yn parablu am y cysyniad o athrylith. Mae e bach yn drist, a dweud y gwir. Mae'n amlwg ei bod hi wedi llwyddo i'w hargyhoeddi ei hun bod y dyn o ddringwr yn ei bywyd, Steve, sy'n syllu i lawr arnom mor hollalluog o'i ffoto ar y wal, yn rhyw fath o athrylith. Mae hi'n dweud bod cymaint o fynd ynddo fe, fel mewn pob athrylith. Wy'n teimlo fel dweud wrthi bod cymaint o fynd ynddo fe fel bod e wedi mynd yn gyfan gwbwl. Ond wy ddim moyn torri'i chalon. Dyna pam nad yw hi byth yn ei weld e, meddai hi. Am ei fod e'n athrylith. Amneidiaf yn gwrtais wrth iddi gynnau ei thrydydd *joint*, ac yna wy'n dweud wrthi bod rhaid i mi fynd i'r gwely. Mae rhywun yn dod i'm nôl i fynd i ffilmio ymhen pedair awr.

O ystyried cyn lleied o gwsg ges i, ro'n i mewn hwylie da iawn ar y set y diwrnod canlynol. P'un ai awyrgylch moethus clwb golff Pedr Sant, lle canfuwyd y corff bondigrybwll mewn byncar ar y seithfed twll, ynte effaith aciwbigo Lloyd oedd yn gyfrifol, wy ddim yn rhy siŵr. Ond y ffaith amdani oedd fy mod i'n teimlo ar ben fy nigon. Roedd hyn yn rhyfedd ynddo'i hun gan fod nifer o'm cyd-artistiaid cynorthwyol ac aelodau o'r cast yn teimlo'n isel iawn. Roedd y newyddion wedi dod trwyddo bod yr actor teledu penigamp hwnnw, John Thaw, wedi marw. Byddai marwolaeth actor poblogaidd fel arfer yn ddigon i gynnal sgyrsiau amdano am ddiwrnod cyfan. Ond roedd yr achos hwn, lle roedd yr actor yn fwyaf adnabyddus fel dau fath o blismon, yr Arolygydd Morse a Regan o *The Sweeney*, yn haeddu sylw arbennig. Fel dywedodd John Tal wrth Roger Stanley, llyncwr tân o'r enw Deep Throat a oedd yn SOCO rheolaidd gyda ni, roedd John Thaw yn 'un ohonon ni'. Ro'n ni am ddwedud nad oedd John Thaw yn enwog am ei allu fel reslwr nac am ei gampau llyncu tân, ond cnoiais fy nhafod. Fel llyncwr tân, roedd Roger yn pryderu bod John Thaw wedi marw o gancr y gwddwg. Y farn gyffredinol, fodd bynnag, oedd ei fod wedi bod yn un o fawrion y grefft o actio ar gyfer y teledu ac roedd wedi ymdopi â'i farwolaeth gyda chryn urddas.

Gwyddwn y byddai'r holl sôn am farwolaeth o bosib yn fy ngwthio i'm prudd-der arferol, felly fe geisiais wthio yn erbyn yr iselder cyffredinol. Ac er mawr syndod i mi, fe lwyddais. Wrth i John Tal ac ychydig o'r lleill fflician drwy benawdau'r papurau a'r ysgrifau coffa, sgwrsiais gyda Kim o Colur, gan sôn am fanteision di-ri aciwbigo. Roedd fy nghefn yn teimlo'n well yn barod. Ond yn fy nghyflwr manic, cyffrous, fedrwn i ddim jest ei gadael hi ar hynny chwaith, na fedrwn? Ro'n i wedi cael un sesiwn hanner awr gyda Lloyd, ac yn sydyn ro'n i'n arbenigwr ar aciwbigo. Rhygnais ymlaen ac ymlaen am bwysigrwydd cynyddu fy egni hanfodol a oedd yn llifo ar hyd *meridian lines*, a sut roedd yna fwy na thri chant chwe deg o lefydd yn y corff dynol lle gallai nodwyddion cael eu gosod yn llwyddiannus. Yn y diwedd, wedi i mi barablu am *endorphins* a *encephalins* mor gyffrous a chartrefol â se nhw'n sêr operâu sebon ar y teledu, dylyfodd Kim druan ei gên gan ddwedud yn llythrennol bod yn rhaid iddi olchi gwallt rhywun, a wafiodd arnaf â'i bysedd wrth iddi gerdded i ffwrdd.

Ond wnaeth hyd yn oed y sarhad hwn ddim fy hala i i deimlo'n isel. Yn ystod y toriad coffi ffoniais Paul Stewart ynglŷn â mater digon dibwys, rhyw waith papur ynghylch rhyw daliad ro'n i wedi'i derbyn ganddo ac roedd e wedi anghofio'i anfon ymlaen ata i. Soniodd Paul ei fod wedi gweld drafft ymarfer o'r bennod o *Angel* a oedd yn cynnwys y saethu yn y swyddfa. Eglurodd fod awdur y bennod yn chwarae yn yr un clwb tennis ag e ac yn ffrind iddo, er prin y clywais i'r rhan hyn o'r sgwrs gan fod y geiriau 'saethu yn y swyddfa' yn mynnu atseinio'n swnllyd fygythiol yn fy mhen. Teimlais fy nghalon yn pwnio'n ddisgwylgar yn yr eiliad neu ddwy o dawelwch cyn iddo dorri'r newyddion da.

Nid oeddwn yn mynd i gael fy saethu. Yn wir, mi fyddwn yn cwato dan ford. Yn well fyth, yr unig un i gael y gelain yn ystod y saethu oedd clown myfïol y cwmni, yr ynfytyn hurt, Gareth Bennet, Ditectif Sarjant James. Bonllefodd John Tal a Roger mewn llawenydd wrth i mi ddod oddi ar y ffôn a dweud y newyddion wrthynt.

Penderfynodd John a minnau y basen ni'n cael 'm bach o hwyl yn ystod yr awr ginio, gan 'neud yn sicr ein bod ni o amgylch y wagen arlwyo wrth i Gareth nôl ei fwyd. Yn ffodus iawn, un o'r dewisiadau ar y fwydlen oedd 'rac o gig oen'.

'Dewis diddorol,' meddai John Tal wrth Gareth, 'rac o gig oen. Offeryn arteithio yw rac, ontefe Bryn?'

'Ie,' atebais, 'ac weithiau'n offeryn lladd yn ogystal.'

'Digon gwir,' meddai John, a gwên foddhaus ar ei wyneb.

Roedd hyd yn oed Gareth erbyn hyn wedi dechrau dirnad ein bod ni'n tynnu ei goes ynglŷn â rhywbeth. Gan fod Gareth mor hunan-bwysig, synnwn i ddim ei fod e'n meddwl taw dau 'ecstra' yn seboni un o sêr y gyfres oedden ni. Bydde hynny'n egluro cywair hwyliog ei gwestiwn, 'Beth y'ch chi'ch dou mypet lan i nawr 'te, mm?' i gyfeiliant gwên serchus.

Wrth ei fodd o weld taw 'marwolaeth drwy siocled' yw'r pwdin, dywed John, 'Addas iawn i chdi, Gareth, "marwolaeth drwy siocled"'.'

Mae Gareth Bennet yn edrych yn ddryslyd ar John. Does bosib ei fod e'n gwybod am ei dynged anochel? Pan soniais fod y 'bangars a thatw slwts' yn edrych yn flasus, gan orbwysleisio'r 'bang', edrychodd Gareth yr un mor ddryslyd arnaf innau a sylweddolon ni ein bod yn amlwg yn gwybod mwy nag e am bennod nesaf *Angel*.

Penderfynwyd gadael iddo stiwio ychydig dros ginio, ond buan iawn y daeth e draw i eistedd gyferbyn â ni ar y bws bwyd, gan chwarae â'i gig oen. Mae'n amlwg ei fod wedi colli pob chwant am fwyd.

'Ha! O'n i jest yn meddwl fan'na nawr, bois, am be wedoch chi'ch dou rapsgaliwn jest nawr, ha. Ha ha, chi'ch dou yn *comedians* nag y'ch chi, e? *Little and Large*, ife? Ha ha.'

Dalion ni ymlaen i fwyta'n cinio, heb edrych arno.

'Ym, na, o ddifri nawr, bois. Ym, beth o'dd 'na jest nawr? Y nonsens 'na am bangars a marwolaeth drwy siocled?'

'Siarad am y fwydlen, 'na i gyd, Gareth,' meddai John, yn mwynhau pob eiliad o banig cynyddol Gareth.

'O ie, sbo,' meddai Gareth, yn dechrau mynd yn grac nawr. 'Felly pam sôn am y pwdin "marwolaeth drwy siocled", 'te, yn hytrach na'r darten mwyar duon?'

'*Mwyar* duon? O, wy'n gweld. Dyw'r sgrifen ddim yn glir iawn. O'n i'n meddwl taw *meirw* o'dd e, nage *mwyar*,' meddaf yn hy, gan odro'r sefyllfa i'r eithaf.

Chwarddodd John unwaith eto, chwerthiniad hegar, braf, i geisio symud bisgeden cracyr oedd wedi ymgartrefu yn ei lwnc.

'Co, wy ddim yn dwp,' meddai Gareth. 'Y cyfeiriadau hyn at farwolaeth a bangs – sôn am y cynhyrchiad y'ch chi, nagefe?'

'Swn i ddim yn gwybod am hynny, na faswn, Gareth,' meddai John Tal. 'Dan ni byth yn gweld y sgriptia, nac 'dan, fel artistiaid cynorthwyol.'

Yn gweld John a minnau'n cyfnewid gwenau boddhaus, mae Gareth yn plygu ymlaen, gan ddod i lawr i lefel ein ford a dweud, 'Beth bynnag yw e, fe ga i chi am hyn, y ffycin bastards!'

Hedfanodd gweddill y dydd heibio, fel mae amser yn dueddol o 'neud pan y'ch chi'n mwynhau eich hun. Un o rannau gorau'r prynhawn oedd gweld y Gareth llawn panig yn cornelu Keith yn ystod y toriad coffi a'i holi'n blwmp ac yn blaen a oedd e'n mynd i gael ei saethu. Dywedodd Keith gelwydd gan fynnu nad oedd e'n gwybod. Ond fe ychwanegodd y buasai asiant Gareth yn siŵr o fod wedi derbyn copi o sgript y bennod nesaf erbyn hyn.

Un alwad ffôn yn ddiweddarach, ac roedd y Gareth syfrdan benwan wedi galw aelodau eraill y cast rheolaidd ynghyd er mwyn ceisio atal y drefn newydd. Allen i eu gweld nhw, trwy ffenest lydan hirsgwar carafán yr ystafell werdd dros-dro, yn ymgynnull. A hwythau'n 'actorion', teflid eu lleisiau soniarus mor glir fel se chi wedi gallu 'u clywed nhw yn y cwm nesaf se chi moyn.

'Dylen ni wrthod ffilmio am weddill y prynhawn,' cyhoeddodd Gareth yn hunan-bwysig.

'Pam?' gofynnodd Sharon yn llawn drygioni, yn bendant yn fwy o gythraul nag angel.

'Achos alle nhw fod 'di saethu unrhyw un ohono ni,' meddai Gareth.

'Ond nethon nhw ddim. Jest dy saethu di ma' nhw'n bwriadu'i 'neud,' ychwanegodd Sharon.

'Nage 'na'r pwynt. Wy'm yn 'neud hyn i achub fy nghroen fy hun. Falle taw ti fydd nesa, Sharon!' meddai Gareth, â thinc despret yn ei lais nawr.

'Paid â bod yn ddwl. Fi yw Dwyfol Rhys, Angel teitl y rhaglen.'

'Be 'sda 'na i 'neud ag unrhyw beth?'

'Mae'n ddrwg 'da fi, bach. O'dd rhaid i rywun fynd. Torri nôl ar y gyllideb ac yn y blaen. Ta beth, rhoith hyn y cyfle i ti 'neud fwy o gomedi.'

'Ie, ma' hynna'n wir, Gar,' meddai Yvonne Daniel, sef

Ditectif Gwnstabl Ann Richards, gan ychwanegu'n fitslyd, 'O't ti wastad yn gweud licet ti cael brêc o *Angel*.'

'Brêc, ie. Ond nage ca'l y'n saethu! Nage ffaelu dod nôl byth 'to!'

'Ti byth yn gwybod. Erbyn amser hyn flwyddyn nesa, falle fyddi di'n falch bo' nhw 'di lladd ti,' ychwanegodd Yvonne, gan geisio'i gorau i swnio'n ddiffuant.

Wrth i Yvonne a Sharon a'r lleill ddod mas o'r garafán, gallaf glywed sŵn nadu'n dod trwy'r ffenestr agored. Sŵn ego wedi'i glwyfo. Sŵn rhywun yn sylweddoli y gellid ei hepgor ar amrantiad. Sŵn rhywun sydd heb ffrindiau. Teimlaf ychydig yn euog wrth i mi wenu ar John sy'n dal ei ddau fawd i fyny yn yr awyr yn orfoleddus ddigyfaddawd.

Ma' nhw'n dweud bod yna gwymp yn canlyn pob balchder. Rhywsut fe wyddwn i i'r dim na fyddai fy egni optimistaidd newydd i fyw bywyd i'r eithaf yn para'n hir. Drwgargoel oedd John Thaw druan, mae'n rhaid. Dylen i fod wedi cymryd ei farwolaeth mwy o ddifri. A hyd yn oed gyda marwolaeth esgus cymeriad Gareth, ro'n i wedi mwynhau'r hwbris ychydig yn ormodol. Adeg talu'r pwyth oedd hi nawr, oherwydd yn fy mlwch post ar waelod y stâr roedd yna amlen frown ddi-stamp wedi'i chyfeirio at 'Bryn James'. Edrychais arni'n ofalus, yn teimlo pwysau'r amlen ar gledr fy llaw. Ro'n i'n ddrwgdybus iawn ohoni. Gan nad oedd yna stamp ar yr amlen, nid oedd cod post chwaith. Gan fy ngweld yn syllu'n amheus ar yr amlen frown dywedodd Jo – oedd ar ei ffordd mas i siop y gornel – ei bod wedi cael ei gwthio trwy'r drws yn hwyr y prynhawn. Diolchais iddi ac fe es i lan lofft i'r fflat.

Cefais fraw wrth i mi arogli'r amlen a chael fy nharo gan syniad aflednais. A oedd yn edrych fel pecyn amheus? Beth os taw anthracs oedd y cynnwys? Wedi'i ollwng yn y fflat gan Islwyn Garth yn dial arnaf am bron iawn ffwcio'i wraig? Canodd y ffôn. Bron i mi neidio mas o'm croen. Gadewais iddo ganu wrth i'r peiriant ateb gychwyn. Yn rhy bryderus i siarad ag unrhyw un, fe glywais Phil yn gadael neges i gwrdd yn ei gartre nos fory am wyth er mwyn trafod y ffeinal cwis rhanbarth Gorllewin Caerdydd a oedd yn yr arfaeth. Roedd e wedi clywed bod tafarnwr *The Grange* yn ardal Grangetown o'r ddinas yn ddwl bared am chwaraeon ac yn ffan mawr o 'adar gleision' Cardiff City. Felly roedd Phil yn awgrymu y dylen ni i gyd geisio gwella'n gwybodaeth o chwaraeon, yn enwedig Cardiff City.

Wrth i mi wrando ar y tâp yn ei ail-weindio'i hun, gafaelais mewn cyllell a sleisio top yr amlen ar agor. Nid oedd yn cynnwys anthracs wedi'r cwbwl. Yn hytrach, roedd yn cynnwys llythyr taclus un dudalen o hyd wedi'i ysgrifennu'n ofalus mewn inc ar bapur persawrus. Oddi wrth Efa. Ar ôl dweud wrthyf y byddwn i bob amser yn berson arbennig iddi, mae hi'n rhoi gwybod i mi nad yw hi am fy ngweld i rhagor. Am ryw reswm, meddyliaf yn syth am gyngor Phil i 'wrando' ar Efa. Ond nid wyf am wrando ar hyn. Ceisiaf fy ngorau i beidio nadu fel Gareth Bennet.

Pennod 8

Yn ystod y diwrnodau nesaf, ceisiais fy ngorau i gysylltu ag Efa ar ei ffôn symudol. Roedd eironi llais y fenyw o *Orange* yn dweud bod Efa'n *unavailable* yn dân ar fy nghroen. Bob tro y ffoniais, gwrthodais adael neges. Dyma oedd fy syniad i o fod yn bengaled a pheidio dangos fy mod i'n rhedeg ar ei hôl hi. Wrth gwrs, byddai hi'n gwybod taw fi oedd wedi ei ffonio hi, p'un bynnag. Allai hi fy ffonio'n ôl se hi moyn. Wnaeth hi ddim.

Ro'n i mewn hwylie drwg iawn draw yn nhŷ Phil ar gyfer ein cyfarfod paratoi ar gyfer ffeinal cwis Gorllewin Caerdydd. Roedd Phil yn meddwl bod y safonau wedi gostwng mewn ambell gategori'n ddiweddar. Chwaraeon, er enghraifft. Gan taw Phil oedd yr arbenigwr hanes, a Lloyd yr un modd ar wyddoniaeth, ac Iwan a minnau â rhyw wybodaeth fras ond arwynebol ar bob dim, yna rhyw gic i mi ac Iwan oedd hon, ynta.

'Pam y'n ni'n cymryd hyn i gyd gymaint o ddifri?' gofynnais mewn llais pigog. 'Dim ond blydi cwis yw e.'

''Na lle ti'n rong, twel, was,' meddai Phil. 'Ffeinal Gorllewin Caerdydd yw e, twel. Ac os ewn ni trwyddo i'r tri cyntaf, yna ni yn y ffeinal dros Gaerdydd gyfan.'

'Beth am hynny?'

'Wel, ma' fe'n tipyn o gamp, nagyw e?' meddai Lloyd.

'A bydd tomenni o fenywod yn y ffeinal,' meddai Phil, yn

104

gwenu. 'Sdim byd ma' menyw'n licio'n fwy na bachan â dwylo mawr *ac* ymennydd mawr!'

Wrth iddo ddweud hyn fe ddaliodd ei ddwylo i fyny yn yr aer ac yna'u rhoi nhw rhwng ei goesau, yn dal cala dychmygol fel se fe'n biben ddŵr.

'Sut gwyddost ti hynny, Phil?' gofynnodd Iwan.

'Gwybod beth?'

'Bydd 'na ferchad yn y ffeinal.'

'Bownd o fod, achan. Mewn timau eraill, i ddechrau. A nage jest rhai crand sy 'di cael addysg, chwaith. Wedodd Henry Rees o'r *Plough* wrtha i. Aeth e trwyddo flwyddyn diwetha, yn whare i ryw dîm o Lanisien.'

'Ma' 'da fi gwestiwn ar chwaraeon. Pêl-droed,' meddai Lloyd. 'Pa athronydd oedd yn gapten ar Gymru cyn iddo fynd 'mlaen i fod yn rheolwr ar y tîm cenedlaethol?'

'Mark Hughes,' meddai Phil yn syth.

'O ia, wela i, doniol iawn,' meddai Iwan, yn piffian chwerthin. 'Herbert Marcuse, yr athronydd Americanaidd. Marcsydd, nag oedd e?'

'Neo-marcsydd,' meddai Phil gan ei gywiro.

'Na na, naci washi. Wy'n cofio'i ddarllen o yn y chwe degau,' meddai Iwan yn hollwybodus. 'Roedd o am ddymchwel y system gyfalafol. Ffoadur o Almaen Hitler oedd o, siŵr iawn. Wnaeth o'n dda iawn iddo'i hun, chwara teg.'

'Roedd e yn erbyn trais,' ychwanegodd Phil.

'Yn wahanol i Mark Hughes 'te,' meddai Lloyd.

'O, dyw 'na'm yn deg' meddai Phil. 'Roedd Sparky wastad yn chwarae o fewn y rheolau. 'Sdim byd o'i le ar hwpo dy ben-ôl mewn i bobol.'

'Wy'n credu dyle ti aralleirio hynna,' meddai Lloyd.

Yna fe godais ar fy nhraed yn bwdlyd ac anelu am y drws.

'Ble ti'n mynd, Bryn?' gofynnodd Phil, yn llawn consýrn.

'O'n i'n meddwl bo' ni fod i adolygu neu beth bynnag. Nage whare 'mbytu.'

'Sdim isio ichdi bwdu, jest oherwydd bo' ti heb glywad am

Marcuse, Bryn,' meddai Iwan.

Roedd Lloyd ac Iwan yn chwerthin, felly fe agorais y drws, ond roedd Phil wedi sgrialu draw i'w gau eto gan fy atal i rhag ffoi.

'Beth yffarn sy'n bod arno ti heno 'te, Bryn? Ma' croen dy din ar dy dalcen gynted des ti mewn, w.'

Roedd y tri ohonynt yn syllu arnaf. Roen nhw am gael eglurhad.

'Ma' Efa wedi 'ngadael i,' meddais.

'Ieeeeeeeee!' gwaeddodd Iwan, gan roi ei law mas, yn gofyn am ugain punt yr un gan y lleill.

'Dyw 'na'm yn ymateb addas, Iwan,' meddai Lloyd, yn ciledrych yn euog tuag ataf.

'Beth ma' fe'n 'neud?' gofynnais, gan edrych ar Phil am esboniad.

'Gethon ni fet ar faint se dy berthynas ag Efa'n para. Wedodd Iwan whech wythnos, wedes i whech mis a wedodd Lloyd whech mlynedd. Fydde'r agosa'n cael pedwar deg punt.'

'O, wel, wy'n siŵr bod Iwan yn haeddu bob ceiniog,' meddais, yn teimlo fy ngruddiau'n cochi.

'O'dd e'n beth dan-din i 'neud. Sori Bryn,' meddai Lloyd.

'Ti ond yn deud hynna oherwydd wnes ti golli. Gen i grap go dda o'r bod dynol, i chi gael dallt,' meddai Iwan.

'Ond ti erioed wedi cwrdd ag Efa!' meddais.

'Na. Ond dwi'n dy 'nabod di, tydw?'

'Stedda, achan, Bryn,' meddai Lloyd, gan roi ei law ar fy ysgwydd.

'Pryd wedodd hi wrtho ti 'te?' gofynnodd Phil.

'Neithiwr. Gadawodd hi lythyr i mi.'

'Ma' hynna'n wych,' meddai Iwan yn llon. 'Wyddwn i ddim fod pobol dal i sgrifennu llythyron.'

'Felly, be wedodd hi 'te?' gofynnodd Lloyd.

'Bydden i wastad yn berson arbennig iawn iddi hi.'

'Mor arbennig fel nad yw hi isio dy weld ti byth eto!' meddai Iwan.

'Iwan! 'Mwyn dyn, rho brêc 'ddo fe 'nei di?' meddai Phil, gan roi edrychiad cas iddo.

'Mae mwy o bysgod o lawer yn y môr, Bryn bach. 'Swn i'm yn colli cwsg drosti hi,' meddai Iwan, mor gefnogol â phosib.

'Oedd 'na reswm penodol?' gofynnodd Lloyd.

'Pam? Wyt ti'n gwybod am un?' gofynnaf, yn ddrwgdybus.

'Nagw, wrth gwrs nag ydw i.'

'Er, 'na'th hi weud bod Duw ddim yn meddwl fod y berthynas yn iawn,' atebais yn wan.

Edrychodd y tri ar ei gilydd. Wrth gwrs, Iwan oedd y cyntaf i beidio trafferthu cadw wyneb dwys.

'Ma' hynna'n un newydd i mi,' meddai, yn rhuo chwerthin i acwariwm Phil.

Roedd hi'n glir bod Lloyd yn teimlo'n flin drosta i ac fe sibrydodd rywbeth yng nghlust Phil.

'Rhowch ddiod i'r dyn, 'mwyn tad,' meddai Iwan o'r diwedd. 'A thra bo' chi wrthi, ga i wisgi bach efo mymryn o ddŵr.'

Roedd Lloyd a Phil yn dal i sibrwd, yn amlwg yn fy nhrafod i gan i Lloyd godi ei lais ar un adeg, gan ddatgan, 'Ma' rhaid i ti, Phil. 'Neith fyd o les iddo fe.'

Yn synhwyro mod i wedi dirnad bwrdwn ei sgwrs ta beth, aeth Phil i'r oergell i nôl can o gwrw i mi, gan ddweud wrthyf am eistedd wrth ford y gegin. Roedd ganddo gynnig i mi.

'Drycha Bryn, wy'n mynd i'r gêm rygbi yn erbyn Ffrainc ddydd Sadwrn. Ma' Lloyd yn dod hefyd. Felly, pam na ddei di gyda ni? 'Neud diwrnod ohoni.'

'Sgen i'm tocyn,' meddais.

'Gad ti 'na i mi. Ma' 'da fi gymydog lan yr hewl sy wedi bwcio *hospitality suite* i'w gwmni. Fe sy'n berchen Thomas Tiles. Ti 'di clywed amdanyn nhw?'

Na, do'n i ddim.

'Ta beth, ma' 'dag e swît ar gyfer ugain o bobol ac mae e'n despret i'w llanw hi. Ma' fe'n edrych yn wael, twel, yn hanner llawn a goffod rhoi tocynnau nôl a phopeth. Wedes i sen i'n treial helpu fe mas. Rhoia i alwad iddo fe nes 'mlan. Wy'n siŵr allwn ni wasgu un bach arall mewn, sen i'n troi'i fraich e.'

'Wy'm yn siŵr 'mbytu hyn. Sa i'n gwbod os ydw i yn y mŵd iawn,' meddais.

'Neith e fyd o les i ti, Bryn,' meddai Lloyd. 'Fel dy feddyg teulu wy'n gweud 'na. Fydd jest cael gwyneb hir trwy'r penwythnos yn 'neud i ti deimlo'n waeth o lawer.'

'Yr *hospitality boxes* melltigedig yna sy'n difetha'r gêm,' meddai Iwan yn swrth. 'Mae'n atal ffans rygbi go iawn rhag gweld Cymru'n chwarae adra. Mae'n warthus.'

'Ma' 'da ti dy sêt gadw dy hunan, nago's e, Iwan? Dy *debenture*?'

'Oes, oes.'

'Wel, be ti'n lapan 'mbytu 'te?' meddai Phil. 'Os yw Merfyn Thomas yn ddigon dwl i 'ngwahodd i a'm ffrindiau, yna beth sydd o'i le ar 'nny? Nage ein bai ni yw hi bod mwy o arian na sens 'dag e, a bod e'n gweithio mor galed fel bod dim ffrindiau 'dag e.'

'Fyddwn ni'n hela menywod, cofia,' ychwanegodd Phil, ychydig yn fygythiol, gan droi ei ben i'm cyfeiriad i.

'Ma' fe'n deall 'nny,' meddai Lloyd.

'Wy moyn i ti ddod, Bryn,' parhaodd Phil, 'ti'n gwybod 'na. Ond paid crampo'n steil i, oreit. Dim 'hwdu dros ffrogie menywod tro hyn, iawn? Ni'n mynd am ferched *up market*, ti'n deall? Pethe bach secsi, ocê?'

Amneidiais yn werthfawrogol. Roedd Lloyd yn siŵr o fod yn iawn. Bydde fe'n help i gael fy meddwl oddi ar Efa.

Ar ddiwrnod y gêm ryngwladol ei hun roedd Phil mas o'i jîns a'i grys-T arferol ac mewn siwt smart ddu. Cyflwynai ei hun fel Phil Pugh, Ymgynghorydd Addysg. Roedd hyd yn oed rhai cardiau personol gydag e i'w dosbarthu. Gwelodd Merfyn Thomas trwy gastiau Phil yn syth a chyhoeddodd mewn llais uchel, 'Ymgynghorydd Addysg, myn yffarn i!' a taw 'dim ond ffycin llyfrgellydd' oedd Phil. Doedd ddim fel se lot o ots 'da Phil am hyn. Roedd y cardiau yno i greu argraff ar bobol yn nes ymlaen yn y dydd, pan fydde'r rhyw deg ychydig yn tipsi yn ymgynnull o'i gwmpas ac yn fwy llac eu tafodau a'u moesau. Neu fel y dywedodd ef wrtha i, 'rhaid i ti wastad werthu dy hunan gyda menyw, twel. Sneb â diddordeb mewn *loser*.'

A bod yn deg, roedd gan Phil drac record ardderchog gyda menywod. Roedd ganddo resi o gyn-gariadon y tu ôl iddo, bob amser yn symud 'mlaen i'r nesaf gan ddal i ffwcio'r un roedd e ar fin ei dympo. Synfyfyriais ar pam fod Phil yn ddympiwr tra mod innau'n gyson yn cael fy nympio. Er ei fod yn nesáu at y deugain, doedd dim owns o fraster ar y bastard na'r awgrym lleiaf o fol cwrw chwaith. Roedd hyder yn diferu ohono. Ond nid mewn ryw ffordd rodresgar, annymunol chwaith. Fe wyddai'n union beth i'w ddweud ac, yn bwysicach, pa bryd i'w ddweud hefyd. Roedd Lloyd, chwarae teg iddo, yn cynnig y gallai Phil efallai drefnu un o'i lu gyn-gariadon ar fy nghyfer.

'Beth yw'r sbort yn 'na?' meddai Phil. 'Y fflyrtan, y trachwantu, yr helfa, y trechu, 'na beth yw'r tyrn-on, bois bach. Os jyst whant lledu cwpwl o goesau wyt ti, yna man a man i ti jest gerdded mewn i unrhyw glwb nos am ddou yn y bore a sefyll wrth y bar. Ma' hanner y menywod mor feddw fydden nhw'n ffwcio gafr se fe'n prynu drinc iddyn nhw.'

Yn sydyn, mae Phil yn stopio'n stond wrth iddo sylwi ar *brunette* mewn ffrog secwinog, befriog, yn dod mewn i'n *hospitality suite*. Mae e'n mynd draw ati ar unwaith, yn hanner llusgo Merfyn gydag e, yn ysu am gael ei gyflwyno iddi. Dywed y corff tenau gwefusau rhuddem trwyn pwt pert bronnau sionc croesawgar taw Maria yw ei henw a'i bod yn dod o Milan. Mae'n debyg taw'r stoncen yma o'n blaen ni yw un o brif gyflenwyr teils Merfyn. Teimlaf awydd archebu deng mil ohonyn nhw.

'*One would like to buy locally, of course, but you can't beat a good Italian tile,*' meddai Merfyn, yn gwenu'n foddhaus ar Maria. '*Well,*' meddai Phil, â diddordeb mwya sydyn mewn teils, '*I knew that the Italians were famous for opera, football and beautiful women, but I had no idea about their tiles.*'

Wrth i Phil dywys Maria draw at y ford bwffe, mae Merfyn, er mawr fraw i mi, yn fy nghornelu a dechrau trafod teils o ddifri.

'Mae yna bum gradd gwahanol o deils, chi'n gweld. Gradd pump yw'r rhai trwm, diwydiannol, ond hyd yn oed ar gyfer defnydd bob dydd yn y cartre, bydde angen gradd tri o leia.'

'Ma' 'da ni siawns go lew o ennill heddi, mae'n debyg,' meddaf, yn synhwyro y gallen i fod yn trafod teils am weddill fy mywyd os nad o'n i'n ofalus.

'Dibynnu os yw Stephen Jones wedi dod â'i sgidie cicio neu beidio,' meddai Merfyn, cyn ychwanegu'n frwd, 'wrth gwrs, porslen yw'r dyfodol. Achos pan mae bisgid seramig yn tsipio, mae e wastad yn tsipio'n goch. Ond gyda porslen mae e'n tsipio lliw y teil, achos bod porslen yr un lliw reit trwyddo fe.'

'Diddorol,' meddai Lloyd, gerllaw. Trof i edrych yn iawn arno a sylweddolaf nad yw'n rhan o'r sgwrs am deils o gwbwl. Mae e'n siarad gyda menyw fechan o Siapan.

Cyflwyna Lloyd ni, ac mae'r fenyw Siapaneaidd yn dweud yn Gymareg taw ei henw hi yw Hiroko Tanaka. Dywed ei bod hi'n darlithio yn yr Adran Gymraeg ym mhrifysgol Aberystwyth a'i bod yn hanu o Osawa. Mae Lloyd, cyd-ddysgwr Cymraeg wrth gwrs, i'w weld yn dod ymlaen yn dda iawn gyda hi ac o fewn dim maen nhw hefyd wedi diflannu at y ford bwffe, gan fy ngadael i gyda Merfyn unwaith eto. Wrth iddo ddechrau dweud wrthyf bod teils porslen yn rhatach i'w cynhyrchu na rhai seramig, sylwaf ar wyneb o'm gorffennol yn dod mewn trwy'r drws. Olwen Martin yw hi, menyw oedd yn yr un flwyddyn â mi yn yr ysgol. Mae'r ddau ohonom yn syllu ar ein gilydd yn llawn syndod a dryswch. Yn hollol ddealladwy, edrycha Olwen arnaf a marc cwestiwn yn ei llygaid, fel se hi'n gofyn beth ar y ddaear ydw i'n ei wneud yma. A bod yn onest, wy'n dechrau gofyn hynny fy hun. Serch hynny, nid wyf yn deall chwaith pam mae Olwen, o bawb, yma. Y tro diwetha y gwelais i hi, roedd hi'n treial gwerthu yswiriant ym mar cefn y Llew Du, yn despret am arian yn dilyn methdaliad busnes adeiladu ei gŵr, Paul. Ar ôl rhyw eiliad neu ddwy mae Merfyn yn mynd lan at Olwen a rhoi cusan wresog ar ei gwefusau. Mae'n ei chyflwyno hi i mi fel rheolwraig siop cangen Aberystwyth o Thomas Tiles. 'Gwerthwraig y mis, ym mis Hydref, os cofia i'n iawn,' meddai Merfyn, â'i lygaid yn pefrio o feddwl am yr arian a wnaeth yn ystod y mis hwnnw, goelia i.

'Ry'n ni'n 'nabod ein gilydd yn barod. O'n ni yn yr ysgol 'da'n gilydd yn Nhregors,' meddai Olwen.

'Ardderchog,' meddai Merfyn, yn sylwi ar Ffrancwr mewn siwt smart iawn yn dod mewn trwy'r drws ac yn gweiddi arno, â'i freichiau ar led – '*Jean-Louis, Bienvenue au Pays de Galles*!'

'Mae'n ryw barti rhyngwladol iawn, nagyw e,' meddai Olwen, yn taflu cipolwg o gwmpas yr ystafell, gan helpu'i hun i wydred o win coch.

'Ody, wir,' meddaf, gan ychwanegu na wyddwn ei bod hi'n gweithio i Thomas Tiles. 'O'n i'n meddwl bod ti'n gwerthu yswiriant.'

'Na. O'dd rhaid i fi adael hynny a chael incwm mwy rheolaidd, ar ôl i fusnes Paul fynd i'r wal.'

Roedd Olwen a Paul yn gariadon ysgol ac wedi priodi ar ôl i Olwen sylweddoli ei bod yn disgwyl babi yn un ar bymtheg oed.

'Shwt ma' Paul?' gofynnaf.

'Ddim yn dda iawn. Ni wedi gwahanu.'

'O, mae'n flin 'da fi glywed 'na.'

Flin, myn diain i! Y fath gelwydd noeth! Hwn oedd fy nghyfle mawr. Menyw nobl ar y *rebound* ac am fwynhau ei phenwythnos yn y ddinas fawr. Fy ninas ddrwg i. Tywalltais fwy o win i'w gwydryn a gofyn yn hy a oedd yna ddyn arall o gwbwl. Er mawr lawenydd i mi, dywedodd nad oedd. Roedd hi'n rhydd, felly. Yn edrych ar ei thop toriad isel, teimlais rhyw ddeffroad cynhyrfus rhwng fy nghoesau a sylweddolais mod i wastad wedi cael fy nenu tuag at Olwen Martin, byth ers i mi ddigwydd taro ar ei thraws hi a Paul yn

111

cnychio yn y car mewn cilfan hewl coedwigaeth ar fy ffordd nôl o noson bysgota. Hyd yn oed nawr, ddwy flynedd ar hugain yn ddiweddarach, roedd ffyrnigrwydd blysig ei hyrddiadau lan a lawr ar ben Paul a'r ffordd rhyfedd, wyrgam y daliai ei phen, yn ddigon i roi codiad i mi.

O bosib yn synhwyro fy mod i'n cael fy mesmereiddio gan ei bronnau sylweddol, gofynnodd hi beth oeddwn i'n ei wneud yma. 'Does bosib bod ti'n gweithio i Thomas Tiles hefyd?'

'Nagw. Wy yma fel ffrind i un o gymdogion Merfyn.'

'Dyna ni. Wedodd dy fam bo' ti'n 'neud rhywbeth. Beth oedd e nawr? Rhywbeth i 'neud â drysau?'

Cofiaf am gyngor Phil yn gynharach, ynglŷn â phwysigrwydd gwerthu eich hun gyda menyw, a bod neb â diddordeb mewn *loser*. Wy'n dod o fewn trwch blewyn i ddweud mod i'n berchen ffatri drysau. Penderfynaf fod hyn yn rhy eithafol, a dewisaf yrfa led-gynhyrfus bownsar mewn clwb nos yn lle hynny.

'Waw. Rhaid bod 'na'n gyffrous weithiau,' meddai Olwen.

'Ody, ma' fe.'

'Rhaid fod gyda ti fòs da i roi amser bant i ti ar ddiwrnod gêm ryngwladol.'

Dechreuaf weld fy stori yn cael ei chwalu'n ddarnau mân, felly penderfynaf fynd am y celwydd mawr.

'Wy'n gobeithio bod e – gan taw fi yw'r bòs! Nage jest y bownsar ydw i. Fi yw'r perchennog.'

'Nage!'

'Ie. Wir. Sdim lot o bobol yn gwybod yn Nhregors. Sa i'n licio bostian am y'n hunan, ti'n gwybod.'

'Ble mae'r clwb hyn 'te? Falle allen ni fynd 'na nes 'mlan?'

'Na.'

'Pam ddim?'

'Ma' rheol 'da fi. Wy byth yn cymysgu pleser a busnes.'

'Os ti bia'r clwb, pam ti'n fownsar hefyd 'te?'

'Jest helpu mas ar y drws weithiau, 'na i gyd. Cadw 'nhraed ar y ddaear, cymysgu 'da'r staff, ti'n gwybod. Weithiau wy'n helpu yn y gegin 'fyd, neu tu ôl i'r bar.'

Taflaf gipolwg nerfus tuag ati. Mae'n amlwg nad yw hi'n credu gair o hyn, a wela i ddim bai arni chwaith. Wy'n gelwyddgi gwael uffernol. Ceisiaf fy ngorau i adfer y sefyllfa.

'Ym . . . i weud y gwir, jocian o'n i fan'na. Wy'n gweithio yn y cyfryngau,' meddaf, ychydig yn fwy cywir. 'Wy'n artist cynorthwyol. Mewn cyfres dditectif yn bennaf.'

'Na ni. Wy'n cofio nawr. Wedodd Rhys London House bod e 'di gweld ti ar y teledu. Yn y cefndir, fel ecstra. Yffach, ma' rhaid bod 'na'n *glamorous* iawn, Bryn.'

Wrth gwrs. Nid oedd angen dweud celwydd. Yn yr oes sydd ohoni, a'i hobsesiwn am enwogrwydd o unrhyw fath, mae'n rhaid fy mod i'n swnio'n weddol gyffrous p'un bynnag.

'Wyt ti 'di gweld *Angel* o gwbwl?'

'Na, ddim yn ddiweddar,' meddai, gan edrych yn syn.

'Sori. *Angel* yw enw'r gyfres ditectif.'

'Na, wy heb, gen i ofn. Wy'm yn gwylio rhyw lawer o deledu dyddie 'ma.'

Penderfynaf adael y trywydd hwn am y tro.

''Na ddigon amdana i,' meddaf. 'Gad i mi dy gyflwyno di i rai o'm ffrindiau.'

Diolch i'r drefn, mae Olwen a'r fenyw Siapaneaidd, Hiroko, yn dod ymlaen â'i gilydd yn arbennig o dda. Wrth gwrs, mae Hiroko'n gweithio yn Aberystwyth hefyd. Er nad yw Olwen wedi cwrdd â hi o'r blaen, mae hi wedi clywed amdani gan bod yna erthygl amdani yn y *Cambrian News* pan apwyntiwyd hi'n ddarlithydd yn yr Adran Gymraeg.

'Nagoedd eich enw chi'n golygu rhywbeth fel nŵdls? O, beth o'dd e nawr?' gofynna Olwen.

'Fy enw llawn yw Hiroko Tanaka. Ystyr Hiroko yw "plentyn cyfoethog" ac ystyr Tanaka yw "cae reis".'

'O ie, 'na ni. O'n i'n gwybod bod e rhywbeth i 'neud â bwyd.'

Sylwaf bod Lloyd yn siarad yn glouach nag arfer, ac mae e'n sôn yn gyffrous wrthyf am y ffordd wnaeth Hiroko syrthio mewn cariad â Chymru wrth iddi fynychu cwrs dysgu Cymraeg WLPAN yn Llambed ar ddechrau'r naw degau. Yr un cwrs ag y mynychodd Lloyd ar ddiwedd yr wyth degau. Mae'n glir na allith e dynnu'i lygaid oddi ar Hiroko. Felly, pan mae e o'r diwedd yn mynd i'r tŷ bach, wy'n cymryd mantais o'r sefyllfa ac yn ei ddilyn mas i'r coridor cul tu fas i'n stafell a gofyn iddo sut mae'n dod ymlaen gyda Hiroko. Synhwyraf eisoes, wrth gwrs, bod Lloyd wedi ei swyno'n llwyr â'r ferch o'r Dwyrain, ond roedd ei eiriau'n gadarnhad pellach o hynny.

'O'n i'n meddwl allen ni i gyd fynd i'r bwyty Siapaneaidd newydd 'na lawr y bae heno 'ma. Fydde fe'n arwydd o ewyllys da tuag at Hiroko . . . 'neud iddi deimlo'n gartrefol, ife. Beth wyt ti'n meddwl, Bryn?'

'Wel, ie, pam lai?' atebaf yn frwd, cyn ychwanegu, 'Pwy o't ti'n meddwl wrth "ni i gyd"?'

'Dim pawb, wrth gwrs. Fi a Hiroko. A ti ac Olwen falle. Ma' Olwen a Hiroko fel se nhw'n dod 'mlan yn dda, nagy'n nhw?'

'Odyn. A beth am Phil?'

'Wel ie . . . ' dechreuodd Lloyd, cyn i wên lydan dorri ar draws ei wep.

'Beth sy'n bod?' gofynnais.

'Wel, y ferch o'r Eidal – ma' fe wedi "ei dal" fel petai!'

Edrychais nôl arno'n ddryslyd.

'Ma' Phil . . . be weda i . . . wrthi'n sugno bron Maria'n barod, os ti'n deall be 'sda fi!'

'Beth?'

'Yn un o giwbicls tai bach y menywod,' meddai Lloyd, gan ysgwyd ei ben mewn anghrediniaeth cyn ychwanegu'n ddwys, ''Na ti ugain punt arall lawr y draen.'

'Beth?!'

'Wy'n gwybod! Yn sgorio cyn i'r gêm ddechrau hyd yn oed. Ma' rhywbeth yn bod arno fe.'

'Ond newydd gwrdd â hi ma' fe!' meddaf mewn llais protestgar.

'Wy'm yn gwybod shwt allith e 'neud e,' meddai Lloyd.

'Allen i ddim,' meddaf innau, yn gelwyddog o genfigennus.

'Na. Na finne chwaith,' meddai Lloyd, yr un mor gelwyddog o genfigennus.

Yna mae'r ddau ohonom yn gwylio'n gegrwth wrth i Maria wynebgoch ddod mas o dŷ bach y menywod. Mae ganddi ryw olwg blêr o'i chwmpas nawr sy'n ei gneud hi hyd yn oed yn fwy deniadol. Llwydda i daflu gwên ddirmygus tuag atom wrth iddi faglu hi nôl tua'r *hospitality suite*, yn tacluso'i ffrog befriog cyn agor y drws. Ychydig eiliadau ar ôl hynny daw Phil hefyd allan o'r 'Menywod' gan gerdded yn hamddenol braf tuag atom, yn edrych fel cwrci bodlon ar ôl noson o gatha.

'Beth ddigwyddodd i'r fflyrtan, y trachwantu, yr helfa?' gofynnaf, gan daflu gipolwg ar ddrws y 'Menywod'.

'Weithie, ma' rhaid i ti jest ddilyn dy goc,' meddai Phil.

O weld ein golwg syn, fe geisiodd ymhelaethu.

'Weithie mae'r *chemistry* yn iawn a ma' rhaid i chi'ch dou 'neud e yn y fan a'r lle, nawr, y funud 'na. Ma' fe fel trydan. Mae'n rhaid bo' chi wedi teimlo 'na rhywbryd?'

Mae Lloyd yn amneidio'n hollwybodus. Amneidiaf innau, ond heb gymaint o argyhoeddiad.

'Wyt ti dal â diddordeb yn y *Japanese*?' gofynna Phil, gan droi i wynebu Lloyd. 'Hidien i'm treial, wy rioed wedi cael un.'

'Ni i gyd yn mynd am y *Japanese*,' meddaf innau.

Edrycha Phil ar goll.

'Dyw e'm yn siarad am y bwyty, y clust!' meddai Lloyd yn flin wrthyf cyn troi nôl at Phil, 'a, ydw, wy dal â diddordeb yn y *Japanese* fel ti'n 'i galw hi. Ma' gyda hi enw. Hiroko, ocê!'

'Hiroko Ocê. Grêt. Enw neis,' meddai Phil, yn treial ei orau i 'neud yn iawn am ei gamwri.

'Nage Hiroko Ocê, y ffycin twpsyn! Jest Hiroko!'

'Mae'n golygu "plentyn cyfoethog" ychwanegaf yn hollol ddi-fudd.

Mae Lloyd yn dal i syllu ar Phil yn fygythiol.

'Well i ni fynd am dapad cyn i'r gêm ddechrau,' ychwanegaf, gan fwy neu lai wthio Lloyd lan y coridor. Serch hynny, mae e'n llwyddo i droi nôl, gan alw'n groch ar Phil, 'Cadw di dy ddwylo mawr barus oddi ar Hiroko, ti'n deall! Stica di 'da dy hwren o'r Eidal!'

Wrth i mi lwyddo o'r diwedd i hyrddio Lloyd i dŷ bach y dynion, sylwaf ar Phil yn y pellter yn sugno rhywbeth i fyny ei drwyn gan wenu iddo'i hun wrth i'w ben grynu'n bleserus.

Mae rhan nesaf y diwrnod yn weddol niwlog. Gwn fy mod i wedi yfed yn drwm, yn rhannol am ei fod am ddim, ond yn bennaf er mwyn meithrin rhyw ddewrder cwrw i geisio bwrw'r nos gydag Olwen. Wedi'r cwbwl, roedd fy nau gyfaill mwy neu lai wedi ennill calonnau benywaidd y byd rhyngwladol rhyngddyn nhw. O'i gymharu, byddai cysgu gydag hen ffrind benywaidd a oedd newydd ddod yn sengl yn hawdd, does bosib?

Gen i rhyw frith gof bod Cymru wedi chwarae'n dda, ond colli. Er bod sgidiau cicio Stephen Jones yn bendant ganddo, doedd hynny ddim yn ddigon, gwaetha'r modd. Enillodd y Ffrancod o bedwar pwynt, gyda chwaraewr o Seland Newydd yn sgorio dau gais iddynt. Gwnaeth hyn gynddeiriogi Merfyn yn ofnadwy, gan iddo gecran yn agored â'i gyfaill, Jean-Louis, yn galw'r Ffrancod yn bob enw dan yr haul. Diflannodd Phil a Maria eto rywbryd yn ystod yr ail hanner, a chefais adroddiad nôl gan Olwen syfrdan, wrth iddi ddweud bod yna fenyw yn un o'r ciwbicls yn cael rhyw ac yn gweryru fel ceffyl. Bu Olwen o fewn trwch blewyn i sefyll ar ei sêt hi a thaflu dŵr oer dros y 'diawliaid brwnt'.

Fel y trefnodd Lloyd, fel arwydd gyfeillgar i Hiroko fe wnaethon ni yn wir gyrraedd bwyty Siapaneaidd yn y bae yn hwyrach yn noson honno, wedi i ni ffarwelio'n gwrtais â'n gwahoddwr (meddw iawn) am y dydd, Merfyn. Nid oeddwn i erioed wedi bod mewn bwyty Siapaneaidd o'r blaen. Felly cefais ychydig o fraw o weld bod yn rhaid i ni i gyd dynnu ein esgidiau. Yn wir, ceisiais fy ngorau glas i gadw fy rhai i ymlaen, ond dywedodd Lloyd y byddem yn sarhau'r Siapaneaid pe bawn i'n gwrthod eu traddodiadau.

'Se ni'n gweud bod e'n fwy o sarhad arnyn nhw i orfod diodde fy *athlete's foot*,' dywedais, ychydig yn flin.

'Se ti 'di rhoi'r hufen *anti-fungal* rhwng bysedd dy draed fel yr eglurais i ti flynyddoedd yn ôl, yna se dy *athlete's foot* wedi diflannu dros nos.'

Doedd hyn ddim yn wir, wrth gwrs. Dros y blynyddoedd ro'n i wedi 'neud sawl ymgais glodwiw i waredu'r caws llyffant a dyfai ar fy nhraed. Pa ynfytyn alwodd y clefyd yn droed athletwr, p'un bynnag? Dy'ch chi'n fawr o athletwr os y'ch chi'n gallu tyfu madarch rhwng bysedd eich traed. Fydde *couch potato's foot* yn agosach ati o lawer. Yn gall iawn, fodd bynnag, wrth i ni i gyd ymgynnull yn nhraed ein sanau o amgylch ford bren fawr y bwyty, fe dewais. Nid nawr oedd yr adeg i drafod fy nhraed.

Nawr oedd yr adeg i gael hwyl. Nawr oedd yr adeg i greu argraff ar Olwen.

Wrth gwrs, falle mod i jest yn cofio be wy moyn cofio, ond wy'n bendant yn cofio 'neud i bobol chwerthin yn y bwyty Siapaneaidd. Er iddo fwytho traed Maria trwy gydol y pryd, roedd Phil yn enwedig yn gwerthfawrogi fy ymgais at hiwmor. Cofiaf ryw gyfeiriad at 'Pearl Harbour' ei oglais yn ofnadwy. Yn wir, daeth dagrau i'w lygaid. Ac yn rhyfeddach fyth, rhyw gochni trawiadol o amgylch ei ffroenau diferllyd. Roedd Olwen fel se hi'n chwerthin yn braf hefyd. Arwydd da. Serch hynny, ni werthfawrogodd Hiroko fy nghwyn am faint y dysglau bwyd nac ychwaith fy sylw nad oedd hi'n syndod bod 'y Japs mor fach'. Doedd taten o ots gen i a oedd e'n 'Fôr-lawes amrwd' neu'n 'Wreiddyn lotws mewn soia'. Roedd e'n dal i edrych fel bwyd tŷ dol i mi. Diolch byth, wnaethon ni i gyd geisio bwyta gyda'r *chop sticks* neu fydden ni mas o 'na o fewn hanner munud. Gan weld Lloyd yn rhoi edrychiad sarrug arnaf, gwnes i fwy o ymdrech gyda Hiroko, gan ddweud mod i wir yn edrych ymlaen at Gwpan y Byd pêl-droed a gynhelir yn Siapan a De Corea yn ystod yr haf.

Yna, yn hollol ddisymwth, holais hi a oedd peli Siapaneaidd

yr un maint â rhai Ewropeaidd. Wy'n cofio sylwi ar Olwen yn giglan ar yr adeg honno ar ei ffôn symudol, ac wedyn yn dweud wrthyf y dyliwn i fynd nôl am ddiod gyda hi i westy crand Dewi Sant lle roedd hi'n aros.

Wrth i ni gerdded ar hyd Cei y Môr-forwyn, meddyliais am Alison, y corff marw wnes hi gwrdd â hi ar ddechrau'r flwyddyn, ac fel ro'n ni'n mynnu ei gweld hi fel môr-forwyn. Heblaw am oleuadau llachar bwyty Harry Ramsden yn y pellter, roedd hi'n weddol dywyll wrth i ni groesi'r hewl. Teimlais ryw ias o oerfel yn rhedeg i lawr fy nghefn wrth sylwi ar silwetau'r craeniau niferus yn yr awyr, fel deinosoriaid yn cysgu. Roeddynt yno i helpu adeiladu dechreuad newydd i'n prifddinas. Sylwais ar arwydd yn hysbysebu fflatiau moethus ar werth, gan ddechrau ar bris o chwarter miliwn yr un. Meddyliais am fy fflat ddi-raen bocs matsys ar rent, a methais beidio meddwl bod rhyw lefel o fywyd wedi fy mhasio i heibio. Ond ceisiais fod yn gadarnhaol hefyd. Roedd heno'n gyfle i mi gael cipolwg ar y bywyd hwnnw. Wedi'r cwbwl, roeddwn ar fy ffordd i Westy Dewi Sant, un o brif atyniadau'r bae. Wrth i mi gerdded heibio Techniquest a'r Sports Café, sylwais ar gynllun nodedig y gwesty yn y pellter. Gyda'i sioe o faneri wrth y fynedfa yn cwhwfan yn awel y nos, edrychai fel llong fawr wedi setlo am y nos ym mynwes y bae.

Trwy gydol y wac weddol hir yma bu Olwen yn siarad am effaith ei gwahanu oddi wrth ei gŵr, Paul. Cymerais i hyn fel ryw fath o leddfu ei chydwybod cyn iddi fynd i'r gwely gyda mi. Yn llawn cyffro, fe gofiais amdani'n ei hyrddio ei hun i fyny ac i lawr ar ben Paul yn ei gar yr holl flynyddoedd hynny'n ôl. Prin y medrwn gredu fy mod i bron yn sicr ar fin cael yr un cluniau a'r un bronnau'n bownsio ar fy mhen innau heno 'ma. A, gobeithio, yr un edrychiad rhyfedd, gwyrgam, llawn pleser.

Yn anffodus, fodd bynnag, do'n i ddim wedi talu digon o sylw i un o gynghorion Phil. Do'n i heb wrando digon ar Olwen. Cymerais yn ganiataol taw ysgwydd i lefain arni oeddwn i. Nid fy mod i'n achwyn am hynny. Roedd ffwc dostur yn well na dim ffwc o gwbwl. A phwy a ŵyr beth ddaw i ganlyn noson nwydus o ryw yn y bae?

'Diolch am ddiwrnod hyfryd, Bryn,' meddai Olwen yn hollol annisgwyl.

Do'n i ddim yn licio naws derfynol hyn. Ceisiais ei anwybyddu.

'A noson hyfryd hefyd . . . sy heb ddechrau'n iawn 'to,' meddais yn obeithiol.

'Ie. Licen i brynu diod i ti yn y bar, fel wedais i, fel diolch i ti am fod yn gystal ffrind i mi. Y gwir amdani yw, do'n i ddim yn edrych ymlaen at ddod lawr i'r gêm o gwbwl, ond roedd Merfyn wedi mynnu mod i'n mynd. Wy'm yn gwybod beth se ni 'di 'neud heddi sen i heb fwmpio mewn i ti. Bydden i 'di hen ddiflasu erbyn hyn, yn trafod teils trwy'r dydd, ynta.'

'Ma' fe 'di bod yn ddiwrnod ffantastig,' cynigiais, gan fentro rhoi fy mraich o'i chwmpas am y tro cyntaf.

Ymestynnodd ei llaw chwith i fyny i ddala fy llaw dde a'i gwasgu'n werthfawrogol. Ond nid oedd unrhyw awgrym rhywiol yn ei llaw oer. Roedd yn debycach i ryw fodryb yn diolch i mi am lifft neu rywbeth. Nid dyma oedd y cynllun o gwbwl. Wrth i ni aros am ennyd tu fas i brif fynedfa'r gwesty, daeth porthor wedi'i wisgo mewn *top hat* a *tails* i fyny atom, gan gyffwrdd â'i het yn gwrtais. Roedd yn f'atgoffa o rywun, ond fedrwn i'm yn fy myw gofio pwy. Ceisiais waredu fy meddwl o'r porthor, fodd bynnag. Roedd angen i mi ganolbwyntio ar Olwen. Roedd angen arna i fynd i'r gwely gyda hi. Cael siampên ar *room service*. Dihuno bore fory yn edrych mas dros Fae Caerdydd i gyfeiriad Penarth a meddwl mor braf oedd bywyd. Rhannu jacwsi ar ôl brecwast hwyr o *croissants* a phwdin blew. Nid y ddiod ffarwél yma oedd yn cael ei chynnig.

'Gwranda, Olwen. Wy ddim moyn gwthio pethe rhy glou, wrth gwrs. Ond wy wir yn ffansïo ti. Wy wastad wedi. Ond o't ti ddim ar gael o'r blaen. Ma' hi 'di bod fel breuddwyd yn dod yn wir i fi, cwrdd â ti 'to heddi.'

'Ma' 'na'n garedig iawn ohono ti, Bryn. Gobeithio nad ydw i wedi dy gamarwain di. O'n i'n meddwl falle bod ti'n gwybod. Mae pawb yn gwybod yn Nhregors ers pythefnos nawr.'

'Beth? Bo' ti a Paul wedi gwahanu? Wel, ie, wrth gwrs, ma' 'na'n iawn.'

'Ond ma' 'na rywun arall, gen i ofn.'

'Ond wedes ti nad o'dd dyn arall.'

'Does dim. Ond ma' 'na fenyw arall.'

Yn methu edrych arni, syllaf i fyny ar y Ddraig Goch yn cwhwfan yn haerllug swnllyd, yn ceisio ffocysu fy meddwl carlamus.

'Ei enw hi yw Sara,' meddai Olwen. 'Mae hi'n gweithio i Fwrdd Datblygu Cymru Wledig. Roedd rhaid iddi hithau fynd ar ryw sbloets *hospitality* heddi hefyd. Ond wy'n aros y nos gyda hi. Licen i ti gwrdd â hi.'

Doedd gen i fawr o ddewis, mewn gwirionedd. Ar gais taer Olwen, arhosais i gael dau 'Kir Royale' yn y bar. Mae'n rhaid eu bod nhw wedi costio ffortiwn iddi. Bu hi'n siarad am Sara fel pwll y môr trwy'r adeg. Ac am ei phlant hi a Paul, Marged ac Ifan, oedd yn oedolion erbyn hyn. Roedd hi mor falch eu bod nhw wedi bod yn gefnogol. Mae'n debyg ei bod wedi cynnal affêr gyda Sara am dros flwyddyn. Wrth reswm, roedd Paul wedi ei frifo'n arw. Ond ni fu Olwen erioed yn hapusach. Ei chyngor hi i bawb oedd i geisio canfod eu gwir bersonoliaeth a pheidio llithro i rigol. Bu'n becso am fisoedd p'un ai i ddilyn ei chalon ai peidio. Yn y diwedd, cafodd y penderfyniad ei wneud iddi wrth i Paul ddarllen neges-destun rywiol iawn ar ei ffôn symudol hi oddi wrth Sara.

'Ma' dal gyda fi deimladau cryf tuag at Paul. Fe yw tad fy mhlant, wedi'r cwbwl. Yn amlwg, wnes i ddim mynd mas o'n ffordd i'w ypseto fe.'

'Wy'n siŵr y deith e drosto fe gydag amser,' meddais yn gefnogol, yn dal i dreial cysoni'r ddelwedd o Olwen yn cnychio yng nghar Paul fel se'r byd yn dod i ben ddwy flynedd ar hugain yn ôl â'r fenyw smart yma yn sipian sambwca tu blaen i mi.

Yna cyrhaeddodd Sara. Yn gwisgo siwt drowser o las tywyll, a phentwr o emwaith aur, nid oedd yn edrych fel y dychmygais o gwbwl. Am un peth, roedd hi'n hŷn na'r ddau ohonom. Pedwar degau canol, ddywedwn i. Ond roedd hi'n cario'i hun yn dda, gyda rhyw osgo trwsiadus digon deniadol. Rhuthrodd Olwen draw ati a'i chofleidio. Cusanodd Sara hi'n ysgafn ar ei boch yn hollol reddfol. I unrhyw un arall yn y bar, gallai'r ddwy fod yn chwiorydd neu'n gyfnitheroedd. Gwyddwn i ei bod nhw'n gariadon. Ceisiais ddychmygu'r ddwy yn y gwely gyda'i gilydd. Beth fydden nhw'n 'neud? Cofiais am ffilm Ffrengig am affêr lesbiaidd a welais yn fy ugeiniau cynnar. Rhyw frith gof bod yna rhyw ddefnydd o ffrwythau. Teimlais yn euog am feddwl amdanynt yn y ffordd yma wrth i Sara ddod lan ataf ac ysgwyd fy llaw.

'Diolch am fod cystal cwmni i Olwen trwy'r dydd,' meddai.

'Ma' hi 'di bod yn bleser.'

'Fydden i'n licio aros yn y bar a dod i 'nabod chi, Bryn. Ond wy wedi bod ar fy nhraed trwy'r dydd, yn siarad rwtsh yng Ngwesty'r Angel. Falle cawn ni gwrdd rhywbryd eto, ie?'

'Mae Sara moyn mynd i'r gwely,' meddai Olwen, yn cochi'n ddisgwylgar.

'Ie, wrth gwrs,' meddaf innau, cyn rhoi cusan wresog i'r ddwy ar eu gwefusau. Trysorais arogl eu minlliw ar fy ngwefusau wrth i mi fynd draw i'r cyntedd ysblennydd a cherdded mas trwy'r brif fynedfa i aer oer y nos. Cyffyrddodd y porthor â'i het yn gwrtais unwaith eto, gan roi gwên fecanyddol braidd cyn dymuno 'nos da' i mi.

'Nos da,' meddaf innau, gan gofio mwya sydyn pwy oedd y dyn yn f'atgoffa i ohono. Y Pengwin yn y ffilmiau *Batman*. Yna'n sydyn meddyliais am Jamie, ac yna Jo. Ac wedyn Efa. Sgwn i ble oedd hi yr eiliad yma? Sylwais ar dacsi'n agosáu tu fas i'r Sports Café a chodais fy llaw i'w stopio. Am hanner eiliad, cefais fy nhemtio i roi cyfeiriad Efa iddo, ond penderfynais ddychwelyd i'm gwely gwag.

Pennod 9

Yr wythnos ganlynol wy wrthi'n newid i ddillad fy nghymeriad Glyn yng ngharafán yr artistiaid cynorthwyol pan ddaw John Tal i mewn a dweud wrtha i am beidio trafferthu. Mae'n debyg bod Paul Stewart wedi rhoi wltimatwm i'r cwmni ffilmio. Wedi alaru cael ei dalu'n hwyr, mae wedi rhoi cyfarwyddiadau i bob un o'i gleiantiaid i beidio gweithio nes y clywan nhw'n wahanol.

'Ody 'na'n golygu ein bod ni ar streic 'te?' gofynnaf, wedi drysu braidd. Wedi'r cwbwl, dim ond cwarter wedi saith y bore yw hi.

Amneidia John. Mae e'n edrych yn bryderus.

'Yna pam galw ni mas 'ma yn y lle cynta 'te? Alle fe'm 'di ffonio neithiwr?'

'Newydd benderfynu mae o 'sti. Wnaeth yr ynfytyn 'na o fwytwr tân, Roger, ei ffonio fo adra cyn chwech y bora yn gofyn pryd oedd o'n mynd i gael ei dalu am waith yr wythnos ddwetha, a wnaeth o fflipio, colli arno'i hun yn llwyr. Os ti ddim yn fy nghredu, yna sbia.'

Pwyntiodd John at neges-destun ar ei ffôn symudol. Prin y medrwn ddarllen y peth, gan fod y llythrennau mor fân. Roedd yn dweud 'Dim bldi gwitho, nes rho i wbod – P'.

'Ffoniais i o syth bìn, i 'neud yn siŵr 'i fod o'n dallt 'i bethau. Ddeudodd o bod "Waw TV" wedi cael siec anferth gan ryw gwmni dosbarthu o'r Almaen ac wedi talu swm sylweddol o bres i'r criw i gyd – popeth oedd arnyn nhw, mae'n debyg. Ond mae o 'di penderfynu 'neud safiad am 'i fod o'n dal i gredu 'i fod o'n cael 'i drin fel baw.'

Meddyliaf am y datblygiad diweddaraf hyn am ychydig. Mae'n wir bod taliadau wedi mynd yn fwyfwy araf yn ystod y misoedd diwethaf. Yn wir, mae ar y diawliaid bron pedwar can punt i mi.

Ychydig eiliadau'n ddiweddarach, sylwaf ar wep writgoch Keith Jenkins yn dod mewn i'r garafán a dau lanc ifanc syfrdan yr olwg yn ei ddilyn. Mae'r ddau'n gwisgo jîns a chrys-T yr adeg yma o'r bore, ddiwedd Chwefror. Dywed Keith wrthyn nhw am roi bob o goler a thei ymlaen. Syllant ar ei gilydd, yn amlwg ddim yn deall y cysyniad, fel se Keith wedi siarad mewn Pwyleg.

'Pwy sy 'da ni fan'ma 'lly, Keith?' gofynna John Tal, gan sefyll yn dal iawn o'i flaen ef.

'Dyma Gary, a dyma Jason,' meddai mewn llais stacato, chwerw.

'A beth y'ch chi'n 'neud yn gwmws?' gofynnaf iddynt, yn gweld Kim yn hofran yn y cefndir erbyn hyn a siswrn yn ei llaw.

'Ma' nhw yma ar brofiad gwaith. Felly 'dan ni'n rhoi gwaith iddyn nhw!'

'Ni'n mynd i fod yn blismyn, ecstras yn y cefndir, yn y *mobile incident room*,' meddai Jason, y blondyn mefus, sydd â chwsg neithiwr wedi'i gasglu'n grwstyn ar ei aeliau trwm. Prin bod y llall, Gary, yn medru agor ei lygaid o gwbwl.

'Mewn gair, ma' nhw'n cymryd eich lle chi,' meddai Keith, yn edrych ar y llawr, gan chwilio am esgidiau addas i'r bechgyn yn lle'r *trainers* drud sydd ganddynt ar y funud.

'Tynnu coes 'dach chi, hogia, ia?' meddai John Tal, gan daflu cipolwg milain i gyfeiriad Keith. 'Wedi'r cwbwl, 'dach chi'm yn mynd i groesi llinell biced, nac 'dach?'

Mae'r bechgyn yn edrych ar ei gilydd ac yna'n edrych i fyny ar John anferthol.

'Ni jest 'ma o'r ysgol,' meddai Gary o'r diwedd.

'Yn hollol,' meddai Keith. 'A thra bo' chi yma, gwnewch yn union be dwi'n ddeud wrtha chi 'neud. Llinell biced, myn diain i! Ecstras yn mynd ar streic. Mae'n chwerthinllyd! Dim ond addurniadau yn y cefndir ydach chi! Ma' hi fel deud bod y peiriant ffacs yn mynd ar streic, neu fwrdd neu gadair!'

Gwelaf yr adrenalin yn gwynnu wyneb John, a thaflaf gipolwg ar Kim, gan geisio'i rhybuddio hi bod y reslwr proffesiynol ar fin ffrwydro.

'Doedd Keith ddim yn meddwl 'na,' mae hi'n cynnig, gan glician ei siswrn yn nerfus wrth iddi siarad.

'Wrth gwrs mod i'n 'i blydi feddwl o!' meddai Keith wrth iddo daranu mas o'r garafán, gan alw nôl, 'fydda i'n disgwyl gweld nhw ar y set erbyn wyth o'r gloch Kim, wedi torri'u gwalltiau!'

'Torri gwallt?' meddai Jason yn ofidus, gan chwarae â'i gwrls blond.

'Dim ond trimad bach, i 'neud i chi edrych fwy fel plismon,' meddai Kim, gan gwato'r siswrn tu ôl i'w choes dde.

Yn dilyn cyfarwyddiadau Paul, rydym yn treulio'r bore cyfan yn chwarae cardiau yn y bws bwyd. Mae e wedi rhoi ei air i ni drwy neges-destun i ffôn John y cawn ni ein talu am heddiw, jest fel unrhyw ddiwrnod gwaith arall. Yn ystod y toriad coffi, mae John a minnau'n ceisio cymysgu â'r criw ffilmio. Dywed Ronnie, y gŵr camera, nad yw'r Angel yn angel tangnefeddus heddiw. Mae'r ddau laslanc wedi tarfu ar ei llinellau hi. Ar ben hynny mae Jason wedi edrych yn syth i'r camera ddwywaith a chaeodd Gary y drws yn swnllyd iawn yn ystod un o ymsonau mwyaf teimladwy Dwyfol Rhys.

'Da iawn,' meddai John. 'Wnaiff hyn ddangos iddyn nhw bod rhaid cael hen lawiau profiadol 'fath â Bryn a mi. Ecstras, wir! Mae'n cymryd blynydda o brofiad i ddysgu sut i ymdoddi'n ddidrafferth i mewn i'r cefndir.'

'Wrth gwrs 'i fod e,' ychwanegaf, gan obeithio na fydd rhywun yn tynnu sylw at y ffaith amlwg fod fy mywyd cyfan hyd yma wedi llwyddo i ymdoddi'n ddidrafferth i mewn i'r cefndir.

Goblygiadau dilyniant y saethu sy'n peri gofid i Ronnie. Yn enwedig am y stwff sydd wedi'i saethu y bore hwnnw.

''Neith e fyth fatsio be sy 'da ni yn y can yn barod. Byth bythoedd. Chi jest ffaelu cael un gang o blismyn yn y cefndir un munud a'r funud nesa ma' 'da chi gang hollol wahanol.'

'Felly, ti'n meddwl bo' nhw jest yn gwastraffu amser, profi pwynt, gneud safiad?' gofynnaf yn obeithiol.

Amneidia Ronnie wrth i Keith ddod mas o garafán ystafell werdd yr actorion, gan weiddi nôl trwy'r drws cau, 'Ti'n methu 'neud 'na, Sharon! Ti dan gytundeb!'

Daw hi'n amlwg bod yr hen dderyn aden chwith, Sharon Ellis, wedi penderfynu 'neud safiad gyda ni. Ac eithrio Gareth Bennet, sy'n dal i bwdu oherwydd diffyg cefnogaeth ei gyd-actorion, mae hi wedi llwyddo i gael y cast cyfan i ddod mas gyda hi. Mae'n drychineb i Keith. Mae e'n newid lliw o flaen ein llygaid, fel golau traffig, o'r gynddaredd coch a welsom yn gynharach i ryw wyrdd cyfoglyd. Mae'n siarad rhyw ribidirês o rwtsh manic ar ei ffôn symudol, ond mae clustiau John a minnau'n miniogi o glywed y frawddeg, 'Dwed wrth Harriet am ddod allan 'ma. Fedra i ddim delio â hyn fy hunan.'

Harriet Williams yw uwch-gynhyrchydd y gyfres a phennaeth 'Waw TV'. Yn ôl y sôn, mae hi'n filiwnydd. Heblaw am bartïon diwedd saethu, lle gwelir hi'n sipian sudd oren ac yn cyflwyno'i mam fethedig i'r cast, dy'n ni byth yn ei gweld hi. Yn alcoholic diwygiedig o hen ferch, chwe throedfedd o daldra ac yn welw fel corff, mae ganddi naws yr angladdwr amdani. Roedd Iwan yn ei 'nabod hi'n dda yn y saith degau yn HTV pan oedd hi'n yfed fel ych. Yn ôl Iwan, roedd hi'n hen ast haerllug. Yn bersonol, ro'n i'n falch o'r cysylltiad rhyngddynt. Heb os, dyna pam y cefais fynd yn artist cynorthwyol ar y gyfres, er gwaethaf Paul yn taeru taw fe ddylanwadodd ar Harriet ynglŷn â'm 'brwdfrydedd' a'm 'awydd i ddysgu'.

Erbyn amser cinio, mae'n debyg bod Harriet wedi cyrraedd

y lleoliad, er mae'n anodd i ni brofi hyn, gan fod hi yng nghefn *stretch limo* drudfawr â ffenestri tywyll. Yr unig peth ry'n ni'n wybod i sicrwydd yw bod Keith a Paul wedi cael eu gorchymyn i gael cinio gyda hi yng nghefn y car. Dan gyfarwyddyd Keith, mae'r wagen arlwyo'n gwrthod bwydo'r artistiaid cynorthwyol sydd ar streic. Mewn arwydd o undod, mae Sharon yn trefnu bod yr actorion i gyd yn cael sawl plataid ychwanegol ac mae'r rhain yn cael eu pasio ymlaen i ni. Mae'n glir bod Sharon wrth ei bodd â'r gwrthdaro hyn rhyngddo ni a'r rheolwyr, ac mae hi'n mwynhau rhyw daith hiraethus nôl i gyfnod ei hieuenctid penboeth.

'Mae'n hen bryd i ni, fel gweithwyr, orfodi'r rheolwyr i asesu ein gwir werth. Ma' pobol fel ti a John, Glan, yn holl bwysig i lwyddiant *Angel*. Wedi'r cwbwl ry'n ni i gyd yn rhan o'r un tîm, nagy'n ni, Glan?'

Nid wyf yn dweud wrthi taw Bryn yw fy enw. Nac ychwaith taw Glyn yw enw fy nghymeriad hyd yn oed, nid Glan. Yn hytrach, wy'n werthfawrogol iawn o'r penfras mewn saws caws. Mae hi wedi bod yn fore hir, yn chwarae cardiau yn y bws oer.

'Ni'n gwerthfawrogi eich cefnogaeth, Sharon,' meddai John. 'Dechrau'r diwedd i ni ydy cyflogi staff dros-dro yn ein lle ni. Mae'n warthus.'

'Wrth gwrs ei fod e,' atebodd Sharon. 'A beth sy'n poeni fi yw bod safon y rhaglen yn diodde. Neith e adlewyrchu'n wael arnon ni'r actorion go iawn yn y pen draw.'

Sylwaf ar John yn symud nôl a 'mlaen yn ei sedd mewn ffordd anniddig, yn amlwg ddim yn licio'r sylw nawddoglyd hwn. Yn anffodus, mae Sharon yn parhau yn yr un cywair.

'Wy'n gwybod bo' chi ddim yn 'neud unrhyw beth. Ond chi'n 'neud e mor dda.'

Roedd y ddau ohonom yn gwybod taw canmoliaeth oedd hyn i fod. Felly gwenodd y ddau ohonom arni, ond roedd y ddau ohonom yn teimlo fel baw.

Hanner awr yn ddiweddarach, daeth Paul Stewart i mewn

i'r bws, gan smocio'i sigâr yn fawreddog foddhaus. Roedd y 'camddealltwriaeth' bach ynglŷn â thaliadau hwyr wedi ei sorto. Byddai pawb yn derbyn unrhyw arian oedd yn ddyledus iddyn nhw cyn diwedd y dydd. Roedd yr 'anghydfod' ar ben. Edrychai Sharon yn siomedig. Edrychai John yn bryderus unwaith eto. Wedi i Paul fynd, gofynnais iddo beth oedd yn ei boeni.

'Aeth pethau'n rhy hawdd, yn do. Ella ein bod ni wedi ennill y frwydr, ond dwn im am y rhyfal. Tydy'r Harriet Williams 'na ddim yn wirion. Synnwn i ddim os bydd 'na bris i'w dalu yn y pen draw am bore 'ma.'

Penderfynais beidio cymryd rhyw lawer o sylw o broffwydoliaeth negyddol John. Ro'n i jest yn falch bod 'Waw TV' wedi cadw eu gair a bod Paul wedi gallu rhoi pum can punt i mi mewn arian parod yn ystod y toriad coffi prynhawn, yn cynnwys taliad llawn am heddiw.

Yn dilyn helyntion y benwythnos flaenorol, ro'n i'n falch o'r cyfle i gadw'n fisi yn ffilmio. Roedd Phil wedi gadael neges ar fy mheiriant ateb, yn gofyn a o'n i wedi cysgu gydag Olwen neu beidio. Ac os o'n i wedi llwyddo, yna roedd arna i rhyw fath o gomisiwn iddo. Felly ro'n i'n gwybod taw dim ond mater o amser oedd hi cyn i mi orfod wynebu cwestiynau didostur fy ffrindiau. Daethon nhw'n rhy glou o lawer, ar nos Iau y ffeinal cwis Gorllewin Caerdydd. Ro'n i wedi troi lan yn weddol gynnar yn nhafarn *The Grange* er mwyn cael bord ddeche, heb fod rhy bell o feicroffon yr holwr cwestiynau. Roedd gyda ni 'bach o amser cyn i'r cwis gychwyn. Yn anochel, dechreuodd yr holi ar unwaith bron.

'Shwt oedd y dwmpen fach â'r bronnau mawr 'te? Mynd fel beic, o'dd hi?' gofynnodd Phil.

'Pam? O's 'na fet ar hyn?' atebais.

'Na na, dim byd mor dan-din â 'na, paid becso,' meddai Lloyd yn gyfeillgar.

'Ond 'sdag e ddim byd i gwato, o's e?' meddai Phil, mewn llais penderfynol. 'Wedi'r cwbwl, wy'n folon gweud popeth am Maria.'

'Dyw pawb ddim fel ti, Phil. Gad lonydd iddo fe.'

'Ddeudis ti 'i fod o 'di mynd allan efo lesbian,' meddai Iwan, gan edrych yn ddryslyd ar Lloyd.

Edrychodd Lloyd yn gïaidd ar Iwan ac yna edrychodd arnaf i. Gan mod i'n gelwyddgi gwael, roedd y gwir yn amlwg. Sylwais ar ysgwyddau Phil yn ysgwyd wrth iddo chwerthin yn groch fel plisman ho-ho yn y ffair.

'Naddo!' meddai, yn edrych arnaf mewn anghrediniaeth llwyr.

'Doedd dim ots,' meddais yn gelwyddog, 'ges i amser da, ta beth.'

'Wrth gwrs do fe. Sdim ots os 'nethon nhw gysgu 'da'i gilydd neu beidio, Phil,' meddai Lloyd.

'Pam wyt ti mor amddiffynnol 'te, Lloyd?' gofynnodd Phil. 'Paid gweud wnes ti ddim sielffo'r Jap. O'dd hi'n sgrechen amdano fe, 'achan.'

'Wnes i hala'r nos 'da hi, do, fel mae'n digwydd.'

'Ond wnes ti gnychio hi?' gofynnodd Phil.

'Nethon ni siarad, os o's rhaid i ti wybod.'

'Trwy'r nos?' gofynnodd Phil, â golwg ofidus ar ei wyneb.

'Ie, trwy'r nos!' atebodd Lloyd.

'Siaradais di 'da hi *trwy'r nos*?' gofynnodd Phil drachefn, yn amlwg yn methu credu'r peth.

'Ie, 'na ni. Siaradais i 'da hi trwy'r nos! Iawn?' atebodd Lloyd, gan godi'i lais.

'Oreit oreit, 'achan. Sdim isie i ti weiddi arna i jest achos ges ti'm jwmp!'

'O'n i ddim moyn "jwmp" fel mae'n digwydd, Phil. Nage bod ti'n gallu deall rhywbeth fel'na, wrth gwrs.'

'Trueni nage ti ga'th lesbian Bryn, 'te. Gwastraff ofnadw, y Jap fach 'na, yn goffod mynd hebddi ontefe.'

'Nei di stopio galw hi'n Jap?!!'

Yn sydyn, roedd yna dawelwch llawn tyndra. Yn dawel bach, ro'n ni'n falch bod perthynas Lloyd a Hiroko wedi mynd i ganol y llwyfan, fel petai. Er, fe deimlwn y dyliwn i fod yn fwy cefnogol o Lloyd.

'Sdim iws dadle dros fenywod. Ry'n ni i fod yn dîm heno, nagy'n ni?' mentrais.

'Da iawn, Bryn,' meddai Iwan. 'Ond mae 'na un peth bach liciwn i wybod. Dy lesbian di. Ddeudodd hi beth oedd hi'n hoffi 'neud yn y gwely? Dwi wedi dyfalu droeon.'

'Shwt ddes ti i wybod amdani?' gofynnais yn rhwystredig i Lloyd, gan mod i wedi gobeithio cadw'r rhan yna amdani yn gyfrinach.

'Ga'th hi sgwrs 'da Hiroko yn nhŷ bach y menywod,' cyfaddefodd Lloyd yn euoglyd. 'O'dd hi'n licio ti lot, mae'n debyg. A gofynnais i Hiroko ofyn shwt oedd y gwynt yn chwythu.'

'Ac roedd o'n chwythu i dy wynab, 'fath â rhech gref,' meddai Iwan, yn piffian chwerthin.

'O'dd hi'n cwrdd â'i chariad yn eu stafell yng ngwesty Dewi Sant, os o's rhaid i chi wybod,' meddais, gan obeithio y byddai hynny'n ddiwedd ar y mater.

'Gwrddes ti â'i chariad hi, 'te?' gofynnodd Phil, yn dechrau cynhyrfu.

'Do, fel mae'n digwydd. Ddim am hir, yn y bar.'

'Blydi hel! Gollaist ti gyfla, Bryn bach. Dylsa chdi 'di gofyn os alla chdi 'u gwylio nhw. Hwyr ar nos Sadwrn, ti byth yn gwybod 'sti, ella sa nhw 'di bod yn gêm,' meddai Iwan, yn cwpla'i wisgi'n gyffrous.

'Glywes i bod Phil 'di 'neud i'r Eidales swnio fel ceffyl,' meddais, gan obeithio newid y pwnc oddi wrth Olwen.

'Dwi'n hoffi genethod sy'n edrych fel ceffylau. Mae'u dannedd nhw'n fwy o her pan 'dach chi'n 'u cusanu nhw. Ac mae 'na ryw bleser nerfus pan maen nhw'n rhoi *blow-job* hefyd 'te,' dechreuodd Iwan, ond torrodd Lloyd ar ei draws i'w gywiro.

'Nage *edrych* fel ceffyl. O'dd hi'n *swnio* fel ceffyl.'

Edrychodd Iwan hyd yn oed yn fwy dryslyd.

'Sut? Oedd ganddi garnau, 'ta be?'

'O'dd hi'n gneud sŵn â'i gwefusau, falle,' meddai Lloyd, gan wneud sŵn ceffylaidd tra'n anadlu mas, er mwyn ceisio dangos yr effaith.

'Nage sŵn fel'na oedd e,' meddais. 'Glywodd Olwen hi. Wedodd hi 'i bod hi'n gweryru.'

'Yn Eidaleg?' gofynnodd Iwan.

'Mae ceffylau i gyd yn gweryru yr un peth, nagy'n nhw?' gofynnais, yn dechrau drysu fy hun erbyn hyn.

'Pam 'na'th hi weryru?' gofynnodd Lloyd.

'Achos wnes i ofyn iddi,' meddai Phil.

Edrychodd y tri ohonom arno'n gegrwth.

'Co, o'dd e'n teimlo'n iawn ar y pryd. O'n i'n hedfan ar cocen, yn meddwl am ffilmiau cowbois Eidalaidd, ceffylau, a roedd hi'n fy reido i lan a lawr lan a lawr. O'dd e'n blydi grêt, i weud y gwir.'

'Ti'n mynd i weld hi 'to, 'te?' cynigiodd Lloyd.

'Na,' meddai Phil.

Edrychodd Lloyd a minnau arno, gan ysgwyd ein pennau.

'Hei, yffach, falle wna i tsieco hi mas os fydda i fyth ym Milan. Ond o'dd y ddou o' ni'n deall y sgôr. Jest rhyw, rhyw da iawn, fel mae'n digwydd. Y trafferth 'da chi'ch dou yw bo' chi'n mynd yn rhy *heavy*, chi'n gwbod.'

'Ma' genethod tramor yn fwy rhywiol na genethod o Gymru,' meddai Iwan, â golwg hiraethus yn ei lygaid, gan ychwanegu, 'Wy'n cofio Mercedes ym Marcelona.'

'Gnyches ti rhywun mewn Mercedes ym Marcelona? *Classy*,' meddai Phil.

'Naci naci, nid *mewn* Mercedes. Er mi ro'n i mewn Mercedes, mewn ffordd hefyd,' dechreuodd Iwan.

'Ei henw hi oedd Mercedes,' eglurais.

'Sut wyt ti'n gwybod? O't ti 'na hefyd? gofynnodd Lloyd, wedi drysu.

'Cynhyrchydd teledu o Gatalan oedd hi,' meddai Iwan, fel se hynny'n egluro'r cwbwl. 'Roedd hi'n methu gadael llonydd i mi.'

'Wy'n credu allith menywod Cymreig fod yr un mor rhywiol. Ma' fe lan i ti i 'neud nhw i deimlo'n rhywiol, nagyw e,' meddai Phil.

'Gysges i 'da myfyrwraig o Lydaw cyn i mi gwrdd ag Angharad,' meddai Lloyd.

Roedd yna guriad bach o dawelwch, gan taw anaml iawn y byddai Lloyd yn sôn am ei ddiweddar wraig. Tarfodd Iwan ar y tawelwch.

'Wel, ia, yr acen Ffrengig, yntê. Mae'n ddigon i hala unrhyw un yn gocwyllt.'

Yn ysu am gael cyfrannu i'r sgwrs, meddyliais am y fenyw fwya tramor i mi gysgu 'da hi. Yr orau allen i feddwl amdani oedd nyrs â sbectol o Ynys Manaw. Waeth byth, cofiais ddala rhyw gosi gwenerol mwya uffernol oddi arni ar ôl *one night stand* yn dilyn cyngerdd David Bowie yn y naw degau cynnar.

Penderfynais fod angen peint arnaf ac fe anelais am y bar i brynu rownd.

Am fod gen i wad o arian papur yn llosgi twll yn fy mhoced, ac am fy mod i'n dal i simsanu braidd ar ôl yr holl dynnu coes am Olwen, ro'n i'n awyddus i 'neud sesiwn iawn ohoni. Felly prynais *brandy chaser* i gael gyda fy mheint. I dawelu'r nerfau ar gyfer y cwis mawr, fel y dywedais wrth y lleill pan ddychwelais at y ford. Wnaethon ni'n weddol dda yn rowndiau cynnar y cwis, gydag Iwan yn enwedig yn disgleirio ar y rownd Adloniant, wedi'i osod yn bennaf o amgylch cyfresi teledu y chwe degau. Dewis pa rownd i chwarae ein jocar achosodd y cythrwfl mwyaf. Gan i ni gael deg mas o ddeg ar y rowndiau Adloniant a Gwyddoniaeth, roedd Iwan a Lloyd yn teimlo'u bod nhw wedi cael cam na chwaraewyd y jocar ar y rowndiau hynny. Roedd Phil hefyd yn difaru hyn. Fel y dywedodd, 'Ma' hi wastad werth whare'r jocar yn gynnar yn y nos, cyn i'r alcohol danio a lladd yr holl gelloedd 'na yn eich ymennydd.'

Yn synhwyro bod celloedd f'ymennydd yn prysur ddiflannu, cynigiais y dylen ni chwarae ein jocar yn y rownd Llenyddiaeth. Cytunodd y lleill. Yn anffodus, fodd bynnag, dim ond chwe phwynt gaethon ni, gyda thri o'r pedwar ateb anghywir wedi eu rhoi gen i mewn llais penderfynol, hollwybodus. Roedd Iwan o'i go yn llwyr.

'Mwyn tad, Bryn, os na fedri di atab cwestiwn ar dy sir di dy hun yn gywir, be goblyn wyt ti dda 'ma?'

'Gad lonydd iddo fe,' meddai Lloyd. 'Ry'n ni i gyd yn 'neud camgymeriadau.'

'Ond ro'n i wedi rhoi'r blydi ateb cywir i lawr ar y papur, a newidiodd y bastard o ar y funud ola.'

'Ie, *too bad*, Bryn,' cytunodd Phil.

Ni ddywedais gair am y peth, dim ond sipio'r brandi fel cyfeiliant i'm peint. Roedd y cwestiwn y cyfeiriodd Iwan ato mor syml hefyd, dyna oedd yn brifo. Pa bentref glan môr yng Ngheredigion yr honnir iddo fod yn gefndir ar gyfer *Under Milk Wood*, Dylan Thomas? Yr ateb oedd 'Ceinewydd', sef ateb gwreiddiol y tîm, ateb Iwan. Yn anffodus, 'Aberaeron' oedd cynnig fy sgriblan alcoholaidd funud-olaf.

Pan gyfrwyd y pwyntiau terfynol, cafodd ein tîm ni farc da iawn, sef cant dau ddeg naw o bwyntiau. Fodd bynnag, cafodd y tîm a ddaeth yn drydydd gant tri deg un o bwyntiau. Roedd hyn yn golygu ein bod ni wedi dod yn bedwerydd. Gan taw dim ond y tri cyntaf fyddai'n mynd ymlaen i ffeinal Caerdydd gyfan, roen ni mas o'r gystadleuaeth. Ro'n i'n gweld o edrychiad swrth Iwan tuag ataf ei fod e'n meddwl taw fi oedd yn gyfrifol am i'n tîm ni fynd mas mor ddisymwth. Ac er na ddywedodd hynny, roedd iaith corff Phil yn datgan barn go debyg. Cynigiais brynu rownd arall.

'Wedi'r cwbwl, ry'n ni 'di 'neud yn dda yn mynd mor bell â hyn, nagy'n ni?'

'Ydan – efo *passenger* 'fath â chdi yn y tîm!' meddai Iwan yn ddig.

Daeth Lloyd lan at y bar i gydymdeimlo â mi.

'Paid cymryd sylw o Iwan. 'Nethon ni i gyd cael atebion anghywir ar wahanol adegau. Dyw e ddim lawr i unigolion, peth tîm yw e.'

'Ie,' meddais, gan amneidio.

'Ti'n yfed yn drwm heno, Bryn.'

'Ydw'.

'Wyt ti dal yn ypsét am Efa?'

Grêt, ontefe. Jest pan dach chi wedi llwyddo i anghofio dros-dro bod eich ffrind hefyd yn feddyg i chi, mae e'n dod lan â chwestiwn fel'na – ac yn waeth fyth yn bwrw'r hoelen ar ei phen.

'Ydw, mae'n rhaid fy mod i. O'n i 'di meddwl falle taw hi o'dd yr un, ti'n gwybod. Wy jest yn treial mynd bant 'da unrhyw un ar y funud, er mwyn dechrau treial anghofio amdani.'

'Dyw hi'm yn hawdd. Nage mynd bant 'da rhywun. I anghofio am rywun o't ti'n meddwl cymaint ohoni.'

Er fy mod i'n feddw, sylweddolaf fod Lloyd yn meddwl am Angharad fan hyn, sef ei wraig a fu farw.

'O ie, yffach,' meddaf. 'Alla i weld bod e 'di bod yn anodd i ti. Duw a ŵyr shwt ti 'di gallu ymdopi. Ond rhaid treial symud 'mlan 'fyd, Lloyd.'

'Ti'n swnio fel Megan nawr,' meddai Lloyd gan wenu. 'Dyw hi heb stopio tynnu 'nghoes achos ddes i ddim nôl i'r tŷ nos Sadwrn.'

'Fentra i,' meddais, yn cofio bod merch Lloyd wedi bod yn treial cael cariad newydd iddo ers blynyddoedd.

'Ti'n mynd i weld Hiroko eto, 'te?'

'Ydw. Ma' hi 'di 'ngwahodd i lan i Aberystwyth y penwythnos yma.'

'Ma' 'na'n wych, 'achan,' meddais, gan afael yn yr hambwrdd llawn diodydd a cheisio canolbwyntio ar beidio taro mewn i neb.

Mae gwell hwyl ar Iwan pan ddychwelwn ni at y ford. Mae'n amlwg bod Phil wedi dweud wrtho am beidio bod mor flin gyda mi. 'Ti'n iawn, Bryn. Dim ond blydi cwis ydy o yn y diwadd,' meddai, heb fawr o argyhoeddiad.

Ar y ffordd mas, mae Iwan a Phil yn cynnig rhannu'u tacsi â

mi, ond gwrthodaf, gan ddweud bydd y wac yn 'neud lles i mi. Dim ond wac gymharol fer i Bontcanna sydd gan Lloyd, p'un bynnag, felly bydd e'n gwmni i mi am ran o'r ffordd yn unig.

'Neith e helpu i'n sobri fi,' meddaf, wrth ffarwelio â hwy.

Yn ystod ein wac nid yw Lloyd yn stopio siarad am Hiroko a Siapan.

'Sen i wrth fy modd yn mynd mas yno. Mae'n swnio'n lle anhygoel. Ma' u holl ddiwylliant nhw mor wahanol i'n un ni.'

'Sgwn i be wnawn nhw o Gwpan y Byd?' yw'r gorau y gallaf ei gynnig i'r sgwrs, gan geisio swnio'n llawn diddordeb.

Ond erbyn hyn mae Lloyd yn rhefru ymlaen am yr economi Siapaneaidd, yn amlwg wedi ei ryfeddu ar sut y gallai gwlad gymharol fach gyflawni shwt gymaint fel grym economaidd am gymaint o amser. Erbyn i ni gyrraedd Pontcanna, mae e hyd yn oed yn clebran am bethau mor amrywiol â'r Ymerawdwr Hirohito ac effaith y bom atomig a ollyngwyd ar Hiroshima. Hawdd credu iddo siarad â Hiroko trwy'r nos. Gan ffarwelio ag e wrth iddo droi i fyny Stryd Hamilton, dechreuaf gerdded i fyny'r stribyn hir o'm blaen, Heol y Gadeirlan. Wy'n pwyso a mesur y posibilrwydd o ddala bws hwyr, ond sylwaf o edrych ar fy oriawr ei bod hi'n llawer rhy hwyr yn barod. Yn teimlo'n ddigalon, ystyriaf stopio tacsi i fynd â mi i lawr i'r dociau. Mae gen i ryw gynllun niwlog o gael gafael ar butain. Cofiaf am fy unig ymweliad â phutain, ychydig wythnosau wedi i mi gyrraedd Caerdydd. Er i mi wisgo condom, treuliais wythnosau llawn paranoia, wedi argyhoeddi fy hun mod i wedi dala rhyw glefyd angheuol. Hollol ddwl, wrth gwrs. Ond a oeddwn i wedi newid digon i wybod i sicrwydd na faswn i'n poenydio fy hun y tro yma hefyd? Gwyddwn mai 'na' oedd yr ateb. Os rhywbeth, ro'n i'n fwy gofidus am beryglon y bywyd dinesig, neu am fywyd yn gyffredinol, erbyn hyn. Ai dyna hi 'te? Tri deg wyth oed, yn cerdded ar fy mhen fy hun yn ôl i'm fflat bocs matsys wedi hanner nos? Ai hyn oedd fy nyfodol? Meddyliais am f'adduned blwyddyn newydd, yn benderfynol o fod yn fwy cadarnhaol, ond ildiais yn syth i'r prudd-der a lifai trwy fy ngwythiennau. Hedfanodd y siwrnai adref wrth i mi ddychmygu fy marwolaeth mewn sawl senario gwahanol. Yn cael fy nghanfod yn farw yn fy ngwely, wedi i mi lithro i drwmgwsg alcoholaidd. Neu wedi fy nharo i lawr ym mlodau fy nyddiau gan fws tu fas i Gastell Caerdydd. Neu'n digwydd sôn am bennau tost cynyddol wrth Lloyd, ac yntau er mawr fraw iddo yn gorfod torri'r garw i mi, bod gen i diwmor angheuol ar fy ymennydd. Dychmygais Efa yn yr angladd. A fyddai hi yno? Does bosib fydde rhywun wedi dweud wrthi?

Wrth i mi gerdded lan y stâr gyfarwydd, gwynfanllyd, i'm fflat sylwaf fod yna belydryn o olau'n dal ymlaen yn fflat Jo. Wedi iddi fy nghlywed ar y grisiau gwichlyd, daw Jo i bipo mas o'i drws, yn ei gŵn-wisgo.

'Sut daethoch chi 'mlaen yn y cwis?' gofynna'n frwd.

'Yn bedwerydd mas o ddeuddeg,' atebais.

'Ydy hynna'n dda?'

'Ddim cweit digon da. Ni mas nawr. A'n fai i oedd e, siŵr o fod.'

'Dere mewn. Ti'n edrych yn oer. Wna i ddrinc twym i ti.'

Mae rhan nesaf y noson yn weddol annelwig, mwy na thebyg am i mi wybod yn bendant mod i wedi syrthio i gysgu yn un o gadeiriau esmwyth Jo o leiaf unwaith. Cadwodd hi at ei gair, gan roi te llysieuol twym, llesol i mi. Un lemwn a sinsir. Yn ddiddorol, dywedodd Jo sawl gwaith bod sinsir yn affrodisiac. A hefyd ei bod hi wedi 'laru â'r ffordd roedd Steve yn ei thrin hi, yn ei chymryd hi mor ganiataol. Doedd ganddi ddim diddordeb yn y math yna o berthynas. O edrych nôl, gallaf weld efallai bod hyn yn rhyw fath o ymgais ar ei rhan i'm denu tuag ati. Ond ro'n i'n llawer rhy feddw i sylweddoli hynny ar y pryd.

Yn ffodus, erbyn i mi gyrraedd nôl yn fy fflat fy hun, do'n i ddim yn rhy feddw i sylwi ar y golau'n fflachio ar fy mheiriant ateb, yn dynodi bod gen i neges ffôn. Gwasgais y botwm priodol a gwrando ar y neges. Richard Hopkins oedd yno, sef cynhyrchydd y gomedi-sefyllfa Rhufeinig lle y cwrddais ag Efa am y tro cyntaf. Eglurodd ei fod e'n teimlo bod y *running gag* o Efa a minnau'n cusanu bob cyfle wedi gweithio mor dda nes ei fod yn awyddus i'n cael ni yng nghefndir rhai o'r golygfeydd stiwdio hefyd.

'Mae'n ddoniol iawn y ffordd dyw'r un ohonoch chi'n dweud gair, dim ond yn cusanu'ch gilydd drosodd a throsodd. Ry'ch chi i weld mor angerddol am y peth. Wy'n credu bod 'da ti ag Efa rial *chemistry* rhyngddo chi.'

Ailweindiaf y tâp a gwrandawaf ar y frawddeg olaf dro ar ôl tro, yn llawn nerfusrwydd disgwylgar.

Pennod 10

Mae'n wanwyn ac mae sioncrwydd y tymor hwnnw yn fy ngherddediad, yn bennaf am fy mod i wedi prynu ffôn symudol newydd. Yn ôl Lloyd yng nghwis yr wythnos diwethaf yn yr *Ivy Bush*, dyna'r ffordd trendi i fflyrtian y dyddie 'ma, trwy neges-destun. Prin y gallai adael llonydd i'w ffôn. Erbyn hyn mae e wedi anfon dros gant a hanner o negeseuon-testun i Hiroko mewn pedair wythnos. Yn fwy arwyddocaol, mae wedi derbyn tua'r un nifer nôl. Mae e'n dweud hyn wrthyf tra mae'n gosod nodwyddau yn fy ngarddwrn. Soniaf am fy ffôn newydd, gan ystumio â 'mhen ei fod ef ym mhoced fy siaced, os yw e'n dymuno ei weld. Mae'n tynnu'r ffôn mas yn or-ofalus â'i fenig rwber, fel se fe'n datgysylltu rhyw ran bwysig o'm corff.

'Mmm, neis. Be na'th i ti brynu un Almaenig?'

'O'dd e ar *special offer*. Jest dan hanner canpunt.'

Sylwaf ar ffôn symudol metel Lloyd, mor fach â thaniwr sigarét, ar y silff gerllaw.

'Faint gostiodd d'un di, 'te?'

'Jest dan ddau gant.'

'Yffarn dân, Lloyd! Dyle fe siarad hefyd am y pris 'na!'

'Mae'n *state of the art*, yn ôl Megan,' meddai Lloyd, gan godi'i ysgwyddau'n ddiffwdan. ''Na'th hi fynnu mod i'n cael un trendi, ffasiynol.'

Cysuraf fy hun wrth feddwl bod Lloyd yn ennill dros bum

gwaith yn fwy na mi. Er, erbyn meddwl, dyw e'n fawr o gysur chwaith.

'Be na'th i ti brynu ffôn newydd, 'te?'

'O'dd y llall rhy fawr ac yn edrych fel *antique*,' atebais, 'ac o'dd be wedes ti am fflyrtio wedi cael effaith hefyd. Wy wedi gadael neges-destun 'da Efa.'

Mae 'na dawelwch am eiliad neu ddwy, ac yna sŵn ysgafn suol wrth i Lloyd droi'r cerrynt trydanol ymlaen.

'Wyt ti'n meddwl bod hi moyn i ti adael neges-destun ar ei ffôn hi?' gofynna Lloyd, gyda chryn gonsýrn yn ei lais.

'Wy'n gweld hi 'to,' meddaf, yn ceisio cwato'r cynnwrf yn fy llais.

'Pryd?'

'Fory. Ni'n recordo comedi o flaen cynulleidfa nos fory.'

'Nage "gweld hi 'to" yw 'na, Bryn. "Gweithio 'da hi 'to" yw 'na.'

'Ond bydd rhaid i mi ei gweld hi, er mwyn gweithio 'da hi,' meddaf, gan wfftio pedantiaeth Lloyd a mwynhau'r don o egni wrth i'r aciwbigo ddechrau cael effaith.

'Ydy e'n golygu cusanu y tro hyn?'

Amneidiaf yn frwd. Edrycha Lloyd yn ofidus, ond mae'n dymuno lwc dda i mi.

'Fel mae'n digwydd, a fydde ti'n gallu 'neud ffafr i mi, Lloyd? Alle ti ffonio fi am dri o'r gloch fory, ar rif fy ffôn symudol?'

'I beth?'

'I greu argraff ar Efa. Wy 'di dewis tôn operatig ar gyfer sŵn canu'r ffôn: *Nessun Dorma*.'

Mae Lloyd yn ochneidio ac yn amneidio ar yr un pryd.

Cysgaf yn wael iawn y noson honno, yn rhannol oherwydd yr egni rhyfedd sydd ynof yn dilyn yr aciwbigo, ond yn bennaf oherwydd mod i wedi cynhyrfu'n lân â'r gobaith o weld Efa unwaith eto. Ac i goroni'r cwbwl, ei gweld hi eto fel truain amddifad uffernol o rywiol mewn sach! Yn dal yn ddwl o benysgafn ac yn byw ar ryw egni nerfus, fe ddaliais fws amser cinio draw i 'Gwawr', stiwdio fach annibynnol yn ardal Splott. Gan ein bod ni'n dau mewn ystafelloedd gwisgo gwahanol, yn anffodus ni chaf gyfle i weld Efa nes bod y ddau ohonom wedi cael ein galw i'r set. Mae'r amgylchiadau dan oleuadau poeth y stiwdio mor wahanol i'n cyfnod yn yr eira ar lan yr afon nôl yn Ionawr. Yr adeg honno, prin y medrwn i symud fy ngwyneb o gwbwl oherwydd y glud melltigedig a ddaliai fy marf yn ei lle. Nawr wy'n 'whysu shwt gymaint nes bod y glud yn diferu'n ddyfrllyd i lawr fy mochau, yn gwbl aneffeithiol. Ac yn cosi fel y diawl. Ar wahân i 'shwmae' digon swta ar y dechrau, nid yw Efa wedi yngan gair. Yn wir, edrycha fel se hi wedi ymgolli ynddi hi ei hun. Ceisiaf beidio oedi i feddwl am hyn yn ormodol. Efallai taw dyma'r ffordd y mae hi'n licio paratoi ei hun i fynd i graidd y rhan. Wy wedi digio Kevin, y rheolwr llawr byr yn ei dridegau a barf gafr ganddo, oherwydd bu raid i Martin o Golur drin fy marf a sychu fy nhalcen dair gwaith yn barod. Y prynhawn yma ry'n ni'n rhan o'r hyn a elwir yn 'rediad technegol', er mwyn cael holl siòts y camerâu yn iawn ar gyfer y sioe fyw heno, felly mae'n adeg llawn tyndra, gyda lot fawr o stopio ac ail-ddechrau. Rydym yn hongian 'mbytu yn y cefndir, yn lladd amser. Hyd yma, does neb wedi gofyn i ni gusanu o gwbwl.

Alla i ddim diodde y tawelwch sydd rhyngddom, felly fi yw'r un i gracio gyntaf, gan roi rhif fy ffôn symudol i Efa. Yn dechnegol, wrth gwrs, gallai e fod gyda hi'n barod, os yw hi wedi cadw'r rhif yng nghyfeiriadau ei ffôn hi, ar ôl iddi ei gael pan adewais fy neges-destun. Yn anffodus, mae hi'n gwrthod cymryd fy rhif.

'Pam fydden i eisiau fe?' gofynna hi, gan edrych yn syth ymlaen, heb drafferthu troi ei phen tuag ataf.

'Falle se chi angen pobol i helpu ym Methania, i helpu'r digartref ambell Sul. Neu os wyt ti wedi cael damwain, neu wedi cloi dy hunan mewn yn y car. Unrhyw argyfwng. Allen i ddod i helpu ti.'

'Diolch, ond ma' fe 'da fi'n barod,' meddai hi, gan roi'r darn papur nôl i mi.

Ceisiaf fy ngorau i beidio craffu ar y marc geni ar ei gwddwg tenau, a gofynnaf a yw hi wedi ypsetio ynglŷn â rhywbeth.

'Pam ti'n gofyn 'na?'

'Ma' dy feddwl di . . . fel se fe'n bell i ffwrdd.'

'Wy'n meddwl am Diane Pretty, os oes rhaid i ti gael gwybod.'

Cofiaf pwy yw hi, jest mewn pryd. Y fenyw anffodus a ddioddefodd o afiechyd motor niwron ac a oedd wedi treial cael ei gŵr hi i'w helpu hi i farw, o fewn y gyfraith. Gwrthodwyd ei chais urddasol a bu hi farw yr wythnos ddiwethaf.

'Busnes uffernol,' meddaf.

'Ie. Er ro'n i'n falch bod ei chais i brysuro'i siwrnai wedi'i wrthod,' meddai Efa, gan edrych i fyw fy llygaid am y tro cyntaf.

Trof ei geiriau o amgylch fy mhen. 'Prysuro'i siwrnai.' Ffordd rhyfedd o'i roi e. Faswn i byth yn medru sôn am farwolaeth mewn ffordd mor sydêt. Ond dyna ni, marwolaeth yw fy mhwnc arbenigol.

Yn sydyn, teimlaf ryw gryndod pleserus yn fy nhrôns. Fy ffôn symudol sy'n canu a medraf glywed fersiwn aneglur o *Nessun Dorma* yn codi trwy fy sach. Gan nad oes pocedi yn fy sach, teimlais taw'r unig le y gallwn gadw fy ffôn oedd yn fy nhrôns. Mae'n amrywiad ar yr hen jôc, 'Ai gwn yw hwnna sy 'da ti yn y dy boced, neu wyt ti jest yn falch o'm gweld i?' Teimlaf yn ffwndrus o dan fy sach a llwyddaf i afael yn y ffôn, sy'n dal i ganu, a'i dynnu mas. Daw Kevin, y rheolwr llawr, i fyny ataf yn syth, gan ddweud wrthaf am ei ddiffodd ar unwaith. Gallaf weld ar gloc y stiwdio ei bod hi newydd droi tri o'r gloch, ac felly Lloyd sydd yno, heb amheuaeth. Wrth gwrs taw Lloyd sydd yno. Ar wahân i Efa, sy'n eistedd wrth fy ymyl, dim ond fe hyd yma sy'n gwybod fy rhif newydd.

Diffoddaf y ffôn ac ymddiheuraf i Kevin gan ddal fy llaw i fyny, fel sen i'n dweud 'sori' wrth y prif actorion – cadfridog Rhufeinig a'i gynorthwy-ydd – sy'n trafod y gosb orau i'w rhoi i werinwr sydd wedi dwgyd mochyn.

'O't ti'n licio'r dôn ddewisais i ar gyfer y ffôn?' sibrydaf wrth Efa.

'Jest ffôn yw e,' meddai hi'n gwerylgar.

Yn anffodus, mae Efa'n ceisio cadw'r cywair herfeiddiol yma i fynd yn ystod y rhediad technegol. Pan ry'n ni o'r diwedd yn cusanu, mae hi fel cusanu rhan flaen hwfer. Cymaint yw ei hysfa i beidio fy nghusanu, mae hi mwy neu lai yn fy sugno i mewn i'w cheg yn y gobaith wna i jest ddiflannu'n gyfan gwbwl. Diolch i'r drefn, mae'r cyfarwyddwr yn y galeri wedi sylwi ar ei hanfodlonrwydd ac wedi pasio neges i lawr i'r rheolwr llawr. Ry'n ni'n dechrau rhedeg ar ei hôl hi braidd o ran amser, felly daw Kevin draw atom a dweud mewn llais diamynedd, 'For fuck's sake, y'ch chi fod yn ddwl 'mbytu'ch gilydd. Ewch amdani, wnewch chi!'

Mae hyn yn cael effaith ar Efa, ond dim llawer. Dechreuaf feddwl falle'i bod hi'n llawn tyndra oherwydd tanbeidrwydd y goleuadau llachar. Neu falle bod hi'n becso am fy nghusanu o flaen dau gant o bobol heno. Penderfynaf geisio ysgafnhau'r awyrgylch.

'Wy'n credu mod i'n edrych tamaid bach fel Osama bin Laden gyda'r sach hyn a'r farf,' meddaf.

Mae Efa'n taflu cipolwg ddeifiol i'm cyfeiriad.

Rhwng y rhediad technegol a'r recordiad go iawn, cawn gyfle i gael ychydig frechdanau yn yr ystafell werdd. Mae Efa'n gwylio sgrin fach y teledu, lle gwelir lun herfeiddiol o Saddam Hussein mewn lifrai milwrol, yn tra-arglwyddiaethu ar ryw bwnc neu'i gilydd gydag aelodau o'i lywodraeth. Yna gwelwn siòt o'r Arlywydd Bush yr un mor herfeiddiol, yn siarad tu ôl i ddarllenfwrdd ar ryw lawnt fawreddog. Llowciaf lond dwrn o greision o ddysgl gerllaw ac mae cynhyrchydd y gyfres, Richard Hopkins, yn pasio heibio ac yna'n troi nôl i siarad ag

Efa a minnau.

'O'n i'n methu peidio â sylwi bo' chi'n dala nôl rhywfaint,' meddai, gan edrych ar Efa.

'Mae'n oreit,' dywedaf, gan geisio'i hamddiffyn hi. 'Ni moyn gynulleidfa, 'na i gyd. Cadw ein hegni ar gyfer y sioe go iawn.'

'Gwych,' meddai Richard, gan droi i siarad ag un o'r actorion, canwriad talsyth oedd yn claddu porc pei yn ei geg frwd.

'Ma' fe'n foi ffein, y cynhyrchydd,' meddaf, gan fentro lan at Efa.

'Wyt ti'n 'nabod e, 'te?' gofynna Efa, heb dynnu'i llygaid oddi ar y sgrin, sydd nawr yn dangos Tony Blair herfeiddiol yr olwg ar lawr Tŷ'r Cyffredin.

'Ddim yn dda iawn. Ond wedodd e . . . bod 'da ti a fi . . . chemistry rhyngddo ni.'

'Dwyt ti'm yn gwybod unrhyw beth amdana i, Bryn.'

'Dyw 'na'm yn wir,' protestiaf. 'Wy'n gwybod bod ti'n garedig a bod capel Bethania a dy ffydd yn golygu lot i ti. Wy'n gwybod bod gwrando ar David Gray yn 'neud i ti lefain. Wy'n gwybod bod ti tamaid bach yn anaemic a bod ti'n licio Extra Strong Mints. Wy'n gwybod bod ti'n meddwl bod Pontiws Peilat yn ddyn creulon. Wy'n gwybod taw Bryn Terfel yw dy arwr di.'

Gwthiaf fy mhen ymlaen ychydig i geisio gweld ei hwyneb hi, sy'n dal wedi'i lynu i'r sgrin deledu. Ond mae'n amhosib gweld a yw fy ngeiriau wedi cael unrhyw effaith arni.

'Wy'n gwybod bod ti'n uffernol o secsi, hyd yn oed mewn sach sy'n drewi.'

Mae hyn yn peri rhyw awgrym o wên yn ei llygaid, ac o'r diwedd mae hi'n troi i fy ngwynebu'n iawn.

'Pethe arwynebol yw'r rhain, Bryn. Ti'n ffein iawn, ond sdim diddordeb gyda ti yno i fel person o gwbwl. Ffrwyth dy ddychymyg ydw i i ti. Ffantasi llwyr.'

Does gen i'm syniad am beth mae hi'n sôn, felly wy'n

penderfynu cau 'ngheg.

Fodd bynnag, dyw hyn ddim ond yn gwneud iddi droi ei phen yn ôl i gyfeiriad y teledu. Gafaelaf ynddi, gan droi ei hwyneb nôl tuag ataf, gan ddweud 'Paid â bod mor blydi riwd, wnei di?'

'Fi yn riwd? Paid 'neud i fi wherthin, wnei di! Se ti'n gwybod unrhyw beth amdana i, se ti heb 'neud y jôc 'na am Osama Bin Laden.'

'Mae'n ddrwg 'da fi os 'na'th e l'os i ti. Dim ond 'bach o sbort o'dd e i fod.'

Ac yna mae hi'n fy nharo i'n galed reit yn groes pont fy nhrwyn. Clywaf yr ergyd, fel y gwna fy nghyd-artistiaid cynorthwyol, fel taran trwy'r tawelwch. Yna teimlaf wlybaniaeth ar ran mwstás fy marf, gan anelu fy nhafod i fyny i archwilio'r difrod. Gwaed yw'r hylif. Mae fy marf ffals yn cael ei britho â gwaed. Fy ngwaed i. Mae Efa'n edrych yn syn. Diolch i'r drefn, mae Martin yn ymddangos o nunlle ac yn fy sgubo i ffwrdd i'r ystafell wisgo. Yn wyrthiol, nid oes unrhyw waed wedi syrthio ar fy sach, ac wedi i mi ddala pont fy nhrwyn am hanner munud llwyddaf i atal y gwaed rhag llifo allan ohono. Yn dawel bach, wy'n reit falch mod i wedi llwyddo i ysgogi'r fath ymateb eithafol oddi wrth Efa, sydd wedi bod mor ddistaw bell hyd yma trwy'r dydd.

Serch hynny, os o'n i'n meddwl y bydden i'n gallu manteisio ar y digwyddiad diweddaraf hwn, yna cefais fy siomi yn arw yn hynny o beth yn ystod perfformiad y nos. Yn dilyn ymddiheuriad byr am wneud i mi waedu aeth Efa'n ôl i'w chragen. Wedi dweud hynny, rhaid cyfadde bod y cusanu wedi gwella o gryn dipyn.

Yn wir, ymddengys i mi ar brydiau yn llawn angerdd. Yn bendant yn ddigon angerddol i ysgogi rhyw ddirgryniad pleserus yn fy nhrôns, a dy'n ni ddim yn sôn am ffonau symudol y tro hwn. Llwyddais i ddala'i llaw hi, hyd yn oed, yn ystod y gymeradwyaeth ar ddiwedd y sioe. Rhoddodd hyn ddigon o hyder i mi i o leiaf i fentro siarad â hi eto ar ein ffordd i'r ystafelloedd newid.

'Alli di'm gweud taw esgus o't ti fan'na, Efa. O'dd 'na deimlad 'na, allen i synhwyro fe.'

'O'dd,' atebodd hithau, 'y teimlad o fod yn grac.'

'Pam wyt ti'n gwadu'r gwir?' gofynnais, gan fentro rhoi fy mraich o'i hamgylch.

Yn sydyn, sylwodd ar dri dyn yn nesáu tuag atom i lawr y coridor. Gwelodd taw Lloyd oedd un ohonynt, a rhuthrodd i mewn i ystafell wisgo'r artistiaid cynorthwyol benywaidd. Roedd hi wedi mynd mor glou, prin bod Iwan a Phil wedi cael y cyfle i sylwi ei bod hi yno. Yn gwmws fel se hi wedi cael ei *zapio*!

'Sioe dda,' meddai Lloyd.

O yffach, meddyliais, yn dechrau panicio wrth sylweddoli. Roedd Lloyd Phil ac Iwan wedi bod yn y gynulleidfa!

'Sen i heb golli hwnna am unrhyw beth, 'achan,' meddai Phil, gan ychwanegu, 'yn enwedig dy wedjen di yn y sach. Wy'n gweld nawr pam ti 'di dwlu arni.'

'A'r gwin ymlaen llaw. Hen dric, ond yn gweithio bob tro,' meddai Iwan, ychydig yn drwyngoch dan y golau llachar. 'Meddwa'r gynulleidfa ac fe chwarddan nhw ar ben unrhyw lol wirion.'

Daeth Richard Hopkins trwy ddrws cyfagos, ei fraich o amgylch Cadfridog Rhufeinig hynaws, actor o'r enw Nic, yn ei longyfarch ar berfformiad ardderchog. Wrth basio, sylwodd arnaf ac fe stopiodd i'm cyfarch. Doedd cynhyrchydd bron byth yn stopio i siarad â mi. I wneud hynny o flaen fy ffrindiau hefyd, wel, roedd hynny'n fonws arbennig. Yn anffodus, fodd bynnag, nid oedd ei sylwadau'n gadarnhaol iawn.

'Diolch, Jim. Well heno na pnawn 'ma. Ond ddim cweit y *chemistry* gawson ni ar yr OB chwaith. Fyddwn ni ddim dy angen di am unrhyw un o'r penodau eraill yn y stiwdio. Jest arbrawf bach oedd e. Sdim isie gor-wneud pethe. *Ciao!*'

Sylwodd Lloyd ar fy siom yn syth. Ro'n i wedi gobeithio y byddwn i mewn unwaith yr wythnos am wyth wythnos, yn bennaf fel cyfle i ail-gydio yn fy mherthynas gydag Efa. Roedd hyn yn ergyd. Mae'n rhaid bod hynny'n amlwg hefyd, gan fod hyd yn oed Iwan wedi sylwi a cheisio codi fy nghalon.

'Pa! Richard oedd enw'r cwd 'na, yntê? Hogyn Howard Hopkins. Dwi'n 'i gofio fo'n cychwyn yn HTV, cynorthwy-ydd cynorthwyol i gynorthwy-ydd! Methu berwi tecell hyd yn oed. 'Swn i'm yn cymryd fawr o sylw ohono fo! Wancar!'

'Unrhyw alcohol ar ôl?' gofynnodd Phil yn frwd.

'Na. Dydyn nhw ond yn rhoi hwnnw ichdi cyn y sioe. Ar ôl y sioe ma' nhw isio i chdi hel dy bac gynted fedri di, washi!' meddai Iwan yn hollwybodus.

'Ond dim ond naw o'r gloch yw hi,' protestiodd Phil.

'Yna fydd rhaid i ni fynd i'r *Ivy Bush*,' meddai Iwan, gan edrych ar Lloyd, y dyn â'r car.

'Ie, iawn,' cytunodd Lloyd. 'Ma' rhaid i ni ddathlu gyda'n gwerinwr o Gymro, nago's e?'

'Wy'n credu bod e'n edrych yr un ffunud ag Osama Bin Laden,' meddai Phil.

Taflaf gipolwg nerfus i gyfeiriad ystafell wisgo'r merched. Ond waeth i mi heb drafferthu. Roedd Efa eisoes wedi ffoi o'r adeilad, gan benderfynu mynd adre i gael cawod.

Difarais fynd i'r *Ivy Bush* bron yn syth wedi i mi gyrraedd. Roedd hi'n glir bod Phil ac Iwan wedi cael llond bola o ddiod yn barod, a bod Lloyd a minnau mor sobor ag unrhyw sant. Mae Phil yn mynd ar nerfau Lloyd, yn gofyn iddo sut un yw Hiroko yn y gwely. Nid yw Lloyd yn cydio yn yr abwyd. Yna mae Phil yn holi am Efa. Sut un yw hi i'w chusanu? Oedd hi'n defnyddio'i thafod yn ddeheuig? Oedd hi'n defnyddio'i thafod o gwbwl? Ceisiaf ei anwybyddu a newid y pwnc drwy roi fy rhif ffôn symudol newydd i Iwan a Phil. Ond mae Phil yn parhau i barablu am Efa. Yn rhyfedd, mae e'n argyhoeddiedig ei fod wedi'i gweld hi rhywle o'r blaen, ond yn methu'n lân â chofio ble. Am ryw reswm, wrth i Phil ddweud hyn, mae Lloyd yn anesmwytho yn ei gadair. Dywedaf yn hanner cellweirus, mae'n rhaid bod Phil wedi ei gweld hi mewn rhyw opera. Mae

Phil yn dweud nad yw e erioed wedi bod mewn opera a bod gas ganddo'r fath beth.

'Os nag wyt ti 'rioed 'di bod, sut wyt ti'n gwybod bod gas 'da ti fe?' gofynnaf.

'Wy 'di gweld digon ohono fe ar y bocs, 'achan,' meddai Phil. 'Nage bo' fi ddim yn licio'r storïau, cofia,' ychwanega, cyn dechrau canu a gwneud clemau â'i wyneb. 'Ond pam fod rhaid caaaaaaanu? Dyw e ddim yn natuuuuuuuuriol, yw e? I ganu fel hyyyyyyn, pryd wy'n siarad 'da tiiiiiiiiiiiiiii!'

Yn anffodus, mae'r Phil cartwnaidd hyn wedi dihuno Iwan o'i slwmbran sydyn. Wedi iddo sylwi ar grachen fach o gwt wrth waelod un o fy ffroenau, rwyf wedi bod digon ffôl i ddweud y gwir iddo am bwy oedd yn gyfrifol am y weithred. Mae hyn wedi creu cryn argraff ar Iwan. Yn ei brofiad e, os yw menyw yn rhoi clowten i ddyn yna mae hi moyn mynd i'r gwely gydag e. Edrychaf yn ddigalon, yn gwybod ei fod yn siarad trwy'i din, ac anelaf am dŷ bach y dynion.

Ychydig funudau'n ddiweddarach, wrth i mi olchi fy nwylo a phendroni ynglŷn â mynd adref ai peidio, daw Lloyd i mewn. Mae e'n edrych i fyw fy llygaid.

'Sut aeth hi?' gofynna.

'Uffernol,' atebaf, gan gymryd ei fod e'n sôn am fod gydag Efa eto yn hytrach na'r pisiad wy newydd gael.

'Ond ti'n dal ffaelu gollwng hi i fynd?' mae'n dyfalbarhau.

Amneidiaf, gan deimlo'n bathetig. Mae'n wir, serch hynny. Mae gan Efa, fel ei henfam hynafol, naws deniadol ffrwyth gwaharddiedig o'i chwmpas. Po fwyaf mae hi'n fy ngwrthod, y mwyaf mae'n rhaid i mi ei chael hi. Y peth yw, gwn ym mêr fy esgyrn bod hi fy eisiau innau hefyd. Neu a ydw i'n bod yn ddigywilydd o hy'? Mae hi wedi dweud sawl gwaith bod hi'n fy licio i. Ond mae hi hefyd wedi dweud nad yw hi am fy ngweld i byth eto. Falle dylen i dreial anghofio amdani a symud ymlaen. Neu falle allith Lloyd wneud iddi ddiflannu o 'mhen gyda ychydig o aciwbigo.

'Be wedodd hi wrtho' ti?' gofynna Lloyd.

'Bo' fi ddim yn 'i 'nabod hi o gwbwl.'

O glywed hyn, mae Lloyd yn edrych yn bryderus. Trof y sychwr trydan ymlaen a sychaf fy nwylo, gan ddal edrychiad Lloyd yn y drych. Mae e'n cnoi ei wefus isaf, fel pe bai'n troi gwahanol opsiynau posib o gwmpas ei feddwl.

'Roia i lifft i ti i'w fflat hi,' meddai o'r diwedd, gyda golwg benderfynol ar ei wyneb.

'O, wy'm yn siŵr am 'na,' atebaf, wedi cael sioc braidd gyda'r cynnig sydyn.

'Ma' hi arno fe i ti. Rhyw fath o eglurhad. Falle helpith e hi i symud ymlaen. Ma' hi'n ffaelu byw yn y gorffennol trwy'r adeg.'

Nid yn unig mae Lloyd yn rhoi lifft i mi i'w fflat, ond mae e'n aros gyda mi wrth i mi ganu'r gloch. Daw Efa i agor y drws. Mae hi'n gwisgo top pinc trawiadol o doriad isel a jîns tyn du, ac mae ei gwallt hi'n bownsio, yn amlwg newydd gael ei chwythu'n sych. Edrycha'n syfrdanol o hardd. Mae'n rhaid i mi o leiaf fynd mewn i'w fflat heno, os nad i'w nicars.

Yn anffodus, fodd bynnag, mae hi'n edrych yn syth tuag at Lloyd, yn amlwg wedi'i syfrdanu â'i bresenoldeb.

'Beth wyt ti moyn?' gofynna iddo.

'Wy moyn i'm ffrind Bryn cael ei drin â'r parch ma' fe'n haeddu,' meddai Lloyd.

Dechreua Efa gau'r drws, ond mae Lloyd wedi gwthio'i droed yn ddeheuig i'w hatal.

'Ac wy moyn i'm hen ffrind Efa ddechrau edrych i'r dyfodol,' ychwanega'n llawn argyhoeddiad.

Mae ymddygiad annisgwyl Lloyd wedi creu cryn argraff arnaf. Yn enwedig gan ei fod yn llwyddiannus. Edrycha Efa arna i, yna ar Lloyd, cyn setlo arna i unwaith eto. Yna mae hi'n agor y drws, gan ddweud 'Wy ddim yn gallu addo unrhyw beth.'

Gwena Lloyd arni a rhoi winc o anogaeth i mi cyn troi i fynd nôl i'w gar. Wrth i mi fynd mewn i brif ystafell ei fflat, synnaf glywed yr hyn sy'n chwarae ar ei chwaraewr cryno-ddisg: côr

147

meibion yn canu trefniant o hen gân Edward H. Dafis, 'Ysbryd y Nos'. Mae Efa'n amlwg yn teimlo embaras ac yn diffodd y peiriant yn syth. Penderfynaf beidio sôn am y gân a gwneud iddi deimlo'n fwy lletchwith, a sylwaf ar botel o win gwyn hanner llawn ar y ford goffi. Yn hollol dan reolaeth, mae hi'n cerdded trwyddo i'r gegin i nôl gwydryn arall, ac arllwys gwydred hael o win i mi.

'Diolch,' dywedaf.

'Sut mae dy drwyn di nawr?'

'Mae'n iawn, diolch. Wy'n flin bo' fi 'di 'neud ti mor grac.'

'Sori mod i wedi gor-ymateb. Wy jest yn becso am shwt gymint o bethe. O't ti'n swnio'n smala, gyda dy sylw am edrych fel Osama Bin Laden, fel se fe'n ddibwys, 'na i gyd. Nagwyt ti'n becso am y dyfodol, am beth allai ddigwydd i'r byd?'

'Wrth gwrs mod i. Ond sen i'n gadael e wasgu arna i, sen i'm yn codi yn y bore.'

'Weithie wy'm yn codi trwy'r dydd,' ateba Efa'n drist.

Mae'n rhaid ei bod hi wedi sylwi ar fy edrychiad syn, gan ei bod hi'n mynd ymlaen i ddweud, 'Ti'n gweld? O't ti ddim yn gwybod 'na amdana i. Fydden i ddim iws i ti, Bryn. Ti'n haeddu rhywun gwell.'

'Wy'n anghytuno. Wy'n credu sen i'n hapus iawn 'da ti.'

Mae Efa'n troi oddi wrtha i, fel pe bai'n methu dioddef clywed hyn. Mae'n newid y cryno-ddisg ac yn rhoi un Dido ymlaen, yr un glywais i y tro diwethaf i mi fod yno.

'Beth ma' Lloyd wedi gweud wrtho ti?' gofynna, gan droi i'm wynebu unwaith eto.

'Dim lot. O'dd e fel se fe'n awgrymu bod 'da ti orffennol cymhleth. 'Na i gyd.'

'Cymhleth?' meddai, gan wenu. ''Na un gair i'w ddisgrifio fe. Y peth yw, Bryn, wy'm yn siŵr a alla i gysgu gyda dyn byth eto.'

'Achos bod ti wedi ca'l dy siomi gan *weirdos*?' gofynnaf, gan gofio ein sgwrs ychydig fisoedd yn ôl.

'Wy'n treial yn galed i beidio â chasáu pob dyn. Ddim i'w beio nhw. Y ffordd wy'n gallu 'neud 'nny yw trwy droi at Iesu.'

Ceisiaf yn galed i gael ymateb rhesymol i hyn, ond wy'n methu'n lân â meddwl am un. Edrychaf ar goll yn llwyr, wedi fy sgubo i fyny ar dir sych gan donnau dryslyd sgwrs Efa. Y gorau alla i 'neud yw sipian fy ngwin gan obeithio am ryw ysbrydoliaeth.

''Dwyt ti ddim yn credu yn Nuw, wyt ti Bryn?'

'Nagw,' meddaf, wedi synnu fy hun â'm gonestrwydd, 'ond licen i 'swn i'n gallu.'

'Ond ti'm yn meddwl bod rhaid bod 'na fwy i'r byd na'r holl anhrefn hyn? Rhyw drefn uwch. Wy'n becso am shwt gymaint o bethe. Rhyfel niwclear. Newyn yn y Trydydd Byd. Distrywiad y blaned. Afiechyd creulon Diane Pretty. Fydde fe'n hala ti'n wallgo, Bryn, 'sgen ti'm syniad.'

'Na, fydde fe ddim,' meddaf â goslef bendant sy'n fy synnu unwaith eto, 'wy cynddrwg â ti. Wy'n meddwl am farwolaeth trwy'r amser. Wy'n treial peidio, ond ma' fe 'na, yn cwato dan bob gair sy'n dod o 'mhen i, popeth wy'n gweld. Ti'm yn gweld bo' ni'n dou mor ddwl â'n gilydd? Neu mor gall â'n gilydd? Wy'm yn deall pam nagyw pobol eraill fel ni. Ry'n ni i fod 'da'n gilydd, Efa! 'Na be sy 'da ni'n gyffredin – ni'n dou'n becso am bopeth!'

Am eiliad fer, gwelaf amddiffynfa Efa'n gwegian. Mae i'w weld yn ei llygaid. Mae'n glir bod rhan ohoni'n credu'r hyn wy newydd ei ddweud. Symudaf yn agosaf ati a'i chusanu ar ei gwefusau. Mae'n ymateb trwy fy nghusanu'n ôl yn fwy angerddol nag erioed o'r blaen. Ond synhwyraf wrth iddi ddal fy nghefn â'i breichiau tenau nad cusan gyffredin mo hon. Cusan ffarwél olaf ydyw. Cusan gollwng i fynd, nid gadael i mewn.

'Licen i i ti fynd nawr,' meddai, gan dorri'r gusan, â dagrau'n cronni yn ei llygaid.

Wy'n gwybod nad yw hi wedi hanner dechrau rhoi eglurhad i mi am yr hyn sy'n ei haflonyddu o'i gorffennol.

Wy'n gwybod ei bod hi'n ymladd rhyw ysbrydion dychrynllyd. Wy hyd yn oed yn synhwyro ei bod hi mewn rhyw ffordd ryfedd neu'i gilydd yn gwneud rhywbeth dewr yn fy ngwthio i o 'ma. Ond wy hefyd yn gwybod bydd rhaid i mi ei gweld hi eto.

Bron fel se hi'n darllen fy meddwl mae hi'n dweud, 'Wy ddim yn barod am hyn, Bryn. Wy'm yn gwybod os fydda i byth.'

Gafaelaf yn ei llaw a dywedaf yn syml, 'Arhosa i amdano ti. Sdim ots pa mor hir gymerith e.'

Er bod y geiriau'n swnio'n *teenage*, teimlaf fel sen i'n ddeg troedfedd o daldra wrth gerdded adref, ac fe ffoniaf Lloyd i ddiolch iddo am fynd â mi draw i fflat Efa. Gofynna sut y des i 'mlaen. Atebaf fy mod i'n dechrau dod i'w 'nabod ychydig yn well. Mae Lloyd yn gofyn a wnaeth hi sôn am ei thad o gwbwl, a dywedaf y gwir, sef ei bod hi heb.

'Weli di hi eto?' gofynna Lloyd.

'Wy'm yn gwybod. Wy'n credu bod hynny lan iddi hi.'

'Ie. Rho amser iddi,' meddai Lloyd.

Diolchaf iddo eto cyn diffodd y ffôn. Trof ei eiriau o gwmpas fy mhen. 'Rho amser iddi.' Wy wedi 'nabod y fenyw hyn ers tri mis nawr ac wy fawr agosach at fynd i'r gwely gyda hi. Ond ar ôl heno, am y tro cyntaf, nid yw hyn yn fy mhoeni. Efallai bod hyn yn gam mawr ymlaen.

Pennod 11

Dihunaf y diwrnod canlynol i sŵn Jamie'n galw fy enw tu fas i ddrws fy stafell. Dywedaf wrtho am aros funud tra mod i'n cael cyfle i wisgo ychydig o ddillad. Edrychaf ar y cloc larwm ar erchwyn y gwely a sylwi taw dim ond ugain munud i wyth yw hi. Cofiaf nad wyf yn ffilmio heddiw, a diawlaf Jamie rhwng fy nannedd am fy nihuno cyn naw ar ddiwrnod rhydd. Yna fe deimlaf yn euog yn syth wrth iddo daranu'n frwd i'm stafell, â gwên yn byrstio ar draws ei wyneb, yn ysu eisiau dangos beth wnaeth e beintio yn yr ysgol ddoe. Mae'n rhoi darn o bapur i mi, yn llawn i'r ymylon o baent melyn.

'Watsia dy hunan, alle fe fod yn dwym,' meddai, gan edrych lan arnaf yn ddisgwylgar.

Daliaf y papur yn ofalus, â blaenau fy mysedd, heb ddeall.

'Yr haul yw e!' eglura Jamie, gan chwerthin.

'Wrth gwrs,' meddaf, yn ei ddala i fyny i'r golau.

'Wel, darn o'r haul, i weud y gwir. O'dd y papur ddim digon mowr i fi 'neud yr haul i gyd.'

Sylwaf ar belydryn o olau llachar yn ymdrechu ei orau i ddod trwy fwlch bach yn fy nghyrtens, ac af draw at y llenni i'w hagor ychydig gan wneud ffanffer, fel pe bawn i'n cyflwyno act arbennig.

'A dyma ni, fonheddigion a boneddigesau, yr holl ffordd o fan pellaf ein *Solar System*, seren yn wir ystyr y gair – yr Haaaaaauuuuul!'

151

Nid yw Jamie'n chwerthin o gwbwl. Mae e'n edrych yn ddwys. Mae'n fore braf o wanwyn. Dyw hyn ddim yn teimlo'n iawn.

'O't ti'n gwybod bod yr haul yn marw, Wncwl Bryn?'

Reit. Wy'n gallu gweld pam mae e'n edrych yn ddwys. Problem fach ddyrys. Cofiaf fy mod innau wedi pryderu o ganfod bod ein rhoddwr bywyd disgleiriaf hefyd yn mynd i drengi fel y gweddill ohonom. Yn wir, cofiaf fod yn ddigalon am wythnosau. Y gwahaniaeth yw mod i'n ddau ddeg tri ar y pryd.

'Wy'n credu bod pob seren yn marw,' dywedaf yn y diwedd.

'Wy'n gwybod,' meddai, mewn ffordd digon ffwrdd-â-hi, 'ond ry'n ni ar y ddaear yn dibynnu ar yr Haul am ein bwyd ni, achos mae planhigion yn licio'r Haul.'

'Sen i'm yn becso, wir. Mae'n mynd i gymryd miliynau o flynydde i losgi mas, Jamie.'

'Sut wyt ti'n gwybod?'

'Achos bod e'n anferth. Ac mae gwyddonwyr wedi mesur mor araf mae e'n llosgi.'

Does gen i'm syniad am beth wy'n sôn. Yn anffodus, fodd bynnag, mae gan Jamie grap go dda ar bethau.

'Ond mae pethau'n newid trwy'r adeg. Mae'r *polar ice caps* yn toddi. Yr haul sy'n gyfrifol am 'na. Sen i'n bengwin sen i'n becso.'

'Pam?'

'Achos se Antarctica yn toddi, se unman 'da fi i fyw.'

'O, wy'n siŵr se'r pengwins yn byw trwy 'na. Sen nhw'n addasu rhywffordd neu'i gilydd.'

'Pam se pobol ddim yn cael pengwins fel *pets*? Se 'na'n achub nhw,' meddai Jamie'n obeithiol.

'Dy'n nhw'm yn ymarferol iawn, sa i'n credu. A se well 'da nhw aros yn y rhew a'r eira.'

Ochneidiodd Jamie gan roi edrychiad i mi fel sen i'n ynfytyn dwl.

'Be sy'n bod?' gofynnaf, gan deimlo mod i wedi ei siomi mewn rhyw ffordd annelwig.

''Na beth wedodd Mam hefyd. Ond sdim rhaid iddyn nhw gael rhew ac eira. A ta beth, se hiraeth arnyn nhw, allen ni brynu rhewgell anferth a gadael iddyn nhw 'whare ynddo fe.'

Ystyriaf ddweud wrtho y dylsai fe gysidro'r gost o fwydo pengwin ar bysgod, ond stopiaf fy hun jest mewn pryd. Wy ddim moyn cael sgwrs am achub pengwins y byd am gwarter i wyth y bore.

'Wyt ti 'di cael brecwast eto?' gofynnaf, gan geisio peidio swnio'n rhy amlwg mod i am iddo fynd.

Mae Jamie'n ysgwyd ei ben.

'Ti moyn i mi 'neud 'bach o dost i ti?'

Ysgydwa'i ben unwaith eto, gan edrych ar y llawr yn siomedig.

'Pam ti'n edrych lawr? O's rhywbeth yn bod?'

'Mae'r haul yn fy llygaid.'

'Ody Mam lan 'to?'

'Ma' hi'n *corpse*.'

Er i mi deimlo cynhesrwydd braf ar fy ngwar o'r haul ger y ffenest, yn sydyn teimlais binnau bach oeraidd yn rhedeg i lawr fy nghefn.

'*Corpse?*' meddaf, yn mawr obeithio nad yw'n deall ystyr y gair. Ac yn gobeithio mwy fyth nad yw Jo wedi marw yn ystod y nos.

'Ma' hi ar y llawr,' ychwanega, gan barhau i droi'i lygaid oddi wrth y ffenest.

Mae hyn yn ddigon i mi. Rhuthraf trwy'r drws ac yn groes i'r landin draw i fflat Jo. Stopiaf wrth y drws, gan sylwi ei fod yn gilagored, a gwrandawaf am unrhyw arwydd o fywyd y tu fewn. Dim. Dim teledu yn y cefndir, dim radio. Dim tegil yn berwi, dim tost yn popian, dim sŵn llwy yn troi mewn cwpan. Dim sŵn o gwbwl. Erbyn hyn, mae Jamie wedi cripian i fyny'n dawel tu ôl i mi. Bron i mi ddychryn am fy mywyd.

'Wy ti'n meddwl ddylen ni 'i 'styrbio hi? Ma' hi'n edrych

mor dawel,' meddai.

Wy'n teimlo awydd chwydu. Dyw Jo ddim ond yn ei thri degau cynnar. Does bosib bod hi wedi marw o achosion naturiol? Beth os yw hi wedi cael ei llofruddio? Duw a ŵyr beth mae Jamie wedi'i weld. Wy'n hofran ger y drws, rhwng dau feddwl a ddylen i amharu ar olygfa trosedd. Wy ar fin gofyn i Jamie a oedd yna lot o waed pan mae e'n cerdded heibio i mi i mewn i'r fflat, yn galw ei fam. Dilynaf ef yn betrusgar a sylwaf fod Jo yn wir ar wastad ei chefn ar y llawr yn ei phrif ystafell. Nid oes unrhyw arwydd o waed, fodd bynnag. Yr unig beth sy'n goch yw ei leotard llachar. O'n gweld ni'n dod mewn, mae hi'n eistedd lan, gan roi braw arall i mi. Edrycha'n anesmwyth, fel sen i wedi tarfu arni, neu fel se rhywun wedi'i gorfodi i ddihuno.

'Wedes i ddylen ni ddim fod wedi'i styrbio hi,' meddai Jamie. 'Chi ddim fod torri ar draws safle y *Corpse*, neu chi'n colli'r effaith.'

'O, wy'n gweld. Ymarferiad ioga yw y *Corpse*,' meddaf, yn methu cwato fy rhyddhad amlwg.

'Wrth gwrs 'nny,' meddai Jamie, gan roi edrychiad arall i mi fel sen i'n ynfytyn.

'Mae'n flin 'da fi,' meddai Jo yn bwyllog. 'Ti ddim fod i ddihuno Wncwl Bryn yn y bore, Jamie. Faint o weithiau sy rhaid i mi weud 'tho ti?'

'Mae'n oreit. O'dd e moyn dangos ei haul e i mi.'

Wy'n canfod fy hun yn syllu ar goesau tenau Jo, yn eu dilyn i fyny at *crotch* botwmog ei leotard. Mae Jo'n codi ar ei thraed ac yn rhoi ei gŵn-wisgo ymlaen. Gwna hyn i mi deimlo'n fwy ymwybodol mod i wedi tarfu ar ei phreifatrwydd.

'Ddrwg 'da fi,' mwmianaf, 'o'n i heb sylweddoli.'

'Mae'n iawn,' meddai Jamie, yn gwenu. 'O'dd dillad 'mlaen 'da hi. Dyw e ddim fel se ti 'di gweld hi yn y bàth.'

'Cer i wisgo, Jamie, 'na gwd boi. Neu fyddi di'n hwyr i'r ysgol.'

Mae Jamie'n rhoi ei ddarlun ar y ford ac yn mynd draw at ei

wely tu ôl i'r sgrin. Mae Jo'n rhoi'r tegil ymlaen, gan fynnu mod i'n aros am ddishgled o de llysieuol.

'Dim diolch. Ma' hi braidd yn gynnar i mi,' atebaf.

'Ma' fe mewn i sêr a phlanedau nawr. Ga'th e lyfr 'da Steve yn y post, *The Universe*.'

'A dyw hi ddim yn ben blwydd na dim 'to!' meddai Jamie, wedi cyffroi trwyddo.

'A phryd mae dy ben blwydd?' gofynnaf.

'Mehefin y nawfed. Wedodd Steve allen i fynd i fowlio lawr y bae.'

Mae Jamie'n galw o'r tu ôl i'r sgrin. Nodaf y dyddiad yn fy mhen er mwyn ceisio cofio prynu rhywbeth iddo.

'Gobeithio wnes i'm dy styrbio di ormod,' meddaf yn lletchwith, gan ychwanegu, 'wy'n gwybod ddylen i godi ar shwt fore ffein, ond wy'n credu wna i fachu ar ryw awr fach ychwanegol yn y gwely.'

Amneidia Jo ei phen gan edrych yn ddwys. Wy'n pryderu braidd gan iddi nodio'i phen yn fwy dwys nag arfer hyd yn oed, fel se hi mewn poen.

'Wyt ti'n oreit?'

'Ydw, wy'n iawn. Jest mod i wedi cael bach o *karma* gwael . . . amdano ti.'

'Fi?'

'Ie. Wnes di rhywbeth gwahanol i'r arfer neithiwr?'

'Helpes i recordio comedi mewn stiwdio.'

'O do, o'n i 'di anghofio. Falle taw goleuadau'r stiwdio sy'n gyfrifol am ddifetha dy egni.'

O'n i moyn dweud taw, ar hyn o bryd, Jo oedd yr unig beth oedd yn difetha fy egni. O'n i moyn mynd nôl i'r gwely.

'Sut aeth hi? Y sioe?'

'Iawn. Dim ond yn y cefndir o'n ni'n dou, wrth gwrs.'

'Ni'n dou? O ie, wrth gwrs, y fenyw o't ti'n cusanu; beth oedd enw hi 'to?'

'Efa, Mam!' meddai Jamie wrth iddo ddod trwyddo o'r tu ôl i'w sgrin, wedi'i wisgo'n barod, gan ychwanegu, 'Ti'n gwybod 'na! Wedes di taw cariad Wncwl Bryn o'dd hi.'

'Faint o weithiau wy 'di gweud 'tho ti, Jamie, am beidio gwrando ar sgyrsie pobol eraill?' meddai Jo, ychydig yn siarp.

'Nage pobol eraill yw e. Wncwl Bryn yw e,' meddai Jamie, yn amlwg wedi cynhyrfu o glywed goslef pigog ei fam ac yn agor a chau ei law dde drosodd a throsodd – arwydd pendant nad oedd dagrau'n bell rhag ddiferu i lawr ei ruddiau pum mlwydd oed. Yn sylweddoli hyn, mae Jo'n mynd draw ato'n glou a'i gofleidio'n hegar. 'Wrth gwrs, cariad. Ti'n iawn. Wncwl Bryn yw e.'

'Dyw hi ddim yn gariad i mi, fel mae'n digwydd,' meddaf ag ychydig o embaras.

Sylwaf ar Jo yn nodi hyn gan nodio'i phen yn araf. Penderfynaf ei bod yn bryd i mi fynd.

'Ta beth, well i fi fynd nôl i'r gwely. Ta-ta.'

Ceisiais gysgu, ond roedd delweddau o Efa'n popian yn fy mhen fel cyfeiliant i'r codiad anochel rhwng fy nghoesau. Dechreuais 'whare â'n hunan, gan feddwl o leiaf pe bawn i'n llwyddo i ddod, yna gallen i ymlacio ychydig ac y bydden i'n fwy tebygol o allu fynd nôl i gysgu. Meddyliais am dop pinc toriad isel Efa, a'i bronnau ewn gwahoddgar, a'i niplau pinc, a'r ffordd roedd ei jîns yn glynu'n dynn o amgylch ei ffwrch binc. Dychmygais stori wahanol i'r hyn ddigwyddodd neithiwr, lle roedd hi'n mynnu mod i'n aros y nos, ac unwaith y gadawodd Lloyd ni gyda'n gilydd roedd y ddau ohonom yn rhwygo'n dillad i ffwrdd, yn methu diodde rhagor. Yna, o rywle, dychwelodd Lloyd, i'n gwylio ni'n ffwcio'n ffyrnig ar y soffa trwy fwlch yn y bleinds, gan wenu'n foddhaus iddo'i hun. Yn rhyfedd iawn, mi oedd Lloyd yn ymddangos weithiau yn fy ffantasïau, yn bennaf fel ryw fath o hyfforddwr yn fy annog i gyflawni pob math o orchestion rhywiol. Y gwir amdani oedd ei fod e, fel fy meddyg teulu, wedi fy annog i gnuchio dwrn yn rheolaidd. (Fel sen i angen y fath anogaeth!) Roedd wedi egluro i mi taw cyhyr oedd y biden, ac fel unrhyw gyhyr na chaiff ei ddefnyddio'n rheolaidd, roedd angen ymarfer corff cyson arno er mwyn iddo weithio'n iawn. Yn ôl Lloyd, roedd mastwrbio'n iachus iawn ac wrth gwrs ddim yn costio ceiniog i'r Gwasanaeth Iechyd.

Wrth i mi symud fy llaw yn rhythmig i fyny ac i lawr fy nghala galed, yn meddwl am Efa, dechreuais feddwl am rai menywod eraill roeddwn i wedi'u caru yn y modd yma, wedi'u nodi'n ddwfn yn fy is-ymwybod. Maria, y *brunette* drawiadol o Milan. Hiroko, cariad Siapaneaidd Lloyd. Olwen Martin, wrth reswm – gyda'i chariad Sali, yn dangos eu camwri iddynt. Sara Garth. Holl ferched ysgol fy nosbarth, i gyd yn dal yn eu gwisgoedd ysgol (heb nicars). Meg Ryan. Haille Berry. Caroline Aherne. Y flonden â'r gwallt cwta sy'n syrfio tu ôl i'r cownter yn y siop gornel lawr yr hewl. Y fenyw yn y Prydau Parod Tsieinïaidd, a oedd wastad yn dweud 'diolch yn fawr' wrtha i a gwenu mewn ffordd uffernol o rywiol. Y fenyw yn yr hysbyseb coffi ar y teledu. Roedd e'n restr nodedig. A'r peth rhyfeddaf oll oedd bod y menywod hyn i gyd heb unrhyw syniad mod i wedi cael cyfathrach rywiol â nhw!

Ar ôl ychydig, fe benderfynais mod i fwy na thebyg yn rhy flinedig i ddod. Roedd e'n ormod o ymdrech. Atgoffodd hyn fi fod gen i sesiwn aciwbigo arall gyda Lloyd y prynhawn hwnnw. A oeddwn i'n dod yn fwy-fwy dibynnol ar y ffynhonnell newydd hon o egni? Yna'n sydyn, jest wrth i mi feddwl na fydden i'n cyrraedd cleimacs, daeth leotard coch Jo o rhywle. Botymau'r *crotch*, a bod yn fanwl. Yn popian dros y lle i gyd i ddatgelu ei chont groesawgar. Ac yna roedd Efa ar fy mhen yn nodio'i phen fel Jo, ond ganwaith yn gynt, yn canu 'Nessun Dorma' a ie, ie, teimlais y pleser yn rhuthro i'm cala a gwingiad braf yn rhedeg yn hyfryd iasol lawr hyd fy nghefn wrth i mi ddod, yn anffodus yn saethu fy had dros fy *duvet* glân glas tywyll.

Ond yn rhyfedd iawn, fe gadwodd y 'Nessun Dorma' i fynd. Yna, er mawr fraw i mi, sylweddolais bod fy ffôn symudol yn canu. Gafaelais mewn macyn papur cyfagos ac ateb y ffôn, yn gobeithio taw Efa oedd yno. Nid Efa yw hi. Phil sydd yno. Ond o leiaf mae e'n gennad newyddion da. Mae Val wedi ffonio Phil o'r *Ivy Bush*. Ry'n ni trwyddo i'r ffeinal Caerdydd cyfan wedi'r cwbwl. Mae'r tîm daeth yn drydydd yn rownd Gorllewin Caerdydd wedi defnyddio chwaraewr nad oedd yn gymwys. Mae'n debyg ei fod e wedi chwarae i dîm arall yn gynt yn y gystadleuaeth. Ni'n mynd i'r *Red Cow* yn Llanisien bythefnos i heno. Mae Phil yn ffyddiog y caf i hyd yn oed ffwc y noson honno. Mae yna ddisgo i ddilyn y cwis, a bar hwyr swyddogol.

'O ie, a beth yw maint dy tsiest di, Bryn?'

'Pam yffarn wyt ti moyn gwybod 'na?'

'Achos wy moyn ffantasïo am dy fronne di.'

'Beth?!'

'Ma' Val moyn i ni gael crysau-T swyddogol, tîm cwis yr *Ivy Bush*. Ma' hi'n mynd i'w nôl nhw heddi, felly wedes i sen i'n ffonio hi nôl bore 'ma. Ma' hi moyn i ni wisgo nhw heno 'ma yn y cwis wythnosol.'

'Pa seis wyt ti'n gael?' gofynnais.

'Be sy 'da 'na i 'neud ag unrhyw beth?'

'Wel, ma' crysau-T yn amrywio. Se ti'n rhoi lawr *extra large*, yna se ni'n rhoi *large* lawr. Ond se ti'n rhoi *large*, sen i'n rhoi *medium*.'

'Dim ond blydi crys-T yw e, Bryn.'

'Rho fi lawr fel *large* 'te. Os taw Val sy'n prynu nhw, ma' nhw bownd o fod yn tsiêp a fyddan nhw'n mynd yn llai yn y golch.'

'Wela i di heno, y bastard trist,' meddai Phil, cyn ychwanegu'n glou os nag oedd gyda fi unrhyw beth gwell i wneud heddiw, yna roedd Iwan wedi crybwyll y lice fe help llaw i godi'i riwbob.

Wrth ddychwelyd i'm gwely a sylwi ar y staen mawr ar fy *duvet*, meddyliais bron yn awtomatig am Efa unwaith eto. Yn synhwyro y gallen i fod mewn ryw gylch mileinig rhywiol os nad oeddwn yn ofalus, fe sychais y staen â'r macyn papur a gwisgais yn frysiog. Doedd dim modd i mi allu cysgu mwyach. O'n i'n dal i ffaelu cael gwared o Efa o'm meddwl. Fydde jest clywed ei llais yn codi fy nghalon. Ond neithiwr dywedais wrthi fy mod i'n fodlon aros amdani. Pam wnes i hynny? Roedd e'n gwneud iddi swnio fel bws annibynadwy. Fodd bynnag, ro'n i'n ffaelu mynd nôl ar fy ngair, felly do'n i ddim yn medru ei ffonio hi. Ond mi oedd yna gyfaddawd dyfeisgar. Sen i'n gallu anfon neges-destun iddi. Roedd hyn yn swnio'n addawol, felly fe ganolbwyntiais yn galed ar gynnwys fy neges.

Mae'n debyg taw'r nod gyda tecst yw bod mor gryno ac annealladwy ag sy'n bosib. Gorau oll os yw rhywun yn anllythrennog. Felly, unwaith eto, ar ôl rhywfaint o broblemau cychwynnol, darllena cynnwys fy neges fel a ganlyn – 'Yn ffnal cs, red cow, llnsen, bthfns hno, 8pm AT?' O'n i'n browd iawn o'r darn AT. Wnaeth e i mi deimlo tua ugain mlynedd yn iau. Mor cŵl a soffistigedig. Mae'n amlwg bod yr hil ddynol wedi datblygu'n ddirfawr ers i ni arfer crafu negeseuon elfennol ar welydd ogofeydd. Roedd gyda ni i gyd nawr wal ogof yn ein poced. Dangosodd hwyaden ac ychydig saethau symudol bod fy nhecst wedi'i anfon, felly arhosais am ateb. Ar ôl syllu ar fy ffôn am ddeng munud, wy'n penderfynu glanhau fy nannedd a siafio. Hanner awr yn ddiweddarach, ar ôl brecwast o frechdan bacwn, wy dal heb gael ateb. Doedd ond un peth amdani. Fydde rhaid i mi lenwi fy meddwl â rhywbeth arall. Riwbob, mewn gair.

'Oes, chwara teg, gen i gnwd go dda eleni eto,' meddai Iwan yn falch, gan ychwanegu, 'yr unig drafferth ydy ei fod o'n dod yn gynt ac yn gynt bob blwyddyn.'

'Ody e'n anodd i dyfu, 'te?' gofynnaf, mas o gwrteisi mwy nag unrhyw beth arall, gan nad oes gen i unrhyw ddiddordeb mewn riwbob.

'Na. Fedrith unrhyw ffŵl dyfu riwbob. Cofia, wnes i arbrofi rhywfaint eleni. Defnyddiais ddom y diweddar Jac fel gwrtaith.'

Yna, gan daflu cipolwg dros wal drws nesaf a thawelu'i lais, dywedodd, 'Diolch am gael gwared o'r corff i mi, Bryn.'

'Mae'n iawn.'

'Ma' nhw dal i osod posteri o'r ci o amgylch y lle,' meddai Iwan, gan ysgwyd ei ben mewn anghrediniaeth. 'Mae'n anhygoel. Ma' nhw hyd yn oed wedi cael ymgynghorwyr galar draw yn y tŷ 'cw!'

'Dros ben llestri braidd,' cytunais, 'yn enwedig o gofio nagy'n nhw'n gwybod i sicrwydd 'i fod e wedi trigo.'

'Tydy hynna'n ddim byd. Ro'n i'n siarad efo nhw yr wythnos ddiwetha a dywedon nhw tasai Jac bach yn dychwelyd, basa nhw'n mynd ag o i weld seiciatrydd cŵn. I weld pam redodd o i ffwrdd, rhag ofn iddo fo wneud o eto. Dwn 'im sut wnes 'im chwerthin. Seiciatrydd cŵn, wir! Wyddwn i ddim fod y ffasiwn beth yn bod! Glywais ti'r fath rwtsh erioed?'

'Ma' fe ond yn dangos bo' nhw'n caru'r ci,' dywedaf.

'Cariad? Ha! A be ydy hynny, yn union?' meddai Iwan, gan edrych i fyw fy llygaid, fel pe bawn i'n wallgofddyn.

'Does bosib bod ti'n gwadu bod y fath beth â chariad yn bod, Iwan? Os nad rhwng dyn a'i gi, yna o leia rhwng dyn a menyw?'

'Ella 'swn i 'di credu hynny rai blynyddoedd yn ôl. Ond nid erbyn hyn!'

'Be ma' hynna'n 'i feddwl?'

'Pan ti'n cyrraedd fy oedran i a ti dal yn fyw, yna rwyt ti wedi dysgu rhai petha ar y ffordd, Bryn bach.'

'Wrth gwrs bod 'na'r fath beth â chariad!'

Codaf fy llais, gan rwygo coes riwbob o'i gwreiddiau.

'Hunan-gariad, ella. Dyna be ydy pob cariad yn y bôn.'

'Wy'n caru Efa.'

A 'na ni. Wy wedi'i ddweud e. Ac yn bwysicach fyth, wy heb ddifaru'i ddweud e. Mae Iwan, y bastard, jest yn morio chwerthin.

'Yr holl chwilio hyn am gariad,' meddai o'r diwedd, 'dim ond ymgais despret i ohirio marwolaeth ydy o, p'un bynnag. I wneud i ni fedru diodda byw rhyw fymryn yn fwy. Dyna pam mae cymaint o briodasa'n methu pan mae'r partneriaid yn dynesu at ganol-oed. Mae un o'r pâr wedi cael cip ar Angau ar y gorwel ac yn meddwl "ai dyna ni 'lly?" Mae'n well gen i fy hun secs gonast. Llawer llai cymhleth. Llai o bobl yn cael eu brifo.'

'Alla i ddim helpu bod mewn cariad,' meddaf, yn swnio fel merch yn ei harddegau'n siarad â'i thad.

'Galwa di o be fynni di. Ymddygiad obsesiynol ydy o.'

'Nonsens!'

'Ydy hi'n dal isio dy weld di?'

'Ddim eto.'

'Paid â phoeni. Ddoi di drosti hi, 'sti.'

Yn casáu'r agwedd negyddol hon, fe godais yr un pwnc yn nes ymlaen yn y dydd yn fy sesiwn aciwbigo gyda Lloyd. Wrth gwrs, roedd e'n credu mewn cariad. Yn wir, doedd 'na ddim byd pwysicach ar y blaned, yn ei dyb ef. Roedd Iwan jest yn sinig chwerw oedd wedi gneud cawl o'i fywyd personol trwy gysgu 'mbytu ac yn ddig wrth y byd a'i betws o'r herwydd. Roedd hi'n amlwg bod Lloyd wedi gweld eisiau ei wraig yn ofnadwy yn ystod yr wyth mlynedd ers y bu hi farw. Roedd hynny'n brawf digonol iddo fe o fodolaeth cariad. Yn wir, roedd e wedi caru Angharad gymaint nes iddo feddwl na fyddai byth yn profi'r emosiwn melys hynny gyda menyw arall eto.

'Ond mae Hiroko 'di profi fi'n rong, Bryn.'

'Wy'n falch iawn.'

'Ma' Megan yn falch hefyd. Ma' hi 'di bod yn treial ffeindio cymar i mi yn ystod y chwe mlynedd diwetha, druan â hi.'

Teimlaf ryw bigiad sydyn yn fy arddwrn dde wrth i Lloyd droi'r cerrynt i fyny. O'n i'n gobeithio nad oedd cyffro personol Lloyd yn effeithio ar fy nhriniaeth. Plygodd i lawr tuag ataf, gan sibrwd yn fy nghlust – 'Wnaethon ni fynd i'r gwely gyda'n gilydd am y tro cynta y penwythnos diwethaf. Ynghanol storm enbyd. Yn ei fflat hi ar lan y môr yn Aberystwyth. I gyfeiliant tonnau yn taro'n erbyn wal y prom, a mellt a tharanau. O'dd e'n ffantastig!'

Gwenais yn gwrtais, ond fe deimlais yn wag mwya sydyn. Cenfigennus.

'O'dd e mor od i deimlo corff menyw eto,' mae'n parhau, 'i fod mor agos at rywun. O'n i heb sylweddoli mod i wedi gweld 'i eisiau fe cymaint. Ma' fe be sy'n 'neud i rywun fod yn falch cael bod yn fyw, nagyw e, Bryn?'

'Ie, wrth gwrs,' atebaf, yn ceisio peidio swnio'n rhy swrth.

Yna'n sydyn sylweddolodd Lloyd ei fod yn siarad wrth y person anghywir am y pwnc hwn.

'Mae'n flin 'da fi, Bryn. Dylen i 'di sylweddoli. Ti ag Efa. Wrth gwrs. Sori.'

Wy'n credu taw ymgais hwyr oedd hyn i ddangos *bedside manner* effeithiol.

A bod yn deg, fe geisiodd Lloyd ei orau i wneud yn iawn am ei gamwri trwy gydol y cwis y noson honno, gan fy mhlagio â chwrw a dweud wrtha i mor heini ro'n i'n edrych yn fy nghrys-T newydd. Wnaeth e hyd yn oed ofyn a o'n i wedi bod yn codi pwysau. O glywed hyn fe chwarddodd Phil, gan ddweud taw'r unig bwysau o'n i'n ei gario oedd pwysau'r byd ar fy ysgwyddau. Roedd Iwan wedi gwrthod gwisgo'i grys-T, ac yn wir roedd hi'n noson ryfedd ar y naw wrth i sawl tîm arall, y bydden ni'n cystadlu yn eu herbyn bob wythnos fel arfer, yn sydyn yn dechrau dal dig tuag atom. Roedd gwisgo crysau-T tîm cwis swyddogol yr *Ivy Bush* wedi anfon neges aflednais mas, mae'n rhaid. Roedd pawb yn benderfynol o'n curo ni. Bu'r tîm ar y ford nesaf atom yn marcio ein papurau ac yn hollti blew yn gwerylgar trwy'r nos ynghylch yr atebion. Collwyd marciau am bethau bach dibwys fel rhoi 'Elvis' yn ateb yn lle 'Elvis Presley', gan fynnu y gallen ni fod wedi golygu 'Elvis Costello'. Neu roi hanner pwynt yn unig i ni am roi 'Schumacher' fel pencampwr y byd mewn gyrru Fformiwla Un, yn hytrach na nodi 'Michael' yn benodol yn lle ei frawd, Ralph.

Nid oedd hi'n syndod o gwbwl, felly, ein bod ni wedi cwpla'n bedwerydd ar ddiwedd y cwis, ein safle gwaethaf erioed yn yr *Ivy Bush*. Roedd Val bron yn gorfforol sâl, yn tyngu ei bod hi a'i chrysau-T wedi dod â lwc ddrwg i ni. Roedd Phil yn llawer mwy hirben. Crasfa fel heno oedd ei angen arno ni cyn y ffeinal Caerdydd gyfan yn Llanisien, meddai; dos dda o wyleidd-dra cyn chwilio'n ddwfn yn y *grey matter*. Roedd Iwan yn gandryll â'r tîm fu'n ein marcio ni ac am i'r 'arweinydd', fel y galwodd ef rhyw foi o'r enw Arnold a ymdebygai i lygoden ffyrnig, ddod mas tu fas gydag e. Roedd am 'ddiffodd ei oleuadau', chwedl Iwan. Ond dyna fe, a ddylen i fod wedi fy synnu â'i agwedd? Dyma'r dyn a ddywedodd yn hollol bendant wrtha i yn gynharach yn y dydd nad oedd yna'r fath beth â chariad.

Dan yr amgylchiadau, ro'n i'n falch o weld llun bach o ffôn ar sgrin fy ffôn symudol yn dangos bod gen i *voice-mail*. Yn meddwl falle taw Efa oedd wedi ateb fy nhecst o'r diwedd, fe es i yn llawn nerfusrwydd mas i'r coridor i wrando ar y neges. Llais Jo oedd yno, yn dweud wrtha i am ddychwelyd i'r fflat gynted â phosib gan fod fy nith, Elin, yno. Mae'n debyg ei bod hi wedi rhedeg oddi cartre.

Wrth i mi 'neud dishgled o goffi iddi nôl yn y fflat, sylweddolais nad oeddwn i wedi gweld Elin am gwpwl o flynyddoedd. Roedd hi'n fenyw ifanc nawr. Deunaw oed. Yn dechnegol fe allai wneud be fynnai hi, ynta. Mae'n debyg bod ei mam wedi canfod cwlffyn mawr o ganabis yn ystafell wely Elin. Roedd Elin wedi egluro i'w mam hysteraidd ei fod e'n helpu iddi hi ymlacio mewn cyfnod oedd yn anodd iawn iddi. Wedi'r cwbwl, roedd hi'n sefyll ei harholiadau ymhen mis. Roedd angen iddi ymlacio ychydig o bryd i'w gilydd. O'dd hyn i gyd yn swnio'n weddol rhesymol i mi, felly fe darais fargen â

'Os ga i ffonio dy fam i weud wrthi ble wyt ti, gei di aros fan hyn heno. Ond ma' rhaid i ti fynd adre fory − os alla i berswadio dy fam i addo peidio sôn am y canabis byth eto.'

Gallwn weld nad oedd Elin yn rhyw siŵr iawn a oedd hon yn ddêl dda ai peidio. Cnoiodd ei gwm yn ddiwyd, fel gafr feddylgar. Sylwais bod ei gwefusau'n llawn ac yn gnawdog, ac yn wahanol i'r hyn ro'n i'n ei gofio. Gwefusau menyw yn hytrach na merch. Oherwydd bod ei gwefus uchaf yn ymwthio allan ychydig dros yr un isaf, edrychai'n bwdlyd ddeniadol. Rhywiol, oni bai ei bod hi'n nith i mi. Yffarn, rhywiol ta beth. O'r diwedd amneidiodd, gan gytuno ar y fargen a thynnu'i thafod allan arnaf yn hy' yr un pryd. Sylwais ar ryw fflach o fetal yn ei cheg. Oedd un o'i *fillings* wedi dod yn rhydd? Na. Roedd ganddi stỳd metel ar ei thafod. Bron heb orfod meddwl, fe nodais ei thafod yn fy is-ymwybod brwnt wrth godi'r ffôn i siarad â'i mam.

Pennod 12

Wrth i mi fentro mynd ag Elin adref i Gaerffili y bore canlynol, plediodd arnaf i aros gyda hi ac ymladd ei chornel. Yn ffôl iawn, fe gytunais. Roedd ei thad, Bradley, wedi cymryd y bore bant o'i waith holl bwysig, a'i mam, Bethan, wedi bod lan trwy'r nos yn llefain. Felly gallen i weld pam nad oedd hi'n edrych ymlaen at weld ei rhieni. Mwy na thebyg ro'n i'n teimlo rhyw dosturi tuag ati. Na, pwy ydw i'n treial twyllo? Y stŷd metel ar ei thafod oedd wedi fy machu fel rhyw bysgodyn penysgafn. Yn llawn cynnwrf, meddyliais sut byddai'n teimlo yn erbyn fy mlaengroen. Ond ddim am hir. Roedd angen i mi ganolbwyntio ar yr hewl. Roedd hi'n tresio bwrw ac ro'n i yn lôn allanol yr A470.

'Alla i rhoi hwn ymlaen?' gofynnodd Elin, yn pigo'r unig gasét yn y car i fyny, *The Best of Van Morrison*.

'Ie, wrth gwrs.'

Switsiais y sychwyr ffenestri i ddwbwl-cyflymdra a llywiais y car i'r lôn fewnol wrth i 'The Bright Side of the Road' daranu o'r seinyddion. Roedd Elin wedi tynnu ei chysgod haul i lawr er mwyn edrych arni'i hun yn y drych. Roedd hi'n bishyn, doedd dim dwywaith am hynny. Wedi etifeddu nodweddion tywyll ei thad yn hytrach na rhai gwelw, di-ddim ei mam. Ceisiais feddwl am rywbeth i'w ddweud wrthi, o bosib a wnaeth cael y stŷd 'neud dolur iddi neu beidio, ond achubodd Elin y blaen arnaf.

'Ydych chi wedi 'smygu canabis erioed, Wncwl Bryn?'

Teimlwn yn rhyfedd o gael fy ngalw'n Wncwl Bryn. Dim ond Jamie a Jo oedd yn gwneud hynny fel arfer. Ond mi oedd hi'n nith i mi, wrth gwrs. Ystyriais yn bwyllog cyn penderfynu bod yn onest â hi.

'Do. Ond ddim llawer. Ma' fe'n rhoi pen tost i fi, fel mae'n digwydd.'

'Mam a Dad sy'n rhoi pen tost i mi.'

''Na beth ma' mamau a thadau i fod i 'neud. Ma' fe'n rhan o'r fargen,' cynigiais, heb fod fawr o help.

Trodd Elin ei phen a syllu'n bwdlyd o hardd i gyfeiriad drych adain y car. Penderfynais beidio edrych arni na siarad â hi ynghanol y gawod Ebrill wallgo yma. Allen i ddim fforddio colli fy 'No Claims Bonus' unwaith eto.

Bron yn anochel, fe dorrodd Bethan ei haddewid ynglŷn â pheidio sôn am y canabis wrth i ni fynd i mewn trwy ddrws ffrynt eu castell pum ystafell wely ar ben mynydd Caerffili.

'Y gwarth, se rhywun yn ffeindio mas! Mae'n annioddefol!' gwichianodd, gan gau'r drws y tu ôl i ni.

'A jest cyn ei harholiadau hi hefyd. Ti 'di'n gadael ni lawr, Elin,' meddai Bradley yn ddwys, gan ychwanegu, 'Wy'n flin bod ti wedi cael dy lusgo i mewn i hyn, Bryn. Diolcha nad oes plant 'da ti.'

Wy moyn dweud 'o ca' dy geg, y ionc mawreddog,' ond amneidiaf yn werthfawrogol, ddifrifol, fel sen i wedi pigo'r cywair dwys lan trwy osmosis neu rhywbeth.

'Ble aethon ni o'i le? Merch sydd wedi cael popeth!' llefodd Bethan drachefn, er mawr embaras.

'Miloedd o bunnau wedi'i wario ar ei haddysg hi. Ac mae'n amlwg nagyw hi wedi dysgu dim!' parhaodd Bradley.

'O, yffach gols, dyw e ddim hyd yn oed yn *class A drug*! Gwedwch wrthyn nhw, Wncwl Bryn!'

'Gweud beth?' gofynnaf, yn gwenu'n llawn panig.

'Ma' Wncwl Bryn 'di 'smygu canabis!'

'Beth?!' sgrechiodd Bethan, cyn claddu'i phen mewn bocs o

facynnau papur.

'Wel, dyw na'm yn fy synnu i o gwbwl,' meddai Bradley yn ffroenuchel. 'Edrycha arno fe, Elin. Wyt ti moyn bennu lan fel'na?'

'Beth wyt ti'n feddwl?' gofynnais, gan wybod yn iawn beth oedd e'n ei feddwl, ond ag awydd collfarnu'i hyfdra trahaus, serch hynny.

'Wel, â phob parch, Bryn,' dechreuodd mewn goslef hollol amharchus, gan droi'n fwyfwy piws, 'dwyt ti ddim yn rhyw stori lwyddiannus iawn, wyt ti?'

'Dyw e ddim yn 'whare golff, chi'n meddwl, ife?' meddai Elin yn ddig, yn ceisio fy amddiffyn.

'Wy'n credu taw beth ni moyn fan hyn nawr yw 'bach o synnwyr cyffredin,' dywedaf, yn treial ysgafnhau'r awyrgylch a chymryd y bocs macynnau papur oddi ar Bethan, gan ychwanegu, 'Wedi'r cwbwl, 'sneb wedi marw, o's e. I weud y gwir, wy'n credu bod Elin wedi ymddwyn yn aeddfed iawn am ei hoedran.'

Ceisiais yn galed i beidio edrych ar geg aeddfed iawn Elin wrth ddweud hyn.

'Ti'n galw cymryd cyffuriau a rhedeg oddi cartre'n aeddfed?' meddai Bethan, gan edrych arnaf yn anghrediniol.

'Beth wyt ti'n ddisgwyl, Bethan?' meddai Bradley'n ddirmygus, gan edrych i lawr ei drwyn arnaf. 'Ma' fe wastad wedi bod yn bwdryn diog.'

Hwn oedd y ciw i mi adael. Er i Elin dreial ei gorau i 'mherswadio i aros i ginio ac i gael ei thad i ymddiheuro, wy'n 'nabod bocs llawn nadredd pan wela i un. O'n i nôl ar yr A470 cyn i'r bastard o snob allu dweud *fore*!

Yn ffodus iawn, yn hytrach na gadael i eiriau cas Bradley fy mrifo, fe gedwais yn brysur iawn yr wythnos honno. Yn wir, cefais amser diddorol gan i mi am y tro cyntaf erioed gael fy ngalw i mewn i ymarfer ar *Angel*. Cymhlethdod saethu'r lladd yn y swyddfa oedd yn gyfrifol am hyn. Yn addas iawn, cynhaliwyd yr ymarferion mewn neuadd eglwys a oedd wedi gweld dyddiau gwell, gyda channoedd o gerrig beddau mewn rhesi igam-ogam yn gwthio'u hunain lan o'r gwair trwchus, fel se nhw am gael gwell golwg arnon ni, y newydd-ddyfodiaid. Erbyn hyn, roedd Gareth Bennet wedi sylweddoli na thalai iddo brotestio am farwolaeth Ditectif Sarjant James. Mewn gwirionedd, roedd yn dweud wrth bawb a wrandawai arno gymaint o rhyddhad oedd gadael y gyfres iddo. Yn ail-ysgrifennu hanes fel petai, mynnodd taw fe'i hunan oedd wedi cynnig lladd y sarjant am ei fod wedi diflasu gweithio ar *Angel*. 'Ti'n gallu mynd i rigol yn hawdd mewn cyfres hir, twel, John,' dywedodd wrth John Tal ger y fflasgiau coffi. 'Mae'n well gadael pethau yn eu blas.'

'Fyddwn ni i gyd yn gweld dy isio di'n ofnadwy,' meddai John, yn llwyddo i gadw wyneb dwys.

'Wyt ti'n meddwl 'na?' meddai Gareth, dan deimlad.

'Wrth gwrs nag ydw i, y coc oen uffar!' meddai John, gan chwerthin, ei horwth o gorff un deg saith stôn yn ysgwyd fel daeargryn. Yn sylwi ar fy ngwên, galwodd Gareth am yr ail gyfarwyddwr cynorthwyol, Ifan, gŵr tenau gwallt golau a llond gwep o blorod.

'Pam fod 'na gymaint o ecstras i mewn heddiw? Ma' isie i mi ganolbwyntio,' meddai'r seren blin oedd ar fin diffodd i ddifancoll.

Eglurodd Ifan yn gwrtais bod yr olygfa saethu yn gymhleth a bod eisiau pawb sy'n bresennol yn ystod y lladd i fod yn bresennol yn y sesiwn ymarfer. Roedd y rhain yn cynnwys arweinydd Mwslemaidd carismatig o'r enw Ahmed, a fyddai'n saethu DS James, gan ddial arno am feiddio arestio terfysgwyr honedig yn ei fòsg. Actor ifanc o ardal Grangetown y ddinas, Mohsin Abdullah, oedd yn chwarae rhan Ahmed. Bu Mohsin yn ddisgybl yn Ysgol Gyfun Glantaf, ac wrth i mi aros ger yr oerwr dŵr fe arllwysais llond cwpaned plastig gwyn o ddŵr iddo a dechrau sgwrsio. Dechreuon ni gyda phwnc digon thespaidd. Faint o waith oedd o gwmpas ar y funud? Disgwylais iddo ddechrau pregethu'n ddigon haeddiannol am ddiffyg rhannau i actorion o dras Asiaidd, ond gwnaeth Mohsin y gwrthwyneb yn llwyr.

'Paid â 'nghamddeall i, roedd Medi'r unfed ar ddeg yn newyddion drwg iawn i'r byd. Ond y gwir plaen yw mod i heb stopio gweithio ers mis Medi diwethaf. Wy 'di whare rhan tri therfysgwr gwahanol, offeiriad Mwslemaidd a hyfforddwr hedfan.'

Yng nghornel fy llygaid, daliaf gorff enfawr John Tal yn ysgwyd unwaith eto. Erbyn hyn roedd Sharon Ellis wedi crwydro draw a chlywed sylwadau Mohsin hefyd. Mae'n amlwg bod Sharon yn llygadu'r Mohsin golygus ac yn ceisio creu argraff arno.

'Mae'n warthus bod ti 'di goffod 'whare tri therfysgwr gwahanol,' meddai, gan ysgwyd ei phen. 'Ond yn anffodus 'na fel ma' teledu dyddie 'ma. Does dim cymhlethdod. Ma' fe i gyd mor blydi arwynebol.'

''Na be sy mor dda am yr olygfa saethu,' meddai Ifan yn brotestgar. 'Ma' fe wir yn anodd i'w saethu ar gamera achos mae cymaint o symud mewn cyn lleied o amser. Bydd rhaid i bawb fwrw'u marcie, *spot-on*, heb unrhyw gamgymeriadau.'

'Nage ffycin pypedau y'n ni, y twpsyn,' meddai Sharon, y dicter yn diferu o'i llygaid milain.

'Mae'n ddrwg 'da fi. O'n i'm yn awgrymu hynny am eiliad,' meddai Ifan, ei blorod yn cochi.

'Bwrw'n marcie? Hy! Ac ma' nhw'n galw 'na yn gyfarwyddo dyddie 'ma!' parhaodd Sharon, yn ei helfen nawr, yn rhoi sioe ymlaen i Mohsin. 'Ni'n siarad am emosiynau, ddyn. Teimladau, cymhellion,' meddai, gan daro ochr ei phen â'i bys blaen. 'Dyw actor gwych fel Mohsin fan hyn ddim jest 'ma i danio dryll, ti'n gwybod!'

'Na, wrth gwrs nagyw e,' meddai Ifan, gan esgusodi'i hun yn frysiog a rhuthro o ffordd yr Angel nôl i gyfeiriad y gofod ymarfer.

Sylwaf ar Paul Stewart yn sgwrsio gyda Kim o Colur yn y fynwent, a phiciaf allan i gael gair ag e. Mae Kim yn cario capsiwlau bach o waed ffug a fydd yn cael eu torri rhwng cynigion er mwyn i gymeriadau edrych fel pe baent wedi eu saethu go iawn. Mae'n debyg y bydd un gen i, wedi'i glymu i'm pen-glin chwith, er gwaethaf y ffaith fy mod i'n cwato dan ford yn ystod y saethu. Er y byddaf yn cael fy nharo gan fwled strae, mae Paul wedi fy sicrhau taw sgathriad yn unig fydd fy nhynged ac y byddaf nôl ar gyfer y bennod nesaf yn gwmws fel se dim byd wedi digwydd.

'Well fyth, ma' 'na olygfa wely yn yr ysbyty lle wyt yn y gwely yn y cefndir wrth i'r Angel a'r Prif Gwnstabl ymweld â DC Ann Richards,' meddai Paul yn frwd.

'Wy'm yn credu mod i 'rioed wedi 'neud golygfa wely o'r blaen,' meddaf.

'Nage'r math 'na o olygfa wely wy'n meddwl. Dim hanci-panci. Ti jest yn gorwedd 'na, mor llonydd ag y galli di, yn y gwely. Yn y cefndir.'

'Grêt.'

Jest wrth sôn am hanci-panci, mae Paul yn ddiarwybod iddo wedi f'atgoffa i o Efa. Wy wedi bod yn lled dda trwy'r wythnos, gan geisio bod yn amyneddgar a rhoi fy nheimladau yng nghefn fy meddwl. Ond nawr daw fy chwant allan mewn ffrwd llawn dyhead a blys – 'Ti'n gwybod yr artist cynorthwyol goffes i gusanu yn y gomedi sefyllfa Rufeinig? Wel, mae hi'n arbennig o dda a dyw hi ddim ar dy lyfrau di; pam 'te yn gwmws? Dylet ti'm ei harwyddo hi? Dyw hi heb fod yn *Angel* o gwbwl.'

Mae Paul yn tynnu ar ei sigâr hir cyn ateb.

'Cantores yw hi'n benna, nagefe? Alla i'm trafferthu 'da opera, yr holl deithio 'na i gyd. Ma' fe'n ormod o waith. Pam wyt ti'n poeni amdani 'te? Ti'n ffansïo hi, wyt ti?'

'Ydw, fel mae'n digwydd.'

'Fydd hi yn *Bute Town Blues* 'te, siŵr o fod, os yw hi'n gallu canu. Ma' nhw wrthi'n castio'r corws ar y funud.'

'Beth yw hwnna 'te?'

'Sioe gerdd o'r gymuned, yn olrhain hanes Butetown. Rhan

o'r rwtsh *City of Culture* hyn.'

'Allen i fod ynddo fe 'te?' gofynnaf yn eiddgar.

'Ti'n ffaelu canu, Bryn.'

'Ie ie, oreit, ond nagy'n nhw moyn, wy'm yn gwybod, rhywun i symud y celfi? Neu i agor drysau?'

'Odyn, siŵr o fod,' meddai Paul, gan chwythu cwmwl o fwg sigâr tuag ataf a gwenu ar fy ymgais despret. 'Ond wy'n ofan bod nhw'n cau drysau neu'n symud y celfi a chanu yr un pryd, twel. Ta beth, ti lot rhy fishi ar *Angel*, ti ddim ar gael.'

Y nos Iau ganlynol oedd noson y ffeinal cwis tafarnau Caerdydd gyfan. Doedd Efa'n dal heb ateb fy neges-destun, felly ro'n i wedi 'laru. Cefais fy nhemtio i'w thecstio hi ynghylch y sioe gerdd am Butetown, jest er mwyn cysylltu â hi rhywffordd. Unrhyw ffordd. Ond gan ofni cael fy siomi a pheidio cael ateb yn ôl, cadwais fy mhen a chanolbwyntio ar y cwis yn lle hynny.

Yna'n sydyn reit roedd gan ein tîm ni gwpwl o grŵpis! Yn groes i'r disgwyl, daeth Efa i'r *Red Cow* wedi'r cwbwl, yn edrych yn ddeniadol iawn mewn sgert fer ddu a chrys oren. Daeth Hiroko yno hefyd, wedi gyrru i lawr o Aberystwyth jest mewn pryd, yn gwisgo ffrog hir felen hafaidd.

Roedd y ffeinal yn achlysur mwy ffurfiol na'r rowndiau blaenorol, gyda phob tîm â bord benodol wedi'i phenodi iddyn nhw, er enghraifft. Roeddynt hyd yn oed wedi ysgrifennu ein henwau unigol ar gardiau gwyn. Teimlai'n debycach i gynhadledd y Cenhedloedd Unedig nag i gwis tafarn. Gan sylwi ar Iwan yn towlu sawl wisgi mawr i lawr ei gorn gwddwg yn barod, a Phil yn llygadu rhyw fenyw reit tu blaen i'w sboner, mawr obeithiais na fyddai angen i mi fod yn geidwad heddwch erbyn diwedd y nos. Yn anhygoel, cawson ni hyd yn oed ein ffrisgio gan swyddogion y cwis, i gyd yn gwisgo crysau-T cwrw Brains, noddwr addas iawn y ffeinal.

'*Sorry mate, nothing personal,*' meddai dyn pen moel mewn acen gref Caerdydd wrth iddo deimlo pocedi mewnol fy siaced ddu. *'I hopes you haven't got a pocket encyclopaedia up your arse!'*

'Hidien i'm ffrisgio'r gochen 'na yn yr *high heels,'* meddai Phil yn pwyntio at ferch hudolus o bert yn nhîm *The Discovery,* tafarn yng Nghyncoed.

'Mae hyn yn warthus,' meddai Iwan. 'Ni'n cael ein trin yr un fath â therfysgwyr. "Operation Tân" unwaith eto!'

Cafodd Iwan ei arestio yn yr wyth degau cynnar mewn cyrch hurt yn oriau mân y bore ar nifer o genedlaetholwyr blaengar, dan amheuaeth o losgi tai haf yng ngorllewin Cymru. Braidd yn eironig erbyn hyn, a dweud y lleiaf, ac yntau'n berchen ar bedwar tŷ gwahanol yng Nghaerdydd a heb lawer o ots pa iaith a siaredir ynddynt cyn belled â bod y tenantiaid, gan gynnwys fi fy hun, yn talu eu sieciau misol.

Roedd nifer o'r timau wedi dod â'u cefnogwyr, gan gynnwys ein tîm ni wrth gwrs. Chwarae teg, roedd tua dwsin o botwyr rheolaidd yr *Ivy Bush* yno, yn ogystal â Val a Malcolm, y landlordiaid. Heb sôn am Hiroko ac Efa, wrth gwrs, a oedd yn edrych fel se nhw'n dod ymlaen yn arbennig o dda gyda'i gilydd, yn eistedd wrth y bar ac yn yfed coctels hanner pris yn awchus.

Roedd fformat y ffeinal yn wahanol i'r rowndiau cynt hefyd. Cafwyd rownd lluniau, er enghraifft, lle oedd rhaid rhoi enwau wrth ymyl ffotograffau du a gwyn o enwogion. Roedd y rhan fwyaf ohonynt yn weddol hawdd. Fodd bynnag, cafwyd un ffotograff a sbardunodd ddadl rhwng y pedwar ohonom. Iwan a minnau'n tyngu taw Bryn Terfel ydoedd, a Phil a Lloyd yr un mor benderfynol taw Meatloaf oedd y boi gwallt hir. Oherwydd ystyfnigrwydd wisgîaidd Iwan, ni'n dau lwyddodd i gael ein ffordd a 'Bryn Terfel' oedd ein hateb fel tîm. Fel mae'n digwydd, nid Bryn na Meatloaf oedd yr ateb cywir. Llun o ansawdd gwael ar ongl ryfedd o'r actor Ffrengig Gerard Depardieu oedd e.

Fe wnaethon ni'n weddol bach ar rownd y lluniau, yn sgorio un deg saith mas o ugain. Serch hynny, roedd y cwis ei hunan yn un digon hynod, gydag ystod eang, eclectig o gwestiynau amrywiol, heb fod yn perthyn i unrhyw gategori benodol. Amrywient o rai gweddol hawdd, fel 'Which word connects the FBI with a vacuum cleaner?' (Ateb: 'Hoover'), i rai annelwig anoracaidd fel 'Which soccer team does the actress June Whitfield support?' (Ateb: Wimbledon). Y rownd wnaeth sorto pawb mas, fodd bynnag, oedd rownd y geiriau caneuon pop. Gan taw dim ond darllen y geiriau oedd y cwisfeistr, yn hytrach na'u chwarae nhw er mwyn i ni o leiaf glywed y dôn, ffeindion ni hyn yn anodd dros ben. Dechreuon ni golli tir yn ofnadwy yn ystod y rownd hon. Ond o leiaf roedd hi'n rhyw fath o gysur i allu ymlacio, gan wybod nad oedd gyda ni unrhyw obaith bellach o ennill y gystadleuaeth. Dechreuodd Phil sôn am ei ben blwydd y mis nesaf. Gan taw dim ond pedwar diwrnod sydd rhwng ei ben blwydd e a f'un i, ry'n ni fel arfer yn trefnu gwneud rhywbeth arbennig gyda'n gilydd. Er enghraifft, y llynedd treuliodd y pedwar ohono ni brynhawn o *paint-balling* ym mro Morgannwg cyn mynd ar grôl tafarnau o gwmpas y Bont-faen. Y flwyddyn cyn hynny wnaethon ni gael noson o gamblo yng nghasino *Gigis* cyn symud ymlaen yn yr oriau mân i glwb *lapdancing* yn y bae. Roedd Phil eisoes wedi cael syniad ar gyfer ei ben blwydd eleni, un arbennig, yn ddeugain oed. Roedd am gael parti.

'Ma' ffrind i mi, Sandra Daniel, yn gyd-berchen Tŷ Mawr, clwb newydd ym Mhontcanna. Wedodd hi bo' nhw'n 'neud bwffe da iawn yn yr ystafell lan lofft a gallen ni ga'l yr ystafell am ddim. Twts bach o steil ar gyfer fy neugain oed, ife.'

'Steil o uffar,' meddai Iwan. 'Mae'r lle 'na'n drewi o gyfryngis sy'n 'neud dim byd ond llyfu tina a llongyfarch ei gilydd trwy'r dydd!'

'Fel ti, ti'n meddwl?' meddai Phil.

'Ie, ma' 'na'n swnio'n ocê,' meddais â'm meddwl i'n bell, yn gwylio Efa wrth y bar. Mae'n rhaid bod Iwan wedi sylwi bod Lloyd hefyd yn edrych i'r un cyfeiriad, tuag at Hiroko, gan iddo daro'r ford yn sydyn â'i ddwrn.

'Sbia ar y ddau 'ma. Eu sylw nhw ar y genod 'cw yn hytrach

na'r cwis. Oes unrhyw ryfadd ein bod ni mor bell ar 'i hôl hi?'

Dywedodd Lloyd yn bwyllog ein bod ni'n dau yn dal yn sobor o leiaf, rhywbeth na ellid ei ddweud am Iwan. Yn sylwi ar Phil yn wafio ar y gochen yn nhîm Cyncoed, ochneidiodd Iwan gan blygu'i freichiau, yn amlwg wedi rhoi lan.

Tîm y *Fox and Hounds* o ardal St Mellons y ddinas enillodd y gystadleuaeth yn hawdd, tîm o bedwar dyn yn eu chwe degau hwyr, wedi ymddeol.

'O wel, be oeddach chi'n ddisgwyl?' mwmialodd Iwan yn bwdlyd. 'Sdim byd gwell gynnon nhw i 'neud na mynd i gwis bob nos o'r wythnos, oedran nhw.'

Fel dywedodd Lloyd, roedd eu 'hoedran nhw' fwy neu lai yr un fath ag oedran Iwan hefyd.

Daeth Val a rhai o selogion yr *Ivy Bush* i gydymdeimlo â ni. Erbyn y diwedd, ro'n ni wedi dod yn bumed digon derbyniol mas o ddeuddeg. Roedd Iwan yn dal mewn hwyl ddrwg, fodd bynnag, yn ffraeo gydag un o'r dynion bar am bris wisgi ac yn neidio'r ciw o flaen Efa. Am ryw reswm, sylwais fod Efa'n syllu'n swrth ar Phil, a oedd yn siarad yn eiddgar gyda'r gochen wrth i'r byrddau cael eu clirio ar gyfer y disco.

'Ti ffansi bop 'te?' gofynnais, gan ystumio i gyferiad y DJ, oedd yn gosod goleuadau cyfagos.

'Wy ffansi mynd nôl i'm fflat, gyda ti,' meddai Efa.

'Reit. Iawn. Ffonia i am dacsi ar fy mobeil,' atebais, yn dal i deimlo gwefr yr edrychiad rhywiol roddodd Efa wrth iddi ddweud 'gyda ti'. Wrth i mi ei gwylio hi a Hiroko'n ffarwelio â'i gilydd, sylwais fod iaith gorfforol y ddwy, gyda'u hystumiau a'u gwenau tuag ataf, yn ategu'r hyn ro'n i'n dechrau ei amau. Heno oedd y noson hir ddisgwyliedig! Ro'n i'n mynd i gysgu'r nos gydag Efa! Roedd f'amynedd wedi talu'i ffordd o'r diwedd!

Fe gusanon ni dan goeden ym maes parcio y *Red Cow* wrth aros am ein tacsi, gydag Efa'n gwthio'i hun arnaf fel rhyw ast yn cwna. Yn becso y gallai'r angerdd poeth yma oeri mwya sydyn, neu'n waeth, sobri, slipes i 'nwylo lan ei sgert, gan deimlo bochau ei phen-ôl dan ei nicars tenau. Yn teimlo fy nghala'n caledu, ystyriais a fyddai pecyn o dri chondom yn ddigon os taw heno oedd y noson fawr. Efallai byddai ein noson nwydus yn datblygu i fod yn dri diwrnod o ryw ddilyffethair? Yn ceisio peidio panicio, sylweddolais fod rhaid i mi fod un cam ar y blaen.

'Wy jest yn mynd i'r tŷ bach, oreit? Aros di fan hyn.'

Amneidiodd Efa. Nid amnaid araf, pwyllog fel rhai Jo, ond un clou, awyddus, a waeddai 'paid bod yn hir'.

Yn nhŷ bach y *Red Cow*, gwelodd Lloyd fi'n prynu pecyn tri chondom o'r peiriant.

''Mwyn dyn, Bryn, cymer bwyll, ti'n glafoeri 'achan,' meddai, yn wên o glust i glust.

'Wy jest ffaelu gweithio hi mas, Lloyd. Ma' dros tri mis ers i mi gwrdd â hi, a nawr bo' fi heb 'i gweld hi ers bythefnos, yn sydyn reit wwwwwwffffff, golau gwyrdd, *all systems go*. Wyt ti'n gallu egluro 'na?'

'Sdim byd i egluro. Ma' hi moyn cysgu 'da ti. Paid dadansoddi, jest diolcha a mwynha.'

'Ie, ti'n iawn,' meddais, gan lyncu talpiau o aer i lawr i'm ysgyfaint, yn ceisio'n galed i ymlacio.

'Os yw e'n unrhyw gysur, ma' Hiroko'n feddw gaib hefyd,' meddai Lloyd.

'Falle dylen i jest roi Efa yn ei gwely? Ti'n gwybod, beth os yw hi'n difaru yn y bore? Beth os yw hi'n meddwl mod i 'di cymryd mantais ohoni?'

'Beth os yw hi'n ysu moyn rhyw a chei di ddim cyfle eto?'

'Ti'n iawn. Diolch, Lloyd,' meddais, yn amneidio ac yn ceisio canolbwyntio.

Clywais 'pob lwc' wrth i sychwr dwylo gychwyn ei rŵn manig ac o'n i mas o 'na, yn teimlo fy nghalon yn pwnio fel drwm yn y jyngl yn fy nghymell i flasu pleser tywyllwch y nos. Do'n i ddim wedi teimlo mor fyw â hyn ers misoedd.

Yn y tacsi ar y ffordd i'w fflat, roedd Efa'n fy lluo i gymaint, ac mewn cymaint o wahanol lefydd ac mewn shwt wylltineb chwantus, o'n i'n dechrau teimlo fel sen i wedi cael fy nala mewn cawod sydyn o law. Roedd hi fel menyw wedi cael ei meddiannu gan ryw rym anhygoel. Ond yn hytrach na 'neud i mi deimlo'n fwy chwantus, roedd ei hymddygiad mor drosben-llestri nes iddi fy nhaflu oddi ar fy echel. Pan gyrhaeddon ni ei fflat, mae'n rhaid ei bod hi wedi sylwi ar ryw fân-swildod arnaf gan iddi droi'r lamp wrth ymyl y gwely ymlaen a nôl potel hanner llawn o win gwyn o'r oergell.

'Wnewn ni 'i rhannu hi. Yfed o'r botel,' meddai, gan chwarae â 'ngwallt ag un llaw a cheisio ffeindio'i cheg a'r botel â'r llall.

Yna'n sydyn edrychodd yn ddwys iawn, gan ymsythu a chau un o fotymau ei chrys. Beth oedd yn digwydd? Oedd hi'n dechrau sobri neu beth?

'Wy ddim yn licio Iwan na Phil. Ma' nhw'n bennau bach, difaners. Dy'n nhw'm yn 'neud unrhyw les i ti.'

'Ma' nhw'n iawn unwaith ti'n dod i 'nabod nhw.'

'Wy ddim moyn dod i'w 'nabod nhw, Bryn. Wy moyn i ti roi nhw lan. Er fy mwyn i. Fydde ti fodlon 'neud 'na i mi?'

'Ie, iawn,' meddais. Dewch i ni fod yn realistig. Heno, pe bai'n gofyn i mi rhoi cwrw lan am weddill fy mywyd neu fynd i fyw yn yr anialwch gyda hi, neu ddechrau dilyn Bwda, sen i'n cytuno heb feddwl dwywaith.

'Wy o ddifri. Os y'n ni'n mynd i gael perthynas, yna ni neu nhw yw hi, ti'n deall?'

'Ydw, wrth gwrs,' amneidiais, fel se fe'r cais mwyaf rhesymol yn y byd. Pylodd ychydig ar olau'r lamp ymyl y gwely, nes fod ei hystafell wely yn un fflyd o hufen a chysgodion. Yn sydyn daliais ei llygaid drwg nwydus wrth iddi eistedd yn fy nghôl. Gwthiodd ei thafod i'm ceg a datod botymau fy nghrys. Roedd Efa'n ymddangos yn fwy hy' a thafodrydd nag o'n i erioed wedi'i gweld hi o'r blaen.

'Wy'n gwybod bo' ti heb gael menyw ers sbel, felly dere i ni beidio rhuthro, iawn?'

Amneidiais, wedi'm synnu â'i siarad plaen.

'Gei di gyffwrdd â mi ble bynnag ti moyn. Neu lluo neu sugno. Paid â bod yn swil.'

Wrth iddi ddweud hyn fe dynnodd ei chrys i ffwrdd a datgysylltu'i bra yn ofidus o ddeheuig. Hyd yn oed yn hanner gwyll y golau hyn, gallwn weld llawnder ei bronnau noeth a symudais fy nhafod ar hyd un o'i niplau.

'Chwytha,' meddai'n dawel.

'Do'n ni ddim yn rhy siŵr beth oedd hi'n feddwl, ac mae'n rhaid mod i wedi edrych yn ddryslyd gan iddi wenu, gan ychwanegu 'Chwytha ar y darn gwlyb, wy'n licio 'na.'

Ufuddhais i'w gorchymyn a rhoddodd hi rywbeth a ymdebygai i gyfarthiad o bleser. Am ryw reswm hynod a blin, daeth hyn â delwedd Jac, y ci Jac Rysel oedd wedi trigo, i'm cof. Ond dim ond am eiliad, diolch i'r drefn.

'Sugna fy mronnau,' meddai drachefn, ac unwaith eto ufuddhais i'w gorchymyn, yn fwy na pharod i'w phlesio.

'Mmm, ma' 'na'n neis. Ody e'n neis i ti hefyd?' meddai ar ôl ychydig o funudau.

Nodiais, gan deimlo fy ngwallt yn erbyn ei gwddwg a'i nipl yn galed yn fy ngheg. Ar ôl ychydig rhagor o funudau, teimlais ei bysedd yn agor fy nghopis ac yn dal fy nghala, gan araf symud ei llaw lan a lawr ar ei hyd.

'Alla i sugno ti?' meddai, o'r diwedd. Amneidiais eto, eisiau pinsio fy hun, gan hanner meddwl mod i mewn breuddwyd. Mae'n rhaid mod i wedi edrych ychydig yn bryderus, oherwydd wrth iddi symud ei phen i lawr edrychodd nôl lan arnaf, ag edrychiad o gysur – 'Paid becso, Bryn. Fe wasga i ti'n galed fel hyn, i stopio ti ddod.'

Yn y golau gwan sylwais ar ei gên wlyb wrth i'w cheg weithio'n ddyfal ar fy nghala. Allen i deimlo'i dannedd yn twrio'n ysgafn, yn mwynhau'r cynnwrf poenus. Daliodd un o'i dannedd ar ddarn sensitif o'm blaengroen a gwgais. Daeth hi lan am aer, gan wenu ac ymddiheuro.

'Paid stopio,' dywedais. 'Plis, paid stopio.'

Wrth iddi blygu'i phen unwaith eto, cefais gipolwg ar un o'i chlustdlysau arian yn tywynnu trwy'r gwyll. Wrth fy modd, meddyliais yn syth am Elin a'r stŷd metel oedd ar ei thafod. 'Dala fi mor dynn ag y galli di,' meddais. 'Dynnach!' gwaeddais.

Ond roedd hi'n rhy hwyr. Roedd ceg uffernol o rywiol fy nith wedi 'neud i mi ddod. Roedd Efa wedi tynnu ei cheg nôl ar yr eiliad olaf ac yn chwerthin yn ysgafn.

'Mae'n ddrwg 'da fi,' meddais. 'Ma' hi 'di bod yn amser hir.'

'Mae'n iawn,' meddai Efa, gan gwenu. 'Y'ch chi ddynion yn greaduriad mor syml, elfennol. Tra'n bod ni, wel, yn hollol wahanol, diolch byth,' ychwanegodd, gan dynnu'i sgert bant, nes ei bod hi'n hollol noeth wrth fy ymyl. 'Ta beth, ma' gyda ni ddigon o amser,' meddai, gan gydio yn fy mys canol ag un llaw a thaflu'r *duvet* nôl â'r llall. 'Wy'n mynd i roi taith fach i ti i ddangos i ti be wy'n licio,' meddai, gan syllu'n ddwfn i'm llygaid wrth iddi symud fy mys yn araf rhwng ei choesau.

Pennod 13

Dan ford yn y *Mobile Incident Room,* teimlaf fy hun yn chwysu'n stecs. Mae 'na doriad bach yn y ffilmio wrth i'r criw symud y camera, ac mae John Tal yn eistedd ar y llawr gan roi *wet wipe* i mi oeri fy ngwar. Mae'n ddiwrnod twym o Fai ac yn boeth ddychrynllyd dan y goleuadau mewn lle mor gyfyng. Nid oes ffenestri o gwbwl, dim ond ffaniau niferus yn canu grwndi, ac mae'r rheiny'n diflannu hefyd pan glywn y gair hudol '*Action*'. Yn anffodus, mae 'na bedair wythnos go dda wedi mynd heibio ers y cyfnod ymarfer a does neb yn cofio beth maen nhw i fod i 'neud. Mae yna cryn dipyn o siòts i'w cyflawni, rhai ohonynt yn cynnwys defnyddio styntiwr. Fel arfer ar *Angel* dyddie 'ma, does dim digon o amser i wneud tegwch â nhw. Mae'r awyrgylch yn llawn tyndra. Mae Keith yn twitsian mor wael fel y gallech feddwl bod rhywun yn rhoi slap iddo am yn ail eiliad. Wy wedi rhoi gwybod i John Tal am y datblygiad diweddaraf yn fy mherthynas ag Efa, ond dim ond heddiw wnes i sôn am ei gwrthwynebiad rhyfedd hi i mi weld fy ffrindiau.

'Na. Tydy hynna ddim yn swnio'n iach i mi, Bryn. Pam gythral wnes ti gytuno i'r fath beth?'

'O'dd e i'w weld yn syniad da ar y pryd.'

Wy'n hepgor y manylyn bach bod ei bronnau hi yn fy ngwyneb ar y pryd.

'Na, na, na! Ma' merchad yn mynd a dŵad, 'sti, ond ma' ffrindia da yn para oes.'

Teimlaf rhyw ysictod yn fy nghalon wrth i mi gyfaddef bod John yn siŵr o fod yn iawn. Erbyn hyn mae Kim hefyd ar y llawr, yn rholio fy nhrowsus lan fy nghoes dde, nid mewn rhyw ddefod bisâr o du'r Seiri Rhyddion, ond er mwyn gosod capsiwl gwaed ffug ar fy mhen-glin. Mae hi'n gwisgo siorts denim tyn a fedra i ddim peidio sylwi ar datŵ o neidr ar dop ei choes. Dychmygaf weddill ei choes dan y denim, gan ddyfalu a oes yna ysgolion cudd ar ei chroen yn ogystal.

Mae meddwl am y gêm yma o hap yn 'neud i mi feddwl am ffawd yn gyffredinol. Efallai dylen i adael i ffawd fy arwain yn fy nghyfyng-gyngor – Efa yn erbyn fy ffrindiau? Penderfynaf os llwyddwn ni i 'neud y siòt o'm pen-glin waedlyd mewn tri chynnig neu lai, yna rhaid i mi stopio gweld fy ffrindiau. Os yw'n bedwar cynnig neu fwy, yna bydd rhaid i mi roi 'nhroed lawr gydag Efa a mynnu mod i'n parhau i'w gweld nhw. Mae Kim yn rowlio fy nhrowsus nôl lawr yn ofalus ac yna'n byrstio'r capsiwl trwy wthio siswrn trwy'r defnydd ger fy mhen-glin. Rheda hylif rhuddgoch dros fy mhen-glin, a dywed John Tal ei fod yn edrych yn effeithiol dros ben. Daw'r cynorthwy-ydd cyntaf, bachan mawr o'r Wyddgrug o'r enw Chris, sy'n edrych yn debyg i *Captain Pugwash,* i blygu lawr ar fy mhwys.

'Mae'r siòt gynta hyn yn un weddol dynn, yn dangos dy wyneb mewn poen, yna'n panio lawr i weld y gwaed ar dy ben-glin, felly watsia bod ti'm yn gor-wneud pethe, iawn?'

'Iawn,' meddaf, gan geisio peidio swnio'n rhy sarcastig.

Am resymau technegol, rydym yn gwneud tri cynnig. Maen nhw'n hapus â'r trydydd ac wrthi'n tsiecio'r gât – term technegol i sicrhau nad oes unrhyw nam ar y ffilm a ddefnyddiwyd. Gallaf deimlo fy nghalon yn pwnio a'm ffrindiau pennaf yn diflannu o 'mywyd. Yna caf syniad. Rwyf wedi gweld actorion yn y gorffennol yn dweud licen nhw fynd am gynnig arall oherwydd do'n nhw'm yn hapus â'u perfformiad. Ddim yn aml iawn. Ond digon aml i mi wybod fod e'n bosib. Caf y nerth o rywle i godi fy llaw ac ystumio ar

Chris yr hoffwn i gael gair gydag e. Daw draw ataf ar unwaith, gan blygu i lawr unwaith eto. Ond wrth iddo blygu, clywaf lais digamsyniol Meirion, y gŵr camera cynorthwyol, yn galw *'hair in the gate'*, sy'n golygu bydd rhaid i ni fynd am gynnig arall, ta beth. Teimlaf wefr dwym yn toddi'r egin-gwlwm yn fy 'stumog.

'Be wyt ti isio, Jim?' gofynna Chris.

'O'n i jest moyn gwybod os o'n nhw'n bles ag e,' dywedaf, yn gelwyddog.

'Oeddan. Ond mae'n rhaid i ni fynd am gynnig arall yn anffodus, felly dalia i ganolbwyntio. 'Run peth eto.'

Nodiaf. Sylweddolaf bod ffawd wedi penderfynu bod rhaid i mi ddal i weld fy ffrindiau. Mae'n rhaid i mi gael sgwrs gall gydag Efa.

Wrth gwrs, a minnau'n wryw, nid wyf yn cael sgwrs gall gydag Efa o gwbwl. Mae hi wedi prynu un o gryno-ddisgiau Bryn Terfel i mi ar fy mhen-blwydd, *Some Enchanted Evening*, detholiad o ganeuon allan o sioeau cerdd enwog. Yn hollol anesboniadwy, mae pob trac yn peri iddi lefain. Maen nhw'n 'neud i mi deimlo fel llefain hefyd, ond am reswm hollol wahanol. Mae hi'n amlwg yn dwlu ar y gogleddwr mawr. Teimlaf ychydig yn ddig. Wedi'r cwbwl, fy mhen-blwydd i yw e. Trof y nwy i lawr dan fy saws Eidalaidd *Putenesca* sy'n ffrwtian ar y pentan, ac af i nôl hen albwm 'Meatloaf'. Pwyntiaf at lun o Meatloaf, gan ddynodi'r tebygrwydd rhyngddo ag arwr mawr Efa.

'Na, sdim tebygrwydd o gwbwl,' meddai Efa, yn sipian ei Shiraz i gyfeiliant twrw Terfel yn taranu, 'Oh What a Beautiful Morning' allan o *Oklahoma*. Dyw hi'm yn bosib i unrhyw un fod mor hapus â 'na, sdim ots 'da fi pa mor blydi biwtiffwl yw'r bore.

'O o's, ma' 'na debygrwydd, yn saff i ti,' wy'n dyfalbarhau. 'Mae'r ddou ohonyn nhw'n edrych yn anniben â'r holl wallt 'na.'

'Cenfigen yw 'na,' meddai Efa'n ysgafn, gan daro fy nhalcen llydan.

Jest pan wy ar fin dweud wrthi bod y ddau ddyn mawr mwy na thebyg yn drewi hefyd, mae'r ffôn yn canu. Dyn mawr arall sydd yno, John Tal, yn dymuno pen-blwydd hapus i mi. Mae ei dafod yn dew, sy'n 'neud i mi amau ei fod wedi bod yn yfed.

'Gobeithio nad oes gwahaniaeth gen ti mod i'n gofyn, ond dwi'n 'styried cychwyn busnes, darparu gwisgoedd i gwmnïa ffilmio. O'n i isio gwbod a fydda gin ti ddiddordeb mewn bod yn bartner cwsg, w'sti *sleeping partner*, yn y fenter. Sgen ti'm rhyw bedair neu bum mil i sbario, siawns?'

'Na, diolch am y cynnig, ond yr unig berson wy'n bwriadu cysgu gyda ar y funud yw 'nghariad i, Efa.'

Mae Efa'n rhoi edrychiad rhyfedd i mi a sylweddolaf fod yr hyn wy newydd ddweud bownd o fod wedi swnio'n od. Rhoddaf fy llaw dros gorn siarad y ffôn ac egluraf wrthi – 'Na, bachan o *Angel* yw e, yn gofyn os wy moyn bod yn bartner iddo fe, os wna i brynu dillad iddo fe.'

Sylweddolaf nad oedd hyn yn esboniad fawr gwell. Wrth i mi roi'r ffôn i lawr, aeth pethau o ddrwg i waeth gan i mi dderbyn neges-destun oddi wrth Lloyd, yn dymuno pen-blwydd hapus i mi, ond yn gobeithio y delen i at fy nghoed 'prthd: prti pnbldd Phil'. Wy eisoes wedi rhoi gwybod i Phil na fyddaf yn mynd i glwb Tŷ Mawr ar gyfer ei barti deugain oed ddiwedd yr wythnos am fy mod i'n 'rhy brysur'. Gallaf weld fod hwnnw'n esgus tila uffernol. Mae'n amlwg y gallai Phil weld hynny hefyd. Anfonodd tecst nôl ataf yn dweud wrtha i 'i gnycho bant 'te, y bastard mên'. Wy'm yn dweud ein bod ni'n arfer anfon cardiau i'n gilydd na dim byd sentimental fel'na, ond roedd hi'n brofiad rhyfedd peidio torri gair o gwbwl gyda Phil, Iwan na Lloyd ar fy mhen-blwydd. Yn enwedig Iwan, gan ei fod e fel arfer yn ffonio ganol bore, am fod pen-blwydd yn esgus perffaith am sesh trwy'r dydd.

Er bod y tri yn llechu yng nghysgodion fy ymwybyddiaeth gydol y nos fel rhyw ysbrydion hynaws, llwyddaf i gael pryd rhamantus pleserus iawn yn fy fflat, yng ngolau cannwyll. Mae fy saws *Putenesca* wedi creu argraff ar Efa. Mae ei thop toriad isel wedi creu argraff arnaf innau. Yn gynnil iawn, rwyf wedi newid taranu tirion Terfel i ddiflastod digalon David Gray. Brawd mogi yw tagu, ond mae'n well gen i ar y cyfan brudd-der a phoen na mawreddog a *macho*, 'Babylon' i 'Oklahoma'. Gwrandawaf yn astud ar Efa wrth iddi sôn cymaint o ysbrydoliaeth fu'r ddau Gymro hyn iddi. Dywedaf wrthi nad Cymro yw David Gray, ond mae Efa'n mynnu y gellir clywed dylanwad Solfach ar ei gerddoriaeth, yn debyg yn ei symlrwydd pruddglwyfus i gerddor arall enwog yr ardal, Meic Stevens. Allen i fynd i ddyfroedd dyfnion iawn pe bawn i'n dadlau nôl, felly dewisaf gau 'ngheg am y tro ac amneidiaf yn werthfawrogol. Mae'n debyg bod Efa wedi'i hysbrydoli gan symlrwydd a diffuantrwydd Gray i'r fath raddau nes ei bod hi wedi dechrau cyfansoddi ei chaneuon ei hun ar y gitâr. Gofynnaf iddi chwarae un ohonynt i mi, ond mae hi'n dweud bod ei gitâr yn ei fflat hi. A ta beth, ar y funud mae hi'n llawer rhy hunan-ymwybodol i ganu ei chaneuon i unrhyw un, yn enwedig i mi.

'Pam yn enwedig i mi?' gofynnaf.

'Achos bod dwy o'r pedair cân amdano' ti,' meddai, yn gwrido.

Bron iawn i mi dagu ar fy ngwin o glywed hyn. Wrth i mi godi i fynd i'r oergell i nôl y pwdin, salad ffrwythau, arllwysaf wydred arall o'i hoff Shiraz i Efa. Rwyf wedi sylweddoli taw dyna'r camgymeriad wnes i yn y gorffennol, sef peidio ychwanegu at wydred gwin Efa bob cyfle. Wy eisoes wedi canfod, er mwyn i mi gael rhyw pleserus iawn gydag Efa, mae'n rhaid iddi fod yn feddw dwll. Mae ei stad naturiol yn ymylu rhywle rhwng hollol hunan-ymwybodol a pharanoia. Mewn rhyw ffordd annelwig, ei Christnogaeth sy'n cael y bai am hyn gen i. Mae 'na ryw ddala nôl cynhenid yna, yn enwedig yn ffydd Methodistaidd Calfinaidd ei magwraeth yn Llanelli. Fel se hi'n bechod i fwynhau. Afiach. Fydde hyd yn oed y Pabydd yn ein plith, Lloyd, yn gallu uniaethu â hynna.

Ystyriais am ennyd a ddylen i sôn wrthi am y trafodaethau hir o'n i wedi'u cael gydag Iwan a Phil dros y blynyddoedd am anghydffurfiaeth. Y ffordd yr oedd y ffenomen honno wedi helpu achub yr iaith Gymraeg, er enghraifft, ond am ba bris? Yn ôl Iwan, prif emosiwn cenedlaethau o Gymry Cymraeg oedd euogrwydd, a hynny yn ei dro yn esgor ar fygu eu gwir deimladau. Meddyliaf am hyn wrth i mi syllu'n euoglyd ar fronnau Efa. Er mwyn fy nhynnu o'm pêrlesmair, mae hi'n gofyn i mi am yr hyn sydd ar fy meddwl.

'O, dim,' dywedaf.

Yn hytrach nag agor fy ngheg, agoraf ragor o win.

Er, byddai'r ddau ohonom yn defnyddio ein cegau gryn dipyn y noson honno. Mewn gair, ro'n i'n ffaelu cael digon ohoni. Diolch i'r drefn, daeth hi'n amlwg ei bod hi'n teimlo yr un peth amdana i, er rhaid cyfaddef ro'n i'n teimlo braidd yn anesmwyth ei bod hi'n mynnu fy ngalw i'n 'Bryn' cweit mor aml. Wedi dweud hynny, cyn belled nad oedd hi'n gofyn i mi ganu tra mod i ar ei phen hi, doedd fawr o ots gen i. Daeth hi'n amlwg, unwaith y byddai hi wedi'i chynhyrfu, fod gan Efa ysfa ddiwaelod am ryw. Fe'm cyfareddwyd gan y ffordd roedd hi'n mynnu gwyro'i hwyneb i'r ochor, yn llafarganu wrth iddi ddod, bron fel mynach Gregoraidd yn cael strôc. Roedd fy mysedd a'm gwefusau fel se nhw ym mhobman. Ar un pwynt, wnes i hyd yn oed luo'i thin. Cadwodd ei hochneidiau bach o bleser mi i fynd, yn fy annog i dreial pethau newydd trwy'r adeg – sugno bysedd ei thraed, cnoi'i chluniau, tynnu'i gwallt. Roedd hi'n fy nhrin i mewn ffordd debyg, yn gwasgu fy ngheilliau, cnoi fy mhengliniau, pinsio fy niplau. Prin mod i wedi teimlo mor boenus yn fy myw. Nac mor bleserus chwaith. Roedd e fel se ni'n dau yn dyfeisio rhyw ffordd newydd sbon o garu. Trodd *some enchanted evening* yn *beautiful morning* yn wir, wrth i'n hebychiadau cyntefig a'n hochneidiau melys gystadlu â thrydar yr adar cynnar a hymian y fan laeth a chlecian papurau newydd yn cael eu dosbarthu ym mhellter y bore bach. Yn sicr, hon oedd y noson ben-blwydd fwyaf cofiadwy i mi ei chael erioed, ac yn y pen draw fe gysgon ni ym mreichiau'n gilydd, gan ddihuno ganol pnawn mewn coflaid ludiog, dyner, a ddifethwyd ysywaeth gan Efa wrth iddi godi'n sydyn i chwydu yn y sinc.

Er i mi fwynhau bod yng nghwmni Efa, ro'n i'n dal i deimlo'n anghyfforddus am ei dymuniad i mi ollwng Iwan a Phil. Fe'm plesiwyd yn arw, felly, pan gefais alwad ffôn gan Elin y nos Wener honno, yn gofyn i mi ddod mas am ddiod gyda hi, yng nghlwb Tŷ Mawr. I ddechrau, ro'n i'n meddwl falle taw Phil neu Lloyd oedd tu ôl i'r alwad, gan fod parti Phil yn digwydd bod yno heno hefyd, ond cyd-ddigwyddiad oedd hwnnw, gydag Elin yn digwydd bod yn y bar lawr llawr, heb sylwi ar y parti preifat i fyny'r grisiau uwch ei phen hi. Doedd fawr o ots gen i. Roedd gen i esgus go iawn i fynd mas heb ddweud celwydd a, gobeithio, taro mewn i'm ffrindiau yr un pryd.

Sylwais ar Elin yn syth, yn yfed wrth ford ger y fynedfa. Wafiodd arnaf yn llawn cyffro, yn amlwg yn falch o'm gweld i. A dweud y gwir, roedd hyn yn fy nrysu braidd. Roedd hi hyd yn oed wedi cadw sedd i mi ac yna fe gyflwynodd hi fachan ifanc, yn ei ugeiniau canol – Iolo, cochyn o actor o Aberhonddu a oedd â'i fraich amdani.

'Braf cwrdd â chi, Bryn,' meddai Iolo, mewn ynganiad croyw, a ddeilliai o'i hyfforddiant fel actor clasurol.

'Fe yw'n sboner i ers pedwar mis, ond peidiwch dweud wrth mam,' meddai Elin, yn sibrwd yn fy nghlust, cyn piffian chwerthin.

Pasiodd Iolo beint i mi, eisoes wedi'i archebu. Ro'n i'n dechrau licio Tŷ Mawr yn barod.

'Beth wyt ti'n 'neud mewn lle fel hyn 'te?' gofynnais i Elin o'r diwedd.

''Run peth â phawb arall. Meddwi, er mwyn marcho!'

Falle taw fi yw e. Ond alla i ddim dychmygu fy hun, yn oedran Elin, yn siarad â modryb i mi mewn ffordd mor . . . wel, mor onest, mae'n debyg.

'Mae'n oreit,' ychwanegodd, yn sylwi ar fy edrychiad gofidus, 'dyw'n arholiad nesa i ddim tan ddydd Mercher.'

'Ma' hi'n mynd i gymryd blwyddyn bant,' ychwanegodd Iolo.

'Da iawn,' atebais, gan archwilio'r ystafell gyfan am wynebau cyfarwydd. Roedd yna ddigonedd ohonynt, fel mae'n digwydd. Dafydd, cynorthwy-ydd sain ar *Angel*, â'i fraich o gwmpas cynorthwy-ydd cyntaf y gomedi Rufeinig, Pedr. Sharon Ellis, yn pwyntio'i bysedd i wyneb rhyw actor arall oddi ar *Pobol y Cwm*, nad wy'n cofio'i enw nawr. Dyn tywydd, cyfansoddwr, ac o leiaf dri chyfarwyddwr wy wedi gweithio gyda nhw yn y gorffennol. Cefais fraw o weld pa mor feddw oedd pawb. Wedi'r cwbwl, dim ond deg o'r gloch oedd hi.

'Wy'n falch bo' chi'n meddwl 'i fod e'n dda iawn, Wncwl Bryn. Achos y gwir yw siŵr o fod wna i ddim mynd i'r coleg o gwbwl. Beth yw'r pwynt? Jobyn wy i moyn ar ddiwedd y dydd ac ma' Iolo'n gweud taw hwn yw'r lle am 'nny.'

'Ie, synnen i ddim 'i fod e'n iawn,' dywedaf.

'Grêt. O'n i'n gwybod se chi'n deall. 'Na pam, pan fydd fy arholiadau i drosodd, o'n i'n meddwl alle chi egluro i Mam . . . pam fydda i'n symud miwn 'da Iolo.'

'O, wel, gewn ni weld 'mbytu 'nny,' meddwn yn lletchwith, yn sylwi ar gwpwl o gyn-gariadon Phil yn 'neud ymholiadau wrth y bar ac yn cael eu cyfeirio tuag at y grisiau. Roedd hi'n bryd i mi symud.

'Esgusodwch fi. Ma' rhaid i mi weld rhywun lan lofft,' meddaf, gan ruthro tu ôl i'r ddwy *brunette* goesiog ar eu ffordd lan y stâr.

'Pen-blwydd hapus, Phil,' meddaf o'r diwedd, gan roi potel o win rhad iddo.

'Be ffwc wyt ti'n 'neud 'ma, y wancar? O'n i'n meddwl bo' ti'n "rhy brysur",' meddai'n gas, yn syllu'n syth herfeiddiol i'm llygaid. Yna, diolch i'r drefn, torrodd gwên lydan ar draws ei wyneb drygionus a rhoddodd un o'i gofleidiau arthaidd nodweddiadol i mi.

'Neis gweld ti, Bryn 'achan. O'n i jest yn gweud wrth Lloyd nawr fydden i byth 'di meddwl fydden i'n gweld dy eisiau di.'

Mae Lloyd yn nodio i ategu ei eiriau, ond mae Iwan yn rhythu'n sarrug arna i. Nid yw'n cymryd yn hir i ddweud wrtha i be sy'n gwasgu arno fe.

'Y wrach 'na Efa 'di gadael ti allan o'r diwadd, 'lly?'

'Paid â'i galw hi'n wrach. Hi yw 'nghariad i. Wy'm yn licio fe,' dywedaf.

'A do'n ni ddim yn licio hi'n deud wrtha i i beidio dy ffonio di eto chwaith. Ar dy ben-blwydd a phob dim!'

Wrth gwrs, mae hyn yn newyddion i mi, ond ceisiaf gwato fy anfodlonrwydd.

'Sdim ots am 'na nawr,' meddai Lloyd, y cymodwr diflino. 'Ma' fe 'ma nawr. A weden i bod e'n edrych lot rhy sobor.' Mae Lloyd yn pasio gwydred mawr o *punch* i mi, sy'n amlwg yn un cryf, ac mae'n fy arwain i draw at fwrdd ffelt ar y wal sy'n llawn o luniau o Phil ar wahanol adegau o'i fywyd. Brawd Phil, Peter, sydd wedi paratoi'r ffotograffau, yn arbennig ar gyfer ei ddeugeinfed pen-blwydd. Mae'n debyg ei fod wedi adrodd sawl stori ddoniol am Phil yn grwt yn y Cymoedd, a newydd ei golli ydw i. Dim ots. Sylwaf fod bron i hanner y lluniau ar y bwrdd ffelt yn cynnwys Iwan, Lloyd neu minnau, neu gan amlaf y pedwar ohono ni gyda'n gilydd. Teimlaf dalpyn yn fy ngwddwg ac mae fy nghydwybod yn pigo. Nonsens fydde cadw draw wrth Phil. Wy'n troi i ddweud wrtho bod hyn tamaid bach fel 'This is your Life' ond mae e'n brysur, yn cael cusan 'ben-blwydd' estynedig gan un o'r *brunettes* ddaeth lan y stâr gyda mi. Taflaf gipolwg brysiog o amgylch yr ystafell a sylwaf fod yna o leiaf ddwsin o *brunettes* hirgoes, cyn-gariadon Phil, yn mynd yn sbâr. Caf fy nhemtio am eiliad, ond teimlaf rhyw falchder hefyd mod i'n gallu dweud yn onest fod gen i gariad eisoes.

'Sut un ydy hi yn y gwely?' gofynna Iwan, yn edrych yn ddifrifol iawn ac yn tarfu ar fy sganio o'r stafell.

'O yffach, gad lonydd iddo fe,' meddai Lloyd, gan ysgwyd

ei ben.

'Dwi isio gwybod. Ydy hi'n dy handcyffio di?' meddai Iwan drachefn.

'Beth?!' atebaf, gan chwerthin.

'Paid chwerthin, washi. Mae hi'n swnio'n *possessive* iawn i mi. Ydy hi'n dy handcyffio di?'

'Nagyw,' atebaf.

'Oes gen hi 'whip 'ta?'

'Os o's 'na, dyw hi heb iwso fe arna i eto,' atebaf.

'Da iawn, Bryn,' meddai Lloyd, yn gwenu.

Ar ôl ychydig mwy o lapswchan, daw Phil draw i ymuno â ni. Mae 'na ddisgo wedi dechrau, ond hyd yn oed gyda'r sŵn ychwanegol wy'n dal i ddeall geiriau cyntaf Phil wrth iddo stopio wrth fy ymyl.

'Gwed 'te, Bryn. Shwt un yw hi yn y gwely?'

Wy heb weld rhain ers cwpwl o wythnosau nawr. Mae'n amlwg bod nhw wedi gweld fy eisiau! Am y tro fe lwyddaf i ddiwallu eu hanghenion drwy gyffredinoli am Efa, gan ddefnyddio ansoddeiriau fel 'poeth', 'gwyllt', 'nwydus', 'mentrus', 'cocwyllt' ac yn anffodus 'arbrofol'.

'Arbrofol?' meddai Iwan a Phil ag un llais, eu llygaid yn tanio.

'Ie, chi'n gwybod, ma' hi'n licio 'bach o amrywiaeth. Golau 'mlaen weithiau a golau 'di diffodd weithiau.'

Trwy lwc, wy wedi llwyddo i leddfu rhywfaint ar y naws croesholi. Mae Lloyd, a edrychai'n lled anghyfforddus gyda'r cwestiynau hyn am Efa p'un bynnag, yn newid y pwnc yn ddeheuig.

'Ti'm yn mynd i ofyn i Phil shwt ma' fe'n teimlo bod yn ddeugain 'te?' meddai, gan edrych arnaf i.

'Paid blydi dechrau. Mae'r jiawl hyn 'di sbwylio'r noswaith gyfan i fi,' meddai Phil, yn ei bwnio yn ei asennau. 'Gwed ti wrth Bryn, Lloyd. Wy'n mynd i dowlu cwpwl o sosej-rôls i lawr fy ngwddwg, neu fydda i ar fy nghefn ar ôl yr holl *punch* 'na.'

Ymddengys bod Lloyd wedi gwneud ychydig o ymchwil yn

unswydd ar gyfer heno, i ddangos beth sy'n digwydd i ddynion, o safbwynt meddygol, yn eu pedwar degau. Gan fy mod i newydd droi'n dri deg naw, mae'n amlwg bod hyn o ddiddordeb mawr i mi. Mae Lloyd yn galw degawd y pedwar degau yn ddegawd 'y gwirionedd mawr'.

'Beth wyt ti'n 'i olygu wrth 'na?' gofynnaf, ychydig yn nerfus.

''Na'r adeg pan mae'r ugain mlynedd diwetha'n dala lan 'da ti. Hefyd ma' pobol yn dechrau ystyried bo' nhw'n ganol oed ac yn dechrau meddwl am bethau fel eu marwolaeth. Er, yn dy achos di Bryn, mae'n edrych i fi fel se ti 'di bod yn meddwl am dy farwolaeth trwy gydol dy fywyd.'

'Dyw 'na'm yn deg,' dywedaf. 'Wy 'di bod 'itha da yn ddiweddar.'

'Falle taw ca'l rhyw sy'n gyfrifol am 'nny,' meddai Lloyd.

'O ia, ma' secs yn 'neud lles ichdi,' meddai Iwan, yn dangos diddordeb mwya sydyn. 'Ddeudodd fy meddyg teulu hynna wrtha i ugain mlynedd nôl.'

'Ma' fe'n wir,' meddai Lloyd, yn amneidio. 'Os gei di gyfathrach rywiol dair gwaith yr wythnos, byddi di'n haneru'r risg o gael trawiad.'

'O, dwn 'im am hynny chwaith,' meddai Iwan. 'Mae'n dibynnu pwy wyt ti'n cael rhyw efo nhw, tydy. Mae rhai o'r merchad dwi 'di mynd allan efo nhw, wel, ma' ambell un 'di bod ben set ar roi hartan i mi, saff ichdi.'

'Ma' 'na achos bo' nhw hanner dy oedran di, Iwan,' meddai Lloyd.

'Ffordd dda i fynd, cofiwch hogia. Trawiad ar y job?' meddai Iwan yn freuddwydiol.

'Allwn ni stopio siarad am gael trawiad, plis?' meddaf, ond yna o gofio am drawiad diweddar fy mam, dyma fi'n ychwanegu'n glou a gofidus, 'Ody nhw'n dueddol o redeg yn y teulu, Lloyd? Pyle ar y galon?'

'Ma' 'na dueddiad, o's, fel popeth arall. Ond ma' ffordd o fyw yn bwysicach, torri lawr ar fraster, cadw'n heini, yn enwedig yn dy bedwar degau. Mae'r cyfnod risg uchaf o gael trawiad yn dechrau yn dy bedwar degau.'

'Wy'n gweld pam aeth Phil nawr,' meddaf, gan roi fy niod i lawr yn benisel.

Mae Lloyd yn gwenu ac yn dweud wrthaf am godi 'nghalon.

'Ia, wir. Rwyt ti dal yn laslanc, 'sti, ym mloda dy ddyddia,' meddai Iwan. 'Gwna'n fawr o flwyddyn ola dy dri dega, washi. Roedd hi'n ddegawd wych i mi.'

Sylwaf fod Elin wedi dod at fynedfa'r parti ac yn edrych trwy'r llu o gyrff ym mharti dan-ei-sang Phil. Esgusodaf fy hun a cherddaf draw ati.

'O'n i'n dechrau meddwl ble o't ti 'di mynd,' meddai, yn falch o 'ngweld i, ac yn fy ngalw i'n 'ti' cyfeillgar, fe sylwais.

'Ie. Sori 'mbytu 'na. Ma' hwn yn barti pen-blwydd un o'm ffrindie gore i.'

'Ond ma' rhaid i fi siarad â ti,' meddai, gan roi ei braich amdanaf. 'Ti yw'n hoff berthynas i. Wy'n rili caru ti, Wncwl Bryn.'

Mae Phil wedi sylwi ar fraich Elin amdanaf, a chan nad yw e'n gwybod pwy yw hi mae e'n gwneud ystum brwnt â'i sosej rôl, gan ei roi rhwng ei goesau fel codiad. Falle bod Efa'n iawn, wedi'r cwbwl. Mae Phil yn acto fel sledj weithiau.

Dychwelaf lawr stâr ac eisteddaf gydag Elin a Iolo. Sylwaf fod Elin yn ymddwyn yn rhyfedd. Mae hi'n gwenu lot neu'n edrych yn ddwys iawn, bob yn ail. Does dim tir canol, normal. Mae hyn yn peri pryder i mi, a chwplaf fy mheint yn eiddgar.

'Ges di dy fwydo o'r fron?' gofynna Iolo mwya sydyn.

'Naddo. Pam yffach wyt ti'n gofyn?' atebaf.

'O'n i'n meddwl nago't ti. Ma' 'da fi'r theori hyn bod dynion sy'n yfed yn glou heb gael ei bwydo o'r fron pan o'n nhw'n fabis. 'Na pam ti ffaelu gadael llonydd i dy beint. Ti'n teimlo bo' ti 'di colli mas ar rywbeth pan o't ti'n fach a ti'n treial 'neud lan amdano fe.'

Yn sylwi bod gwydryn hanner peint Iolo bron yn llawn o

ddŵr pefriog, dywedais mod i'n cymryd bod e wedi cael ei fwydo o'r fron 'te.

'Do, fel mae'n digwydd,' mae'n ateb.

'Ge's i ddim,' meddai Elin, yn gwenu eto, 'er, sa i'n credu bod mam yn gwybod bod bronnau 'da hi. Ma' hi'n cwato nhw, fel cyfrinachau teuluol.'

Mae Iolo'n chwerthin yn braf ac yn rhoi cusan ysgafn ar foch Elin. Gwinga Elin ychydig, gan rwtio gên gwrs Iolo, lle y sylwaf fod yna haen ysgafn o fonion blew cochlyd.

'Mae'n teimlo fel *sandpaper*,' meddai Elin, gan rwtio wyneb ei sboner yn chwareus eto.

'Wy'n tyfu fe ar gyfer Van Gogh,' meddai Iolo, yn edrych arnaf i.

'Ma' fe'n 'neud sioeau un-dyn yn y theatr,' eglura Elin yn browd.

'Ma' rhaid bod 'da nhw wallt coch. Wnes i Vivaldi flwyddyn diwetha. Falle wna i Neil Kinnock pan fydda i'n hŷn.'

'Wyt ti'n mynd i helpu fi 'te, Wncwl Bryn?' gofynna Elin, yn ddwys eto'n sydyn.

Ro'n i wedi llwyr anghofio am ei chais yn gynharach. 'Helpu ti i beth?'

'Helpu tawelu Mam ar ôl i fi weud wrthi bo' fi ddim yn mynd i fynd i'r coleg a bo' fi'n symud mewn i fyw 'da Iolo.'

'Fydda i'n sicr yn cofio dy garedigrwydd di,' meddai Iolo, yn sydyn yn rhoi tabled fechan o 'mlaen i ar y ford. Ro'n i wedi gweld un o'r rhain o'r blaen, gyda Phil. Tabled 'E' ydoedd. Gan daflu cipolwg ar y ddau yma gyferbyn â mi yn yfed dŵr, yn sydyn roedd pob dim yn dechrau 'neud mwy o synnwyr. Roedd geiriau Iwan yn chwyrlïo yn fy mhen. Gwna'n fawr o flwyddyn ola dy dri dega, washi. Do'n i erioed 'di cymryd ecstasi o'r blaen. Roedd Phil wedi ymhelaethu am ei brofiad 'E' ef un noson yn yr *Ivy Bush*, gan ddweud yn bennaf, os cofia i'n iawn, ei fod wedi teimlo'n dawel ei feddwl ac yn hapus iawn. Allen i 'neud y tro â bod yn dawel fy meddwl ac yn hapus iawn, meddyliais. Ond 'na fe, se Phil yn rhoi unrhyw beth yn ei geg. Pan fisiodd e noson gwis cwpwl o flynydde nôl, a pheidio ateb ei mobeil chwaith, roedd Lloyd yn becso cymaint nes iddo dorri mewn i dŷ Phil trwy dorri ffenestr, dim ond i ganfod Phil yn cysgu'n sownd yn ei ddillad ar ben ei wely. Pan ddihunodd roedd e moyn gwybod pa ddiwrnod oedd hi. Mae'n debyg ei fod wedi cysgu am chwe deg awr, ar ôl iddo lyncu tabled gysgu wedi'i bwriadu ar gyfer ceffyl, i weld 'shwt brofiad bydde fe'.

Nid un fel'na ydw i. Wy moyn gwybod yn gwmws beth wy'n roi yn fy ngheg. Wy'n becso am bethau bach – fel a allai fe fy lladd i, er enghraifft? Mae Iolo yn sylwi ar fy ngolwg ofidus.

'Os ti heb gymryd un o'r blaen, paid becso. Wnewn ni edrych ar dy ôl di,' meddai, gan daflu cipolwg ar Elin.

'Wrth gwrs wnewn ni,' meddai hi, yn gwenu'n santaidd, wynfydedig. 'Yn fras, jest yfa ddŵr a bydd yn hapus.'

Bydd yn hapus. Dyma gyngor fy nith deunaw oed. Fel se fe'n rhywbeth allen i ei ordro o gatalog. Fy ngreddf naturiol yw i wrthod yr 'E', ond yn anffodus mae geiriau Iwan yn dal i'n nhemtio fel rhyw gythreuliaid bach diwyd, yn fy nghocsio i aros yn ifanc a pheidio croesi i dir gofidus canol-oed heb frwydr o leiaf. Cymeraf yr 'E' ac yfaf hanner dŵr Elin. 'Sdim byd yn digwydd i mi am hydoedd, a dechreuaf feddwl bod hyn yn mynd i fod fel smygu dôp i mi, hynny yw tipyn o *non-event*. Falle nad yw cyffuriau'n cael unrhyw effaith arnaf a taw alcohol yw'r unig beth sy'n cymylu fy ngafael ar realiti.

O, mor anghywir, mor anghywir yr oeddwn. Ar ôl ychydig wy'n teimlo fel dawnsio. Neu, a bod yn fanwl, wy'n teimlo fel cofleidio. Cofleidio pawb. Dywedaf wrth Elin mod i'n ei charu a taw hi yw'r ferch na chaf i fyth. Mae hi'n dechrau llefain ac yn dweud y ca i fod yn dad iddi os wy moyn. Edrychaf yn ddryslyd, gan feddwl am eiliad ei bod hi am i mi ei mabwysiadu. Dywedaf wrth Iolo mod i'n ei garu e hefyd ac na ddylai ei gyfyngu ei hun i rannau gwallt coch yn unig. Mae e'n dweud wrtha i ei fod e'n fy ngharu i am drafferthu poeni amdano. Mae'n addo cymryd gofal arbennig o Elin am byth. Yn teimlo rhyw dawelwch meddwl aruthrol, penderfynaf ddychwelyd lan stâr i weld fy ffrindiau. Yna gwnaf rywbeth hollol anhygoel. Syrthiaf *i fyny'r* grisiau! Caf fy mhigo lan yn y man gan staca o ddyn swmpus mewn siwt ddu a dici-bô, rhyw swyddog diogelwch. Heb unrhyw rheswm penodol dywedaf wrtho fod yr *Emperor Penguin* yn medru dodwy wyau mewn tymheredd oer iawn, dan meinws chwe deg canradd. Mae'n edrych arnaf yn ffafriol, fel sen i wedi creu argraff arno, cyn rhoi help llaw i mi ffeindio'r bar lan stâr. Teimla drwm bas cerddoriaeth y disgo fel se fe wedi'i gysylltu'n uniongyrchol â'm ymennydd. Wy'n teimlo'n boeth a gofynnaf am jwged o ddŵr. Yn anhygoel, fe gaf un. Ffeindiaf Phil a rhoddaf y jwg yn ofalus i lawr ar y llawr cyn ei gofleidio a dweud 'Pen-blwydd hapus, wàs.' Mae'n chwerthin ac yna'n baglu dros fy jwg wrth gwrso un o'i gyn-gariadon. Yn sydyn, teimlaf yn ddagreuol. Nid yn anhapus. Jest emosiynol. Ymddiheuraf am y jwg a dywedaf wrth Phil mod i'n ei garu. Dywed e wrtha i nad yw ef yn fy ngharu i o gwbwl. Teimlaf braidd yn ypsét am hyn. Mae'n rhaid bod Lloyd wedi sylwi, oherwydd o fewn eiliadau mae e wrth fy ymyl. Dywedaf wrtho mewn llais trist nad yw Phil yn fy ngharu.

'Wrth gwrs 'i fod e. Ni i gyd yn, achan,' meddai Lloyd yn hael. Sylwaf ar Iwan yn eistedd ar ei ben ei hun, ei ben yn un swp yn ei gôl, bron â chysgu. Af lan ato, gan blygu fy mhen i lawr i'w lefel e er mwyn iddo fy ngweld. Codaf fy llais uwchlaw cerddoriaeth y disgo sydd, erbyn hyn, yn addas iawn yn chwarae cân araf o eiddo'r Pretenders, 'Forever Young'.

'Wy'n caru ti, Iwan,' meddaf, gan edrych i fyw ei lygaid.

Mae e'n neidio ar ei draed ac yn fy mhenglinio'n galed rhwng fy nghoesau. Ond dyw'r weithred dreisiol hon ddim yn amharu rhyw lawer ar fy llonyddwch mewnol. Yn wir, argyhoeddaf fy hun taw dyma ffordd Iwan o ddangos ei fod e'n fy ngharu i hefyd. Mae Lloyd yn rhoi stŵr i Iwan wrth i'r pengwin mawr ddod draw atom.

'Mae'n oreit,' meddaf wrtho, i dawelu ei feddwl, 'ni i gyd yn ffrindiau.'

'Ie, ma' 'na'n wir,' atega Lloyd, sydd, yn wyrthiol, dal yn weddol sobor.

'Mwy o 'na a ti mas o 'ma,' meddai'r boi diogelwch wrth Iwan, sy'n eistedd nôl yn ei gadair yn ufudd.

'Cefais fy mhryfocio,' dechreua egluro, ond mae Lloyd yn ei dawelu ac mae'r dyn diogelwch yn dychwelyd i'w safle ger y fynedfa.

Cofiaf ddweud wrth Lloyd mod i wedi cymryd 'E' ond mae gweddill y noson rhemp yn niwlog iawn. Cofiaf yfed lot fawr o ddŵr a dawnsio a syllu'n gegrwth ar nifer o *brunettes* tal â bronnau mawr, ond dyna'r cyfan. Na, ar un adeg bues i'n cwato dan ford, yn bendant bod rhywun ar fin fy saethu.

Y noson honno mae gen i obsesiwn ynglŷn â chwt ar fy mhen-glin. Mae Efa'n ei luo fe'n well. Mae'r gwaedu'n stopio ac rwy'n chwarae nadredd ac ysgolion rhwng ei choesau. Mae David Gray yn ymuno yn y gêm. Cyhuddaf e o tsietio. Ar un adeg, gyda help Meatloaf, wy'n handcyffio Efa i reilen bres y gwely, ond methaf garu â hi gan fod fy nghala wedi troi'n sosej rôl. Yn sydyn dihunaf yn whŷs drabŵd. Am eiliad meddyliaf fod yna bengwin y tu blaen i mi. Yna sylweddolaf *fod* yna bengwin y tu blaen i mi. Sgrechiaf, wedi drysu'n lân. Yna mae Jamie'n popio ei ben mas o'i siwt pengwin, gan ofyn a ydw i'n iawn nawr. Edrychaf o gwmpas yr ystafell a sylwaf ar y blanced sydd yn fy llaw. Wy wedi cysgu ar soffa Jo ac mae fy ngheg mor sych â sglodyn. Ond fe lwyddaf i wenu ar Jamie.

'Ydw, wy'n iawn, diolch,' meddaf, yn falch o fod yn fyw.

Pennod 14

Rai munudau'n ddiweddarach, daw Jo draw at y soffa a rhoi gwydred o *Resolve* i mi. Mae hi'n cymryd yn ganiataol taw pen mawr bore trannoeth arferol sy gen i. Teimlaf ormod o embaras i ddweud y gwir wrthi.

'Shwt mae'ch pen chi bore 'ma, Ditectif Gwnstabl?' mae'n gofyn, gan wenu.

'Ditectif Gwnstabl?' gofynnaf, gan ddala fy nhalcen, yn teimlo fy llaw yn crynu.

'O't ti'n ailadrodd dy hunan trwy'r adeg. Bod ti'n blisman gyda Heddlu Cambria a bod hawl gyda ti i edrych trwy'n fflat i!'

'O mowredd, sori Jo.'

'Paid bod yn sori,' meddai Jamie'n llon. 'O'dd e'n grêt!'

'Cer i frwsio dy ddannedd nawr, Jamie, 'na gwd boi,' meddai Jo, yn ceisio achub rhywfaint ar fy embaras.

'O'dd rhaid i ti aros gyda ni rhag ofn se ti'n tagu ar dy sic!' meddai Jamie, ei lygaid yn pefrio'n llawn cynnwrf.

''Na ddigon, Jamie.'

'Ond 'na beth wedes ti, Mam. 'Na beth wedes ti wrth gariad Wncwl Bryn!'

'Jamie!'

Tro Jo yw hi i deimlo embaras nawr. Mae hi'n crafu'i gwddwg coch yn lletchwith wrth i Jamie ei throi hi'n bwdlyd i gyfeiriad y landin a draw i'r stafell molchi.

'Ffoniodd Efa ti ar dy mobeil. Ond prin bo' ti'n gallu siarad o gwbwl erbyn 'nny.'

'O na,' meddais, yn dala fy mhen yn fy nwylo.

'Wnes ti jest lwyddo i ddweud wrthi bod ti 'di bod ym mharti pen-blwydd Phil yn ddeugain oed.'

'O na,' meddais eto, yn uwch y tro hwn, gan ysgwyd fy mhen.

'O ie, a wedes ti wrthi bod ti'n 'i charu hi.'

'Mae'n flin 'da fi, Jo.'

'Mae'n oreit. Wedes ti bo' ti'n fy ngharu i hefyd. A Jamie. Sa' i 'di gweld ti cweit cynddrwg â 'na o'r blaen, rhaid cyfadde. Noson dda, mae'n rhaid.'

'O o'dd, gwych. Ond wy'n mynd i ddiodde nawr. Sdim sach a lludw'n digwydd bod 'da ti, o's e?'

Amneidiodd yn araf, ond gwyddwn nad oedd hi'n golygu 'oes'. Jest meddwl oedd hi, yn ei ffordd unigryw ei hun.

'Wel, os ti'n ffaelu 'i dal hi ar ben-blwydd dy ffrind yn ddeugain, pryd wyt ti'n gallu meddwi?' meddai yn y man.

'Ti'n garedig iawn,' meddaf, yn dala fy nwylo mas o 'mlaen fel y diweddar Tommy Cooper. Ceisiaf eu dala nhw'n ddi-sigl, ond edrychaf fel sen i'n meimio canu'r piano. Mae'r Cryndod arna i. Yn wael. Yna sylwaf ar arwydd siâp amlen a saeth ar sgrin fy ffôn symudol. Mae gen i neges-destun. Sylwaf ei bod oddi wrth Efa ac mae fy nghalon yn cyflymu. Darllenaf y neges. Dim ond un gair yw e – 'Bastard.'

Yn methu dofi'i chwilfrydedd, daw Jo draw i'w ddarllen e gyda mi.

'Oddi wrth Efa,' meddaf yn ddigalon.

'Yffach, beth yw ei phroblem hi? Pam nad aeth hi i'r parti gyda ti? Y'ch chi fod yn gwpwl, nagy'ch chi?'

Ystyriaf hyn am ennyd. Mae'n bwynt digon teg. Gyda dewrder pen bore trannoeth yn fy ngyrru ymlaen, penderfynaf fod yn ymosodol yn hytrach nag yn ymddiheuriol. Daliaf fws draw i fflat Efa a chanu'r gloch am amser hir nes fod rhaid iddi ei hateb. Fodd bynnag, rhaid i mi roi'r gorau i'm cynlluniau ar unwaith wrth i Efa ateb y drws yn beichio llefain ac yn amlwg yn hysteraidd.

'Pallest ti wrando arna i! A nawr, ti'n gwybod y cwbwl! Pwy wedodd 'tho ti? Lloyd? Neu'r llall, yr un tal? O'dd e'n cofio fi? Fentra i wnaethon nhw dynnu dy goes di'n ofnadw amdana i! Wel, ma' tipyn o flynydde ers 'nny nawr, a doedd dim arian 'da fi!'

Dim ond canol bore yw hi a wy'n dal i ddiodde ar ôl neithiwr. Wy'm yn siŵr a wy'n deall hyn yn iawn. Oes 'na rywbeth wnes i 'i golli, falle? Arhosaf yn gegagored wrth fynedfa'i fflat. Mae hyn yn hala colled arni.

'Paid jest sefyll fan'na'r twpsyn! Gwed wrtha i be wedon nhw amdana i!' sgrechodd, gan fynd yn wyn fel shiten, cymaint oedd ei chynddaredd.

Ymdrechais yn galed i gofio. Roedd rhyw ddarnau niwlog am ryw a handcyffs. Yn sicr, doedd dim byd i ennyn y fath hysteria.

'Pam wyt ti'n meddwl wy'n chware cerddoriaeth Côr Meibion Llanelli mor aml?! A paid esgus bod ti heb glywed fi'n whare fe! Dyna'r agosa wy'n gallu bod ato fe. Fy nhad!'

Wy wedi'i cholli hi'n gyfan gwbwl nawr. Edrychaf yn ddryslyd a mentraf ofyn yn betrusgar, 'Duw?'

'Na, nid Duw! Fy nhad iawn i, y bat!' mae hi'n gweiddi, gan roi clowten i 'ngwyneb a chicio fy nghoesau. Rhoddaf fy nwylo lan i amddiffyn fy hun, ond yn sydyn mae Efa'n syrthio'n swp i'r llawr a dechrau wylo. Gobeithiaf taw ryw sgil-effaith fy mhrofiad 'E' yw hyn, ond teimlaf rhyw gorddi ym mhwll fy stumog wrth i mi sylweddoli bod hyn yn digwydd go iawn. Mae'n ddirdynnol o boenus. Eisteddaf ar y llawr wrth ei hymyl a rhoddaf fy mreichiau amdani. Magaf hi nôl a 'mlaen wrth iddi barhau i wylo'n hidl, ei dagrau'n bownsio oddi ar fy nwylo crynedig. Yn y pen draw mae hi'n syrthio i gysgu yn fy mreichiau a chysgaf innau ar y carped hefyd, gan hanner gobeithio y dihunaf yn nes ymlaen yn rhydd o'r hunllef hynod hon.

Dihunaf ychydig oriau'n ddiweddarach i gyfeiliant cysurlon sŵn ac arogl coffi yn bwrw'i ffrwyth. Mae Efa wedi cael cawod a newid ei ffrog ac yn edrych lot yn well. Mae cryno-ddisg Norah Jones, *Come Away With Me*, yn chwarae'n dawel iawn yn y cefndir, fel mai prin y gellir ei glywed uwchlaw poeri'r coffi byrlymus. Codaf oddi ar y llawr ychydig yn rhy glou a theimlaf yn benysgafn. Mae fy nghymalau stiff yn brifo ac ymestynnaf fy mreichiau mor uchel ag y medraf, gan sylwi er mawr ryddhad bod y cryndod blaenorol wedi diflannu.

Er mawr syndod, daw Efa'n syth at y pwynt.

'O'n i arfer bod yn *stripper*,' meddai, mewn ffordd digon ffwrdd-a-hi.

Nid wyf yn dweud gair. Be fedrith rhywun ei ddweud? Wy'n cymryd nad sôn am stripo papur wal mae hi.

'Gwed rywbeth,' meddai, gyda chryndod yn ei llais.

'Pryd oedd hyn?'

'Pan o'n i'n stiwdent. Wnes i fe am ddwy flynedd. Bob nos Iau a nos Sadwrn yn ystafell fwyta'r *Belle Vue* lawr y dociau. Neu'r bae fel ma' nhw'n galw fe y dyddie 'ma.'

Ceisiaf feddwl am ymateb addas. Yn y diwedd dywedaf, 'Wel, beth am hynny?'

'O dere, Bryn. Wy'n sylweddoli erbyn hyn 'i fod e wedi fy nhroi i yn erbyn teip arbennig o ddyn. Fel dy ffrind di, Phil, er enghraifft. Y rhai fyddai'n fy ngwawdio o'r gynulleidfa, neu'n fy annog i mewn ffyrdd brwnt. O'dd sioe gen i, gyda . . . wel, gyda teganau rhyw. Wy'n siŵr bod Phil yn y gynulleidfa sawl gwaith. O'n i'n edrych yn hollol wahanol pryd hynny. Yn iachach, nid cweit mor denau, â gwallt hir iawn, blond. Wedodd e rywbeth?'

'Na.'

'Mae'n amser hir yn ôl nawr, 'sbo. Falle nagyw e'n cofio.'

'Ody, wrth gwrs 'i bod hi,' meddaf, gan roi fy llaw ar ei hysgwydd. Mae hi'n symud i ffwrdd yn swrth ac yn dechrau arllwys coffi.

'Y peth gwallgo yw mod i ond wedi dechrau 'neud e'n

wreiddiol er mwyn cael cerdyn Ecwiti.'

Mae hi'n ysgwyd ei phen mewn anghrediniaeth ac yn dechrau anadlu'n drymach, fel se hi'n casglu ei holl nerth. Synhwyraf fod yna rywbeth llawer gwaeth i ddod.

'Un nos Sadwrn, noson gêm rygbi ryngwladol, nosweth o'n i wastad yn treial osgoi gweithio arni, roedd fy nhad yn y gynulleidfa gyda rhai o'i ffrindiau. Sylwodd e arna i. Sylwais i arno fe. Wy'm yn siŵr p'un ohono ni oedd y gwaetha. Ta beth, ga'th e byle o iselder am wythnosau ar ôl 'nny. Ymddiheurodd e wrtha i, am iselhau ei hunan shwt gymaint. Wedodd e nad o'dd wedi'i daro fe o'r blaen fod pob *stripper* yn blentyn i rywun. Er i mi gael sioc a siom ofnadw, des i'n raddol i dderbyn taw jest pyntar o'dd e, fel unrhyw un arall. Wnes i faddau iddo fe. Ond yn anffodus wnaeth e ddim maddau iddo fe'i hunan. Tua diwedd yr haf 'nny cymerodd e *overdose* mawr a laddodd e 'i hunan yn ein carafán ni ym Mro Gŵyr.'

'O Dduw, ddrwg 'da fi glywed 'na, Efa,' dywedaf, gan deimlo mor annigonol oedd hyn fel ymateb.

'Ma' fe wedi lliwio gweddill fy mywyd i, be 'nath e i'w hunan,' meddai'n dawel, gan nôl jwg fach o hufen o'r oergell. 'Droiais i at gyffurie. 'Na pryd gwrddes i â Marco. Roedd y ddou ohono ni'n gaeth i heroin. A Lloyd oedd ein meddyg teulu ni. O'dd 'dag e bractis lawr y dociau bryd hynny. O'dd e'n help mowr, whare teg. Fe, ac yn y pen draw, yr Iesu.'

Eisteddon ni ar stolion gyferbyn â'n gilydd, yn sipian coffi poeth mewn tawelwch llethol, a llais wylofus Norah Jones wedi hen bylu. Ar ôl ychydig cododd Efa a mynd draw at y rhesel cryno-ddisgiau a dal cryno-ddisg Côr Meibion Llanelli yn ei llaw. Yna daeth hi ag e draw i'w ddangos i mi.

'Wy'n gwybod bod e'n pathetig. Ond fe yw'r unawdydd ar y trac "Y Fedwen Arian", tenor telynegol â llais hyfryd. O'dd e'n arfer hala fi i lefain. Ma' fe'n dal i 'neud weithiau. Ond wy'n teimlo lot yn well am bethau dyddie 'ma, yn dawelach fy meddwl.'

'Pam na wedes ti wrtha i am hyn cyn nawr?'

Cododd Efa'i hysgwyddau.

'Wy'n treial symud 'mlaen. Ma' fe bron ddeng mlynedd yn ôl nawr. Ond mae'n well bod ti 'di clywed wrtha i nag oddi wrth rhywun arall, 'sbo. Ti yn gweud y gwir, nagy't ti? Bod Lloyd heb weud unrhyw beth? Na Phil?'

'Dim gair.'

Ochneidiodd fel pe bai rhyw bwysau enfawr wedi codi oddi ar ei hysgwyddau.

'Mae'n ddrwg 'da fi mod i mor lletwith 'mbytu ti'n gweld dy ffrindiau. Nerfus o'n i, 'na i gyd. O'n i'n weddol saff se Lloyd heb weud dim. Ond Phil . . . wel, o'n i 'di cymryd yn ganiataol 'i fod e'n cofio. Ac o'n i'n meddwl y bydde rhyw hen gi trist fel Iwan bownd o fod wedi bod yn y *Belle Vue*.'

'Ody 'na'n meddwl galla i weld nhw 'to?'

'Ti wedi'n barod, nagy't ti?'

'O'dd rhaid i mi, Efa. Mae'n rhaid bod ti'n deall 'na.'

Amneidiodd Efa, gan ddweud nad oedd unrhyw reswm i beidio'u gweld nhw mwyach.

'Sdim byd arall 'da fi i gwato. Sdim mwy i weud.'

Sipiodd y ddau ohono ni fwy o goffi. Ond allen i weld 'i bod hi'n dal ar bigau'r drain yn ôl y ffordd roedd hi'n mynnu taro coes y ford â'i throed dro ar ôl tro.

'Ma' fe lan i ti, 'sbo, i ddewis pwy yw dy ffrindiau di,' meddai o'r diwedd.

Amneidiais a phenderfynu mynd amdani.

'A 'nghariad i hefyd,' dywedaf, ychydig yn bryderus, gan edrych i fyw ei llygaid mawr brown trwy'r adeg. Syllant nôl arnaf, yn ofidus. Mae'n ddigon i wneud i mi betruso a stopio siarad.

'Ddealla i'n iawn os ti moyn cwpla 'da fi. Ti bownd o fod wedi cael sioc, mod i wedi 'neud cweit shwt gymaint o gawlach o 'mywyd,' meddai.

Mae ei llygaid yn nerfus nawr, yn syllu ar fy rhai i gydag angerdd dwys sy'n galonogol.

'Cwpla 'da ti? Na, 'na'r peth diwetha wy moyn,' dywedaf

mewn goslef di-droi'n-ôl sy'n fy synnu.

'Beth wyt ti moyn 'te, Bryn? Bydda'n onest gyda fi.'

Dof i lawr oddi ar fy stôl a daliaf ei llaw. Mae hi'n cau ei llygaid am eiliad, allan o ryddhad neu bleser wy'n credu, yn hytrach na phryder. Pan mae hi'n eu hagor nhw eto, edrychaf yn ddwfn i'w llygaid a gwasgaf ei llaw. Teimlaf ieir bach yr haf yn cael parti yn fy stumog.

'Ti'n gweud bo' ti moyn symud 'mlaen, Efa. Wel, wy'n credu taw'r ffordd orau i 'neud 'nny yw i symud mewn. Gyda fi.'

Teimlaf yn siomedig wrth iddi edrych i ffwrdd a dweud nad yw'n dymuno fy rhuthro i wneud rhywbeth wna i ddifaru.

'Wy'n gwybod be wnelen i ddifaru. Sen i'n difaru peidio gofyn i ti,' meddaf, gan wasgu'i llaw unwaith eto ac ychwanegu'n ddiangen, 'Se ddim angen i ti dalu unrhyw rent.'

Mae hyn fel se fe'n torri'r tensiwn. Mae hi'n rhoi ei dwylo tu ôl 'mhen ac yn fy nhynnu tuag ati. Rydym yn cusanu, yn araf angerddol am sawl munud, yn mwynhau ein gilydd. Pan dynnwn yn rhydd o'r diwedd, dywedaf, 'Fe gymra i 'na fel "ie" 'te, ife?'

Mae hi'n gwenu ac yna'n amneidio, gan edrych wrth ei bodd.

Hedfanodd gweddill mis Mai i rywle. Cefais ychydig o waith ychwanegol fel artist cynorthwyol ar ddrama ddogfen yn y BBC. Nid oedd gan Efa ddiddordeb mewn cymryd rhan yn *Butetown Blues*, yn rhannol mae'n debyg am ei bod hi wedi cael ei siâr ohonynt eisoes. Fodd bynnag, fe gafodd hi waith gan grŵp o gantorion madrigal dros yr haf yn Amgueddfa Werin Sain Ffagan. Er i'r ddau ohonom weithio oriau hir, roeddem ni'n sicrhau ein bod ni'n rhoi lle penodol ac amser digonol i'n gilydd bob dydd, ac ymgartrefodd Efa yn rhyfeddol o glou yn fy fflat digon di-nod. Erbyn hyn ro'n ni wedi cyfaddef wrthi nad oeddwn i'n medru canu, dim ond i ganfod nad oedd hi erioed wedi fy nghredu p'run bynnag. Gwahoddon ni Jo a

Jamie draw am bryd, a daeth Efa ymlaen yn dda iawn gyda nhw, diolch i'r drefn. Dechreuodd Cwpan y Byd pêl-droed ar ddiwrnod olaf Mai, gyda chanlyniad syfrdanol wrth i Senegal guro'r deiliaid, Ffrainc. Gwelwyd ymdeimlad Prydeinig ar y cyfryngau wrth i ddathliadau Jiwbilî y Frenhines gyrraedd uchafbwynt yn gynnar ym Mehefin â diwrnod o wyliau 'cenedlaethol'. Bron fel tacteg gwrth-Saesnig, penderfynodd Iwan, Phil, Lloyd a minnau, gan nad oedd Cymru yn y gystadleuaeth, yna dylen ni gefnogi Iwerddon. Mae gwreiddiau teulu Lloyd yn Iwerddon p'un bynnag, felly roedd e'n frwd o blaid y syniad ar yr amod ein bod ni'n rhoi ambell floedd dros Siapan hefyd, fel arwydd o gefnogaeth i Hiroko. Yn yr *Ivy Bush*, gwylion ni Iwerddon yn cael gêm gyfartal yn erbyn Camerŵn, a chefais fy llusgo i mewn gan ffrindiau Efa yng nghapel Bethania i fod yn stiward am y dydd yn Eisteddfod yr Urdd, a oedd wedi cychwyn yr wythnos honno ym Mharc Biwt. I ddechrau, ro'n i'n meddwl y bydden i'n rhyw gynorthwy-ydd maes parcio ffwdanus, neu'n well byth ar faes yr Eisteddfod ei hun yn hebrwng pobl i'r tai bach neu beth bynnag. Roedd realiti'r sefyllfa'n llawer mwy di-nod. Bydden i ar y drws yn y rhagbrofion yn ysgol Heol Lansdowne yn Nhreganna. (Ai hwn oedd fy ngalwad mewn bywyd – i arwain pobol trwy ddrysau?)

Cychwynnais am hanner awr wedi saith y bore bywiog, yn teimlo'n weddol bwysig yn fy wasgod felen lachar, swyddogol. Roedd yna ddwsinau o blant o ysgolion cynradd o Gymru benbaladr yn cystadlu yn y 'cyflwyniad dramatig'. Fy nhasg i oedd eu harwain nhw i'r gofod perfformio yn y gampfa. Hefyd, dywedwyd wrthyf y dyliwn o bryd i'w gilydd ddweud 'ust!', gan edrych yn ddifrifol, er mwyn i bob perfformiwr gael perffaith chwarae teg. Roedd dechrau'r rhagbrofion yn annibendod llwyr gan fod y beirniad yn hwyr. Dywedais wrth fy nghyd-stiward, deintydd o'r Rhondda oedd wedi ymddeol, bod hyn yn anfaddeuol, cadw plant bach i aros mor gynnar â hyn yn y dydd. Ond wedyn sylwais ar ddyn boliog â gwallt arian, yn gwisgo siwt anniben o liw hufen gyda rosét gwyrdd ar un o'r llabedi, yn anelu'n frysiog tuag atom. Y beirniad oedd e, sef Iwan.

'Be gythral wyt ti dda 'ma? Wyt ti'n wallgo ta be?'

'Gwneud fy rhan dros y genedl, ontefe. I'm cyd-ddyn, i Grist, fel mae'r Urdd yn ddweud,' dywedaf, gan roi darn o gwm cnoi iddo, yn rhannol i leddfu'r arogl wisgi cryf a lifa o'i geg. Wedi'r cwbwl, do'n i ddim moyn iddo fe hala ofn ar y plant.

'Bolocs,' sibryda yn fy nghlust, gan ychwanegu, 'Paid 'neud unrhyw beth am ddim. Os ti'n ymddwyn fel amatur, amatur fyddi di am byth.'

Ac yna, fel real hen ben, mae'n cerdded trwy'r drws gan ysgwyd llaw un o swyddogion yr Urdd yn wresog, yn rhaffu celwyddau mewn llais uchel, 'Roedd 'na ddamwain ar Heol Llandaf, un go ddifrifol dwi'n meddwl, yr heol 'di cau. Felly oedd rhaid i mi gerddad 'ma yn y diwedd. Hidiwch befo, ella wnaiff o les i mi.'

'Ddrwg 'da fi glywed, Mr Roberts. Dewch trwyddo, dewch trwyddo,' meddai'r swyddog. Mae Iwan yn rhoi winc ffarwél fach slei i mi cyn diflannu mewn i gampfa'r ysgol.

Un peth da am wneud y math hyn o waith gwirfoddol yw eich bod chi'n siŵr o gwrdd â phob math o bobol diddorol. Manon Gwilym, er enghraifft – menyw afieithus yn ei thri degau canol, mewn crys-T a jîns. Wyddwn i ddim byd amdani ond, yn ôl y deintydd, roedd hi'n brifathrawes ar un o ysgolion uwchradd Cymraeg y ddinas. Roedd hyn yn ddiddorol, achos roedd hi'n rhegi fel cwrcyn.

'Dyw blydi Cyngor Caerdydd heb helpu o gwbwl. Achlysur mwya o'i fath i bobol ifenc yn Ewrop, a ble mae'r arwyddion i weud wrth bobol ble i fynd? Dy'n nhw'm yn unman! Ac mae'n hannwyl Arglwydd Faer ni'n gweud falle bydd e'n rhy fishi i fynd i'r Eisteddfod nawr 'fyd. Rhy fishi'n dathlu Jiwbilî'r Frenhines gyda'r blydi bastard Brits eraill. Mae'n 'neud i 'ngwaed i ferwi!'

Daw hi draw â bob o gwpan polystyren o de i ni, ac o fewn pum munud mae hi wedi ein swyno ni i gytuno i ddod mas gyda hi y noson honno i roi arwyddion lan ar hyd yr hewlydd sy'n arwain i mewn i Gaerdydd. Yn wir, fel rhyw Bibydd Brith cyfoes, mae hi wedi taflu'i swyn dros fyddin o wirfoddolwyr ac rydym yn gosod dros dri deg o arwyddion melyn yr *AA* mewn gwahanol lefydd o gwmpas y ddinas mewn dim o dro. Serch hynny, caf fy synnu gan adwaith ambell un sy'n ein pasio ni. Wrth i ni rhoi arwydd lan yn Heol y Gogledd, mae dau ŵr ifanc yn lladd arno ni o ochor arall yr hewl.

'*Welshies go home!*' gwaeddant, a '*Stuff your Eisteddfod up your arse, bloody Welsh!*' Maen nhw'n gweiddi'r dwli hyn mewn acenion Caerdydd mor gryf nes nad wyf yn siŵr sut i ymateb. Wedi byw yma am ddeunaw mlynedd, teimlaf fel Caerdyddwr fy hun i raddau erbyn hyn. Teimlaf embaras o gael fy 'neud i deimlo fel alltud yn fy ngwlad fy hun. Fodd bynnag, mae'n amlwg bod Manon yn hen law ar y math hyn o beth. Mae hi'n croesi'r hewl yn syth i'w wynebu nhw.

'*I know I've got a big arse, but I don't think I'd be able to stuff an entire Eisteddfod up it!*' meddai, yn hollol wynebsyth.

Mae un o'r dynion ifainc yn smygu sigarét ac yn gwenu. Mae'r llall yn edrych ar ei draed, yn esgus nad oes ganddo ddiddordeb.

'*Aren't you Welsh then, boys?*' meddai Manon, yn dyfalbarhau.

'*I suppose so,*' meddai un ohonynt, â'i ben i lawr, gan edrych yn llechwraidd ar ei gyfaill, y smygwr.

'*So what's this "bloody Welsh" about then?*'

'*Nothing,*' mae e'n ateb, gan edrych nôl ar ei draed.

Yna mae ei ffrind, y smygwr, yn canfod ei lais.

'*You force it down our throats,*' meddai'n bwyllog, wedi ymlacio'n llwyr.

'*Hey, come on now, if anything it's me that's being forced to speak in English now, isn't it? Not that I mind, because even though I swear, I'm quite polite really.*'

'*You take all our fucking jobs then. That's what we meant,*' mae'r smygwr yn parhau ar yr un trywydd.

'*Oh well, if it's a job you want, you can join us putting these signs up,*' meddai Manon drachefn, ddim am ildio modfedd.

'*How much do you pay?*' gofynna'r llall, yr un heb sigarét, yn dangos diddordeb mwya sydyn.

'*Nothing. I'm on a week's holiday, actually. And I'm helping out, like the rest of these good citizens. I've been up since six o'clock this morning helping out. Now that's my decision, I know. I don't want a medal. But I'm quite tired now and I could do without this infantile crap from you, okay!*'

Mae hi'n croesi'r hewl nôl at y gweddill ohonom, heb flewyn mas o'i le, ac yna'n galw nôl ar draws yr hewl, â gwên lydan ar ei hwyneb, '*Oh, by the way, if you're interested, it's on all week in Bute Park, by the castle. I'd try and get hold of a tent, if I were you. Swarming with pretty women, all under twenty-five. It's what we Welsh call a fuck-fest!*'

Wedi i ni roi'r arwyddion i gyd i fyny, mae'n debyg ein bod ni'n dilyn yr hen draddodiad gwirfoddol o bennu lan yn y dafarn. Mae Manon yn ei helfen yn yr *Hope & Anchor* yn Radyr, yn arwain y canu – caneuon poblogaidd fel 'Ar lan y môr mae rhosys cochion,' a 'Moliannwn' – ychydig funudau wedi i ni gyrraedd. Os taw fel hyn mae hi pan mae hi wedi blino, duw a ŵyr sut siâp sydd arni y peth cynta yn y bore! Mae rhai o'r helpwyr, yn cynnwys cwpwl o Dreforgan mewn siorts denim a sandalau'n gywir yr un fath â'i gilydd, yn datgan eu gwrthwynebiad i yfed mewn tafarn sydd â rubanau a baneri brenhinol yn hongian ar hyd y welydd. Ond mae Manon o'r farn taw dyna'n gwmws pam ddylen ni fod yno – 'I foddi'r bastard Brits gyda'n presenoldeb ni!' Yn dilyn ein gwaith caled a'r tywydd twym, ry'n ni'n llwyddo i yfed llwyth o lager rhwng y caneuon. Mae Manon yn dal yn gynddeiriog grac gyda'r Arglwydd Faer am wrthod ymweld â maes yr Eisteddfod.

'Mae'n sarhad ar yr Urdd ac ar bob Cymro yng

Nghaerdydd! Mae'n blydi bwriadol, chwel. Fe wedodd y mwlsyn ar y radio pyddiwrnod, bod Cymraeg ddim ond yn un iaith o nifer o ieithoedd yng Nghaerdydd, fel Somali. Wel, sori, nage fel'na mae'i deall hi. Am un peth, ni ddim ym mhrifddinas Somalia. A peth arall, ma' dros dri deg blydi mil ohono ni, diolch yn fowr!'

Mae rhai cwsmeriaid yn mynd lan at y bar, gan bwyntio tuag atom. Mae Manon wrth ei bodd â hyn. Erbyn hyn, mae hi bron yn stop-tap, ta beth. Gwena'n foddhaus iddi'i hun, cyn datgelu ei *pièce de resistance*. Roedd ganddi reswm cudd am ddod i'r dafarn hon wedi'r cwbwl, ar ôl iddi sylwi ar y casgliad o jaciau'r undeb tu fas.

'Ma' rhaid i ni ddangos ein gwrthwynebiad,' sibryda'n gynllwyngar, gan nodio i gyfeiriad y baneri bach ar y wal.

'Yn gwmws,' meddai Seimon, y deintydd sy 'di ymddeol.

'Ma' hi 'bach yn lletwith i mi. Wy'n brifathrawes, chwel,' meddai Manon, gan chwerthin nerth ei phen, fel se hi newydd glywed llinell glo jôc dda.

'Gad ti bethe i ni,' meddai Rhodri, yr un yn y siorts denim.

Cyn diwedd y nos mae ein fan Transit yn llawn o jaciau undeb bychan plastig. Yn y diwedd rydym yn dod o hyd i fan gorffwys iddynt mewn sgip oddi ar Heol Cleif. Wy heb fwynhau cymaint ers blynyddoedd. Hefyd, mae'n galondid mawr i wybod bod addysg Cymry Cymraeg Caerdydd yn amlwg mewn dwylo da.

Fore Iau, mae Efa'n fy nihuno gan bwyntio at golofn fer ar dudalen flaen y *Western Mail*. Dan y pennawd *Eisteddfod Adjudicator found on park bench*, mae yna ddau baragraff yn sôn am sut y canfuwyd y dramodydd Cymraeg uchel ei barch, Iwan Roberts, ar fainc yng Nghaeau Pontcanna yn gynnar gyda'r nos, nos Fercher. Er iddo gael ei drosglwyddo mewn ambiwlans i Ysbyty'r Waun ar gyfer profion, rhyddhawyd Mr Roberts yn gyflym o'r ysbyty ac roedd e'n mynnu taw camddealltwriaeth oedd y cwbwl. Yn ôl y dramodydd, wedi dala'r haul yn ddrwg yr oedd y prynhawn hwnnw, a dadhydradu oherwydd iddo weithio'n rhy galed yn yr Eisteddfod. Yn ystod yr hanner awr nesaf derbyniaf ddwy neges-destun, y naill oddi wrth Phil a'r llall oddi wrth Lloyd. Trefnwn i gwrdd ag Iwan yn ei dŷ amser cinio am hanner awr wedi hanner dydd.

Pan gyrhaeddwn, gwelwn ei fod yn sipian jin a thonig enfawr ac yn gwylio dechrau'r gêm bêl-droed rhwng Ffrainc ac Uruguay ar y teledu. Mae e'n dal yn ei drôns. Mae'n amlwg wedi drysu gyda'n presenoldeb ni, ond mae Lloyd yn ei sicrhau ein bod ni yno oherwydd ein bod ni'n becso amdano.

'Wel, dwi'n gwerthfawrogi'ch consýrn chi, hogia, wrth gwrs,' meddai Iwan, â'i lygaid wedi'u hoelio ar sgrin y teledu. 'Ond gen i ofn ei fod o'n ofer. Fel ddeudis i wrth y wasg, camddealltwriaeth oedd o, 'na i gyd.'

'Pwy "gamddealltwriaeth," 'achan?' meddai Phil yn ddiamynedd, gan ychwanegu, 'O't ti 'di pasio mas, nago't ti?'

'O'n i'n cysgu, oeddwn. Ond mi oedd hi'n ddiwrnod crasboeth, toedd?' meddai Iwan, yn parhau i wylio'r teledu.

Yna fe drodd i'n wynebu ni, gan dynnu rhyw gleme lletchwith, yn amlwg llawn embaras, cyn dechrau egluro – 'Ylwch, mae o i gyd 'chydig yn flêr. Ro'n i ar ddêt efo hogan. Wnaeth hi ddim troi i fyny. Un o gyn-gariadon y mab 'cw, Iestyn. Ma' hi'n licio casglu tadau a meibion, mae'n debyg.'

Mae'r tri ohonon ni'n edrych ar ein gilydd ac yna'n ysgwyd ein pennau. Mae'n amlwg 'i fod e'n dweud y gwir. Pwy yffach fydde'n 'neud rhywbeth fel'na lan? Wedi tawelu'n meddyliau nad oes fawr o'i le ar aelod hynaf ein tîm cwis, ry'n ni'n setlo o flaen y teledu, gan agor caniau o lager a gwylio gêm ddigynnwrf, ddi-sgôr.

Y noson honno yn y cwis yn yr *Ivy Bush,* bron er mwyn profi i ni ei fod e'n iawn, mae Iwan hyd yn oed yn fwy sarrug nag arfer. I ddechrau, mae'n rhefru ei anfodlonrwydd ynglŷn ag Efa'n symud i fyw gyda mi, ac yntau ddim yn derbyn un ddime goch yn fwy o rent am hynny. Am unwaith, wy wedi darllen y print mân. Wy'n talu am y fflat. Mae hi lan i mi os ydw i moyn ei rannu gyda rhywun arall, er nad oes gen i hawl i'w syb-letio, serch hynny.

'Mae hynna'n golygu nad wyt ti i fod i dderbyn pres oddi arni,' meddai Iwan gan edrych yn ddrwgdybus.

'Wy ddim wedi,' atebaf, yn dweud y gwir.

'Mae hi'n dy dalu di efo'i chorff, dicin i,' meddai Iwan yn swrth, gan chwyrlïo'r wisgi ar waelod ei wydryn o un ochr i'r llall.

Mae Phil yn pigo'r naws ddwys i fyny ac yn dechrau fy nghyhuddo o glosio at Efa'n rhy glou.

'Ti 'di mynd yn rhy ddifrifol 'da hi, 'achan,' meddai, gan ysgwyd ei ben.

'Dyw e'n ddim o dy fusnes di,' meddaf, wedi cynhyrfu braidd.

Ond am ryw rheswm wnaiff Phil ddim gollwng y peth. Mae e fel ci ag asgwrn.

'Ti 'di gadael iddi symud miwn 'da ti lot rhy glou,' meddai, gan barhau i ysgwyd ei ben.

Yn synhwyro fy anesmwythyd, mae Lloyd yn dweud wrth Phil am newid y pwnc.

'Na, wna i ddim newid y pwnc,' meddai Phil drachefn. 'Wy ddim moyn i'n ffrind i i ga'l lo's, 'na i gyd.'

Ystyriaf bod hyn yn rhywbeth rhyfedd iddo'i ddweud, ond nid wyf am barhau â'r mater, gan fy mod i'n hapus dros ben gydag Efa. Does dim llawer o dimau wedi cystadlu yn y cwis yr wythnos hon a ry'n ni'n llwyddo i ennill y wobr gyntaf arferol o ugain punt bron iawn heb dreial. Ar y diwedd, mae Lloyd wedi synhwyro'n gywir fy mod i'n teimlo'n fflat braidd yn dilyn geiriau Phil am Efa, ac mae e'n fy ngwahodd i nôl i'w dŷ am frandi hwyr. Meddyliaf am decstio Efa i ddweud y byddaf yn hwyr adre, ond sylweddolaf mod i wedi gadael fy mobeil yn y fflat.

Wy heb fod yn nhŷ Lloyd ers achau. Ar ben y piano yn yr ystafell ffrynt mae yna ffotograff mawr o Angharad ac yntau ar ddydd eu priodas. Gwelir sawl ffoto wedi'i fframio o Megan hefyd, ar wahanol gyfnodau yn ei bywyd. Dywedaf wrtho ei bod hi wedi tyfu i fod yn ferch bert iawn.

'Ody, ma' hi,' mae'n cytuno, yn llawn balchder tadol, gan ychwanegu ei bod hi yr un ffunud â'i mam, sy'n wir fel mae'n digwydd a bownd o fod yn anodd i Lloyd ar brydiau. Dywed Lloyd ei bod hi wedi mynd i wersylla ym Mharc Biwt gyda'i ffrindiau.

'Wir?' meddaf, gan godi fy aeliau. Yna, yn teimlo bod rhaid i mi egluro fy hun, ychwanegaf, 'Mae'r maes gwersylla yn dipyn o *fuck-fest* yn ôl y sôn.'

'Yn dipyn o beth?' gofynna Lloyd, yn edrych yn ddryslyd.

'O, paid becso. Wy'n siŵr bod Megan yn ferch ofalus,' meddaf, gan deimlo fy ngwddwg yn troi'n goch.

Mae Lloyd yn arllwys dau frandi *Metaxa* Groegaidd sylweddol eu maint i mewn i wydrau crisial trwm, gyda dau dalpyn o rew yn y naill a'r llall.

'Pethau'n mynd yn dda gyda ti ac Efa?' gofynna, gan roi un o'r gwydrau i mi.

'Odyn. Allen nhw'm bod yn well,' atebaf.

'Da iawn. Paid cymryd unrhyw sylw o Phil,' parhaodd Lloyd, 'ma' fe'n hen sinach chwerw. Cenfigennus, hyd yn oed.'

Phil, yn genfigennus ohono i? Doedd y syniad ddim yn gwneud synnwyr. Sylwodd Lloyd ar yr olwg syn ar fy ngwyneb.

'Mae'n wir. Allith unrhyw un weld bod ti 'di newid.'

'Ody e mor amlwg â 'na?' gofynnaf, wedi fy synnu.

'Ydy. Wy'n teimlo'n falch drosto ti. Ac Efa hefyd. Ma' hi 'di bod trwy lot. Wy'n falch bod popeth mas yn yr agored nawr hefyd.'

'Ma' 'na ambell beth wy ddim moyn gwthio hi 'mbytu. Fel bod yn gaeth i heroin am gyfnod,' meddaf, gan edrych ar Lloyd, yn gobeithio canfod cliwiau am orffennol poenus Efa yn ei lygaid.

'Ie, gwell anghofio'r cwbwl, weden i. O't ti ddim yn amheus

o gwbwl 'te? Yr holl farciau 'na sy 'da hi ar ei breichiau?'

Mae'n wir fy mod i wedi sylwi ar olion pigiadau ac ambell atgof o glais ar ei breichiau, ond eglurais wrth Lloyd. nad oeddwn am wthio'r peth, rhag ofn mod i ar y trywydd anghywir.

'Pan gwrddes i â hi gynta, o'n i'n meddwl bod y ddafaden sy 'da hi ar ei gwddwg wedi'i greu gan yr Adran Golur, yn hytrach na dafaden go iawn.'

'Dechrau da 'te,' meddai Lloyd, yn chwerthin.

'Shwt ma' pethe 'da ti a Hiroko erbyn hyn?' gofynnaf.

Mae Lloyd yn gwenu'n braf, yn amlwg yn falch mod i wedi gofyn.

'Mae'n od. Pan fu Angharad farw, o'n i wir yn meddwl na fydde neb arall i mi. Ma' hi 'di bod yn wyth mlynedd, wy'm yn gweud llai. Ond wy'n credu taw Hiroko yw'r *real thing*, Bryn.'

'Ma' 'na'n grêt,' meddaf, gan daro fy ngwydryn yn erbyn ei un ef.

'Ydy, mae e,' mae Lloyd yn parhau. 'Os ydy bywyd wedi dysgu unrhyw beth o gwbwl i mi, yna y ffaith y dylet ti ddilyn dy reddf yw hynny. Weithiodd e i mi yn y chweched dosbarth pan benderfynais i fynd i goleg meddygaeth. Weithiodd e i mi pan gwympais i mewn cariad ag Angharad. Wy'n credu bod e'n mynd i weithio i mi 'to gyda Hiroko hefyd. Ni'n ddwl bared 'mbytu'n gilydd. I weud y gwir 'tho ti, wy'n bwriadu gofyn iddi fy mhriodi.'

'Mae'n gam enfawr y dyddie 'ma, Lloyd. Ond ar y llaw arall, fel ti'n gweud, os ti'n siŵr yna pam lai?'

'Ie, wir,' meddai Lloyd, â chryndod yn ei lais. Sylwaf yn y drych fod ei lygaid yn llawn dagrau a'i fod e'n edrych ar ffoto bach ar y silff ben tân o Angharad ac yntau ar ryw lawnt, gyda Chastell Caerdydd yn y cefndir. Mae'n codi'r llun i fyny ac yn edrych arno.

'Wy'n siŵr se hi'n cytuno,' meddai'n syml.

Amneidiaf i ddangos mod i o'r un farn yn llwyr.

Pennod 15

Pan ddychwelais i'm fflat y noson honno, sylwais fod yna nodyn oddi wrth Efa ger fy ffôn mobeil ar y ford. Roedd hi wedi gorfod mynd i Southampton ar fyr rybudd i ganu yng nghorws *The Magic Flute* gan fod nifer o'r aelodau wedi'u taro'n sâl gyda'r ffliw. Byddai hi nôl ddydd Sul ond fe fyddai'n fy ffonio i cyn hynny. Wrth rheswm, ro'n i'n siomedig ac fe geisiais anfon neges-destun nos da ati o leia, ond am ryw reswm nid oedd signal digonol ar gael. Edrychais ar y llun ohonom ni'n dau o flaen y goleudy ym Mharc y Rhath, wedi'i fframio ac yn hawlio lle amlwg ar fy silff lyfrau, a phenderfynais wahodd Lloyd a Hiroko draw am farbaciw y Sul yma. Pedwarawd. Pam lai? Doedd yna fawr o ardd ar y llawr isaf, ond roedd yna jest digon o le i gael ychydig o gadeiriau a ford ar y patio, ynghyd â chasgliad o frics wedi'u crynhoi ynghyd fel sylfaen i'r coginio.

Fel mae'n digwydd, roedd pen-blwydd Jamie y dydd Sul hwnnw. Dychwelodd ei dad, Steve, o daith ddringo, gan roi jig-so o'r *Solar System* iddo. Ro'n i wedi prynu set wyddbwyll iddo a charden ddwl iawn oedd wedi peri cryn ddifyrrwch i Jamie. Ar y rhan flaen roedd y garden yn dweud bod Jamie'n ffrind mor arbennig nes bod rhaid i mi roi rhywbeth personol iawn iddo. Yna, o agor y garden, byddai'n gweld y geiriau: 'Felly fe rechais yn y garden, yn arbennig i ti!' Doedd Jamie ddim yn gallu stopio chwerthin am hydoedd. Roedd Steve yn reit oeraidd tuag ataf. I ddechrau ro'n i'n meddwl bod hyn achos mod i wedi rhoi carden mwy doniol i Jamie na'i *'Happy Birthday'* plaen ef a rhif chwech pefriog aur ar y blaen. Plentynnaidd, os oedd hynny'n wir, meddyliais. Ond ro'n i'n anghywir. Maes o law, wedi i Jamie a Jo fynd mas i'r parc ganol bore, fe alwodd i 'ngweld i, neu'n hytrach i 'mygwth i.

Dechreuodd drwy ymosod arnaf yn gorfforol, gan afael ynof gerfydd fy ngwddwg a'm sodro yn erbyn y wal. Gallwn weld y gwythiennau'n dychlamu ar ei fraich gyhyrog, ac am eiliad ro'n i'n siŵr ei fod am fy lladd am ryw reswm anesboniadwy. Yna fe laciodd ei afael a dweud 'Siocled'.

Siocled? Oedd hyn i fod i olygu rhywbeth i mi?

'Sori, wy ddim yn deall,' meddais, gan ddal fy ngwddwg cignoeth a'i wlychu'n dyner trwy lyncu fy mhoer.

'Brynes i focs o *chocolate truffles* i Jo ac aeth hi'n benwan grac, yn gweud taw dyna fydde Torvald Helmer wedi'i brynu i'w wraig.'

Erbyn hyn roedd Steve yn eistedd ar fy ngwely, yn edrych yn ddwys iawn ac yn rhwtio ochr ei farf arian.

'Pwy yw Torvald Helmer?' meddaf, yn ymwybodol bod hyn yn swnio'n lled-debyg i ryw linell mas o'r ffilm *The Usual Suspects*.

Mae Steve yn edrych yn grac. Yn grac iawn.

'Paid rhoi'r rwtsh 'na i fi. Fe es ti â hi i *Chapter* i ryw sioe ddawns, wedodd Jo wrtha i. Doedd y prif gymeriad, y wraig, ddim yn licio siocled.'

Ar fy marw does gen i ddim syniad pam fod y dyn cynddeiriog yma o 'mlaen i yn sôn am siocled.

'Mae'n sefyllfa drist iawn pan nagyw dyn yn gallu prynu siocled i fenyw,' meddai, gan daro dwrn ei law dde i gledr ei law chwith yn rhwystredig.

'Wy'n cytuno,' meddaf.

'A beth o't ti'n 'neud, ta p'un i, yn mynd â hi i weld sioe? Ti'n treial mynd mas 'da hi tu ôl i 'nghefn i neu beth?

'Na. Na, dim o gwbwl. O'dd e jest yn rhywle i fynd, ti'n gwybod.'

'Stwffio'i phen hi â ryw syniadau dwl,' meddai Steve, gan godi ar ei draed eto. 'Paid ti meiddio mynd mas 'da hi byth 'to, ti'n deall?

Amneidiaf, a diolch i'r drefn daw Efa i mewn trwy'r drws. Mae'n amlwg yn sylwi ar yr awyrgylch cas yn syth, yn bennaf am fod Steve yn edrych arna i fel sen i'n ddarn o gachu.

'Be sy'n mynd 'mlaen fan hyn 'te?' meddai'n ofalus.

'Dyma Steve, partner Jo, tad Jamie. 'Co Efa, fy nghariad.'

'Shwmae,' meddai Efa'n ddymunol.

Mae Steve jest yn edrych arni'n ddirmygus, yna wrth iddo gerdded i'r drws mae'n dweud, 'Sdim byd yn "mynd 'mlaen". O'n i jest yn gadael.'

Sylwa Efa'n syth ar y marciau coch o amgylch fy ngwddwg lle gafaelodd Steve ynof fel feis, ac egluraf yn lletchwith ein bod ni wedi cael ffrwgwd.

'O'dd e'm yn licio mod i wedi mynd â Jo i *Chapter* y noson weles i ti 'na,' dechreuais egluro, ond cyn i mi gael siawns i ddweud rhyw lawer roedd Efa wedi rhoi ei bys ar draws fy ngwefusau ac arwain fy llaw lan ei chrys-T. Nid yw'n gwisgo bra, ac mae'n amlwg am 'neud i fyny am fod ar wahân am dair noson. Awn i'r gwely i garu am ychydig o oriau, gan fwyta ein gilydd i ginio dydd Sul. Yna mae Efa'n eistedd lan yn sydyn ac yn taflu cipolwg ar y cloc larwm wrth ochr y gwely.

'Bron i mi anghofio! Dere, well i ni fynd i Bethania.'

Dyma'r pumed tro i mi helpu i fwydo'r digartref yn festri'r capel, ond y tro cyntaf i mi flasu'r brechdanau, gan fy mod i, ar ôl tair awr o gnuchio, bytu clemio. Dechreuais gydymdeimlo â barn rhai o drueniaid y stryd am safon y bwyd. Roedd y brechdanau'n uffernol. Bron iawn i mi chwydu ar ôl cnoi darn o frechdan corn-biff. Falle achos bod hi'n ddiwrnod mor boeth, ond edrychai'r cig fel mins amrwd i mi, er ychydig yn fwy slwtshlyd, fel dolur rhydd, ac roedd yn blasu fel croen dynol wedi pydru. Taflais weddill fy mrechdan i fin sbwriel gerllaw. Yn anffodus, gwelwyd fi'n cyflawni'r weithred gan ryw ogleddwr esgyrnog â chorn gwddwg amlwg.

'Rho fo i mi tro nesa, y bastard anniolchgar!' sgyrnygodd.

Dyna pam wy'n licio bwydo'r digartref. Oherwydd y ffordd maen nhw'n gallu trin geiriau mor gelfydd. Yn sylwi ar achoswr trwbwl arall, Elsie, yn dod tuag ataf, rhuthraf draw i loches gymharol ddedwydd y sinc i gymryd fy nhro i olchi platiau yn lle Diane.

'Diolch am yr help gyda'r Urdd,' meddai, â rhyw sbarc bach drygionus yn goleuo'i llygaid. 'Er, clywes i eich bod wedi cael amser da iawn nos Lun yn yr *Hope & Anchor*.'

Mae'n rhaid bod gen i olwg syn ar fy ngwyneb, gan fod Diane yn dechrau chwerthin.

'Sdim lot yn digwydd yn y ddinas hyn heb mod i'n dod i wybod amdano fe,' meddai'n siriol, gan ychwanegu bod Manon, y brifathrawes wallgo, yn gyfnither iddi. Yna, gan edrych o'i chwmpas rhag i Efa ei gweld, mae hi'n pwyso draw ac yn sibrwd yn gynllwyngar yn fy nghlust.

'Wy mor falch bod Efa 'di symud mewn 'da chi. Peidiwch â 'nghamddeall i. Roedd Marco'n fachan ffein, ond mae'r ddou ohonyn nhw wedi bod trwy'r trwch yn sychu mas flynydde nôl. Sefydlogrwydd sydd eisiau arni hi nawr. Chi yw'r peth gorau i ddigwydd i Efa ers hydoedd.'

'Diolch,' dywedaf.

Sylwaf ar fenyw ifanc yn ei hugeiniau cynnar yn dod i mewn i'r gegin. Mae ei llygaid yn rhedeg ac mae ganddi farciau coch o amgylch ei ffroenau chwyddedig. Nid yw'n dioddef o glefyd y gwair. Mae'n hedfan yn benysgafn ar gyffuriau. Daw Diane lan ati'n bwyllog.

'Sdim hawl 'da chi fod mewn fan hyn, bach. Staff yn unig yn y gegin,' meddai, gan ddala'r fenyw wrth ei braich, ar fin ei helpu hi nôl tua'r drws.

'Paid twts â fi, y bits!' sgrecha'r fenyw ifanc. Yn sylwi ar olwg bryderus Diane, gadawaf y sinc a cheisiaf ei helpu.

'Gwrandwch,' meddaf, 'ma' rhaid i ni gadw at y rheolau neu fydd rhaid i ni alw'r heddlu.'

'Cewch 'mlaen 'te!' meddai'r fenyw, gan eistedd ar y llawr

yn styfnig.

Diolch byth, mae gan y fenyw gymar sy'n dod i mewn i'r gegin i chwilio amdani. Mae e wedi'i wisgo'n hollol anaddas ar gyfer diwrnod mor boeth, mewn siaced *camouflage* drwchus a throwsus caci wedi'i wthio'n anniben i mewn i esgidiau Doc Martens trwm, brown. Mae ganddo ryw flerwch manflewiach o locsyn anaeddfed ar ei wyneb bachgennaidd, diniwed, sy'n awgrymu ei fod yn dal yn ei arddegau.

'Ma' rhaid i ti fwyta, Nerys,' meddai, yn llawn consýrn am ei gariad.

'Ti jest moyn i fi fod yn hwch dew,' meddai Nerys.

Yna, fel pe baen ni heb ei chlywed hi, mae hi'n troi at Diane a minnau gan ddweud, 'Ma' fe jest moyn i fi fod yn hwch dew.'

'Plîs,' meddai'r gŵr ifanc, yn ymbil arni, 'ti'n bwyta i ddou, cofia.'

Mae Nerys yn griddfan yn dawel, yn cydnabod ei chyflwr, bron fel se hi newydd gofio bod yna fabi yn tyfu tu mewn iddi. Teimlaf fy nghalon yn misio curiad. Mae e'n dal llaw ei gariad beichiog ac yn ei harwain nôl i'r festri.

'Druan â hi,' meddai Diane, yn amlwg wedi ypsetio.

'Ddylen ni'm . . . wy'm yn gwybod, cysylltu â'r Gwasanaethau Cymdeithasol neu rywbeth? Ddyle hi ddim fod mas ar y stryd yn ei chyflwr hi, does bosib?' gofynnaf yn betrusgar.

'Ni'n dueddol o gadw mas o bethe fel hyn,' meddai Diane yn feddylgar, yn amlwg yn ystyried ei hopsiynau. 'Jest rhoi'r bwyd a mas â ni. Ond wy'n credu bo' chi'n iawn. Ga i air 'da nhw.'

Nes ymlaen mae Efa'n rhoi gwybod i mi fod gan y pâr ifanc do uwch eu pennau'n barod mewn hostel gyngor oddi ar Heol Casnewydd. Mae Diane newydd ffonio i ddweud bod hi wedi 'neud ychydig o ymholiadau ar eu rhan nhw gyda rhyw ffrind o weithiwr cymdeithasol. Byddant yn cael eu cyf-weld yfory ynglŷn â'r posibilrwydd o gael cartref mwy sefydlog a boddhaol. Mae Efa'n dweud hyn wrthyf o'r gawod, yn gweiddi uwchben sŵn y dŵr. Wy'n socian ychydig o frest ffowlyn mewn marinâd lemwn, yn edrych ymlaen at ein barbaciw heno. Mae Jamie wedi diflannu gyda'i rieni i chwarae bowlio i lawr y bae, fel yr addawyd iddo. Wy'n falch am hyn, gan fod e'n golygu nad oes disgwyl i mi eu gwahodd nhw, gan gynnwys Steve, i'r barbaciw. Wy eisoes wedi gwahodd Mavis o lawr stâr, yn bennaf mas o gwrteisi, gan y byddwn ni'n defnyddio ei soced drydan hi ar y llawr isaf ar gyfer y teledu symudol fydd ar y ford ar y patio. Fel ei chyd-wladwyr yn Siapan, mae Hiroko mae'n debyg wedi twymo at Gwpan y Byd yn arw, ac wedi gwylio bron bob gêm hyd yma. Yn wir, y prynhawn hwnnw mae Siapan wedi maeddu Rwsia o gôl i ddim ac mae Hiroko eisoes wedi bod yn dathlu, er mae'n anodd dweud a yw hi'n feddw neu beidio, oherwydd ei hacen Gymraeg-Siapaneaidd anghyffredin.

Wrth aros i'r glo mân droi'n wyn, dywedaf wrthi fod gêm Mecsico yn erbyn Ecwador yn fyw ar y teledu ymhen hanner awr. Mae hi eisoes yn gwybod. Ysgydwa Lloyd ei ben yn chwareus, gan ddweud ei fod e'n *football widower*. Wedi clywed sut wy'n pasio'r amser weithiau ar set *Angel,* mae Efa'n gofyn am Ddeg Person Enwog o Fecsico a Deg Person Enwog o Ecwador. Mae'n cymryd tua ugain eiliad i ni sylweddoli na allwn ni enwi *un* person enwog o'r naill wlad na'r llall. Er mawr gywilydd i ni, y gorau fedrwn ni gynnig yw bod Leon Trotsci wedi'i ladd yn Mecsico a bod Bobby Moore wedi'i gyhuddo ar gam o ddwgyd gemau drudfawr yn ystod Cwpan y Byd ym Mecsico ym 1970. Mae Lloyd yn rhyw hanner meddwl bod Speedy Gonzalez yn dod o Fecsico. Gofynna Efa a yw cymeriadau cartŵn yn cyfri. Yn y pen draw, y cynnig gorau am Ecwador yw cynnig Hiroko ei fod yn anagram o 'cad o rew'.

Wrth i mi ddechrau rhoi ychydig o sosejys porc ar radell uwchben y glo, daw Lloyd draw i roi help llaw. Mae Efa a Hiroko wedi mynd i nôl ychydig o wydrau ar gyfer y poteli lager niferus sydd wedi'u pentyrru mewn bwced anferth o iâ.

Edrycha Lloyd yn llawn cynnwrf.

'Gofynnais iddi 'mhriodi i neithiwr,' meddai, yn methu cwato'r wên o foddhad ar ei wyneb bachgennaidd.

'Wy'n cymryd wedodd hi y bydde hi 'te,' meddaf.

Mae Lloyd yn amneidio ac ysgydwaf ei law yn eiddgar, gan ddweud 'Llongyfarchiadau' ac ychwanegu, 'Dario. Sen i 'di gwybod 'na, fydden i 'di prynu potel o *fizz* i ddathlu.'

'Mae'n oreit,' meddai Lloyd, 'ni 'di rhoi potel o siampên yn dy oergell di.'

'Dere 'mlaen 'te. Gwed wrtha i be wnes ti,' meddaf, yn llawn chwilfrydedd. 'Es ti lawr ar dy ben-glin neu beth?'

'Wy'n ofni o'n i'n fwy dwl na 'na hyd yn oed,' meddai Lloyd, yn agor potel o lager.

'Beth allith fod yn ddwlach na 'na?' gofynnaf.

'Wnes i ofyn iddi mewn cynghanedd,' meddai Lloyd.

'Wnes ti beth?!'

'Mae hi'n ddarlithydd Cymraeg. Ma' hi 'di bod yn dysgu fi. O'n i'n meddwl falle se fe'n creu argraff arni.'

'Ac fe wnaeth e hefyd!' meddai Hiroko, yn ymuno â ni eto ac yn rhoi cusan ysgafn i Lloyd ar ei foch.

'Wy'n cymryd bod ti'n gwybod 'te,' meddaf wrth Efa wrth iddi ddychwelyd yn cario'r botel siampên.

'Ydw. Ma' Hiroko newydd ddweud. Ma' nhw'n meddwl priodi ar Nos Galan.'

'O, 'na dda,' meddai Mavis, yn dod mas ar y patio. 'Llongyfarchiadau. Wy'n gobeithio fyddwch chi mor hapus â Henry a minnau. Buon ni'n briod am bedwar deg chwech o flynyddoedd. Buodd e farw saith mlynedd yn ôl i fis nesaf. O'dd pawb yn dweud sen i ddim yn hir iawn ar ei ôl e, ond wy dal 'ma! Wy'n saith deg saith, chi'n gwybod!'

'Ma' 'na'n ifanc dyddie 'ma,' meddai Lloyd, yn ysgwyd ei law ac yn cyflwyno'i hun a Hiroko i Mavis.

'Ddyle Lloyd wybod. Ma' fe'n ddoctor, chwel,' egluraf wrthi.

'O, 'na handi; doctor ife? Plymar o'dd Henry.'

'Digon tebyg, i weud y gwir,' meddai Lloyd yn ysgafn, yn llosgi'i fysedd braidd wrth ddroi rhai o'r sosejys.

'Wy bron â marw moyn clywed y *proposal* hyn, ma' fe'n swnio mor rhamantus,' meddai Efa, gan roi ei braich amdanaf.

Yna mae Hiroko yn dechrau chwerthin ac mae Mavis yn gofyn iddi beth sydd mor ddoniol.

'Ddylen i fod wedi'i ateb â haicw!' meddai, gan roi ei phen nôl a chwerthin nes ei bod hi'n wan.

'Be wedodd hi?' gofynna Mavis yn ddryslyd. 'Ateb e gyda *thank you*? Wel, wy erioed 'di clywed 'na o'r blaen!'

'Na, nid *thank you*. Haicw. Pennill fer Siapaneaidd yw e, un deg saith sill. Tebyg i'r englyn traddodiadol Gymraeg, ond un llinell yn fyrrach.'

'O, ddylet ti fod wedi, ti'n iawn, Hiroko,' meddai Efa. 'Fydden 'na wedi bod yn rhyfedd iawn.'

'O'dd hi digon rhyfedd fel o'dd hi, fel mae'n digwydd,' meddai Hiroko, yn gwenu ac yn cydio'n dynn yn llaw Lloyd, cyn ychwanegu, 'Wedodd Lloyd, "Ti'n barod i 'mhriodi?" ac atebais i, "Gwnaf, bydd yn braf a llawn bri".'

Edrycha Efa arni'n gegagored, yn amlwg wedi'i rhyfeddu ac yn llawn edmygedd. Teimlaf i i'r gwrthwyneb yn hollol, fel pe bawn i mewn rhyw gynhyrchiad Shakespeare gwael. Wy'n meddwl bod siarad mewn cynghanedd mor druenus o ffals nes mod i'n gwingo o embaras yn fewnol ac nid wyf yn gwybod sut i ymateb. Llwyddaf i roi rhyw wên fecanyddol ar fy ngwep, a phenderfynaf beidio dweud dim, dim ond amneidio'n lled-gefnogol.

'A wedyn wnaethon ni gusanu. Jest fel mewn ffilm, i weud y gwir,' meddai Lloyd, gan wenu ar ei *fiancée* newydd.

'Felly aeth 'run ohono chi lawr ar eich pengliniau 'te?' mentraf o'r diwedd, gan deimlo y dylen i ddweud rhywbeth, unrhyw beth.

Mae'r ddau yn edrych arnaf yn hurt, fel sen i'n treial difetha eu heiliad fawr.

'Naddo,' meddai Lloyd yn syml. 'Ond falle wna i, pan gewn

ni'r fodrwy.'

'Fydda i'n cael modrwy i Lloyd hefyd,' ychwanega Hiroko, gan wasgu'i law unwaith eto.

Yn hollol anaddas, mae gen i ddelwedd yn fy mhen o Hiroko ar ei phengliniau, yn rhoi *blow-job* i Lloyd, gan edmygu ei fodrwy Prins Albert dychmygol. Ceisiaf fy ngorau glas i waredu hyn o 'mhen, felly trof i gyfeiriad y barbeciw er mwyn treial meddwl am rywbeth arall. Gwelaf ddwsin o sosejys yn fy ngwynebu, yn poeri'u saim i'r fflamau.

'Gobeithio bo' chi'n licio'ch sosejys yn *well done,*' meddaf wrth Mavis, gan ddangos bod rhai ohonynt yn ddu yn barod.

'Wy ddim yn meindio, bach,' meddai hi'n gwrtais. 'O'dd e'n neis iawn ohonoch chi i 'ngwahodd i.'

'Mae'n ddathliad dwbwl, fel mae'n digwydd,' meddai Lloyd. 'Ma' Hiroko newydd glywed 'i bod hi 'di cael swydd newydd, fel darlithydd Cymraeg ym Mhrifysgol Caerdydd.'

'Ma' 'na'n wych, da iawn ti,' meddaf, gan roi fy mraich yn lletchwith o amgylch ei hysgwyddau.

Edrycha Mavis fel se hi wedi drysu'n lân. 'Esgusodwch fi am ofyn, ond nage Cymraes y'ch chi, ife?' meddai gan edrych ar Hiroko.

'Na. Wy o Siapan,' atebodd hithau â gwên urddasol.

'O'n i'n meddwl bo' chi,' mae Mavis yn parhau. 'Diolch byth am 'na. Dyw'n llygaid i ddim cystal ag o'n nhw.'

'Ma' hi 'di dysgu Cymraeg chi'n gweld, Mavis,' eglura Efa.

'Ie ie, wy'n gallu gweld 'nny. A ma' Cymraeg da 'da hi hefyd. Lot well Cymraeg na be sy 'da fi.'

'A gwell Siapanaeg na ni i gyd,' meddai Lloyd.

Wedyn mae Mavis yn sôn am ei chefnder gafodd ei boenydio gan y Siapaneaid yn ystod yr Ail Ryfel Byd. Mae yna dawelwch annifyr, sy'n cael ei dorri yn y pen draw gan Mavis ei hun, wedi iddi sylweddoli yr embaras y gallai hi fod wedi'i achosi.

'Er, ma' 'na amser maith yn ôl nawr, wrth gwrs. Wy'n siŵr bod nhw'n bobol neis iawn. Y'ch chi i weld yn ddigon neis ta beth, bach.'

'Diolch,' meddai Hiroko.

'Ma' nhw'n 'neud jobyn da iawn o redeg Cwpan y Byd, ta p'un i,' ychwanegaf yn ddiangen, cyn cydio yn y botel siampên a phopian y corcyn. Arllwysaf y siampên i mewn i'r gwydrau mae Efa newydd ddod â nhw ac rydym yn yfed llwnc-destun i'r cwpwl hapus – 'I Lloyd a Hiroko!'

Er gwaethaf *faux pas* bach Mavis am y Siapaneiaid, a'm gwgu greddfol i o glywed pobol yn siarad mewn cynghanedd, mae gweddill y noson yn mynd yn dda iawn. Mor dda nes bod rhaid i mi fynd i'r *off-licence* i brynu mwy o lager. Wy heb weld Efa'n chwerthin cymaint a mwynhau ei hun i'r fath raddau ers amser. Am unwaith, ma' hi fel se hi wedi llwyr ymlacio. Mae'n rhaid bod y ffaith bod hi a Lloyd yn 'nabod ei gilydd ers blynyddoedd wedi helpu yn hyn o beth. Ar un adeg, ar ei ffordd nôl o'r tŷ bach, mae hi'n fy sodro i yn erbyn wal y coridor ac yn fy nghusanu'n nwydus braf.

'O'dd e'n syniad da i wahodd Lloyd a Hiroko draw,' meddai, gan ychwanegu y dylen ni wneud hyn yn amlach.

Mae Mavis hefyd wedi ymlacio erbyn hyn ac yn amlwg yn mwynhau ei hunan, yn adrodd ei hanes fel merch ifanc yn ardal Parc Fictoria ac fel athrawes ysgol gynradd yn ardaloedd y Rhath a Cathays. Roedd hi wrth ei bodd yn mynd mewn tram i'w gwaith a mynd i Barc Fictoria'n ferch fach i weld morlo o'r enw Billy.

'Er, darllenais i'n ddiweddar taw morlo benywaidd oedd Billy,' meddai'n hiraethus. 'Yr holl flynyddoedd 'na o'n i arfer ei wylio fe, neu ei gwylio hi yn hytrach, a do'n i byth yn gwybod 'na.'

'Wel, chi'n disgwyl i Billy i fod yn wryw, nagy'ch chi?' meddaf.

'Mae'r actores 'na, Billie Whitelaw,' meddai Lloyd.

'A Billie Holiday a Billy Piper,' ychwanega Efa.

'Wel, wy'n credu dyle bechgyn gael enwau bechgyn a merched gael enwau merched,' meddai Mavis.

'Enw merch yw e,' meddai Lloyd, 'ffurf fer o Whilamena, nagefe?'

'Ife wir?' meddai Mavis. 'Wel o'n i ddim yn gwybod 'na o'r blaen. Cofiwch, se Whilemena y Morlo 'di swnio'n ddwl.'

Mae Lloyd yn cynnig enwi deg Billy benywaidd. Edrycha Mavis yn ddryslyd a gofyn 'Pam?' Pan awn ni ymlaen i enwi deg anifail enwog a wedyn deg lager enwog mae Mavis druan yn ei hesgusodi ei hun, gan ddweud ei bod hi wedi blino. Mae'n dychwelyd i'r fflat llawr isaf ac ni welaf fawr o fai arni chwaith. Serch hynny, mae hi'n noson fendigedig o haf erbyn hyn ac mae Efa wedi cynnau cannwyll ar y ford werdd blastig. Arllwysaf fwy o lager i mi fy hun a chwaraeaf â'i choes â'm troed o dan y ford. Edrycha hi nôl arnaf yn reddfol a golwg mor hapus ar ei wyneb, sy'n peri i mi deimlo'n falch o fod yn fyw. Mae hi bron yn ddeg o'r gloch ac mae'r teledu wedi ei roi nôl lan lofft, yn dilyn buddugoliaeth o ddwy gôl i un i Fecsico. Teimlaf fy mhen yn gwegian o'r naill ochr i'r llall wrth i'r lager ddechrau tanio yn fy ymennydd. Mae pob dim mor dawel a thangnefeddus.

Yna fe glywn sŵn udo o lan stâr, bonllef frawychus, fel pe bai'n dod o enau rhyw anifail clwyfedig. Mae'r sŵn mor anaddas rywsut. Mae'n f'atgoffa o gêm griced y chwaraeais ynddi yn ystod f'arddegau yng Ngheredigion. Cafwyd cyfeiliant annisgwyl i glep waraidd pêl yn erbyn bat wrth i ni'n sydyn glywed gwichian truenus mochyn oedd ar fin cael ei ladd mewn fferm gerllaw. Mae'r udo'n gostwng yn raddol ac yn cael ei ddilyn gan ffrwd o eiriau'n llifo mas o ffenestr agored stafell Jo.

'Shwt alle ti 'neud hyn i fi, i ni, y bastard? Pwy yw hi? Ers pryd wyt ti 'di bod yn twyllo fi?'

Clywaf Steve yn dweud 'Callia, 'nei di' a 'Cadw dy lais lawr' â'r fath eglurdeb fel y gallwn i dyngu mod i'n gwrando ar ddrama radio. Nid yw Jo'n berson hysteraidd fel arfer, ond mae'n parhau i daflu cynifer o gwestiynau'n syth ar ôl ei gilydd a chyda'r fath ddicter yn ei llais nes mod i'n teimlo y dyliwn i fynd lan stâr i dawelu'r dyfroedd. Yn sydyn clywaf Jamie'n llefain ac yn gofyn, 'Be sy 'di digwydd, Mam? Pam wyt ti'n llefain?' Teimlaf gwlwm yn ffyrnigo yn fy mola wrth i Jo weiddi, 'Gofyn i dy dad. Dere 'mlaen, Steve. Gwed wrtho fe be ti 'di 'neud.'

Yna fe glywn yr ergyd.

Swnia'n gwmws fel se rhywun wedi taro'i ddwylo yn erbyn ei gilydd. Ond gallwn ddyfalu o nadu ofnus Jo a llefain Jamie beth sydd wedi digwydd. Mae Lloyd a minnau'n edrych ar ein gilydd, a heb ddweud gair rydym yn rhuthro lan lofft. Erbyn i ni fynd i mewn i fflat Jo, mae Steve eisoes yn pacio'i fag. Mae'n taflu cipolwg dirmygus tuag atom.

'Beth yw hyn 'te? Y blydi cafalri, ife?' ebycha'n wawdlyd.

Mae Lloyd yn reddfol yn mynd draw i sicrhau nad yw gên Jo wedi'i thorri. Cofleidiaf innau Jamie ofnus iawn wrth iddo rhuthro i'm breichiau. Erbyn hyn mae Efa a Hiroko wedi cyrraedd hefyd.

'Wy ddim moyn iddo fe fwrw Mam,' meddai Jamie'n ddagreuol.

'Mae'n oreit,' meddaf, gan fynd ar fy nghwrcwd i edrych i'w lygaid hardd glas, llawn gofid.

'Gad lonydd i'r crwt 'na!' gwaedda Steve wrth iddo gau ei fag. Yn reddfol, tynnaf Jamie yn nes tuag ataf a gafael ynddo'n dynnach fyth. Sylwaf ar yr olwg nerfus, llawn dryswch sy'n llenwi ei wyneb. Dechreua Steve groesi'r ystafell tuag ataf a golwg bygythiol yn ei lygaid. Daliaf olwg llawn braw Efa wrth iddo ddod amdanaf.

'Paid ti â meiddio cyffwrdd yn yr un ohonyn nhw!' gwaedda Jo'n sydyn. Mae hyn yn ddigon i beri iddo stopio'n stond. Yna mae'n edrych o gwmpas yr ystafell, gan daflu cipolwg ar bob un ohonom, ac edrychiad llawn atgasedd ar ei wyneb.

'Wancars!' meddai. 'Chi'm yn gallu gweld y bydda i'n well hebddi?' Yna, gan daflu cipolwg clou i gyfeiriad Jamie, yn anhygoel mae'n ychwanegu, 'A hebddo fe hefyd!' cyn taranu allan o'r ystafell, yn slamio'r drws mor galed ar ei ôl nes fod dau ffoto wedi'u fframio o'r tri ohonynt gyda'i gilydd fel teulu yn disgyn i'r llawr. Piga Jo un ohonynt i fyny. Dyw e heb dorri, ond mae hi'n dechrau llefain serch hynny. Mae Efa a Hiroko'n mynd draw ati i'w chysuro. Mae Jamie'n brasgamu draw at ei jig-so newydd, wedi'i adeiladu ar y ford, ac yn dechrau dymchwel y *Solar System*, gan daflu'r haul i'r llawr a gweiddi, 'Wy ddim moyn ei anrheg e, wy ddim moyn ei anrheg e,' drosodd a throsodd. Llwyddaf i'w dawelu trwy ei gofleidio unwaith eto. Yn y diwedd mae e'n stopio llefain. Ddwy awr yn ddiweddarach, ac yntau'n cysgu'n sownd yn fy nghôl, tynnaf ei *trainers* newydd bant a'i roi e yn ei wely. Rwyf wedi fy rhyfeddu pa mor gynddeiriog o grac wy'n teimlo am yr helbul annisgwyl hwn ym mywyd fy ffrind chwech oed.

Pennod 16

Yn ystod yr wythnosau sy'n dilyn, mae Jo a Jamie'n graddol ddod dros y ffordd drawmatig y gwahanodd Steve oddi wrthynt. Hoffwn feddwl mod i wedi chwarae rhyw ran fach yn eu hadferiad. Gyda Jo, roedd hyn yn bennaf yn cynnwys sgyrsiau hir yn hwyr y nos wedi i Efa flinedig fynd i'w gwely, yn gwrando arni'n trafod methiant ei pherthynas â Steve. Ceisiais ei chael i beidio â beio'i hun ac i weld fod y berthynas heb fod yn ffynnu'n go iawn ers rhai blynyddoedd. Prin ei fod e wedi gweld Jo a Jamie. O leia fel hyn roedd hi'n gwybod ble oedd hi'n sefyll. Byddai'r sgyrsiau hir yma fel arfer yn dirwyn i ben gyda hi'n sôn am yr ôl-fflachiadau roedd hi'n eu dioddef yn ei chwsg am y ffordd erchyll wnaeth hi ganfod bod Steve yn cael affêr gyda dringwraig ifanc. Gwelodd neges-destun ar ei ffôn symudol e, sef *'I love you. Come and live with me. I know it's what you want.'* Gan udo mewn braw, mae'n debyg, fe geisiodd yn aflwyddiannus chwalu'r ffôn yn yfflon yn y fan a'r lle.

Er ei bod yn isel ei hysbryd ac yn treulio llawer o'r dydd yn ei gwely, roedd Jo yn graddol sylweddoli bod ymadawiad Steve yn siŵr o fod yn beth da yn y tymor hir. O ran Jamie, torrwyd fy nghalon ar y dechrau pan welais bod y goleuni wedi diffodd o'i lygaid llachar, bywiog. Fe es i ag e mas i'r parc gerllaw sawl gwaith i chwarae pêl-droed, ac fe wyliodd ffeinal Cwpan y Byd lawr stâr yn yr ardd gydag Efa a mi a Lloyd a Hiroko mewn ailrediad o'n barbeciw blaenorol. Fel y tybiais, fe ddysgodd yn gloi iawn sut i chwarae gwyddbwyll. Wedi dweud hynny, roedd dau frenin y set wedi cael eu dienyddio, eu pennau wedi'u hollti, gan fod Jamie wedi eu gweld nhw'n gynnar iawn fel darnau a gynrychiolai Steve, ac felly roedd rhaid iddo eu lladd. Do'n i ddim yn licio gweld cymaint o gasineb yn arllwys allan o grwt chwech oed. Yn wir, erbyn canol Gorffennaf ro'n i wedi llwyddo i'w berswadio i gael gwared o'r brenhinoedd atgas a rhoi'r pengwiniaid plastig cyfeillgar yn eu lle. Er ei fod yn amlwg yn grwt deallus am ei oedran, cafwyd rhai ddigwyddiadau hyfryd o ddiniwed i'm hatgoffa pa mor ifanc oedd e mewn gwirionedd. Gan sylwi bod Jo wedi crasio mas ar ei soffa, ac yn sylweddoli nad oedd hi wedi cofio am ei haddewid y byddai'r Tylwyth Teg yn gadael pishyn punt dan obennydd Jamie, gadewais i un yno fy hun. Codais ben Jamie'n ofalus i un ochr ac yna codais ei obennydd a chymryd ei ddant, a oedd wedi ei lapio'n ofalus mewn bag brechdan seloffên. Heb yn wybod i mi, dihunodd Jo o'i thrymgwsg ynghanol nos a rhoi pishyn punt arall dan y gobennydd, gan chwilio'n orffwyll am y dant diflanedig.

Y bore canlynol, roedd Jamie wedi cynhyrfu'n dwll ac am ddangos y ddau bishyn punt a gafodd yn ystod y nos.

'Ma' Mam yn gweud taw dim ond un punt ma' nhw'n adael fel arfer,' meddai, yn amlwg wedi'i gyffroi gan weithgarwch y nos.

'Mae'n rhaid bod e'n ddant arbennig iawn 'te,' dywedaf.

'Pa mor fawr yw'r Tylwyth Teg?' mae'n parhau, yn benderfynol o wybod mwy am ymwelwyr rhyfedd y nos.

Gosodaf fy mys blaen uwchben fy mawd gan adael bwlch o tua centimetr rhyngddynt.

'Waw!' meddai Jamie, gan ysgwyd ei ben. 'Mae'n rhaid bod 'na lot ohonyn nhw i allu cario dant cyfan. Ac fe aethon nhw â'r bag hefyd.'

'Aethon nhw â'r bag?' gofynnaf, gan geisio swnio fel sen i wedi fy synnu'n arw.

'Do. Wnes i ddim deall hynny chwaith.'

'Falle o'dd e'n fwy *hygienic*,' meddaf.

'Beth yw *hygienic*?' gofynna Jamie.

'Glân, iachus,' atebaf. 'Jest rhag ofn bod nhw'n dala germau oddi ar y dant, siŵr o fod.'

Mae Jamie'n ystyried hyn am ychydig ac yna'n dweud, 'Ie, siŵr o fod,' cyn ychwanegu, 'pam ma' nhw'n casglu dannedd, ta beth? Ma' fe'n beth od iawn i dylwyth teg gasglu, nagyw e?'

'Ody, ma' fe, ynta,' yw fy ymateb annigonol.

'A beth ma' nhw'n 'neud â'r holl ddannedd?' gofynna, yn amlwg wedi'i gyfareddu gan yr holl broses. Penderfynaf bod rhaid i mi ddweud rhywbeth 'bach mwy creadigol, felly dywedaf wrtho fod y tylwyth teg yn 'neud pianos mas o ddannedd plant.

'Ych-a-fi, ma' 'na'n *disgusting*,' meddai, gan edrych arnaf yn syn cyn dychwelyd i'w fflat ei hun.

Ar adeg arall, mae Efa a mi a Jamie a Jo yn mynd i fowlio i lawr y bae. Fel mae'n digwydd, mae gan Jamie a minnau fwy o ddiddordeb yng ngêmau fideo yr arcêd. Gwariaf ffortiwn fach yn lladd estroniaid arallfydol, ond caf lot fawr o hwyl serch hynny. Sylwaf fod Efa a Jo wedi bod yn sgwrsio â'i gilydd â wynebau dwys trwy'r nos. Pan gyrhaeddwn ni adref, gofynnaf i Efa beth oedd pwnc eu holl drafod.

'Ti, fel mae'n digwydd,' mae hi'n ateb.

'Beth amdana i?'

'Dy ddiddordeb di yng nghrwt Jo. Dyw e ddim yn iachus. Ti bron iawn draw yn eu fflat nhw mwy nag wyt ti fam'ma.'

'Be wedodd Jo?'

'Wedodd hi bod hi 'di gwerthfawrogi dy help di yn ystod cyfnod anodd iddyn nhw, ond yn y bôn roedd hi'n cytuno â mi, falle dylse ti gymryd hoe fach.'

Teimlaf fy nghalon yn pwnio'n brotestgar yn fy mrest, yn gynddeiriog grac â busnesa Efa. Llwyddaf i gyfri i ddeg cyn ateb.

'O'n i heb sylweddoli bod ti'n gweld fy mherthynas i a Jamie'n gymaint o fygythiad,' meddaf.

'Nage dy blentyn di yw e,' mae'n parhau, "na i gyd wy'n gweud. Bod e i gyd 'bach yn od.'

Fel mae'n digwydd, treuliaf lai o amser gyda Jamie ta beth yn ystod ail hanner Gorffennaf. Y rheswm am hyn yw mod i'n cael fy mhlagio gan fy chwaer, Bethan. Erbyn hyn mae Elin wedi symud i mewn gyda Iolo ac mae'r trefniant hwn wedi cael sêl fy mendith i, mae'n debyg!

'Dyna be wedodd hi wrthon ni,' meddai Bethan yn flin, 'bod hi 'di gweld ti mewn rhyw glwb neu'i gilydd a bod ti 'di gweud wrthyn nhw i "fynd amdani"!'

Ni allwn wadu hyn gydag unrhyw hyder gan ei bod hi'n sôn am noson fy unig brofiad 'E'. A bod yn onest, allen i fod wedi'u cynghori nhw i symud gyda'i gilydd i fyw ar y blaned Mawrth hyd y gwyddwn i. Ond be ddiawl oedd hi'n disgwyl i mi ei wneud? Roedd Elin yn ddeunaw oed. Roedd hi'n rhydd i fyw gyda phwy bynnag y dymunai.

'Ma' fe tipyn yn hŷn na hi yn ôl y sôn,' mae'n parhau, gan ddal ei phen wrth iddi eistedd ar fy soffa ac ychwanegu'n ddagreuol, 'Ma' Bradley ar *anti-depressants*. Mae'n bywyd ni wedi'i ddifetha. Ni wedi rhoi popeth i'r ferch 'na, a dyma'r ffordd ma' hi'n dewis 'yn trin ni. Symud i fyw gyda . . . gydag actor.'

Poerodd y gair mas, gan ddod a'r cytseiniaid 'c' a 't' gyda'i gilydd â'r fath ffyrnigrwydd a chyda golwg o shwt ffieidd-dra ar ei hwyneb nes peri i mi wingo. Mae'n rhaid ei bod hi wedi sylwi, gan iddi gario 'mlaen â'i phregeth.

'O, dere. Pwy fath o jobyn yw 'na i ddyn? Ma' nhw mas o waith rhan fwya o'r amser, a phan ma' nhw'n gweithio 'na i gyd ma' nhw'n 'neud yw hongian 'mbytu trwy'r dydd er mwyn cael dweud rhyw linell neu ddwy o flaen camera . . .'

Yn fe stopiodd hi'n annisgwyl ar ganol brawddeg, wy'n cymryd oherwydd iddi gofio beth oedd fy ngwaith i. Estynnodd ei lipstic o'i bag a dechrau rhoi peth ar ei gwefusau, gan ddefnyddio drych llaw i'w helpu. Roedd hyn yn arferiad ganddi ers blynyddoedd, rhywbeth y byddai hi'n 'neud pan fyddai ar bigau'r drain a ddim yn siŵr beth i'w wneud nesaf. Yn amlwg dal yn ffwndrus, llwyddodd i ddweud, 'Ti'n gwybod beth wy'n meddwl. Ti ddim yn actor, ta beth . . . ti'n fwy, wel, fel rhan o'r celfi.'

Codaf fy aeliau, wedi fy nifyrru gan ei hanallu amlwg i ddod mas o'r twll mae hi newydd ei greu iddi'i hun. Ond doedd hi ddim mewn hwyl i adael i neb chwerthin ar ei phen hi chwaith.

'P'un bynnag, dyw hyn ddim amdano ti. Ma' hyn yn bwysig. Ni'n sôn am ddyfodol Elin. Wy'n siŵr bod hi wedi rhoi *ulcer* i mi yn fy stumog. Ni heb allu mynd yn agos at y clwb golff ers i ni ffeindio mas.'

Mae hi'n dal ei stumog wrth ddweud hyn, yn llawn hunandosturi. Dim ond un pwnc sy dan sylw fan hyn, meddyliaf, a does gydag e'r un iot i wneud â dyfodol Elin. Ego clwyfedig Bethan yw'r prif destun, ynghyd â'r afiechyd Cymreig iawn hwnnw o 'be wedith pobol?'

Wedi dweud hynny, wy'n dal i deimlo mod i mewn sefyllfa letchwith iawn. A ddylen i fentro colli cyfeillgarwch fy nith trwy ddweud wrth ei mam ei bod hi wedi cymryd ecstasi? Gan edrych arni'n cnoi'r macyn papur yn ei llaw, fe wyddwn yr ateb i hyn yn syth. Pe bai Bethan yn gwybod y ffeithiau go iawn am ei merch fach annwyl, mwy na thebyg y bydde hi'n rhoi lipstic ar ei gwefusau am weddill ei hoes – yn ysbyty'r meddwl yr Eglwysnewydd.

''Co, Bethan. Wy'n ffilmio prynhawn 'ma,' meddaf yn y diwedd. 'Beth yn gwmws wyt ti moyn i mi 'neud?'

'Cnoco 'm bach o sens i mewn i'r groten, wrth gwrs. 'Neith hi'm gwrando arno ni. 'Na beth sy 'di torri calon Bradley druan. Ma' fe 'di rhoi ei holl obeithion ynddo ti. Ma' fe'n credu'n gryf 'neith Elin wrando arno ti. Duw a ŵyr pam, ond ma' fe'n credu bod Elin yn dy barchu di.'

Yn reddfol, teimlaf y dylen i gadw mas o hyn. Defnyddiaf pa dactegau oedi bynnag fydd eu hangen. Mynd â'r bêl at y fflag yn y gornel. Esgus clymu fy lasys. Hymian yn wirion mewn lifft. Unrhyw beth. Yn y cyfamser, bydd pethau'n sorto'u hunain mas. Hebdda i.

Yna taflaf gipolwg ar fy chwaer unwaith eto. Mae hi'n llefain, neu'n waeth byth yn esgus llefain siŵr o fod, yn rhwtio'i llygaid mawr brown â'i macyn papur mor benodol a phenderfynol nes ei bod hi'n edrych fel se hi'n gwasgu dau bryfyn yn gelain.

'Wedodd hi fydde hi byth yn mynd i'r coleg mwy na thebyg, beth bynnag fydd ei chanlyniadau hi. Bod hi moyn ennill arian. Ma' hi hyd yn oed wedi dechrau ei chwmni cynhyrchu ei hunan gyda'r bachan Iolo hyn. Wyt ti 'di clywed shwt ddwli yn dy fyw?'

Mae hyn yn newyddion i mi, wrth gwrs. Os yw e'n wir, yna mae rhan fach ohona i sy'n edmygu eu hysbryd mentrus, eu hysfa am antur. Ond wy'n ddigon call i wybod nad dyma'r hyn y mae Bethan am ei glywed gen i. Yn despret i'w chael hi i adael fy fflat, wy'n llwyddo i fwmian rhyw ystrydeb rhwng fy nannedd, rhywbeth fel, 'Alla i ddim addo unrhyw beth, ond wna i weld be alla i 'neud.' Mae hi'n rhoi cusan egnïol, ddagreuol, sticlyd ar fy moch â'i lipstic newydd, ac mae yna shwt wylltineb despret yn ei llygaid nes mod i'n teimlo'n euog yn syth. Oherwydd rwy'n gwybod o'r gorau na fydda i'n gwneud unrhyw beth, wrth gwrs. Mae gen i well pethau i'w gwneud. Wy ddim am ddiodde'r rwtsh teuluol hyn. Wy mewn cariad, ac mae gwneud hynny'n iawn yn jobyn llawn-amser.

Er bod Efa a minnau'n gweithio'n galed yn ystod yr wythnosau sy'n dilyn, ry'n ni'n dal i lwyddo i 'neud nifer o bethau gyda'n gilydd. Rydym yn hurio beiciau, er enghraifft, ac yn beicio lan i Aberhonddu ar hyd llwybrau Taith y Taf. Awn i nifer o gigiau, yn cynnwys y Super Furry Animals, Van Morrison a, ie, David Gray. Mae Efa wedi llwyddo i'm hargyhoeddi o'r diwedd bod yr hyn rydw i'n ei alw'n drôn trwynol mewn gwirionedd yn lais swynol. Rhaid cyfadde, roedd e'n wych yn fyw. Ry'n ni hefyd yn hala sawl pnawn Sadwrn poeth, dioglyd ar y traeth ym Mhorthcawl, gydag Efa un tro bron â chael ffeit gyda chlamp o fenyw o'r Rhondda oedd yn torheulo yn ei bra a nicars ac yn rhegi trwy'r adeg ar ei pedwar o blant. Y peth wnaeth Efa'n dwlál oedd gweld y fenyw'n chwythu mwg ei sigarét dros ein picnic blasus. Diolch i'r drefn, daeth achubwr bywydau i dawelu'r dyfroedd rhyngddynt, er y bu raid i ni symud i ran arall o'r traeth.

Wnaethon ni hyd yn oed aros dwy noson yng Ngŵyl Jazz Aberhonddu, yn siarad â George Melly mewn bar am ddwy awr. Awgrymodd Efa y dylen ni fynd am benwythnos i Lundain i weld cwpwl o sioeau, ond wy'n dal i fod yng nghyflwr nerfus ôl-9/11 ac am gadw draw oddi wrth derfysgwyr os galla i. Wy'm yn rhy awyddus i gael fy ffrwydro'n ddarnau mân ar unrhyw adeg, ond wy'n bendant ddim moyn cael fy llofruddio pan wy mor hapus â hyn. Wy wedi bod yn gwylio Efa yn y corws opera ddwywaith, ac yn yr Amgueddfa Werin yn Sain Ffagan dair gwaith, er rhaid cyfadde mod i'n gweld canu madrigal yn straen. Mae'r holl ddwyster a'r harmonïo egnïol yn rhoi pen tost i mi.

Wy'n dal i gwrdd â Lloyd, Iwan a Phil yn rheolaidd bob nos Iau yn yr *Ivy Bush*, ond wy'n graddol synhwyro fod meddwl Lloyd, fel f'un i, wedi ymgolli yn rhywbeth arall – ein cariadon, a bod yn fanwl. Yn ystod ail wythnos Awst, mae Iwan yn dal yn ddig fod Lloyd wedi dyweddïo. Neu'n hytrach nid y ffaith bod Lloyd wedi dyweddïo sydd wedi ei siomi gymaint â'r ffaith ei fod wedi 'neud hynny heb ymgynghori ag Iwan yn gyntaf. Priodi, wedi'r cwbwl, yw pwnc arbenigol Iwan, er ei fod erbyn hyn o'r farn ei fod yn gysyniad hen ffasiwn. Mae Phil yn cefnogi Iwan, gan ddweud fod priodas wedi hen 'whythu'i blwc. 'Pam cadw dy hunan i un fenyw?' yw ei ddadl. Mae Lloyd yn dweud bod e'n cymryd yn ganiataol na fydd Phil am ddod i'w briodas ef felly, gan ei fod yn gwrthwynebu mor gryf.

'Wrth gwrs fydda i moyn dod,' mae e'n ateb yn glou. 'Falle bo' fi yn erbyn priodas, ond wy ddim yn erbyn meddwad dda. Wy jest ffaelu gweld sens yn y busnes 'ma o fod yn ffyddlon i un person, 'na i gyd. Ma' fe fel, wy'm yn gwybod, mynd mewn i dafarn a jest yfed cwrw.'

Mae Lloyd a minnau'n edrych ar ein gilydd, yna mae Lloyd yn dweud yn gwmws beth sy'n mynd trwy fy meddwl innau, ''Na'n union beth wyt ti'n 'neud, Phil.'

'Oreit, oreit, o'dd 'na'n gymhariaeth wael. Ond weda i un peth 'tho chi, os yw dyn yn penderfynu priodi, yna rhaid 'neud yn hollol siŵr taw hi yw'r fenyw iawn.''

Mae'n peri gofid i mi bod Phil yn anelu'r llith yma nid at Lloyd ond ataf i, yn edrych i fyw fy llygaid wrth siarad. Teimlaf ychydig yn bryderus am hyn, ond diolch i'r drefn mae'r eiliad yn pasio wrth i Iwan, trwy ryw darth wisgïaidd, dorri ar ein traws gyda'i gyfraniad e i'r drafodaeth. Mae ei dafod yn dew ac mae'n siarad yn araf a threfnus, fel pe bai'n dweud y geiriau i gyd am y tro cyntaf erioed.

'Ddeudodd rhywun rywdro "pam cael byrgar tu allan pan 'dach chi'n medru cael stêc adra?" Ond, a minna wedi priodi dair gwaith, fedra i ddeud wrthoch chi'n bendant bod hi'n bosib i fynd allan i gael stêc hefyd. Neu'n well fyth ddarn brau o gig llo, rhyw ddarn bach ifanc blasus. A chofiwch, weithiau fedrwch chi ddim ond cael bygar adra hefyd.'

Wy'n cymryd taw 'byrgar' mae Iwan yn ei olygu, nid 'bygar', er allwch chi byth fod yn rhy siŵr o unrhyw beth gydag e. Er i Iwan a Phil geisio lladd ar ein perthynas newydd ni â'n cariadon, mae 'na undod cynyddol rhyngof i a Lloyd. Erbyn hyn, wy'n dechrau credu ei fod e'n iawn a bod Phil wir yn genfigennus.

Mae hyd yn oed John Tal ar *Angel* wedi sylwi bod gen i wên gyson ar fy ngwep ac wedi fy nghyhuddo o ymddwyn fel glaslanc anaeddfed, hurt. Tra bydden i wedi twrio yng nghilfachau eithaf fy meddwl rai misoedd yn ôl i ganfod Deg Daniad enwog, y dyddie hyn wy ddim yn becso'r dam. (Fy atebion tila, er mawr ddicter i John, oedd Hamlet, lager Carlsberg a'r brid o gi *Great Dane*). Wy wedi gwthio fy hun i'r eithaf gyda'r adduned blwyddyn newydd o fod yn fwy cadarnhaol am fywyd. Ymfalchïaf ynglŷn â hyn ac wy'n bownsio o amgylch y set fel Tigger, y teigr hynod hwnnw yn y stori i blant. Mae John yn fy ngwylio a sylwaf arno'n ysgwyd ei ben yn ddigalon wrth iddo siarad gyda Paul Stewart yn y bws bwyd. Mae John hyd yn oed wedi fy rhybuddio i beidio â chael gymaint o swagar rhodresgar yn fy ngherddediad. Rhybuddiodd fi i ochel rhag dioddef hwbris, y gormod balchder hwnnw sy'n aml yn dod â chwymp o ryw fath yn ei sgil. Ond am unwaith rwyf yn hollol ddedwydd fy myd. Hyderus, hyd yn oed. Mae'n anhygoel beth mae cael rhyw yn gyson yn gallu'i 'neud i ddyn.

Does gen i ddim amser i fecso fod pethau'n mynd yn rhy dda. Ond mae John yn y pen draw yn cael ei brofi'n gywir oherwydd yn wythnos olaf Awst mae fy 'nghwymp' yn dod. Yn wir, ry'n ni i gyd yn cael ysgytwad. Mae adenydd *Angel* o'r diwedd yn cael eu tocio wrth i'r gyfres ddod i ben yn ddiurddas o sydyn. Mae 'Waw TV' wedi rhedeg mas o arian ac yn gorfod tynnu'r plwg gyda thair ffilm yn dal heb eu cwblhau. Serch hynny, er mawr glod iddynt, maen nhw'n ffeindio digon o arian i gael parti diwedd cyfres gwych, lan stâr yn y 'Tŷ Mawr' fel mae'n digwydd, gyda diodydd am ddim i bawb trwy'r nos. Daw Efa i'r parti gyda mi ac mae'n siarad lot gyda Paul Stewart. Mae hi'n becso am sut fyddwn ni'n medru ymdopi nawr bod fy mhrif ffynhonnell waith wedi dod i ben. Wy wedi synnu pa mor dawel fy meddwl ydw i am yr holl beth a dywedaf wrthi â llygaid llo bach y byddwn ni'n gallu byw ar gariad.

Yn y tŷ bach y noson honno wy'n dod ar draws Iolo, cariad Elin. Mae'n rhoi ei garden busnes i mi, sy'n dweud 'Iolo Griffiths – Actor/Sgriptiwr/Cynhyrchydd (Ffilmiau Canna).' Mae'n mynnu fy mod i'n cysylltu ag ef ac Elin yn fuan. Dywedaf fod yn well gen i gadw draw o unrhyw ffraeo teuluol.

'Na. Wy o ddifri, Bryn. Mae Elin a minnau moyn rhoi cynnig gwaith i ti. Licen i ti i fod yn gynhyrchydd gyda ni, yn Ffilmiau Canna.'

Pocedaf y garden a dychwelaf at y bar i archebu mwy o

goctels. Dywed Keith Jenkins, sy'n sefyll wrth y bar, fod y bil diodydd wedi mynd dros fil o bunnau'n barod.

'Ond pwy sy'n becso'r dam 'te? Nid fy arian i ydio, naci?' meddai, yn gwenu'n wirion.

Sylwaf fod Efa'n dal i siarad gyda Paul Stewart, a phan ddo i draw â diod arall iddi, dywedaf wrthi nad yw Paul wedi dod yno i siarad siop.

'Mae'n oreit, Bryn,' meddai Paul, gan adael i gwmwl bach o fwg sigâr wafftio dros fy mhen.

'Sdim isie becso am arian, ta beth,' meddaf, gan dowlu Tequila arall i lawr y lôn goch.

'Ma' rhaid i ti fwyta,' meddai Efa, gan edrych arnaf yn geryddgar.

'Yffach, wrth gwrs fydda i'n gallu ffordo bwyd. Ac os na fydda i, yna galla i wastad fynd i Gapel Bethania am frechdanau gyda'r digartref.'

Mae Paul yn edrych arnaf yn syn, fel sen i'n hollol wallgo, cyn ei esgusodi ei hun wrth iddo sylwi ar Harriet Williams, Pennaeth 'Waw', yn dod mewn gyda'i mam ffaeledig, sy'n pwyso ar ffon gerdded.

Daw Efa draw â llond plât papur o gig a brechdanau i mi.

'Rhaid i ti fwyta nawr o'n i'n meddwl, y twpsyn. Neu fyddi di ar y llawr o fewn yr awr ar y rât hyn.'

'Ie, ma' 'na'n wir, da iawn,' meddaf, yn dechrau cnoi brechdan samwn a chiwcymbar. Yna fe gofiaf am fy sgwrs gyda Iolo yn y tŷ bach a cheisiaf ganolbwyntio ar edrych yn ddifrifol. Yn anffodus, mae'n anodd cyfleu *gravitas* pan mae gyda chi ddarn o samwn ar eich gên. Mae Efa'n cael gwared ohono, yn ei rwtio i ffwrdd gyda napcyn. Ychydig fisoedd yn ôl buasai hi wedi lluo'r samwn oddi ar fy ngwyneb, meddyliaf. Teimlaf yn ddryslyd ac yn boeth ond wy'n benderfynol o fod yn bositif. Wedi'r cwbwl, wy newydd gael newyddion da.

'Falle bod *Angel* yn dod i ben yn rhyw fath o fendith, wedi'r cwbwl,' dechreuaf. Gan nad yw'n ysgogi ymateb o unrhyw fath o du Efa, ychwanegaf yn frysiog, 'Pan mae un drws yn cau, fel arfer mae un arall yn agor.'

'Dim ond os o's 'na ddrafft,' meddai Efa'n wyliadwrus.

'Na na, cred ti fi, wy'n deall drysau. Wy'n gweld cyfle yn agor i fi fel cynhyrchydd. Wedi'r cwbwl, wy 'di bod yn y busnes cwpwl o flynydde nawr. Wy bownd fod wedi dysgu ambell i dric erbyn hyn.'

Penderfynaf eistedd, a wy bownd o fod yn dechrau meddwi achos mae chwant sigâr arnaf. Eisteddaf nesaf at Lowri, y *brunette* hirgoes o gynorthwy-ydd cynhyrchu. Alla i ddim stopio syllu ar ei bronnau. Wy'n credu bod Efa bownd fod wedi sylwi achos wnaeth hi ddim aros am lot hirach, gan fwmian os o'n i'n benderfynol o feddwi'n rhacs, yna man a man iddi hi fynd adre. Mae rhan fwya o weddill y nos yn niwlog iawn. Cofiaf ddawnsio lot, a thynnais fy nghrys gwlyb sopen i ffwrdd ar un adeg i gyfeiliant cymeradwyaeth frwd. Yna, yn dilyn annogaeth o du Kim a Catrin o'r Adran Golur, mae'n debyg mod i wedi dechrau *striptease* a'i chwblhau wrth faglu gan gleisio fy mraich yn wael. Pan holodd Efa fi y diwrnod canlynol, gorfu i mi ddweud celwydd wrthi am y clais, gan ddweud nad o'n i'n cofio sut y cefais e. Wedi'r cwbwl, y peth olaf o'n i moyn dweud wrth Efa, o bawb, oedd mod i wedi dechrau dadwisgo ar lawr y disgo.

Penderfynaf ffonio Iolo y prynhawn hwnnw, ac o fewn yr awr wy'n yfed *café latte* gyferbyn ag Elin ac yntau yn un o'r tai coffi ffasiynol ar Stryd Pontcanna. Mae Elin yn ymddangos yn effeithiol iawn ac mae hi wrthi'n dangos gwefan 'Ffilmiau Canna' i mi ar ei chyfrifiadur côl. Nesaf at 'Cyfarwyddwyr y Cwmni' mae hi'n teipio B. James ar ôl I. Griffiths ac E. Bowen. Mae Elin yn sylwi ar fy edrychiad llawn syndod ac yn egluro.

'Ni moyn ti *on board*,' meddai.

'Fel cyfarwyddwr?' gofynnaf yn gegrwth.

Amneidia Iolo'n eiddgar. Edrycha Elin yn llawn tensiwn. Ceisiaf fy ngorau i beidio edrych yn rhy syn. Wy moyn gofyn cwestiwn perthnasol a pheidio swnio fel sen i allan o 'nyfnder.

'Pam?' meddaf.

'O'n i moyn rhywun â mwy o brofiad o'r diwydiant na ni,' meddai Elin.

'Ni'n dou'n ifanc iawn. Allith rhywun hŷn ddod ag ychydig o *gravitas* i'r tîm,' meddai Iolo, yn parhau i nodio.

'Fyddwn ni'n hala syniadau am raglenni i mewn i S4C,' meddai Elin, gan edrych ar Iolo am gefnogaeth.

'A ni 'di sylwi bod Cymraeg itha da 'da ti. Bydd hynny'n fanteisiol iawn i weddill y tîm,' meddai Iolo.

Sylwaf fod Iolo wedi defnyddio'r gair 'tîm' ddwywaith nawr. Wy'n licio'r term. Penderfynaf ei ddefnyddio fy hun.

'Felly be sy rhaid i fi 'neud i ymuno â'r tîm?' gofynnaf, gan edrych yn ddifrifol.

'Ma' isie i ti roi mil o bunne i ni,' meddai Elin, gan fflachio'r stŷd metal ar ei thafod, yn fwriadol fy nhaflu oddi ar fy echel. Sipiaf fy *latte*. Fy ymateb cyntaf yw teimlo fel dweud wrth y ddau ohonyn nhw am fynd i grafu. Ydw i'n edrych yn dwp neu beth? Ond daliaf ati. Mae rhywbeth ynglŷn â hyn rwy'n ei hoffi. Wy'n credu taw gweld fy enw ar sgrin y cyfrifiadur yw e, 'Cyfarwyddwyr y Cwmni: I. Griffiths, E. Bowen, B. James.'

Mae fy enw wedi'i adael yno'n fwriadol, wrth gwrs. Gwn eu bod nhw'n chwarae â fy ego. Wy hefyd yn gwybod bod gen i werth mil o bunnau mewn *premium bonds* sydd heb ennill unrhyw beth i mi mewn pymtheg mlynedd. Eu defnyddio ar ddiwrnod glawog oedd y bwriad. Ond nagyw e'n 'neud mwy o synnwyr i'w defnyddio pan fo'r haul yn tywynnu?

'Rhowch wythnos i mi feddwl 'mbytu fe,' meddaf, yn fy llais *big shot* gorau.

Y noson honno darllenaf erthygl mewn cylchgrawn i ddynion dan y teitl *Power: the ultimate aphrodisiac*, a dychmygaf fy hun yn chwarae â'm brasys newydd coch tu ôl i ford ddrudfawr, o goed mahogani a lledr ar ei hymylon, yn ysmygu sigâr ac yn cyf-weld menywod pert yn eu hugeiniau cynnar. Rhof fy ngharden busnes iddyn nhw wrth i mi orfod gwrthod cynnig gwaith iddyn nhw – am y tro, o leiaf. 'Ond peidiwch â digalonni. Wy'n siŵr wnewn ni weithio gyda'n gilydd rywbryd 'to. Falle ddylen ni drafod lle aethoch chi'n rong dros botel oer o *Pinot Grigio* yng nghlwb y Tŷ Mawr?'

Ond aroswch funud. Ble mae Efa'n ffitio i mewn i hyn i gyd? Dyw e'm yn beth da i gariadon gadw cyfrinachau mawr oddi wrth ei gilydd, ond mae hi'n paranoid yn barod yn poeni y byddwn ni heb yr un ddimai goch erbyn diwedd Medi. Nid yw'n adeg da i ddweud wrthi mod i'n gamblo fy nyfodol ar gwpwl o bobol ifainc ac yn mentro i fyd ansefydlog y cynhyrchydd/impresario. Penderfynaf beidio â sôn am y mil o bunnau. Dri diwrnod wedi i mi gwrdd ag Elin a Iolo am goffi, ffoniaf Elin i ddweud mod i'n ymuno â'r 'tîm'.

Defnyddiwn ystafell ffrynt Iolo fel swyddfa dros dro a chynhaliwn gyfarfod i daflu syniadau 'mbytu. Wy'n edrych yn ofidus a nerfus, ond mae Elin yn fy sicrhau nad oes gen i unrhyw beth i boeni yn ei gylch.

"Na i gyd sy angen i fod yn gynhyrchydd yw ffôn mobeil,' meddai, gan arllwys paned o de *Earl Grey* i mi.

'A dod lan â rhai syniadau,' ychwanega Iolo, gan daflu cipolwg tuag ataf.

'Ma' isie i ni fwrw'r Comisiynydd Rhaglenni Cyffredinol gyda sawl A4, ei daro fe â sawl syniad yr un pryd,' meddai Elin, wedi'i chyffroi.

'Rhaglenni Cyffredinol? Na fydde'r Adran Adloniant yn well?' gofynna Iolo. 'Beth wyt ti'n meddwl, Bryn?'

Teimlaf ffrwd o chwys yn casglu'n sydyn ar fy nhalcen. Mae'r ddau yn edrych arnaf yn ddisgwylgar.

'Allen ni'm treial y ddau?' meddaf, gan edrych ar Elin, yna Iolo, yna nôl at Elin.

'Na,' meddai Elin. 'Wy'n credu bydde 'na'n edrych fel se ni ddim yn gwybod beth y'n ni'n 'neud.'

Teimlaf awydd dweud wrthi bod hynny'n wir, ond ffrwynaf yr awydd.

Ar ôl cwpwl o oriau o fynd rownd mewn cylchoedd, ry'n ni'n penderfynu targedu'r Comisiynydd Rhaglenni Cyffredinol, gan feddwl os yw e'n teimlo bod rhai o'r syniadau'n ddoniol yna bydd e'n eu pasio nhw ymlaen i'r Adran Adloniant p'un bynnag. Y prif benderfyniad rydym yn gytûn arno yw y dylen ni ganolbwyntio ar syniadau ar gyfer 'Reality TV'.

'Y peth da am "Reality TV" yw bod ni'n gallu defnyddio'r cyhoedd, achos bod shwt gymaint ohonyn nhw mor despret i fod ar y teledu,' meddai Elin yn ddeallus. 'Ac wrth gwrs, sdim rhaid i ni dalu nhw o gwbwl.'

'Falle dylen nhw ein talu ni,' cynigiaf, gan feddwl yn galed am ffyrdd o ad-ennill fy mil o bunnau.

'Ma' 'na'n werth ei ystyried,' meddai Iolo, yn amneidio. 'Ond yn gynta ma' isie i ni ddod lan â *formats* newydd, *in your face*, fydd pobol ifanc yn licio.'

Ceisiaf feddwl beth mae hyn ei olygu, yr elfen *in your face*. Yn gwrido a cheisio peidio edrych ar Elin, gofynnaf a oes yna le yn y Gymraeg ar gyfer pornograffi ysgafn o ryw fath. Mae Iolo i'w weld yn frwd, gan ddweud pam lai, os gweithiodd hynny i Sianel 5, yna mae'n werth ei ystyried.

'Ond allwn ni ddim pitsio fe fel porn,' meddai Elin, gan gynnau sigarét a meddwl yn galed.

'Allen ni esgus 'i fod e'n gwis o ryw fath,' meddai Iolo.

'Grêt!' meddai Elin, yn rhoi cusan anferthol iddo ar ei wefusau. Wy'n pendroni am y posibilrwydd o gael cusan ganddi os caf innau syniad 'grêt' hefyd, a dechreuaf feddwl am y cynnwrf o deimlo metal y stŷd ar ei thafod yn fy ngheg.

'Wncwl Bryn yw'r arbenigwr ar gwisiau,' meddai Elin, gan edrych arnaf yn obeithiol.

Nid wyf erioed wedi cael fy ngalw'n arbenigwr ar unrhyw beth o'r blaen. Wy'n dechrau twymo i fyd y cyfryngau. Wy'n gwybod falle droith hyn mas i fod yn llwyth o gachu, ond ar y funud wy'n mwynhau fy hun gyda dau berson hanner fy oedran.

'Wy'n cofio amser o'n i eich oedran chi o'n i arfer chwarae gêm gardiau o'r enw *Strip Jack Naked*. Allen ni gynnal cwis gwybodaeth gyffredinol, ddim rhy anodd, jest 'bach o sbort, ac am bob ateb anghywir fydde rhaid i'r cystadleuwyr dynnu ddilledyn i ffwrdd.'

'Ie, wy'n licio 'na. Ddigwyddodd rhywbeth tebyg ar *Big Brother*,' meddai Iolo'n frwd.

'Ond alle fe gymryd hydoedd os o's lot o ddillad,' meddai Elin.

'Allen ni 'i osod e ar y traeth,' cynigiaf.

Mae Elin a Iolo yn edrych ar ei gilydd. Does gen i'm syniad beth sy'n mynd trwy'u meddyliau.

'Ie,' meddai Elin o'r diwedd, 'ond wedyn se pobol yn noeth yn rhy glou. Be ni moyn treial 'neud yw cael 'bach o *titillation*, 'neud e mewn ffordd ysgafn, peidio cymryd ein hunain ormod o ddifri.'

'Ie, falle bod y traeth yn ormod,' cytunaf, yn tanio sigâr. 'Beth am rywbeth hanner ffordd? Ym . . . wy'm yn gwybod . . . caffi mewn pwll nofio?'

Mae Iolo'n chwerthin, yn meddwl taw jocian ydw i. Ar ôl ennyd chwarddaf innau gydag e, gan esgus 'i fod e'n iawn.

O'r diwedd, tua awr yn ddiweddarach, ry'n ni wedi gollwng y syniad o ddiosg dillad yn gyfan gwbwl, er mawr ryddhad i mi (wy wedi dechrau becso beth fyddai ymateb Efa i'r fath syniad). Serch hynny, ry'n ni wedi cadw'r syniad o gwis, ond wedi newid y gosb o gael ateb anghywir. Yn hytrach na diosg rhyw ddilledyn, os bydd cystadleuydd yn rhoi ateb anghywir, yna mae'n rhaid iddo ddweud rhyw gyfrinach ddamniol am ei orffennol, rhywbeth fyddai'n wironeddol codi cywilydd arno fe. Er enghraifft, cyfadde cysgu gyda gafr, neu arteithio cwningen pan yn blentyn, neu beth bynnag. Os nad oes gan y cystadleuwyr gyfrinachau diddorol, yna bydd rhaid i'r tîm cynhyrchu (ni, wy'n sylweddoli'n sydyn) 'neud rhai lan iddyn nhw.

Mae Elin yn cynnig meddwl am storïau bisâr. Iolo fydd yn cyflwyno'r cwis. Fy rôl i yw paratoi'r cwestiynau. Ry'n ni'n rhoi popeth i lawr ar A4 ar gyfrifiadur côl Elin. Mae Iolo'n mynnu galw hyn yn 'ein *pitch* ni' ac rydym yn treulio awr a hanner dros ginio lled-feddwol yn y Tŷ Mawr yn meddwl am deitl i'n rhaglen. Wy'n licio *Cyfrinachau*, ond dyw Iolo ddim yn meddwl bod hyn yn cyfleu'r elfen gwis. Mae Elin yn licio rhywbeth hollol syml fel *Cwis*. Wedi magu rhyw hyfdra o'r *Pinot Grigio*, dywedaf bod hyn yn hurt, gan ychwanegu 'Man a man i ni alw'r dam peth yn "Rhaglen Deledu".'

Wy'n becso falle mod i wedi mynd dros ben llestri a digio Elin. Ond er mawr glod iddi mae hi'n chwerthin ar fy sylw. Yn wir, mae'n dweud ei bod hi'n falch mod i'n setlo i mewn cystal fel rhan o'r tîm. Mae'n bwysig iawn ein bod ni i gyd yn gallu lladd ar ein gilydd gydag arddeliad heb gymryd y peth yn bersonol, mae'n debyg.

Yn y pen draw ry'n ni'n dewis y teitl *Y Cwis Cyfrinachau*, sydd ddim yn secsi iawn, ond o leiaf mae'n gywir.

Yn ystod gweddill yr wythnos ry'n ni'n cael syniadau am bedair rhaglen arall, cyfres arddio i blant meithrin o'r enw *Palu, Malu*, rhaglen ddogfen am hanes gwallt coch, *Gwalltiaid Cochion*, cyfres colli pwysau i ddynion dros ugain stôn, *Bras Cas*, a chyfres pry ar y wal (neu pry ar y shiten bryfed) am wersylla, yn dilyn pobol ifanc o gwmpas yn eu pebyll o amgylch nifer o feysydd gwersylla amrywiol, o'r enw *Cae Cwrw Condom*.

Erbyn y penwythnos, wy wedi llwyr ymlâdd, ond rwyf hefyd wedi fy nghyffroi mewn rhyw ffordd od yn ogystal. Mae Efa'n meddwl mod i wedi fflipio ac mae'n casáu'r drewdod sigâr ar fy nillad a'm hanadl, a'r swagar cynyddol mawreddog sydd i'm cerddediad. Mae Jamie a Jo wedi mynd am wyliau gwersylla yn sir Benfro am bythefnos, felly does fawr o anogaeth o'r fflat drws nesaf chwaith. Mae Efa'n hollol argyhoeddiedig na ddaw dim byd o'n hymdrechion, felly wy wrth fy modd yn gallu dweud wrthi ychydig ddiwrnodau'n ddiweddarach bod 'Ffilmiau Canna' yn cwrdd â Hefin Rowlands, Comisiynydd Rhaglenni Cyffredinol S4C, yng Nghaernarfon ddydd Gwener y degfed ar hugain o Awst. Mae e wedi darllen ein *pitches* A4 ac yn awyddus i gwrdd â ni.

Prin mod i'n gallu cysgu o gwbwl y noson cyn y cyfarfod. Y

bwriad yw gyrru lan i'r gogledd a chyrraedd tua amser cinio, wedyn mynd i ryw fwyty lleol i drafod tactegau, cyn cwrdd â Rowlands am bedwar o'r gloch. Fodd bynnag, pan alwaf am Iolo ac Elin yn fy siwt smart, led-Armaniaidd (wy wedi llwyddo i'w benthyg oddi ar gynorthwy-ydd wardrob wy'n ei 'nabod o'r enw Hannah) a'm sbectol haul Eidalaidd newydd, wy'n clywed fod rhaid newid ein cynlluniau. Mae Rowlands i lawr yng Nghaerdydd ac am ein gweld ni am hanner awr wedi deg y bore hwnnw yn Llanisien. Mae hyn yn rhoi rhyw awr i ni drafod tactegau. Awn am frechdan bacwn a myged o de mewn caffi ar Heol y Bontfaen i geisio ffocysu. Mae Elin yn meddwl y dylen ni fod wedi canslo a dweud ei fod e'n ormod o fyr-rybudd i newid ein cynlluniau. Dywedaf innau bod y math hyn o beth bownd o ddigwydd yn reit aml a bod y comisiynwyr hyn yn bobol prysur ofnadwy, siŵr o fod. Y peth pwysig i'w gofio, yn ôl Iolo, yw ein bod ni i gyd fel un, yn canu'r un diwn ac yn gweithio fel tîm effeithiol.

Rydym yn gorfod aros ein tro yng nghyntedd ysblennydd S4C am dros dri chwarter awr, ond o'r diwedd rydym yn cael ein galw trwyddo i swyddfa Rowlands. Er fod ganddo liw haul iachus, a'i fod yn smart iawn yn ei siwt hufen, gotwm, mae golwg uffernol o *stressed* ar y boi. Mae'n iau na mi, ond mae e'n colli ei wallt yn barod, ac mae'r hyn o flewiach sydd ganddo yn arianlwyd llawn straen. Mae'n foi digon dymunol, serch hynny, mewn rhyw ffordd *non-committal*, yn amneidio'n werthfawrogol ar brydiau, ond heb fawr o ystyr, yn debyg i Jo yn hynny o beth. Daw ysgrifenyddes â choffi a bisgedi a dwy botel fawr o ddŵr pefriog i mewn. Mae Rowlands yn bachu un o'r poteli dŵr a'i chadw iddo fe'i hunan. Dywed ar y dechrau'n deg ei fod e'n gweld rhywun arall mewn ugain munud. Daw hi'n glir ar ôl rhyw bum munud ei fod e'n tipyn o gi, yn llygadu Elin trwy'r adeg ac yn ei chanmol hi am ddechrau ei chwmni ei hun a hithau mor ifanc. Synhwyraf y stêm sydd ar fin ffrwydro o glustiau gwarchodol Iolo wrth iddo weld bod seboni amlwg Rowlands yn swyno Elin, a'r stŷd metel ar ei thafod yn ymddangos mor aml nes ei fod mwy neu lai yn westai ychwanegol yn ein cyfarfod. O'r holl gynigion, y syniad gwersylla, *Cae Cwrw Condom*, sy'n apelio fwyaf.

'Mae'n ifanc, mae'n secsi, ac yn bwysicaf oll ma' fe'n rhad,' meddai â gwên ddeniadol.

Teimlaf y chwys yn glynu yn fy nhrôns a'm calon yn curo'n glouach. Ydy hyn yn meddwl ein bod ni wedi llwyddo i gael un troed i fewn trwy ddrws yr enwog drên grefi cyfryngol? Mae'n rhaid bod Iolo'n meddwl rhywbeth tebyg i mi, gan fod e'n gofyn, 'Felly, beth yw'r cam nesa?'

'Ma' hynny lan i chi, mewn gwirionedd,' meddai Rowlands, mewn goslef rhywun sy'n hen gyfarwydd ag eistedd ar y ffens.

'Ti'n meddwl allen ni 'neud peilot 'te, wyt ti Hefin?' meddai Elin, yn bod yn or-gyfeillgar yn llawer rhy glou.

'Wrth gwrs. Ond yn anffodus allwn ni mo'ch helpu chi'n ariannol. Ddim ar yr adeg yma o leia.'

'Beth yw'ch pwynt chi 'te?' gofynnaf, heb fod eisiau swnio'n riwd, ond jest ddim yn deall sut oedd pethau'n gweithio.

Fodd bynnag, mae Rowlands jest yn anwybyddu fy nghwestiwn gan hoelio'i lygaid ar Elin.

'Ewrop yw'r dyfodol,' meddai, gan blethu'i ddwylo ynghyd, o bosib yn gweddïo'n is-ymwybodol. 'Os ffeindiwch chi arian cyd-gynhyrchu o rywle arall, yna falle bydd diddordeb gyda ni. Mae'r esgid yn gwasgu, braidd, yn yr oes ddigidol hon. Mae'r *gravy train* wedi hen grasio, ond licen i feddwl y gallech chi'ch tri ddal be wy'n galw'n *Béchamel Sauce Boat*.'

Awn nôl i dŷ Iolo i drafod y cyfarfod. Mae Iolo'n meddwl fod y boi yn ionc. Mae Elin o'r farn ei fod yn foi neis, ac o leia ddywedodd e ddim 'na' pendant. Mae'r drws yn dal ar agor.

'Ma' 'na'n wir,' meddaf yn gadarnhaol, gan ychwanegu, 'ond mae'r pethe hyn yn cymryd amser. O leia ma' fe 'di clywed am Ffilmiau Canna nawr.'

'Wrth gwrs 'i fod e,' meddai Elin, yn ddiolchgar am fy agwedd bositif.

Ar y ffordd adref ar y bws, teimlaf fod gyda ni ddyfodol

disglair. Gan gadw at f'adduned o fod yn bositif, er mawr syndod i mi sylweddolaf fy mod i'n graddol droi i mewn i berson 'gwydr hanner llawn' yn hytrach na pherson 'gwydr hanner gwag'. Af i siop y Co-op i brynu potel o hoff Shiraz Awstraliaidd Efa, ac ychydig o fara ffres a paté fel cinio sypreis iddi. Gan fod y cyfarfod wedi cael ei ad-drefnu ar y funud olaf, nid yw Efa'n gwybod nad wyf wedi mynd i Gaernarfon, wrth gwrs. Wy'n licio rhoi sypreis iddi bob hyn a hyn. Wrth i mi fynd mewn i'r fflat, gwelaf yn syth bod ganddi hi sypreis i mi y tro hwn. Mae hi yn fy ngwely i gyda Marco.

Pennod 17

Wedi i mi weiddi arnynt i adael fy fflat yn syth, yr eiliad honno, ar unwaith, am ryw reswm wy'n ei throi hi tua canol y ddinas. Mae cymaint o ddelweddau dychrynllyd yn hedfan o amgylch fy meddwl nes fod ochr fy mhen yn brifo. Cerddaf y strydoedd yn ddiamcan. Prin mod i'n sylwi ble ydw i na lle wy'n mynd. Gwelaf Efa ar ben Marco yn fy ngwely ac yn troi ei phen mewn braw wrth iddi fy ngweld i'n dod i mewn trwy'r drws. Gwelaf Marco'n gafael yn ei ddillad yn frysiog, ei godiad diflanedig yn cael ei gwato'n sydyn gan grys gwyrdd llachar. Gwelaf y ddau ohonynt yn siarad â'i gilydd yn Eglwys Llandaf, pan welais e am y tro cyntaf. Gwelaf e gydag Efa yn dod i mewn i Chapter, gyda golwg o shwt agosatrwydd rhyngddynt nes fy mod i'n diawlio fy hun am fod mor naïf.

Yn y dref cerddaf heibio i gerflun o Aneurin Bevan a'i safiad herfeiddiol sydd fel arfer yn fy mhlesio. Ond heddiw teimlaf fel poeri yn ei wyneb. Cerddaf ymhellach lan Heol y Frenhines gan gicio colomennod sy'n meiddio sefyll yn fy ffordd. Mae pob cwpwl wy'n eu pasio yn edrych fel pe baent mewn cariad. Sylwaf ar Elsie, un o gardotwyr y stryd wy'n helpu i'w bwydo yn festri Bethania, yn gwerthu copïau o *Big Issue*, yn gwenu'n braf ar ddyn mewn siwt streipen fain sy'n prynu un ganddi. Damio shwt beth, mae'n bnawn Gwener ac mae hyd yn oed y tlawd a'r amddifad mewn hwyliau da. Gas gen i Efa. Gas gen i bob menyw. Gas gen i Marco. Gas gen i bob dyn. Mae rhywun yn treial gwerthu masg Saddam Hussein i mi. Dywedaf wrtho am gnycho bant. Wy'n gwybod y dylen i siarad yn gall â phobl, ond af i'r *City Vaults* am beint yn lle hynny. Sarnaf gwrw ar fy mord am fod fy nwylo'n dal i grynu mewn siom a chynddaredd. Sylweddolaf fod Lloyd bant yn Aberystwyth gyda Hiroko am y penwythnos. Yn dal i grynu, llwyddaf i decstio Phil yn lle hynny. Mae e'n fy ffonio i nôl ar unwaith, gan fynnu na ddylwn yfed ar ben fy hun yn y fath gyflwr meddyliol. Dywed fod allwedd ei fflat gan ei gymydog drws nesaf, Ken, ac y dylen i ddala bws i'w dŷ ar unwaith. Wnaiff e gwpla'n gynnar yn y llyfrgell, gan ddweud nad yw'n teimlo'n dda. Gwrddith e a mi yn ei dŷ am bedwar o'r gloch.

Pan af i mewn i dŷ Phil, wy'n cwmanu'n hunandosturiol ar ei soffa, gan syllu ar ei deledu a sylwi ar fy adlewyrchiad yn fras ar y sgrin. Edrychaf fel diawl trist, felly gafaelaf yn y teclyn pell-reolaeth a fflicio trwy ychydig o sianelau. Yn y man, dewisaf wylio hen bennod o *Frasier* ar sianel Paramount Comedy. O'n i arfer licio *Frasier* lot. Y prynhawn yma, ar ôl dwy funud o'i wylio, wy moyn malu ei ben bach nawddoglyd yn ddarnau mân.

Agoraf ddrâr gyfagos lle wy'n gwybod mae Phil fel arfer yn cadw'i gyflenwad o dôp, ac yn wir dyma fe mewn bag seloffên, wrth ymyl paced o *Rizlas* a bocs o fatsys. Rholiaf sbliff enfawr i mi fy hun a dechreuaf ddarllen papur newydd sydd ar ford goffi Phil. Mae'r dudalen ôl wedi'i llenwi'n gyfan gwbwl gan erthygl gan yr Athro Steve Jones, a'r pennawd '*What it takes to be a man*', a'r is-bennawd '*Britain's best selling geneticist investigates the rise and fall of masculinity.*' Cynheuaf fatsien a rhoddaf y papur ar dân. Yn sydyn, mae'n mynd mas o reolaeth ac ae rhaid i mi ddamsgen arno i atal y fflamau rhag lledu. Yn anffodus, mae hyn yn gadael marciau rhuddo du ar garped glas Phil. Agoraf y ffenestr i geisio cael gwared o'r gwynt llosgi. Yna newidiaf y sianel deledu eto, gan bwyso nôl i wylio rasys milgwn ar Sky Sports 2.

O'r diwedd daw Phil nôl, yn gwynto o fintys. Eistedda wrth

fy ymyl ar y soffa gan roi ei fraich o amgylch fy ysgwydd.

'Ddrwg 'da fi glywed am ti ag Efa. Ofnadw, 'achan.'

'Ie,' atebaf, gan wylio'r gwningen drydan yn twyllo'r cŵn. Mae'n rhaid bod cŵn yn uffernol o dwp. Ond dyna ni, mae'n rhaid bod dynion yn dwp hefyd.

'Beth yffach yw'r gwynt 'na?' meddai Phil, yn dechrau rholio *joint* iddo'i hun.

Yna mae'n gweld y marciau rhuddo ar ei garped, a'r papur newydd wedi llosgi yn ei fin sbwriel metal.

'Be uffarn wyt ti 'di bod yn 'neud fan hyn, y diawl dwl?' rhua Phil, gan orwedd ar ei stumog ac arogli'r marciau rhuddo, gan ychwanegu, 'Ga i byth wared o'r marcie hyn. Ti'm hanner sownd, 'achan!'

'Ie, ddrwg 'da fi am 'na,' meddaf.

Yna mae Phil yn codi'i ysgwyddau ac ysgwyd ei ben, ac yn eistedd wrth fy ymyl unwaith eto.

"Co, jest achos ddales ti nhw yn y gwely 'da'i gilydd, falle nagyw e'n meddwl unrhyw beth,' meddai, yn ceisio fy nghysuro, ond yn 'neud i mi deimlo'n lot gwaeth.

'Ma' nhw siŵr o fod wrthi yr eiliad 'ma,' meddaf, cyn anadlu dôp yn ddwfn i'm hysgyfaint. 'Gobeithio ddalith y bits rhywbeth oddi ar y bastard jynci,' wy'n parhau.

'Da iawn. Cael e off dy tsiest di, Bryn. 'Na ni, slaga'r slag off.'

'Bitsh!' gwaeddaf.

'Slag!' gwaedda Phil.

'Ast!' gwaeddaf.

'Hwren!' gwaedda Phil.

'Hwch!' gwaeddaf.

Mae Phil yn petruso am eiliad, yn ceisio meddwl am air sarhaus addas, cyn dweud 'Efa! Y fenyw ddrwg wreiddiol! Ddyle ni 'di amau hi o'r dechrau, 'achan.'

Wy'n gwybod ei fod e'n treial codi fy ysbryd, ond daliaf ochr fy mhen poenus a gofynnaf y prif gwestiwn allan o'r dwsinau sy'n chwyrlïo'n ddidrugaredd o amgylch f'ymennydd.

'Ateb hyn i fi, Phil. Pam fe? Ateb yn onest.'

'Ti'n siŵr ti moyn ateb onest? Falle fydd 'na eitha rhestr.'

'Dere 'mla'n 'te. Pam fe?'

'Golygus.'

Amneidiaf.

'Eidalaidd, *charming*.'

Amneidiaf.

'Yn iau na ti. Paid 'neud i fi gario 'mlan, Bryn.'

Amneidiaf eto, yn dechrau derbyn fy safle newydd yn fy niffyg perthynas ag Efa.

'Wel, os 'na i gyd mae'n cymryd, yna mae hi ar ben arna i 'te. Wy'n well heb y blydi bitsh.'

'Wrth gwrs bod ti,' meddai Phil, gan roi ei fraich rownd fy ysgwydd eto. Teimlaf ei law anferth yn gafael yn fy mraich, fel se cath enfawr yn cwtsio lan ata i.

'Heblaw– ' dechreuaf.

'Sssshh, paid, sdim isie i ti,' meddai Phil yn dawel.

'Heblaw o'n i'n meddwl . . . er wedodd hi rioed . . . o'n i'n meddwl bod hi'n caru fi!'

Ysgydwaf fy mhen yn wyllt, gan geisio cadw'r dagrau draw. Ceisiaf dynnu ychydig o fwg i mewn, ond nid yw'n gweithio. Mae'n rhy hwyr. Mae Phil yn fy nghofleidio'n dynn wrth i'r dagrau lithro i lawr fy mochau.

Ar adegau fel hyn ry'ch chi wir angen eich ffrindiau. Yn groes i'r disgwyl, mae Iwan yn help mawr ac yn gymorth defnyddiol mewn ffordd ymarferol iawn.

'Be sy isio ichdi 'neud ar adeg fel 'ma ydy cadw'n brysur,' meddai, gan basio gwydryn tal o *Pimms* i mi ar ei batio y noswaith ganlynol. Yn edrych ar y dail tafol niferus yn gwthio'u hunain i fyny trwy llwybr ei ardd fel sêr-bysgod anferth, disgwyliais i'r frawddeg nesaf gynnwys gwahoddiad i chwynnu iddo fe. Ond ro'n i'n anghywir.

'Dwi wedi cael gair efo dy asiant, Paul Stewart. Deud 'tho fo am gyfres sy'n cychwyn ffilmio tua diwedd Medi. Fel mae'n digwydd, roedd o'n gwybod amdani eisoes, ond ddeudis i baswn i'n medru 'neud tro da ichdi. Mae ar y sgriptiwr ffafr i mi, ti'n dallt. Yr unig beth sy'n fy mhoeni i rhywfaint yw, do'n ni'm yn siŵr sut foi oeddach chdi am uchder.'

'Uchder? Nage cyfres am ddringo yw hi, ife?'

'Ia, fel mae'n digwydd. Cyfres deuddeg pennod am dîm achub ar y mynydd, yn cael eu harwain gan ddynas, *Achub y Blaen*. Fyddan nhw angan artistiaid cynorthwyol yn gyson. Ddeudis i wrth Paul dy fod ti'n arfer mynd i fyny'r Wyddfa bob penwythnos pan oeddach chdi'n llanc ifanc.'

'Be wedodd Paul?' gofynnaf yn nerfus.

'Wnaeth o jest chwerthin a deud doedd o'm yn fy nghredu am eiliad. Basach chdi'n siŵr o gael y bendro wrth newid bylb, heb sôn am fynd lan yr Wyddfa.'

Gallwn deimlo'i lygaid yn fy ngwylio ac yn gobeithio am ryw ymateb. Allen i ddim canolbwyntio. O'n i'n meddwl am Efa. A Marco. Yn dringo ar ben ei gilydd, yn cyrraedd copaon nwydus, yn mynd yn benysgafn ar fynydd o angerdd.

'Mae o'n waith gweddol rheolaidd i chdi hyd at y Dolig. Dwi 'di tsiecio efo Owain Prys, y prif sgriptiwr. Mae o'n fodlon rhoi'r gwaith ichdi trwy Paul Stewart, ond ma' rhaid iddo fo wybod yn fuan.'

'Allen ni 'neud y tro â'r arian, ynta,' meddaf, gan geisio meddwl ymlaen ychydig wythnosau.

'Wrth gwrs. Yli, nid cyd-ddigwyddiad ydy o ei bod hi wedi cychwyn poitsio efo'r Eidalwr unwaith wnes ti ddechra rhedeg allan o bres.'

'Be ti'n feddwl?'

'Ma' menywod yn aml yn 'neud hynna. Dyna pam dwi wastad yn chwerthin pan glywa i am y rwtsh cydraddoldeb rhywiol bondigrybwyll yma. Efo pob un o 'ngwragedd i, mi ddechreuais efo nhw'n fy sugno i'n sych yn rhywiol a chwblhau efo nhw'n fy sugno i'n sych yn ariannol. Ond 'na fo, o leia bydd Phil yn blês ei fod o allan yn yr agored. Roedd o mewn tipyn o bicl, ddim yn siŵr p'un ai i ddeud 'tha chdi ai peidio.'

'Gweud beth?!' gofynnaf, yn gobeithio nad oeddwn i wedi'i glywed e'n iawn, yn wir obeithio bod Phil ddim yn gwybod y cwbwl am Efa a Marco ond heb ddweud wrtha i. Allen i weld o'r ffordd roedd Iwan yn llusgo'i draed yn lletchwith araf a'i lygaid wedi'u hoelio i'r llawr 'i fod e wedi gadael y gath mas o'r cwdyn.

'Sgynno fo'm byd i 'neud efo fi,' meddai yn y man, gan gwpla'i *Pimms* â llwnc harti, er mwyn ei esgusodi ei hun i fynd i mewn i'r tŷ i nôl rhagor o iâ. Tra oedd e yn y tŷ ffoniaf Phil ar ei fobeil a mynnu ei fod yn dod draw ar unwaith i dŷ Iwan. Mae e'n cyrraedd hanner awr yn ddiweddarach ac mae'n rhoi sbliff i mi'n syth. Wy'n ei daflu ar y llawr.

'Ers pryd wyt ti'n gwybod am Efa a Marco?' gofynnaf mewn goslef chwerw, yn dod yn syth i'r pwynt.

'Wel, o'n i'm yn gwybod i sicrwydd, wrth gwrs,' mae'n dechrau mwmian, gan gynnau sbliff iddo'i hun.

'Ers pryd wyt ti 'di amau rhywbeth 'te?' parhaf, yn benwan.

'Y peth yw, mae'r Eidalwr hyn yn byw ar Heol Felindre, reit wrth y llyfrgell. Sylwais i ar Efa'n galw 'na tua pedwar mis yn ôl.'

'Pedwar mis?' gwaeddaf, gan gymryd y sbliff oddi arno. Mae e'n iawn. Mae angen i mi ymlacio.

'Y peth yw, yn ddiweddar, ers tua canol Awst weden i, ma' hi 'di bod yn galw'n lot amlach. Ac mae'r cyrtens lan stâr yn cael eu cau ganol pnawn, os ti'n deall be sda fi.'

'Felly pam yffarn se ti 'di gweud 'tho fi?!' gofynnaf.

'Mae o wedi trio deud, tydy,' meddai Iwan yn gefnogol.

'O'dd y tri ohono chi'n gwybod am hyn a wnaethoch chi'm gweud gair?' gwaeddaf, yn teimlo'r gwaed yn rhuthro'n gynddeiriog i 'mhen i, a 'neud i mi deimlo'n benysgafn.

'Na. Dyw Lloyd ddim yn gwybod unrhyw beth,' meddai Phil, gan ychwanegu, ''Co, o'n i mewn sefyllfa letwith. O't ti'n amlwg yn dwlu arni. O'n i'n meddwl se fe'n sorto'i hunan mas.'

'O ie, o't ti'n iawn fan'ny, nago't ti? Yn y ffordd fwya poenus posib. Pa fath o ffrindie y'ch chi'n meddwl y'ch chi, y blydi lloi?!'

Yna mae Phil yn diolch yn swnllyd i Iwan am ei roi e yn y caca ac rwyf innau'n mynd i nôl fy siaced, gan slamio drws yr ystafell haul tu ôl i mi.

Ar y dydd Llun, wedi iddo ddychwelyd o Aberystwyth, mae Lloyd yn fy mwcio i mewn ar gyfer sesiwn aciwbigo. Nid yw'r ffaith bod fy meddyg yn glaf o gariad ar y funud yn helpu rhyw lawer. Fydde tri deg o dawelyddion a photel o fodca'n lot gwell. Ond mae Lloyd yn ceisio fy argyhoeddi bod angen hwb o egni arnaf.

'Ti'n isel dy ysbryd, twel, Bryn, oherwydd be sy 'di digwydd rhyngddo ti ag Efa,' meddai ar y ffôn.

'O? 'Na beth yw e?' atebaf, gan ychwanegu'n wawdlyd, 'A 'na lle o'n i'n meddwl bod e'n rhywbeth i 'neud â'n *athlete's foot!*'

Cytunaf i gael sesiwn, yn rhannol oherwydd 'i fod e'n dweud y gwir. Mae'r aciwbigo'n bendant wedi fy helpu yn y gorffennol, yn wreiddiol i gael gwared o'r boen oedd gen i yn fy nghefn, ond erbyn hyn wy bron yn ddibynnol arno fe i'm bywiogi. Roedd e'n sicr yn ddylanwad arnaf i'm troi'n fwy positif, yn fachan gwydr hanner llawn. Ond yna sylweddolaf. Beth ydw i'n lapian 'mbytu? Os rhywbeth, wy'n ddyn gwydr hanner 'di torri erbyn hyn. Yn y bôn ro'n ni'n wastad wedi amau am ba hyd fyddai'r swagr newydd yn y 'sgwyddau a herc sionc y cerddediad yn para. O'n i'n grac iawn am roi'n hunan mewn safle lle gallen i gael dolur.

'Ddylen i wedi dysgu erbyn hyn. Os yw rhywun yn dilyn ei galon, mae siawns dda iawn o bennu lan ar dy ben-ôl,' meddaf, wrth i Lloyd roi ychydig o nodwyddau i mewn yn fy mraich.

'Ie, ma' 'na'n wir,' cytuna Lloyd, gan ychwanegu, 'bywyd ti'n galw fe, Bryn.'

Jest pan wy ar fin dweud wrtho fe am stwffo 'bywyd' lan ei

din, mae'r ddau ohonom yn clywed blîp byr ar fy ffôn symudol i ddynodi mod i newydd dderbyn neges-destun. Gan fod fy nwylo i'n sownd, fel petai, mae Lloyd yn cynnig ei dangos i mi.

'Dim diolch. Wy ddim moyn 'i darllen hi.'

Gall Lloyd weld o'm hymateb plentynnaidd mod i'n ofni taw Efa sydd yno.

'Ydy hi wedi cysylltu o gwbwl ers i ti ei chicio hi mas?' gofynna.

Ysgydwaf fy mhen. Mae Lloyd yn mynd draw at y ffôn ac yn dod â'r neges i fyny ar y sgrin.

'Wy'n credu dyle ti 'i darllen hi,' meddai'n syml, 'achos ma' angen i ti ateb.'

Ochneidiaf, gan gymryd hyn fel cadarnhad bod fy nyfaliad gwreiddiol yn gywir.

'Gwed wrtha i be mae'n gweud,' meddaf mewn llais oedd yn dechrau derbyn fy nhynged.

'Angen pigo fy mhethau lan. Siarad hefyd. Egluro.'

'Egluro?!' gwaeddaf, bron â rhwygo'r nodwyddau o'm braich.

'Gan bwyll, plis. Neu fydd rhaid i ni ddechrau 'to,' meddai Lloyd, yn edrych ar lefel y cerrynt ar beiriant gerllaw.

'Ga i wasgu *reply*?' gofynna, gan roi sgrin y ffôn reit o flaen fy ngwyneb.

'Na,' meddaf.

'Falle wneith e les i ti 'i gweld hi,' awgryma Lloyd.

'Na!' meddaf eto, yn uwch y tro hwn. Tynnaf y ffôn oddi arno â'm llaw rhydd a'i diffodd, gan ychwanegu, 'Wy wir ddim yn becso os na wela i hi byth eto!'

Ro'n i'n meddwl hyn pan wedes i fe. Wir. Pam felly y teimlais i don o orfoledd yn hyrddio trwyddof pan welais Efa yn dod mas o'r tu ôl i'r arhosfan bws ac yn wafio arnaf wrth i mi nesáu at y drws ffrynt? O'i gweld hi, pam wnes i aros yn fy unfan, wedi bwrw gwreiddiau am byth yn y fan a'r lle, fel delw Aneurin Bevan? Yn waeth byth, pam, o pam wafais i nôl arni fel rhyw ynfytyn hanner call a dwl? Wedi'i hannog gan fy ystum cymodlon, mae'n cerdded lan ataf yn ei thop pinc toriad isel. Fy ffefryn, fel mae'n gwybod yn iawn, y jaden fach.

'Shwmae. Ma' rhaid i fi siarad â ti, Bryn.'

Ni ddywedaf yr un gair. Wy'n treial canolbwyntio ar beidio edrych ar ei bronnau. Dychmygaf nhw'n bownsio lan a lawr o flaen Marco a theimlaf awydd chwydu.

'Ti'n haeddu rhyw fath o eglurhad, o leia,' meddai, gan ddod reit lan ataf, mor agos nes mod i'n ei harogli. Mae'n gwynto o 'Efa', sylweddolaf. Arogl unigryw rwyf wedi dod yn gyfarwydd iawn ag ef, yr awgrym lleiaf o lemwn sy'n anffodus yn dal i allu troi fy mhen yn jeli. Amneidiaf a rhoddaf yr allwedd yn y drws allanol. Cerddwn lan y stâr mewn tawelwch nerfus. Yn y gorffennol rydym wedi 'neud y siwrnai fer hon droeon yn llawn cynnwrf disgwylgar, yn aml yn dala dwylo, ond mae heddiw'n wahanol. Mae ieir bach yr haf yn dal yn fy stumog, ond nid ydynt yn dawnsio'n gyffrous, maent yn casglu ynghyd i farw mewn cwlwm. Cyn gynted ag y cyrhaeddwn y fflat, daw Efa'n syth at y pwynt.

'Wy ddim moyn i ti feio dy hunan am hyn, Bryn. Wy 'di gadael ti lawr yn ofnadwy, wy'n gwybod. A wy ddim yn disgwyl i ti faddau i mi. Fydden i'n deall se ti ddim moyn siarad 'da fi.'

'Wy ddim moyn siarad 'da ti rhyw lawer, nagw,' meddaf.

'Paid â suro, plis. Ma' 'da fi'r gorffennol cymhleth hyn gyda Marco, a wel, ma' fe'n deall, o'dd e 'na ar y pryd.'

'Ond o't ti wastad yn gwybod hyn,' ebychaf, 'felly pam 'whare 'mbytu â 'nheimlade i, os o't ti'n gwybod taw Marco oedd yr un?'

'Achos ma' fe 'di newid. Ma' fe'n fodlon troi at yr Iesu gyda fi.'

'Wel, ma' 'na'n grêt, Efa. Rwyt ti a Marco a'r Iesu yn haeddu'ch gilydd,' meddaf, yn sur iawn.

'Wy'm yn licio gweld ti fel hyn,' meddai hi.

Sylwaf fod dagrau'n llenwi ei llygaid, ond cofiaf yn glou bod y fenyw hyn o 'mlaen i yn aelod o Ecwiti. Mae'r ddafaden ar ei gwddwg, a oedd unwaith wedi fy nghyfareddu, fy swyno'n rhywiol hyd yn oed, nawr yn gwneud iddi edrych fel gwrach. Dychmygaf hi â het bigog a choes ysgub. Damo, mae hyd yn oed hynny'n secsi. Does dim un ffordd mae'r fenyw hon yn ffaelu edrych yn ddeniadol i mi. Mae'r peth yn chwerthinllyd.

'Ti wir yn foi neis,' mae'n parhau, 'ti'n haeddu gwell na fi.'

'O, plis!' ffeindiaf y dewrder i ddweud. 'Jest cer i nôl dy bethe a cnycha bant mas o 'mywyd i.'

Rwy'n synnu fy hun mod i'n medru bod mor grac â hyn gyda hi, ond ar yr un pryd teimlaf fod rhyw bwysau wedi codi oddi ar f'ysgwyddau. Mae Efa'n hala'r deng munud nesaf yn pacio dau fag mawr, gan sniffian trwy'r adeg. Rhoddaf y tegil ymlaen er mwyn i ni gael un baned olaf o goffi gyda'n gilydd. Wrth i mi roi'r coffi iddi mae'n dweud 'diolch' ac yn eistedd wrth y ford. Yna mae'n tynnu darn o bapur A4 wedi'i blygu'n ddwbwl mas o'i bag llaw.

'Y ddwy gân 'na wnes i sgwennu amdano ti. Ges i byth mo'r hyder i ganu nhw i ti. Wy wedi sgwennu un arall. Licen i iti gael y geiriau.'

'Pam?' gofynnaf.

'Bydd e fel nodyn ffarwél. Wy'n credu 'neith e helpu ti i ddeall a symud 'mlaen,' meddai, gan roi'r darn papur i mi.

Taflaf gipolwg ar yr llythrennu taclus, wedi'i ysgrifennu â *fountain pen* hen ffasiwn. Y geiriau yw, 'Plis paid ag edrych mor syn, Pan fo'r dagrau'n dechrau disgyn, Na thaflu dy hun i'r llyn, Pan fo hiraeth yn goresgyn, Er taw gwahanu yw hyn, Mae'n rhaid treial derbyn, Daw eto haul ar fryn, A gobaith yn ei ganlyn, Daw eto haul ar fryn, A gobaith yn ei ganlyn.'

Edrychaf ar ei llygaid brown disgwylgar yn aros yn eiddgar am f'ymateb. Gwasgaf yr A4 yn bêl a'i daflu yn y bin.

'Wy'n flin,' meddai Efa'n dawel, 'ti wir yn foi neis. Ta-ta.'

Mae'n rhoi cusan ysgafn i mi ar fy moch ac yn gadael y fflat gyda'i bagiau. Gynted mae hi mas yn yr hewl mae Jamie'n cnocio ar fy nrws, sy'n dal yn gilagored. Mae'n dod i mewn gan gario carden mae e wedi'i wneud yn arbennig i mi. Llun syml ydyw o wynebau cartwnaidd yn gwenu ac o flodau lliwgar, gyda'r geiriau 'Sdim Ots' arno mewn llythrennau trwchus, du.

'Wy'm yn licio gweld ti'n drist,' meddai.

Gwenaf a diolch am y garden.

'Ma' Mam yn gofyn a lice ti ddod am bryd heno? Ma' hi'n 'neud *chilli con carne*. Ma' fe'n *wicked*. Ma' fe mor boeth nes bod e'n 'neud i'ch tafod chi losgi am ddiwrnodau. Hanner awr wedi saith wedodd Mam.'

'Fydde 'na'n grêt,' atebaf.

Mae'r pryd bwyd yn mynd yn arbennig o dda, gyda Jo'n llwyddo i godi 'nghalon ac yn amlwg yn becso amdanaf. Edrycha'n frown ac yn iach fel cneuen ers dychwelyd o'i gwyliau yn sir Benfro. Mae Jamie'n parablu'n llawn cyffro am ryw sêr-bysgodyn welodd e ar y traeth, yn dweud er ei fod wedi marw, falle bod dal gwenwyn ynddo fe allai eich lladd chi. Dywedodd achubwr bywyd o'r enw Euros hyn wrtho a bu'r ddau ohonyn nhw'n trosglwyddo'r pysgodyn i fin sbwriel du gan ddefnyddio bob o ddarn o bren.

Wedi i Jamie fynd i'w wely, fodd bynnag, mae Jo a minnau'n yfed yn drwm. Mae Jo yn sôn am Steve. Rwyf innau'n sôn am Efa. Yna mae Jo'n siarad yn blaen am Efa, gan ddweud na wnaeth hi erioed dwymo tuag ati. Yn anfodlon iddi fy nhrechu yn hyn o beth, dywedaf innau bod wastad gas gen i Steve. Ar un adeg mae hi'n gafael yn dynn yn fy mraich a dweud 'Gobeithio bod dim ots 'da ti mod i'n bod yn onest â ti, Bryn, ond gallet ti 'neud lot well i dy hunan nag Efa. A ti'n sicr yn rhy neis i fod ar ben dy hunan.'

Mae diwedd y noson ychydig yn niwlog. Cofiaf bod y ddau ohonom wedi cael coffis Gwyddelig ac wedi llefain. Ond pan ddihunaf y bore wedyn, y geiriau sy'n chwyrlïo'n ddiflas yn fy mhen yw 'ti'n sicr yn rhy neis i fod ar ben dy hunan'. Neis. Yr union air ddefnyddiodd Efa'n gynharach y diwrnod hwnnw. Beth yn gwmws oedd 'neis' yn ei olygu? Tsiecaf fy ffôn mobeil y peth cyntaf yn y bore a sylwaf ar neges-destun oddi wrth

Lloyd. Mae e am i mi fynd draw i weld Phil a maddau iddo. Ym marn Lloyd, doedd dim bai ar Phil oherwydd roedd e mewn sefyllfa amhosibl.

Af i weld Phil yn llyfrgell yr Eglwysnewydd. Mae'n sibrwd ymddiheuriad i mi am beidio dweud wrthyf am ei amheuon ynglŷn â Marco ac Efa mewn ffordd fwy uniongyrchol.

'Wy 'di bod yn meddwl 'mbytu'r peth. Ma' perffaith hawl 'da ti fod yn grac 'da fi, Bryn. Ti'n haeddu gwell.'

'O na, paid gweud e, plîs,' meddaf, yn torri ar ei draws yn glou.

'Paid gweud beth?'

'Paid gweud o't ti'n mynd i weud bo' fi'n "neis", plis. Wy 'di cael llond bola o "neis".'

'Wrth gwrs nago'n i. Pwy yffarn sy moyn bod yn neis? Ma' pawb yn gwybod taw dynion neis sy'n cael eu brifo. Be sy isie i ti 'neud, Bryn, yw peidio cymryd bywyd neu fenywod cymaint o blydi ddifri, 'achan. Ma' isie i ti feithrin ochr gas i ti dy hunan.'

Meddyliaf am hyn ac ymlwybraf draw i'r adran ffuglen droseddol tra bod Phil yn syrfio cwsmer sy'n cario'r tair nofel gyntaf yn y gyfres *Harry Potter*. Mae'n iawn, wrth gwrs. Mae'n bryd i mi gallio a chaledu. Meithrin elfen filain. Yn gweld ciw bach yn dechrau ymffurfio o flaen cownter Phil, ffarweliaf ag e. Mae e'n ei esgusodi ei hun i'w gwsmeriaid am eiliad ac yn fy nilyn i mas i'r cyntedd. Trof i weld beth mae e moyn.

'O'n i jest moyn pwysleisio fydden i byth wedi gweud bod ti'n "neis", Bryn. Byth bythoedd.'

'Diolch,' atebaf.

'Na, wy'n 'i feddwl e,' mae'n ychwanegu, gan edrych yn ddwys iawn. 'Yn fy marn i, 'na'r sen fwya allith unrhyw fenyw ddweud wrth ddyn. Brodyr sy'n "neis", nage cariadon.'

'Ie,' meddaf, yn amneidio. Yna wrth ddechrau troi i fynd, gofynnaf i Phil pa rif yn Heol Felindre oedd tŷ Marco.

'Sdim isie i ti wybod 'na, Bryn. Cofia, ochr gas. Sdim taten o ots 'da ti ble mae'r diawl yn byw. Ti uwchlaw 'na nawr. Ma' nhw'n hen hanes. Ti 'di symud 'mlaen.'

'Ie, ti'n iawn,' meddaf, gan fynd allan o'r llyfrgell. Yn anffodus, wrth i mi ddod mas ar lawnt y llyfrgell, sylwaf ar Efa yn y pellter yn mynd mewn trwy ddrws melyn llachar. Sylwaf bod rhai o'r brics yn rhydd ar furiau allanol gardd y llyfrgell. Ystyriaf afael mewn un a'i thaflu trwy ffenestr tŷ Marco a'i malu hi'n deilchion. Mi fyddai hynny'n sicr yn gas, yn filain. Ond mwy na thebyg byddai'n dwp hefyd. Gafaelaf yn allweddi fy nghar yn lle hynny, a'i throi hi tua thre.

Er i ni gwrdd yn weddol rheolaidd yn ystafell ffrynt Iolo, ro'n i'n siomedig iawn gyda 'Ffilmiau Canna'. Doedd dim datblygiad, dim symud ymlaen o unrhyw fath. Felly ro'n i'n falch iawn o gael dechrau ffilmio ar *Achub y Blaen* fel aelod o'r tîm achub ar y mynydd. Roedd y rhan fwyaf o'r ffilmio'n cael ei wneud ar gyrion Bannau Brycheiniog. Golyga hyn ddechrau'n gynnar iawn; yn wir, codi mor frawychus o gynnar â hanner awr wedi pump y bore weithiau. Ond roedd e'n waith cyson reit lan at y Dolig. Doedd hi ddim yr adeg orau i arbrofi â'm ochr gas gyda fy nghyd-artistiaid cynorthwyol a'r criw, ynta, ond dyna wnes i, gwaetha'r modd. Roedd un digwyddiad yn enwedig bron iawn wedi eu gorfodi nhw i roi'r sac i mi. Cyn i'r ffilmio gychwyn, bu rhaid i unrhyw un oedd yn dringo fynychu cwrs penwythnos yng Ngholeg yr Iwerydd yn Llanilltud Fawr er mwyn dysgu'r technegau diogelwch priodol. Roedd hyn yn fendith gan mod i wedi sylweddoli'n go glou fy mod i'n gallu ymdopi â'r uchder ac na fydden i mewn unrhyw berygl go iawn trwy gydol y ffilmio. Serch hynny, mae yna iaith a diwylliant cyfan ar y mynydd sydd rhaid glynu atynt. Ar fy ail ddiwrnod ffilmio, yn esgus cnocio clip jiwbilî mewn i wyneb y graig, yn hollol ddamweiniol fe ollyngais y clip. Waeth byth, glaniodd ar ben artist cynorthwyol arall neu, a bod yn fanwl, ar ei helmed. Nawr, yr hyn oeddwn i fod i'w wneud dan y fath amgylchiadau oedd gweiddi rhybudd mewn llais croch, '*Look down below!*' fel bod unrhyw drueniaid anffodus a allai ddioddef o'm camwri yn medru addasu eu cyrff jest mewn pryd ac osgoi cael eu taro. Yn anffodus, 'na i gyd wnes i lwyddo i'w ddweud oedd 'Www!' ac edrych yn hurt mewn dynwarediad da iawn o'r ynfytyn hanner-pan hwnnw, Frank Spencer o'r gyfres deledu *Some Mothers Do 'Ave 'Em*. Ar ben hynny, pan ges i 'ngalw o flaen fy ngwell ynghylch y digwyddiad yn ystod y prynhawn gan reolwr y cynhyrchiad – Keith Jenkins fel mae'n digwydd – gwrthodais yn blwmp ac yn blaen i ymddiheuro i'r artist cynorthwyol dan sylw, gŵr tenau o Swydd Efrog o'r enw Dave.

'Alla chdi o leia 'di ysgwyd llaw efo fo,' meddai Keith wrtha i yn ystod y toriad coffi prynhawn. Ond dyw'r 'fi' newydd, casach, ddim mewn hwyl i boitsan â'r fath wendidau. Cytunaf â phwy bynnag ddywedodd 'peidiwch byth ag ymddiheuro, peidiwch byth ag egluro'.

'Ma' damweiniau'n digwydd,' meddaf yn surbwch.

O gornel fy llygad gwelaf Dave yn siarad ag Ann, menyw a chanddi wallt lliw llygoden o'r Adran Wisgoedd. Ymhen sbel, daw Ann draw a dweud wrth Keith, yn fy ngŵydd i, bod y digwyddiad wedi rhoi cryn ysgytwad i Dave.

'Wrth gwrs ei fod e,' meddaf yn sbeitlyd, 'ond ma' fe drosto nawr, nagyw e. A ga'th e'm dolur, ta beth. Ro'dd e'n gwisgo helmed.'

'Ond wnes ti'm rhoi rhybudd iddo fo bo' chdi 'di gollwng y clip, naddo!' meddai Keith, yn dechrau twitsio.

Codaf f'ysgwyddau'n ddi-hid. Er bod Ann yn esgus i'r gwrthwyneb, synhwyraf bod fy agwedd, yn y bôn, wedi creu argraff ffafriol. Fi yw'r bòs. Sneb yn mynd i ddweud wrtha i beth i'w wneud. Gwn o'r gorau bod Phil yn iawn, a bod dangos ochor gas mewn dyn yn gallu bod yn atyniad. Yn wir, mae gen i dystiolaeth o hyn o flaen fy llygaid wrth i Ann daflu gwên hyfryd i'm cyfeiriad.

Yn anffodus, mae Dave yn troi'r digwyddiad di-nod yn argyfwng. Mae e wedi cymryd y peth yn bersonol. Mae'n teimlo ei fod wedi'i sarhau am na wnes i ymddiheuro iddo, ac wedi mynd i weld y cynhyrchydd, Gwyn Matthews, i achwyn. Mae e hyd yn oed wedi awgrymu mod i wedi gollwng y clip yn fwriadol. Ar ben hynny, mae e'n mynnu os caiff e bennau tost oherwydd hyn, y bydd e'n siwio'r cwmni. Yn ôl Dave, y lleiaf allith e ei ddisgwyl yw ymddiheuriad gen i. Y diwrnod canlynol, mae Gwyn yn eistedd gyferbyn â mi ar y bws bwyd amser cinio. Mae Ann yn eistedd mewn sedd gyfagos ar draws yr eil, yn hawdd o fewn clyw i'n sgwrs. Alla i ddim ildio nawr. Er mawr syndod i mi, mae fy agwedd yn caledu.

"Co, mae'r twpsyn Sais 'di 'neud môr a mynydd mas o ddim byd. Ma' isie fe dyfu lan a symud 'mlaen.'

'Ma' fe moyn i fi roi'r sac i ti os na wnei di ymddiheuro,' meddai Gwyn, mewn llais wedi hen 'laru ar y sefyllfa'n barod.

Codaf f'ysgwyddau'n ddi-hid. Hwn yw fy ystum newydd. Ceisiaf wneud hyn fel bydde Robert de Niro yn 'neud e, gydag awgrym o fygythiad dan yr wyneb, rhyw gadw hyd-braich bwriadol.

Nid yw'n gweithio.

'Os 'na dy agwedd di, ti'm yn rhoi dewis i fi ond rhoi'r sac i ti 'te,' meddai Gwyn.

Syllaf ar draws eil y bws a sylwaf bod Ann yn gwrando'n astud. Alla i ddim tynnu nôl nawr. Codaf f'ysgwyddau eto. Mae Gwyn yn ysgwyd ei ben, yna'n codi a gadael y bws. Daw Ann i eistedd wrth fy ymyl. Mae'n chwerthin ac yn ysgwyd ei phen yn syn.

'Wyt ti'm hanner call neu beth? Fydden i byth yn gallu siarad â Mr Matthews fel'na.'

Codaf f'ysgwyddau eto. Wy'n dechrau meddwl erbyn hyn ei fod e'n ymateb nerfus na allaf ei reoli, fel twitsio Keith.

Daw fy achubiaeth mewn ffurf annisgwyl. Yn dilyn cael benthyciad o'r banc, mae John Tal wedi dechrau ei fusnes newydd, yn cyflenwi cyfresi teledu â dillad arbenigol. Ef sydd wedi'i gytundebu i gyflenwi'r dillad ar gyfer *Achub y Blaen*, gan gynnwys rhai y tîm achub ar y mynydd. Gan taw newydd ddechrau mae'r busnes dillad, mae e wedi rhoi dêl hael iawn i gwmni teledu Omega, y cwmni cynhyrchu, er mwyn cael ei droed sylweddol i mewn trwy'r drws, fel petai. Mewn gair, mae gan John ychydig o rym ar yr ochr gynhyrchu. O glywed am yr hyn sydd wedi digwydd i mi, mae'n mynd i weld Gwyn Matthews y prynhawn hwnnw. Darganfyddaf yn nes ymlaen ei fod wedi creu rhyw stori fawr bod Dave yr Efrogwr yn nodedig am achosi trwbwl a'i fod wedi 'neud y math hyn o beth yn y gorffennol, yn mynnu ymddiheuriadau wrth bawb a phobun. Mae e hefyd wedi dweud wrth Gwyn fy mod i'n mynd trwy gyfnod anodd o ran hunanhyder ar y funud ac y gallai ymddiheuro i rywun fod yn gam mawr nôl i mi. Heb yr awydd i dynnu'n groes i John, yn y pen draw mae Dave yn cael ei orfodi i ymddiheuro i mi!

'I should have been more aware of the dangers, been more alert. It could have happened to anyone. Sorry, mate,' meddai, wrth i ni aros am y bws-mini i fynd â ni nôl i Gaerdydd. Mae'r holl ddigwyddiad wedi dysgu gwers i mi am hunan-barch. Os na pharchwch chi eich hunan, yna wnaiff neb arall wneud hynny chwaith.

Serch hynny, bythefnos i mewn i'r ffilmio, sylweddolaf nad oes un o'r artistiaid cynorthwyol eraill yn siarad â mi. Mae Ann wedi gorfod gadael yn sydyn i weithio ar ryw blocbystyr o ffilm ar gyfer y sinema, sy'n cael ei saethu yng ngogledd Cymru. Mae John Tal o gwmpas y peth cyntaf yn y bore a'r peth diwethaf gyda'r nos. Ond yn y bôn wy ar ben fy hun ar wyneb y graig. Wy'n unig, a gwn ym mêr fy esgyrn nad yw bod yn gas yn fy siwtio. Mae e'n groes i'r graen, nid yn rhan naturiol o'm anian. Mae'r gwaith yn anghredadwy o ddiflas – rwyf wedi f'ynysu gan yr elfennau ac yn gwylio traffig yr ymwelwyr yn y pellter, fel ceir tegan. Ceisiaf fod yn gadarnhaol, ond dechreuaf ddigalonni a phendroni am yr hyn sydd wedi digwydd i mi yn ystod yr wythnosau diwethaf. Rwyf wedi mynd o agor ddrysau'n achlysurol i ddala ymlaen i graig am oriau diddiwedd. Wy'm yn siŵr a yw'n golygu unrhyw beth, ond wy'n weddol sicr nad yw'n gam mawr ymlaen.

Pennod 18

Yn ystod noson gwis ym mis Hydref, mae Iwan yn rhefru a rhuo am gymaint mae e wedi alaru gweld gweddill Cymru'n troi eu trwynau ar Gaerdydd, yn enwedig Cymry Cymraeg y ddinas. Sbardun ei arthio y tro hwn yw colofn olygyddol yn y misolyn *Meddwl*, lle mae'r golygydd wedi mynegi'r farn taw gan fod cymaint o filoedd o siaradwyr Cymraeg yng Nghaerdydd, oni ddylai'r ddinas fod yn fwy o fwrlwm diwylliannol nag y mae hi ar y funud?

"Dan ni i gyd yn siarad Cymraeg, tydan?' meddai, gan syllu'n sarrug i'w wydryn wisgi. 'Jest achos bod ni'n digwydd mynychu cwis Saesneg bob wythnos yn hytrach na dawnsio gwerin neu ganu mewn côr, ydy'n profiad ni o'r iaith Gymraeg yn llai o'r herwydd? Twt lol, y ffaith ein bod ni'n cwarfod yn rheolaidd ac yn siarad Cymraeg efo'n gilydd sy'n bwysig, siawns, nid be 'dan ni'n 'neud!'

'A'r ffaith bod 'na ddewis. Fe allen ni fynd i ddawnsio gwerin neu ymuno â chôr sen i moyn,' ychwanega Lloyd.

'Yn union!' meddai Iwan. 'Fedrwn ni ymuno â chlwb cynghanedd, neu ymarfer corff, neu nofio drwy gyfrwng y Gymraeg. Mae gen i feddyg a deintydd a thwrnai, i gyd yn siarad Cymraeg. 'Mwyn tad, ma petha 'di newid yn gyfangwbwl lawr 'ma, w'chi. Mae'r pobydd, perchennog siop y gornel, y dyn yn yr *off-licence*, y ddynas yn y siop fideo, hyd yn oed yr Eidalwr yn y londrét, i gyd yn blydi siarad Cymraeg efo fi! Ddeng mlynadd ar hugian yn ôl, 'swn ni 'di awgrymu bod y fath beth yn bosib, 'sa pawb 'di chwerthin ar fy mhen i. Dwi'n deud 'tha chi, hogia, erbyn hyn dwi'n ama' fasa chi'n cael hynna hyd yn oed yng nghadarnleoedd yr iaith.'

Mae Phil wedi bod yn fflician trwy'r cylchgrawn, ac o'r diwedd mae'n edrych i fyny o'r tudalennau.

'Dyw hi'm yn dadlau nad oes mwy o Gymraeg. Dyna'r pwynt mae hi'n 'neud. Mae hi jest yn meddwl 'yn bod ni braidd yn ddiog, a gyda 'bach mwy o ymdrech gallai'r Cymraeg fod yn rhan fwy canolog o fywyd y ddinas. Wy'n credu bod e'n bwynt digon teg.'

'Mae'n mynd yn ffasiynol i ladd ar Gaerdydd,' meddaf, ond yna wy'n croes-ddweud fy hun yn syth, 'er rhaid i fi weud mae nifer y Cymry Cymraeg ifanc o gwmpas y ddinas dyddie 'ma, wel, mae'n anhygoel.'

'Wrth gwrs 'i fod o,' cytuna Iwan, gan ychwanegu, 'mae'n iach iawn hefyd. Pam ddim anelu am eich prifddinas pan 'dach chi'n ifanc? Pwy sy isio teithio hanner awr am gyrri neu fynd i'r sinema? Pwy sy isio aros tair awr am y bws nesaf?'

Mae'r farn hon yn gneud i mi feddwl am Dregors. Teimlaf yn euog nad wyf wedi ffonio fy mam ers rhai wythnosau, heb sôn am fynd i'w gweld. Teimlaf yn fwy euog byth pan af nôl i'r fflat a gwrando ar neges peiriant ateb ar fy ffôn oddi wrth Bethan yn dweud wrthyf am ei ffonio ar fyrder gan fod Mam wedi ei chymryd i'r ysbyty.

'Be sy 'di digwydd?' gofynnaf mewn llais llawn panic.

'Sdim byd 'di digwydd,' meddai Bethan, 'ma' hi jest wedi blino'n ofnadw, mae'n debyg.'

''Co, Bethan, dy'n nhw'm yn mynd â phobol mewn i ysbyty Aberystwyth achos bod nhw wedi blino; sdim digon o welyau gyda nhw!'

'Na na, nage ysbyty Aberystwyth. Yr un bach lleol, yn Nhregors. Dr Davies awgrymodd e, fel *pick me up*. O'n i'n meddwl falle galle ti fynd i'w gweld hi. Y peth yw, ma' Bradley a fi'n mynd i sgio.'

Af lan i'w gweld y diwrnod canlynol, sy'n digwydd bod yn rhydd gen i p'un bynnag. Galwaf yn y tŷ ar y ffordd a sylwaf ar jariau enfawr, cyfarwydd iawn, ar ford y gegin, jariau hen hobi Mam o wneud gwin cartref. Y peth yw, dyw hi heb wneud gwin ers tua chwarter canrif. Sylwaf hefyd ar albwm ffotograffau ar y ford – albwm arbennig, yn llawn o hen luniau carnifal Tregors. Dechreuaf ddirnad yr hyn sydd wedi digwydd. Mae Mam wedi bod ar daith i'w gorffennol. Edrychaf ar sawl un o'r lluniau ohonof fy hunan, mewn gwisg carnifal: fel *Noddy* ar gefn lorri'n llawn hysbysebion, yn hysbysebu *Rice Krispies*; fel un o'r Llewod rygbi buddugol yn Seland Newydd; fel Francis Chichester, a hwyliodd rownd y byd, a minnau mewn llong hwylio o gardfwrdd, yn cynnwys hwyl, wedi'i hadeiladu o gwmpas fy meic bach tair olwyn. Yna gwelaf fy mam, wedi'i gwisgo hanner fel Jim Callaghan a hanner fel Margaret Thatcher, o garnifal blwyddyn lecsiwn. Dyma'r adeg yr enillodd hi y brif wobr o'r holl gategorïau yn y gystadleuaeth. Mae'r gwaith sydd wedi mynd mewn i'r peth yn rhyfeddol, o fenthyg wìg oddi ar gymdoges a ddioddefodd o gancr rai blynyddoedd nôl, i dorri hen sbectol yn ei hanner a'i balansio'n ofalus ar ymyl ei thrwyn. Mae'n glir o'r drygioni yn ei llygaid ei bod hi yn ei helfen, yn mwynhau bywyd i'r eithaf. Tynnwyd y ffotograff hwn yn ystod haf fy arholiadau Lefel O, ac mae Bethan yno hefyd, wedi'i gwisgo fel daffodil, rhan o ymgyrch aflwyddiannus 'Ie Dros Gymru', y refferendwm ar gael Cynulliad i Gymru.

Mae'r ffaith bod y lluniau wedi colli'u lliw yn atgyfnerthu'r teimlad bod hon yn oes ddiflanedig, oes a fu, nad oes gen i unrhyw awydd i ddychwelyd iddi. Ond eto . . . mae rhywbeth yn peri i mi fynd â'r albwm gyda mi i'r ysbyty. Falle wneith e les iddi i weld ei hunan fel yr oedd hi ar ddiwedd y saith degau, yn ei hanterth, yn fwrlwm o egni a hwyl, meddyliaf.

Ac am unwaith ro'n i wedi 'neud y peth iawn. Roedd hi wrth ei bodd mod i wedi dod â'r albwm gyda mi, yn bennaf oherwydd gallai ddangos rhywfaint o'i gorffennol i'r nyrs gwrywaidd, Hywel. Brodor o Aberaeron yw Hywel, rhyw ddeng mlynedd yn iau na mi, felly nid wyf yn ei adnabod. Cyflwynodd Mam y ddau ohonom i'n gilydd yn frwd, gan ddweud mod i ar y teledu o bryd i'w gilydd, 'fel person yn y cefndir', ond fy mod i wedi cael swydd iawn am flynyddoedd hefyd, yn gweithio mewn siop grand yn gwerthu dillad dynion. Roedd hi'n amlwg bod Hywel yn dda yn ei waith, gan gymryd diddordeb brwd yn y lluniau ac yn dweud wrth Mam ei bod hi'n real pishen pan oedd hi'n iau. Allen i weld ar unwaith bod y ddau'n dod ymlaen yn dda iawn gyda'i gilydd. Teimlais rhyddhad o wybod os oedd rhaid iddi dreulio ychydig wythnosau yma i wella'i angina, yna o leiaf gallai fod yn brofiad gweddol ddymunol iddi. Gofynnodd y gogyddes, menyw gron o Langeitho roedd Mam yn 'i 'nabod trwy yrfaoedd chwist, iddi beth oedd hi'n ei ffansïo i swper, yn hytrach na'i gorfodi i ddilyn y fwydlen ffurfiol. Ar wahân i rai o'r cleifion hŷn, rhai ohonynt yn edrych fel pe baent ar fin trengi ac a rannai'r lolfa deledu â Mam, roedd y lle mewn sawl ffordd yn debycach i westy nag i ysbyty. Dywedais hyn wrth Hywel, fwy neu lai, a chytunodd â mi. Ond hefyd fe wnaeth e'r pwynt taw, yn anffodus, dyma'r union fath o ysbytai bach cartrefol lleol, lle oedd pobol yn wirioneddol 'nabod ei gilydd, oedd dan fygythiad y fwyell ariannol ar fympwy 'rhyw siwt ar saith deg mil y flwyddyn', chwedl Hywel.

Wedi i'r nyrs adael ystafell Mam i dendio ar glaf arall, dywedais wrthi mod i wedi sylwi ar yr hen jariau 'neud gwin ar ford y gegin.

'Ie, o'n i moyn rhoi gwd sgrwbad iddyn nhw. Ond wedyn ro'n i'n teimlo'n flinedig mwya sydyn. Ond 'na fe, fel'na oedd pethe i fod, ynta.'

'Chi'n cofio fi'n casglu'r holl ddant-y-llew ar Gae Swings?' gofynnaf, gan wybod fod hon yn un o'i hoff storïau o 'mhlentyndod.

'Wrth gwrs mod i. O'dd rhaid i fi newid dy wely ar ôl i ti 'lychu fe trwyddo! Druan â ti!'

'Eich bai chi o'dd e, am roi gymaint o ofn i mi am bŵer y dant-y-llew!' atebaf.

Roedd hyn yn rhannol wir. Dywedodd Mam wrthyf os na wnelen i olchi fy nwylo yn drwyadl ar ôl casglu cymaint o fwcedi llawn dant-y-llew, yna bydden i'n siŵr o wlychu'r gwely. Roedd yn hen chwedl, mae'n debyg. Ta beth, o'n i tua oedran Jamie ar y pryd, ond nid hanner mor ddeallus, mae'n amlwg. Cynhyrfais mor ofnadwy yn fy ngwely y noson honno ar ôl i mi gasglu cymaint o ddant-y-llew, a minnau'n becso y byddwn i'n pisho yn ystod y nos, nes yn y pen draw wnes i wlychu'r gwely *yn fwriadol*, er mwyn gallu mynd i gysgu!

'O'n i'n un dda am wneud gwin,' meddai Mam, yn gwenu, 'a phob math o rai gwahanol hefyd. Gwin riwbob, gwin dant-y-llew, gwin te, gwin bitrwt, gwin gwsberins. A dy ffefryn di oedd gwin pannas. Ti'n cofio? O't ti arfer mynd â botel 'da ti i'r holl bartis deunaw oed fues ti ynddyn nhw.'

'Do,' meddaf, yn amneidio. 'Safies i ffortiwn. O'dd e'n stwff cryf hefyd, yn enwedig y pannas.'

'Oedd. Wy'n credu gawles i rywfaint ar y *ratios* 'da'r pannas,' meddai, yn gwenu eto. Ond yna fe aeth hi'n ddwys iawn ac ychwanegu, 'Er falle taw'r holl bartis 'na roiodd y syniad yn dy ben di o gymryd blwyddyn bant.'

Ie, y flwyddyn bant. O'n i wedi fy nerbyn gan goleg prifysgol Bangor i astudio seicoleg ac athroniaeth, o bopeth. Yn anffodus i Mam, wy dal ar fy mlwyddyn bant ugain mlynedd yn ddiweddarach. Es i erioed i'r coleg, ac mae hynny wedi bod yn achos chwerwder mawr rhyngom ar hyd y blynyddoedd. Ar y pryd, roedd yn well gen i hinsawdd heulog Groeg, yr Eidal, Sbaen a de Ffrainc i ogledd Cymru glawog a gwyntog. Wy dal heb ddifaru am eiliad mod i wedi diogi o amgylch Ewrop am dair blynedd rhwng deunaw oed ac un ar hugain. Er, wrth gwrs, mae yna gynhwysyn newydd yn ein dadl dragwyddol ni erbyn hyn, sef bod Elin wedi gwrthod mynd i'r coleg hefyd. Ar ôl y tawelwch arferol sy'n dilyn y geiriau 'blwyddyn bant', mae Mam yn dweud, 'Wy'n ffaelu credu bod Elin yn mynd i 'neud yr un camgymeriad â ti. Ma' Bethan yn becso nes 'i bod hi'n dost.'

'Ma' hi'n ddeunaw oed. Ma' hi'n ddigon hen i 'neud ei meddwl ei hunan lan,' meddaf.

'Nonsens. Deunaw o't ti hefyd. A 'co'r annibendod ti 'di 'neud o dy fywyd,' mae'n ateb.

Er bod yna dyndra, fel arfer, pan ry'n ni'n trafod fy mywyd hyd yma ac fel rwyf wedi'i 'wastraffu', llwyddaf i newid y pwnc a dala lan ar y clecs lleol. Mae'n dweud wrthyf am ddau berson sydd wedi marw'n ddiweddar. Nid wyf wedi clywed am yr un ohonynt, ond amneidiaf yn ddwys. Mae'n debyg bod cathod bach wedi cael eu ffeindio yn yr afon yn ddiweddar hefyd, wedi boddi mewn sach â charreg fawr ynddi. Mae'r RSPCA yn ymchwilio. Mae pawb sy'n berchen ar gathod oren dan amheuaeth. Gofynnaf iddi a yw hi moyn rhywbeth, a sut mae Dr Davies yn meddwl fod pethau'n mynd, ac mae'n dweud ei bod hi'n teimlo'n weddol erbyn hyn, ond angen hoe fach dda, 'na i gyd. Yn cymryd hyn fel fy nghiw i adael, dywedaf wrthi fy mod i'n bwriadu aros yn y tŷ dros y penwythnos ac y byddaf yn dod nôl i'w gweld hi heno, gan ei hatgoffa hi o rif fy ffôn symudol os bydd arni ei angen.

Mae sawl person yn fy stopio yn y stryd ac holi sut mae Mam, ac mae rhai eraill yn galw yn y tŷ yn gofyn a fyddai hi'n iawn i fynd â blodau draw iddi. Teimlaf bod ymdeimlad o gymuned glòs yn Nhregors sydd ddim cweit yn bodoli yn y ddinas, neu nid yn yr un ffordd, ta beth. Mae'n ddiwrnod hyfryd o Hydref, a phenderfynaf fynd ar fy hoff wac, lan y Wenallt.

Pan gyrhaeddaf y copa ac edrych i lawr dros olygfa gyfarwydd Tregors, y fenyw'n gorwedd ar ei chefn, coesau ar led, breichiau wedi'u hymestyn, wy'n synnu gweld bod y stad dai a welais ychydig fisoedd nôl wedi datblygu'n enfawr. Mae'r chwydd yng ngwddwg y fenyw erbyn hyn wedi troi'n afiechyd ffyrnig, allan o bob rheolaeth. Mae'n rhaid bod yna tua chant a hanner o dai newydd sydd, i dref fach fel Tregors, yn ddatblygiad arwyddocaol dros ben. Clywaf sŵn dyhefod am wynt y tu ôl i mi, ac am ennyd meddyliaf taw Sara Garth sydd wedi fy nilyn i fyny'r mynydd unwaith eto. Trof i weld ci labrador du yn edrych lan arnaf â llygaid mawr cyfeillgar. Mae ei berchennog yn ei ddilyn, Arwyn Dafydd, cydymaith ysgol a elwid yn Arwyn Davies bryd hynny, un hanner o bâr o efeilliaid, Arwyn a Dilwyn. Mae Arwyn yn rhedeg busnes bach llwyddiannus, siop gemwaith ar y sgwâr fawr.

'Shwt wyt ti 'te'r dieithryn?' meddai, gan daflu darn o bren a'r ci ar unwaith yn rhedeg ar ei ôl, wedi cyffroi.

'Iawn, Arwyn, iawn,' meddaf. 'Er, wy'n ffaelu dod drosto mor glou aeth y tai 'na ar stad yr Ystrad lan chwaith.'

Mae Arwyn yn chwythu, heb gymryd unrhyw sylw o'i gi chwimwth, sydd eisoes wedi dychwelyd y darn pren. Gallaf weld o'i olwg poenus mod i wedi taro nerf.

'Bach o bwnc llosg, i weud y gwir 'tho ti. Roedd 'na lot o brotestio lleol yn erbyn y datblygiad, ond 'na'th y cynghorwyr lleol ddim cymryd unrhyw sylw.'

Sylwaf bod ganddo fathodyn du ar labed ei siaced, gyda'r gair 'Gwarchod' arno mewn llythrennau breision gwyn ac 'aros yn gadarn' mewn llythrennau llai oddi tano. Roedd Iwan wedi dweud wrthyf am fudiad 'Gwarchod', grŵp dwyn pwysau newydd ei ffurfio i geisio amddiffyn cymunedau Cymraeg rhag effeithiau dinistriol mewnlifo ac allfudo ar economi a diwylliant cefn gwlad. Cofiaf iddynt gael eu pardduo gan bapur tabloid Saesneg am fod yn hiliol.

'Allith "Gwarchod" 'neud rhywbeth i helpu?' gofynnaf, gan gyfeirio at ei fathodyn.

'Ni'n rhy hwyr o ran stad Ystrad, ond gallwn ni roi pwyse ar bobol i stopio mwy o ddatblygiadau tebyg,' meddai Arwyn.

Cofiaf am sylw Iwan am dŷ cyrri a sinema, a phendronaf a ddylwn i fentro sôn wrth Arwyn am y ddamcaniaeth. Mae Arwyn Davies a minnau'n mynd nôl yn bell, wedi'r cwbwl. Serch hynny, mae'n croesi fy meddwl y gallai Arwyn Dafydd roi dwrn yn fy ngwyneb.

'Wy'n gwybod bod e'n newyddion drwg, cael cymaint o Saeson yn symud mewn i Dregors, ond yn y tymor hir, nagy'n ni moyn poblogaeth mwy mewn llefydd fel hyn? 'Na beth fydd yn denu gwaith a buddsoddi. Ac os o's 'na ddigon o bobol, falle gelen ni dŷ cyrri a sinema hefyd.'

Mae Arwyn yn gwenu. Teimlaf braidd yn nerfus. Nid yw wedi taflu ei ddarn pren. Wy'n hanner cymryd fod e'n mynd i'w ddefnyddio fe i'm wado. Neu falle 'neith e ollwng y ci'n rhydd arna i. Yn y man mae'n stopio gwenu ac yn dweud 'Ai 'na i gyd yw'r gwahaniaeth yn y bôn? Sinema a chyrri?'

'Wel, na siŵr o fod, ond ma' fe'n help,' atebaf yn llipa.

'Pa mor aml ei di am gyrri neu i'r sinema?' gofynna Arwyn.

Damio. Sylweddolaf nad wyf yn 'neud yr un o'r ddau rhyw lawer y dyddie 'ma. Ond mae'r dewis gen i, 'na'r pwynt, does bosib?

'Wel, nawr ac yn y man, ond o leia mae'r dewis 'da fi, ti'n gwybod,' atebaf, gan deimlo fy ngwddwg yn cochi.

'Na, wy ddim yn gwybod,' meddai Arwyn, yn taflu'r darn pren eto. ''Na i gyd wy'n gwybod yw bod twpsod o olygyddion papurau yng Nghaerdydd yn galw ni'n *racists*, pan taw ni sy'n diodde fan hyn. 'Na i gyd ni'n gofyn yw i bobol lleol gael y cyfle i gystadlu'n deg, i'n galluogi ni i aros yn ein cymunedau os ni'n dymuno hynny. Wy'n meddwl bod hynna'n hawl dynol gweddol amlwg, nag wyt ti?'

Wy'n gwybod digon am globaleiddio a chyfalafiaeth i wybod taw grymoedd y farchnad sy'n eu gyrru, ac nad oes fawr o ots ganddynt am hawliau dynol.

'Mewn byd delfrydol, ie, ti'n siŵr o fod yn iawn,' dechreuaf, gan ychwanegu, 'ond yn anffodus dy'n ni'm yn byw mewn byd delfrydol. Ry'n ni, fel rhan fwyaf o'r byd datblygiedig, yn cael ein rheoli gan rymoedd y farchnad, cyfalafiaeth. Dyw e ddim yn ddelfrydol, ond o'r dewisiadau sydd ar gael ma' fe gyda'r gorau o'r opsiynau gwaethaf, hyd y gwela i.'

Mae Arwyn yn ysgwyd ei ben ac yn dweud nad wyf wedi deall. Os oes 'na broblem, yna dylen ni fod yn chwilio am ffyrdd i'w datrys, nid jest rhoi lan a derbyn bod dim byd allwn ni 'neud. Dyw hynny ddim yn cynnig ffordd ymlaen.

'A beth yw'r ffordd ymlaen 'te?' gofynnaf, yn ymateb i'w brocio.

'Rhaid i'r Cynulliad ymyrryd. Grantiau i fusnesau bach er mwyn cynnal swyddi yn y gymuned. Grantiau disgownt i alluogi pobol lleol i fedru cystadlu yn y farchnad dai. Mae Tregors yn un o ardaloedd tlotaf Ewrop, Bryn. Sgen i'm byd yn erbyn byw gyda pobol Saesneg eu hiaith. Wy'n ddigon realistig i sylweddoli bydd rhaid i mi, a wela i'm byd o'i le ar hynny. Ond licen i gadw fy nghyd-Gymry yma hefyd, 'na i gyd. Fel bod ganddyn nhw hefyd "ddewis" fel wedes ti, yn hytrach na chael eu gorfodi i adael yn heidiau fel sy'n digwydd ar hyn o bryd, heb unrhyw amheuaeth.'

Mae hyn i gyd yn swnio'n ddigon rhesymol i mi. Mae Arwyn Dafydd, y meddyliwr craff o ŵr busnes, yn welliant mawr ar Arwyn Davies, a oedd arfer hwpo'i goc mewn i *boiling tube* yn ystod y wers Cemeg, os cofia i'n iawn. Mae'r labrador du yn dyhefod, yn ceisio tynnu sylw Arwyn, yn teimlo 'i fod e'n cael ei anwybyddu. Tafla Arwyn y darn pren eto a gwenu cyn taflu cipolwg tuag ataf a dweud, 'Ti byth yn gwybod, falle dechreuwn ni ymgyrch i gael grantiau anogaeth, i ddenu eneidiau coll fel ti nôl at dy wreiddiau.'

Ar ôl ymweld â Mam am rhyw awr unwaith eto, af mas am y nos am gwpwl o beints yn y Llew Du. Mae'r un hen wynebau arferol yno i gyd, Tom Gorila, Ifor Francis, Elfed, Vernon Siop, gyda Bleddyn yn syrfio tu ôl i'r bar. Caf noson arbennig yng nghwmni Rhys Humphries yn chwarae pŵl a dala lan â'r clecs diweddaraf. Mae stad Ystrad wedi creu tipyn o stŵr, mae'n debyg, nid dim ond oherwydd y mewnlifiad amlwg o Loegr, ond oherwydd bod un o'r trigolion newydd, menyw wallt tywyll yn ei phedwar degau o'r enw Hazel, wedi dechrau cynnal nosweithiau gwerthu teganau rhyw o gwmni Ann Summers. Roedd Billy Garej Dai, sydd yn ei saith degau, a'i lygaid ddim cystal dyddie 'ma, wedi gwerthu sawl batri i Hazel yn y garej ac wedi gofyn pam oedd gyda hi shwt gymaint o *novelty torches*! Atebodd Hazel yn bwyllog taw *vibrators* oedden nhw. Yn ôl Rhys, fe brynodd Billy un ganddi yn y fan a'r lle, nid fel sypreis i'w wraig wachul, ond fel gwobr bosib yn raffl Nadolig y clwb bowls.

Roedd Gareth Brynawel, gŵr fy nghyn-ddyweddi, Rhian, wedi dod mewn a mynnu prynu nid peint ond tri pheint i mi mewn un tro. Wedi iddo fe yfed ei dri pheint e mewn llai na chwarter awr, fe ddilynodd fi i dai bach y dynion a phiso nesaf ataf, gan edrych draw yn amrwd o eglur ar fy nghala. Teimlais fel troi i'w wynebu a'i daenu â'm dŵr, er mwyn iddo gael gwell golwg. Fodd bynnag, ar ôl cwpwl o funudau o dawelwch, ebychodd Gareth ei gwestiwn, er i mi ei golli'n gyfan gwbwl, yn anffodus, dan sŵn y sychwr trydanol wrth i mi sychu fy nwylo.

'Be wedes ti?' meddais, yn gweiddi'n ddiangen, nawr fod y sychwr wedi stopio'n sydyn.

'Dim,' atebodd, yn edrych ar ei esgidiau.

'Iawn,' meddais, gan fynd i'r drws. Ond wedyn teimlais law ar fy ysgwydd ac fe blygais i lawr yn reddfol er mwyn osgoi'r dwrn disgwyledig wrth i mi droi i'w wynebu. Edrychodd arnaf a golwg wedi drysu arno, yn pendroni be ddiawl o'n i'n 'neud.

'Sori, Gareth. Be ti moyn?'

'Ma' fe 'mbytu Rhian. O'dd hi, ti'n gwybod, yn 'neud lot o sŵn 'da ti?'

Fel mae'n digwydd, 'oedd' yw'r ateb. Roedd hi yr hyn a elwir yn dechnegol yn sgrechwraig. Ond wy ddim yn mynd i ddweud hyn a helpu Gareth chwaith.

'Sŵn? Pryd? Canu yn y bàth neu beth?'

'Na, ti'n gwybod, 'achan,' mae'n parhau, yn symud o ochr i ochr yn lletchwith.

'Na, sori, wy ddim,' meddaf yn gelwyddog.

'Yn ei chwsg,' meddai, gan syllu ar ffenestr wydr farrugog y tŷ bach yn llawn dirmyg.

'Yn ei chwsg?!' meddaf, yn llwyddo i ffrwyno fy awydd i chwerthin.

'Ie. Wy'n credu bod 'i hi'n cael affêr . . . yn ei chwsg. Wnaeth hi 'neud 'na 'da ti?'

'Naddo. A se ni'm yn becso gormod 'mbytu'r peth, chwaith, Gareth,' meddaf, gan wthio'r drws ar agor.

Mae Gareth yn fy nilyn allan o'r tai bach, gan ddweud wrthyf am beidio sôn am hyn wrth neb, oherwydd mae'n achos o embaras mawr iddo. Wy'n addo iddo na wna i ddweud wrth neb. Hanner awr yn ddiweddarach mae Gareth yn mynd adref ac rwyf innau'n dweud wrth y bar cyfan am ei broblem a chawn hwyl fawr ar draul Rhian ac yntau. Yn wir, mae Ifan Dolawel yn chwerthin cymaint nes iddo syrthio ar lawr. Gofynnaf iddo pam fod ganddo ffon gerdded fetel p'un bynnag. Mae'n cochi'n syth ac mae Rhys yn f'atgoffa bod Islwyn Garth wedi torri ei ddwy goes â rhaw ar ôl iddo fynd i'r gwely gyda Sara Garth. Teimlaf gwlwm cyfoglyd yn fy stumog ac mae Ifan yn dweud, 'Wy byth 'di bod yr un fath ers 'nny.'

'Ffwc mwya costus ges ti erioed, nage fe Ifan?' meddai Rhys.

Amneidia Ifan yn drist a sipian ei beint.

'Wnes ti'm gweud wrth yr heddlu 'te?' gofynnaf. 'Ti'n gwybod, dyw e'm yn gallu jest mynd rownd y lle yn torri coesau pobol â rhaw.'

Wrth gwrs, wy'm yn meddwl am 'goesau pobol'. Wy'n meddwl am fy nghoesau i fy hun.

'O'dd y wraig ddim moyn i fi fynd ag e ymhellach. I weud y gwir, o'dd hi'n meddwl bod e'n gosb digon teg.'

'Ssssshhh, peidiwch siarad 'mbytu fe nawr, ma' hi 'ma,' meddai Rhys, yn troi ei ben yn sydyn i wynebu'r bar.

Sylwaf ar y tawelwch llethol wrth i'r dynion i gyd syllu i'w cwrw. Mae rhai, Ifan Dolawel yn eu plith, yn ei baglu hi i'r bar arall. Daw Sara lan at Bleddyn gan ofyn iddo a oes ganddo botel o siampên.

'Oes, wy'n siŵr bo' 'da ni rywbeth. Ga i bip lawr y selar nawr,' meddai Bleddyn, yn agor y drws llawr rhwng y ddau far a diflannu i lawr y grisiau.

'Dathlu rhywbeth, 'te?' gofynna Rhys o'r diwedd.

'Odyn. Ein pen-blwydd priodas ni. Saith mlynedd ar hugain.'

'Llongyfarchiadau,' meddaf, yn gweld hyn fel cyfle da i greu rhyw bellter rhyngof i a'r cysylltiad amheus gyda Sara lan y Wenallt.

'Ie, llongyfarchiadau Sara,' meddai Elfed.

Wedyn fe glywn don o ymatebion amrywiol gan y gwrywod sydd yno: 'Congrats, Sara', 'Cofia ni at Islwyn, Sara', 'Da iawn, Sara', 'Yffach, tipyn o gamp dyddie 'ma Sara, da iawn chi.'

Yn ystod hyn mae hi'n pwyso draw ataf ac rwyf innau'n panicio am eiliad, gan feddwl ei bod hi'n mynd i'm cusanu. Yn lle hynny mae hi'n sibrwd yn fy nghlust, 'Paid edrych mor bryderus, Bryn bach, wy heb weud gair 'tho fe.'

Yn rhyfedd iawn, wrth i mi eistedd yn ystafell fyw Mam yn hwyrach y noson honno, mae fy mhen yn chwyrlïo, nid yn gymaint am i mi gwrdd â Sara, ond am i mi gwrdd ag Arwyn Dafydd lan y Wenallt yn gynharach y diwrnod hwnnw. Mae ei ddisgrifiad ef ohonof fel 'enaid coll' wedi bod yn dân ar fy nghroen ers iddo ddweud y geiriau. Ychydig yn feddw, rwyf yn codi'r ffoto enwog o 'nhad-cu, Ifan, wedi'i wisgo fel morwr, yn sefyll o flaen ei dad-cu a'i fam-gu wrth fynedfa'r lôn sy'n arwain at hen fferm fach y teulu, Tanffordd. Mae golwg mor ofidus ar wyneb y pŵr dab nes y gallai rhywun dyngu 'i fod e'n wynebu dryll, nid camera. Mae ei dad-cu a'i fam-gu, Dafydd a Hannah, y naill yn edrych fel aelod o'r band *ZZ Top* a'r llall yn edrych fel y Pab, yn syllu o'r llun yn hollol ddiemosiwn. Mae gan Dafydd gadwyn oriawr tua gwaelod ei wasgod a macyn gwyn yn pipo mas o boced ei siaced, sy'n awgrymu rhyw led-ymdrech i wneud iddo edrych ar ei orau ar gyfer y llun. Fodd bynnag, mae'r ymgais yn cael ei difetha'n llwyr gan ei farf anferth, sy'n llythrennol ymestyn i lawr i'w frest. Mae Hannah hefyd wedi 'neud ymdrech i edrych ar ei gorau, yn eistedd ar gadair (wy'n cymryd taw cadair sydd yno, er y gallai fod yn focs yr un mor hawdd), ei dwylo mawr wedi'u plygu'n gymen yn groes i'w phengliniau sydd wedi'u gorchuddio'n gyfangwbwl gan fantell yn ymestyn i lawr i'r llawr. Mae'n taro rhywun, o'r golau yn y llun, ei bod yn ddiwrnod braf. Felly mae'n rhaid bod Hannah yn berwi yn y fantell a'r clogyn Batmanaidd, heb sôn am yr het chwerthinllyd o dal. Mae fy mam ac Anti Lisa wedi dangos y ffotograff yma i mi droeon, ac er mod i wedi'i astudio'n fanwl yn y gorffennol, nid wyf wir yn teimlo bod y bobol wedi dod yn fyw i mi o'r blaen. Efallai taw'r cwrw sy'n siarad, neu efallai taw Arwyn sydd wedi pigo fy nghydwybod, neu efallai taw'r croeso arbennig a gaf bob tro wy'n 'dod adre' sy'n gyfrifol, ond teimlaf ryw ysfa i uniaethu â'r llun yma o'm hynafiaid. A allaf wir alw'r lle hyn yn 'adre' nawr, ta beth, wedi i mi fod yn byw yng Nghaerdydd erbyn hyn cyn hired ag y bues i'n byw yn Nhregors erioed?

Dihunaf y bore wedyn â'r un syniad aflonydd yn fy nychu. A yw Arwyn Dafydd wedi taro'r hoelen ar ei phen trwy fy nisgrifio fel 'enaid coll'? Ymddengys mor sicr ohono'i hun, o'i alwedigaeth, o'i wreiddiau, o'i bwrpas mewn bywyd. Am y tro cyntaf erioed, am wn i, dechreuaf feddwl sut fywyd fyddwn i wedi'i gael hyd yma pe bawn i wedi aros yn Nhregors. A wnes i gamgymeriad enbyd yn symud i Gaerdydd yn fy ugeiniau cynnar? Dyma beth sydd ar fy meddwl pan welaf Mam eto yn yr ysbyty. Gofynnaf iddi mewn ffordd digon ffwrdd-â-hi a oes gan y teulu siart achau. Dywed hi bod un gyda Anti Lisa, wedi'i rhwymo mewn lledr drudfawr a'i hysgrifennu mewn llythrennau pìn ac inc o'r radd flaenaf. Yn ôl Lisa, mae'n olrhain hanes y teulu nôl i ganol yr ail ganrif ar bymtheg.

Af i fyny i Danffordd y bore hwnnw, gan yrru trwy'r fynedfa i'r lôn, golygfa y llun enwog ar y silff ben tân. Go brin ei bod wedi newid o gwbwl, heblaw fod y twnnel cofleidiol o goed onnen wedi diosg y rhan fwyaf o'u dail hydrefol. Parciaf fy nghar mewn cilfan ger y gât a sylwaf ar Anti Lisa, menyw egnïol, wyth deg wyth oed, yn taflu bwyd i'w ieir, sy'n ei dilyn hi o gwmpas y cae o flaen ei charafán fel pe bai'n iâr y teulu. Hyd yn oed â'i llais ofnadwy o gryf, mae hi'n dal ychydig allan o glyw, ond gallaf weld ei bod hi'n siarad fel pwll y môr, yn dweud duw a ŵyr beth. Y cae yma a'r garafán ac Anti Lisa yw'r unig bethau sydd ar ôl o'm teulu yn Nhanffordd bellach. Gwerthodd fy nhad-cu, Ifan, y crwt bach yn y llun, y rhan fwyaf o'r tir a'r stoc yn ystod pum degau'r ugeinfed ganrif, er na werthwyd y bwthyn bach ar gyrion y fferm lle y treuliodd Lisa ran helaeth o'i bywyd tan y saith degau. Bu Lisa fyw yn y garafán hon byth ers hynny.

Yn clywed y gât yn gwichian ar agor, mae hi'n edrych lan ac yn synnu fy ngweld, gan weiddi, 'Duw caton, be sy'n dod â ti Brynmor lan ffor' hyn? Ma' dy fam yn oreit, yw hi? Dyw hi heb waethygu yn yr ysbyty?'

'Na, mae'n iawn,' atebaf, gan ychwanegu, 'O'n i moyn 'whilio 'bach o'n achau.'

Mae Lisa'n rhoi gwên mor lydan fel y gallai rhywun feddwl mod i wedi gofyn am weld ŵyr iddi. Mae'n hollol ddealladwy. Wedi byw bywyd cynnil yr hen ferch am ddegawdau, y siart achau yw'r peth agosaf gaiff hi at ŵyr. Mae'n nôl y ddogfen, wedi'i rwymo mewn lledr, o focs dan glo o dan ei gwely.

'Beth yw'r pwl diweddara hyn 'sda ti, 'te? Ddangoses ti fowr o ddiddordeb yn hon pan wnes i hi yn niwedd yr wyth degau.'

'Mae'n bwysicach nawr bo' fi'n mynd yn hŷn, mae'n debyg,' atebaf.

'Mae'n arbennig o addas bod ti, o bawb, moyn gweld hi,' meddai, yn gwenu'n ddrygionus.

'Pam 'nny 'te?'

Mae'n dangos rhai o'r enwau ar y siart, ar ochr Mam, a sylwaf bod y ddwy ochr o'm teulu yn ymuno â'i gilydd tua chanol y bedwaredd ganrif ar bymtheg.

'Wedes i wrth dy fam, ond doedd fowr o ddiddordeb 'da hi,' meddai Lisa, yn gwenu unwaith eto.

'Ond o'n i wastad yn meddwl taw ym Mhontarddulais ga'th

hi ei magu,' meddaf, a golwg ddryslyd ar fy wyneb.

'Do do, ma' 'na 'n ddigon gwir. Ond os ewn ni nôl ddigon pell, roedd ei hen dad-cu hi, Ebenezer Williams, yn ffarmwr ar ben y bryn co fan'co, yn fferm Derlwyn. Wyt ti'n gallu gweld adfeilion y fferm yn y pellter?

Edrychaf i gyfeiriad yr adeilad sydd wedi hen fynd â'i ben iddo, lle y pwyntia Lisa, tra mae hi'n parhau i egluro i mi, 'Ma' gwreiddiau'r ddwy ochr o dy deulu di yn cael eu holrhain nôl i Benmynydd, i ffermwyr oedd yn byw brin dair milltir oddi wrth ei gilydd.'

Edrychaf yn syfrdan o glywed hyn, ac mae Lisa'n dangos sawl cysylltiad ag enwau a ffermydd eraill yn yr ardal nes bod fy mhen yn troi. Yn synhwyro fod pethau'n dechrau mynd yn drech na mi, mae'n arllwys paned o de i mi ac fe awn ni mas i'r cae. Yna mae'n pwyntio tuag at amryw o ffermydd – Pant-y-fallen, Llwyngefis, Ochrgarreg, Cwmynant, Esgairmaen, Tanyrallt – yn eu cyflwyno nhw fel pe baent yn hen ffrindiau. Yr unig beth wy'n meddwl 'mbyty erbyn hyn yw pa mor hardd yw'r olygfa ar y Sadwrn hydrefol, heulog hwn. Yna sylwaf bod Lisa'n chwerthin.

'Be wedodd y bardd, nawr? R.S. Thomas? Bod Cymru'n wlad sy'n "*sick with inbreeding*". Dy deulu di oedd 'dag e mewn golwg! Wy'n rhyfeddu nag oes llygaid tro 'da ti!'

Mae hi'n chwerthin yn wresog, heb ofal yn y byd, a chlochdar yr ieir yn gyfeiliant calonnog iddi. Mae hyd yn oed ei hunig afr yn rhoi sêl ei bendith ar ei sylw, gan symud ei ben yn gymeradwyol, a pheri i'w gloch atseinio'n gysurlon trwy awyr iach y wlad. Diolchaf am ei hamser a'i gwaith ar y siart achau, a dechreuaf droi i fynd, ond wedyn fe drof yn ôl i roi coflaid ffarwél iddi. Wedi'r cwbwl, ar ochor fy nhad, a hithau'n ddi-blant, fi yw'r perthynas gwaed agosaf sydd ganddi.

Ar y ffordd nôl i'm car edrychaf i lawr y lôn a chofiaf Efa'n dweud rhywbeth am 'epiffani' – y math o weledigaeth neu sylweddoliad dwfn sy'n gallu digwydd i bobol, yn aml ar hewlydd, fel yn achos Paul ar yr hewl i Ddamascws. Efallai am fy mod i yng nghanolbwynt gwreiddiau fy nheulu, wn i ddim, ond teimlaf ysfa gref i gysylltu â'm gorffennol. Penderfynaf gerdded i lawr at fynedfa'r lôn i Danffordd, lle y tynnwyd ffotograff o 'nhad-cu gyda'i dad-cu a'i fam-gu yntau. Cerddaf yn betrus, gan adael i'r tawelwch gwefreiddiol fy swyno. Wn i ddim beth i'w ddisgwyl go iawn a cheisiaf beidio codi 'ngobeithion yn ormodol. Edrychaf lan ar y coed onnen ac i lawr ar yr hewl, yn ceisio dychmygu'r olygfa wrth i'r hen ffotograff gael ei baratoi. Edrychaf o amgylch y wlad o'm cwmpas, yn ceisio'n galed i wneud . . . wel, wn i ddim cweit beth yn gwmws. Wy wedi gweld Jo yn canolbwyntio yn ystod ei hymarferion ioga, a thybiaf efallai y bydd hi'n haws cysylltu â'm gorffennol pe bawn i'n cau fy llygaid.

Trochaf fy hun yn nhawelwch llwyr y wlad, ond yn anffodus nid wyf yn teimlo unrhyw beth.

Efallai mod i wedi ei gadael hi'n rhy hwyr ac wedi byw yng Nghaerdydd am ormod o amser, ond pan agoraf fy llygaid eto teimlaf ryw wacter siomedig. Rhyw deimlad fy mod i wedi cael fy nhwyllo, hyd yn oed. Gwelaf landrofer, yn cael ei yrru gan fenyw, yn pasio mynedfa'r lôn yn hamddenol ar yr hewl fawr. Mae'n tynnu fan geffylau. Wrth iddo basio gallaf dyngu mod i wedi gweld arth mewn cadwyni yn y fan geffylau, yn sefyll ar ei draed ac yn edrych arnaf bron mewn ffordd ddynol, fel pe bai'n fy 'nabod o rywle. Tybiaf fy mod i'n dechrau gweld pethau, ond wedyn fe gofiaf bod Rhys wedi dweud wrthyf am fenyw ym Mhenmynydd a oedd wedi cael trwydded i gadw arth. Hwn yw'r digwyddiad perffaith i gael gwared o'm siom ac mae gen i wên lydan ar fy ngwyneb wrth i mi gerdded nôl lan at fy nghar. Jest cyn i mi agor y drws, sylwaf mod i wedi damsgen mewn dom defaid. Crafaf ef i ffwrdd â llond dwrn o wair gan dynnu ei arogl cryf, llawn amonia, i mewn i'm ffroenau. Mae'r gwynt yn ail-greu cyfnod fy mhlentyndod mor fyw, mae'n anhygoel. Rhaid i mi bron atal fy hun rhag dychwelyd i'r Wenallt i chwarae cowbois ac Indiaid. Yn fy mhen wy'n cyfadde i mi fy hun ei bod hi'n rhy hwyr i ddychwelyd nawr. Er bod yr ardal yma'n braf iawn yn ei ffordd ei hún, rwyf wedi tyfu'n gyfarwydd â bywyd anhysbys, amhersonol y ddinas. Nid wyf bellach yn lladd Indiaid dychmygol yn yr awyr agored. Yn hytrach, lladdaf *aliens* sydd wedi eu creu i mi ar sgrin.

Yn ystod ymweliad i'r ysbyty, llwyddaf i gael gair clou â meddyg teulu Mam, Dr Davies, sy'n dweud wrthyf ei bod hi'n gwella'n weddol bach ond bod angen ychydig o brofion arni i weld a yw ei gwaed yn denau. Dan yr wyneb, gallai hyn fod yn rhannol gyfrannu at ei angina, ac os yw hynny'n wir fe allith ef rhoi presgriptiwn tabledi haearn iddi. Naill ffordd neu'r llall, dylai hi fod mas o'r ysbyty cyn diwedd yr wythnos. Yn gweld ei bod hi ar wella ac mewn hwyl dda, rhoddaf gusan ffarwél ysgafn iddi ar ei thalcen, gan ddweud wrthi y byddaf yn ei ffonio hi yn y tŷ pan ddaw hi mas.

Gan fod dydd Llun hefyd yn rhydd gen i, treuliaf beth o'r diwrnod yn lladd amser o gwmpas yr hen siop ddillad dynion Ellis & Jones. Mae'r rhan fwyaf o'r staff wedi newid swyddi erbyn hyn, ond mae Mr Ellis a'i fab, Graham, yn dal yno, gyda'r mab yn rhoi paned o de ac ychydig o fisgedi i mi yn ystafell te deg y staff. Mae'n siop hynod, yn perthyn i gyfnod arall. Dyw hi heb newid dim mewn gwirionedd yn ystod ugain mlynedd, yn dal i werthu dillad clasurol i ddynion, heb gymryd fawr o sylw o newidiadau mewn ffasiwn. Teimlaf yn brudd bod nôl yma. Dyma lle y treuliais cymaint o 'mywyd fel oedolyn ifanc. Roedd colled arna i, mae'n rhaid. Roedd Mam yn hollol iawn. Dylen i wedi mynd i'r coleg. Efallai bod un penderfyniad anghywir wedi newid hynt fy mywyd yn derfynol. Er, wrth gwrs, y dyddiau yma, dyw hi byth rhy hwyr i ddilyn cwrs addysg uwch.

Awgrymaf hyn yn ystod ein nos Iau gwis a chaf fy nghollfarnu'n arw gan y lleill.

'Na, na, na! Ma' pawb yn cael gradd dyddie 'ma,' meddai Phil.

''Na'r pwynt,' meddaf. 'Wy'n colli mas ar rywbeth.'

'Na, mae Phil yn iawn 'sti,' meddai Iwan. 'Os ydy pawb yn cael gradd, yna mae'n dilyn bod gradd yn ddiwerth, tydi.'

'A dyw e'm yn tsiêp chwaith,' meddai Lloyd. 'Nage arian cwrw fel yn ein dyddie ni yw e nawr. Allith rhywun fynd i ddyledion mawr. Wy ar fin gwynebu 'nny 'da Megan.'

Diolch yn fawr am eich cefnogaeth, bois, meddyliaf. Ond mae Lloyd, fel arfer, yn hirben ac wedi sylweddoli bod yna reswm penodol dan yr wyneb i egluro'r awydd mwya sydyn hyn i newid byd.

'Ife achos bod ti ag Efa wedi gwahanu? Ife 'na beth sy'n gyfrifol am yr awydd hyn am addysg?' gofynna.

'Na. Mynd i Dregors dros y penwythnos sy'n gyfrifol, wy'n credu. Wy 'di dechrau meddwl am fy ngwreiddiau. Dechrau cwestiynu shwt bennes i lan yng Nghaerdydd.'

'O, 'mwyn dyn, alli di'm rhoi ryw dabledi i'r diawl dwl, Lloyd?' meddai Phil, gan ysgwyd ei ben.

'Na na, 'dan ni i gyd wedi landio yn y ddinas 'ma am wahanol resyma, tydan. Tydy o'm yn beth ffôl i gwestiynu hynny o bryd i'w gilydd. Mynd nôl i'r hen wreiddia,' meddai Iwan, yn fwy cefnogol.

'Oreit,' meddai Phil, yn anadlu'n ddwfn cyn mynd yn ei flaen. 'Symudodd fy hen dad-cu, Jan Pukovski, i Gaerdydd o wlad Pwyl i weithio yn y dociau. Symudodd fy nhad, David Pugh, ar ôl gollwng yr "ovski" yn gyfreithiol, i Fargoed yng Nghwm Rhymni, i fod yn agosach at deulu fy mam, Violet, lle wnaeth e gynnal rownd laeth am dros dri deg mlynedd. Gan taw fi oedd yr ieuengaf o dri brawd, fi oedd arbrawf y teulu. Gan fy mod i yn y lle iawn ar yr adeg iawn, neu'r lle rong ar yr adeg rong, mae'n dibynnu fel y'ch chi'n edrych arno fe, cefais fy ngwthio i'r ysgol Gymraeg oedd newydd ei hagor ym Margoed, Ysgol Gyfun Cwm Rhymni, a *voilá!* mae gan y Pughiaid eu siaradwr Cymraeg cyntaf – o Bwyleg i Gymraeg mewn pedair cenhedlaeth. A beth mae hynny'n ei brofi? Dim. Heblaw fod y pethe hyn yn cael eu gyrru gan ffactorau hanesyddol, economaidd sy y tu hwnt i'n rheolaeth ni, p'un bynnag.'

'Ond mae'n rhaid bod 'na elfen o ddewis hefyd,' dadleuaf. 'Allen i fod wedi aros yn Nhregors. Na'th neb fy ngorfodi i ddod i Gaerdydd.'

'Ond oeddach chdi, fel finna o dy flaen di, yn ei weld o fel lle cyffrous i ddod i fyw iddo. Wnaeth neb fy ngorfodi i adael Bethesda chwaith,' meddai Iwan, 'ond mae Phil yn iawn hefyd. Mae o i wneud efo swyddi yn y pen draw. Efo fi, ar y cychwyn o leiaf ro'n i'n dilyn yr hen gyngor, "os wyt ti isio gwaith yna arhosa tu allan i ddrysau'r ffatri". Ond 'na fo, dwi'n hoffi Caerdydd, p'un bynnag; dwi wastad wedi. Beth amdana chdi, Lloyd?'

'Wel, wy'n *Cardiff born and Cardiff bred*, nagw i?' meddai Lloyd, yn codi'i ysgwyddau.

'Ie, ond ti'm yn nodweddiadol o rywun o Gaerdydd, wyt ti?' meddaf. 'Am un peth, ti 'di dysgu Cymraeg.'

'Wel, o'dd 'na'n mynd nôl i'r adeg wnes i gwrdd ag Angharad. Ond wy'm yn credu bod e'n rhyw *big deal*, er falle sen i heb gwympo mewn cariad 'da Hiroko sen i heb ddysgu'r iaith, wy ddim yn gwybod. Wy'n dwlu ar bobol Caerdydd, y rhelyw sy ddim yn deall yr iaith. Ma' nhw'n halen y ddaear, wy'n credu, pobol ffein ofnadw. Wy dal ddim yn siŵr beth yw'r pwynt ti'n 'neud fan hyn, Bryn.'

'Sen i'm yn becso. Pwl o hiraeth mae'r diawl dwl 'di'i gael, 'na i gyd,' meddai Phil, yn cwpla'i beint.

'O'n i heb sylweddoli o'r blaen fod y ddwy ochor o'm teulu'n dod o gwpwl o gaeau ym Mhenmynydd,' egluraf.

'Yffach, ti hyd yn oed yn fwy o hic nag o'n i'n meddwl 'te!' meddai Phil, yn chwerthin.

Yna mae'n cychwyn ar un o'i ddamcaniaethau mawr, yn ystumio â'i ddwylo anferth, fel se nhw'n ddau bwped yn adrodd stori.

'Nage jest economeg a hanes yw hi dyddie 'ma chwaith. Ma' bioleg hefyd,' meddai.

'Ym mha ffordd?' gofynna Lloyd, yn llawn diddordeb mwya sydyn.

'Wel, blynydde nôl, se ti'n priodi menyw o'r un pentre â ti, neu yn achos Bryn o'r un cae ag e. Ond nawr mae'r byd yn lot llai o seis. Dyw ieuenctid heddi ddim yn meddwl dwywaith o godi eu pac i fynd i Asia ar wyliau, neu i sgio i Canada, neu i weithio i ryw elusen yn Affrica. Mae'r byd cyfan ar ein sgriniau teledu ni bob nos. Mewn ffordd, ma' pobol yn symud 'mbytu lot mwy. Felly ti'n llawer mwy tebygol i gael plant 'da rhywun sy'n dod yn bell o dy bentre di y dyddie 'ma, achos y'n ni i gyd yn byw yn y pentre global nawr. A da o beth yw hynny hefyd, er mwyn cael gwell cymysgedd o *genes*, fel bo' ni i gyd ddim yn bennu lan yn twat fel Bryn.'

'Ie, ti'n iawn, siŵr o fod,' meddai Lloyd, yn cytuno.

'Beth? Bo' fi'n twat?' gwaeddaf, wedi digio.

'Na, na. Cwrdd â rhywun tu fas i'r pentref. O'dd Angharad o Gaerfyrddin. Ac wrth gwrs, sen i byth wedi disgwyl priodi menyw o Siapan.'

'Felly, dere 'mlaen 'te Lloyd, ti byth wedi gweud wrtho ni'n iawn. Shwt un yw Hiroko yn y gwely?' gofynna Phil.

Mae'n od fel mae clywed rhywun arall yn siarad am secs yn iawn pan mae rhywun yn cael ei damaid yn rheolaidd, ond yn brofiad diflas, digalon pan chi ddim yn cael rhyw o gwbwl. Yn wir, wnes i yfed yn drymach wrth i'r noson fynd rhagddi, ac yn y diwedd bennes i lan yn crasio mas yn nhŷ Lloyd.

Dihunais yn gynnar y bore wedyn, yn benderfynol o gladdu'r tensiwn hwn rhwng byw yng Nghaerdydd a chael fy nhynnu nôl at fy ngwreiddiau. Wnes i hyd yn oed fynd â choffi a thost i Lloyd yn ei wely mor hurt o gynnar â saith y gloch y bore. Serch hynny, teimlaf efallai bydd rhaid i mi wynebu fy ngwreiddiau'n fwy uniongyrchol o hyn ymlaen, wrth i mi wrando ar alwad goll ar fy mobeil. Roedd Dr Davies yn iawn. Fe fyddai Mam allan o'r ysbyty cyn diwedd yr wythnos. Ond bydde hi mewn arch, gan iddi farw yn ei chwsg yn ystod y nos.

Pennod 19

Ar ôl sefydlu ei bod hi wedi marw o drawiad ar y galon, mae corff Mam yn cael ei drosglwyddo i gapel gorffwys yr ysbyty. Teimlaf bod 'gorffwys' yn derm camarweiniol yn y cyswllt hwn, oherwydd mae'n awgrymu ei bod hi'n mynd i ddihuno mewn rhyw ffordd neu'i gilydd. Mae Eifion Saer wedi'i 'thacluso' hi, fel y dywedodd, ac wedi galw yn y tŷ i fynegi ei gydymdeimlad â Bethan a minnau. Mae'n gwybod ein bod ni'n dal yn gynnar yn ein galar ond yn ei brofiad e mae'n well ceisio trefnu dyddiad i'r angladd gynted â phosib, fel bod popeth yn gallu cael ei roi yn ei briod le.

'Ddo i nôl heno ar ôl i chi gael 'bach mwy o amser i ystyried pethe fel trefn y gwasanaeth. Mae'r gweinidog fel arfer yn galw i helpu gyda'r ochr 'na o bethe. Oedd gyda hi hoff emyn, er enghraifft? Neu adnod addas ar dudalen flaen y bamffled, y math 'na o beth.'

Yn ceisio ysgafnhau pethau, dywedaf y byddai 'Fel'na oedd hi i fod' yn fwy addas. Edrycha Eifion yn ddryslyd, yn amlwg ddim mor gyfarwydd â hoff ymadrodd Mam ac, yn wir, efallai'n ceisio dyfalu o ba lyfr yn y Beibl y daw'r 'adnod' hynod hon. Mae Bethan yn sychu dagrau o'i llygaid ac yn chwilio'n frysiog am ei lipstic yn ei bag llaw.

'*Western Mail*,' meddai, wedi ei chynhyrfu'n lân. 'Ni angen rhoi hysbysiad yn y *Western Mail*, fel bod pobol yn gwybod!'

'Ie, ond ma' isie i ni benderfynu ar ddyddiad yr angladd

gyntaf, fel bo' ni'n gallu rhoi hwnnw yn y papur hefyd,' meddaf yn bwyllog, yn treial ei thawelu.

Amneidia Eifion a chlywn gloch drws y ffrynt yn canu. Y gweinidog sydd yno, Lewis Edwards, gŵr yn ei bum degau sydd â mynydd o wallt byrlymus du, cwrliog ar ei ben, a hwnnw'n edrych mor chwerthinllyd o ffyniannus nes fod pawb yn meddwl ar gam taw wìg ydyw.

'Helô, Brynmor,' meddai. Yna wrth ddod trwyddo i'r gegin a gweld Bethan yn reddfol yn codi ar ei thraed, mae'n dweud, 'Na, plis Bethan, eisteddwch.'

Amneidia Bethan, gan sychu ei dagrau eto a rhoi mwy o'i lipstic ar ei gwefusau. O'i gymharu â hi, teimlaf ychydig yn euog nad ydw i'n fwy ypsét. Wy yn ypsét, wrth gwrs. Wedi fy syfrdanu hyd yn oed, gan fod Mam mewn hwyliau mor dda lai nag wythnos yn ôl. Ond ar yr wyneb, o leiaf, llwyddaf i fod yn weddol ddigynnwrf a chadw fy emosiynau dan reolaeth.

'Af i nawr 'te,' meddai Eifion. 'Alwa i 'to yn nes ymlaen.'

'Ie, diolch yn fawr,' meddai Bethan a minnau yr un pryd. Arweiniaf ef at y drws ffrynt ac fe glywn y gloch yn canu unwaith eto. Cymdoges Mam sydd yno, Gwyneth Ellis. Mae ganddi lond plât o bice ar y maen, newydd eu coginio.

'Mari druan. Aeth hi'n sydyn yn y diwedd,' meddai.

Amneidiaf, yn cytuno â hi, ac yna wy'n ei gwahodd i mewn. Cawn fygiau'n llawn o de, a bwytawn ei phice ar y maen o amgylch bord y gegin tra bod y Parchedig Edwards yn adrodd ambell stori am Mam.

Yn sydyn, fel se'r peth wedi bod yn gwasgu arni ers amser, mae Gwyneth yn gofyn, 'Yn sydyn neu'n dawel? P'un y'ch chi'n meddwl dyle hi fod, Mr Edwards?'

'Wel, ma' 'na lan i Brynmor a Bethan,' meddai, yn edrych tuag atom.

Mae Bethan yn sydyn yn dweud 'Yn sydyn', gan ychwanegu'n sydyn 'O ie, yn sydyn, mor sydyn.'

'Ond roedd hi yn yr ysbyty,' meddaf. 'Ti'n gwybod, nage fel damwain car neu 'i bod hi'n ifanc, dal yn ei phedwar degau neu rywbeth.'

Yn synhwyro trwbwl ar y gorwel, mae'r gweinidog yn torri ar ein traws yn dactegol ofalus, 'Wel, sdim rhaid penderfynu nawr.'

'Yn sydyn fydd e,' meddai Bethan yn benderfynol. Ac yna, gan roi edrychiad milain i mi, mae'n dweud, 'Wy'm yn gwybod shwt alle ti feddwl bod e'n "dawel", Bryn.'

Wy moyn dweud fod pob marwolaeth yn rhesymegol yn 'dawel' yn y pen draw, oherwydd wy'n cymryd bod yr ymadawedig yn stopio anadlu ac mae yna, wel, dawelwch llwyr. Ta beth, ai'r ddau air yma, sydyn neu dawel, yw'r unig ddewis? Buaswn i'n tybio bod 'yn anfodlon' neu 'yn gyndyn iawn' neu 'yn lloerig o grac' yn fwy addas rywsut.

O'r diwedd, tair galwad ffôn a llond plât o bice ar y maen yn ddiweddarach, mae'r gweinidog yn gadael, gan ddweud y gwnaiff gysylltu â ni eto yfory. Ry'n ni wedi dewis dydd Mawrth am ddau o'r gloch yng nghapel Bwlchgroes, gwasanaeth cyhoeddus, gyda rhoddion i'r *British Angina Research Foundation*. Mae Gwyneth wedi cynnig cymryd gofal o'r blodau ac wedi crybwyll bod Mam wedi dweud wrthi'n ddiweddar am ei hoffter o'r emyn 'Pantyfedwen'. Mae Bethan a minnau hefyd yn dewis 'O Iesu mawr, rho d'anian pur', yn rhannol wy'n amau oherwydd bod y ddau ohonom yn ei chofio hi'n ei chanu yn angladd fy nhad gyda chryn frwdfrydedd.

Mae yna un broblem fach, fodd bynnag. Mae Gwyneth wedi bod gyda ni ers dros awr a hanner ac nid yw'n edrych fel pe bai mewn hast i adael.

'Diolch am eich help, Gwyneth,' meddaf, gan edrych i gyfeiriad y drws, yn lled-awgrymu ei bod yn bryd iddi adael.

Ond mae gan Gwyneth reswm dros aros.

'O'n i'n meddwl . . . wel, o'n ni mor agos, y ddwy ohonon ni . . . o'n i'n meddwl falle allen i 'i gweld hi,' meddai, gan ychwanegu gan ddala fy mraich, 'Shwt olwg oedd arni, Brynmor bach?'

Edrycha Bethan a minnau ar ein gilydd. Mae Bethan yn byrstio mas i lefain. Egluraf i Gwyneth nad y'n ni mewn gwirionedd wedi ei gweld hi.

'Ond mae'n rhaid i chi,' mynna Gwyneth. 'Ma' rhaid i chi ffarwelio â hi yn iawn. Fe ddo i 'da chi'ch dou fach, os y'ch chi moyn.'

Mae Bethan yn ysgwyd ei phen ac yn sibrwd, 'Na, alla i ddim mynd. Cer di, Bryn.'

Wy ddim yn siŵr am hyn. Meddyliaf am yr wythnos flaenorol pan gusanais i hi'n ysgafn ar ei thalcen cyn dychwelyd i Gaerdydd. Roedd hwnnw'n ffarwél annwyl iawn yn ei ffordd ei hun. Dyna sut rwyf i am ei chofio hi. Ond mae Gwyneth yn edrych arnaf yn ddisgwylgar, yn amlwg wedi'i ffieiddio nad yw'r un ohonom wedi trafferthu gweld cadarnhad corfforol tranc disymwth ein mam.

'Ym . . . alle chi f'esgusodi am funud?' meddaf. Af allan i'r ardd gefn a ffonio Lloyd ar fy ffôn symudol. Dywedaf wrtho am fy nghyfyng-gyngor.

'Falle wneith e helpu ti ddod â phopeth i fwcwl, gweld y corff ei hun,' meddai Lloyd, cyn ychwanegu'n ddigymwynas, 'Ond yn y pen draw ma' fe lan i ti.'

Penderfynaf y dylwn i weld y corff, ac af i'r ysbyty i'r perwyl hwnnw y prynhawn hynny. Rwyf wedi dweud wrth Gwyneth y dylai hon fod yn eiliad breifat, rhyw gymundeb rhwng Mam a minnau'n unig, a derbyniodd hi hynny, er ychydig yn anfodlon. Pan gyrhaeddaf yr ysbyty fe grwydraf draw i'w hystafell. Dof ar draws Hywel, y nyrs, yn tynnu pethau o'i chwpwrdd gwely hi a'u gosod nhw mewn bocs bach go druenus yr olwg.

'Mae'n ddrwg 'da fi am dy fam, Bryn,' meddai, yn sylwi arnaf yn sefyll wrth y drws.

'Ie,' meddaf, gan edrych ar y bocs yn ei ddwylo.

Yn sylwi arnaf yn craffu ar y bocs, mae'n ei roi i mi.

'O'n i'n dechrau meddwl pryd fydde ti'n pigo'i stwff hi lan,' meddai.

'Fel mae'n digwydd, wy 'di dod i weld hi,' meddaf.

'Reit,' meddai Hywel yn ddwys, 'yna wna i adael y bocs yn

swyddfa'r *sister* i ti i fynd gyda ti nes ymlaen, iawn?'

Amneidiaf, ac mae yna dawelwch lletchwith rhyngom cyn i Hywel symud tuag at y drws. 'Reit, well i fi fynd ar 'yn rownds i 'te.'

Stopiaf ef wrth y drws.

'Gwranda,' dechreuaf, 'diolch am wneud ei diwrnodau olaf hi mor hwylus. O'n i'n gallu gweld bod y ddou ohonoch chi'n dod 'mlaen yn dda 'da'ch gilydd.'

'O'n, ma' 'na'n wir,' meddai Hywel, yn llon. 'Ac roedd hi'n meddwl y byd ohono ti hefyd. Yn gweld dy eisiau di'n ofnadwy. Wedodd hi 'na wrtha i.'

Nid dyma'r hyn rwyf am ei glywed yr eiliad yma ac mae Hywel, chwarae teg iddo, fel pe bai'n sylweddoli hynny, bron iawn â chnoi ei dafod yn llythrennol cyn cynnig mynd â mi draw i gapel gorffwys yr ysbyty. Wy'n derbyn ei gynnig a cherddwn yn haul yr Hydref o amgylch ochor y prif adeilad. Yn y man rydym yn stopio wrth ymyl sièd goncrit. Mae Hywel yn troi tuag ataf gan ddweud mewn cywair ymddiheurol, 'Dyw e'm yn *glamorous* iawn, gen i ofn.'

'Dyw marwolaeth ddim, ynta,' meddaf, yn sylweddoli gwirionedd sylfaenol ynglŷn ag un o'm hobsesiynau.

'Na, ti'n iawn. Ond treia baratoi dy hunan yn feddyliol. Ma' fe wastad yn ysgytwad, hyd yn oed os y'n nhw'n edrych yn weddol heddychlon. Er, mae Eifion yn 'neud job dda fel arfer.'

Caf draed oer yn sydyn, ond canfyddaf rhyw ddycnwch o rhywle hefyd a phenderfynu ei bod hi'n rhy hwyr i droi nôl nawr. Mae Hywel yn sleidio'r bollt ar agor ac yn ystumio â'i law mod i'n rhydd i fynd i mewn. Cyn gynted ag yr af i mewn trwy'r drws wy'n difaru'n enaid. Dim ond un peth sydd yn yr ystafell, sef slabyn hir o 'ford' goncrit lle mae'r ymadawedig yn cael eu gosod. Mae corff Mam wedi'i orchuddio â shiten wen ac wy'n ffaelu peidio ag edrych ar ei gwyneb estron, lliw *Blu-Tac*. Mae ei llygaid ynghau, ond prin y gallaf adnabod nodweddion arferol ei gwyneb. Dyw hi heb fod yn farw am fwy na rhyw dri deg chwech awr. Anodd yw credu pa mor glou mae hi wedi gwaethygu. Wy'n gwybod yn iawn bydd y gwyneb llym, llwyd hwn yn aflonyddu arnaf am weddill fy oes. Melltithiaf Gwyneth am awgrymu y dyliwn i weld y corff. A Lloyd hefyd. Nid dyma'r ffordd wy am ei chofio hi. Rhof gusan i 'mysedd a'u rhoi ar ei thalcen rhyfeddol o oer. Mae'r ddefod ffarwél hon yn hala ias aflednais i lawr fy nghefn a throf i fynd mas i'r awyr iach unwaith eto. Mae Hywel, chwarae teg iddo, yn dal yno.

'Weithiau, os y'n nhw wedi'u pwmpo'n llawn cyffuriau, ma' nhw'n gwaethygu'n eithaf clou,' meddai, gan ddal fy mraich chwith yn llawn cydymdeimlad. Amneidiaf a theimlo'r gwaed yn llithro o'm gwyneb.

'Diolch am dy holl help,' meddaf, gan ysgwyd ei law. Wedi i Hywel fynd nôl mewn rwyf yn chwydu yn y llwyni. Yna ymolchaf yn nhai bach yr ysbyty cyn nôl y bocs llawn pethau Mam a dychwelyd i'r tŷ.

Rydym yn dewis adnod y dewisodd hi ei hun ar gyfer carreg bedd fy nhad ar gyfer pamffled gwasanaeth yr angladd, sef 'Gwywa y gwelltyn, syrth y blodeuyn, ond gair ein Duw ni a saif byth'.

Yn yr angladd, mae'r gweinidog yn talu teyrnged deilwng iawn i Mam a chaf fy synnu braidd gan y manylion bach mae e'n eu gwybod amdani. Sut y bu hi adael yr ysgol yn bedair ar ddeg oed i fynd yn forwyn ar fferm Ochrgarreg, yn cario dŵr o'r ffynnon naturiol ar y fferm, yr unig ffynhonnell ddŵr (a gwneud niwed mawr i gyhyrau ei stumog yn y broses, er nad yw'n dweud hyn).

Er bod y tywydd wedi newid yn ddisymwth o fod yn heulwen braf i fod yn wlyb ac yn wyntog, mae'r capel bron iawn dan ei sang. Mae Lloyd, Phil ac Iwan wedi teithio lan o Gaerdydd a synnaf weld Diane yno hefyd, o gapel Bethania, yn siarad fel pwll y môr â'r Parch Edwards fel pe bai'r ddau'n hen ffrindiau. Mae Elin a Iolo yno hefyd, gydag Elin yn mynnu bod Iolo gyda hi ymysg y prif alarwyr, er na chwrddodd e erioed â'i mam-gu hi. Mae Anti Lisa wedi rhoi trefn ar frechdanau a theisennau yn y festri ac mae'r dydd ar y cyfan yn mynd yn rhyfeddol o dda. Mae caredigrwydd pobol yn fy nharo ar unwaith. Dwsinau o bobol, nad wyf erbyn hyn yn eu cofio hwy'n iawn, i gyd yn ysgwyd fy llaw yn eu tro wrth iddynt gilio o'r fynwent wyntog. Caf garden cydymdeimlad gafodd ei hanfon i'w feddygfa gan Lloyd, oddi wrth Jamie a Jo. Yn hollol anghymwys, mae e hefyd yn dweud bod Iwan wedi cymryd ffansi at y fenyw dal â'i gwallt wedi plethu, sy'n edrych yn debyg i un o'r Indiaid Cochion. Paniciaf wrth i mi sylweddoli taw Sara Garth yw'r fenyw dan sylw, ac egluraf y sefyllfa mewn sibrydion cynhyrfus. Mae Phil, sydd wedi ymuno â ni, wrth ei fodd gyda hyn ac yn dweud na ddylen ni rybuddio'r hen gi trachwantus. Diolch i'r drefn, mae'r posiblrwydd o ffeit yn yr angladd yn cael ei osgoi wrth i Sara gael ei phigo i fyny tu fas i'r festri gan ei gŵr cyn i ni gychwyn ar y te a'r brechdanau.

Yn y festri, mae Lloyd yn fy achub o grafangau rhyw gefndryd sy'n perthyn mor bell i mi does gen i ddim syniad pwy ydyn nhw. Mae'n fy nghymryd ar y naill ochor ac yn gofyn sut ydw i erbyn hyn. Dywedaf wrtho na ddylen i fod wedi gweithredu ar ei gyngor a gweld y corff. Gwna Lloyd y pwynt taw ei gyngor ef oedd i mi wneud fy meddwl fy hun i fyny ar ôl ystyried yn ddwys, felly does dim pwynt treial rhoi'r bai arno fe.

'Falle bod e'n rhannol i wneud â marwolaeth Mam, wrth gwrs, ond wy'n credu mod i'n dioddef o SADS eto,' meddaf.

Mae Lloyd jest yn codi'i aeliau'n ddiamynedd, gan ysgwyd ei ben. Mae'n rhyw fath o ddefod hydrefol rhyngom erbyn hyn. Wy'n honni fy mod i'n dioddef o *Seasonally Affective Disorder Syndrome* ond mae fy meddyg, Lloyd, yn gwrthod hyn.

'Fel wy 'di gweud wrtho ti droeon, Bryn, se ti *yn* diodde o SADS, shwt fydde unrhyw un yn gwybod? Ti'n brudd yn naturiol, p'un bynnag.'

Teimlaf yn fodlon bod yr angladd wedi mynd rhagddo'n weddol llyfn a bod Bethan wedi stopio llefain o'r diwedd. Gan fy mod i'n ffilmio trannoeth, mae gen i esgus da i adael yn reit handi. Mae Bethan a minnau'n cofleidio'n gilydd mewn ffordd digon lletchwith tu fas i'r tŷ ac yn addo i'n gilydd i gadw cysylltiad a pheidio â bod mor ddieithr.

'Yn enwedig pan daw'r Ewyllys trwyddo,' ychwanega Bradley, ychydig yn amheus.

Af i ffilmio ym Mannau Brycheiniog trannoeth, ac wedi cael f'ynysu ar wyneb y graig am dair awr i gyfeiliant rhuo gwyntoedd cryfion, gwnaf yr hyn sy'n dod mor naturiol ag anadlu i'r pruddgi greddfol: dechreuaf bendroni. Efallai mai oherwydd nad oes gen i gariad bellach, neu oherwydd nad oes gen i fam bellach, wn i ddim, ond yfaf gydag arddeliad o gwpan digalondid, gan adael i'w sudd llechwraidd ddiwallu fy chwant am iselder. Gwn o'r gorau bod rhan ohonof yn mwynhau hyn, ond dim ond rhan fechan iawn. Mae'r rhan fwyaf ohonof yn casáu hyn â chas perffaith. Mae'r rhan fwyaf ohonof yn sylweddoli fod marwolaeth Mam yn golygu taw fi fy hun sydd nesaf yn y *front line* i gwrdd ag Angau. Mae'n sobri rhywun, rhaid dweud. Gyda diflaniad a brad Efa, a'r ffaith taw fy mhen-blwydd nesaf fydd fy neugeinfed, wy'n dechrau gweld dyfodol unig, digalon y tu blaen i mi. Ecsentrig digon rhyfedd yn obsesiynu am farwolaeth a rhyw. Yna sylweddolaf nad y dyfodol mo hyn o gwbwl, eithr y presennol. Ceisiaf gallio, ond mae'n anodd peidio meddwl am farwolaeth pan y'ch chi'n dala ymlaen i raff dri chan troedfedd lan craig mewn golau mwll, hydrefol a neb o gwbwl i siarad â nhw.

Pan ddychwelaf i Gaerdydd, benthycaf lyfr ar SADS o lyfrgell Phil. Sylwa Phil taw'r tro diwethaf i'r llyfr cael ei dynnu mas oedd ar yr wythfed o Hydref, 2001. Fi oedd y benthycwr y tro hwnnw hefyd. Mae e'n meddwl mod i'n blydi claf diglefyd.

'Duw a ŵyr shwt wnei di ymateb os fyddi di byth yn dost go iawn,' meddai, 'ond 'neith hynny ddim digwydd, twel. *Hypochondriacs* hunan-obsesiynol fel ti yw'r bobol mwya iach ar y blaned. Fentra i 'nei di fyw nes dy fod ti'n gant!'

Wy'n credu ei fod e'n annheg. Wy'n bendant ddim yn glaf diglefyd. Serch hynny, mi ydw i'n bryderwr heb ei ail, sydd ddim yr un peth o gwbwl. Allith e'ch hala chi'n wallgof. Er enghraifft, brynhawn heddiw fe es i am wac yn y parc ger fy fflat a chefais fy nhrechu gan don o dristwch heb unrhyw rheswm penodol o gwbwl. Ai oherwydd ei bod yn edrych yn fwyfwy tebygol y bydd 'na ryfel arall yn Irác? (Prin bod Tony Blair a George Bush byth oddi ar ein sgriniau teledu.) Neu ai rhyw fath o sioc wedi'i ddala nôl yw hyn ar ôl colli Mam? Pwy a ŵyr? Gallai yr un mor hawdd fod oherwydd bod y dail yn syrthio oddi ar y coed yn y parc! Ta beth, gweithiais fy hun i fyny i ryw orffwylltra paranoid, gan raddol argyhoeddi fy hun bod rhywun yn fy nilyn. Erbyn i mi gyrraedd nôl yn fy fflat, ro'n i mewn cyflwr diawledig, yn goranadlu ac yn cael Jamie i droi tudalennau fy llyfr ar SADS, gan fod fy nwylo'n crynu cymaint. Wy'n gwybod bod hyn ddim yn normal. Yn anffodus, mae Jamie'n gwybod hynny hefyd.

'Pam wyt ti'n darllen llyfr am SADS? Beth yw SADS?' gofynna, yn llawn o'i chwilfrydedd naturiol arferol.

Fel arfer, gwnaf ymgais i'w ateb yn gyfrifol, ond mae'r cwestiwn yn un anodd.

'Ma' rhai pobol, fel fi, yn teimlo'n well pan mae'r haul mas,' mentraf.

'Ma' pawb yn teimlo'n well pan mae'r haul mas,' meddai Jamie yn ei ffordd ffwrdd-â-hi, fel pe bai'n hurt i feddwl yn wahanol.

Wrth gwrs eu bod nhw! meddyliaf. Mae mor amlwg. Mae'r llyfr, wy'n darllen am yr eildro wrth gwrs, yn mynd yn ei flaen i ddweud bod yr haul yn cael effaith gadarnhaol ar y chwarren bitwidol yn yr ymennydd. Rwyf wedi trafod y clefyd droeon gyda Lloyd yn y gorffennol a doedd e, y gwyddonydd, ddim ond yn fodlon dweud ei fod yn cydnabod fod y clefyd yn bodoli o bosib ond nad oedd yna unrhyw dystiolaeth sylweddol i ddangos pam ei fod e'n digwydd gyda rhai unigolion ond nid gydag eraill.

Yn ddiau, efallai bod rhaid teimlo'n isel yn y lle cyntaf, ond rwyf i'n bendant yn ffeindio bod yr hydref yn fy ngwthio i dros ddibyn digalondid. Ond ni allaf drafod y peth â'm ffrind, Lloyd, gan ei fod yn ei wfftio fel enghraifft arall o'm hobsesiynau. Ac ni fedraf siarad am y peth gyda'm meddyg teulu, oherwydd taw Lloyd *yw* fy meddyg teulu! Efallai y dylen i drafod y pwnc gyda Jamie. Wedi'r cwbwl, wy'n licio'r hyn rwyf wedi'i glywed hyd yma. Heb unrhyw gymell o'm rhan i, mae'n cynnig ei diagnosis aeddfed chwe blwydd oed.

'Wy'n credu bod ti'n drist achos bod Mam ti wedi marw. A hefyd achos sdim cariad 'da ti rhagor.'

'Ie, ti siŵr o fod yn iawn,' meddaf, gan gau'r llyfr yn glep a'i herio i gêm o wyddbwyll. Gan ei fod e eisoes wedi gweld fy mod i'n ddigalon, wy'n gobeithio o leiaf y bydd ganddo'r gras i adael i mi ennill. Dri chwarter awr yn ddiweddarach, a minnau'n nerfau i gyd, wy'n llwyddo i gornelu ei frenin, neu'n hytrach ei frenin pengwin, wrth i mi gyrraedd *check mate*. Mae'n sylwi ar y llawenydd yn fy llygaid wrth i mi bwnsio'r awyr mewn gorfoledd, gan weiddi, 'ie, ie, ie!', ond yn llwyddo i dynnu'r gwynt o'm hwyliau'n wych wrth roi'r darnau i gadw a dweud 'Dim ond gêm yw hi, Wncwl Bryn'.

Fodd bynnag, wy'n siŵr bod Jamie wedi bod yn dweud wrth ei fam am fy mhwl o SADS, oherwydd y noson ganlynol daw Jo draw i'm fflat gyda botel o *Pernod* ac un o hen lyfrau Steve ar ddringo a mynydda.

'O'n i'n meddwl falle se fe'n ddefnyddiol i ti, yn dy gyfres newydd. A ta beth, alla i ddim diodde 'i gadw e yn y fflat.'

'Ie, grêt, diolch,' meddaf, yn cymryd y llyfr oddi arni a nôl ychydig o ia o'r oergell ar gyfer y *Pernod*. Er ei fod yn f'atgoffa o Efa, rhoddaf gryno-ddisg Norah Jones, *Come Away With Me*, i chwarae yn y cefndir, gan ryw led-feddwl y gallaf ei bwrw hi mas o'm system mewn rhyw ffordd neu'i gilydd. Gofynna Jo i mi sut o'n i'n teimlo am farwolaeth Mam erbyn hyn. Dywedaf nad ydw i'n teimlo ei fod wedi sinco mewn yn iawn gyda fi eto.

'Ma' saith deg dau yn eitha ifanc dyddie 'ma hefyd, ynta,' meddaf.

Mae Jo'n amneidio ac yn gofyn i mi chwarae 'Môr o Gariad'

oddi ar gryno-ddisg Meic Stevens, *Nos Du, Nos Da*. Wrth iddo chwarae yn y cefndir, sylwaf ar Jo yn edrych yn ddagreuol a synnaf fy hun trwy roi fy mraich amdani.

'Mae'n gân mor wych. Wastraffais i gymaint o gariad ar y bastard 'na, Steve,' meddai o'r diwedd. Yn ymwybodol mod i wedi gwthio fy hun i'w gofod, fel petai, dechreuaf dynnu fy mraich i ffwrdd, ond mae Jo yn ei thynnu'n ôl yn syth a'i rhoi o amgylch ei hysgwyddau.

'A ti hefyd, ie? Wedi gwastraffu cymaint o amser gydag Efa?'

Mae'n amneidio fy ateb ar fy rhan.

'Y celwyddgwn diawl, y pâr ohonyn nhw,' meddaf. 'Mae'r ddou ohono ni'n well hebddyn nhw.'

'Wna i yfed i 'na,' meddai Jo, yn taro'i gwydryn yn erbyn f'un i.

Sylwaf bod y ddau ohonom yn yfed yn drwm ac yn glou. Mae yna bendant ryw dân gwyllt yn yr awyr rhyngom, rhyw nerfusrwydd disgwylgar, cyffrous.

'Falle se ioga yn medru dy helpu di i ymdopi â marwolaeth dy fam,' meddai Jo yn y man, gan edrych i fyw fy llygaid.

'Falle,' meddaf.

'Allen i ddysgu *Surya Namaskar* i ti, sy'n cyfeithu mwy neu lai fel "Cyfarch yr Haul". Wy'n 'neud 'nny bob bore. Cyfres o ddeuddeg ymarferiad syml sy'n rhoi egni i'r holl gorff ac yn gwella'r *circulation* ac yn cryfhau dy freichiau a dy goesau.'

'Ie, fydden 'na'n grêt,' atebaf, yn ymwybodol iawn bod fy mraich dde yn dal o gwmpas ei hysgwyddau.

'Neu'n well byth, allen ni fynd i'r gwely 'da'n gilydd,' meddai, yn sydyn yn gwasgu fy llaw dde â'i llaw chwith.

'Ie, fydde 'na'n grêt hefyd,' meddaf, yn troi fy mhen i'w chusanu. Teimlaf lawnder ei gwefusau ar fy rhai i a blasaf ei cheg rywiol llawn had anis i gyfeiliant y drwm ar gân 'Dic Penderyn' oddi ar y cryno-ddisg. Ond mae 'na rywbeth manig, gorffwyll am ei chusanu ac am y ffordd y mae'n rhwto cledrau ei dwylo trwy fy ngwallt sydd ddim cweit yn taro deuddeg. Yn teimlo fy nghodiad tu fas i'm jîns, mae'n agor fy zip yn ddeheuig ac yn tynnu fy nghala allan. Bron cyn i mi gael cyfle i ddirnad beth sy'n digwydd, mae hi'n fy reidio i ar y soffa, yn ferw gwyllt a llawn cynnwrf manig, ei llygaid ar gau, fel se hi wedi ymgolli mewn rhyw fyd estron. Yn y pen draw mae hi'n cusanu fy nhalcen, ond teimlaf ei bod hi'n oeraidd fecanyddol, heb unrhyw arlliw o gariad na serch, fel pe bai newydd gofio mod i yno. Wrth iddi barhau i fownsio lan a lawr arnaf fel se'i bywyd yn dibynnu ar hyn, teimlaf ei bod hi'n ceisio gwaredu rhyw bwysau meddyliol aruthrol trwy weithred gorfforol, a'm cala i sy'n digwydd bod yno fel sianel gyfleus. Dim ond tua'r diwedd, wrth iddi ddechrau ochneidio a chrynu a (yn hynod iawn) dechrau rhwto fy ngên drosodd a throsodd ac amneidio bob tro y mae'n dweud 'ie,' wy'n sylweddoli ei bod hi mewn rhyw ffordd bisâr yn dal i garu gyda Steve.

Mae hyn yn cael ei ategu'n hwyrach y noson honno wrth i mi ei gwylio hi'n fy ngharu yn y gwely, ei llygaid yn dynn ynghau, fel se hi ddim moyn i'r byd allanol ymyrryd â'i thaith nwydus. Mae ganddi'r math o angerdd tanbaid sy'n bodoli ar ei ben ei hun, bron fel rhywun mewn llesmair. Wnes i rioed ddychmygu y byddai hyn yn digwydd gyda Jo, ond mae'n hollol amlwg ei bod hi'n ddwfwn mewn cariad, yn wir yn cael ei harteithio gan y profiad. Yr unig drafferth yw nad fi yw'r person mae hi mewn cariad ag e. Mae'n teimlo colli Steve i'r byw i'r fath raddau nes ei bod hi'n llefain yn hollol agored yn ystod ein caru. Er mawr syndod, wy'n ffeindio hyn yn eithaf tyrn-on ond mae angerdd yr holl sefyllfa ychydig yn ddychrynllyd yn y pen draw hefyd, bron fel pe bai hi'n dial arnaf mewn rhyw ffordd atgas. A'i llygaid hi'n dal ynghau trwy hyn i gyd, mae hi'n gosod fy mysedd ar hyd amryw o ddarnau o'i chorff. Mae hi hyd yn oed yn gwthio'i bysedd ei hun i mewn i 'ngheg ac yn annog fy nhafod i grwydro drosti. Hyd yn oed wrth i'r dydd wawrio, gyda haul yr hydref yn ymdreiddio trwy fy llenni hanner cau, wneith hi ddim gadael llonydd i mi, yn fy nihuno a gweithio rhwng fy nghoesau gyda gorffwylltra gwallgof rhywun wedi'i feddiannu. Nid mod i'n achwyn, wrth gwrs. Jest mod i'n teimlo bod ein perthynas, beth bynnag a olygai, heb fawr o ddyfodol os nad yw hi'n gallu dioddef edrych arnaf.

Mae'r mymryn o deimlad anghynnes rhyngom yn ystod y diwrnodau nesaf yn cadarnhau fy amheuon gwreiddiol, sef taw beth ddigwyddodd rhyngom oedd *one night stand* clasurol, ffwc drugarog rhwng dau berson oedd newydd cael eu gwrthod. Ceisiaf ddadansoddi sut wy'n teimlo am hyn, yn ystod y ffilmio ar Fannau Brycheiniog. Dof i'r casgliad ei bod hi'n ddwl i esgus na ddigwyddodd y peth, felly dywedaf wrth Jamie i ofyn i Jo a yw hi moyn dod draw am ddrinc. Mae'n gwneud hynny ac agoraf botel o Sauvignon Blanc o Tsile a phaced enfawr o bysgnau yn ddisgwylgar. Rydym yn tin-droi o gwmpas y pwnc am ryw awr a hanner dda, y ddau ohonom yn osgoi edrych i lygaid ein gilydd mor aml ag sy'n foesgar heb ymddangos bod yn gas gyda ni'n gilydd. Mae'n rhyfedd. Teimlaf y gwaed yn rasio trwy fy nghorff a sylweddolaf fod *peidio* â sôn am ein noson yn y gwely gyda'n gilydd yn brofiad cyffrous ynddo'i hun. Jest pan wy'n dechrau meddwl efallai gwnawn ni osgoi'r pwnc yn gyfan gwbwl, mae Jo'n dechrau ei grybwyll.

'Mae'n ddrwg 'da fi am bynosweth,' meddai, yn edrych i fyw fy llygaid y tro hwn.

Nodiaf. Mae hithau'n amneidio nôl.

'Pam, yn gwmws?' gofynnaf.

'O'n i dan yr argraff bod ti'n meddwl taw mistêc oedd yr holl beth,' meddai, yn dal i syllu'n syth ataf.

'Pam o't ti'n meddwl 'na?' gofynnaf.

'O, pethau bach, fel peidio siarad â fi. Ond mae'n oreit, wy'n deall yn iawn. Mae'r pethau hyn yn digwydd. O'n ni jest angen ein gilydd am y nosweth 'nny, 'sbo.'

'Am un noson yn unig,' meddaf yn ddwl o nerfus.

'Ie, siŵr o fod,' meddai, gyda'r awgrym lleiaf o siom yn ei llais.

Ar yr adeg hon fe ddylen i wedi dala'i llaw ac edrych i fyw

ei llygaid a thaeru nad mistêc oedd e o gwbwl ac nad oes rhaid iddo fod am un noson yn unig o bell ffordd. Ond wnes i ddim. Yn rhannol achos mod i'n argyhoeddedig nad oedd hi dros Steve eto, yn rhannol achos o'n i ddim moyn cael fy ngwrthod, yn rhannol achos o'n i ddim yn siŵr o'r arwyddion roedd hi'n eu rhoi, wnes i adael y pwnc i fod, llenwi ei gwydryn â gwin a newid y CD.

Hyd yn oed wrth i mi wneud hyn, ro'n i'n ymwybodol efallai fy mod i newydd wneud mistêc mwya 'mywyd.

Pennod 20

Aeth yr wythnosau nesaf rhagddynt mewn ffordd letchwith a diflas. Tra yn y gorffennol y buasai Jo wedi galw heibio i'r fflat yn rheolaidd, neu hyd yn oed wedi trefnu i daro i mewn i mi ar y landin, nawr doedd dim o'r fath beth. Nid nad oedd hi'n ddigon clên pan roen ni'n digwydd gweld ein gilydd, ar y grisiau'n bennaf, neu ger y drws ffrynt, ond roedd rhyw ofod bach annymunol wedi datblygu rhyngom bellach nad oedd yn arfer bod yno. Roedd hyd yn oed cyfaill newydd gan Jamie, ffrind ysgol o'r enw Tomos, a alwai'n rheolaidd i'w weld. Golyga hyn, wrth gwrs, fy mod i'n gweld llai a llai ohono fe hefyd.

Pam ddiawl o'n i wedi dweud y geiriau 'Am un noson yn unig'? Roedd e'n beth gwallgo i'w ddweud, ar gymaint o wahanol lefelau. Yn ystod pythefnos olaf mis Hydref, yn wir i mewn i Dachwedd, ail-chwaraeais fy noson gyda Jo drosodd a throsodd yn fy mhen. Pa ots ei bod hi wedi cadw ei llygaid ar gau trwy gydol ein cyfathrach rywiol? Doedd hynny ynddo'i hun ddim yn anghyffredin. Efallai taw treial canolbwyntio oedd hi. O'n i wedi'i gweld hi'n cau ei llygaid mewn ffordd ddigon tebyg yn ystod ei hymarferion ioga. Mae'n rhaid ei fod yn gymorth iddi ffocysu. Pam ddiawl wnes i ymateb fel y gwnes i? A bod yn onest, beth yw'r ots os yw hi'n meddwl ei bod hi'n caru gyda Steve?

Heblaw, wrth gwrs, *bod* yna ots.

Penderfynais fynd ar ôl tipyn o annibyniaeth barn ar y mater sensitif yma, yn ystod un o'n nosweithau cwis. Yn anffodus, fodd bynnag, nid oedd hi'n noson gwis arferol o bell ffordd. Yn un peth, roedd Lloyd wedi penderfynu rhoi ei wahoddiadau priodas i ni, ac wrth reswm gwnaeth hynny heijacio'r sgwrs am ychydig. Ond yn waeth na hynny, hyd yn oed, roedd Val wedi newid fformat y cwis yn sylweddol, yn bennaf oherwydd bod ein tîm ni yn ennill bob wythnos ac roedd y cystadleuwyr eraill wedi cael llond bola. O hyn ymlaen, byddai'r cwis yn gyfuniad o wybodaeth gyffredinol a bingo, ac fe'i gelwir yn *Quizcard*.

'I know it won't be the same, but I've got to think of the other customers,' meddai, gydag ychydig o gywilydd, serch hynny. *'They're getting fed up of you winning every week. This way, more teams will get a chance to win.'*

'Will the standard of the questions remain the same?' gofynna Phil.

'Oh yes. Though there have been requests for a pop music round from some of the younger ones. Malcolm's prepared a tape.'

Mae Iwan yn meddwl bod hyn yn drychinebus ac yn cynnig y dylen ni foicotio'r cwis, neu hyd yn oed ystyried mynd i dafarn arall. Dywed Lloyd ei bod hi ond yn deg i dimau eraill gael siawns i ennill hefyd o bryd i'w gilydd. Mae'n gallu gwerthfawrogi safbwynt Val yn iawn, gan fod nifer y cystadleuwyr wedi bod yn go denau'n ddiweddar. Mae Phil yn credu y bydd dal siawns dda gyda ni o ennill gan fod y bingo hefyd yn dibynnu ar gael atebion cywir. Y tîm cyntaf i gael llinell o bedwar ateb cywir sy'n ennill y brif wobr ariannol, gyda gwobr lai o bumpunt i'r tîm sydd â'r mwyaf o atebion cywir.

'Be ydy dy farn di ar hyn, Bryn?' gofynna Iwan, yn amlwg yn disgwyl i mi ei gefnogi ar y pwnc hynod sensitif hwn.

'Odych chi'n meddwl bod Val yn cau ei llygaid pan mae hi'n caru yn y gwely gyda Malcolm?' meddaf yn ddwys.

'Wyt ti 'di bod yn yfed cyn dod mas?' gofynna Phil.

'Na. Jest . . . wel, wy 'di bod yn meddwl . . . '

'Am Val yn y gwely?' gofynna Iwan, gan droi'i drwyn yn gwmws fel pe bai rhywun newydd daro rhech, cyn ychwanegu, 'Wyddwn i dy fod ti'n despret, Bryn bach, ond blydi hel, ddyn!'

'Na, nage Val yn benodol. Mwy, wel, menywod yn gyffredinol. O's ots os y'n nhw'n cau 'u llygaid?'

'Wnes i ffwcio dynas ddall unwaith,' meddai Iwan, 'ond roedd ei llygaid hi ar agor lled y pen, felly tydy hynny ddim yn cyfri chwaith, nacdi.'

Edrycha Lloyd arno'n ddirmygus.

'Paid sbio arna i fel'na. Ma' gin menywod dall anghenion hefyd, 'sti. Un go handi oedd hi hefyd, os cofia i'n iawn. Be oedd ei henw hi, dŵad? Deirdre. Ia, 'na fo yli, Deirdre o Donegal.'

'Ges i fenyw unwaith oedd yn mynnu gwisgo gogls nofio,' meddai Phil, yr un mor ddigymorth.

'Pam wyt ti'n poeni am fenywod yn cau eu llygaid, ta beth? O'n i'n meddwl bod y rhan fwya ohonyn nhw'n 'neud,' meddai Lloyd.

'Gysges i 'da Jo gwpwl o wythnosau nôl. *One night stand.* Cadwodd ei llygaid hi ar gau trwyddo fe.'

'Ella bod hi'n methu diodda dy olwg di!' meddai Iwan.

'Pwy yffarn yw Jo, ta p'un? Y fenyw 'na yn y fflat arall, ife? Yr un â'r crwt bach?'

Amneidiaf, ac mae Phil yn ysgwyd ei ben yn negyddol.

'Newyddion drwg, menywod â phlant gyda nhw. I'w hosgoi ar bob cyfri, gwd boi.'

'Weithiau mae rhaid i fenywod ganolbwyntio'n galed er mwyn cael orgasm,' awgryma Lloyd, yn treial bod yn gadarnhaol.

'Ody 'na'n wir, yw e? Wel, alla i byth gweud bo' fi 'di cael y drafferth 'na,' meddai Phil, yn gwenu.

'Nage "trafferth" yw e,' meddai Lloyd yn bigog. 'A sen i'm yn becso gormod 'mbytu fe chwaith, Bryn. Ma' fe'n gyffredin iawn.'

'Shwt ffyc wyt ti'n gwybod?' gofynna Phil yn heriol.

'Oherwydd ei fod o'n feddyg, siŵr iawn, ac maen nhw fod i wybod pob dim, tydyn,' meddai Iwan.

Yn synhwyro bod y ddadl ar fin troi'n ffrae, dywedaf, 'Ac a yw e'n gyffredin hefyd i rwto gên y boi drosodd a throsodd?'

Ceir tawelwch llethol rhyngddynt. Yn wir, yr unig sŵn a glywaf yw Val yn rhoi arian mân fel newid i un o'r cystadleuwyr cwis.

'O'dd 'da ti rywbeth ar dy ên, fel hufen neu siocled?' gofynna Phil.

Ysgydwaf fy mhen.

'Mae hwnna'n swnio 'bach yn od,' meddai Lloyd o'r diwedd.

'O'dd barf 'da Steve, ei chyn-gariad hi,' ychwanegaf, fel se hynny'n egluro pob dim.

'Ie, ond sdim barf 'da ti o gwbwl o's e,' meddai Phil, yn edrych ar goll braidd. 'Falle o'dd hi'n chwilio am dy geg di,' ychwanega, gan godi'i ysgwyddau.

Teimlaf ychydig yn euog yn trafod Jo fel hyn, felly wy'n falch o sylwi bod Iwan eisoes wedi colli diddordeb. Mae e'n astudio'i wahoddiad priodas.

'Yli, Lloyd, dwi'm isio bod yn anfoesgar, 'te, ond mae'r brecwast priodas yng Ngwesty Dewi Sant lawr y bae, tydy. Crand iawn, ond drud hefyd, ti'n dallt. Does bosib dy fod ti'n disgwyl i ni aros y nos 'cw, wyt ti?' meddai Iwan.

'Nagw, wrth gwrs. Ond os y'ch chi moyn aros, wnewn nhw gnocio ugain y cant oddi ar y pris arferol i unrhyw aelod o'r parti priodas,' ateba Lloyd.

'Sssshhh, dawel, 'co ni off' meddai Phil, yn sylwi ar Val yn mynd lan at y meicroffon.

'*Good evening. A slight variation on the quiz tonight,*' dechreua. '*To win Quizcall, as you can see from your cards, you just need to be the first team to get a line of four correct answers. And tonight, folks, it has a top prize of twenty-five pounds, with a smaller prize of five pounds for the team with the most correct answers.*'

Mae rhai o'r timau eraill yn edrych draw aton ni, gan syllu arnom ychydig yn ysmala, wrth iddi gyhoeddi'r wobr bitw i dîm gorau'r noson gyfan. Yna mae Val yn mynd yn ei blaen, *'Okay, round one. Which tennis player was the first unseeded player to win Wimbledon?'*

'Mae hynna'n hawdd,' sibryda Iwan. 'Y bachan Slafig 'na, Goran Ivanesovic.'

Ond mae Phil eisoes wedi rhoi'r ateb i lawr, yr un cywir, sef Boris Becker. Mae Iwan yn troi'r garden drosodd i weld ac yn edrych ar yr ateb cyn gwgu'n sarrug ar Phil.

'Dyla fo aros i glywed cynigion pawb arall gynta,' meddai'n surbwch.

Nid yw Lloyd a minnau hyd yn oed yn trafferthu ymateb i anniddigrwydd Iwan. Mae e'n dweud rhywbeth tebyg bob wythnos ac nid yw Phil yn cymryd yr un iot o sylw ohono. Ni fyddai'r un ohonom yn dymuno i bethau fod yn wahanol.

Ychydig ddyddiau'n ddiweddarach, wy'n dal i deimlo bod Jo yn digon oeraidd â mi, felly wy'n falch o weld neges-destun Elin yn cyrraedd fy mobeil yn gofyn i mi gwrdd â hi a Iolo draw yn y Tŷ Mawr ym Mhontcanna.

Mae'r clwb yn llawn i'r ymylon gyda chriw o gyfryngis yn eu siacedi ciniawa a'u dici-bôs ar eu ffordd i ryw sbloets grand yn Arena Rhyngwladol Caerdydd i ddathlu ugain mlynedd o S4C. Er mod i yn y busnes fy hunan, teimlaf nad wyf yn perthyn gyda'r bobol hyn o gwbwl. Serch hynny, nid yw'n fy rhwystro rhag meddwi'n gaib. Mae'n ffordd i ddileu Jo o'm meddwl. Penderfynaf anghofio amdani. Nid wyf am roi fy hun mewn sefyllfa lle medraf gael fy mrifo – byth eto. Mae Iolo'n fy llenwi â diod, ac ar un adeg gofynnaf iddo a yw Elin wastad yn cau ei llygaid yn y gwely. Mae'n fy nghamddeall braidd, gan edrych arnaf yn hurt a dweud, 'Ydy, wrth gwrs ei bod hi. Ti'm yn un o'r ffrîcs hyn sy'n gallu cysgu â dy lygaid ar agor, wyt ti?'

Yn anffodus, mae meddwl am bobol sy'n gallu cysgu â'u llygaid ar agor wedi rhoi syniad arall am raglen i Iolo.

'Allen ni ei galw'n "Ffrîcs",' meddai'n frwd.

Neu'n ffrwcs, meddyliaf, ond cnof fy nhafod am y tro.

'Allen ni roi hysbyseb yn *Y Cymro* neu *Golwg* neu beth bynnag,' mae'n parhau. 'Os oes gyda chi arferion anghyffredin, boed hynny'n cysgu â'ch llygaid ar agor, neu'r gallu i rechen "Hen Wlad Fy Nhadau", ry'n ni moyn cwrdd â chi. Cysylltwch ar unwaith â "Ffilmiau Canna".'

'Ie, wy'n licio 'na,' meddai Elin, yr un mor frwd, wedi dychwelyd o'r tŷ bach a dal diwedd yr 'hysbyseb' arfaethedig.

'Wy ddim,' meddaf, mor swta â phosib.

'Pam ddim?' meddai Iolo, wedi digio braidd.

'Wy'n credu bod *Reality TV* 'di darfod, diolch byth,' meddaf.

'Na na, dim ond newydd ddechrau ma' fe. Ni heb gyffwrdd â'i wir botensial eto,' mae Iolo'n mynnu.

'Os y'n ni wedi gostwng i lefel gwylio pobol yn rhechen i'n difyrru ni, yna mae'n go wael arno ni, nagyw hi?' meddaf innau, yn dechrau twymo i'r ddadl.

'Oreit, oreit, dim rhechen falle,' meddai Elin, â thinc o banig yn ei llais, 'ond wy'n licio bod 'na ddim geiriau. 'Na'r math o beth sy'n gallu gwerthu dramor.'

'Ie. Mae'r Ffrancwyr yn dwlu ar hiwmor tŷ bach, er enghraifft. A'r Almaenwyr hefyd. 'Na fel gewn ni afael ar arian Ewropeaidd,' meddai Iolo, heb ildio modfedd.

'Wel, pob lwc i chi, ond sdim diddordeb 'da fi,' meddaf.

Mae Elin a Iolo yn craffu ar ei gilydd, yna mae Elin o'r diwedd yn gofyn yn nerfus iawn beth o'n i'n ei olygu.

'Wel, â phob parch, dy'n ni'm yn mynd i unman, y'n ni? Dyw *Cae Cwrw Condom* ddim tamaid agosach o gael ei wneud.'

'Dim ond achos bo' ni'n whilio am arian cyfatebol,' meddai Iolo, gan dorri ar fy nhraws.

'Ac o'n i'n gobeithio, nawr bo' ti'n dod mewn i 'bach o arian ar ôl Mam-gu, falle se ti'n licio buddsoddi 'bach mwy mewn i "Ffilmiau Canna",' meddai Elin.

'Ma' 'na yr un mor wir am dy fam. Pam na holi di hi?' meddaf.

Maen nhw'n edrych ar ei gilydd yn syn a sylwaf ar y siom amlwg ar eu hwynebau.

''Co, dyw e'm ddim byd personol, ond nagw i'n ffito mewn fan hyn. O'n i'n meddwl bo' fi, ond wy ddim. Dyw sigâr swanc a swagar ddim yn siwto fi. Sdim iws treial bod yn rhywbeth nag ydw i,' meddaf.

'Na, paid rhuthro i gymeryd unrhyw benderfyniad wnei di ddifaru. Ti'n dal i alaru dros Mam-gu; ti ddim yn meddwl be ti'n gweud,' meddai Elin yn despret braidd.

'Ydw, mi ydw i, Elin,' meddaf, gan godi ar fy nhraed ac ychwanegu, 'Pob lwc i chi'ch dou' wrth ysgwyd eu dwylo.

'Anghofiwn ni am y rhechen!' mae Iolo'n galw ar fy ôl, wrth i mi anelu am y drws.

Mae pobol yn eu siacedi ciniawa a'u ffrogiau hirion crand yn cilchwerthin dan eu dwylo wrth i mi agor y drws a gadael y Tŷ Mawr. Allan yn aer oer Tachwedd, teimlaf wefr fy mod i o leiaf wedi gwneud penderfyniad. Efallai pan aiff 'Ffilmiau Canna' â'i gynnyrch i Ŵyl Ffilmiau Cannes, neu ei throi hi i gyfeiriad Hollywood, y bydda i'n difaru, ond hei, wy fodlon ei mentro hi â'r risg honno.

Y peth da a ddeilliodd o'n sgwrs, fodd bynnag, oedd bod Elin wedi f'atgoffa y bydden i'n etifeddu rhywfaint o arian cyn hir. Am y tro cyntaf yn fy mywyd, mi fydd gen i arian wrth gefn. Pan siaradaf â John Tal yn y bws bwyta ar Achub y Blaen, dof i wybod am ei fwriad i geisio ehangu i mewn i hurio dillad cyfnodau hanesyddol yn ogystal, ond fod y banc ddim yn gefnogol iawn.

'Faint o arian wyt ti'n sôn amdano?' gofynnaf.

'Basa pum mil yn 'neud byd o wahaniaeth,' meddai.

'Pa mor glou fydde ti ei angen e?'

'Yn ddelfrydol, cyn diwadd y flwyddyn,' ateba John.

'Bydd arian Mam yn dod trwyddo cyn bo hir. Wna i weld beth alla i 'neud. Jest un peth bach – be gelen i mas ohono fe?'

'Baswn i'n fodlon rhoi stêc o chwarter y cwmni hurio dillad ichdi, a bydda hynny'n dy wneud di'n is-bartner,' meddai John, yn gwenu'n llon arnaf.

'Wel, wrth gwrs, fydde rhaid i ti ei roi e lawr ar ddu a gwyn a bydde rhaid i fi weld y cyfrifon cyn comito'n hunan yn llwyr, ond alla i weld bod ti'n lwyddiant ar hyn o bryd, ta beth. Ti 'di gweld bod 'na fwlch yn y farchnad,' meddaf.

'Wrth gwrs,' meddai John, yn ysgwyd fy llaw, 'a fyddi di'n mynd nôl at dy wreiddia, Bryn.'

Edrychaf arno'n ddryslyd cyn sylweddoli ei fod e'n sôn am y busnes dillad ac am fy mhymtheg mlynedd gydag Ellis & Jones.

'Ie, ti'n iawn,' meddaf.

Yna edrycha John yn ddwys iawn cyn pwyso draw a sibrwd, 'Wel, mae gen i ychydig o newyddion drwg ichdi hefyd, cofia. Dwn i'm sut i ddeud hyn, ond mae dy gyn-gariad, Efa, yn dod mewn i ffilmio gyda ni fory. Mae hi wedi'i chastio fel rhywun sy'n diodde o *hypothermia* ar y mynydd. Dwi'n credu y byddi di'n gorfod cario'i stretsiar hi, yli. Sut wyt ti'n teimlo am hynny?'

Mae f'ymysgaroedd yn corddi o glywed hyn, ond ceisiaf codi f'ysgwyddau'n ddi-hid ac esgus nad oes fawr o ots gen i. Mae John yn taeru nad oedd castio Efa yn unrhyw beth i'w wneud ag e. Byddai e wedi bod yn llawer mwy sensitif.

'Hei, na, sdim ots, wir,' meddaf. 'Fydda i'n iawn. O'n ni'n bownd o daro mewn i'n gilydd trwy waith rhyw adeg neu'i gilydd. *The show must go on*, nagefe.'

'Da 'machan i, Bryn. 'Na'r agwedd 'dan ni isio,' meddai John, yn pwyso nôl yn ei gadair yn llawn rhyddhad.

Fel mae'n digwydd, wy'n eitha licio gweld Efa wedi'i lapio mewn ffoil arian ar stretsiar. Fel bonws ychwanegol, mae ganddi gwt cas uwchben ei lygad chwith hefyd, yn dilyn cwymp, yn ôl y stori.

Ni chawsom gyfle i siarad cyn iddi gyrraedd y lleoliad yn barod i ffilmio, a chan fod artistiaid cynorthwyol eraill yno i helpu gario'r stretsiar, nid ydym yn cael fawr o gyfle i gysylltu â'n gilydd. Yn wir, ar un adeg, er mawr embaras, rwy'n llithro ar y gwair gwlyb ac yn gollwng y stretsiar gan beri i Efa syrthio i'r llawr â chlec gas. Mae hi'n edrych yn flin arnaf, ac yn ystod y toriad coffi wy'n defnyddio hyn fel dechreubwynt ein sgwrs.

'Gobeithio o't ti'm yn meddwl mod i wedi gollwng y stretsiar yn fwriadol,' dechreuaf.

'Na, wrth gwrs,' meddai Efa, gan ychwanegu'n ddwys, 'o'dd flin 'da fi glywed am dy fam.'

'Ie,' meddaf, yn cymryd llwnc mawr o goffi du.

'Wedodd Diane bod yr angladd yn un mawr,' mae'n parhau.

'O'n i'm yn disgwyl iddi hi ddod lan o Gaerdydd,' meddaf.

'Mae'n licio ti,' meddai Efa. 'A gweud y gwir, mae'n becso braidd bod ti 'di stopio helpu mas ym Methania. Os ti ddim moyn 'neud e achos mod i yna, allen ni 'neud rota am yn ail os ti moyn.'

'Na, mae'n iawn. Wy 'bach yn fishi ar y funud, ta beth,' meddaf yn gelwyddog. 'Beth amdano ti? Wyt ti'n fishi?'

'Mae gen i gwpwl o fisoedd o waith yn y corws yn Covent Garden. Yn nhymor Wagner Bryn Terfel.'

'Waw! Ti bownd fod wrth dy fodd,' meddaf, yn treial peidio swnio'n rhy chwerw.

'Ydw. Mae Marco'n chwilio am le allwn ni rentu lan 'na yn y flwyddyn newydd,' ychwanega.

Yn methu stopio fy hun, dechreuaf chwerthin nerth fy mhen, cymaint yn wir nes fod pobol o'm cwmpas yn troi rownd ac edrych arnaf mewn syndod. Sylweddolaf taw ymateb ydw i i Efa'n sôn am Marco mewn ffordd mor ffwrdd-â-hi, a hithau'n gadael i mi wybod fod y ddau'n dal i garu'n dynn.

'Sori,' meddaf yn frysiog, gan stopio chwerthin a meddwl yn gyflym, 'dy wisg *silver foil*, mae'n edrych mor ddwl arno ti!'

'O leia ma' fe'n cadw fi'n gynnes,' meddai Efa, yn gwenu. 'Nage fel yr hen sach ofnadw 'na yn y gomedi Rufeinig.'

Amneidiaf, gan gofio am ein cyfarfod cyntaf yn eira dechrau'r flwyddyn. Wy'n grac â fi fy hun wrth sylweddoli 'i fod e'n dal yn atgof melys.

Yn sydyn, mae'n dala fy llaw ac yn dweud, 'Wy'n meddwl amdano ti'n aml, Bryn. Plis paid â 'nghasáu i.'

A ydy'n bosib casáu rhywun oedd yn golygu cymaint i mi dim ond ychydig fisoedd yn ôl? Mae 'casáu' yn air rhy eithafol, does bosib. Neu a yw'n gymwys iawn, mewn gwirionedd? Oherwydd yn bendant mae yna ddicter yna, rhyw gynddaredd wedi'i ddala nôl a allai ffrwydro unrhyw adeg ac ymddangos mewn amryw o ffyrdd gwahanol. Dyma beth sy'n chwyrlïo o gwmpas fy mhen wrth i mi eistedd wrth ymyl Efa ar y bws mini nôl i Gaerdydd. Prin y torrwn air â'n gilydd, y ddau ohonom wedi ein mesmereiddio gan y glaw cyson sy'n cael ei yrru gan y gwynt yn erbyn ffenestr ochr y bws. Nôl yng Nghaerdydd, caf fy ngollwng cyn Efa ac mae'n rhoi gwên fach ac yn wafio wrth i mi adael y bws.

Pan ddychwelaf i'm fflat, sylwaf bod yna nodyn o dan y drws i mi oddi wrth Jo, yn gofyn i mi alw. Af draw yn syth gan ddweud 'shwmae' wrth Jamie, sy'n dweud 'shwmae' nôl heb edrych arnaf, heb godi ei ben i fyny o'r bwrdd gwyddbwyll. Mae'n chwarae yn erbyn ei ffrind, Tomos. Mae Gaynor, mam Tomos, yno hefyd, menyw fawr, hwyliog yr olwg a gwên harti ar ei hwyneb, sy'n yfed o botel fach o lager. Mae Jo yn ein cyflwyno i'n gilydd, ac yna'n rhoi pecyn i mi y bu raid iddi ei lofnodi yn fy absenoldeb. Mae Gaynor yn amlwg yn teimlo embaras o weld y tawelwch lletchwith sydd rhyngom, felly fe leddfaf ychydig ar ei dioddefaint trwy ddiolch i Jo a dychwelyd yn groes y landin i'm fflat. Agoraf y pecyn a gweld ei fod oddi wrth Rhisiart Rhys, fy nghyfreithiwr yn Nhregors. Mae'n llawn dogfennau am werthiant tŷ Mam a'i gynnwys. Ar ôl ffonio Bethan, cytunwn ar ddyddiad i sorto mas cynnwys y tŷ. Rydym wedi derbyn cynnig rhyw bythefnos yn ôl o £62,000 ar gyfer tŷ teras Mam, 'Noddfa', a oedd jest dan y nodbris o £65,000. Er nad oes fawr o ots gan Bethan, wy'n falch iawn ein bod ni wedi gwerthu i gwpwl Cymraeg lleol, a cheisiaf gofio dweud hyn wrth Arwyn Dafydd os gwelaf e.

Cwrddaf â Bethan yn 'Noddfa', y tŷ lle cefais fy magu, tŷ

Mam, ein tŷ ni, gartre. Mae Bethan wedi dod â rhestr o bethau lice hi gadw ei hunan. Maen nhw'n cynnwys yr hen gloc tad-cu, a oedd wastad yn mynd ar fy nerfau i p'un bynnag, ac a oedd hefyd, mae'n debyg, wedi'i saernio gan ein hen dad-cu ar ochr Mam. Mae'n rhaid bod e werth dros dair mil o bunnau ac yn amlwg yn gweithio'n iawn, ond does gen mo'r egni i ddadlau â'm chwaer farus. Yn sydyn reit, mae hi wedi meithrin diddordeb brwd mewn hen bethau ac wedi bachu hen gorddwr menyn pren a choffor bach prin iawn o bren mahogani. Fodd bynnag, mae'n mynnu ein bod ni'n gwerthu'r hen ddreser Gymreig yn yr arwerthiant, 'Achos sdim lle 'da fi iddi hi ac yn sicr sdim lle 'da ti yn y fflat bach pitw 'na sy 'da ti.'

O fewn cwpwl o oriau, mae Bethan wedi hurio fan i fynd â'r hyn mae hi moyn nôl i'w thŷ ar ben mynydd Caerffili. Rhyfeddaf at ei hegni diddiwedd, ac er fy ngwaethaf wy'n edmygu ei phenderfynoldeb.

Dair wythnos yn ddiweddarach, rydym yn cwrdd eto ar ddiwrnod arwerthiant cynnwys y tŷ yn Neuadd Goffa Tregors. Mae sawl bwndel wedi cael eu pentyrru gyda'i gilydd mewn *Lots*, sy'n golygu y gallai rhywun fod yn prynu picwarch yr un pryd â lamp ford ochr gwely, ond mae'r arwerthwr, Derwyn Price, yn hyderus dylen ni glirio elw o tua saith mil rhyngddo ni, yn bennaf o werthiant yr hen ddreser.

'Ma' 'da chi welyau da, solet hefyd,' meddai, gan daro'r gwely dwbwl y bu 'Nhad farw ynddo â chledr ei law. 'Dy'n nhw'm yn 'neud gwelyau fel hyn rhagor. A dyle'r wardrob dderw 'na ddod â chwpwl o gannoedd mewn ar ei ben ei hunan,' meddai, gan dynnu wyneb dwl yn nrych y celficyn.

Eistedda Bethan a minnau'n amyneddgar yn y neuadd, yn aros i gynnwys y tŷ ddod lan. Daw Anti Lisa draw atom a dweud, 'Fydde hi wrth ei bodd mewn arwerthiant fel hyn. Tocyn o ginio a fflasged o de, a se hi 'di bod 'ma trwy'r dydd.'

'Bydde,' cytuna Bethan â hi. 'A bydde hi 'di prynu rhywbeth hollol ddiwerth fydde mo'i angen e arni, fel *toaster* sbâr neu beth bynnag, jest achos o'dd e'n fargen am bumpunt.'

304

Roedd hyn yn wir, ond nid yw Lisa'n gwybod sut i ymateb i hyn, gan feddwl fod Bethan ychydig yn llawdrwm. Mae'n gwenu ac yn cerdded draw i'r rhes flaen i gael gwell golwg ar bethau.

'O'dd dim angen 'na nawr, o'dd e?' meddaf.

Yna trof i weld er mawr syndod i mi bod llygaid Bethan yn llawn dagrau. Mae'n amneidio'n dawel, yn cytuno'n llwyr â mi.

'Wyt ti'n oreit?' gofynnaf.

'Nagw. Wy jest ffaelu cofio pryd droiais i'n hen fitsh sarrug, Bryn. Ti ffansi drinc yn y Blac?'

Gan fod ein *Lots* ni rhyw awr neu ddwy i ffwrdd ta beth, a gallen i ladd am beint, amneidiaf yn frysiog ac anelu am y drws. Ar y ffordd draw i'r dafarn ceisiaf gysuro Bethan a thawelu ei meddwl. Wedi'r cwbwl, dim ond dweud y gwir am Mam wnaeth hi, p'un bynnag.

'O'dd hi'n licio casglu pob math o ffrwcs,' meddaf, gan ychwanegu, 'wy'n credu o'dd hynny achos o'dd hi 'di cael bywyd digon caled ar y cyfan. Allai hi byth droi bargen i lawr, bron yn reddfol, o'dd e'n groes i'r graen.'

Mae Bethan yn cytuno ac yn amneidio wrth iddi groesi'r hewl. Ceisiaf godi'i chalon trwy gofio am rai o'r pethau mwyaf hynod i Mam eu prynu yn rhai o arwerthiannau'r gorffennol.

'Ti'n cofio'r parot plastig yn ei gaets?'

Mae'n amlwg ei bod hi, gan ei bod hi'n dechrau chwerthin ar unwaith.

'O't ti'n tynnu cordyn bach yn sownd wrth un o'i goesau, a wedyn o'dd e'n gweud 'Hello there, hello there, hello there!' meddai hi. 'O'dd e arfer hala Dad yn ddwl bared, ti'n cofio?'

'A'r daffodils plastig?!' meddaf, yn ysgwyd fy mhen mewn syndod. 'O'dd hi arfer 'u plannu nhw yn yr ardd!'

'Se hi 'di bod yn haws ac yn tsiepach iddi blannu rhai iawn!' meddai Bethan wrth fynd trwy ddrws y Llew Du.

Bleddyn sydd tu ôl i'r bar fel arfer, ac mae'n mynnu prynu diod i'r ddau ohonom, er cof am Mam. Dros awr yn ddiweddarach, mae'r ddau ohonom yn sylweddoli ein bod ni wedi yfed gormod i yrru, felly ry'n ni'n penderfynu aros un noson olaf yn 'Noddfa' gyda'n gilydd, ar y llawr, gyda Bleddyn, chwarae teg iddo, yn rhoi benthyg dwy sach gysgu i ni.

Dychwelwn i'r arwerthiant ychydig yn waeth yr olwg ar ôl y ddiod, â thrwynau coch a llygaid dyfriog, ond wrth ein bodd yng nghwmni'n gilydd, yn gwmws fel o'n i arfer teimlo pan o'n ni'n blant. Amgylchiadau sydd wedi'n hwpo ni at ein gilydd, ond mae'r ddau ohonom yn sylweddoli nad y'n ni wedi treulio cymaint o amser â hyn gyda'n gilydd, yn trefnu'r angladd a'r arwerthiant, ers hydoedd.

Mae ein stwff ni'n gwerthu am ychydig mwy na'r disgwyl o ryw gwpwl o gannoedd, felly ar ôl swper hwyr yn y Llew Du fe brynaf botel o siampên a'i rhoi mas y bac i oeri pan ddychwelwn i'r tŷ gwag. Mae yna focsed o bethau yng nghornel yr ystafell fyw; wy'n bwriadu mynd â nhw gyda mi, yn cynnwys y ffoto enwog ger y fynedfa i Danffordd, a sawl albwm lluniau, yn cynnwys yr un yn seiliedig ar y carnifal blynyddol. Edrycha Bethan ar gynnwys fy mocs. Yn ôl ei thafod llac, mae'n amlwg nad yw hi'n gyfarwydd ag yfed rhyw lawer y dyddiau 'ma.

'Ti'n un bach od,' meddai, yn pwyntio at yr albwms lluniau ac ychwanegu, 'ti'n sylweddoli nad oes lot o werth i rheina, nagwyt ti?'

'Ma' nhw werth lot i mi,' meddaf.

'Ti ddim yn mynd i werthu nhw 'te?' gofynna Bethan, wedi drysu.

'Wrth gwrs nag ydw i. Sdim diddordeb 'da neb arall ynddyn nhw, o's e?'

'Pam wyt ti'n mynd â nhw 'te?' gofynna hi.

'Achos wy'n licio edrych ar hen luniau o Mam a Dad, ac ohono ni'n dou yn blant. 'Na i gyd sy ar ôl.'

Difaraf ar fy union ddweud hyn, gan i Bethan ddechrau llefain yn dawel. Rhoddaf facyn papur iddi o 'mhoced ac mae'n ei dderbyn yn ddiolchgar.

'Wy'n credu se well 'da fi fod yn sentimental fel ti,' meddai, yn sniffian. ''Na i gyd wy'n meddwl 'mbytu dyddie hyn yw arian ac eiddo. 'Na i gyd mae Bradley a mi'n siarad 'mbytu, neu ein ffrindiau ni yn y clwb golff o ran hynny, fel rhyw *one-upmanship* dwl, sgorio pwyntiau. O Bryn, ma' fe i gyd mor ddiflas, mor uffernol o anniddorol. A wy'n credu bod Elin wedi gweld trwy'r ffalsedd, wedi gwrthryfela yn ein herbyn ni.'

'Paid â bod mor galed ar dy hunan,' meddaf, er fy mod i'n dawel bach yn cytuno â llawer o'r hyn y mae hi newydd ei ddweud.

'Wyt ti'n hapus, Bryn?' mae'n gofyn.

Mae yna rhyw onestrwydd despret yn ei llais sy'n anghyfarwydd ac sy'n haeddu ateb call.

'Wy'n hapus weithiau,' meddaf, gan ychwanegu, 'a wy'n credu taw 'na'r gorau allith unrhyw un obeithio amdano.'

'Pryd wyt ti'n hapus?' meddai hi drachefn.

'Wy'n hapus nawr, os ti moyn gwybod. Cael sgwrs 'da'n chwaer fach ac ar fy ffordd i'r ardd i nôl y siampên 'na,' meddaf.

Tu fas yn aer oer hwyr Tachwedd, agoraf y botel siampên. Mae'r corcyn yn taro yn erbyn drws y sièd a arferai fod yn gôl i mi dri deg mlynedd yn ôl. John Toshack oeddwn i. Yn addas iawn, gyda'i gwallt cwrliog, Kevin Keegan oedd Bethan. Yn yr haf, byddai'r un drws sièd yn wiced, gyda minnau'n taro'r chwech buddugoliaethus i dîm Morgannwg yn erbyn India'r Gorllewin. Teimlaf fy hun yn pendroni am y gorffennol ac wy ddim yn licio'r profiad, er gwaethaf yr hyn mae Bethan newydd ei ddweud am fy anian sentimental. Af nôl i mewn ac yfed llwncdestun gyda Bethan er cof am Mam. Mae hi'n syllu ar y llun enwog o'n tad-cu gyda'i dad-cu a'i fam-gu yntau.

'Adeg yr angladd, o'n i bron ag awgrymu y dylen ni fod wedi cael tynnu ffoto o Anti Lisa, gyda ti a fi ac Elin, tu fas i Danffordd,' meddaf.

'O, Bryn, pam se ti 'di gweud? Fydde 'na 'di bod yn grêt, w.'

'Wy'm yn gwybod, wir. Falle se rhywbeth eitha ffals 'mbytu

fe erbyn hyn. Ni wedi gadael, ti'n gwybod. 'Na beth wy 'di dod i sylweddoli. Bod ti ffaelu mynd nôl a disgwyl fod pethau heb newid.'

Amneidia Bethan ac yna mae'n dechrau igian. Mae'n atseinio yn yr ystafell wag, bron fel rhyw alwad gyntefig. Gwn o'i gorffennol taw unwaith mae hi'n cael yr igian mae hi'n eu cael nhw am hydoedd, felly ceisiaf roi braw iddi. Ond mae'n anodd. Does dim byd yma heblaw am botel siampên, bocs llawn lluniau, dau gwpan polystyren a dwy sach gysgu. Yn meddwl yn glou, trof ar fy union a gollwng fy nhrowsus a'm trôns a dangos fy mhen-ôl. Mae Bethan yn morio chwerthin, a thrwy rhyw ryfedd wyrth mae'r igian yn diflannu, diolch i'r drefn. Mae hi'n f'atgoffa taw dyna beth oeddwn i arfer 'neud i'w gwaredu hi o'i igian pan oeddem yn blant. Mae hi'n mynd yn ei blaen i gwpla'r siampên, ond yn sydyn mae'n teimlo'n flinedig iawn ac mae'n syrthio i gysgu. Tynnaf ei hesgidiau i ffwrdd a'i helpu i'w sach gysgu am y nos.

Fore trannoeth, dihunaf yn weddol hwyr, am hanner awr wedi deg. Sylwaf bod sach gysgu Bethan wedi'i blygu'n gymen fel bag yng nghornel yr ystafell. Mae 'na nodyn arno. Mae'n dweud, 'O'dd rhaid i mi fynd nôl yn gynnar, ond diolch yn fawr am ddoe. Wnes i wir fwynhau dy gwmni. Mae rhaid i ni weld ein gilydd yn amlach. Cariad, Bethan.'

Rhof y botel siampên yn y sinc a phlygu fy sach gysgu fel bag, yn debyg i un Bethan. Rhoddaf y ddau fag bach ar ben fy mocs lluniau ac agor drws ffrynt 'Noddfa'. Wy'n gyfarwydd ag agor drysau. Dyna be o'n i'n 'neud orau ar y sgrin. Ond mae hyn yn anodd. Rwyf ar fin cau'r drws am y tro olaf ar ran arwyddocaol iawn o'm gorffennol. Ceisiaf beidio meddwl gormod am y peth a chaeaf y drws tu ôl i mi, gan fy atgoffa fy hun y bydd rhaid i mi gofio gadael yr allwedd yn swyddfa Derwyn yr arwerthwr cyn ei throi hi am Gaerdydd.

Pennod 21

Yn ystod wythnos gyntaf Rhagfyr, af i weld Lloyd yn ei feddygfa i achwyn nad yw'n fodlon rhoi rhagor o sesiynau aciwbigo i mi.

'Ti ddim angen nhw rhagor,' meddai Lloyd. 'Os cofi di, dechreuais ti gael y driniaeth ar gyfer cael gwared o'r poen yn dy gefn.'

'Ond wy'n licio'r sesiynau aciwbigo. Ma' nhw'n rhoi egni i mi.'

'O's poen 'da ti yn dy gefn?

'Allen i gael peth, os oes rhaid.'

'Paid bod yn ddwl, Bryn.'

Sylweddolaf efallai mod i'n gwastraffu amser prin y Gwasanaeth Iechyd fan hyn, ond mae rhaid i mi siarad â Lloyd.

'Wy'n becso,' dechreuaf.

'Sdim byd newydd fan'na,' meddai Lloyd, yn torri ar fy nhraws.

'Falle alli di drefnu i mi weld seiciatrydd, *shrink*, ti'n gwybod?'

'Ynglŷn â beth?'

'Oreit, yn ôl ti falle nage SADS sy 'da fi. Ond ma' rhywbeth 'na, rhyw iselder, wy'n gweud 'tho ti. Wy jest ffaelu cweit rhoi 'mys arno fe, 'na i gyd.'

'Ma' Nadolig yn agosáu. Ma' lot o bobol yn cael iselder adeg y Nadolig,' meddai, a thinc diamynedd yn ei lais.

309

'Wyt ti'n cael iselder adeg y Nadolig?' gofynnaf.

'Fi yw'r doctor. Hola i'r cwestiynau.'

'Sori.'

'Fel mae'n digwydd, dyw'r Nadolig ddim yn 'neud i mi deimlo'n isel. Ond wy'n priodi ddiwedd y mis, ta beth.'

'Alli di'm rhoi rhyw dabledi neu rywbeth i fi?'

'Na. Wy'n gweld ti bob wythnos, Bryn. Galla i fonitro dy sefyllfa di yn yr *Ivy Bush*, lle ti ddim yn cymryd amser cleifion eraill mwy haeddiannol na ti.'

'Man a man i ti jest weud bo' ti moyn i fi fynd.'

'Wy moyn i ti fynd,' meddai, gan daro'i ddwylo ar ei ddesg yn ddiamynedd.

Codaf ac af draw at y drws. Jest cyn i mi adael ei ystafell, mae Lloyd yn dweud 'Bryn?'

'Beth?' meddaf.

O'n i'n gwybod na allai fe byth fod mor oeraidd. Mae'n rhaid 'i fod e wedi newid ei feddwl, ac mae e am fy mwcio i mewn ar gyfer sesiwn arall o aciwbigo. Ond, na, nid yw'n gwneud unrhyw beth o'r fath.

'Os yw e'n 'neud i ti deimlo'n well, fydda i'n teimlo straen Nadolig yn y blynyddoedd i ddod. Wedodd Hiroko wythnos ddiwetha lice hi gael o leia pedwar o blant.'

'Ma' 'na'n grêt,' meddaf, yn gwenu arno. 'Diolch am yr help, ta beth.'

Pan ddychwelaf i'r fflat, ni allaf cael gwared o'r ddelwedd hon o Lloyd o'm meddwl. Mae'n gosod anrhegion wrth fôn coeden Nadolig ac yn cael ei amgylchynu gan blant bach Siapaneaidd yr olwg sy'n tynnu ar ei siaced. Yn sydyn, deallaf i'r dim yr hyn sy'n fy mhlagio. Mae'n mynd nôl i'r hyn ddywedodd Phil ychydig wythnosau nôl, am fenywod a phlant yn newyddion drwg, i'w hosgoi ar bob cyfri. Mae hyn yn gwneud i'm gwaed ferwi. Teimlaf fy nghalon yn rasio'n gynddeiriog oherwydd ei drahauster. Sylweddolaf fy mod i'n meddwl y byd o Jo a Jamie. Dyna beth sydd wedi bod yn fy mhoeni. Yn bendant. Y ffaith mod i wedi colli fy nghyfle gyda nhw.

Meddyliaf am hyn wrth i mi deithio i'r dref ar fws i weld Iwan. Gan ei fod yn hunangyflogedig, nid yw'n cael parti Nadolig swyddfa, fel y cyfryw, gan taw fe yw'r unig aelod o'r 'staff' fel petai. Fodd bynnag, bob blwyddyn yn ddi-ffael mae'n trefnu'n ddiwyd i gael pryd bwyd gwaith i ddathlu'r Nadolig, ac fel arfer mae'n gwahodd naill ai Phil neu mi neu Lloyd neu'r tri ohonom i ymuno ag e. Fel mae'n digwydd, nid yw Phil na Lloyd yn gallu bod yno eleni, felly fe gaf i bryd am ddim ym mwyty *Ha Has* ynghanol y dref gydag Iwan. Pan gyrhaeddaf gwelaf ei fod ef eisoes mewn hwyl ddrwg, yn bennaf oherwydd bod y ddau arall wedi jibio ar y funud olaf.

'I radda, fedra i ddallt Lloyd yn tynnu nôl. Wedi'r cwbwl 'dan ni wedi colli Lloyd i'r Jap, tydan. Unwaith fydd o 'di priodi, welwn ni byth mohono fo eto,' meddai, yn arllwys gwydred mawr o win i mi o'i botel Chardonnay. 'Ond sdim esgus gin Phil, nac oes. Dyna i gyd oedd isio iddo fo 'neud oedd cymryd y pnawn i ffwrdd.'

'Wyt ti'n meddwl allith cyfeillgarwch clòs ddatblygu'n gariad?' gofynnaf iddo, yn penderfynu mynd yn syth i ganol fy nghyfyng-gyngor.

Mae Iwan yn pwyso nôl yn ei gadair ac yn edrych o amgylch y bwyty, fel pe bai'n paratoi i annerch y cwsmeriaid eraill â'i ateb.

'Ydw, wrth gwrs y medrith o,' meddai o'r diwedd, cyn wafio ar un o'r gweinyddesau bwrdd ac ystumio iddi yr hoffai botel arall o win. 'A deud y gwir, digwyddodd yr union beth i mi efo'n ail wraig, Dilys. Dynas hyfryd. Hi oedd fy ysgrifenyddes yn HTV am flynyddoedd. Yn sydyn, meddyliodd y ddau ohono ni, wel, pam lai? Fel mae'n digwydd, mewn parti Dolig oedd o. 'Bach yn ddi-chwaeth ella, ond dyna fo.'

Yn sydyn, er mawr syndod i mi, sylwais bod Iwan yn hollol ddifynegiant am ei fod yn ymladd y dagrau o'i lygaid.

'Mae'n ddrwg gen i,' meddai, gan godi o'r ford, 'wnei di f'esgusodi am funud?'

Pan ddychwelodd o'r tŷ bach, newidiodd y pwnc yn syth fel pe bai dim byd wedi digwydd a dechreuodd refru a rhuo am imperialaeth Americanaidd a'r ffaith bod y rhyfel arfaethedig yn erbyn Irác yn ymwneud â diddordebau masnachol America yn yr ardal, a dim byd arall.

'I be mae isio i Blair fusnesu a'n llusgo ni i gyd efo fo? Fyddwn ni'n gadael ein hunain yn hollol agored i ymosodiada terfysgol yn y dyfodol, a hynny heb unrhyw reswm yn y byd. Be wyt ti'n 'i feddwl, Bryn?'

Af yn fy mlaen i ddweud y dylai rhywun stopio cyfundrefn ffiaidd Saddam Hussein, ond mae gan Iwan ateb parod, sef bod yna nifer o unbeniaid yn y byd, felly pwy fydd nesaf? Gadawaf iddo fwrw'i fola am hanner awr dda, trwy'r cwrs cyntaf, ond ceisiaf aros yn ddigon sobor i ddychwelyd i'r pwnc gwreiddiol o gariad yn codi o gyfeillgarwch. Wrth i'n prif gyrsiau gyrraedd, mentraf i'r dwfn unwaith eto.

'Be aeth o'i le rhyngddo ti a Dilys, 'te?'

Pwysa nôl yn ei gadair eto, gan ddatguddio'i fol cwrw sylweddol.

'Wnes i smonach o betha,' meddai'n ystyrlon. 'Wnes i 'i thwyllo hi, efo dynas arall. Dwi byth wedi madda i mi fy hun. O'dd Dilys yn ddynas wych, 'sti. Dyliwn i ddiolch bod gynno ni ferch, Lleucu, o'r briodas, debyg, ond allen ni fod wedi para, wedi 'neud *go* go iawn ohoni efo hi. Wyddwn i'm pa mor lwcus a hapus o'n i ar y pryd. Ond 'na fo, fel ddeudodd Tennyson, *"Tis better to have loved and lost than never to have loved at all.'*

Ro'n i am ddweud bod y dyfyniad yn swnio i mi fel se fe mas o ryw gân bop gan *Wham!* neu rywun tebyg, ond wnes i'm dadlau gan fod llên Saesneg yn un o gryfderau Iwan.

'Pam wyt ti'n meddwl bod 'da ti a Dilys rywbeth arbennig, 'te? Ife achos 'i fod e wedi'i adeiladu ar seiliau cadarn, achos o'ch chi'n ffrindiau'n barod?'

'Yn union,' meddai Iwan, yn crafu'i fogel trwy'i grys. 'Ma' cariad ar yr olwg gynta yn iawn yn ei le, ond mae 'na elfen fawr o risg yn y peth, 'toes. A gan amla ma petha'n mynd yn flêr.'

'Yn ôl Phil, ma' 'na oherwydd dyw e ddim wedi'i seilio ar Reswm,' meddaf, yn cofio fersiwn Phil o'i fath ef o Theori Anhrefn.

'Siawns gen i os ydy cariad byth wedi'i seilio ar reswm,' meddai Iwan, yn dala taten rhost ar ei fforc yn y fath fodd nes ei fod e'n edrych fel pe bai'n siarad â hi, 'Cofia, be gythral ŵyr Phil am gariad? Mae'i galon o rhwng ei goesa, tydy, a wnaiff o byth fentro efo neb go iawn am fod ofn cael ei frifo ar y llwfrgi.'

'Ma' hynna digon gwir,' meddaf, yn amneidio.

'Wrth gwrs 'i fod o. Os nad wyt ti'n fodlon mentro efo cariad, yna fyddi di byth yn gwybod go iawn, na fyddi. A dwi'm yn sôn am ryw affêr ddibwys fan'ma. Os wyt ti'n credu taw dyma'r peth go iawn, yna mae'n rhaid ichdi fynd amdano fo gant y cant, 'toes. Ac yn bwysicach fyth, mae'n rhaid ichdi ddal ymlaen iddo fo wedyn, fel 'sa dy fywyd yn dibynnu arno fo. Dyna lle es i o'i le efo Dilys, ti'n dallt, Bryn. Mi wnes i 'i chymryd hi'n ganiataol, a wnes i ffycin smonach go iawn o betha – '

Yna, am yr ail dro yn ystod ein pryd, nid yw Iwan yn gallu siarad, cymaint yw ei siom. Serch hynny, mae gen i syniad go dda am yr hyn mae'n ceisio'i gyfleu, wrth iddo wafio'i law yn groes ei wyneb.

'Ti moyn newid y pwnc?' gofynnaf.

Amneidia Iwan ac awn ymlaen i gyffwrdd â sawl pwnc arall, o grefydd i rygbi, heb unrhyw gyfeiriadau at Dilys o gwbwl, nac at Jo chwaith, o ran hynny.

Ond mi ydw i'n gwerthfawrogi ei gyngor, sef i fentro a chymryd risg lle mae'ch calon yn y cwestiwn. Wy wir yn ffaelu cael Jo mas o'm meddwl ac rwy'n flin â mi fy hun am beidio gweld potensial perthynas foddhaus iawn reit dan fy nhrwyn. Efallai bod hi'n dal yn glaf o gariad at Steve. Ond, ar y llaw arall, erbyn hyn efallai nad yw hi. Mae'n bendant yn werth treial, ta beth. Gwyddwn o'r gorau os na fentrwn i 'neud rhywbeth amgenach na'r *one night stand* mis diwethaf, bydden i'n difaru am weddill fy oes.

Felly, a minnau wedi cael bàth twym a newid i grys ffasiynol o un o siopau mwya trendi'r dref, fe alwaf i weld Jo, yn ymddangosiadol i ofyn iddi a lice hi i mi warchod iddi rywbryd dros yr Ŵyl. Nid dim ond y cymhelliad cudd o'i gweld hi eto oedd yn fy ngyrru i ymlaen fan hyn. Ro'n i wir yn fodlon gwarchod iddi, i fod yn amyneddgar, os taw dyna fyddai angen ei wneud er mwyn ennill ei ffafriaeth unwaith eto. Hyd yn oed os nad oedd hi'n mynd i bartis Dolig, mae'n siŵr y byddai'n gallu 'neud y tro â'r arian ecstra wrth helpu tu ôl i'r bar yn *Chapter* am rai nosweithiau ychwanegol dros gyfnod prysur yr Ŵyl.

Yn anffodus, credaf fy mod i wedi dewis adeg lletchwith i alw. Mae Jamie a Jo wrthi'n addurno'i goeden Nadolig.

'Diolch am y cynnig, ond dim diolch. A beth bynnag, mae Gaynor wedi cynnig mynd â Jamie os bydda i angen unrhyw help,' meddai, nid cweit yn hollol oeraidd, ond nid yn dwymgalon chwaith. Wy'n hofran ar bwys y drws, yn ceisio dyfalu be ddylen i 'neud nesaf. Diolch i'r drefn, daw Jamie i'm hachub wrth iddo ofyn cwestiynau i mi am y goeden Nadolig.

'Fydd Wncwl Bryn yn gwybod. Ma' fe'n gwybod lot am bethau rhyfedd,' meddai.

'Gwybod beth?' gofynnaf, ychydig yn betrusgar, ond dyma fy siawns orau o gael aros gyda nhw yn y fflat.

'Pam y'n ni'n dathlu Nadolig gyda choeden?' gofynna, gan ychwanegu, 'Gofynnais i Mam, ond doedd hi ddim yn siŵr.'

Allen i 'i gusanu fe! Dyma fy nghyfle i greu argraff ffafriol. Trwy ryw ryfedd wyrth, wrth ladd amser ar y bws bwyd ar *Achub y Blaen*, wy wedi bod yn darllen llyfr ar wyddoniaeth y Nadolig, gan fod Phil wedi'i ganmol fel llyfr yn llawn ffeithiau diddorol (ac, yn bwysicach, ffynhonnell bosib ar gyfer cwestiynau cwis).

'Wel, ma' fe i 'neud â'r ffaith fod y goeden bin, y goeden Nadolig, yn goeden fytholwyrdd.'

'Beth ma' hynna'n meddwl?' meddai Jamie, yn torri ar draws.

Fel arfer gyda Jamie, doedd hyn ddim yn mynd i fod yn hawdd. Ond sylwaf fod gan Jo fymryn lleiaf o wên ar ei hwyneb a'i bod hithau'n amlwg yn aros aṁ ryw fath o ateb hefyd.

'Wel, yn fras, mae 'na ddau fath o goeden – y rhai deilgoll sy'n colli'u dail yn yr hydref, a'r rhai bytholwyrdd, sydd ddim yn colli'u dail o gwbwl. Mae coed bytholwyrdd yn gallu bachu haul y gaeaf, ac er nad oes llawer ohono maen nhw'n gallu ei ddefnyddio'n effeithiol iawn.'

'Ffotosynthesis,' meddai Jamie

'Ie!' meddaf, gan gofio ein bod ni wedi trafod y pwnc hyn o'r blaen. 'Ac yn yr hen ddyddiau, ganrifoedd yn ôl, roedd ein cyndeidiau'n meddwl fod gan y coed rhyfedd hyn, â'r gallu i gadw'u dail, wel, ryw fath o swyn pwerus, fel pŵer *magic*, ti'n deall. Felly, mewn ffordd, fel ma' Mam yn 'neud bob bore, mae rhoi'r goeden lan yn ffordd o ddathlu'r haul a'r pŵer sy gan yr haul i gynnal bywyd ar y ddaear.'

'Wedodd Mam taw hen frenhines, Fictoria, ddechreuodd roi coeden lan.'

'Wel, ym Mhrydain, ie, wy'n credu bod hi'n iawn. Daeth ei gŵr hi, Prins Albert, ag un draw o'r Almaen, a wnaethon nhw dynnu llun o'r ddau ohonyn nhw o flaen y goeden, felly daeth y peth yn ffasiynol yn weddol glou.'

'Pam y'n ni'n addurno coed Nadolig, 'te?'

''Na ddigon, Jamie, wir. Gad Wncwl Bryn i fod nawr.'

'Ond ry'n ni heb 'i weld e'n iawn ers wythnosau,' meddai Jamie'n brotestgar, yn dweud yr union eiriau iawn yn fy marn i, wrth gwrs.

'Ta beth, wy'n licio ateb ei gwestiynau fe,' meddaf, gan symud yn nes i mewn i'r ystafell. 'Mae'n dod â'r *quiz nerd* mas ohona i.'

'Beth yw *quiz nerd*?' gofynna Jamie.

'Wncwl Bryn sy'n bod yn ddwl. Ond 'na ni, rhoia i'r tegil 'mlaen, 'te. Y peth lleia alla i 'neud yw cynnig dishgled o de i ti,' meddai Jo, gan ysgwyd ei phen ac ildio i ni.

'Diolch,' meddaf, yn bwyllog, er yn llawn cynnwrf dan yr wyneb.

Ie! meddyliaf. Wy wedi llwyddo i gael fy nhraed dan y ford!

'Wel? Pam y'n ni'n addurno coed Nadolig?' gofynna Jamie drachefn.

'Wel, fel wedes i, o'n nhw arfer 'neud e flynyddoedd mawr yn ôl, ond gyda Christnogion maen nhw'n meddwl i'r arfer ddechrau pan wnaeth dyn crefyddol o'r Almaen, o'r enw Martin Luther, yn yr unfed ganrif ar bymtheg, edrych lan i'r awyr un noson aeafol a sylwi ar y miliynau o sêr yn y ffurfafen. Roedd eu golau nhw wedi creu shwt argraff arno fe nes y meddyliodd taw da o beth fyddai atgoffa pobol bod Iesu wedi dod i lawr i'r ddaear o'r nefoedd, felly wnaeth e dreial copïo effaith y sêr trwy gynnau canhwyllau ar ei goeden,' meddaf, yn ceisio peidio swnio gormod fel athro.

Yna mae Jamie'n chwerthin nerth ei ben, yn amlwg wedi dwlu ar y stori. Gofynnaf iddo beth sydd mor ddoniol amdani.

'Mae'n rhaid ei fod e'n dwp iawn 'te,' meddai, 'achos fydde fe 'dï rhoi ei goeden e ar dân. Chi ddim i fod rhoi canhwyllau iawn ar goeden Nadolig, mae pawb yn gwybod 'na. 'Na beth wnaeth Norman Preis.'

Edrychaf ar goll braidd ac wy'n falch o weld Jo'n dychwelyd o'r gegin.

'Sam Tân,' meddai hi.

'Wrth gwrs,' meddaf. Yna, yn cofio am ddiddordeb Jo mewn athrylith, ychwanegaf yn glou, 'Ond doedd Luther ddim yn dwp o gwbwl. O'dd e'n ddyn clyfar iawn, yn athrylith crefyddol.'

Mae Jo'n torri ar draws yn surbwch, 'Sdim lot 'da ni i weud o blaid athrylith yn y tŷ hyn. Ma' pob athrylith yn egotistiaid hunanol, sy'n meddwl amdanyn nhw'u hunain a neb arall trwy'r amser.'

Caf fy nhemtio i'w chywiro. Er enghraifft, roedd Charles Darwin yn ôl pob sôn yn ddyn teuluol, hynaws a gwylaidd. Ond nid dyma'r adeg i fod yn bedantig. Sylwaf fod Jamie'n edrych yn ddryslyd, wedi llwyr golli trywydd y sgwrs erbyn hyn. Felly, er mwyn newid y pwnc rhywfaint, syrthiaf yn ôl ar ystadegyn arall o'm llyfr o'r llyfrgell.

'Mae gan America tua miliwn o aceri o goed Nadolig, sy'n cynhyrchu digon o ocsigen yn ddyddiol i gyflenwi deunaw miliwn o bobol.'

Mae Jo'n amneidio. Yna mae hi'n gwenu gan ddweud, 'Ti'n gwybod y pethau mwya rhyfedd, nag wyt ti? Wy'n siŵr bod ti'n 'neud 'u hanner nhw i fyny.'

'Beth yw acer?' gofynna Jamie, yn crychu'i aeliau wrth geisio canolbwyntio.

Caf fy nhemtio i ddweud wrtho taw darn o dir sy'n cynnwys 4840 o lathenni sgwâr ydyw, ond teimlaf y bydd yna fwy o gwestiynau'n dilyn yn gofyn beth yw llathen sgwâr, felly dywedaf, 'Darn o dir yw e, tua maint cwpwl o gaeau.'

Sylwaf fod Jo yn syllu arnaf. Ni allaf ddirnad chwaith a yw'r edrychiad yn un cadarnhaol neu'n negyddol. Mae hi'n troi tuag at Jamie a dweud, 'Esgusoda ni am funud, Jamie. Mae'n rhaid i mi weld Wncwl Bryn ar ei ben ei hunan.'

Mae hi'n ystumio arnaf i'w dilyn mas i'r landin. Yn sydyn, mae fy nghoesau'n troi'n jeli. Beth yw hyn? Pam fod hi moyn fy ngweld i ar fy mhen fy hun? Er mwyn iddi ddweud wrthyf i'm gwyneb, a ddim o flaen Jamie, ei bod am i mi adael llonydd iddynt unwaith ac am byth? Neu a ydw i'n rhy negyddol? Roedd hi'n gwenu ychydig eiliadau nôl. Ac mae hi wedi rhoi'r tegil 'mlaen. Efallai bod hi moyn fy nghusanu ar y landin a dweud wrthyf am gadw fy ngwely'n dwym iddi? Yn sydyn, wy'n methu'n lan â symud, wedi fy sodro'n sownd i'r llawr a'm traed yn drwm, fel delw.

'Well i ti fynd ar ei hôl hi,' meddai Jamie.

Amneidiaf arno'n glou ac af allan i'r landin ar bigau'r drain.

'I weud y gwir, allet ti helpu fi mas, wedi'r cwbwl, se ti moyn,' meddai Jo, yn llawn brwdfrydedd unwaith ry'n ni mas o glyw Jamie. Nid wyf yn disgwyl hyn o gwbwl. Mae hi moyn i mi helpu yn ysgol gynradd Jamie, trwy fod yn Siôn Corn iddyn nhw. Wrth reswm, cytunaf ar unwaith. Mae'n gam ymlaen, cam bach falle, ond cam serch hynny.

Pan ddaw y dydd mawr ei hun, newidiaf i wisg Siôn Corn yn ystafell fyw Gaynor, gan ei bod yn byw yn yr un stryd â'r ysgol gynradd.

'Falle bydd y farf braidd yn anghyfforddus dan y goleuadau pan fyddwch chi'n dechrau chwysu,' meddai hi, yn edrych yn llawn consýrn.

'O, wy'n siŵr bydda i'n iawn,' meddaf. 'Wy wedi gweld gwaeth barfau, credwch chi fi.'

Mae hi'n edrych yn ddryslyd, ond yna mae'n cofio beth yw 'ngwaith bob dydd.

'O ie, wrth gwrs, chi'n rhyw fath o actor, nagy'ch chi. Cyffrous, nagefe. Wy'm yn credu bo' fi 'rioed wedi cael actor. Yn y tŷ, wy'n meddwl. 'Rioed wedi cael actor yn y tŷ. O, well i fi gau'n ngheg, wy'n credu!'

Mae ei gwyneb crwn yn sydyn wedi troi'n rhuddgoch. Nid wyf yn trafferthu ei chywiro. Os yw hi moyn meddwl amdanaf fel actor, yna mae hynny'n iawn gen i. Yn wir, ho ho ho, ffeindiaf fy hun yn meddwl sut un fyddai Gaynor yn y gwely. Wy heb gael menyw â 'bach o afael arni ers sbel. Ar y cyfan, ma' well 'da fi fenywod â 'bach o afael. O adael i'm meddwl grwydro'n beryglus fel hyn, gwaetha'r modd mae gen i godiad yn sydyn reit. Sythaf fy nhrowsus Santa i geisio cwato'r cynnwrf rhwng fy nghoesau, ond daw Gaynor lan ataf a dweud 'Os nad oes ots gyda chi, Bryn, allen i awgrymu rhywbeth bach?'

Rhaid i mi feddwl yn glou fan hyn. Os yw hi'n awgrymu mynd lan stâr, be wna i? Mae'n ffrind i Jo. Falle se hynny'n difetha unrhyw siawns sy gen i o ailgynnau 'mherthynas â hi.

'Na, cariwch chi 'mlaen' meddaf, gan ychwanegu'n nerfus, 'Ho ho ho, Siôn Corn ydw i, nagefe. Wy 'ma i'ch plesio chi.'

Damio shwt beth! O'dd hwnna bownd o swnio fel *come on*, mae'n rhaid, gan fod Gaynor druan wedi cochi unwaith eto. Neu a yw hi wedi sylwi ar y twlpyn yn fy nhrowsus? Yn sydyn, mae'n gafael mewn clustog oddi ar y soffa ac wy'n ofni ei bod hi'n mynd i'w gynnig i mi i gwato'n embaras. Diolch i'r drefn, fodd bynnag, mae'n dweud, 'Wy'n gobeithio nag y'ch chi'n meddwl mod i'n riwd, ond canmol chi ydw i, mewn gwirionedd.'

Mae hi'n sefyll o'm blaen i â chlustog yn ei llaw. Ody hi wedi gweld fy nghodiad? Beth mae'n disgwyl i mi ei ddweud?

'Wy jest yn meddwl bo' chi 'bach yn denau i fod yn Siôn Corn. Falle se chi'n hwpo hwn dan eich cot, se fe'n help i'ch twchu chi rhywfaint.'

'Ie, wrth gwrs. Syniad da,' meddaf. Yn llawn rhyddhad, cymeraf y clustog a throi ar fy sawdl i wthio'i ran waelod i mewn i'm trowser coch elastig er mwyn cwato berw fy nghodiad cynddeiriog. Pan drof yn ôl eto, sylwaf fod Gaynor hithau wedi troi'i chefn, rhag iddi 'ngweld i dros-dro yn tynnu 'nhrowsus i lawr. Diolch byth, daw mam arall at y drws, yn cario plentyn bach yn ei breichiau. Mae'n gofyn i Gaynor a fydd e'n iawn iddi adael ei phram gyda hi. Mae Gaynor yn ei chyflwyno fel Mererid.

'A ni i gyd yn gwybod pwy y'ch chi, nagy'n ni!' meddai Mererid, gan roi gwên hyfryd i mi.

Pan gnociaf ar y drws, mae'r brifathrawes yn fy arwain i mewn a cheir tawelwch llethol, ychydig yn frawychus, gyda tua chwe deg neu saith deg o blant pump a chwech oed yn gwylio pob symudiad. Yn ddiddorol, mae'r ystafell hefyd dan ei sang â mamau deniadol iawn yr olwg yn eu hugeiniau a'u tri degau cynnar, gan gynnwys Jo, sy'n dala llaw Jamie. Mae gweld Jamie'n syllu arnaf yn fy ngwneud i'n nerfus. Yr holl bwynt o 'nghael i i fod yn Siôn Corn, yn hytrach na gofyn i athro neu riant gwrywaidd, oedd na fyddai'r plant yn gwybod pwy oeddwn i, p'un bynnag. Ond mae Jamie'n gwybod yn iawn pwy ydw i. Beth os gwnaiff e fy adnabod? Wedi'r cwbwl, nid yw'n grwt chwech oed arferol o bell ffordd. Mae hwn yn fachgen sy'n gwybod am arferion cenhedlu pengwins ac am y ffyrdd mae planhigion yn medru defnyddio pelydrau'r haul i

319

greu'r ocsigen ry'n ni'n ei anadlu. Does bosib y gwnaiff e dderbyn Siôn Corn? Yna fe gofiaf am y tylwyth teg a'i ddant dan ei obennydd. Serch hynny, bydd rhaid i mi ganolbwyntio'n ofalus a defnyddio llais ffug, jest rhag ofn.

'Ho ho ho, helô blantos!' meddaf mewn llais dwfn, soniarus ond ofnadwy o ffals.

'Helô Siôn Corn!' maen nhw'n ateb nôl ag un llais, gan beri braw i mi.

Yna eisteddaf yng nghadair yr athrawes tu ôl i'r ddesg ac agor fy sach o anrhegion. Wrth godi'r anrheg gyntaf allan, dywedaf, 'A pwy sy'n mynd i fod y cyntaf i gael anrheg oddi wrth Siôn Corn, 'te? Dewch i ni weld, ife?'

Darllenaf yr enw mas, 'Lowri Rees', ac edrychaf o gwmpas yr ystafell. Mae'r plant i gyd yn edrych ar Lowri, sy'n gyndyn iawn o ddod draw ataf. Mae hi'n flonden a llygaid mawr brown ganddi, ac mae'n edrych ar ei sgidiau sgleiniog wrth gael ei harwain yn ara deg tuag ataf gan ei mam, blonden arall â llygaid mawr brown a bronnau mawr pwyntiog hefyd, fe sylwaf. Gallai hyn fod yn sbort, wedi'r cwbwl.

Ac yn wir, mae'n dipyn o hwyl ar y cyfan. Hynny yw, nes i mi roi anrheg i grwt pump oed o'r enw Connor Brown. Mae'n sefyll o 'mlaen i ac yna'n byrstio mas i lefain. Yn waeth fyth, mae'n gwlychu'i hunan. Mae dŵr yn diferu ohono o bob cyfeiriad. Wy'n siŵr sen i'n gallu gweld ei draed bydde rheiny'n gollwng hefyd. Yn boenus o debyg i'm hymateb pan gwympais i glip ar ben fy nghyd-weithiwr ar y graig, wy'n rhewi yn fy unfan a dweud rhywbeth hollol anaddas. Yn yr achos hwn, o leiaf mae'n ymgais at hiwmor, wrth i mi amrywio fy 'ho ho ho' arferol a dweud 'o, o, o!'

Diolch byth, mae'r brifathrawes yn gwybod yn gwmws beth i'w wneud ac mae'n ystumio ar un o gynorthwywyr yr athrawon yng nghefn y dosbarth i ddod draw i fynd â Connor i'r tŷ bach. Yn wir, mae'n sychu'r pwdel pi-pi ei hun â macynnau papur ac yn fy ngorchymyn mewn llais digon chwyrn i gario ymlaen. 'Peidiwch stopio, Santa. Wy'n siŵr bod gyda chi ddiwrnod bishi o'ch blaen chi.'

Yr anrheg nesaf yw'r un wy wedi bod yn becso amdani, sef un Jamie. Galwaf ei enw, gan edrych yn fwriadol i gyfeiriad hollol wahanol i lle mae'n eistedd yng nghôl ei fam. Mae'n brasgamu tuag ataf yn hollol hyderus, gan ofalus osgoi'r darn bach sticlyd ar y llawr pren lle bu Connor druan yn sefyll. Fel gyda'r lleill, gofynnaf iddo beth hoffai gael ar gyfer y Nadolig. Dywed yr hoffai gael *Crazy Guitar*, sydd, mae'n debyg, yn fath o gitâr sy'n gallu cynnal pob math o alawon gwahanol ar ei ben ei hun tra ydych chi'n ei 'chwarae'. Jest wrth iddo gychwyn mynd a minnau'n meddwl mod i wedi llwyddo, mae Jo, fel rhai o'r rhieni eraill o'i blaen, yn gofyn i mi roi fy mraich o gwmpas Jamie tra mae hi'n tynnu ffoto ohonom. Gwena Jamie'n braf ar y camera, wedi ei swyno'n llwyr. Gwenaf innau ar y person sy'n tynnu'r llun, wedi fy swyno lawn cymaint ag e.

Y noson honno, wedi iddi roi Jamie blinedig ond cyffrous yn ei wely, mae'n dod draw i ddangos y ffoto i mi. Mae'n amlwg doedd dim angen becso am Jamie'n fy 'nabod i. Prin wy'n gallu 'nabod fy hunan.

'Roedd y clustog yn bendant yn help,' meddaf.

'Oedd. O't ti 'di creu argraff fawr ar Gaynor. A minnau hefyd. Ti'n naturiol iawn gyda phlant.'

'Ti'n meddwl 'nny?' meddaf, yn agor can o lager a'i roi iddi.

'Jest i ni beidio cael caniatâd i dynnu lluniau o gwbwl, ti'n gwybod,' mae'n parhau, yn amneidio'n negyddol yn ei ffordd unigryw.

'Pam ddim?'

'Roedd un o'r rhieni wedi codi'r mater gyda'r brifathrawes. Yn becso galle'r lluniau cael eu haltro'n ddigidol a'u defnyddio fel pornograffi ar y We.'

'Yffarn dân, ma' 'na'n *sick*,' meddaf.

'Wy'n gwybod. Diolch byth, gaethon ni bleidlais ar y mater ac roedd mwyafrif y rhieni'n meddwl bod banio'r ffotos yn un cam yn rhy bell. Wedi'r cwbwl, mae'n stopio'r plant rhag cael y pleser o gael llun gyda Siôn Corn, ffoto fydde gyda nhw am byth,' meddai Jo.

Yna sylwaf ar ryw hanner gwên yn dechrau ffurfio ar ei hwyneb wrth iddi edrych ar y ffoto.

'Be sy'n bod?' gofynnaf, yn llawn chwilfrydedd.

'Galwes i i nôl y wisg Siôn Corn, ond wy'n credu bod ti'n edrych yn ciwt ynddo fe. Wel, heb y clustog, yn enwedig.'

'Ti moyn i fi roi e 'mlaen?' gofynnaf.

'Pam lai? Mae'n Nadolig, nagyw hi?' meddai hi, yn symud i eistedd wrth fy ymyl ar y soffa. Yn sydyn, cofiaf garu mewn parti, yn fuan wedi i mi symud i Gaerdydd, gyda stiwdent oedd wedi'i gwisgo mewn iwnifform nyrs, a minnau wedi fy ngwisgo fel heddwas. Bydde ffwc fel Santa'n wahanol, o leia.

Wedyn, mae rhywbeth ofnadwy'n fy nharo. Ffoto o Steve ar ben un o fynyddoedd ucha'r byd, yn ei siaced ddringo goch a'i farf wen sylweddol yn chwythu yn y gwynt. Yn edrych yr un ffunud â Siôn Corn! Mae'r gnawes yn fy ngwisgo i lan fel ei chyn-bartner, a jest iawn i mi syrthio i'w thrap!

''Co, Jo, ma' rhywbeth o'n i moyn gofyn i ti,' meddaf, yn teimlo fy hun yn chwysu.

Mae Jo'n amneidio ac yn edrych lan arnaf â'i llygaid dyfriog, hardd.

'Wyt ti moyn i mi wisgo lan fel Siôn Corn achos 'i fod e'n atgoffa ti o Steve?'

'Beth?!' meddai, yn dechrau chwerthin.

'Na, wir, dyw e'm yn ddoniol. Wy'n credu bod ti dal i'w garu fe. Pan wnaethon ni garu . . . pynosweth, wel . . . o'dd golwg bell arno ti, dy lygaid yn dynn ar gau. O'dd e fel sen i ddim 'na o gwbwl, fel se ti nôl 'da Steve.'

Mae Jo wedi stopio chwerthin nawr ac yn edrych yn fwy nodweddiadol ddwys. Mae'n amneidio, er na allaf gymryd hyn fel 'ie' neu 'na'. Mae amnaid oddi wrth Jo jest yn dangos ei bod hi'n meddwl.

'Plis gwed wrtha i os wy'n hollol rong, a wna i ddim codi'r peth byth eto,' meddaf.

'Na, ti ddim yn hollol rong. Mewn ffordd od, o'n i'n treial

cael gwared ohono fe. O'n i'm yn gwybod bod e mor amlwg. Mae'n ddrwg gen i, Bryn. Ond wir i ti, does gen ti ddim byd i boeni yn ei gylch. Ma' Steve yn rhan o'r gorffennol nawr. Fel o'n i'n treial gweud wrtho ti, o'n i 'di rhoi e ar shwt bedestal, fel se fe'n ryw fath o athrylith. O'n i'n ysu i wybod beth o'dd yn ei yrru fe shwt gymaint, beth oedd yn ei orfodi e i fynd lan y dam mynyddoedd 'na.'

'A beth oedd e?'

'Ego. Ego hunanol. Dim byd arall. Wy 'di cael llond bola o athrylithoedd. Nid bod Steve yn un erioed, cofia. Ma' lot well gen i bobol solid, sownd, cyffredin. Fel ti.'

Wrth iddi ddweud 'Fel ti' mae'n rhoi ei braich amdanaf ac yn dechrau mwytho fy ngwallt. Dyma'r tro cyntaf i rywun fy ngalw i'n gyffredin. Ddychmygais i fyth y byddai'r gair yn gallu bod yn gompliment, ond dyna oedd hi'n ei olygu, sdim dowt. Dechreuaf ei chusanu, ac ystyriaf am eiliad a wyf i'n cael fy nhwyllo mewn rhyw ffordd fan hyn, yn cael fy nghyfareddu gan ei gwefusau gwahoddgar? Torraf yn rhydd a dywedaf, 'Pam yr ên?'

'Sori?'

'Pam wnes ti rwto 'ngên i shwt gymaint? O't ti'n whilio am farf Steve?'

'Na,' meddai, yn gwenu a dechrau rhwtio fy ngên eto. 'Wy'n dwlu ar dy stybl di. Ma' fe mor gwrs, mor *masculine*. Ma' fe'n troi fi 'mlaen yn uffernol.'

Rwy'n ei chredu hi, a chymeraf hi yn fy mreichiau. Cusanwn yn angerddol, yn ddi-baid, am o leia deng munud, mae'n rhaid, er ein bod ni prin iawn yn cyffwrdd â'n gilydd â'n dwylo, chwaith. Yn raddol, fodd bynnag, dadwisgwn ein gilydd a mwynhau teimlo ein cyrff, gan luo a chnoi'n gilydd, a chwerthin hyd yn oed. Wy erioed wedi teimlo wedi llwyr ymlacio i'r fath raddau gydag unrhyw fenyw arall. Mae'n teimlo'n iawn, rywsut. Rydym yn caru sawl gwaith, rhyw dwfwn, ystyrlon, wedi ymgolli yn ein gilydd trwy gydol y nos. Mae Jo wedi cadw'i llygaid yn agored lled y pen, er nad oes rhaid iddi, wrth gwrs. Ond mae'n mynnu syllu'n ddwfwn i'm llygaid i, yn rhannu sgwrs ddieiriau sy'n adrodd cyfrolau. Nid nad ydym yn siarad â'n gilydd, chwaith. Yn wir, er i mi addo fy hun y baswn i'n dal hyn yn ôl, wy'n dweud wrthi mod i'n ei charu. Nes ymlaen, wrth iddi nesáu at uchafbwynt, mae'n dweud wrthyf ei bod hi'n fy ngharu innau, drosodd a throsodd. Mae'n rhyfedd clywed y geiriau. Gwefreiddiol hefyd. Ni theimlaf yn gyffredin o gwbwl. Wy lan yn yr entrychion gyda sêr disglair Martin Luther. Wy'n goeden fytholwyrdd dal, gadarn yn chwennych haul y gaeaf. Wy'n Siôn Corn yn gwibio ar hyd awyr y nos. Yn hapus dros ben. Yn hollol anghyffredin.

Wy wedi cynhyrfu shwt gymaint ynglŷn â'r ffaith mod i'n canlyn go iawn gyda Jo nes mod i'n rhy nerfus i ddweud wrth unrhyw un. Ar ddydd Gwener yr wythnos honno af i sesiwn *stag* Lloyd, yn benderfynol o gadw fy nghyfrinach am y tro, bron fel se siarad ynglŷn ag e'n medru ei normaleiddio fel rhywbeth bob dydd, dinod, yn hytrach na'r gwirionedd trawiadol: ei fod yn rhywbeth anhygoel, tu hwnt o gadarnhaol. Ac ystyried beth mae rhai darpar priodfeibion yn 'neud dyddie 'ma, mae sesiwn *stag* Lloyd yn weddol ddi-antur. Nid ydym wedi hedfan i wlad arall. Yn wir, dy'n ni ddim wedi gadael Caerdydd hyd yn oed. Y bwriad yw mynd ar grôl traddodiadol o gwmpas tafarnau'r ddinas, gan ddechrau am un ar ddeg y bore a bennu pan fydd Lloyd yn methu sefyll ar ei draed. Gan fod Lloyd yn hanesyddol yn gallu yfed y tri ohono ni dan y ford, efallai bydd hyn yn fwy o broblem nag y'n ni'n meddwl.

Mae Phil yn flin bod Lloyd yn ddigon hy' i ddod â ffrindiau eraill a chyfeillion gwaith o'i feddygfa gyda ni, yn ogystal â dau o'i frodyr, bron fel se fe'n mynnu bod gyda ni ryw hawlfraint ar amser sbâr Lloyd. Fel mae'n digwydd, mae'r doctoriaid eraill o'r feddygfa yn dancwyr dihafal ac yn chwarae gêmau diddorol yn y dafarn gyda sawl cosb, sydd, gan amlaf, yn golygu mwy o yfed. Felly, erbyn pedwar yn y pnawn, mae'r rhan fwyaf ohonom wedi dechrau 'i dal hi. Mae Phil wedi dechrau cecran gydag un o'r meddygon, Cymro Cymraeg o Borthmadog o'r enw Llŷr, gan ddweud bod Lloyd, neu unrhyw un sy'n priodi, yn dwp achos dy'n nhw ddim yn llawn sylweddoli y rhyddid maen nhw'n rhoi lan. Mae Iwan, sydd wedi cytuno â Phil ar y pwynt hyn yn gymharol ddiweddar, yn amlwg yn mynd trwy gyfnod gwael ynglŷn â'i ysgariad â'i ail wraig, Dilys, ynghanol yr wyth degau, gan ei fod yn dweud wrth Llŷr am anwybyddu Phil.

'Mae o Phil yn credu taw darnau o gig ydy menywod, chi'n dallt,' meddai'n chwerw.

'Wel, man a man iddo fo ffwcio darn o gig, 'lly,' meddai Llŷr.

Sylwaf ar lygaid Phil yn culhau, ac er fy mod i'n gwerthfawrogi nad oes unrhyw *stag* yn werth ei halen os nad oes o leiaf y posibilrwydd o ffeit, dim ond pedwar o'r gloch yn y prynhawn yw hi. Dy'n ni heb gyrraedd canol y ddinas eto, gan i ni grwydro o dafarn i dafarn ar hyd Heol y Bont-faen. Sibrydaf yng nghlust Phil iddo gofio bod Llŷr yn ffrind i Lloyd.

'O, cnycha bant, Bryn. Ti run mor wael ag e,' meddai. 'Ti'n credu yn y rwtsh *happy ever after* 'na hefyd, nagwyt ti? Jest bod ti, paid gweud 'tho i, heb ffeindio'r fenyw iawn 'to, ife?'

'Falle mod i,' meddaf.

'O yffach, dim un arall,' meddai Phil yn sur. 'Pam nagy'ch chi moyn rheoli'ch tynged eich hunan? 'Na beth wy'n ffaelu deall. Yffarn dân, nagwyt ti wedi cael digon o loes gyda'r fenyw Efa 'na? Nagwyt ti 'di dysgu unrhyw beth o gwbwl? Pam ddiawl y'ch chi wastad moyn cael eich cosbi eto?'

'Bywyd ti'n galw fe, Phil,' meddai Lloyd, oedd yn dal yn weddol sobor. 'Dyle ti dreial e rhywbryd.'

'Wel, bywyd cyfyng uffernol yw e, 'te. Bod rhaid cael rhywun fel prop i chi, rhyw ysgwydd i lefain arni. Yn y pen draw ma' 'na'n wan fel pisho widw, Lloyd. Achos do's run ohono chi â'r *balls* i fod ar ben eich hunan!'

Erbyn hyn, mae brodyr Lloyd yn dechrau gofyn am beth mae Phil yn sôn ac felly mae'n troi i fynegi ei hun yn Saesneg.

'All I'm saying, boys, is that there are thousands of women out there, in all shapes and sizes, oozing, wet, gagging for it. Why promise to confine yourself to one?'

Mae brodyr Lloyd yn chwerthin, gyda'r hynaf ohonynt, Michael, yn dweud, 'Don't get so hung up about it, mun. No-one's forcing Lloydy to do anything. It's his choice in the end. You choose the way you live and he'll choose his way. End of story.'

Mae Lloyd yn amlwg yn synhwyro fod Michael yn dechrau cynhyrfu, ei acen Kerdiff gref yn ei hamlygu'i hun yn lled-fygythiol.

'It's okay, Mike,' meddai, gan roi ei law ar ysgwydd ei frawd.

Ond gwaetha'r modd, mae Phil fel ci ag asgwrn ac yn parhau i rygnu 'mlaen, 'It's about freedom, personal freedom. I've fucked seventeen different nationalities of women. I don't need any props. Love 'em and leave 'em, that's what I say!'

Yna sylwaf ar Phil yn sychu'i drwyn ac mae ei agwedd ymosodol yn dechrau gwneud mwy o synnwyr. Mae e lan yn y cymylau rhywle ar gocên.

'Beth yw cocên 'te, os nag yw e'n brop?' gofynnaf.

Yn sydyn mae 'na dawelwch, wrth i bawb edrych ar Phil. Ar ôl ychydig mae'n gwenu ac yn rhoi ei fraich amdanaf a dweud, 'Wnes i'm gwued fod pobol ddim angen ffrindiau, do fe. Achos ti'n gweld, Bryn, mae cocên yn ffrind i fi. Ac fel pob ffrind, weithiau mae'n 'neud i fi deimlo'n grêt, ond weithiau mae'n fy hala i'n wallgo hefyd, fel ti, y diawl dwl a ti. Ody 'na'n iawn?'

'Wrth gwrs bod e, Phil,' meddai Lloyd, yn cwpla'i beint ac ystumio ar y lleill i'w ddilyn i'r dafarn nesaf.

Ond wrth gwrs doedd pethau ddim yn iawn. Roedden nhw'n bell o fod yn iawn. Nid i Phil, ta beth. Er tegwch iddo, ceisiodd ei orau i beidio bod mor flin gyda phawb a phopeth ac i fagu agwedd dawelach, fwy darostyngedig. Yn wir, fe lwyddodd i wneud hynny am o leiaf pedair awr. Ond pan ddechreuodd Iwan dywallt y wisgi i lawr y lôn goch a chodi pwnc ryddid yr unigolyn unwaith eto, gan ddweud bod rhyddid yn medru bod yn math o garchar hefyd, wnaeth Phil

326

jest ysgwyd ei ben a gweiddi, *'You're all twats!'* a tharanu mas o'r *Slug and Lettuce* am union ddeng munud wedi wyth.

Serch hynny, gan fod y pwnc o ymroi at berthynas â'r rhyw deg wedi codi'i ben p'un bynnag, roedd hi'n haws i mi sôn am Jo. Yn hwyr, yn hwyr iawn, mewn rhyw fwyty Indiaidd yn duw a ŵyr lle, mae gen i ryw frith gof o wenu fel giât a dweud wrth Lloyd, 'Mae'n dweud bod hi'n caru fi, Lloyd. A ti'n gwybod pam? Gwranda ar hyn. Am fy mod i'n gyffredin. Ti 'di clywed shwt beth yn dy fyw?'

'Wy'n credu bod 'na'n grêt, Bryn,' meddai Lloyd yn bwyllog. Yn dal i fod yn rhyfeddol o sobor, fe fynnodd ysgrifennu gwahoddiad i Jo i'r parti priodas ar napcyn cyfagos.

Rhoddais y 'gwahoddiad' iddi fore trannoeth ac roedd Jo wrth ei bodd, yn enwedig pan gynigiodd mam Tomos, Gaynor, gynnig cael Jamie draw atyn nhw nos Galan.

''Sgwn i shwt le sydd 'na?' meddai Jo, oedd heb fod yng Ngwesty Dewi Sant o'r blaen.

Dechreuais sôn fy mod i wedi bod yno, ond gan fod yr amgylchiadau'n peri cryn embaras (treial cael y lesbian, Olwen, i'r gwely) newidiais y pwnc yn glou i sôn am anrhegion Nadolig. Soniais am ddymuniad Jamie i gael *Magic Guitar*, ac mae Jo yn prynu un iddo o *Toys R Us*. Wy'n mynd yno gyda hi ac yn prynu darnau Lego 'Star Wars' i Jamie, yn ogystal â glôb. Treuliaf ran helaeth o ddydd Nadolig yn ateb cwestiynau digon anodd oddi wrth Jamie, fel beth yw *Virgin birth*, a shwt mae gwyrth yn gallu digwydd, a pam fod rhaid i Siôn Corn fod yn dew? Gyda'r cwestiwn olaf, teimlaf fod ei bwynt yn un teg iawn, yn enwedig pan ddywed Jamie nad yw'n ymarferol iawn. 'Os yw e'n dod lawr sawl simnai, gallai fe fynd yn sownd os yw e'n rhy dew,' meddai.

'Ma' 'na'n bwynt da iawn,' meddaf, gan geisio peidio swnio'n rhy nawddoglyd.

'Dylen ni ddim wedi gadael glasied o sieri iddo fe chwaith,' meddai Jamie, yn edrych yn ofidus mwya sydyn.

'Pam ddim?' gofynna Jo.

'Wel, se fe'n yfed glasied o sieri ym mhob tŷ fydde fe'n ffaelu gyrru'i slèd. Se'r polîs yn stopio fe.'

'Falle wnaeth e ddim ond yfed sieri yn y tŷ hyn,' awgrymaf, ond mae Jamie'n wfftio hyn ac yn anesmwytho yn ei gadair.

'Ma' 'na'n ddwl,' meddai'n swta. 'Pam fydde fe ond yn yfed ein sieri ni?'

'Achos ti'n grwt arbennig,' meddai Jo, gan roi cusan ysgafn iddo ar ei ben. 'Nawr af i i redeg y bàth i ti, ti 'di cael diwrnod hir.'

Wedi iddi fynd ceisiaf dynnu sylw Jamie nôl at ei glôb newydd. Teimlaf ar dir sicrach yn ateb cwestiynau am y Ddaear yn hytrach nag am ddynion tew, bochgoch â barfau mawr gwyn. Mae'n amlwg â diddordeb byw yn y syniad o'r ddaear yn troi o gwmpas yr haul.

'Wy dal ddim yn deall – os y'n ni i gyd yn troi o gwmpas yr haul, pam y'n ni ddim yn cwympo lawr pan mae'r ddaear yn symud?' meddai, gan droi'r glôb er mwyn pwysleisio'i bwynt.

'Wy'n gwybod bod e'n anodd i'w amgyffred, ond wy'n credu bod e i 'neud â *gravity*, disgyrchiant, y grym sy'n ein tynnu ni at y ddaear,' ceisiaf egluro.

'Wy'n credu bod pengwins yn ddoniol pan maen nhw'n cwympo lawr,' meddai Jamie'n gwenu.

'Odyn, maen nhw,' ategaf, gan daro un o'i bengwins plastig drosodd.

'Ife ti yw dad fi nawr?' gofynna'n sydyn, jest wrth i Jo ddychwelyd. Diolch byth, mae hi'n ei ateb, gan ddweud 'Na. Steve fydd dy dad di wastad, Jamie. A bydd e wastad yn dy garu di. 'Na pam ffoniodd e'n gynharach, i siarad â ti. A 'na pam brynodd e bêl-droed i ti yn anrheg Nadolig.'

'Ife pengwin ti yw Wncwl Bryn nawr 'te?' mae'n parhau.

Mae Jo'n edrych fel se hi wedi'i thaflu ychydig, ond rhywbeth dros dro yw hyn wrth iddi amneidio, yn meddwl sut i ateb ei mab. Wy'n credu mod i'n deall rhesymeg Jamie fan hyn, felly mentraf ei ateb.

'Ma' pengwins yn paru â'r un partner am byth. Ife 'na beth

o't ti'n feddwl, Jamie?'

'Ie, wrth gwrs,' meddai, mewn cywair ffwrdd-â-hi, ychydig yn ddiamynedd.

'Yna "ie" yw'r ateb i dy gwestiwn di 'te,' meddai Jo, yn dala fy llaw ac yn chwerthin, 'Bryn yw fy mhengwin i.'

Yn ystod priodas Lloyd a Hiroko meddyliaf am fonogami. Edrycha'r ddau yn anhygoel o hapus yng nghwmni'i gilydd a dywedaf hyn wrth Phil, sydd ddim yn ddafad ddu bellach, gan iddo ymddiheuro am ei ymddygiad cyfeiliornus yn ystod y *stag*.

'Sdim ots am Hiroko. Ei chyfnither hi wy'n 'i llygadu. Ti'n gwybod beth? Wy erioed 'di cael Jap,' meddai, yn gwenu ar y fenyw drawiadol o ddeniadol yng ngwisg oren y forwyn briodas a eisteddai nesaf at Hiroko.

Ni chaf fawr fwy o synnwyr mas o Iwan.

'Mae'n rhaid bod monogami'n rhywbeth naturiol,' dechreuaf, 'neu heblaw 'nny pam fydde pengwins yn trafferthu paru am byth, os nad dyna'r ffordd orau i fynd o'i chwmpas hi?' gofynnaf, yn sipian siampên.

'Sut gythral wyt ti'n gwybod bod pengwins yn paru am byth, p'un bynnag?' gofynna, wedi'i syfrdanu braidd â'r ffaith hon.

'Wel, ma' pobol yn astudio nhw, nagy'n nhw,' meddaf yn brotestgar.

'Ia ia, ond ti'n deud wrtha i, pan fydd David Attenbrough neu bwy bynnag wedi hel ei bac a bod Mr Pengwin yn cysgu'n sownd ar yr iâ, nad yw Mrs Pengwin yn cael tamad efo pengwin arall? Sgersli bilîf, washi. Pwy fasa'n gwybod?'

Mwy na thebyg bod Iwan yn iawn. Ond wy'n benderfynol ar ddiwrnod olaf y flwyddyn i gadw at f'adduned ac edrych ar y byd yn fwy cadarnhaol. Beth allai fod yn fwy optimistig, yn wir, na phriodas? Os ydw i'n caru Jo go iawn, oni ddyliwn ofyn iddi fy mhriodi? Na. Mae meddwl am hyn yn hala ias oer o ofn i grynu trwy fy nghefn. Mae'n llawer rhy gynnar yn ein perthynas i grybwyll y fath beth. Mwy na thebyg wede hi 'na' a fydde'n perthynas ni byth cweit yr un peth eto. Na, wy'n hapus â phethau fel y maen nhw. Wy'n ffaelu stopio meddwl amdani a phendronaf am y flwyddyn sydd wedi dod i ben. Blwyddyn gofiadwy, yn ddi-os. Rwyf wedi colli Mam. Rwyf wedi etifeddu bron i ddeugain mil o bunnau. Rwyf wedi colli un cariad, ond canfod un arall, well. Rwyf wedi colli fy mhrif ffynhonnell waith, *Angel*, ond wedi mentro trwy fuddsoddi yng nghwmni hurio dillad John Tal. Edrychaf allan draw dros oleuadau'r bae, wedi dod mas i sobri rhywfaint rhwng y wledd briodas a'r parti gyda'r hwyr, pan deimlaf law ar fy ysgwydd. Jo sydd yno, mewn ffrog las drawiadol.

'Dy feddwl di'n bell, fel arfer,' meddai hi.

'O'n i'n meddwl amdano' ti,' meddaf, gan gusanu'i boch yn ysgafn.

Rhoddaf grynodeb byr iddi o hynt a helynt y dydd hyd yn hyn. Mae Lloyd yn dod o deulu pabyddol mawr ac mae ei frawd hŷn, Michael, y gwas priodas, wedi bod yn adrodd storïau amdano pan oedd yn iau, yn cynnwys un pan wnaeth Lloyd lewygu wrth iddo weld ei gorff cyntaf, pan oedd yn fyfyriwr meddygol.

Roedd hyn wedi f'atgoffa o Alison wyneblwyd, yr artist cynorthwyol a fu'n gorff ar *Angel*. Yn anffodus, fodd bynnag, roedd hefyd wedi f'atgoffa o gorff go iawn fy mam yng nghapel gorffwys yr ysbyty yn Nhregors. Treuliais weddill y dydd yn yfed gwin fel lwnatig er mwyn ceisio gwaredu'r ddelwedd o 'mhen.

'Wy'n ofni mod i braidd yn tipsi,' meddaf, 'ond tipsi hapus erbyn hyn, nid tipsi trist,' ychwanegaf.

'Wel, ti 'di bod mewn priodas trwy'r dydd. Ta beth, ti'm yn swnio'n rhy ddrwg i mi,' meddai hi.

Yfaf ddŵr am y ddwy awr nesaf tra bod Jo yn dala lan â'm cyflenwad o alcohol. Wy'n gobeithio'n arw nad wyf i wedi difetha pethau, gan mod i eisiau i heno i fod yn noson arbennig. Heb yn wybod i Jo, wy wedi bwcio ystafell i'r ddau ohonom

yng Ngwesty Dewi Sant a byddwn ni'n treulio bore cyntaf y
flwyddyn newydd ym mreichiau'n gilydd, yn edrych mas dros
Fae Caerdydd. Dywedaf hyn wrthi wrth i mi ei chusanu a
dymuno blwyddyn newydd dda iddi, am union hanner nos.

'Ond beth am Jamie?' gofynna, wedi cynhyrfu'n lân.

'Ma' Gaynor 'di gweud wneith hi 'i gadw fe tan pnawn fory
â chroeso.'

Amneidia Jo, ac yna mae'n rhoi cusan hir, araf i mi â'r fath
angerdd nes bod ambell un yn ein gwylio a rhai eraill yn ein
trafod ac yn clapio a chwibanu. Daw Lloyd draw atom gyda
Hiroko, gan ddweud yn chwareus, 'Hei, chi'ch dou. Diwrnod
ni yw hi heddi, chi'n gwybod!'

Ar ôl dymuno blwyddyn newydd dda i Jamie ar y ffôn,
rydym yn mynd nôl mewn i'r gwesty ac ymuno â Phil a Kojima
ar y llawr dawnsio. Mae yna fand byw, y *Flying Hammers*, yn
chwarae eu fersiwn hwy o glasuron roc a rôl. Mae'r prif leisydd
yn cael bonllefau o gymeradwyaeth wrth iddo ddynwared (yn
dda iawn) Mick Jagger yn canu 'Satisfaction'. Dawnsiwn am
hydoedd, heb dynnu'n llygaid oddi ar ein gilydd, heb allu
peidio cyffwrdd â'n gilydd. Mae Jo'n medru cyflawni rhyw
gylchdroad cynnil â'i chluniau wrth ddawnsio, sy'n uffernol o
rywiol. Mae'r band yn boblogaidd iawn, ac erbyn y diwedd
mae hyd yn oed Iwan ar ei draed, yn dawnsio gydag un o
fodrybedd Hiroko. Achubaf ar y cyfle i weiddi gair clou yng
nghlust Lloyd uwchlaw sŵn y gerddoriaeth.

'Ti'n fachan lwcus iawn,' meddaf, gan ychwanegu,
'gobeithio bydd y ddou ohono chi'n hapus iawn.'

'Wy'n credu fyddwn ni,' meddai Lloyd yn syml, gan
ychwanegu, 'A chymer di ofal o hon nawr, Bryn. Wy'n credu
bod hi'n *keen* iawn arno ti.'

Roedd hynny'n wir. Mi *oedd* Jo yn *keen* arnaf. A minnau'n
dwlu arni hi hefyd. Buom ni'n caru gyda sêr Martin Luther yn
edrych i lawr arnom, gyda Jo wedi tynnu'i nicars i ffwrdd a
chodi'i ffrog las i fyny ac yn fy marchogaeth fel rhywbeth ddim
yn gall ar fainc ger y dŵr. Teimlwn mor ifanc, mor egnïol,

cymaint ym merw bywyd yn ei grynswth cyfrin nes mod i ddim am i ni stopio byth. Yn rhyfedd iawn, wrth i ni ochneidio'n pleser, gallem glywed y band yn chwarae 'Hen Wlad fy Nhadau' yn y pellter. Awgrymais yn chwareus y dylen ni garu ar ein traed o leiaf, fel arwydd o barch. Gwenodd Jo, gan ddweud y byddai yna ddigonedd o amser i garu'n sefyll lan, eistedd lawr, gorwedd lawr, siglo o oleuadau'r ystafell wely . . .

Erbyn tua hanner awr wedi pump mae fy ngheilliau'n teimlo'n boenus bleserus, wedi'u gwagio yn y ffordd fwyaf braf posib. Yn dal yn llawn cynnwrf, rwyf wrth fy modd yn gwylio corff heini Jo wrth iddi sefyll ger drws y stafell ymolchi yn yfed glasied o ddŵr. Mae jest edrych ar ei chorff ystwyth, noeth, yn llaith o chwys a chariad, yn ddigon i roi codiad i mi eto a dywedaf wrthi am ddychwelyd i'r gwely. Tynnaf y *duvet* nôl fel ei bod hi'n gallu ymuno â mi, ac yn sydyn mae hi'n eistedd ar fy ngwyneb. Lluaf a sugnaf rhwng ei choesau a theimlaf bod fy nghala ar fin ffrwydro. Yna'n sydyn, yn union fel pe bai rhywun wedi troi golau ymlaen, daw'r haul i'n cyfarch trwy fwlch yn y bleinds, ac mae 'na flwyddyn newydd dda iawn ar fin cychwyn.